A Maldição de Prata

ALEXANDRA BRACKEN

A MALDIÇÃO DE PRATA

Tradução
Carolina Cândido

1ª edição

— Galera —
RIO DE JANEIRO
2024

PREPARAÇÃO
Mariana Gonçalves

REVISÃO
Rodrigo Dutra
Luciana Aché

TÍTULO ORIGINAL
Silver in the Bone

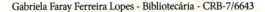

CIP-BRASIL. CATALOGAÇÃO NA PUBLICAÇÃO
SINDICATO NACIONAL DOS EDITORES DE LIVROS, RJ

B789m

Bracken, Alexandra
    A maldição de prata / Alexandra Bracken ; tradução Carolina Cândido. - 1. ed. - Rio de Janeiro : Galera Record, 2024.

    Tradução de: Silver in the Bone
    ISBN 978-65-5981-514-2

    1. Ficção americana. I. Cândido, Carolina. II. Título.

24-88920

CDD: 813
CDU: 82-3(73)

Gabriela Faray Ferreira Lopes - Bibliotecária - CRB-7/6643

Copyright do texto © 2023 by Alexandra Bracken
Copyright da arte do mapa © 2023 by Viginia Allyn

Todos os direitos reservados. Proibida a reprodução, no todo ou em parte, através de quaisquer meios.
Os direitos morais da autora foram assegurados.

Esta é uma obra de ficção. Nomes, personagens, lugares e eventos são frutos da imaginação da autora ou usados de maneira ficcional. Qualquer semelhança a pessoas, vivas ou mortas, acontecimentos e locais é mera coincidência.

Texto revisado segundo o Acordo Ortográfico da Língua Portuguesa de 1990.

Direitos exclusivos de publicação em língua portuguesa somente para o Brasil adquiridos pela
EDITORA GALERA RECORD LTDA.
Rua Argentina, 120 – Rio de Janeiro, RJ - 20921-380 - Tel.: (21) 2585-2000,
que se reserva a propriedade literária desta tradução.

Impresso no Brasil

ISBN 978-65-5981-514-2

Seja um leitor preferencial Record.
Cadastre-se e receba informações sobre nossos lançamentos e nossas promoções.

Atendimento e venda direta ao leitor:
sac@record.com.br

Ou, nas palavras das Irmãs:
Qualquer ladrão que ousar este livro roubar
vai descobrir que não é a única coisa que acabou por levar.
Uma maldição sobre o olhar vil cairá,
garantindo que seu amor pela leitura se esvairá.
Que cada página branca como a neve se mostre,
enquanto em eterna angústia o ladrão sofre.

Para minha irmã, Stephanie

SETE ANOS ANTES
Lancashire, Inglaterra

A primeira coisa que se aprendia ao trabalhar como um esvaziador era nunca confiar nos próprios olhos.

Nash, de fato, tinha uma maneira diferente de dizer isso: *Metade de toda bruxaria é ilusão.* A outra metade, infelizmente, era terror banhado em sangue.

Naquele momento, no entanto, eu não estava com medo. Estava com tanta raiva quanto um gato selvagem.

Eles tinham me deixado para trás. De novo.

Apoiei as mãos no batente da porta do galpão que ficava no jardim, me aproximando o máximo possível da passagem encantada, mas sem entrar. Os esvaziadores chamavam esses túneis escuros de Veias, porque podiam levar alguém de um lugar a outro em segundos. Nesse caso, o destino era o covil de uma feiticeira que morrera havia muito tempo, onde ficavam guardados seus pertences mais valiosos.

Chequei as horas na tela rachada do celular velho de Nash. Passaram-se quarenta e oito minutos desde que eu os tinha visto desaparecer na Veia. Não consegui correr rápido o bastante para alcançá-los e, se ouviram meus gritos, escolheram me ignorar.

A tela do celular piscou e apagou, como se a bateria, por fim, tivesse acabado.

— Olá? — chamei, brincando com a chave que deixaram na fechadura, feita com o osso de um dos dedos da feiticeira, manchado com um pouco de sangue dela. — Não vou voltar para o acampamento, então é melhor me avisarem quando for seguro entrar! Estão me ouvindo?

Só a passagem respondeu, soprando espirais de neve. Ótimo. A Feiticeira Edda escolhera guardar sua coleção de relíquias em um lugar ainda mais frio do que a Inglaterra durante o inverno.

O fato de que nem Cabell nem Nash me respondiam fez com que eu me contorcesse por dentro. Mas Nash nunca se deixara dissuadir pela promessa do perigo, e estava prestes a descobrir que eu não me deixaria dissuadir por ninguém, muito menos pelo meu guardião detestável.

— Cabell? — disse, mais alto dessa vez. O frio se agarrava às minhas palavras, fazendo a fumaça branca pairar no ar. Senti um arrepio. — Está tudo bem? Vou entrar, queira você ou não!

É lógico que Nash levou Cabell consigo, já que Cabell era *útil* para ele. Mas se eu não estivesse ali, não teria ninguém para garantir que meu irmão não se machucaria ou coisa pior.

O sol tímido se escondia em meio às nuvens prateadas. Atrás de mim, um chalé de pedra abandonado guardava os campos nas redondezas. O ar estava parado, o que sempre me deixou irritada. Prendi a respiração, forçando meus ouvidos para escutar ao longe. Nada do ruído de trânsito, nada do zumbido de aviões passando, nem mesmo um gorjeio dos pássaros. Era como se todos soubessem que não deveriam vir a este lugar amaldiçoado, e Nash fosse o único tolo a discordar, por ser burro e ambicioso demais.

Mas um instante depois a neve fresca trouxe consigo a voz de Cabell.

— Tamsin? — Ao menos ele parecia empolgado. — Cuidado com a cabeça quando for entrar!

Mergulhei na escuridão desorientadora da Veia. O lado de fora não era nada comparado ao frio implacável que me envolvia, perfurando minha pele até que eu não conseguisse mais respirar.

Bastaram dois passos para que a entrada redonda do outro lado da Veia surgisse em meio à escuridão. Mais um passo e ela virou uma vívida parede de luz fantasmagórica. Azul, quase como...

Olhei para baixo, para os pedaços de gelo espalhados ao redor da passagem, para os sigilos da maldição entalhados neles. Eu me virei, à procura de Cabell, mas alguém me segurou, fazendo-me parar ali mesmo.

— Falei pra você ficar no acampamento. — Com a lanterna de cabeça acesa, o rosto de Nash surgia das sombras, e eu podia sentir a raiva que irradiava dele como o calor que emanava de sua pele. — Vamos ter uma conversinha depois, Tamsin.

— O que você vai fazer? Me colocar de castigo? — perguntei, contente com minha vitória.

— Talvez faça isso mesmo, sua tonta — respondeu ele. — Nunca faça nada se não souber o preço a se pagar.

A luz da lanterna de cabeça dançou sobre mim, então apontou para a frente. Olhei naquela direção.

Estalactites de gelo pendiam do teto. Centenas delas, todas com um brilho laminado que as fazia parecer revestidas de aço afiado, prontas para cair a qualquer momento. As paredes, o chão, o teto, tudo era feito de gelo.

Mesmo na escuridão, era fácil ver Cabell, com seu corta-vento amarelo maltrapilho. Dominada pelo alívio, fui na direção dele, me agachando para ajudá-lo a recolher os cristais não usados. Ele tinha usado as pedras para absorver a magia das maldições ao redor da entrada. Quando os feitiços foram anulados, Nash usou seu machado nos sigilos.

Todo esvaziador sabia fazer uma versão do que Cabell estava fazendo, mas só conseguiam neutralizar as maldições quando tinham ferramentas compradas de feiticeiras.

Cabell era especial, mesmo entre os esvaziadores com uma magia especial. Ele era o primeiro Extrator em séculos, alguém que conseguia redirecionar a magia de uma fonte de maldição para outra, desviando dos feitiços no caminho.

A única maldição que Cabell parecia não conseguir quebrar era a dele mesmo.

— Que maldição era essa, Tamsin? — perguntou Nash, apontando com a bota com biqueira de aço para um pedaço de gelo marcado com um sigilo. Quando olhei, ele acrescentou: — Você disse que queria aprender.

Sigilos eram símbolos usados pelas feiticeiras para moldar a magia e atá-la a uma localização ou a um objeto. Nash inventava nomes ridículos para cada uma das marcas de maldição.

— Sombra Fantasma — respondi, revirando os olhos. — Faz um espírito nos seguir pelo covil, nos atormentando e dilacerando nossa pele.

— E essa? — indagou Nash, empurrando um pedaço de pedra entalhada na minha direção.

— Olhos Brancos — respondi. — Para cegar quem quer que cruze as fronteiras e fazer com que a pessoa fique vagando pelo covil até morrer congelada.

— Acho que seriam empalados antes de congelarem — comentou Cabell, brincalhão, apontando para outro sigilo. Sua pele pálida estava rosada, por conta do frio ou da empolgação, e ele não parecia notar os flocos de gelo em seu cabelo preto.

— É verdade, bem lembrado — acrescentou Nash, e meu irmão ficou ainda mais feliz.

As paredes exalavam o ar frio à nossa volta. Uma canção sobrenatural reverberava através do gelo, que estalava e vibrava como uma árvore antiga brincando ao sabor do vento. Só havia um caminho a ser seguido: a passagem estreita à nossa direita.

Estremeci, esfregando os braços.

— Podemos pegar logo sua adaga ridícula e cair fora?

Cabell abriu a mochila e pegou alguns cristais novos para as maldições que se alinhavam pelo corredor. Eu estava de olho nele, observando cada movimento, mas a mão enluvada de Nash me segurou pelo ombro quando tentei segui-lo.

Nash soltou um ruído de desaprovação.

— Não se esqueceu de nada? — perguntou deliberadamente.

Assoprei uma mecha de cabelo loiro para longe do rosto, irritada.

— Eu não preciso.

— E eu não preciso aguentar esse tipo de comportamento de uma menininha, mas olhe só como as coisas são — respondeu Nash, vasculhando minha mochila em busca de um pacote de seda roxa. Ele o desenrolou, erguendo a Mão da Glória para mim.

Eu não tinha a Visão Única, o que Cabell e Nash faziam questão de me relembrar sempre que tinham uma oportunidade. Diferente deles, eu não tinha magia. Uma Mão da Glória podia abrir qualquer porta, até aquelas protegidas por uma maçaneta de esqueleto, mas sua função mais importante, ao menos para mim, era iluminar a magia que o olho humano não conseguia enxergar.

Eu odiava isso. Odiava ser diferente, e Nash teve que resolver esse problema.

— Eita, ele está um tanto sujinho, não? — comentou Nash, acendendo o pavio escuro de cada dedo, um por vez.

— É a sua vez de dar banho dele — devolvi. A última coisa que eu queria era passar mais uma noite massageando uma camada fresca de banha humana na mão esquerda decepada de um prolífico assassino do século XVIII que fora condenado à forca pelo crime de aniquilar quatro famílias.

— Acorde, Ignatius — ordenei. Nash o prendeu a uma base de castiçal de ferro, mas isso não tornava a função de segurá-lo mais agradável.

Virei a Mão da Glória para que a palma estivesse na minha direção. O olho azul-claro enfiado na pele de cera piscou algumas vezes e depois semicerrou, decepcionado.

— Sim — afirmei —, ainda estou viva.

Ignatius revirou o olho.

— O mesmo para você, seu pedaço impertinente de carne em conserva — murmurei, ajustando os dedos rígidos e curvados até que eles voltassem ao lugar.

— Boa tarde, bonitão — sussurrou Nash. — Sabe, Tamsy, não custa nada ser mais simpática.

Olhei feio para ele.

— Você quem quis vir — retrucou ele. — Pense no preço a se pagar da próxima vez, tá?

O cheiro de cabelo queimado inundou minhas narinas. Passei Ignatius para a mão esquerda, e minha visão do mundo tremeu quando sua luz se espalhou pela superfície do gelo, iluminando-a com um brilho sobrenatural. Inspirei com força.

Os sigilos de maldição estavam por toda parte: no chão, nas paredes, no teto, todos rodopiando na frente e por trás uns dos outros.

Cabell se ajoelhou na entrada do caminho. O suor escorria de sua testa enquanto trabalhava para redirecionar as maldições para os cristais que colocava aos poucos à sua frente.

— Cab precisa descansar — falei para Nash.

— Ele aguenta — retrucou Nash.

Cabell concordou, endireitando os ombros.

— Estou bem. Consigo continuar.

Senti uma gota de banha quente queimar meu polegar. Sibilei para Ignatius, retribuindo seu olhar semicerrado e rancoroso com a mesma intensidade.

— Não — rebati firmemente. Não ia colocá-lo ao lado de Cabell como sabia que ele queria. Primeiro, porque não sou obrigada a obedecer a qualquer ordem de uma mão amputada, e... na verdade, não precisava de nenhum outro motivo além desse.

Só para atormentar a mão insuportável, movi Ignatius em direção à parede, à minha direita, aproximando cada vez mais o olho exposto da superfície congelada. Eu não era uma pessoa boa o suficiente para me sentir culpada pelo tremor que percorria suas articulações rígidas.

O calor de suas chamas começou a derreter a espessa camada de gelo na parede e, à medida que cada gota de água serpenteava até o chão, uma forma escura surgia do outro lado.

Deixei escapar um grito sufocado. A sola do meu tênis bateu no gelo quando cambaleei para trás e, antes que pudesse registrar o que estava acontecendo, eu já estava caindo.

Nash avançou com um grunhido assustado, agarrando meu braço com um aperto de ferro. O frio da parede próxima beijou o topo da minha cabeça.

Meu coração ainda batia forte, meus pulmões arfavam na tentativa de recuperar o fôlego, enquanto Nash me colocava em pé. Cabell correu para o meu lado, me agarrando pelos ombros e conferindo se eu não estava ferida. Eu soube o instante exato em que ele viu o que vislumbrei através do gelo. Seu rosto já branco ficou lívido. Os dedos se apertavam de terror.

Havia um homem no gelo, transformado de modo grotesco pela morte. A pressão do gelo parecia ter quebrado sua mandíbula, que se abria de maneira anormal em um último grito silencioso. Uma mecha de cabelo branco emoldurava as bochechas queimadas pelo frio. A coluna estava quebrada em ângulos tortuosos.

— Ah, Woodrow. Bem que me perguntei o que tinha acontecido com ele — comentou Nash, dando um passo à frente para estudar o corpo. — Coitado.

Cabell agarrou meu pulso, direcionando a luz de Ignatius de volta ao túnel diante de nós. Sombras escuras que pareciam hematomas manchavam o gelo brilhante. Uma galeria sombria de corpos.

Quando cheguei no décimo terceiro, parei de contar.

Meu irmão tremia tanto que seus dentes batiam. Seus olhos escuros encontraram os meus azuis.

— São... são tantos...

Eu o envolvi em um abraço.

— Está tudo bem... está tudo bem...

Mas o medo já o tinha dominado; e isso despertara sua maldição. Pelos escuros cresceram ao longo de seu pescoço e de sua coluna, e os ossos do rosto se deslocavam com estalidos repugnantes, tomando a forma de um cão aterrorizante.

— Cabell — disse Nash, com a voz calma e baixa. — Onde o punhal do Rei Arthur foi forjado?

— Foi... — A voz de Cabell soava estranha, saindo rouca por entre os dentes alongados. — Foi...

— Onde, Cabell? — pressionou Nash.

— O que você está... — comecei, mas Nash me calou com o olhar. O gelo gemeu ao nosso redor. Apertei Cabell com mais força, sentindo sua coluna vertebral se curvar.

— Ela foi forjada... — Os olhos de Cabell se estreitaram quando se concentrou em Nash. — Em... Avalon.

— Isso mesmo. Junto da Excalibur. — Nash se ajoelhou à nossa frente, e o corpo de Cabell ficou imóvel. Os pelos que haviam irrompido em sua pele retrocederam, deixando marcas semelhantes a uma alergia. — Você se lembra do outro nome que os avalonianos usam para a ilha deles?

O rosto de Cabell começou a se transformar de novo, o que provocou uma careta de dor. Ainda assim, ele não desviava o olhar do de Nash.

— Ynys... Ynys Afallach.

— Acertou de primeira, é lógico — elogiou Nash, levantando-se. Ele colocou uma das mãos em cada um de nossos ombros. — Você já eliminou a maior parte das maldições, meu rapaz. Pode esperar aqui com a Tamsin até eu voltar.

— Não — protestou Cabell, enxugando os olhos com as mangas da camisa. — Quero ir junto.

E eu não ia deixá-lo ir sem mim.

Nash assentiu e começou a descer o corredor, passando a lanterna de volta para Cabell e apontando sua lanterna de cabeça para o lugar onde estavam os corpos.

— Isso me faz lembrar de uma história...

— E o que *não* faz? — murmurei.

Será que ele não via que Cabell ainda estava abalado? Meu irmão estava só fingindo ser corajoso, mas fingir sempre foi o suficiente para Nash.

— Em eras passadas, em um reino perdido no tempo, um rei chamado Arthur governava tanto os homens quanto o Povo das Fadas — começou Nash, contornando com cuidado os cristais. Ele usou a ponta de seu machado para riscar os sigilos de maldição ao passar por eles. — Mas não é dele que vou falar agora, e sim da bela ilha de Avalon. Um lugar onde crescem maçãs que podem curar todas as doenças, e as sacerdotisas cuidam daqueles que vivem em seus pomares divinos. Durante um tempo, a meia-irmã de Arthur, Morgana, pertenceu a essa ordem. Ela serviu como uma conselheira sábia e justa para ele, apesar da maneira que muitos daqueles farsantes da era vitoriana preferem se lembrar dela.

Ele já havia nos contado essa história antes. Centenas de vezes, ao redor de centenas de diferentes fogueiras com muita fumaça. Era como se Arthur e seus cavaleiros nos acompanhassem em todas as nossas missões... mas era um tipo bom de familiaridade.

Eu me concentrei no som da voz calorosa e rouca de Nash, e não nos rostos grotescos no entorno. Não no sangue congelado feito halos que os cercavam.

— As sacerdotisas honram a deusa que criou a própria terra que Arthur passou a governar... alguns dizem que ela a criou a partir do próprio coração.

— Isso é ridículo — sussurrei, minha voz tremendo um pouco. Cabell estendeu a mão para trás, segurando a minha com força.

Nash riu.

— Talvez para você, garota, mas para eles, essas histórias são tão reais quanto você e eu. A ilha já fez parte de nosso mundo, onde agora vemos, com orgulho, Glastonbury Tor, mas há muitos séculos, quando novas religiões surgiram e o homem passou a temer e odiar a magia, ela foi dividida, tornando-se uma das Terras Distintas. Ali, sacerdotisas, druidas e fadas escaparam dos perigos do mundo mortal e viveram em paz...

— Até que as feiticeiras se rebelaram — complementou Cabell, arriscando uma olhada ao redor. Sua voz estava ficando mais firme.

— Até que as feiticeiras se rebelaram — concordou Nash. — As feiticeiras que conhecemos hoje são descendentes daquelas que foram banidas de Avalon depois de terem adotado a magia sombria...

Eu me concentrei no toque da mão de Cabell, seus dedos apertavam com força os meus enquanto passávamos pelo último corpo e atravessávamos um arco de pedra. Além desse arco, o caminho escorregadio de gelo seguia para baixo. Paramos mais uma vez quando Cabell sentiu, antes mesmo de ver, um sigilo de maldição enterrado sob nossos pés.

— Por que tanto desespero para encontrar essa adaga estúpida, afinal? — perguntei, abraçando meu corpo na tentativa de me aquecer.

Nash havia passado o último ano nessa busca, deixando de lado os trabalhos remunerados e as descobertas mais fáceis. Fui *eu* quem encontrou a pista que nos trouxe a este covil... não que Nash um dia fosse me dar o devido reconhecimento pela pesquisa que fiz.

— Você não acha que encontrar uma relíquia lendária é motivo suficiente? — indagou ele, passando a mão no nariz que estava com a ponta vermelha. — Quando você deseja algo, precisa lutar por isso com unhas e dentes ou desistir de lutar.

— O caminho está livre — declarou Cabell, levantando-se de novo. — Podemos continuar.

Nash seguiu na dianteira.

— Lembrem-se, meus pequenos diabinhos, de que a Feiticeira Edda era famosa por adorar todos os tipos de truques. Nem tudo é o que parece à primeira vista.

Foi preciso dar apenas alguns passos para entender o que ele queria dizer.

Começou com um lampião de querosene, deixado despretensiosamente ao lado de um dos corpos no gelo, como se um caçador o tivesse colocado no chão, se inclinado para a frente contra a superfície gelada e sido engolido por inteiro.

Passamos por ele sem olhar para trás.

Em seguida, surgiu a escada, que oferecia uma longa descida segura até um nível mais baixo.

Usamos nossas cordas.

Então, quando a temperatura caiu ainda mais, chegando a um frio quase mortal, um casaco de pelos brancos e imaculados. Tão macio e quente, do tipo que uma feiticeira distraída poderia ter deixado para trás, jogado sobre uma caixa igualmente tentadora de potes de comida.

Pegue-me, sussurravam. *Use-me.*

E pague o preço com sangue.

A luz de Ignatius revelou a verdade. As lâminas e os pregos enferrujados que revestiam o interior do casaco. As aranhas esperando nos frascos. Todos os degraus da escada, exceto por um que faltava. Até mesmo a lanterna estava cheia de Mãe Sufocante, um gás que fechava os pulmões até que a respiração se tornasse impossível, feito com o sangue de uma mãe que havia matado os próprios filhos. Qualquer pessoa que abrisse o vidro para acender o pavio morreria em um instante.

Passamos por tudo, com Cabell redirecionando a magia sombria das maldições lançadas entre cada armadilha. Por fim, depois do que pareceram horas, chegamos à câmara mais profunda do covil.

A câmara redonda brilhava com a mesma luz pálida e gelada. Em seu centro havia um altar, e ali, sobre um travesseiro de veludo, repousava uma adaga com cabo branco feito osso.

E Nash, que sempre parecia ter algo a dizer, ficou em silêncio. Não estava feliz, como eu tinha imaginado. Não estava dando pulinhos de tanta alegria enquanto Cabell quebrava a última das maldições que protegia o prêmio.

— Qual o problema? — questionei. — Não me diga que não é a adaga certa.

— Não, é ela, sim — respondeu Nash, sua voz ganhando um tom estranho.

Cabell se afastou do altar, permitindo que Nash se aproximasse.

— Bom — disse ele, sua mão pairando sobre o cabo por um instante antes de segurá-lo. — Olá.

— E agora? — perguntou Cabell, olhando para a adaga.

Seria melhor perguntar para quem ele iria vendê-la. Quem sabe, ao menos uma vez, pudéssemos ter um lugar decente para viver e comida para nos alimentar.

— Agora — respondeu Nash em voz baixa, segurando a lâmina contra a luz brilhante. — É hora de ir a Tintagel e recuperar a verdadeira recompensa.

Viajamos para Cornualha de trem e chegamos no exato momento em que uma forte tempestade caía nos penhascos e envolvia as ruínas escuras do Castelo de Tintagel em suas profundezas selvagens e barulhentas. Depois de montarmos, com certa dificuldade, nossa barraca, lutando contra a chuva e os ventos fortes, caí no sono. Os corpos no gelo estavam me esperando em sonhos, só que agora não eram esvaziadores, mas o Rei Arthur e seus cavaleiros.

Nash estava diante deles, de costas para mim, enquanto ele observava a superfície do gelo ondular como água. Abri a boca para falar, mas nenhum som saiu. Nem mesmo um grito quando ele deu um passo à frente no gelo, como se quisesse se juntar a eles.

Acordei com um grito sufocado, revirando-me e me debatendo para me libertar do saco de dormir. O primeiro raio de sol deu um brilho fraco ao tecido vermelho da nossa barraca.

O suficiente para ver que estava sozinha.

Eles foram embora.

A estática encheu meus ouvidos, deixando meu corpo dormente. Meus dedos doíam demais para segurar o zíper da entrada da barraca.

Eles foram embora.

Eu não conseguia respirar. *Eu sabia. Eu sabia. Eu sabia. Eu sabia.* Eles tinham me abandonado de novo.

Com um grito de frustração, arrebentei o zíper e forcei a abertura, caindo na lama fria.

A chuva caía torrencialmente, batendo no meu cabelo e pés descalços enquanto eu examinava os arredores. Uma névoa espessa se agitava ao meu redor, cobrindo as colinas. Prendendo-me ali, sozinha.

— Cabell? — gritei. — Cabell, cadê você?

Corri em direção à névoa, as pedras, a urze e o cardo castigando meus pés. Não sentia nada. Havia apenas o grito que crescia em meu peito, queimando e queimando.

— Cabell! — berrei. — Nash!

Meu pé ficou preso em algo e caí rolando no chão até bater em outra pedra e perder o fôlego. Eu não conseguia respirar. Tudo doía.

E o grito se despedaçou e se transformou em outra coisa.

— Cabell — chamava, aos soluços. As lágrimas eram quentes, mesmo enquanto a chuva açoitava meu rosto.

Que utilidade você teria para a gente?

— Por favor — implorei, encolhendo-me. O mar rugiu de volta ao bater na costa rochosa. — Por favor... Eu posso ser útil... por favor...

Não me deixem aqui.

— Tam... sin?

A princípio, achei que era minha imaginação.

— Tamsin? — A voz soava baixa, quase engolida pela tempestade.

Levantei-me, lutando contra a grama e a lama que me puxavam, procurando por ele.

Por um momento, as brumas se dissiparam no topo da colina e lá estava ele, pálido como um fantasma, o cabelo preto grudado na cabeça e os olhos escuros quase desfocados.

Escorreguei e me esforcei para subir a colina, segurando a grama e as pedras até alcançá-lo. Eu o abracei.

— Você está bem? Cab, você está bem? O que aconteceu? Pra onde você foi?

— Ele foi embora. — A voz de Cabell era tão delicada quanto um fio. Sua pele parecia um bloco de gelo, e eu podia ver um tom azulado em seus lábios. — Eu acordei e ele tinha partido. Deixou todas as coisas para trás... Procurei, mas ele...

Foi embora.

Mas Cabell estava ali. Eu o abracei com mais força, sentindo-o se agarrar a mim. Senti suas lágrimas se misturarem com a chuva em meu ombro. Nunca odiei tanto Nash por ser tudo o que sempre pensei que ele fosse.

Um covarde. Um ladrão. Um mentiroso.

— E-ele vai voltar, não vai? — sussurrou Cabell. — Talvez ele tenha se e-e-esquecido de dizer para onde estava i-indo?

Eu não queria mentir para Cabell, então não disse nada.

— É-é melhor a gente v-voltar e esperar...

Ficaríamos esperando para sempre. Senti a dura verdade desse fato no meu âmago. Nash enfim havia se livrado de seus estorvos. Ele nunca mais voltaria. A única misericórdia era o fato de não ter levado Cabell com ele.

— Está tudo bem — sussurrei. — Nós estamos bem. Só precisamos um do outro. Estamos bem...

Nash dizia que alguns feitiços precisavam ser enunciados três vezes para serem executados, mas eu também não era estúpida o suficiente para acreditar nisso. Eu não era uma das garotas das páginas dos livros de histórias. Eu não tinha magia.

Eu tinha apenas o Cabell.

Os pelos escuros estavam se espalhando por sua pele de novo, e senti os ossos de sua coluna se deslocando, ameaçando se realinhar. Eu o abracei com mais força. O medo se agitava na minha barriga. Nash sempre foi o único que conseguia fazer Cabell voltar a si, mesmo quando ele se transformava por completo.

Naquele momento, Cabell só tinha a mim.

Engoli em seco, protegendo-o da chuva e do vento. E então comecei a falar:

— Em eras passadas, em um reino perdido no tempo, um rei chamado Arthur governava tanto os homens quanto o Povo das Fadas...

PARTE I

DOIS DE ESPADAS

Independentemente do que digam e de quanto mintam para si mesmas, as pessoas não querem saber a verdade.

Querem a história que já conhecem, enterrada bem fundo delas, como a medula no osso. A esperança escrita em cada rosto, em uma linguagem sutil que poucos sabem ler.

Para a minha sorte, eu sabia.

O truque, de fato, era fazer com que se sentissem como se eu não tivesse visto nada. Eu não podia adivinhar quem estava com o coração apertado por um amor perdido ou desesperado para conseguir um dinheiro de repente, ou quem queria se livrar de uma doença da qual nunca escaparia. Tudo se resumia a um simples anseio, tão imprevisível quanto dolorosamente humano: ouvir seu desejo ser dito por alguém que não eles mesmos, como se isso, de alguma forma, tivesse o poder de tornar tudo realidade.

Magia.

Desejos, no entanto, nada mais eram do que gastar saliva à toa, se desvanecendo no ar, e a magia sempre tirava mais do que dava.

Ninguém queria ouvir a verdade, e eu não me importava com isso. As mentiras rendiam mais; as verdades escancaradas, como minha chefe Myrtle, a Mestre Mística do Tarô do Mestre Místico, ressaltou certa vez, só me rendiam críticas furiosas na internet.

Esfreguei os braços sob o xale de crochê de Myrtle, com os olhos voltados para o cronômetro digital à minha direita: 0:30… 0:29… 0:28…

— Estou sentindo... sim, estou sentindo que você tem mais uma pergunta, Franklin — disse eu, pressionando dois dos meus dedos na testa. — Uma delas é o verdadeiro motivo pelo qual veio até aqui.

O difusor brilhante de óleo essencial gorgolejava atrás de mim. O fluxo constante de patchouli e alecrim de nada servia para abafar o cheiro de lula frita que subia pelas velhas tábuas do assoalho e o fedor rançoso das lixeiras nos fundos. O cômodo apertado e escuro se apertava mais ao meu redor enquanto eu respirava pela boca.

O Mestres Místicos havia ocupado o quarto acima do mercado Faneuil Hall, em Boston, por décadas, testemunhando a sucessão de restaurantes de frutos do mar cafonas que abriam e fechavam no andar térreo do edifício. Incluindo o mais recente, o particularmente malcheiroso Larry Lagostas.

— Assim... — devolveu meu cliente, olhando ao redor para as tiras descascadas do papel de parede floral, as pequenas estátuas de Buda e Ísis e, em seguida, para as cartas que eu havia colocado na mesa entre nós. — Bem...

— Alguma coisa? — tentei de novo. — Como você vai se sair nas provas finais? Sua futura carreira? Época de furacões? Se seu apartamento é mal-assombrado?

A playlist de sons de chuva e sinos dos ventos que tocava em meu celular terminou. Assim que chegou ao fim, peguei o aparelho e reiniciei. No silêncio que se seguiu, as velas empoeiradas, que funcionavam a bateria, tremeluziam nas prateleiras ao redor. A escuridão entre elas escondia o quanto o cômodo estava sujo.

Anda logo, pensei, um pouco desesperada.

Foram seis longas horas ouvindo faixas de cânticos entoados por monges e reorganizando os cristais nas prateleiras no tempo entre os poucos clientes que haviam entrado. Cabell já devia estar com a chave e, depois de terminar a leitura, eu poderia partir para meu trabalho de verdade.

— Não consigo entender o que ela vê nele... — começou Franklin, mas foi interrompido pelo triste alarme do meu cronômetro.

Antes que eu pudesse reagir, a porta se abriu e uma garota entrou.

— Até que enfim! — exclamou ela, abrindo a cortina de miçangas baratas com um movimento dramático das mãos. — Minha vez!

Franklin se virou para encará-la, a expressão mudando conforme a avaliava com óbvio interesse — ela estava tão empolgada que era quase difícil desviar o olhar. A pele negra estava coberta por um brilho leve, provavelmente de um creme hidratante que tinha cheiro de mel e baunilha. As tranças estavam entrelaçadas para trás em dois coques altos na cabeça e ela usava um batom de um roxo intenso.

Depois de dar uma rápida olhadela de volta para Franklin, ela se virou para mim com os lábios curvados. Estava segurando o mesmo CD player portátil de sempre e os fones de ouvido almofadados, relíquias de um passado tecnológico mais simples. Como alguém incapaz de jogar qualquer coisa fora, eu não conseguia conter minha admiração por esses itens.

Mas o encanto desapareceu depressa quando ela virou o cinto e colocou os dois objetos no que parecia ser uma pochete rosa com gatos fluorescentes e as palavras EU SOU MIAU-GICO estampadas em uma tinta verde que brilhava no escuro.

— Neve. — Tentei não suspirar. — Não sabia que a gente tinha hora marcada hoje.

Seu sorriso era ofuscante enquanto lia a mensagem escrita na porta.

— *Pode vir sem hora marcada!*

— Eu ia perguntar quando Olivia e eu vamos reatar... — protestou Franklin.

— Melhor guardar alguma coisa para a próxima, né? — respondi com doçura.

Ele pegou a mochila com um olhar incerto.

— Você... você não vai contar pra ninguém que eu vim aqui, vai?

Apontei para a placa acima do meu ombro direito, TODAS AS LEITURAS SÃO CONFIDENCIAIS, e depois para a placa logo abaixo, NÃO NOS RESPONSABILIZAMOS POR QUAISQUER DECISÕES QUE VOCÊ TOME COM BASE NESSAS LEITURAS, que havia sido acrescentada um pouco tarde demais, resultado de três processos de pequenas causas.

— Até a próxima — disse eu, com um aceno que eu esperava que não parecesse tão ameaçador quanto parecia.

Neve se acomodou na poltrona, os cotovelos apoiados na mesa. Ela colocou o queixo na palma da mão com um olhar de expectativa.

— E aí — começou ela. — Como andam as coisas, gata? Algum trabalho interessante nos últimos dias? Andou desfazendo alguma maldição perveeeersa?

Olhei aterrorizada para a porta, mas Franklin já não conseguia mais nos ouvir.

— Que pergunta você gostaria que as cartas respondessem hoje? — perguntei de forma incisiva.

Por descuido, havia deixado minhas luvas de trabalho, feitas de um couro que só podia ser reptiliano chamado escama de dragão, penduradas na minha bolsa duas semanas atrás. Neve as reconheceu e fez a infeliz conexão, descobrindo meu verdadeiro trabalho. O fato de saber sobre os esvaziadores e a magia fazia com que ela talvez fosse dos Povos Mágicos, termo genérico para pessoas com o dom da magia, apesar de eu nunca tê-la visto nos lugares que eles costumavam frequentar.

Ela enfiou a mão no bolso do casaco preto felpudo e colocou uma nota de vinte dólares amassada na mesa entre nós. O suficiente para quinze minutos.

Eu poderia continuar por mais quinze minutos.

— Sua vida é tão emocionante — comentou Neve com um suspiro satisfeito, como se estivesse se imaginando no meu lugar. — Eu estava lendo sobre a feiticeira Hilde outro dia... Ela afiava mesmo os dentes para ficarem iguais aos de um gato? Isso deve doer. Como conseguia comer sem morder a bochecha o tempo todo?

Tentei controlar a irritação enquanto me recostava na cadeira e ajustava o cronômetro. Quinze minutos. Quinze míseros minutos.

— Sua pergunta? — insisti, fechando mais o xale de crochê de Myrtle sobre meus ombros.

Na verdade, ser um esvaziador era noventa e oito por cento pesquisas tediosas e dois por cento desventuras letais tentando abrir os covis das feiticeiras. Reduzir isso a uma fofoquinha leve e metida a besta fazia cada um dos meus nervos ficar em frangalhos.

Neve puxou a camiseta preta que vestia, distorcendo a imagem da caixa torácica rosa que a cobria. A calça jeans estava rasgada em algumas partes, os entalhos revelando a meia-calça roxa chamativa por baixo.

— Você não é de falar muito, né, Tamsin Lark? Beleza, então. A pergunta é a mesma de sempre: vou encontrar o que estou procurando?

Meus olhos estavam fixos nas cartas enquanto eu as embaralhava, concentrada em senti-las se agitando entre meus dedos, e não na intensidade do olhar de Neve. Apesar de andar toda saltitante e falar com uma voz alegre, seus olhos eram como oceanos escuros, sempre ameaçando atrair você cada vez mais em seus reflexos dourados. Eles me faziam pensar nos cristais de olho de tigre do meu irmão e aguçavam minha curiosidade em saber se estavam conectados ao dom de magia dela, não que eu me importasse o bastante para perguntar.

Depois de embaralhar sete vezes, comecei a tirar a primeira carta, mas ela colocou a mão sobre a minha.

— Posso escolher hoje? — perguntou ela.

— Bom... se é o que quer — respondi, espalhando as cartas viradas para baixo na mesa. — Escolha três.

Ela selecionou as cartas sem pressa, murmurando baixinho uma música que não consegui reconhecer.

— O que você acha que as pessoas fariam se descobrissem a respeito das feiticeiras?

— O que elas sempre fazem quando suspeitam de bruxas — respondi, secamente.

— O problema é o seguinte — os dedos de Neve pairavam sobre cada uma das cartas de cada vez —: acho que elas tentariam *usar* os poderes para benefício próprio. O feitiço das feiticeiras é capaz de prever o futuro de maneira bem mais precisa do que o tarô, certo? E de encontrar coisas...

E maldições que matam coisas, pensei, encarando o cronômetro. Parte de mim suspeitava que todas essas visitas poderiam ser um estratagema para conferir se eu seria capaz de participar de um possível trabalho para resgatar algo. Grande parte do trabalho que Cabell e eu fazíamos como esvaziadores era sob demanda; entrávamos em covis à procura de relíquias de família perdidas ou roubadas e coisas do gênero.

Neve pôs duas fileiras de três cartas sobre a mesa e depois se recostou com um aceno de cabeça satisfeito.

— Eu só preciso de uma fileira — protestei, depois desisti. Não importava. Qualquer coisa que fizessem esses dez minutos passarem logo... Juntei as cartas restantes em uma pilha organizada. — Vai, pode virar.

Neve virou a fileira de baixo. Roda da Fortuna invertida, Cinco de Paus, Três de Espadas. Ela franziu o rosto, aborrecida.

— Eu leio as três posições como situação, ação e resultado — expliquei, apesar de suspeitar que ela já sabia de tudo isso. — Aqui, a Roda da Fortuna invertida está dizendo que você foi atraída para uma situação que foge do seu controle e que terá que se esforçar mais para prosseguir com sua busca. O Cinco de Paus aconselha a esperar a situação passar e a não se envolver em nada que não seja realmente necessário. E o resultado, com o Três de Espadas, costuma ser uma decepção, portanto, vou dizer que você não vai encontrar o que está procurando, mas não é culpa sua.

Virei a pilha de cartas em minha mão.

— No fundo do baralho, a raiz da situação, está o Valete de Paus invertido.

Senti vontade de rir. Essa carta sempre aparecia nas leituras dela, indicando ingenuidade e falta de paciência. Se eu acreditasse de verdade nessas bobagens, ficaria bem explícito que o universo estava tentando enviar uma mensagem para ela.

— Bom, isso é o que as cartas acham — retrucou Neve. — Não quer dizer que seja verdade. Além disso, a vida perderia a graça se a gente não conseguisse provar que as pessoas estão erradas.

— Com certeza — concordei.

A pergunta estava na ponta da minha língua: *O que você está procurando?*

— Agora é a sua vez — anunciou Neve, virando a segunda fileira de cartas. — Veja a resposta para o que quer que esteja na *sua* mente.

— Não — protestei —, falando sério, isso...

Ela já estava colocando as cartas: o Louco, a Torre e o Sete de Espadas.

— *Uuuh* — gracejou ela, toda dramática enquanto tomava minhas mãos nas dela. — Um acontecimento imprevisto vai liberar você para explorar um novo caminho, mas é preciso tomar cuidado com uma pessoa que quer trai-la! O que você anda se perguntando *nessa* cabecinha aí, hein?

— Não tem pergunta alguma — respondi, puxando minhas mãos das delas —, a não ser o que vou comer hoje na janta.

Neve riu, empurrando a poltrona para trás. Olhei para o cronômetro.

— Você ainda tem mais cinco minutos — avisei.

— Não tem problema, já consegui o que precisava. — Ela tirou o CD player da pochete monstruosa e colocou os fones de ouvido em volta do pescoço. — Ei, o que você vai fazer amanhã à noite?

Dinheiro é dinheiro. Conformada, peguei o caderno de couro ao meu lado.

— Vou marcar um horário pra você. Que horas?

— Não, quis dizer pra dar um rolê. — Ao ver minha cara confusa, Neve acrescentou: — *Dar um rolê*, expressão que costuma ser usada para sugerir que as pessoas façam uma refeição juntas, ou assistam a um filme, ou literalmente façam qualquer coisa que envolva diversão.

Congelei na hora. Talvez eu tenha interpretado errado a situação. Quando enfim consegui falar, foi de um jeito estranho e nada natural.

— Ah… me desculpe… não curto meninas.

Neve riu, o som semelhante ao de sinos dos ventos.

— Azar o seu, mas você não faz meu tipo. Eu quis dizer sair como amigas.

Minhas mãos se fecharam sob a toalha de mesa de veludo.

— Não tenho permissão para ser amiga de clientes.

Por um instante o sorriso sumiu, e eu soube que havia percebido que contei uma bela mentira.

— Beleza, sem problemas.

Ela ergueu os velhos fones de ouvido, colocando-os nas orelhas quando se virou para sair. De nada serviam para impedir que o baixo reverberante e o som distorcido das guitarras melancólicas vazassem. O lamento cósmico de uma mulher invadiu a sala, seguido por uma batida de bateria trêmula que me deu ansiedade só de ouvir.

— Pelo inferno retumbante, o que você está ouvindo? — perguntei antes que conseguisse me conter.

— Cocteau Twins — respondeu Neve, erguendo os fones de ouvido. Seus olhos brilhavam de empolgação. — Já ouviu falar? Eles são *incríveis*... cada música parece um sonho.

— Não podem ser tão incríveis assim, se nunca ouvi falar deles — retruquei. — É melhor abaixar o volume antes que você fique surda.

Ela me ignorou.

— As músicas deles são como mundos diferentes. — Neve enrolou o fio do fone de ouvido em volta do aparelho volumoso. — Sei que parece bobagem, mas, quando ouço essa banda, afasto todo o restante da minha mente. Nada mais importa. Você não precisa sentir nada além da música. Foi mal, você não deve estar nem aí para isso.

E não estava mesmo, mas ainda assim senti uma pontada de culpa. Neve foi até a porta no momento em que Cabell a abriu. Ele piscou algumas vezes ao vê-la, antes que a garota passasse por ele.

— Tchau! — falou Neve, descendo as escadas depressa. — Até a próxima, Oráculo!

— Mais uma cliente satisfeita? — Meu irmão continuou parado próximo à porta, as sobrancelhas erguidas enquanto passava a mão pelo cabelo preto na altura dos ombros.

— É lógico que sim — respondi, jogando o xale de Myrtle no chão. Depois de prender meus cabelos embaraçados em um rabo de cavalo, juntei as cartas, organizando-as em uma pilha. Peguei a pequena bolsa de veludo que usava para guardá-las, mas parei quando vi o que estava no topo do baralho.

Eu nunca gostei da carta da Lua. Não tinha uma explicação, o que só me fazia odiá-la ainda mais. Cada vez que olhava para ela, era como se estivesse tentando puxar uma lembrança que se esvaía de volta para minha mente, que nunca se esquecera de nada antes.

Trouxe a carta mais para perto, estudando a imagem. Era impossível dizer se a face iluminada da lua estava dormindo ou apenas contemplando o longo caminho abaixo. Ao longe, colinas azuis enevoadas aguardavam, guardadas por duas torres de pedra, sentinelas silenciosas de qualquer verdade que estivesse além do horizonte.

Um lobo e um cão de caça, irmãos no medo, um selvagem e o outro domesticado, uivavam para a esfera brilhante no céu. Perto de seus pés, um lagostim se arrastava na beira de um lago.

Olhei para o cão sombrio de novo e senti um aperto no estômago.

— Como foi hoje? — perguntou Cabell, fazendo-me voltar a atenção para ele.

Depois de pegar minha parte dos ganhos do dia e trancar o restante no cofre, mostrei duas notas de cem dólares.

— Ora, ora. Olha quem vai pagar o jantar de hoje — brincou ele.

— Estou aguado pela famosa Torre de Frutos do Mar Coma o Quanto Quiser do Larry Lagostas.

Meu irmão era magro, de ossos proeminentes, mas parecia se sentir bem à vontade com o que eu considerava o uniforme testado e aprovado dos esvaziadores: calças marrons largas e um cinto que carregava as ferramentas do ofício, incluindo uma machadinha, cristais e frascos de veneno e antídoto de ação rápida.

Tudo isso era necessário se você quisesse tirar todos os tesouros que as feiticeiras acumulavam em seus covis ao longo dos séculos, e ainda continuar vivo e com todos os membros.

— Por que não comer os restos da lixeira em vez disso? — retruquei.

— A experiência gastronômica vai ser parecida.

— Presumo que isso signifique que você quer passar na biblioteca e tentar encontrar alguns possíveis clientes antes de pedirmos pizza pela décima noite consecutiva — reclamou ele.

— O que aconteceu com a chave do trabalho da Feiticeira Gaia? — perguntei, pegando minha bolsa. — Tinha alguma correspondente na coleção da biblioteca ou você precisou ir até o Cortador de Ossos?

Para abrir uma Veia selada, um dos caminhos mágicos que as feiticeiras haviam criado para uso próprio, era preciso o osso e o sangue de quem a criou ou de um de seus parentes. O Cortador de Ossos arranjava e fornecia tudo isso.

— Tive que pedir para o Cortador de Ossos — respondeu, me entregando a chave para que eu a examinasse. Parecia duas falanges soldadas com uma fina camada de ouro. — Tudo a postos para abrirmos a tumba neste fim de semana.

— Céus — murmurei. — Quanto essa chave nos custou?

— O mesmo de sempre — respondeu ele, dando de ombros. — Um favor.

— Não podemos continuar distribuindo favores — retruquei com firmeza, me mexendo depressa para desligar a música e as velas a pilha.

— Por que não? — Ele encostou o quadril no batente da porta.

O movimento discreto, com aquele tom de voz de quem não tem uma preocupação sequer, me fez perder a paciência. Ele nunca esteve tão parecido com Nash, o vigarista que, com relutância, nos criou e ensinou a sua profissão, só para nos abandonar antes que qualquer um de nós tivéssemos passado da primeira década de vida.

Cabell deu uma olhada rápida no meu cenário de Mestre Mística.

— Você vai ter que largar este trabalho de merda se quiser pagar o Cortador de Ossos com dinheiro de verdade da próxima vez.

De alguma forma voltamos, mais uma vez, para o tópico sobre o qual eu menos gosto de falar.

— Esse "trabalho de merda" paga nossa comida e um lugar para morarmos. *Você* poderia pedir turnos extras no estúdio de tatuagem.

— Você sabe que não foi isso que eu quis dizer — resmungou Cabell de maneira irritante. — Se a gente fosse atrás de alguma relíquia lendária...

— Se a gente encontrasse um unicórnio — interrompi. — Se a gente descobrisse um tesouro perdido de piratas. Se a gente pegasse uma estrela cadente e enfiasse no bolso...

— Tá bem, tá bem — protestou Cabell, o sorriso diminuindo —, tá, já chega. Eu já entendi.

Nós não éramos como os outros esvaziadores e Nash, que perseguiam névoas e sonhos. É óbvio, vender um objeto lendário no mercado clandestino poderia render milhares, se não milhões, mas o custo eram anos de busca por um número cada vez menor de relíquias. Os usuários de magia de outras partes do mundo haviam garantido seus tesouros, deixando apenas os da Europa à disposição. E, além disso, nunca tivemos os recursos adequados para um grande achado.

— Dinheiro de verdade vem de trabalhos de verdade — disse a ele. E, quer eu gostasse ou não, ser Mestre Mística era um trabalho de verdade, com horários flexíveis e salários justos pagos graciosamente por baixo dos panos. Precisávamos dele para complementar os serviços que recebíamos quando nos contratavam no quadro de empregos da guilda que ficava na biblioteca, ainda mais porque o número de anúncios estava diminuindo e os clientes cada vez mais pechinchavam para pagar pelo resgate.

O Tarô do Mestre Místico podia ser uma armadilha para turistas, construída a base de incenso e baboseiras místicas como poções de atração, mas nos deu a única coisa que nunca tivemos antes: estabilidade.

Nash nunca nos matriculou na escola. Ele nunca falsificou documentos de identificação para nenhum de nós, os dois órfãos que pegou de diferentes partes do mundo como se fossem mais duas de suas bugigangas estúpidas. O que tínhamos era esse mundo de esvaziadores e feiticeiras, desconhecido e invisível para quase todo mundo. Fomos criados aos pés do ciúme, alimentados pela mão da inveja e abrigados sob o teto da ganância.

A verdade era que Nash não havia apenas nos forçado a entrar nesse mundo; ele havia nos aprisionado nele.

Eu gostava da vida que havíamos criado para nós mesmos e do pouco de estabilidade que havíamos conseguido alcançar agora que éramos mais velhos e podíamos nos defender sozinhos.

Infelizmente, Cabell queria o que Nash tinha: o potencial, a glória, a excitação de uma descoberta.

Ele franziu os lábios enquanto coçava o pulso.

— Nash sempre dizia...

— Não cite Nash para mim — adverti.

Cabell se retraiu e, pela primeira vez, não me importei.

— Por que você sempre faz isso? — perguntou ele. — Abafa qualquer menção a ele...

— Porque ele não merece o ar que você gasta pra enunciar o nome dele — retruquei.

Coloquei a mochila de couro no ombro e me forcei a dar um pequeno sorriso.

— Anda, vamos dar uma olhada no quadro de anúncios da biblioteca e depois passar na casa da Feiticeira Madrigal para entregar a ela o broche.

Cabell estremeceu ao ouvir o nome da feiticeira. Dei um tapinha no ombro dele. Sendo justa, o jeito que ela o olhara fixamente durante a consulta, de modo tão intenso, tinha deixado nós dois assustados, e isso antes de ela decidir lamber uma gota de suor da bochecha dele.

Tranquei a porta e segui Cabell pela escada que rangia, saindo na noite turbulenta. Os turistas se aglomeravam ao nosso redor, alegres e de bochechas coradas por causa do ar fresco do início do outono.

Evitei por pouco colidir com muitos deles enquanto erguiam a cabeça para olhar o prédio do Quincy Market. Eu os via se inclinando para tirar fotos em frente aos restaurantes, comendo donuts de cidra de maçã, empurrando carrinhos de bebê com crianças sonolentas pelos paralelepípedos em direção a seus hotéis.

Era a visão de uma vida que eu nunca conhecera e que jamais conheceria.

Quando entramos no átrio da biblioteca da nossa guilda, fomos recebidos por risadas que fizeram minha pele ficar tão fria quanto as paredes de mármore.

Nada de bom acontecia quando esvaziadores festejavam, ainda mais tão perto da meia-noite, quando as maldições se intensificavam e o bom senso das pessoas ficava inebriado pela bebida.

Talvez tivesse sido melhor sair para jantar em vez de ir até Beacon Hill, onde a biblioteca ocupava um discreto sobrado.

— Afff — reclamei. — Que belo timing.

— Você tem mesmo o dom de sempre encontrar as pessoas quando menos quer vê-las — brincou Cabell. — É quase como se a biblioteca estivesse tentando te contar alguma coisa.

— Que preciso encontrar uma forma de roubar as chaves deles para que não possam entrar de novo?

Cabell balançou a cabeça.

— Quando você vai se dar conta de que, se afastar as pessoas, o resultado sempre vai ser apenas um: ficar sozinha?

— Quer dizer o meu "felizes para sempre"? — retruquei, me certificando de ter fechado bem a porta ao passar.

A porta de Todos os Caminhos fora retirada do covil de uma poderosa feiticeira mais de um século atrás, quando nossa guilda de esvaziadores foi fundada. Ao contrário das maçanetas de esqueletos das feiticeiras, que eram usadas para ancorar uma extremidade fixa de uma Veia específica à outra, a porta de Todos os Caminhos podia abrir um número infinito de passagens temporárias. Ela tinha o poder de levar uma pessoa a qualquer lugar que conseguisse visualizar com precisão em sua mente, desde que tivesse uma cópia da chave de latão que a abria.

Cabell e eu herdamos de Nash nossa chave de associados. Ele, por sua vez, a recebera quando sua inscrição para a guilda fora aceita com relutância. A doação que fora obrigado a fazer — o escudo de Enéas — representara uma relíquia notável o bastante para que os demais membros da guilda estivessem dispostos a fazer vista grossa à sua reputação um tanto quanto péssima.

O problema com a porta de Todos os Caminhos era que a biblioteca se tornava uma parada obrigatória, para onde quer que você fosse. Embora pudéssemos entrar na biblioteca e esperar que o Bibliotecário nos notasse e abrisse a porta oculta, a porta de Todos os Caminhos era o método mais fácil de entrar e o mais usado pela maioria dos membros da guilda. Tudo o que você precisava fazer era colocar sua chave de sócio em qualquer fechadura antiga que estivesse por perto, abrir a porta e estaria lá em segundos. Usávamos a do armário de roupas de cama em nosso apartamento em North End com mais frequência. Quando chegávamos à biblioteca, podíamos usar a chave de novo na maçaneta da porta de Todos os Caminhos e assim seguir para o próximo destino.

Passaríamos de novo na viagem de volta e senti meu estômago se revirar, imaginando esse encontro acontecendo várias vezes.

A tensão no rosto de Cabell se dissipou um pouco quando ele se inclinou para trás, olhando para o longo e polido corredor até a câmara central da biblioteca. O brilho quente das velas era como um convite e fazia as manchas brancas no piso de pedra brilharem feito um rastro de estrelas.

— Não é sexta-feira, é? — perguntei.

As atividades de sexta-feira à noite eram dedicadas aos esvaziadores que bebiam e se gabavam das várias relíquias que haviam encontrado e dos covis aos quais haviam sobrevivido. Qualquer esperança que eu tivesse de cumprimentar rapidamente o Bibliotecário antes de sair se desintegrou como torrões de areia em um punho cerrado.

— Terça-feira. Mas parece que Endymion Dye e a equipe voltaram da expedição em que estavam — observou Cabell.

Odiando a mim mesma pela curiosidade que me autossabotava, dei uma rápida olhada no corredor. E como era de se esperar, Endymion Dye estava de pé em cima de uma das mesas de trabalho, cercado por membros da guilda, todos cantando e dançando ao seu redor, tentando dizer uma palavra de louvor. Seu cabelo do mais puro branco ainda me surpreendia, não importava quantas vezes eu o visse. Fora o presente de despedida da maldição de uma feiticeira há três anos.

Cerrei os dentes. Havia algo de perturbador nele para além de sua riqueza absurda, para além do fato de a família dele ter fundado esta guilda, o que permitia que ele estabelecesse as regras, e para além daqueles olhos cinzentos penetrantes que pareciam atravessar o corpo de quem o olhava. Endymion tinha um ar evasivo, como se nenhum de nós merecesse o privilégio de conhecer seus verdadeiros sentimentos ou intenções.

Até mesmo Nash, o homem que sorria em meio ao caos, procurava evitar Endymion. *Aquele cara não me passa confiança, Tamsy,* dissera ele certa vez quando passamos por Endymion a caminho da única reunião da guilda que Nash decidiu agraciar com sua presença. *Fique longe dele, está me ouvindo?*

Nas raras vezes em que vi Endymion, ele sempre me pareceu de uma serenidade tão plena que era quase surreal vê-lo naquele instante, coberto de poeira e sujeira, resultado da expedição recente.

Ainda assim, ele não era, nem de longe, tão irritante quanto seu filho, Emrys. O Dye mais jovem, quando não estava esbanjando a herança que nenhum jovem de dezessete anos merecia ter, ou se gabando de qualquer relíquia que ele e o pai tivessem encontrado, parecia existir apenas para testar os limites da minha sanidade.

— Não está vendo o herdeirinho por aí, está? — perguntei.

Cabell se inclinou para o corredor de novo.

— Não. Hmm.

— *Hmm* o quê? — perguntei.

— É estranho que o pai não tenha levado ele — explicou Cabell. — Mas já faz algumas semanas que não o vejo na biblioteca. Vai ver ele começou em algum novo colégio interno de burguesinho.

— Só me resta torcer.

Não havia a menor chance de Emrys desistir de caçar relíquias, mesmo que temporariamente.

Endymion ignorava a conversa dos esvaziadores, seu olhar estava escondido pela luz do fogo das velas que refletia em seus óculos de armação fina.

Cabell apoiou uma das mãos de um jeito reconfortante em minha cabeça e disse:

— Pode esperar aqui. Vou pegar os anúncios de serviços pra que você não tenha que lidar com eles.

Peguei a sacola de suprimentos que Cabell havia colocado no ombro, sentindo o alívio percorrer todo meu corpo.

— Obrigada. Acabou meu estoque de respostas engraçadinhas do dia.

Eu me encostei na parede de pedra fria, ouvindo os outros esvaziadores cumprimentarem Cabell animadamente como um filho pródigo. Após esquecerem a personalidade irritadiça e a aparência solitária e cheia de tatuagens dele, Cabell foi aceito. A risada grave e o charme em contar histórias arrebatadoras que aprendera com Nash *quase* compensavam sua infeliz associação com a família Lark.

No entanto, toda vez que ele ia embora de uma reunião ou se encontrava com um deles para beber, eu tinha que morder a língua para não lembrá-lo de que todos eles ainda nos chamavam de *Larktrõezinhos* pelas costas.

O que poderia me deixar ofendida, se ao menos fosse um trocadilho inteligente.

Eles não o respeitavam e, com certeza, também não davam a mínima para saber se estava vivo ou morto. Nunca se importaram. Quando precisávamos da ajuda deles ainda crianças, a suposta união da guilda apenas sumiu.

Essa foi a primeira lição que Nash me ensinou: na vida, as pessoas só cuidavam de si mesmas e, se quisesse sobreviver, era preciso fazer o mesmo. Ao menos as feiticeiras eram honestas quanto a isso e não fingiam se preocupar com os outros.

Cabell voltou correndo para mim, segurando três anúncios de serviços, todos escritos com a tinta verde-esmeralda do Bibliotecário.

— Alguns dos bons, acho eu.

Peguei os três, estudando os nomes dos que estavam solicitando trabalhos de resgate. A maioria parecia ser de Povos Mágicos. Ótimo. Precisávamos de um descanso das feiticeiras.

Uma nova onda de gritos alegres me fez olhar para o corredor mais uma vez.

Endymion estava removendo os invólucros protetores de sua descoberta tão lentamente que era quase agonizante. Em seguida, com o tipo de floreio dramático que essas pessoas não conseguiam resistir, mesmo quando isso significava manusear artefatos de valor inestimável, ele jogou a relíquia de volta na mesa. O estrondo do impacto percorreu a biblioteca.

O enorme livro era encadernado em couro, com a capa rachada pelo tempo e pelo calor. A quantidade impressionante de páginas, com bordas prateadas, parecia ter passado os últimos séculos tentando escapar. Apenas uma pesada fechadura de metal com o símbolo da árvore de Avalon mantinha tudo junto.

Uma pontada de inveja, da qual eu me ressentia muito, me atravessou.

— A Imortalidade de Callwen... — comentei.

Uma coleção de memórias da feiticeira, escrita com sangue após a morte dela. Embora fosse prática comum entre as feiticeiras agora, havia rumores de que essa era a mais antiga de seu tipo.

Os gatos da biblioteca, escondidos nas prateleiras superiores, sibilaram diante das maldições tecidas que circundavam o tomo. O som era como o chiado da chuva em um telhado quente.

Os outros esvaziadores batiam nas mesas com os punhos. Meus batimentos eram mais fortes do que aquelas pancadas retumbantes enquanto eu encarava a porta de Todos os Caminhos.

— Certo — disse eu, colocando nossa chave na maçaneta. — Para onde vamos primeiro?

Depois de horas ziguezagueando por Boston, Savannah, Salem e St. Augustine, acabamos perdendo os três serviços. Dois deles foram concluídos por outro esvaziador de uma guilda diferente e, no terceiro, a cliente queria nos pagar com sua extensa coleção de botões.

A única coisa que restava era concluir o serviço que havíamos feito para a Feiticeira Madrigal.

— Só queria dizer que aqueles botões de pérola eram bem bonitos — continuou Cabell, esquivando-se da horda de pessoas que tinha acabado de jantar no Bairro Francês de Nova Orleans.

— Eles tinham formato de estrelas — retruquei, franzindo o rosto.

— Você está certa, retiro o que disse — respondeu Cabell. — Não eram bonitos, eram *encantadores*. Acho que ficariam lindos em você...

Bati meu ombro no dele, revirando os olhos.

— Agora já sei o que te dar de presente de Natal.

— Uhum — respondeu Cabell, apreciando a vista das sacadas de ferro acima de nós. Um feixe de luar iluminava Nova Orleans em toda a sua glória colorida, e a Lua parecia estar mais baixa do que o normal.

— Por que não moramos aqui? — disse ele, suspirando feliz.

Eu poderia citar uma dezena de motivos, mas só havia um que importava: Boston era nosso lar. O único que já tivemos.

Nós dois diminuímos a velocidade por instinto ao nos aproximarmos de uma rua secundária comum. Uma mansão preta coberta de hera surgia no beco sem saída, logo após o último vestígio de luz âmbar.

O portão preto da casa dos Rook se abriu com nossa presença, sem solicitarmos. As bagas de espinheiro estavam espalhadas pelo chão ao longo da passagem tortuosa até a varanda da frente. Prendi a respiração, mas o cheiro de podridão me invadiu de todas as formas, penetrando em minhas narinas e permanecendo ali.

Meu coração batia com tanta força que chegava a doer, o que me fez lembrar de quando esperava do lado de fora de outras mansões como esta, segurando a mãozinha de Cabell, rezando para que Nash não acabasse morto ao negociar com a feiticeira lá dentro.

— Tem certeza de que está com o broche? — perguntou ele, mesmo sabendo que eu estava.

— Vai ficar tudo bem — respondi.

— Eu posso ir com você, de verdade — afirmou ele, com um olhar estranhamente ansioso em direção à casa.

Tirei um diário de couro preto da minha bolsa de trabalho e pressionei a capa desgastada contra o peito dele.

— Tente algumas possíveis palavras-chave enquanto espera.

O diário de Nash, um dos poucos pertences que ele deixou para trás, era um caos completo, cheio de histórias e anotações sobre relíquias, lendas e usuários de magia com os quais ele cruzou ao longo dos anos. Talvez por imaginar que um dia seus jovens pupilos intrometidos pudessem ler, ele escreveu algumas das entradas em um código cifrado. Embora tenhamos conseguido descobrir a palavra-chave para decifrar a maioria dos registros, o último, escrito pouco antes de ele desaparecer, tem nos intrigado há anos.

Cabell pegou o diário, mas continuava inquieto.

— É a minha vez — argumentei. Quando se tratava de entregar qualquer produto para as feiticeiras, um de nós sempre ficava do lado de fora, para o caso de o outro ficar preso lá dentro com uma cliente que se recusasse a pagar. Apertei o braço dele com firmeza. — Vai ser rápido, eu prometo. Amo você.

— Não morra — respondeu ele, encostando-se na cerca com um último suspiro.

A casa da Feiticeira Madrigal parecia tremer com o próprio frio. As vidraças das janelas rangiam em suas molduras como dentes, e os ossos de mármore rachado e a ferragem gemiam com a brisa.

Percorri com o olhar a fachada da mansão, desgastada pelo tempo, enquanto me aproximava da varanda que estava afundando.

— Certo — sussurrei para mim mesma, endireitando os ombros. — É só uma entrega. Pegue o pagamento e vá embora.

Eu sempre fazia questão de pesquisar nossos clientes antes de nos encontrarmos com eles, o que aumentava significativamente nossas chances de garantir o trabalho e sair vivo da reunião. Mas não havia quase nada sobre Madrigal na biblioteca de nossa guilda, e até mesmo o diário de Nash tinha sido pouco útil.

Madrigal — *anciã, mestre de todas as afinidades elementais. Nenhum parente conhecido. Nunca aceita convites para jantar.*

O anúncio de trabalho dela permaneceu intocado no quadro de empregos da guilda por meses até que eu criasse coragem de aceitá-lo.

Segurei com força o broche na bolsa de veludo. Negociar esse trabalho quase acabou com meus nervos, que pareciam frágeis novamente enquanto minha mente pensava em todas as contingências caso as coisas dessem errado. A triste verdade era que havia muito pouco que *pudéssemos* fazer se Madrigal se recusasse a honrar nosso contrato e nos pagar. Era assim que funcionava quando se fazia negócios com um ser mais poderoso: seus caprichos eram tão voláteis quanto o fogo, e você sempre tinha de estar pronto para se queimar de novo.

A porta se abriu antes que eu pudesse levantar a mão para tocar a campainha.

— Boa noite, senhorita.

O funcionário da feiticeira ocupava quase todo o batente da enorme porta, com sua altura inacreditável e ombros tão largos que pareciam ser da largura da rua. Ela o chamava de Benzinho, e achei mais seguro não perguntar se era seu nome ou um apelido.

Ele fez uma reverência quando me aproximei, suas feições tão indecifráveis quanto na primeira vez em que estive aqui. Tinha uma máscara de couro grudada na metade superior do rosto como um caparão, cobrindo os olhos dele, e o corpo enorme vestia um fino uniforme de mordomo à moda antiga.

— Se fizer a gentileza de me acompanhar, senhorita.

O sotaque do homem era estranho, melódico de uma forma que não parecia totalmente humano, e não devia ser mesmo. Ainda que agora fossem raras em nosso mundo, as feiticeiras com frequência obrigavam criaturas mágicas a servi-las ao longo de sua extensa vida.

O funcionário recuou para as sombras que o aguardavam atrás dele. O cheiro de cera quente e fumaça de vela inundou meu nariz quando passei por ele. O broche de ouro em sua lapela, uma peça de xadrez com uma lua crescente invertida, em forma de chifres, sobre ela — a marca da Feiticeira Madrigal — piscou à luz de um candelabro próximo.

O lamento de um saxofone duelava com as notas vibrantes de um piano em algum lugar no fundo da casa, lentamente se transformando em um frenesi.

Termine o trabalho, pensei, sentindo as bordas do broche cravando na palma da minha mão.

— Sua senhora está em casa? — perguntei.

— Ah, sim, senhorita — confirmou ele. — Está com visita.

Senti um frio na barriga.

— Devo voltar depois?

— Não, senhorita — respondeu ele. — Ela não ficaria feliz.

E como todo bom funcionário de feiticeira, ele sabia que não devia se arriscar a desagradá-la.

— Tudo bem — disse eu, por fim, recuando um passo para permitir que ele guiasse o caminho.

Eu estava tão nervosa na minha primeira visita que mal registrei a mansão dos Rook, vi apenas borrões de veludo e incensos. Desta vez eu podia absorver tudo.

Como as flores que já pareciam estar ali havia uma semana, os móveis chiques, as obras de arte e as bugigangas douradas que o tempo havia enferrujado. O desperdício de tudo era de tirar o fôlego, assim como os tapetes úmidos e manchados e o cheiro avassalador de mofo e podridão.

Seda vermelha e puída cobria as paredes. Havia uma mesa com ossos incrustados encostada na parede, com um vaso no formato de mãos como se fizessem movimento para agarrar algo, um par de óculos para ópera e uma taça pela metade com o que parecia ser vinho tinto, mas que também poderia muito bem ser sangue.

No corredor, brilhando à luz das velas, estava o retrato de um jovem que parecia preocupado, vestindo um uniforme antigo. Havia um beijo de batom vermelho-vivo em sua bochecha e uma faca cravada na tela, exatamente onde estaria o seu coração.

O pavor crescente se instalou em minha pele, rastejando como um ninho de centopeias. Seguimos a música até que os carpetes foram substituídos por azulejos pretos e brancos formando um padrão quadriculado. As velas se acendiam à medida que passávamos, mas a luz não era suficiente para aliviar a sensação de escuridão inexorável.

A entrada dava para o salão redondo no centro da casa. Uma cúpula de vitral se arqueava sobre a grande escadaria, retratando um jardim exuberante cheio de árvores e flores trepadeiras, sob uma lua crescente luminosa. Os tapetes vermelhos e o mármore da grande escadaria estavam com um aspecto pútrido.

Em vez de subirmos as escadas, nós nos voltamos para duas portas carmesim, ambas esculpidas com a marca da feiticeira. A música diminuiu, apenas o suficiente para que eu pudesse ouvir o murmúrio de vozes lá dentro. Fechei os olhos quando o funcionário da feiticeira levantou a mão para bater.

As portas se abriram e a música jorrou da sala como sangue de uma garganta degolada.

Eu me endireitei o melhor que pude, erguendo o rosto enquanto seguia o funcionário de Madrigal porta adentro. Ali, uma garota me encarava. Rosto redondo, olhos grandes demais, cabelos que não eram nem castanhos nem loiros e pálida feito osso.

Era eu.

A sala estava coberta de espelhos, cada um deles indo do chão ao teto. Os móveis pareciam ter sido esculpidos diretamente do piso de pedra preta brilhante, depois esticados e torcidos em formas estranhas. Velas cobriam o chão e os aparadores. Centenas de chamas se tornavam milhares conforme seus reflexos se multiplicavam na superfície prateada ao nosso redor.

No centro da sala, capturando os respingos de cera carmesim que pingavam do lustre, havia uma mesa de banquete.

Senti um aperto no estômago ao ver as travessas repletas de carnes fatiadas e tortas. Corvos de chocolate me seguiram com seus olhos de goma de mascar das bandejas imponentes de doces e bolos em que estavam.

Havia uma mulher sentada à cabeceira da mesa, com o corpo envolto em uma nuvem de tule preto. O blush em seu rosto formava linhas duras. Mechas flamejantes por suas costas, mas a feiticeira (ou algum pobre servo) havia prendido duas mechas em uma torção acima de suas orelhas. As pérolas negras e os diamantes que pendiam entre elas balançavam quando ela olhava para nós.

Tinha a aparência que, em inúmeras lendas, tentaram atribuir à infame Morgana le Fay. Sedutoramente sinistra.

— Senhorita Lark, que... pontual. — Ela limpou a boca com um guardanapo de renda preta e estendeu a mão.

Meu coração foi parar na garganta quando dei o primeiro passo em sua direção, minhas botas de repente estavam muito barulhentas e minhas roupas muito desalinhadas para o evento, afogadas na iridescência fervilhante da sala. Parei mais uma vez quando vi que ela não estava sozinha à mesa. Vários... homens paralisados? Bonecos de tamanho real? Usavam smokings, cada um com o peito erguido por uma fita de veludo preto amarrada à cadeira. Cada um tinha uma cabeça de animal taxidermizado diferente pousado em suas cabeças — um urso, um leão, um veado e um javali.

— Pode vir, asseguro que meus convidados sabem se comportar bem — avisou Madrigal —, eu mesma os treinei.

Nenhum deles parecia estar se movendo, até que o convidado sentado à esquerda dela se inclinou em torno do enorme candelabro que o bloqueava da minha visão.

Era Emrys Dye.

Ao contrário dos outros, Emrys Dye não usava uma cabeça de animal. Isso quer dizer que eu conseguia ver como o sangue se esvaía de seu rosto e seus lábios se abriam com evidente surpresa.

Até aquele instante, eu me orgulhava do fato de raramente ser pega de surpresa. Passei anos tomando doses homeopáticas de suspeita de maneira metódica, como outros tomam gotas de veneno para desenvolver tolerância a ele. Quando se espera sempre pelo pior, nada pode doer tão profundamente a ponto de se tornar um choque.

Mas seja o que for que eu esperasse, não era... *isso*.

Como sempre, as feições de Emrys eram de uma perfeição de quem frequentara escolas preparatórias: a aparência refinada com todo o cuidado por gerações de casamentos arranjados entre pessoas bonitas e ricas, todas com aquele *toque* impossível de descrever que os Povos Mágicos pareciam possuir e que os diferenciava um pouco do restante de nós, mortais. Isso fazia qualquer um querer encará-los por um segundo a mais.

Era difícil resistir a essa atração, mesmo com Emrys, até que descobrisse a personalidade repulsiva por trás da máscara.

Ele usava um smoking preto parecendo seda, com a gravata borboleta desamarrada no pescoço. Seu cabelo castanho estava bagunçado como de costume. Ele passou despreocupadamente uma das mãos por eles enquanto me observava com seus olhos de cores diferentes. Um olho parecia estanho, o outro era verde brilhante como a esmeralda do broche que eu havia trazido.

Meus pés já não sabiam mais como se movimentar. Infelizmente, não se podia dizer o mesmo da minha boca.

— O que você está fazendo aqui? — soltei.

— É sempre um prazer ver você também, Tamsin — respondeu Emrys, estendendo a mão para segurar o gargalo de uma garrafa de champanhe próxima. Já não estava tão chocado quanto antes, de volta ao tom suave de sempre. — Voltando de outra aventura superempolgante para recuperar sucatas perdidas? Imagino que o que quer que a Senhora Madrigal tenha feito você procurar seja uma pausa bem-vinda ao lixo de sempre.

— Voltando de outra missão para reforçar sua masculinidade frágil? — retruquei com doçura. Não era de se admirar que ele não estivesse na biblioteca.

Emrys riu enquanto enchia sua taça de champanhe até a boca.

— Bem, agora você me pegou, Passarinho.

Eu queria gritar. Se alguém agia que nem um passarinho, era ele. Estava sempre batendo as asas por aí, incomodando todo mundo e deixando a bagunça para outra pessoa limpar.

— Você parece viver sob a ilusão de que sua previsibilidade é encantadora e não, na verdade, o mais puro tédio — retruquei.

— Tédio? — O sorriso dele se alargou. — Acho que nunca falaram assim de mim antes.

— *Arram* — Um ruído agudo vindo da garganta da feiticeira me trouxe de volta ao presente.

Madrigal estendeu a mão para um prato de comida no centro da mesa e usou as unhas compridas como espetos para pegar a carne e o queijo cortados. Seus dedos se moviam como facas, raspando uns contra os outros para colocar a comida no prato. Dei uma olhada rápida, procurando por anéis com sigilos.

— *Ele*, senhorita Lark — ressaltou Madrigal —, é meu convidado.

E eu, minha mente sibilou como se para me lembrar, *não sou*.

— Convidaria você para ficar, mas mal temos comida para nós dois, como pode ver — acrescentou a feiticeira, com um tom de falso pesar na voz enquanto acariciava o nariz do porco assado.

— Mas é lógico... — Balancei a cabeça em uma espécie de reverência. — Com certeza, senhora Crone. Concluí sua solicitação e vim lhe entregar o broche.

Lutei para me manter imóvel enquanto esperava, mas a feiticeira não disse mais nada. Arrisquei olhar para a frente por entre os cílios. A feiticeira tinha voltado a manusear a comida à sua frente, cortando vários pedaços de frutas em uma travessa próxima. Durante um momento quase agonizante, o único som entre nós era o arranhar de suas unhas e o ranger de dentes.

Emrys mordia o lábio inferior enquanto olhava para a feiticeira. A outra mão estava curvada sobre a mesa brilhante.

Eu me forcei a desviar o olhar.

— Não sabia que vocês dois se conheciam. — Eu me ouvi dizer. *Valha-me Deus,* pensei, *cale a boca, Tamsin!*

— E eu não sabia que você anotava todo mundo que eu conhecia, senhorita Lark — retrucou Madrigal. — Benzinho?

O ar estava muito quente às minhas costas. O enorme corpo de Benzinho começou a se contorcer em torno de si mesmo. A pressão aumentou como uma tempestade iminente, tornando elétrico o ar em meus pulmões até que eu não conseguisse respirar. A luz se entrelaçou em torno dele enquanto seu corpo maciço assumia uma nova forma.

Púca, minha mente explicou em meio ao pavor que crescia lentamente. O metamorfo do Povo das Fadas, com a habilidade de assumir qualquer forma que quisesse para seus truques e viagens. Eu não possuía a Visão Única. Só conseguia vê-lo por que ele permitia.

O falcão voou para frente, empoleirando-se no encosto alto da cadeira de obsidiana da feiticeira, observando-me com uma quietude enervante. Madrigal ergueu a mão, alimentando seu funcionário com um pedaço de carne malpassada de seu prato.

— Cadê o Cabell? — perguntou Emrys, me afastando de meus pensamentos.

— E por que você se importa? — perguntei, puxando as mangas do casaco para baixo.

— Não sabia que era proibido me importar com um membro da minha guilda.

— *Sua* guilda? — protestei. — Que tal *nossa* guilda...

— Crianças — interrompeu a feiticeira —, o quê, no curto tempo em que nos conhecemos, fez vocês acreditarem que eu aprovaria uma discussão tão tola da qual nem posso participar? — Ela se virou para mim. Mordi meu lábio até sentir o gosto de sangue, para me impedir de reagir. — Eu não me recordo desse mau humor na última reunião, nem de você ser tão mal-educada.

O ar fervilhava com a magia não usada, com força suficiente para que uma mera mortal como eu a sentisse como agulhas na pele. Mordi ainda mais o lábio.

O poder dela parecia diferente do das outras feiticeiras com as quais eu já havia lidado, pesado e repleto de raios. Antigo. Devia ser porque ela era uma anciã, o status mais alto que uma feiticeira poderia alcançar. Seu domínio da magia indicava um vasto conhecimento de feitiços e sigilos de maldição. Tão vasto, pensei sombriamente, que talvez eu nem conseguiria reconhecer aquele que ela lançaria para me matar.

— Sinto informar que ela tem uma predisposição natural a ser mal-humorada — provocou Emrys, seu tom de repente tão caloroso e suave quanto o de um uísque —, mas isso faz parte do charme único dela. E, sendo sincero, qual a vantagem de ser educado quando se pode ser interessante?

Madrigal murmurou, pensativa, considerando o que ele havia dito. A pressão que se acumulava ao nosso redor se dissipou, como se tivesse saído ao soltar o ar.

— Não fui criada para ser uma dama, se é isso que está se perguntando — consegui dizer. — Não como você. Ninguém no mundo se compara a você. Nem em beleza, nem em poder.

— Açúcar demais estraga a sobremesa, bichinho — alertou Madrigal, um leve tom de advertência em sua voz. — Mas, falando em coisinhas saborosas, onde *está* aquele jovem encantador que a acompanhou em sua última visita? Não consegui vê-lo direito e estava esperando que fôssemos apresentados.

— Ele... — Procurei uma explicação que não a insultasse ou enfurecesse. — Ele tinha outro compromisso hoje.

— Um compromisso mais importante do que eu? — indagou Madrigal.

Meu corpo estava mais tenso do que fio de fibra.

— Peço perdão.

— Que chateação. — Madrigal olhava com desaprovação para a taça de vinho. — Diga-me, senhorita Lark, já que nem sempre compreendo os mistérios da mente mortal: o que impede você de arrancar o coração do seu irmão quando se irrita com ele?

— Acima de tudo, a força de vontade — respondi antes que pudesse me conter. — E as unhas fracas.

Emrys deu uma risada engasgada. A Feiticeira Madrigal ficou em silêncio por um momento, depois jogou a cabeça para trás em um uivo. O som era mais animalesco do que humano.

Dei um passo à frente, depois outro, até estar perto o suficiente para tirar o broche da capa protetora e colocá-lo na mesa ao lado dela.

— Suponho que agora tenha que pagar você — comentou Madrigal com um beicinho.

Ela estendeu a mão e uma bolsinha vermelho-sangue apareceu em sua palma de repente. Hesitei por um momento e então a peguei, arriscando olhar dentro dela para me certificar de que a feiticeira não a havia enchido com pedras ou moedas de baixo valor.

Para minha surpresa, Madrigal deu outra gargalhada aguda.

— Vejo que você tem muita experiência em trabalhar com minhas irmãs, senhorita Lark, mas vocês dois podem ter certeza de que sempre pago por um trabalho bem-feito.

Trabalho.

Então Emrys estava ali para trabalhar, não para fazer um favor, o que eu poderia ter acreditado com maior facilidade. Eu sabia que os Dye faziam negócios diretamente com as feiticeiras de vez em quando, para trocar informações ou vender suas descobertas, mas não era nada parecido com os contratos desagradáveis que Cabell e eu fazíamos com elas. Grande parte de nossa guilda achava lamentável que tivéssemos de aceitar esses serviços para nos mantermos vivos.

Eu me virei para encarar Emrys.

— Você está aqui para um serviço?

— E se eu estiver? — desafiou ele, com os olhos brilhando.

— Seu papai cortou a mesada, herdeirinho? — perguntei. — Ou só puxou as rédeas?

A expressão de Emrys se tornou sombria.

— Não sei por que isso seria da sua conta.

Não. *Não*. Ele não roubaria bons trabalhos de mim. Eu precisava mais daquilo do que ele jamais compreenderia.

— Senhora Crone — disse eu, lutando para que o desespero transparecesse na minha voz —, se está satisfeita com meu trabalho de resgate, seria um prazer aceitar outra tarefa sua.

— Você está tão desesperada que precisa roubar trabalho dos outros? — rebateu Emrys, com um tom novo e desconhecido. — Não é que eu duvide de sua sabedoria, senhora Crone, mas Tamsin... a senhorita Lark... não cumpre os mais básicos dos requisitos. Ela não é um dos Povos Mágicos e não tem Visão Única.

Apesar de ser verdade, algo na forma como ele falou, tão abertamente, a validação de que era algo para me envergonhar, fez com que eu me sentisse humilhada.

— Diferentemente de você e do seu grande amigo nepotismo, eu não preciso de Visão Única para fazer meu trabalho — retruquei.

— Ela tem razão, bichinho. Não se pode negar que a senhorita Lark foi bem-sucedida, mesmo com as próprias limitações — comentou Madrigal, pegando o broche e segurando-o na direção da luz da vela. Seu sorriso se abriu devagar: — Talvez possamos fazer uma pequena competição. Ficaria bastante curiosa para ver qual de vocês é capaz de entregar o Prêmio do Servo primeiro.

O Prêmio do Servo. As palavras chacoalhavam em minha mente, familiares, mas impossíveis de serem identificadas. Eu já tinha ouvido falar sobre isso...

Emrys comprimiu os lábios enquanto se reclinava na cadeira. Uma gota de suor desceu pela lateral de seu rosto, seguindo o caminho de algum tipo de vergão ou cicatriz. Eu me inclinei sobre a mesa, momentaneamente distraída pela visão da linha irregular e proeminente em sua pele. Ela se estendia para baixo, desaparecendo sob o paletó, mas quando ele se virou para a luz da vela, desapareceu por completo, como se eu a tivesse imaginado.

— Ela não consegue fazer um trabalho desses, senhora — respondeu ele, por fim. — E nós já chegamos a um acordo.

— Não dê ouvidos a ele — retruquei, depressa. — Não sou como ele ou qualquer outro vendedor. Faço um trabalho melhor com metade dos recursos e pela metade do preço. E, como você sabe, recupero itens específicos para clientes... Não vendo relíquias para qualquer patife que possa pagar.

Madrigal nos ignorou, ainda analisando o brilho do broche à luz da vela. Com um movimento de seus dedos, ela partiu o enfeite de prata em dois, deixando a esmeralda cair em sua palma. Sem dizer uma palavra, sem sequer respirar, ela a colocou na boca como se fosse uma daquelas balas duras e a engoliu inteira.

Abri a boca; voltei a fechá-la.

— Eu...

Não queria saber o motivo.

— Admito que a falta da Visão Única da senhorita Lark seja um problema para essa busca em particular — ponderou a feiticeira, colocando uma das mãos sobre a de Emrys.

Meu peito ardia com o calor. Ela acariciava a pele dele com as unhas como se ele fosse uma romã a ser aberta e devorada.

Que bom. Eles se merecem, silvou uma voz em minha orelha. *Deixe que ela o devore ainda vivo.*

Mas o movimento chamou minha atenção para outra coisa que eu não havia notado antes, igualmente curiosa: pela primeira vez desde o dia em que o conheci, Emrys Dye não estava usando o anel de rubi da família.

— ... ainda assim, não consigo resistir a um joguinho, especialmente com adversários tão dignos — acrescentou a feiticeira. — Senhorita Lark, se você me trouxer o Prêmio do Servo primeiro, pagarei cem vezes mais do que você recebeu esta noite.

Meu coração se agitou com um desejo constrangedor.

— Então serei eu a trazer o prêmio para você.

Seja lá o que o *prêmio* fosse. Não fazia sentido revelar minha ignorância, sobretudo quando o nome já havia despertado algo em minha memória.

Um dos outros convidados, o que usava a cabeça de urso, se mexeu em seu assento com um gemido discreto de súplica. Meu estômago se revirou.

— Excelente, senhorita Lark — respondeu Madrigal —, irei desfrutar dessa competição mais do que imagina. Mas chegou a hora de você ir embora. Benzinho, por favor, escolte-a até a porta...

Emrys empurrou a cadeira para trás com um ruído. Apertava a mão esquerda com a direita como se estivesse mexendo no anel que não estava mais em seu mindinho esquerdo.

— Senhora — interveio ele, com o sorriso tão cheio de charme que quase brilhava —, por favor, me dê a honra de permitir que eu escolte a senhorita Lark até a saída.

— Bom... tudo bem. Sou sempre a favor dos bons costumes — concordou Madrigal, balançando os dedos para nós. — Ainda mais quando eles trazem você de volta à minha mesa.

O calor percorreu meu corpo de novo.

— Obrigada — resmunguei entre dentes — pela oportunidade de servi-la...

Emrys agarrou meu braço, olhando para a frente sem desviar, a expressão fria enquanto me levava para fora da sala de jantar e de volta ao átrio. Foi apenas quando chegamos ao saguão que ele diminuiu a velocidade o suficiente para que eu pudesse me desvencilhar.

— Se encostar em mim desse jeito de novo, vai acordar sem uma das mãos qualquer dia desses — sibilei.

Tentei segurar a maçaneta da porta gelada, mas Emrys chegou primeiro. Usando a altura a seu favor, ele se esticou por cima do meu ombro para manter a porta fechada. Eu me virei para dar um soco no peito dele, mas ele segurou meu pulso com a outra mão. Dessa vez, ele o soltou assim que puxei o braço.

— Escuta só, Passarinho — disse ele, a voz baixa —, esse trabalho é *meu*. Você não quer fazer parte disso.

O frio cortante da casa só fez com que sua respiração ficasse mais quente ao passar pela minha bochecha. Emrys se inclinou, nivelando seu olhar tempestuoso com o meu até que as palavras afiadas evaporaram da minha língua.

Tinha visto diferentes versões de Emrys Dye ao longo dos anos: o pequeno príncipe bêbado de vinho, o ruidoso contador de histórias à luz da lareira da biblioteca, o conquistador despreocupado, o leitor absorto em seu trabalho silencioso, o filho obediente e venerador. Mas eu nunca o tinha visto assim, com uma expressão tão dura quanto um vidro congelado. Se eu o tivesse empurrado para longe naquele momento, talvez ele se estilhaçasse.

— Acho que você quis dizer *meu* trabalho — retruquei friamente. — Já acabamos por aqui?

— Não acabamos, não — protestou ele. — Eu vi a cara que você fez quando Madrigal fez a oferta. Não faz ideia do que ela está falando, e muito menos em que está se metendo.

Eu me aproximei mais, porém, ainda assim ele não se afastou.

— Se não gosta do que está vendo, pare de olhar para mim.

— Tamsin — começou, com a voz mais suave. — Por favor...

Um barulho alto e metálico abafou suas palavras. Nós dois pulamos com o barulho e, quando Emrys se virou, escapei por debaixo do braço dele e abri a porta.

Do outro lado da entrada, uma mulher pequena e curvada, vestindo um uniforme preto de empregada doméstica, ajoelhou-se devagar, gemendo diante da bandeja de prata e do vidro quebrado a seus pés.

Fui esquecida em um instante. Emrys correu em direção a ela, com seu tom baixo e suave.

— Está tudo bem. Está tudo bem, eu prometo.

A mulher balançou a cabeça, desorientada pelo choque. Emrys a ajudou a se levantar, com todo o cuidado do mundo, levando-a para uma cadeira próxima. Quase parei de respirar. Nem mesmo os cabelos grisalhos e grossos que cobriam grande parte de seu rosto conseguiam disfarçar as linhas profundas de sua pele flácida, as veias salientes ou o branco de seu único olho visível, onde deveriam estar a íris e a pupila.

A mão da empregada se desviou para pairar sobre o rosto e o braço dele por um breve instante. Seus olhos se encheram de lágrimas, e a dor em seu rosto era insuportável a ponto de eu quase desviar o olhar. O corte na mandíbula de Emrys ficou mais evidente enquanto ele a retesava, lutando para dominar a tempestade que estava se formando dentro dele.

O ar úmido da noite e o cheiro de bagas de espinheiro me chamavam, atraindo-me para fora. Mas algo me fez olhar para trás apenas mais uma vez, para ver Emrys ajoelhado, recolhendo freneticamente os cacos de vidro segundos antes de a porta se fechar.

Meus pés me guiaram depressa pelo caminho, em busca da segurança das luzes e das pessoas que se aglomeravam na Bourbon Street. Quando ouviu meus passos, Cabell ergueu o olhar, alarmado. O portão se abriu à minha frente e eu passei correndo, agarrando-o pelo braço e arrastando-o de volta para o beco.

— O que aconteceu? — perguntou ele.

Puxei o lóbulo da minha orelha direita, nosso sinal para *Agora não, pode ter alguém ouvindo*.

Não parei até que estivéssemos cercados por centenas de pessoas que se divertiam nas ruas, entrando e saindo de bares. Luzes coloridas brilhavam ao nosso redor enquanto serpenteávamos na multidão, voltando na direção da Veia que havíamos aberto com a porta de Todos os Caminhos.

A música pulsava até eu ter certeza de que conseguia sentir o baixo reverberando em meu sangue. Por fim, não consegui esperar mais e o puxei para uma loja de suvenir e velas de vodu falsas.

Cabell me agarrou pelos ombros, observou meu rosto e depois meu corpo todo.

— Você está bem? Se machucou?

— Estou ótima! — respondi, falando por cima da música. — Olha, o Dye estava lá…

— O quê? — gritou ele, apontando para os ouvidos. — Dye?

— Ele está fazendo um serviço para ela, mas ela também ofereceu para nós — expliquei. — Se conseguirmos fazer primeiro, o pagamento será cem vezes maior do que o desse serviço!

Ele balançou a mão.

— Parece que você disse cem vezes...

— Eu disse! — Olhei para um casal que dançava ao entrar na loja. — É para algo chamado Prêmio do Servo. Acho que seria bom a gente ir até a biblioteca hoje à noite e...

Dessa vez, eu sabia que ele tinha me ouvido. Sua expressão se fechou e ele se virou para a rua, caminhando em direção à Veia que nos aguardava.

— Ei! — gritei. — Essa é uma oportunidade de ouro.

— Não é, não — retrucou ele com a expressão mais séria que já vi. Sua pele brilhava com o suor que já começava a encharcar a camisa. Ele arregaçou as mangas, revelando as faixas de tatuagens pretas. Cada tatuagem representava um dos sigilos de maldição que ele havia quebrado ao longo dos anos, troféus em sua pele.

— Não vamos aceitar esse trampo, Tams.

Foi então que me dei conta.

— Você sabe o que é o Prêmio do Servo? O nome é familiar, mas não consigo me lembrar bem.

Ele respirava cada vez mais ofegante.

— Não sei. Não faço a mínima ideia do que é, mas não vamos nos envolver com aquela feiticeira de novo. Não temos como ganhar de Dye, com todos os recursos que ele tem, essa ideia é péssima, não podemos... não podemos... — Ele se virou de costas para mim, estendendo um braço para impedir que eu me aproximasse.

— O que está acontecendo? — perguntei a ele. — Está tudo bem?

Cabell ofegava, as costelas se expandindo cada vez que respirava com dificuldade, como se estivessem tentando rasgar sua pele. O suor escorria de seu queixo para o chão, enquanto seu corpo vibrava com uma dor silenciosa.

Os segundos se estenderam e pareciam anos. Um zumbido aumentou em meus ouvidos enquanto eu observava a tensão se infiltrar no corpo de Cabell, enrijecendo seus ombros. Ele tombou para a frente, apoiando-se na parede de pedra bruta.

Por fim, ele balançou a cabeça.

— Está tudo bem — tranquilizei-o, minha voz mais calma do que eu de fato estava. — É só respirar fundo. Ouça o que estou dizendo.

— Engoli o nó em minha garganta. — Em eras passadas, em um reino perdido no tempo, um rei chamado Arthur governava tanto os homens quanto o Povo das Fadas...

— Tams... — Ele engasgou. O pânico percorria cada centímetro do meu corpo. Na maioria das vezes, bastava contar uma história para distraí-lo e impedir que se transformasse, mesmo quando estava furioso ou chateado. — Sai... de... perto...

Ele ficou em silêncio após um *estalo* alto, quando seus ossos se deslocaram sob a pele.

Os movimentos eram tão fortes que repuxavam sua camisa, rasgando o tecido ao longo dos ombros e da coluna rígida. Ele cambaleou, tentando se apoiar em mim, na parede, em qualquer coisa que o mantivesse em pé.

Um único pensamento surgiu em meio ao choque. *Aqui não.*

Isso não poderia acontecer aqui, com todas essas pessoas ao redor, cantando e tirando selfies, tão felizes e sem fazer ideia do perigo que corriam.

Entrei em ação, agarrando-o pelo pulso e quase o arrastando pelos últimos quarteirões até a abertura da Veia, em uma loja de conveniência fechada. Gemendo de dor, Cabell tropeçou quando as botas escorregaram de seus pés. Diminuí a velocidade, colocando o braço dele ao redor do meu ombro e o abraçando pela cintura, então chutei a porta da frente e entramos na passagem.

A escuridão nos envolveu e a sala ficou embaçada. A respiração rugia em meus ouvidos enquanto suas costelas se contraíam sob meu aperto e se encolhiam. A porta de Todos os Caminhos se abriu contra a parede, jogando-nos no mármore frio. O tilintar de ferramentas batendo se espalhou pelo átrio, abafando até mesmo o som das vozes da câmara interna da biblioteca.

— Isso foi a porta? — Ouvi alguém perguntar.

Cabell curvou todo o corpo, as mãos pressionadas para cobrir o rosto que se transformava. Desesperada e ofegante, rastejei de volta para a porta de Todos os Caminhos e a fechei, minhas mãos tremiam tanto que quase não consegui colocar a chave de volta na fechadura, muito menos visualizar nosso apartamento.

A Veia se abriu com um suspiro, e eu parei por tempo o suficiente para retirar a chave.

Cabell era um peso morto em meus braços, murmurando e insensível por conta da dor, enquanto caíamos na escuridão sem fim da passagem e a porta se fechava atrás de nós.

Foi o cheiro do apartamento, adocicado pelo aroma de roupa lavada do vizinho, que me indicou que havíamos chegado. Em seguida, irrompemos pela porta do armário de roupas de cama, caindo sobre o tapete gasto. O prédio inteiro pareceu gemer com o impacto.

Eu me ajoelhei, rastejei de volta para o armário e fechei a porta mais uma vez para que ninguém pudesse me seguir.

— Cabell — chamei, minha voz soando distante aos meus ouvidos. — O que está acontecendo?

— Eu não... — respondeu ele, passando a mão pelo cabelo. — Tams, eu acho...

O rosto dele pareceu ficar frouxo e eu soube. Soube o que estava por vir no exato instante em que ele curvou os ombros, antes que os pelos escuros surgissem em seus braços, antes que seus ossos começassem a se remodelar em algo que não era humano.

— Respire fundo — ordenei. — Se concentre... se concentre na minha voz. Você não tem que ir. Não tem. Você o controla, ele não controla você...

Quando fui apertar seu ombro desesperado, ele se encolheu e caiu de joelhos.

— Eu vou... — Girei em direção ao loft que usávamos como escritório e procurei uma ideia, qualquer ideia do que fazer. — Vou buscar mais cristais... Vou buscar...

Um rosnado baixo e profundo surgiu atrás de mim.

Eu me virei.

O cão era enorme, mais parecido com um lobo do que com um cachorro. A pelagem preta e desgrenhada brilhava feito gasolina, ondulando a cada passo que ele dava. As roupas de Cabell estavam penduradas nele, rasgadas.

O som das garras batendo nas tábuas surradas do assoalho despertou o mais instintivo dos medos, tão antigo quanto a própria vida. Fios de saliva escorriam de seus longos dentes brancos. Fui dominada pela adrenalina, amarga em minha língua, pulsando em meu sangue.

Não havia mais nada de humano naqueles olhos escuros.

A transformação vinha ocorrendo com mais frequência no último ano, mas eu sempre conseguia fazê-lo voltar. Fazer com que voltasse a ser ele mesmo. A última vez que ele se transformara de maneira completa, assim, tão fora do controle, foi quando ainda era apenas um filhote.

— Cabell? — sussurrei.

O cão parou, inclinando a cabeça para o lado.

— Ouça — prossegui, tentando conter o tremor em minha voz. Pensava sem parar, percorrendo o extenso arquivo de referências e Imortalidades em minha memória. Eu nunca esquecia nada do que via ou lia, mas esta situação... nunca houve necessidade de encontrar algo que o levasse de volta à sua forma humana. Ele sempre conseguiu fazer sozinho.

— Me escuta — insisti, estendendo a mão. — Isso é bom. Isso é bom, Cab. Se concentre no que estou dizendo... Em eras passadas, em um reino perdido no tempo, um rei chamado Arthur governava tanto os homens quanto o Povo das Fadas...

O cão de caça soltou um ganido, mas ficou no lugar, sacudindo-se com força. O aperto em meu estômago diminuiu quando dei mais um passo à frente.

— Esta é história do amado amigo dele, o cavaleiro Lancelot...

Não tive tempo de correr. Não tive tempo de respirar.

Não antes que ele atacasse meu pescoço.

Consegui me salvar por puro instinto.

Ergui um braço quando o cão me atacou. O grito escapou da minha garganta quando suas presas rasgaram meu antebraço, perfurando a pele e o músculo para raspar o osso.

Eu sentia a dor borbulhando, mas foi quando vi meu sangue tingir os dentes do cão de vermelho que voltei a gritar.

A saliva espumava e espirrava em meu rosto enquanto o cão estalava e mordia o ar para tentar alcançar meu rosto. Não conseguia pensar em nada, mas meu corpo queria sobreviver. Precisava sobreviver. De alguma forma, ergui os joelhos o bastante para chutar o cão para longe. Ele ganiu de novo quando bateu no chão e rolou para ficar em pé.

Rastejei para trás, e mais para trás, com um único braço, tentando aumentar a distância entre nós, tentando ficar de pé, tentando chegar à alcova do escritório, onde havia tônicos e cristais e...

Os membros do cão de caça ficaram rígidos e ele soltou um uivo sobrenatural e estridente.

— Cabell! — Engasguei. — Por favor... para com isso!

O cão avançou, os pelos eriçados feito agulhas ao longo da crista da coluna vertebral. Ele era rápido demais; cerrou a mandíbula em meu pé, me forçando a chutar seu focinho e crânio e qualquer parte dele que eu pudesse alcançar para me libertar.

Eu vou morrer. O pensamento me torturava, agonizante. *Ele vai me matar.*

A menos que eu o mate primeiro.

O cão atacou de novo, mas eu também, agarrando o abridor de cartas ao lado da pilha de livros de pesquisa em minha mesa. Eu me virei, cortando o ar com força para afastá-lo. Em vez de recuar, o cão se deixou atingir enquanto vinha em minha direção. Meu corpo foi dominado por um único e desesperado impulso de sobrevivência.

Não consigo.

O abridor de cartas caiu da minha mão, girando no chão. Dei um passo para longe, depois outro, enquanto o cão focava sua atenção em um corte profundo em uma de suas pernas, lambendo-o.

Não consigo.

Ele ainda era o Cabell. Por dentro, em algum lugar, esse cão de caça era meu irmão.

E ele ia me matar.

O cão avançou entre nossas duas escrivaninhas. Minhas costas se chocaram contra a estante de livros perto da janela e, de repente, eu não tinha mais para onde ir.

Tateei em volta, jogando livro após livro no cão, liberando toda a raiva e o desespero que latejavam dentro de mim. O cão de caça se lançou contra eles, gemendo e ganindo quando alguns conseguiram atingi-lo.

Eu respirei fundo quando ele recuou, erguendo o focinho para o teto. Seu uivo reverberou em nosso pequeno apartamento, como se tentasse convocar outros para a caçada.

A caçada.

A ideia atravessou a névoa de dor em minha mente. Dei uma olhada para a esquerda, em direção à nossa mochila, aquela que só usávamos quando precisávamos acampar antes de entrar em um covil. Ela estava encostada na perna da mesa de Cabell, fora de alcance.

— Cabell, me escute — implorei, me movendo devagar em direção a ela. O cão se virou para trás, levantando as orelhas enquanto rosnava.

Chutei a bolsa, deixando seu conteúdo cair no chão. A caixa prateada de dardos tranquilizantes, aqueles destinados a ursos e outros predadores, mágicos ou mundanos, deslizou em meio à confusão de cadernos e ferramentas.

Tinha um único segundo...

Menos do que isso.

O cão saltou. E eu também.

Meu corpo se chocou contra o chão com todo o peso da criatura rosnando em minhas costas. Os fios do meu cabelo que ficaram presos entre os dentes do cão foram arrancados do meu couro cabeludo. Joguei um cotovelo para trás, incapaz de abrir a caixa de prata com minhas mãos trêmulas e sujas de sangue. Eu a bati contra o chão e ela se abriu no momento em que o cão cravou os dentes em meu ombro.

Eu me virei com um som feroz e enfiei o dardo no músculo protuberante de seu pescoço.

O cão soltou um lamento, se debatendo contra mim. Afastei seu rosto com uma das mãos, mantendo o dardo sob controle até que o animal estremeceu e, por fim, ficou imóvel.

— Está tudo bem — assegurei, envolvendo seu dorso com um braço.

— Está tudo bem agora.

Ele desabou em cima de mim com uma última bufada e um gemido baixo e triste.

Meu vizinho bateu na parede entre nós.

— Está tudo bem?

— Tudo ótimo! — gritei de volta, me dando conta de como minha voz estava trêmula. — Desculpa!

Estávamos no térreo. Era incrível que ninguém tivesse visto o que havia acontecido pela janela.

Segurei o cão de caça com mais força, até que o pelo caísse. Eu o segurei até que seus ossos começassem a se quebrar para voltarem ao normal enquanto ele gemia de dor, arranhando o chão alucinadamente. Doía para respirar e fechei os olhos, recusando-me a liberar o ardor das lágrimas.

Porque toda maldição pode ser quebrada.

Até mesmo a dele.

Eu estava sendo observada.

A biblioteca da guilda estava silenciosa, a não ser pelo fogo que crepitava na velha lareira de pedra e pelo sussurro dos livros que voltavam a se acomodar nas prateleiras. Fiquei irritada ao encontrar Phineas Primm, um velho esvaziador com mais cicatrizes no rosto do que dedos nas mãos, lendo em uma das poltronas de couro estofadas. Ele estreitou os olhos enquanto me vigiava em meu caminho até a mesa em que eu sempre trabalhava.

Foi só depois de uma hora, enquanto procurava em mais um livro de referência no qual não havia registro algum do Prêmio do Servo, que me dei conta de que outros dois esvaziadores haviam chegado em silêncio. Um deles, Hector Leer, me observava por entre as prateleiras de pergaminhos e mapas antigos. Septimus Yarrow estava encostado em uma prateleira a algumas fileiras de distância, fingindo ler uma Imortalidade. Reconheci a pele de cobra prateada da Imortalidade da Feiticeira Ardith, volume um.

Eu já havia lido o conjunto completo dessa Imortalidade ao menos três vezes, vasculhando todos os seiscentos anos de sua memória em busca de qualquer sinal da maldição de Cabell, e pude confirmar que a coisa mais interessante que a Feiticeira Ardith já fez foi morrer.

Em seus primeiros anos, os registros eram legíveis, mas sem destaques. Os volumes posteriores, sobretudo os das décadas finais, quando a irmã dela começou o lento e metódico trabalho de envenenar Ardith para roubar sua coleção de venenos, eram mais como um fluxo nebuloso de consciência.

Não havia nada que prendesse o leitor por mais de alguns minutos. E, embora eu estivesse acostumada a ser encarada com desconfiança, aquilo era completamente diferente. Porque eles não estavam apenas olhando para mim — pareciam estar monitorando o que eu estava lendo. Phineas parecia até fazer anotações.

Por fim, não aguentei mais.

— Posso ajudar em alguma coisa, senhores?

Hector e Phineas se assustaram e viraram de costas, mas Septimus estava tão sereno quanto a geada que se acumulava nas janelas. Não era de se admirar que ele e Endymion Dye fossem tão amigos. Ambos tinham aquele jeito suave e refinado na fala e na aparência, leves sorrisos de desprezo.

— Não, gatinha — respondeu Septimus, vindo em minha direção —, só queria saber o que uma garotinha como você está fazendo na biblioteca tão tarde, ainda mais sozinha.

— Com certeza não estou encarando meninas adolescentes igual a um pervertido — retruquei.

Ele deu um sorriso frio enquanto se sentava na beira da minha mesa, ocupando meu espaço de propósito. Ele inclinou a cabeça para ver o que eu estava lendo, e seu rabo de cavalo preto, amarrado próximo à nuca, escorregou por cima do ombro.

— Os Altos-reis da Irlanda? Algum motivo especial para ter decidido explorar as histórias da mística Ilha Esmeralda nesta bela noite?

O que menos chamava atenção nele era o terno de tweed marrom. Tinha viajado o mundo todo e encontrado várias relíquias lendárias, incluindo a clava de Hércules. Ele se portava como um guerreiro heroico, os olhos aguçados e escuros sempre procurando a próxima batalha.

— Já estou quase terminando, se você quiser ler sobre o Balor do Olho Maligno. Ele é seu antepassado, certo?

Um sorriso discreto surgiu no rosto dele.

— Você é igualzinha ao seu pai, sabia? Sempre com a língua afiada e dedos leves.

— Ele não é meu pai — retruquei com frieza. Meu olhar foi parar no broche na lapela de Septimus. Era idêntico ao que o melhor amigo dele, Endymion, sempre usava: uma mão segurando um ramo de prata. Que fofo. Uma versão mais rica e babaca de uma pulseira da amizade.

Septimus pareceu confuso por um momento.

— Bem, então, seu *guardião*. Ele roubou meu machado de mão...

— Não sei o que você quer que eu faça a respeito — retruquei, mantendo a voz baixa. — Você sabe tão bem quanto eu que, se ele roubou, levou para o túmulo com ele.

— Tem certeza disso? — questionou Septimus, apoiando uma das mãos na longa mesa de trabalho a fim de se inclinar para mais perto do meu rosto. Lutei para não me contorcer sob seu escrutínio. — Onde foi que ele deixou você e seu irmão mesmo?

Meus instintos se afloraram. Era hora de acabar com essa farsa.

— Bibliotecário! — chamei com a voz doce. — O senhor Yarrow está entediado e precisa de sua ajuda para encontrar algo interessante para ler!

O Bibliotecário cantarolou em agradecimento, largando a pilha de livros novos que estava separando, sempre pronto e disposto a ser tão útil quanto podia, mesmo que isso significasse passar horas recomendando títulos diferentes.

Septimus deu uma risada sem graça quando se levantou da mesa e gritou:

— Deixa pra lá, Bibliotecário. — Com uma última olhada para mim, ele acrescentou: — Essa ferida no seu braço está bem feia. É melhor tomar cuidado, gatinha. Odiaria ver você com uma ferida ainda pior do que essa.

A mordida em meu antebraço latejava enquanto eu passava os dedos com desdém sobre o curativo. Eu a limpei tão bem quanto pude e colei as partes mais rasgadas da minha pele, torcendo pelo melhor. A maioria dos cortes e hematomas superficiais estava coberta pelo meu suéter, mas a cada vez que eu me mexia no assento, eles se faziam notar.

Peguei uma Imortalidade em minha pilha de livros.

Era um clássico favorito. Ao contrário de algumas de suas irmãs, que eram tão interessantes quanto um saco de papel vazio, a Feiticeira

Hesperia era um diamante. Devastadoramente afiada e brilhante, ela tinha personalidade de sobra.

Cyrus de Roma foi esculpido pela mão de um deus generoso. Seus olhos azuis penetrantes observam cada movimento meu do outro lado do quarto escuro...

Dei um longo gole em meu café instantâneo.

Ninguém sabia exatamente como as Imortalidades eram produzidas. Eu costumava imaginar as palavras sendo drenadas da mente de alguma feiticeira, o sangue usado como tinta que escorria pelos ouvidos e formava poças no chão. Um rio de tinta deslizando até o papel mais próximo que pudesse encontrar, fosse ele tecido, jornal ou maços de pergaminho. E quando encontrava o que precisava, os pensamentos começavam a manchar as páginas, uma letra de cada vez, até que as letras se tornavam palavras e as palavras formavam uma memória.

Uma após a outra, até que toda a vida dela tivesse sido contada antes de seu último suspiro.

Mas, uma hora depois, fechei aquele pesado tomo também, fazendo uma careta ao sentir a capa de pelos. Os tufos brancos e felpudos se espalhavam pelo ar silencioso como sementes de dente-de-leão, me fazendo espirrar.

A frustração forçava caminho por entre minhas costelas conforme eu me recostava, envolvendo mais o cardigã azul em meu corpo. Tinha passado as últimas quatro horas examinando pelo menos duas dezenas de compêndios, diários arquivados dos esvaziadores, apêndices, Imortalidades e outras referências antigas, mas não encontrei nada relevante.

As feiticeiras tinham os poderes delas, os Povos Mágicos contavam com seus Talentos, mas tudo o que eu tinha era a memória. Nunca me esquecia de nada que via ou lia. Eu havia lido quase todos os tomos da biblioteca da guilda ao menos uma vez e, no geral, só precisava ler uma única vez para memorizar um livro.

No geral. Tinha visto esse termo — *o Prêmio do Servo* — em algum lugar, e era surpreendente e irritante ter que procurá-lo de novo. Nem mesmo o Bibliotecário conseguiu localizá-lo em suas vastas reservas de conhecimento obscuro.

Virei o celular para dar uma olhada na tela. Nenhuma mensagem. Sem respostas para as centenas de ligações e mensagens que enviei para Cabell para saber como ele estava.

O Prêmio do Servo... O Prêmio do Servo...

Um "prêmio" pode ser qualquer coisa, algo conquistado ou um simples objeto concedido como lembrança ou recompensa. Uma arma, uma peça de roupa, uma joia, um objeto de poder, até mesmo uma mecha de cabelo.

— Que saco — murmurei.

Esfreguei meus olhos, que já estavam secos, e inspirei fundo para tentar me acalmar. O cheiro doce e almiscarado de livros antigos e couro encheu meus pulmões, fazendo minha crescente frustração suavizar. Por sua vez, o vitral atrás de mim exalou e fez com que o frio do ar de outono deslizasse ao meu redor para brincar com as velas sobre a longa mesa de trabalho manchada de tinta.

A biblioteca da nossa guilda era meu lugar favorito no mundo; a consistência dela, as milhares de válvulas de escape proporcionadas por cada livro, a presença infalível do Bibliotecário transitando em seu trabalho diário. Era uma estrela visível em todas as estações, sem ser ofuscada pelas nuvens e pela distância, e a única promessa em minha vida que havia sido cumprida.

Uma biblioteca era um lar para aqueles que sonhavam com lugares melhores, e essa não era exceção.

Rolei minha garrafa térmica de café instantâneo na mesa, deixando meus pensamentos vagarem.

Ao ouvir o som, alguns dos gatos da biblioteca espreitaram pelos espaços entre os livros. Outros cochilavam sob a luz das velas, as caudas balançando enquanto sonhavam. Alguns ainda caçavam próximos aos rodapés, em busca de maldições ocultas e camundongos saborosos.

Os gatos que ali trabalhavam faziam parte da biblioteca tanto quanto os livros. O prédio, que outrora fora o covil de uma feiticeira, estava repleto de maldições ocultas mesmo antes de os membros da guilda começarem a trazer Imortalidades seladas e relíquias enfeitiçadas. Gerações de gatos percorreram seus corredores nos anos que se seguiram, e sua capacidade sobrenatural de detectar a presença de magia sutil era, com frequência, a última linha de defesa entre os esvaziadores e uma morte certa e hedionda.

Ao ouvir um leve *rangido*, olhei para as estantes de livros perto da lareira e vi um dos gatos, Abóbora, batendo na escada móvel, tirando-a do caminho para se esfregar nas arestas familiares das lombadas de livros de couro.

Enquanto as prateleiras superiores, situadas logo abaixo do teto, eram um cemitério de livros danificados ou desatualizados, as inferiores eram reservadas para as obras que formavam a base do que os esvaziadores faziam: as coleções de folclore, contos de fadas e mitos.

Até mesmo Nash, um modelo de guardião negligente, tinha feito questão de ensinar a Cabell e a mim sobre eles, a como categorizar os contos e, mais importante, como usá-los para avaliar se uma relíquia poderia ou não ser real.

Talvez eu estivesse vendo tudo pelo ângulo errado. Presumi que houvesse um outro nome mais comum para o prêmio, mas nem sequer pensei em saber a que "Servo" ele pertencia.

Dei uma olhada na pilha de enciclopédias, periódicos e Imortalidades ao meu lado e depois voltei para a estante.

Fui até a prateleira, consciente dos olhos que me seguiam.

Peguei uma seleção aleatória de contos em alemão, russo, norueguês, junto dos que eu sabia que precisaria de fato, depois voltei para a minha mesa. Quase no mesmo instante, Abóbora pulou sobre a pilha, miando de irritação por ter sido ignorada.

— Xô, coisinha fofa e ameaçadora — disse eu, empurrando-a para longe dos livros a fim de folhear a coleção de contos alemães. Os Irmãos Grimm nunca me decepcionavam.

Com um miado vindo das profundezas do inferno, Abóbora atravessou a mesa, atacando os livros com força suficiente para fazê-los voar sobre a mesa e o chão.

— Sua besta incorrigível — sussurrei. — E pensar que já enchi você de comidinhas!

Abóbora se aconchegou em cima de um livro de lendas japonesas, lambendo a pata com satisfação. Olhei para ela e depois me inclinei sobre a cadeira para pegar os exemplares espalhados. A maioria estava bem, mas a contracapa de *Lendas dos Mouros* agora tinha uma marca recente, cortesia de uma gata descontrolada, e *Contos de Camelot* tinha caído com a capa virada para baixo.

Estremeci quando o peguei. As páginas, delicadas como ossos secos, estavam dobradas em ângulos distorcidos ou rasgadas de leve nas pontas.

Alisei os amassados das páginas, meus dedos passaram sobre uma xilogravura de uma mulher em um vestido elegante, o longo cabelo cascateando ao redor dos ombros feito raios de sol. Um cavaleiro estava agachado diante dela, com uma das mãos estendida. Abaixo dela, em uma fonte minúscula, a legenda:

> *A Dama do Lago, conhecida como La Dame du Lac nos manuscritos franceses, concede o favor de um anel mágico a Lancelot em Avalon.*

Alguém havia acrescentado, com um traço escuro de tinta, um apóstrofo entre o *L* e a letra A de *Lancelot*. *L'ancelot*. Uma pequena marca que revelava a origem do nome e sussurrava seu significado.

Eu sabia muito pouco de francês, mas era o suficiente para dar um palpite. Peguei meu celular, segurando minha expressão para mantê-la tão controlada quanto possível, e pesquisei para confirmar minhas suspeitas.

Ancelot. *Servo.* L'ancelot. *O Servo.*

Comprimi os lábios, usando todas as minhas forças para não esboçar qualquer reação. Eu conhecia essa história. Tinha sido uma das últimas que Nash nos contara antes de sair à noite e nunca mais voltar.

A Alta Sacerdotisa daquela época havia acolhido Lancelot quando criança e o criara em Avalon. Quando ele tinha idade o bastante para enfrentar os perigos da corte do Rei Arthur, ela deu a ele um anel em nome de sua deusa, conhecido como o Anel da Dispersão, ou Anel de Dissipação.

Era uma relíquia capaz de quebrar qualquer maldição ou encantamento, mas a desvantagem — e sempre havia uma — era que, para usar o anel, era preciso reivindicá-lo com força letal.

Em outras palavras, era preciso matar o dono atual e passar o resto da vida antecipando o mesmo destino.

Maldito seja, pensei, apertando a ponta do meu nariz.

Eu havia mencionado o Anel da Dispersão como uma possível cura para a maldição de Cabell anos atrás, mas Nash, sempre obcecado por tesouros, insistiu que ele havia sido destruído antes de Avalon ser separada do nosso mundo.

Mas se Emrys Dye estava procurando o anel de Lancelot em nome de Madrigal, ele não só não havia sido destruído, como Madrigal acreditava que poderia ser encontrado.

Isso significava que *eu* tinha uma chance — uma chance de verdade — de colocar um fim à maldição de Cabell.

Havia várias referências ao anel nas Imortalidades das feiticeiras que vieram de Terras Distintas, mas só nos últimos cem anos. A Imortalidade da Feiticeira Rowenna.

Eu me forcei a fingir que estava terminando os contos de fadas alemães e depois folheei as histórias russas. Durante todo o tempo, minha mente estava trabalhando, vasculhando minhas lembranças da Imortalidade de Rowenna até que consegui trazer à tona uma imagem da página relevante.

Como eu gostaria de não ter perdido o Anel da Dispersão para aquela vaca horrível, Myfanwy. Agora não me resta mais nada de Avalon...

Infelizmente, a biblioteca não tinha a Imortalidade de Myfanwy, mas havia uma chance, tão boa quanto qualquer outra, de que os Dye a tivessem na coleção particular que mantinham no porão da biblioteca.

Mas, primeiro, eu precisava confirmar outra coisa.

Abri uma página aleatória do livro *Lendas dos Mouros* e fiz uma contagem regressiva de cem, antes de virar a página e soltar um falso suspiro de surpresa. Depois, peguei minhas coisas com pressa, deixei os livros sobre a mesa e corri para o salão principal, gritando "Boa noite, Bibliotecário!" antes de fingir abrir e fechar a porta de Todos os Caminhos.

Havia outra porta escondida no painel à direita da porta. Empurrei a moldura de modo quase imperceptível e a porta se abriu, revelando as escadas para o saguão. Subi lentamente, evitando os degraus que eu sabia que rangiam. Fui recebida pelo espaço empoeirado do sótão, abarrotado de caixas de suprimentos. Não me preocupei em acender a luz nem em olhar para os velhos sacos de dormir enrolados no canto. Deitei-me no chão e espiei pela fresta das tábuas do assoalho, com o coração batendo acelerado.

Septimus e seus comparsas estavam fora do meu campo de visão, mas eu podia ouvi-los com perfeição enquanto se dirigiam à minha mesa de trabalho para pegar as *Lendas dos Mouros*.

— ... como a gente pode ter certeza de que ela está procurando por ele? — perguntou Hector em um tom baixo.

Inspirei fundo, tentando ouvir, apesar do súbito fluxo de sangue em meus ouvidos.

— Eles aceitam trabalho de feiticeiras do mais baixo nível e, se o Conselho está atrás dele, então o resto delas também está — sibilou Septimus. — A recompensa seria grande demais para eles deixarem passar.

Seu merda, pensei.

Nada disso poderia ser uma coincidência. Eles tinham que estar falando sobre o Anel da Dispersão.

Já era ruim o bastante que Emrys não fosse o único outro esvaziador à procura do anel; agora parecia que todo o Conselho de Irmãs estava envolvido; e eles tinham uma vantagem. Pensar nisso deixou um gosto amargo na minha boca.

— Talvez tivesse sido melhor pegar ela e acabar logo com isso — ponderou Phineas. — Não quero percorrer todos os pântanos da Inglaterra à procura do cadáver em decomposição dele. E se um deles encontrar antes da gente? Nunca vamos conseguir tirá-lo das garras do Conselho, e então teremos que nos preocupar com a ira de Endymion...

— Cale a boca, seu velho ridículo — ralhou Septimus, fechando o livro pesado e indo em direção à porta de Todos os Caminhos. — Chega disso. Não podemos perder nem mais um segundo.

Meus batimentos estavam tão acelerados quanto meus passos. O pânico demorou a chegar, mas não foi menos nocivo conforme as últimas palavras que ele dissera ecoavam no chão de pedra polida abaixo de mim.

Eu me deitei de costas, os pensamentos se transformando em uma tempestade da mais pura preocupação e do mais profundo medo. Enquanto estava ali, deitada, no silêncio e na escuridão, a pergunta que Septimus me fizera antes surgiu em meio ao caos em minha mente.

Onde foi que ele deixou você e seu irmão mesmo?

Eu me levantei do chão, me sentindo como se estivesse em movimento na água fria e escura enquanto descia as escadas. Passei por baixo do arco de mármore da biblioteca e da mensagem gravada nele:

AQUELES QUE ROUBAREM OS TESOUROS DE SEU INTERIOR MORRERÃO ESQUECIDOS PELA PENA, POR AMIGOS E POR PARENTES

Os membros fundadores da guilda haviam oferecido serviços para uma feiticeira para lançar a maldição, e os sigilos dela, esculpidos na parede, estavam atrás de um painel de vidro acima da mesa do Bibliotecário para evitar que os gatos tentassem destruí-los. Eles ainda se reuniam ali em frente todos os dias, silvando, à espera de que um de nós, humanos estúpidos, removesse a magia sombria há muito arraigada.

Mas ninguém o faria. Era a única garantia que a guilda tinha de que as relíquias e os livros doados não seriam levados do prédio, nem mesmo pelos esvaziadores que os haviam trazido originalmente. Já era ruim o suficiente ter sua chave da biblioteca confiscada e perder o acesso àquele templo de informações. Ser amaldiçoado à obscuridade, despojado de todos os direitos de se gabar, provou ser um limite que a maioria dos esvaziadores não queria atravessar, visto que defendiam suas reputações com unhas e dentes.

— Bibliotecário? — chamei.

Passos pesados ecoaram no chão quando o Bibliotecário saiu do escritório dos fundos, com pedaços aleatórios de papel e fita adesiva presos à sua estrutura de metal. Senti uma onda de afeto ao vê-lo e ao ouvir o zumbido suave e familiar da estrutura mecânica interna dele.

O autômato se movia como se tivesse sido criado ontem, e não há milhares de anos, na oficina de Dédalo — ou do próprio Hefesto, dependendo da lenda em que você quisesse acreditar. Para a maioria, ele deve ter parecido um estranho androide ou uma estátua de bronze que ganhou vida de repente e saiu do pedestal.

O estranho e antigo mercúrio líquido que dava vida ao autômato fluía pelas fendas de suas articulações metálicas e ao redor de seus olhos. Sua expressão metálica e imóvel costumava me enervar quando criança, mas, agora, a confiabilidade dele era reconfortante.

— Sim, jovem Lark? — cantou ele em grego antigo.

Em sua vida passada, quando a biblioteca ainda era o covil de uma feiticeira, o autômato guardava o tesouro, embora ele fosse a relíquia mais valiosa da coleção dela. A guilda conseguiu treiná-lo mais uma vez para servir como guardião da biblioteca e aplicador imparcial de suas regras. Mas, embora fosse possível mostrar a um autômato como passar o aspirador, aparentemente não era possível ensinar a ele um idioma moderno.

Cabell, sempre tão curioso, aos doze anos já havia aprendido, quase instantaneamente, as três línguas antigas que usávamos com mais frequência em nosso trabalho, o que foi muito frustrante. Mesmo com uma memória fotográfica, eu havia levado meses para memorizar grego antigo, latim e galês antigo, e ainda não falava muito bem nenhum dos idiomas.

— Você sabe se os Dye têm a Imortalidade da Feiticeira Myfanwy? — Eu me ouvi perguntar. — Lá embaixo, talvez?

— Não — respondeu o Bibliotecário. — Não têm.

Comecei a me virar em direção à mesa de trabalho, mas a voz estranha do Bibliotecário me fez parar.

— Eles não têm por que foi destruída um dia atrás. O jovem Dye pediu que eu me desfizesse dela.

— Destruída — repeti com os dentes cerrados.

— Sim, por um vazamento — acrescentou o Bibliotecário, repetindo palavra por palavra a mentira que Emrys havia lhe contado. — Uma tragédia.

O Bibliotecário não fazia ideia de como suas palavras eram verdadeiras. Emrys havia tomado para si as memórias da feiticeira sobre o Anel da Dispersão e garantira que o restante de nós nunca as visse.

Mas isso só servia para me provar ainda mais que o Prêmio do Servo e o Anel da Dispersão eram a mesma coisa. Havia algo mais nessa história. Uma suspeita zumbia em minha mente como uma vespa.

Voltei a me sentar à minha mesa. Minha pele estava tão fria quanto as janelas atrás de mim quando peguei o diário de Nash e folheei até a última anotação.

A mensagem codificada estava cercada por dezenas de palavras que Cabell e eu havíamos tentado usar para desvendar os segredos dele. Peguei um pedaço de papel e acrescentei outra palavra à lista. *Lancelot*. E mais uma. *Dispersão*. E mais uma. *Anel*.

Respirei fundo e tentei uma última palavra. *Myfanwy*.

O nome de uma feiticeira obscura com a qual nunca tínhamos feito negócios, que não tinha feito quase nada de extraordinário com sua magia, que estava destinada a se tornar pouco mais do que uma nota de rodapé na história de outra pessoa.

Usando *Myfanwy* como chave, reorganizei as letras do alfabeto e comecei a substituí-las pelas que ele havia escrito. Surgiu uma palavra. Depois, uma frase. Até que, finalmente, a resposta à pergunta sombria que nos assombrava havia quase sete anos tomou forma de repente. Um fantasma do passado se materializou diante dos meus olhos.

Não era uma mensagem, nem uma lembrança, mas um bilhete para si mesmo.

Devo ir sozinho e remover as armas antes de me aproximar... A feiticeira quer provas de que é a adaga de Arthur antes da troca... Como? Tintagel, quinze para a meia-noite. Usar a frase Estou com seu presente *para me identificar.*

Uma estranha calma tomou conta de mim.

Tintagel.

O lugar onde havíamos acampado após semanas de busca pela Carnwennan, a adaga de Arthur.

O lugar onde Cabell e eu tínhamos ido dormir em nossa barraca, só para, ao acordar, descobrir que nosso guardião havia desaparecido.

O local onde Nash encontrou uma feiticeira sob o manto escuro da noite para trocar a adaga pelo Anel da Dispersão.

Após enfaixar seus ferimentos da melhor forma que pude, deixei Cabell descansando em seu quarto antes de ir para a biblioteca. Conforme saía correndo do armário de roupas de cama, animada com tudo o que havia descoberto, fui surpreendida pela visão da porta do quarto aberta e da cama vazia.

— Cab? — gritei.

Ele havia limpado os vestígios da nossa luta. O cheiro forte e cítrico de removedor de manchas exalava ao meu redor, fazendo o trabalho pesado de dar um sumiço no rastro de sangue no tapete.

— Aqui — foi a resposta baixa.

Segui pelo curto corredor até a sala de estar escura, depois virei na direção da minúscula cozinha, só então me dando conta de que a sombra que vira no sofá era meu irmão. Acendi as luzes do teto, sentindo um aperto no peito ao pensar em quanto tempo ele estava sentado ali sozinho.

Cabell estremeceu com a súbita claridade. Havia uma garrafa de cerveja aberta diante dele na mesa de centro, ainda cheia. Ele olhou para os braços cruzados, os olhos desfocados ao ver os símbolos da maldição tatuados. Com exceção de alguns cortes e hematomas, ele parecia inteiro. Mas não parecia ser ele mesmo.

Eu me sentei no chão, do outro lado da mesa de centro. Sem pensar, puxei as mangas da camisa para cima enquanto me apoiava.

— Eu fiz isso?

Cabell ainda não olhava para mim. As palavras soavam tão roucas que parecia que tinham sido raspadas de sua garganta.

Eu não gostava de mentir para meu irmão, então, em vez disso, perguntei:

— Do que você se lembra?

Não havia luz em seus olhos... não havia nada. Seus ombros se curvaram.

— O suficiente.

— Você pode me dar mais detalhes? — perguntei, mantendo as palavras leves.

— Lembro de tudo. De cada segundo. É isso que você quer ouvir?

Suas unhas estavam mais escuras e mais compridas do que o normal, e ainda havia uma extensão longa de pelos nas costas das mãos dele. Fiquei olhando, com o sangue pulsando nos meus ouvidos.

Impossível, pensei. Mesmo os efeitos mais duradouros da maldição não permaneciam nele por tanto tempo assim.

— Desculpe — pediu ele depois de um instante. — Estou com raiva de mim mesmo, não de você.

Algo sombrio se formava em sua expressão, como nuvens de tempestade se agrupando. O ar parecia se deslocar ao nosso redor, agitando-se com a velocidade de seus pensamentos. Eu estava com medo de me mover, de respirar e de fazer com que a primeira pancada de chuva caísse.

— A culpa não foi sua — pontuei. — Você precisa saber disso.

— Por que não consegui impedir dessa vez? O que acontece se houver uma próxima vez e eu não conseguir me transformar de volta? E se da próxima vez... — As palavras ficaram presas na garganta dele. — E se da próxima vez eu matar você? Você acha que eu conseguiria viver em paz comigo mesmo depois disso?

— Não precisa haver uma próxima vez. É disso que quero falar.

Cabell fez um barulho no fundo da garganta, mas não disse nada.

— Pode ser que, no fim das contas, haja uma forma de encontrar o Anel da Dispersão — sussurrei.

— E daí?

Por um momento, eu não conseguia nem falar.

— *E daí?* — repeti. — Você ouviu o que acabei de dizer?

— É óbvio que sim — respondeu ele, com frieza.

— Não é só isso — acrescentei. — Madrigal contratou o herdeirinho para encontrar o anel e hoje descobri que outras feiticeiras também estão à procura dele. Além de Septimus Yarrow e seus capangas. E finalmente consegui decifrar o último registro no diário, Cab. Nash estava trocando a adaga de Arthur pelo anel na noite em que desapareceu. Foi por isso que ele nos levou para Tintagel.

Senti um frio percorrer minha espinha diante da expressão inabalável dele. Da ausência de surpresa. Ausência de qualquer reação. Uma escuridão tão sombria que nenhuma luz poderia escapar dela.

— Sim — respondeu ele. — Eu sei.

O apartamento ao meu redor sumiu. O barulho da rua do lado de fora foi engolido pela batida estrondosa em meu peito, a pulsação acelerada...

Então, de uma só vez, o momento se abateu sobre mim em uma onda de pressão e horror que era tão sufocante quanto dolorosa.

— Você sabia? — indaguei. — Todo esse tempo?

— Ele me contou naquela noite, depois que você dormiu — explicou Cabell.

Abri a boca, mas não emiti nenhum som.

— Ele me fez prometer que não contaria a você — acrescentou Cabell, dando de ombros.

Eu sabia que Nash contava algumas coisas a Cabell, ensinando-o de uma forma que ele nunca ensinaria a mim, uma mortal; mas quem escondia as coisas de mim era *Nash*, não Cabell. Fomos abandonados duas vezes: por nossas famílias biológicas e depois por Nash. Nós só tínhamos um ao outro e, para sobrevivermos sozinhos, não podia haver segredos entre nós. Eu tinha entendido isso, e achei que Cabell também.

— Ele ia se encontrar com uma feiticeira — expliquei. — Ela sobreviveu ao encontro, mas acabou morrendo, criando uma Imortalidade que o herdeirinho destruiu. Mas acho que se a gente voltar até Tintagel, talvez consiga encontrar algo que a gente deixou passar antes. Nash pode ter escondido algo lá para a gente encontrar.

— Pare — disse Cabell, bruscamente. — Pare... já chega. Você está ouvindo o que está dizendo? *Pense*, Tamsin. É óbvio o que aconteceu. A feiticeira pegou a adaga e depois o matou. Foi por isso que ele não voltou. A única pergunta que resta é o que ela fez com o corpo dele. Eu não contei porque não queria que você tivesse que viver sabendo que a gente poderia ter salvado Nash... como eu tenho vivido todos esses anos.

Ele estava certo. Essa era a conclusão mais óbvia e lógica a se chegar. Mas eu não estava disposta a deixar a lógica me vencer em uma briga.

— Isso não é motivo para não me contar — protestei. — E essa não é a única explicação. Nash pode ter sido amaldiçoado a perder a memória ou estar preso em algum lugar. Se houver alguma chance de Nash estar vivo, temos que encontrar a ele e o anel primeiro, ou alguém vai matá-lo para pegar.

— Ele está morto — retrucou Cabell. — Deixa eu repetir mais uma vez: Ele. Está. Morto.

As palavras sufocaram a pequena chama de esperança que eu mantinha acesa.

— Beleza, então, ele morreu. Isso não quer dizer que o Anel da Dispersão não esteja por aí. Podemos tentar refazer os passos dele, descobrir quem matou a feiticeira. — Cabell estava balançando a cabeça, e a visão me causou um aperto na garganta, a voz subindo com o desespero. — Podemos encontrar o anel e negociar com Madrigal para que ela o use em você.

— Negociar com uma feiticeira? — zombou Cabell. — Cresça, Tamsin. Isso não é um conto de fadas. Não vai ter nenhum reencontro familiar cheio de alegria, salvadores mágicos ou finais felizes. Tudo o que tem é *isso*.

Ele apontou para os pelos nas costas de sua mão. Fiquei olhando para ele e, à medida que os segundos passavam em silêncio, senti um aperto no estômago.

Por fim, ele soltou uma risada sem vontade alguma.

— Você não entende. Eu nem ao menos tenho a opção de desistir. É óbvio onde isso tudo vai dar. Já é óbvio há anos, mas você é teimosa demais para aceitar.

— Não é óbvio! — retruquei. — Sei que é difícil acreditar nessa possibilidade, mas essa é a melhor pista que já tivemos.

— Você não sabe de nada — alfinetou Cabell. — Me diga o que há de tão bom nesta vida que me faça lutar para seguir em frente, Tamsin?

Inspirei fundo, em um esforço para impedir meu sangue de ferver.

— Se você sabia do anel esse tempo todo... se já pensa dessa forma há anos... por que me deixar pesquisar maneiras de quebrar a maldição? — perguntei. — Por que me deixou testar teorias e mais teorias em você?

— Nunca entendi por que você ficava relendo todos aqueles livros quando sua memória é fotográfica. — Ele deu de ombros, e foi a coisa mais insensível que já vi meu irmão fazer. — Mas isso mantinha você ocupada e parecia fazer com que se sentisse melhor.

— Eu? — bradei, recuando.

— Sabe qual é o seu problema? — indagou Cabell, parecendo gostar do meu desconforto enquanto tomava um longo gole de sua cerveja. — Você acha que pode controlar tudo e que isso evitará que coisas ruins aconteçam, mas o mundo não funciona assim, Tamsin. Você é tão impotente quanto todos nós. Na verdade, você é ainda mais impotente, o que torna tudo ainda mais triste.

— Então, só para não haver dúvidas, você não se importa se eu for atrás de Nash e do anel? — perguntei. — Você não se importa que os esvaziadores e as feiticeiras venham nos procurar para poder encontrá-lo? Você não quer fazer parte, e isso não importa para você, nem um pouco?

— Não importa — concluiu Cabell, levantando-se e indo em direção à porta da frente — porque duvido que você vá longe, já que não tem a Visão Única. Mas vai lá, pode tentar. Veja até onde você chega com Ignatius. Você faz o que quer da sua vida, e já passou da hora de eu começar a fazer o mesmo.

— Pare com isso — retruquei, mal conseguindo pronunciar as palavras. — Está falando igual ao...

— Igual a quem? — vociferou Cabell, calçando as botas. — Igual ao *Nash*?

Estremeci.

— Ao menos ele morreu fazendo o que queria — prosseguiu Cabell, pegando a jaqueta de couro que havia herdado de Nash. — E se não me resta muito tempo até que a maldição me domine, é exatamente isso que vou fazer também. Cansei de perder tempo fingindo que isso tudo é importante só porque você morre de medo de ficar sozinha.

Mordi a língua até sentir o gosto de sangue.

— Você é mesmo igualzinho a ele — soltei, me levantando. Se ele ia me machucar, eu poderia machucá-lo de volta. — Desiste de tudo assim que as coisas ficam difíceis.

— E, ainda assim, é você quem está indo atrás dele — respondeu Cabell. — Fingindo que está fazendo isso por mim. Pelo *anel*.

Congelei por um segundo.

— É lógico que isso não tem *nada* a ver com o fato de você querer encontrá-lo — acrescentou Cabell. — Não tem *nada* a ver com o fato de ficarmos em Boston, mesmo que ele tenha dito que foi lá que você foi abandonada. O que você esperava? Que um dos seus pais pilantras vissem você na rua? Que reconhecessem você? Que se arrependessem de abandonar você que nem...

Um calor abrasador atravessou meu peito.

— Não termine essa frase — avisei.

Cabell segurou a maçaneta da porta, mas não se moveu.

— *Você* é minha única família — disse a ele. — Vou atrás do anel assim que a Feiticeira Grinda enviar alguém para pegar o medalhão que recuperamos para ela. Ela disse que seria hoje à noite.

Cabell nem sequer esboçou um sinal de ter ouvido o que eu disse.

— Tem gente demais atrás do anel para ficar esperando... e muitas dessas pessoas suspeitam que Nash foi o último a estar com ele — acrescentei. — Se não quer me ajudar, ao menos pegue suas coisas e tente sumir até que tudo isso acabe.

— Vou fazer algo ainda melhor e nunca mais voltar. — Ele abriu a porta e saiu. Ou sua voz era um sussurro, ou imaginei suas últimas palavras quando ele passou por mim: — Te amo.

— Não morra — respondi de todo modo.

A porta se fechou com força.

Meus joelhos pareciam feitos de areia. Eu me sentei com força na ponta da mesa centro e terminei o último gole da cerveja dele.

Eu sabia que ele estava sofrendo; via os lampejos dessa dor todos os dias, como a luz de um prisma. Meu irmão estava um pouco mais imprudente do que o normal, mas eu supunha que isso era consequência da sua frustração e impaciência para encontrar uma solução.

Nunca me ocorreu que ele tentaria se destruir antes que a maldição o fizesse.

Eu não devia ter deixado que ele saísse. Deveria ter feito com que ele ficasse e conversasse comigo. Vagar pelas ruas àquela hora da noite nunca era uma boa ideia, mesmo com uma faca pequena no chaveiro e sal nos bolsos.

Cresça, Tamsin. Isso não é um conto de fadas.

Os contos de fadas — as histórias originais, não aquelas versões cheias de firulas — eram só dor e sofrimento, um retrato mais fiel da humanidade do que qualquer um gostaria de acreditar. Mas o fato de Cabell agir como se eu fosse uma criança arrebatada por devaneios era mais do que eu podia suportar.

O problema com os irmãos, me dei conta, é que eles passavam anos observando, juntando todos esses pequenos punhais e aprendendo exatamente onde enfiá-los bem entre seus ossos.

E, de todo modo, foi Cabell quem quis procurar por Nash tanto tempo depois de ter ficado óbvio que Nash havia nos descartado como o último gole de café frio. Foi *ele* quem se agarrou à ideia de que Nash ainda estava por aí, tentando voltar para nós. Foi *ele* quem chorou todas as noites naqueles primeiros meses, quando estávamos doentes de fome e exaustão e dormíamos mal nos bosques de inverno.

Não vimos, em Tintagel, qualquer evidência de luta, qualquer evidência de maldições lançadas, nem mesmo indícios de que um Nash embriagado tivesse caído do penhasco que margeava as ruínas do castelo. O mar gelado nunca devolveu o corpo dele às margens rochosas. As únicas pegadas que encontramos na lama e na neve levavam ao castelo, e não havia nenhuma que se afastasse da construção.

Mas se ele estava vivo, por que não voltou? Por que não usou o anel para quebrar a maldição de Cabell?

Fechei os olhos, balançando a cabeça com força. Não importava se Nash estava vivo sem o anel ou morto e enterrado com ele. Eu só precisava do seu último paradeiro conhecido para seguir o rastro do anel antes dos outros.

Mas, para fazer isso, precisaria de algumas coisas. Incluindo, pensei sem evitar uma careta, a Visão Única, como Cabell havia apontado com tanta delicadeza.

E só havia uma maneira de conseguir o que eu precisava...

Uma calma tomou conta de mim enquanto esboçava um plano em minha mente. Conforme cada passo ganhava contornos, tinha a sensação de que meu corpo voltava a ser sólido, e o mundo parecia se estabilizar ao meu redor.

Eu me abaixei e peguei as correspondências espalhadas pelo chão que havia ignorado antes.

Desenrolei o jornal e dei uma olhada nas manchetes da primeira página. Aumento do preço da gasolina. O próximo campeonato anual de beisebol. Uma tempestade de gelo na Grã-Bretanha.

A última chamou minha atenção o bastante para me fazer ler depressa os primeiros parágrafos:

> Durante a noite, as estradas da Grã-Bretanha congelaram, apesar da falta de neve e de uma semana de recorde de temperaturas altas...

Levei tudo para a cozinha, e deixei cair no balcão com um grito de terror.

— Florence, não!

Peguei minha pequena suculenta em seu vaso no parapeito da janela. Com o movimento, suas folhas marrons e enfraquecidas caíram de forma dramática, deixando apenas o caule nu.

— O que aconteceu? Você estava bem ontem mesmo... Coloquei água demais? Foi o calor? O Winston está firme e forte, então o que aconteceu com você?

Winston era o pé de babosa que havia sido deixado para morrer no lixo do meu vizinho junto de Florence.

Um leve movimento chamou minha atenção. Olhei para a janela à minha frente e me deparei com a visão de um sapo enorme olhando para mim.

Fiquei boquiaberta.

— Valha-me Deus...

O sapo não piscou. Em vez disso, soltou um coaxar alto e irritado. E depois, quando não me mexi, soltou outro.

Inclinei-me sobre a pia e abri a janela. O sapo havia se aninhado na caixa da janela que eu usava para cultivar ervas, incluindo um pouco de alecrim para evitar que qualquer espírito errante com más intenções entrasse.

— Você está esmagando minha hortelã — reclamei.

O sapo pulou para o parapeito da janela, revelando o pequeno pedaço de fita preta preso à sua perna. A marca da Feiticeira Grinda, as chaves cruzadas, estava gravada em prata.

Até que enfim, pensei.

Tínhamos terminado o trabalho dela semanas atrás, mas ela não queria que eu o entregasse em sua casa, em algum lugar da Itália, pois estava fora "tratando de assuntos graves relacionados ao Conselho de Irmãs".

Tinha presumido que ela só não queria que uma mortal, ainda mais sendo uma esvaziadora, soubesse o endereço de sua residência. A maioria das feiticeiras não queria. Embora outras, como Madrigal, fossem poderosas demais para ter medo de alguém.

— Está comigo — disse eu à criatura —, só um segundinho.

Corri para a alcova do escritório, diminuindo a velocidade ao me aproximar da mesa de carteado que eu usava como escrivaninha.

Enquanto a minha metade da alcova era um caos de papéis, pedaços de tecido, revistas, livros e várias ferramentas quebradas das quais eu não conseguia me livrar, a de Cabell era o puro retrato da organização. A maioria de seus cristais estava cuidadosamente organizada em recipientes de acrílico transparente, com outros deixados no parapeito da janela para se carregarem à luz da próxima lua cheia.

Peguei o medalhão incrustado com rubis do cofre embaixo da escrivaninha, desembrulhando a seda que o envolvia para conferir se estava tudo certinho. Suas pedras brilharam como em uma saudação, e voltei a cobri-lo depressa antes que ele pudesse infligir qualquer maldição infernal que sem dúvida carregava.

— Aqui — disse ao sapo, mas hesitei, sem saber onde colocar o medalhão. Ele abriu a boca, obediente, mas segurei o medalhão fora do alcance de sua cabeça cheia de verrugas.

— O pagamento deve ser feito no ato do recebimento — expliquei — e só aceitamos dinheiro ou o equivalente em ouro ou pedras preciosas...

O sapo coaxou e fez um barulho de vômito. Uma, duas, três lascas de safiras caíram na terra das plantas, cobertas por uma espessa camada de muco. A boca do sapo permaneceu aberta, a membrana borbulhante de seu saco vocal se estendeu enquanto ele soltava um coaxar impaciente.

Inclinei-me sobre a pia e, com cuidado e delicadeza, coloquei o medalhão dentro da boca que o aguardava.

— Não vai se engasgar com ele.

O sapo se virou e pulou de volta para a noite.

— Sim, foi um prazer fazer negócios com você também — murmurei, pegando as lascas de safira e lavando-as sob o jato da torneira. Não fechei a janela, porque precisava do ar fresco.

O silêncio da casa voltou a me envolver, interrompido apenas pelo som repentino da televisão do vizinho que atravessava a parede.

Peguei um copo de água e despejei inutilmente um pouco no vaso de Florence. Ver a planta me atormentou de um jeito que eu odiava. Ela parecia... acabada.

As palavras do meu irmão surgiram em minha mente, invadindo o silêncio da cozinha com a brisa fria do outono.

Me diga o que há de tão bom nessa vida que me faça lutar para seguir em frente?

Levei o copo aos lábios, e meu olhar deslizou para a porta. Se era isso que Cabell queria, deixar para lá, então... será que eu tinha algum direito de interferir?

— *Sim* — sussurrei.

Antes que eu percebesse o que estava fazendo, tirei meu baralho de tarô da bolsa e deslizei as cartas para fora da sacolinha de veludo. Não as embaralhei, só coloquei ao lado de Florence e virei a carta do topo.

Nela, uma mulher em um vestido branco estava vendada, segurando duas espadas cruzadas à sua frente. Atrás dela, um mar rochoso. No alto, a lua crescente. Um retrato de equilíbrio. Deliberação feita com cuidado. Conselho. Dois de Espadas.

Pesar as opções. Não tenha pressa. Ouça sua intuição.

— Que merda eu estou fazendo?

Deixei a carta cair.

Ouvi um barulho nos arbustos do lado de fora da janela, um borrão de movimento e cor que sacudiu as folhas ao passar. Projetei o corpo em cima do balcão, me inclinando para fora da janela a fim de ver o que — ou quem — estava ali. Não havia nada além de algumas pegadas que poderiam ter vindo de qualquer pessoa, a qualquer momento. Poderia não ser nada além de um gato de rua.

Mesmo assim, fechei a janela com firmeza e a tranquei.

Voltei a olhar para a carta de tarô.

Se eu não pudesse forçar meu irmão a lutar contra a maldição... a *querer* viver... eu poderia pelo menos dar uma escolha de verdade para ele.

Reuni o que achei que precisaria para viajar, colocando as safiras de Cabell em um envelope que deixei em sua mesa, depois mandei uma última mensagem para ele: *Saia da cidade assim que puder.*

Desliguei o celular. Ninguém iria usá-lo para me rastrear. E, com uma última olhada no apartamento, coloquei a chave da biblioteca na porta do armário no instante em que o céu se iluminou com um início de um novo dia que eu não veria nascer.

— ... e aqui Richard, o conde da Cornualha, um dos homens mais ricos de todo o país, construiu seu sonho de um grande salão, com o objetivo de superar até mesmo as lendas do que Tintagel havia sido no passado. Séculos antes, o assentamento havia sido palco para comércio de todo o Mediterrâneo e hospedado reis antigos, talvez até servindo como local de coroação...

Eu já tinha ouvido a guia de turismo falar três vezes, demonstrando a mesma paixão de antes, tanto quando o céu estava limpo quanto agora, com trovões surgindo no horizonte e ventos fortes agitando o mar, um aviso que o pior estava por vir.

Como uma verdadeira mulher da Cornualha, sem se intimidar com a visão da tempestade agitada fazendo sua lenta marcha até a costa, ela fincou os pés com ainda mais firmeza no chão e começou a gritar. Nos últimos minutos, ficou cada vez mais difícil ouvi-la acima do vento uivante e do estrondo do mar agitado.

Apertando ainda mais o enorme casaco de flanela em volta do meu corpo, virei para olhar o mar escuro e agitado uma última vez e, em seguida, adentrei mais fundo nas ruínas escarpadas do que um dia foi o Castelo de Tintagel.

Uma chuva leve começou a bater nas pedras de ardósia. O céu cor de aço conferia um brilho sinistro ao líquen e ao musgo escorregadios que se agarravam às paredes em ruínas. A névoa se erguia do chão como espíritos perturbados, formando padrões desconhecidos ao redor. Um arrepio percorreu todo o meu corpo enquanto ela se desenrolava ao meu redor, puxando-me para suas profundezas nebulosas.

— Você pode ver como as paredes do grande salão tiveram de ser reconstruídas depois que as versões anteriores caíram no mar...

Outro guia, usando uma capa amarela, correu em direção ao pequeno grupo, chamando-os:

— Sinto muito, mas vamos encerrar por hoje. Se os ventos aumentarem um pouco mais, vocês serão levados para fora da ilha.

A informação provocou alguns risos e olhares nervosos dos turistas. Era o mais clássico dos eufemismos. Em segundos, os ventos ondulantes estavam nos açoitando por todos os lados e quase fizeram uma senhora idosa cair no mar.

— Me sigam — gritou o guia — de volta para a ponte!

Eu tinha ido até as ruínas horas atrás, para me familiarizar com o lugar depois de quase uma década longe. Caminhei por elas, respirando a salmoura úmida do ar, observando os sons das ondas e dos pássaros.

Lembrando...

Tínhamos vindo uma ou duas vezes antes daquela noite fatídica em que Nash partiu, sobretudo porque o cara não conseguia resistir a uma paisagem lendária varrida pelo vento, assim como não conseguia resistir a uma relíquia arthuriana.

Convencido de que a Excalibur havia sido devolvida a Avalon antes que os caminhos para as Terras Distintas fossem selados, ele se concentrou no objetivo menor: a adaga de Arthur. Procurou nas ruínas daqui antes de seguirmos por outras partes da Inglaterra.

Encontrar a adaga me deixou tão perto da morte que descobri que havia um cheiro em sua presença, uma nitidez, como o céu antes da neve.

Agora, estando de volta... havia uma estranha sensação de se desvendar algo em mim, como se algo tivesse se desatado sem que eu percebesse. O desconforto na minha barriga fora tão grande nas horas anteriores que não havia conseguido comer nada.

Entrei no fim da fila que se formou atrás do grupo de turistas enquanto caminhávamos para a ponte moderna que se estendia entre os dois lados das ruínas. A estreita ponte de terra que tornara o castelo quase inconquistável para os inimigos nos séculos anteriores já sofrera erosão havia muito tempo, o que significava que era preciso passar por uma das duas passarelas — a moderna, de cima, construída com aço, madeira e ardósia, ou uma antiga ponte de madeira abaixo dessa, onde a estreita faixa de terra havia sido levada pela água.

Agarrei-me ao corrimão da ponte moderna e lutei para atravessá-la, mantendo meus olhos na mulher com a capa de chuva amarela brilhosa para me guiar. O vento me apressou, empurrando minhas costas até que voltei a um terreno mais sólido, ainda que bastante escorregadio.

Segui os outros pelos degraus sinuosos e antigos esculpidos no solo extremamente rochoso. A cor natural da pedra em meio à grama selvagem fazia com que as trilhas parecessem serpentes prateadas deslizando pela terra que subia e descia.

Era um lugar tão bonito quanto qualquer outro para o nascimento de uma lenda.

De acordo com o *Historia Regum Britanniae*, de Geoffrey de Monmouth, ao qual Nash se referia como "o arriscado culto ao lixo da Idade Média", o Rei Arthur foi concebido dentro das paredes do antigo castelo. O pai dele, Uther Pendragon, havia cobiçado Igraine, uma mulher casada com Gorlois, Duque da Cornualha. Em uma reviravolta que teria feito o igualmente questionável Zeus chorar de orgulho, Uther fez com que Merlin, o grande druida e, mais tarde, conselheiro do Rei Arthur, transformasse sua aparência para que se parecesse com Gorlois, permitindo que ele entrasse no castelo e se deitasse com a esposa de outro homem. E dias depois, o pobre Gorlois foi convenientemente deixado para morrer em uma batalha.

Geoffrey de Monmouth não escreveu a verdade, ele criou um mosaico feito de histórias folclóricas e da mais descarada ficção, mas *havia* alguma verdade no que ele criou, por mais que ela tenha sido retratada de forma sensacionalista e quase irreconhecível.

Ainda assim, era fácil ver por que Tintagel e o vilarejo próximo haviam entrado no imaginário popular. Eram dramáticos e selvagens, o tipo de lugar em que se marcaria um encontro com uma feiticeira para fazer negócios.

Olhei para trás, por cima do ombro, quando a chuva começou a cair com toda força. Vi a silhueta das ruínas do castelo contra os montes retumbantes de nuvens furiosas.

Eu me afastei dos turistas e aumentei a distância pouco a pouco conforme eles se dirigiam para o vilarejo, saí da trilha principal e fui para a grama encharcada, encolhendo-me enquanto a água gelada da chuva empapava minhas meias e calça jeans.

— Cadê você...? — murmurei, protegendo os olhos. Se o nó tivesse se desfeito...

Encontrei a fita amarela esfarrapada, esticada no grande campo de urze em que eu a havia amarrado. Deixei os ombros relaxarem, aliviada. Estendi a mão, tateando a corda de tábuas de madeira que cercava o acampamento.

Os sigilos mágicos tecidos no cordão manipulavam o ar e a luz para ocultar o seu conteúdo dos olhos dos mortais.

Infelizmente, isso também incluía meus olhos.

Não por muito tempo, pensei, meu coração dando uma forte reviravolta dentro do peito.

A área designada para acampamento de visitantes ficava ao norte de onde eu havia montado acampamento. Se estava ali para descobrir para onde Nash tinha ido, então seria preciso refazer nossos passos. Ele gostava deste pedacinho de terra plana. Não era muito protegido, mas tinha uma visão nítida das ruínas.

Com a mão estendida, avancei até que minhas botas atingissem as pedras que eu havia deixado para marcar a entrada. Não era de surpreender que geralmente fosse Cabell a lidar com isso, sempre nos guiando de volta...

Algo afiado se retorceu em minhas entranhas quando me virei de costas para a chuva torrencial. A pele do meu rosto estava praticamente esfolada por causa do frio, mas não conseguia sentir os dedos das mãos ou dos pés, e não tinha certeza de qual sensação era pior.

Antes que eu pudesse desatar o nó, um cordão diferente se desatou e outra tenda apareceu.

Era um monstro azul de náilon e poliéster, de última geração e feito para uma família inteira, não para o adolescente solitário e presunçoso que estava na entrada.

— Boa noite, vizinha! — gritou Emrys mais alto do que a chuva. — Encontrou algo interessante nas ruínas?

— Não — protestei. — Esse lugar é *meu*. Eu estava aqui primeiro.

Ele inclinou a cabeça para o lado, com um olhar de falsa piedade.

— E como você pretende provar? Vai ver eu estava aqui o tempo todo, escondido atrás das minhas proteções, e você não teria nem como saber. É uma pena que você não tenha a Visão Única.

Resmunguei, sentindo o vento levantar a parte de trás da minha jaqueta enquanto eu arrancava as estacas da minha barraca do chão, segurando o tecido vermelho esvoaçante para evitar que voasse.

— Ah, não fique assim, Passarinho! — gritou ele para mim.

Peguei o saco de dormir já desenrolado, a mochila de suprimentos e a bolsa de trabalho e desci a colina, meio escorregando, meio marchando. Escolhi um novo local atrás de um afloramento de grandes rochas que ao menos me esconderiam da vista dele até que eu pudesse encontrar um lugar melhor depois da tempestade.

Minhas botas escorregavam na lama e na grama morta e eu tentava me firmar enquanto me esforçava para enfiar as estacas de volta no chão. Quando a barraca estava montada, joguei meus pertences encharcados dentro dela e tentei retirar com as mãos a água que se acumulava no fundo da velha barraca.

Estendi uma das mãos para fechar o zíper da porta, mas parei. Um grito ficou preso na minha garganta.

A barraca de Emrys estava ao lado da minha novamente, como se ele a tivesse dobrado, colocado no bolso e depois a retirado com facilidade. Desta vez, ele estava sentado em uma cadeira dobrável, com um aquecedor movido a bateria ou magia aos seus pés e uma tigela fumegante nas mãos.

— Sopa? — ofereceu.

— Sai. Daqui — bradei.

— Sem chance. Acha mesmo que vou tirar meus olhos de você? Você estar aqui prova minha teoria de que foi Nash quem negociou o anel. Ele foi atrás da adaga de Arthur...

Fechei o zíper da barraca, silenciando suas palavras.

Minha barraca balançava impotente contra o vento forte e a chuva. O material resistente à água já não funcionava com a mesma eficácia havia tempos, os remendos se desfazendo em seus muitos buracos, mas isso pouco importava, já que todos meus pertences estavam encharcados.

Eu deveria ter usado as moedas de Madrigal para reservar um quarto no vilarejo vizinho. Eu poderia ficar confortável e quentinha ao lado de uma fogueira, ouvindo a chuva bater nas janelas. Mas havia deixado o dinheiro para Cabell, caso ele precisasse alugar um quarto em outro lugar até que a busca terminasse.

Eu me estiquei para colocar a panela sob o pior dos vazamentos e a xícara de lata embaixo do outro.

— Perfeito...

Aquilo aguentaria por no máximo cinco minutos.

Suspirei enquanto tirava as botas e as meias molhadas e depois o casaco de flanela encharcado. Esfreguei com força as mãos nos braços, tentando fazer o sangue circular.

Dentro da barraca não estava mais silencioso do que do lado de fora, com a tempestade batendo na lona, ameaçando arrancar as estacas do chão. Mas havia algo no cheiro de terra molhada, na água pingando, no ar puro... A familiaridade me envolveu como um gato, aquecendo-me de uma forma que eu não esperava. Ainda assim, em meio a Emrys e às lembranças que Tintagel me trazia, eu estava nervosa. Nada parecia acalmar a sensação de que havia algo rastejando sob minha pele.

Liguei minha lanterna e abri o zíper do saco de dormir na tentativa de secá-lo. Eu me forcei a mordiscar alguns pedaços de carne seca e frutas secas que havia encontrado no fundo da minha mochila de viagem.

Mastigando e olhando para o teto da barraca, senti minha mente começar a vagar. Eu me perguntava o que Cabell estaria fazendo, se teria me ouvido e deixado a cidade.

Ele não quis vir, lembrei a mim mesma. *Você não precisa dele.*

Deixei o resto da carne seca de lado, meu estômago estava contorcido demais para dar outra mordida. A chuva batia na barraca, fazendo o tecido pular e tremer. Eu sabia que deveria encontrar uma maneira de escovar os dentes e lavar o rosto, mas agora que meu corpo pesado estava finalmente parado, não conseguia fazê-lo se mexer.

Em vez disso, fechei os olhos e evoquei uma lembrança que lutei para enterrar durante anos.

Aquela noite tinha sido como inúmeras outras. Eu tinha apagado a pequena fogueira e entramos para comer um pouco de sopa. Podia ver Nash com tanta nitidez que era como se ele estivesse sentado ao meu lado naquele instante: um vestígio endurecido de um rosto que, no passado, poderia ter sido bonito, avermelhado pelo excesso de bebida e sol; o cabelo loiro e a barba por fazer realçados por alguns fios grisalhos; a ponte torta do nariz, que havia sido quebrado muitas vezes. Ele tinha os olhos de uma criança, azuis como o céu, e brilhavam enquanto contava uma história atrás da outra.

Vá dormir, Tamsy, dissera ele, erguendo os olhos de onde fazia anotações em seu diário. *Durma um pouco enquanto ainda pode. Vamos embora ao amanhecer.*

Vamos embora. A pior promessa que ele já quebrou.

Repassei a lembrança centenas de vezes, tentando encontrar algum pequeno detalhe que talvez tivesse deixado de lado.

Abri os olhos e coloquei as mãos sobre a barriga, sentindo o sobe e desce a cada respiração. Mesmo com o vento lá fora, o silêncio que vinha de dentro da tenda era sufocante. Tamborilei os dedos, tentando aliviar o formigamento que sentia embaixo da pele.

A solidão me dominou. Essa era a única forma de explicar por que resolvi procurar uma carga já familiar na minha mala.

— Ah, certo — murmurei. — Isso é patético demais da sua parte, Lark.

Ignatius abriu seu olho turvo quando o coloquei ao lado do saco de dormir e acendi seus pavios. O ar ao nosso redor tremeluziu quando a magia se espalhou junto do calor das discretas chamas. O olho foi de mim para o teto da tenda gotejante, a pele ao redor dele se enrugando com desdém. Com os nós dos dedos estalando, Ignatius tentou fechar os dedos horríveis, talvez para apagar as chamas, talvez para fugir como um caranguejo.

— Se você ousar pensar em fugir — adverti —, lembre-se de que só precisa de três dedos para funcionar e, se eu pegar você, vou quebrar o do meio primeiro.

Ignatius endireitou os dedos, mas pingou uma gota petulante de cera no saco de dormir, só para deixar explícito o que pensava. No fim das contas, uma disputa de olhares com a mão e o globo ocular de um assassino psicótico não diminuiu, de fato, a sensação de vazio no fundo da minha barriga e, sendo sincera, não fez nada além de me deixar com medo de que ele tentasse incendiar meu cabelo.

Houve um segundo — muitos segundos, na verdade — em que eu quase o deixei para trás. Levá-lo para um passeio pelos jardins de Tintagel para procurar magia à vista dos turistas estava fora de questão e, bem, eu não queria acreditar que poderia precisar dele. Não com os acordos que eu havia feito com o Cortador de Ossos.

É uma pena que você não tenha a Visão Única.

O fato de que Emrys talvez estivesse lá o tempo todo, me observando, *rindo* de meus suprimentos tão patéticos... Uma nova onda de raiva me invadiu, incinerando o último resquício de resistência e medo.

Se ele queria um desafio, estava prestes a enfrentar um.

No fundo da mochila estava o pequeno pacote de papel marrom que havia sido entregue na biblioteca. Quando acordei no sótão, desci e descobri que o Bibliotecário o havia deixado para mim na base da escada. O Cortador de Ossos precisou de apenas quatro horas para encontrar o que eu havia pedido.

Dentro do papel amassado havia uma caixa de madeira, pouco maior do que um maço de cigarros. O compartimento interno deslizou para fora com o leve impulso do meu polegar, revelando um frasco. Desenrolei o longo pedaço de pergaminho que o envolvia, deixei-o de lado por um momento e levantei o frasco. Ele era feito de vidro transparente, entrelaçado com espirais decorativas de prata, como videiras. O conta-gotas de vidro mal tocava a fina camada de líquido carmesim em seu interior, que brilhava maliciosamente como uma mancha de óleo à luz reveladora de Ignatius.

Veneno de basilisco.

Inspirei fundo, as mãos tremendo de frio, de nervosismo ou ambos. Anos atrás, quando tinha inveja da magia de Cabell, tinha lido que o veneno era capaz de conceder a Visão Única a mortais. Mas, com as serpentes extintas, era quase impossível encontrar o veneno delas.

Mais importante ainda, o veneno, como todas as outras supostas soluções que eu havia pesquisado, era pior do que o problema em si.

Peguei novamente o bilhete escrito à mão, com os olhos apertados para entender o elegante entrelaçar das letras em tinta violeta.

Prezada senhorita Lark,

Esplêndido finalmente receber um pedido que não seja para uma chave de Veia. Como solicitado, providenciei o veneno e sinto que devo lembrá-la de todos os perigos. Caso sobreviva à toxina entrando em seu corpo, é provável que as horas seguintes sejam as mais desagradáveis de toda a sua vida. Já ouvi falar de dor agonizante, febre e alucinações sofridas por pessoas mordidas por um basilisco, portanto, devo imaginar que o mesmo acontecerá com você, assim como a possibilidade de cegueira permanente, em vez de temporária. Para seus propósitos, como os entendo, coloque uma gota grande em cada olho.

Prosseguir significa que você reconhece que não sou responsável por sua morte, alteração mental, qualquer perda permanente de funções etc. Como de costume, o pagamento na forma de um favor será cobrado em uma data posterior de minha escolha. Guardarei um especial para você.

A seu dispor,
Seu humilde criado

Mais uma dívida, mas valeria o peso de minha alma se significasse salvar Cabell.

Quanto ao veneno... eu já sabia da dor, da febre, das alucinações e da cegueira e não tinha medo de nada disso. E é lógico, tudo isso só aconteceria se o veneno não me matasse. Nem mesmo Nash quisera testar essas probabilidades.

Não tem nada de errado com você, Tamsy, disse ele quando sugeri o veneno. *Se não nasceu com a visão, é como as coisas são.*

É evidente que *havia* algo de errado comigo, caso contrário ele não teria me deixado para trás repetidas vezes.

— Você nunca foi covarde — disse eu para mim mesma, segurando o frasco com força — e não vai começar agora.

Peguei Ignatius pelo castiçal e soprei seus pavios, depois o enrolei no pano de seda.

— Hora de dormir.

Com ele seguro na bolsa, as alças amarradas em dois nós, voltei a me deitar no saco de dormir. Bastou desatarraxar o conta-gotas para liberar um cheiro repugnante no ar.

Pensei melhor e agarrei a grossa alça de couro da mochila de viagem. Mordi a alça e coloquei o conta-gotas acima do meu olho direito.

Uma única gota do líquido carmesim se agarrava à extremidade do conta-gotas, balançando conforme minha mão tremia.

E então, ela caiu.

Gemi com a alça na boca, a mão livre arranhava meu saco de dormir enquanto meu corpo se contorcia e dobrava, absorvendo a sensação de queimação agonizante do veneno.

Não ia conseguir colocar veneno no outro olho... não ia conseguir...

Você precisa colocar, precisa colocar, precisa colocar, cantava minha mente. *Por Cabell.*

Ergui o frasco de novo, puxando a última gota de veneno para dentro do conta-gotas. Força de vontade e coragem não eram o bastante. Tive que manter meu olho esquerdo aberto para evitar que, por puro instinto, piscasse até que o veneno saísse.

Minhas pernas chutavam o ar, meus dentes rasgavam a alça. O veneno percorreu minha mente, escurecendo as raízes de meus pensamentos antes de incendiar tudo.

O ar ficou preto ao meu redor. Arranhei meu rosto, mordendo a boca por dentro para não gemer.

Não consigo enxergar, pensei, desesperada, mesmo quando uma voz, calma e baixa, sussurrou, *É um efeito colateral. Vai passar.*

Será que eu disse isso em voz alta? Havia alguém em minha tenda?

Meu sangue fervia nas veias, trazendo à tona coisas que eu não queria ver, mas não conseguia esquecer. Outros incêndios. Lugares próximos e distantes, no fim do mundo. Rostos há muito desaparecidos.

Rostos de mortos.

A voz de Nash passou por minha mente sem ser solicitada.

Vamos lá, Tamsy, não é tão ruim assim.

Havia algo na memória vindo à tona. Luz dourada. Areia. Depois desapareceu, perseguido pelos monstros sombrios que se reuniam do lado de fora da minha tenda. Tentei me arrastar para longe quando a entrada da tenda se agitou, o zíper se abrindo devagar. Olhos dourados brilhavam no escuro, ardendo de fome, apenas para explodir em chuvas de faíscas.

Respirava tão depressa quanto meu coração batia, e ainda assim não havia oxigênio o bastante, o fogo em meu peito não abrandava. O suor escorria pelo meu rosto, ferindo meus lábios secos. Quando comecei a vomitar, não conseguia parar, mesmo quando minha barriga convulsionava em agonia. Eu arranhava minhas pálpebras, desesperada para remover os cacos de vidro em chamas que cortavam meus olhos e arrancar as órbitas. O calor se espalhava dentro de mim, a tal ponto que eu tive certeza de que formaria bolhas por dentro da minha pele.

Não havia sono, não havia despertar, só essas sensações. As horas se passavam em segundos e segundos em horas. As visões surgiam em um prisma escuro, cada uma fazendo menos sentido do que a anterior. Covis. Sigilos de maldição. Uma espada cortando ossos. Um cão de caça correndo pelo céu. Uma figura encapuzada caminhando em águas escuras profundas e desconhecidas. Mas elas diminuíram, a torrente de imagens se fundindo em uma só. Eu me vi à beira do oceano, com duas espadas cruzadas atrás de meus ombros, uma mancha crescente de carmesim na bainha do meu vestido branco enquanto a maré o rasgava sem parar.

— *Passarinho?*

Virei a cabeça para a sombra na entrada da tenda. Sua forma tremia ao se mover em direção ao ponto que a luz de uma única lanterna iluminava. Algo pesado e gelado pressionou minha testa, e eu me contorci.

— O que, pelo fogo do inferno, você tomou?

Ouvi um som semelhante ao de objetos sendo revirados, e ele xingou de novo.

Ladrão, pensei. Ele era um ladrão. Não... não era real. Uma alucinação como as outras. Uma lembrança de algo que nunca aconteceria.

O calor dentro de mim era sufocante, percorrendo meus músculos como uma navalha. Eu me contorci, tentando liberá-lo.

— Pare... *pare...*

A sombra desapareceu de novo, deixando o ar frio entrar, só para reaparecer mais uma vez. Eu me debati quando senti mãos nos meus ombros, me segurando no lugar.

— Não — implorei. — Por favor...

— Está tudo bem, você está bem...

Uma mentira. Uma mentira... A escuridão surgiu de novo, pura e dominante. Quando dei por mim, estava deitada de costas, esticada sobre algo macio e acolchoado. O ar tinha um cheiro doce e verde, minha pele estava mais fria do que estivera em horas. Sentia uma pressão leve e úmida cobrir meus olhos.

Nada doía; minha cabeça parecia pesada enquanto eu respirava o leve cheiro de menta, mas meu corpo estava relaxado no chão, como uma semente tentando encontrar uma maneira de escorregar para a escuridão abaixo da superfície.

Emrys?

Devo ter falado em voz alta, porque ele me respondeu:

— Aqui.

A escuridão voltou a nadar em minha visão, e eu não conseguia dizer se meus olhos estavam abertos ou fechados. A única certeza que eu tinha era aquela voz.

— Estou aqui.

Quando acordei, estava de bruços em meu saco de dormir, o corpo pesado feito pedra.

Suspirei fundo. Minha cabeça latejava, como se pudesse girar e desgrudar do pescoço. Apoiei-me nos cotovelos, de olhos fechados até que a onda de enjoo passasse.

Viva, pensei.

Menta, cera de abelha e outro aroma que não consegui identificar — incenso? — pairavam ao meu redor. Esfreguei os olhos pesados, só para me sobressaltar quando minha mente se deu conta de que eu conseguia enxergar de novo.

Deu certo? O pensamento era causticante.

Levei as mãos em frente ao rosto, virando-as de um lado para o outro. Havia uma mancha nas costas da minha mão esquerda, uma pomada, salpicada com folhas verdes perfumadas. Também estava em meu peito e em meu rosto, fria ao toque e suave com seu aroma de menta. As mordidas em meu braço estavam cobertas com uma pomada diferente e tinham sido enfaixadas de novo. Levantei o tecido grosso e vi que as feridas estavam quase cicatrizadas.

Procurei o cantil ao lado da almofada, desesperada para tirar aquele gosto nojento da minha boca. Vazio.

Até que, por fim, me lembrei.

Eu me levantei, primeiro ficando de joelhos e depois em pé. Quando o mundo parou de girar, saí cambaleando da barraca, sob o céu cor de lavanda do início da manhã. Senti o cheiro de café em algum lugar próximo, mas foi o golpe de ar frio, límpido e úmido que desanuviou minha mente.

Emrys estava sentado de costas para mim, alimentando uma discreta fogueira dentro do anel formado pela combinação de nossos cordões de proteção, que transformavam nossos dois acampamentos em um só. Ele ergueu uma chaleira das chamas e mexeu seu conteúdo mais uma vez antes de despejar o líquido escuro em duas canecas de alumínio.

Ele se virou e estendeu uma para mim.

— Usei um dos pacotes de café que estava na sua mala. Achei que você não se importaria.

Meu corpo inteiro parecia exausto, como se eu tivesse permanecido acordada durante semanas, mas isso não diminuiu minha indignação.

— Bom, mas eu me importo, sim. Não trouxe muitos!

Ele ainda segurava a caneca, esperando.

— Mais um motivo para beber, melhor do que desperdiçar.

Avancei a passos largos, sentando-me no chão úmido e soltando um ruído de irritação. Depois de passar a caneca para mim, Emrys pegou a dele. Soprou o vapor que saía dela e deu um longo gole.

— Santos *deuses* — reclamou ele, tossindo e batendo no peito —, você colheu isso das profundezas do inferno?

— Se odeia tanto assim, pode me devolver.

Tentei arrancar a caneca de sua mão, mas ele a segurou, afastando-a de mim.

— É como se o próprio Lúcifer tivesse cagado na caneca — resmungou ele, lançando um olhar acusador para o conteúdo do utensílio.

— Que engraçado — retruquei, tentando pegar a caneca de novo —, mas não vou deixar você desperdiçar.

— Não, não — disse ele, com uma expressão de mártir. — Posso suportar um pouco de veneno em nome da cafeína.

Ele deu outro gole enorme e se engasgou.

— Está se sentindo melhor agora? — perguntei.

— Melhor? Não. Radioativo? Sim. — Emrys me lançou um olhar de profunda descrença. — Você... *gosta* mesmo de beber isso?

— Sim — respondi. — Mas costumo tomar café puro, sem a pitada de birra.

— Não é birra — retrucou ele. — De verdade, eu me pergunto como você ainda tem órgãos internos a essa altura.

Revirei os olhos quando ele tomou outro gole e estremeceu.

— Lamento que não esteja à altura de seus padrões habituais — resmunguei. — Nem todo mundo tem um barista pessoal à disposição.

— Nem todo mundo seria burro o bastante para usar o veneno de basilisco para induzir a Visão Única — rebateu ele. — Então, você me pegou nessa.

Cerrei a mandíbula.

— Estou viva, não estou?

— Por pouco — retrucou ele. — E por falar nisso, de nada. Usei toda a pomada refrescante que tinha e não tenho ervas para fabricar mais.

Fiquei boquiaberta.

Depois de *anos* me atormentando com insinuações e pistas e me forçando a acreditar em boatos... ele enfim revelava sua habilidade, a que lhe fora concedida por uma longa linhagem de ancestrais dos Povos Mágicos.

Emrys era um herbaceiro.

— Ah, ela finalmente descobriu — ironizou Emrys.

Dei uma risada sarcástica.

— Seu querido papai deve ter ficado *muito* desapontado com o fato de o único filho dele ser um encantador de flores. Não é uma surpresa que vocês tenham mantido isso em segredo da guilda.

Ter a capacidade de se comunicar com plantas e cultivá-las não era a mais útil das habilidades em nosso ramo de trabalho, ao menos quando comparado com alguns dos outros dons mágicos existentes.

A expressão dele se fechou.

— Melhor do que você, que não tem habilidade nenhuma.

Se tivesse algo além de café instantâneo em minha caneca, eu teria jogado nele.

— Huuum, alguém tem os sentimentos tão delicados quanto as pétalas que encanta, é? Vou lembrar disso.

— Você tem um jeitinho engraçado de demonstrar gratidão, Passarinho — retrucou Emrys. — Beba isso logo antes que desmaie, por favor. Você está desidratada demais.

Peguei a garrafa de água sem medo de demonstrar meu desgosto.

— Não vou agradecer — rebati entre um gole e outro. — Não precisava da sua ajuda nem dei permissão para que entrasse na minha barraca.

— Me perdoe por ter ficado preocupado quando ouvi seus gritos — retrucou Emrys. — Você estava com uma febre de quarenta e um graus. Seu cérebro estava prestes a entrar em ebulição e, se não fosse pela minha ajuda, teria acontecido. Isso se chama empatia... você deveria tentar um dia.

Eu me segurei para não resmungar de novo quando percebi que ele estava só tentando me irritar. Em vez disso, eu o estudei com o canto do olho, minha amargura ganhando um novo contorno quando vi seu equipamento de primeira linha, incluindo um machado dobrável.

Emrys usava um suéter de gola alta azul-marinho que parecia caro, calças largas, um boné de beisebol e botas de caminhada de couro polido. Talvez por causa do frio, já tinha calçado suas grossas luvas de esvaziador — feitas com a mais fina escama de dragão e passadas de geração em geração, sem dúvida. Elas foram feitas para repelir maldições leves, não para escaladas.

— Eu estava bem — respondi depois de um tempo, bem consciente do péssimo estado em que devia estar... ainda ensopada e coberta de sujeira e pomada.

— Deu certo mesmo? — perguntou ele, exasperado. Diante da minha expressão incerta, ele acrescentou: — Não tenho peixes-escorpiões nem outros Povos das Fadas por perto para testar. Saia da proteção contra maldições. Você deve ser capaz de ver tudo o que está dentro do cercado agora.

Que saco. Eu deveria ter pensado nisso.

Levantei-me com o corpo todo duro, segurando minha caneca de café instantâneo como apoio moral.

— Vire de costas — pedi para Emrys.

— O quê? Não.

— Vire de costas — ordenei. — Ou feche os olhos.

— Deuses, você é tão irritante — murmurou ele, mas cobriu os olhos com uma das mãos. — Pronto. Contente? Ou você é incapaz de sentir qualquer emoção além de rancor?

— Rancor *e* irritação — corrigi.

Parecia errado fazer isso na frente dele... algo tão importante, algo que poderia não ser nada. Eu não queria que ele fosse uma testemunha.

Não queria que ele visse como minhas mãos tremiam enquanto seguravam a caneca de café, só um pouco, enquanto passava por cima de nossas proteções unidas. Com uma última respiração decidida, eu me virei para o acampamento.

Inspirei fundo. Via duas tendas — uma azul e outra vermelha. A fogueira. Emrys com uma das mãos sobre os olhos, sua postura ficando cada vez mais tensa. Eu podia ver tudo isso e muito mais.

Fios tênues e iridescentes de magia, trançados sobre os cordões, pulsavam e cintilavam. Era uma exibição tão pequena de magia, mas me senti eletrizada ao vê-la. A felicidade roubou o lugar dos últimos vestígios de raiva e me encheu de algo que eu não sentia há muito tempo.

Alegria.

Ela vibrou em meu peito feito uma asa de penas suaves, e, pela primeira vez, não a soltei. Não a afastei antes que ela pudesse escapar. Estendi um dedo em direção aos fios e um deles se estendeu de volta, cantarolando enquanto se enrolava em meu dedo. Puxando, como se quisesse me levar de volta para dentro do círculo protetor.

Eu achava que entendia muito sobre o mundo oculto da magia e tinha me forçado a ficar satisfeita com apenas um vislumbre patético de vez em quando. A verdade é que eu estava mais por fora do que poderia imaginar ou sequer aceitar. Eu não sabia de nada.

Engoli seco, dando um passo para trás, por cima das proteções. Sentia como se faíscas estivessem correndo em meu sangue, e nem mesmo meu companheiro indesejável poderia amortecer a onda. Agora, nada além da morte poderia tirar de mim o dom da Visão Única.

— E aí? — perguntou Emrys.

— Deu certo — respondi, tentando, e não conseguindo, parecer indiferente.

— Ótimo — disse ele. — Então, você vai conseguir me retribuir pelo favor.

Fiquei boquiaberta.

— E aquele papo de "empatia"?

O código com o qual concordávamos ao entrar em nossa guilda tinha apenas três grandes regras: a relíquia pertencerá à primeira pessoa que colocar as mãos nela; ninguém deve mutilar ou matar intencionalmente outro membro da guilda; um favor prestado deve ser devolvido de acordo com as condições de quem o fez.

Emrys deu o último gole no café e enxaguou a caneca com um pouco da água da garrafa. Ele esticou a mão para pegar a minha caneca, forçando-me a beber o que restava em um único gole, e a limpou da mesma maneira.

— Eu deveria saber que você rejeitaria o código — comentou ele. — Não é como se Nash o tivesse honrado.

E, no mesmo instante, os últimos vestígios de empolgação se esvaíram.

— Eu não sou o Nash. O que é que você quer?

— Quando você estava febril, ficou falando que precisava checar as ruínas — comentou. — Quero ir com você quando for procurar o que quer que ache que possa estar lá.

— Como você sabe que não vou tentar enganar você? — questionei, deixando a frieza se infiltrar em meu tom de voz.

Ele apenas sorriu.

— Não se preocupe, Passarinho. Por mais rápida que você seja, eu sempre fui mais rápido.

— Você é um reptilzinho abominável, sabia? — retruquei, pegando a garrafa de água.

Emrys sorriu.

— Faça o que você tiver que fazer para não parecer uma morta-viva. Temos que estar nas ruínas antes que elas abram para visitação.

Esperei até estar de volta à minha barraca para soltar um suspiro. Vesti as roupas de baixo e calças que tinha trazido, que estavam um pouco mais secas, e estremeci com o frio. Emrys assobiava enquanto apagava o fogo, como se quisesse me lembrar de que ele ainda estava ali, esperando.

A febre *havia* despertado algo em mim. Uma lembrança do malfadado serviço no Egito. Nenhuma das minhas caminhadas de ontem havia resgatado essa lembrança porque não havia qualquer razão óbvia para conectar os dois lugares. Mas meu subconsciente me fez lembrar do truque de Nash para esconder coisas em entradas.

As ruínas silenciosas do castelo mantiveram seu segredo por sete longos anos. Algo estava enterrado ali; no fundo, eu podia sentir. Tudo o que eu precisava fazer era encontrar.

Esperamos até que o sol se elevasse antes de levantarmos acampamento e, assim, nos aventurarmos nas ruínas. Até aquele instante, eu não tinha visto nenhum ônibus de excursão parar no vilarejo, mas sabia que era apenas uma questão de tempo. Talvez tivéssemos uma hora e meia antes que os guias turísticos chegassem para abrir o local.

Inspirei uma lufada de ar frio enquanto caminhávamos pela trilha, com as botas rangendo. Era início de outubro, mas ainda havia flores de tojo e de urze nos tentando a parar para admirá-las, mesmo com seus espinhos escondidos. O mato e as samambaias haviam se recuperado, apagando qualquer vestígio dos muitos viajantes que passaram por eles. Aqui e ali, a terra parecia brilhar e piscar, indicando vestígios de magia antiga escondidos entre as pedras e os arbustos.

Após a forte tempestade da noite anterior, fui recompensada com uma daquelas manhãs douradas e tão lindas que quase doem, daquelas que parecem prometer que aquele dia ficará gravado em sua memória como um dos melhores.

Mas eu sabia como as coisas podiam mudar de repente e já estava me preparando para a decepção.

— O que estamos procurando? — perguntou Emrys.

— Eu me lembrei de algo ontem à noite — respondi. — Uma lembrança que ficou esquecida por anos.

O serviço no Egito.

Emrys não disse nada, esperando que eu continuasse.

— Às vezes — comecei —, Nash enterrava coisas nas portas para guardá-las. Debaixo de azulejos e tábuas do assoalho. Eram sempre locais aleatórios. Não sei como ele mantinha tudo em ordem na cabeça dele.

A lembrança da explicação de Nash passou por minha mente. *As pessoas procuram fora e procuram dentro, mas nunca no meio do caminho. É aí que a verdade está escondida, onde ninguém pensa em procurar.*

— Você acha que ele deixou algo em uma das portas de Tintagel? — Emrys me olhou para confirmar o quanto achava meu plano idiota. — As pessoas não vão gostar nem um pouco se sairmos por aí cavando centenas de buracos nas ruínas. Você consegue restringir o campo de busca?

Não para você, pensei. Era injusto demais que ele estivesse comigo naquele instante, mas o orgulho não me deixaria romper o acordo que fiz.

— Talvez.

— Vou considerar isso como um não — retrucou Emrys. — Você não acha que ele teria tentado enterrar alguma coisa na Caverna de Merlin, acha? Foi lá que, teoricamente, Merlin carregou o bebê Arthur para um lugar seguro, certo?

Balancei a cabeça, observando a dramática extensão da terra. As ondas sibilavam contra a costa abaixo de nós.

— Não, ele ficaria muito preocupado se a maré pudesse revelar qualquer coisa que estivesse enterrada ali, arrastando para o mar. Acho que ele teria escolhido um local ou uma estrutura que estivesse em uso na época de Arthur. A Idade das Trevas.

Emrys levou as mãos enluvadas à cintura.

— E sabendo quanto ele adorava um drama, imagino que tenha encontrado um lugar na ala interna.

A ala interna era a "ilha" das ruínas, separada do continente por um abismo. Era onde passávamos a maior parte do tempo em nossas visitas anteriores com Nash.

A compreensão surgiu como a luz do sol atravessando as nuvens.

— Você sabe onde está — concluiu Emrys. — Nem tente mentir... está na sua cara.

Mudei de expressão para parecer mais austera.

— Acho que sim.

Se Nash tinha deixado alguma coisa para trás, era bem provável que estivesse no mesmo lugar para onde eu havia sido atraída no dia anterior. Fiquei naquele lugar por horas, olhando para o mar como uma viúva de marinheiro. Eu me sentia como se estivesse sendo puxada para lá e não podia colocar a culpa no veneno ou em uma alucinação.

Evitamos as câmeras de segurança e pulamos os portões que guardavam as ruínas. Em vez de atravessar a ponte moderna, mais visível — e mais segura —, fomos pela antiga e mais perigosa, depois subimos as escadas em espiral até a ala interna. O vento tinha cheiro de sal e grama, mas a umidade se infiltrava no meu casaco de flanela, na minha pele e nos músculos até os ossos.

O portão norte da ala interna era uma parede de ardósia, ancorada por uma porta em forma de arco que agora só servia para emoldurar a vista do mar. Sem sombra de dúvidas o visual era impressionante, mas foram as ruínas do grande salão que me fizeram perder o fôlego.

A emoção começou como um formigamento nos dedos dos pés, espalhando-se depressa pela espinha dorsal até envolver meu coração. Pela primeira vez, Tintagel levantou a máscara sombria da decadência e me deixou enxergar indícios de sua face antiga e secreta.

Com a Visão Única, as poucas paredes que restavam na estrutura foram subitamente iluminadas com cores iridescentes. Quanto mais eu olhava, mais nítidos ficavam os murais encantados. Embora a intensidade do desenho tivesse se desvanecido como tinta deixada sob o sol, eu ainda conseguia distinguir cenas cintilantes de dragões, deuses desconhecidos e florestas exuberantes.

À direita da porta, um caminho prateado se estendia ao longo da borda do penhasco em direção ao mar; era impossível dizer onde ele terminava ou se era possível atravessá-lo para alcançar o horizonte distante.

Meu espanto contrastava com a indiferença de Emrys. Ele já tinha visto tudo isso antes, e era bem capaz que tivesse visto coisas ainda mais impressionantes. Tentei não deixar que a inveja e o ressentimento me dominassem enquanto ele circulava pelas ruínas.

Fomos em direção à porta em forma de arco na parede de ardósia. Eu me agachei, analisando as pedras de ardósia que haviam sido instaladas.

— Faca, por favor — pedi, estendendo a mão atrás de mim.

Ele me entregou a faca, apontando com a cabeça para uma pedra no lado esquerdo do arco, um pouco acima das outras.

— Essa parece um pouco desalinhada, não?

— Deve ser por causa das tempestades — respondi, colocando minhas bolsas no chão.

— Você *pode* ter um pouquinho de esperança, sabe — retrucou ele.

— Não vai morrer se tiver.

Posso até não morrer, mas, como todos os bons torturadores, a esperança prolonga o sofrimento, elevando seu ânimo pouco a pouco para que o inevitável choque da decepção seja duas vezes mais forte e doloroso.

— Fique de olho na ponte e no outro lado das ruínas. Os guias devem chegar em breve para abrir o local — ordenei. — Fique de olho naquela de cabelo curtinho, loiro e ondulado... ela é rápida que nem um raio e o puro suco da maldade.

Ele ergueu uma sobrancelha.

— Parente sua?

Eu o encarei e depois voltei à tarefa que tinha em mãos, serrando a terra incrustrada entre as pedras.

— Essa é uma ideia bem ridícula, não? — murmurei.

— E que ideia não é ridícula até que se prove certa?

A resposta morreu na minha boca. A pedra se soltou da sujeira e do cimento com facilidade.

Eu não era a primeira a cortá-la.

— Valha-me Deus — expirei.

Meus batimentos pararam, mas voltaram a acelerar.

Aninhado dentro de um buraco nada natural na terra dura estava um pequeno pacote de couro, embrulhado em uma capa de chuva xadrez infantil, para proteger dos elementos.

Minha velha capa de chuva.

Emrys se ajoelhou ao meu lado e arregalou os olhos enquanto eu sacudia o conteúdo da bolsa de couro no chão entre nós, deixando-o cair nas pedras molhadas.

Um pedaço de papel e uma moeda de prata, que estava quase preta, coberta de terra — não, de sangue seco. Senti meus batimentos nos ouvidos, meu corpo inteiro pareceu se contrair. Virei a moeda, esfregando-a com o polegar.

Havia uma inscrição no verso. As palavras ultrapassavam as bordas, as letras parecidas com sigilos. Não sabia dizer se estava alucinando de novo ou se era fruto da Visão Única, mas aquelas mesmas marcas começaram a tremer e a mudar. Reorganizando suas estranhas linhas em letras, depois em palavras, que reconheci.

— *Eu sou o sonho dos mortos* — sussurrei.

— O que, pelo fogo do inferno, isso quer dizer? — perguntou Emrys.

Olhei para o pedaço de pergaminho que tinha caído da bolsa, pegando-o do chão. Se fosse levar em conta as condições do buraco em que ele estava escondido havia sete anos e os garranchos de Nash, o curto bilhete era devastador tanto em sua objetividade quanto em sua brevidade.

O anel ganhará a simpatia do coração dela. Não me siga. Voltarei quando tudo estiver acabado. Se eu não voltar, enterre esta moeda do jeito que está, com cinzas e ossos.

A escrita era tão formal para Nash que levei alguns instantes para processar o que ele havia escrito.

— O coração dela? — Emrys revirou os olhos. — Não me diga que seu guardião teve todo esse trabalho só para conquistar uma mulher.

— Você diz isso porque nunca o viu ser esbofeteado por uma mulher em cada espelunca de esvaziador que frequentávamos.

Peguei a moeda de novo, analisando-a.

— *Não me siga* — repeti. — Uau... entre seu desaparecimento e o esconderijo irritantemente inteligente que o vi usar uma única vez, Nash superestimou bastante minha capacidade de ligar os pontos.

Era típico dele. Por vezes, Nash vivia um mundo totalmente diferente do restante de nós. Ele estava sempre planejando uma grande caçada, um grande mistério, uma grande história que envolvia ele mesmo, orquestrando todos os aspectos para a própria satisfação. Quando julgava que o papel que recebera do destino não era importante o bastante, reescrevia o roteiro a seu favor.

Não me siga. Uma onda de raiva fez meu sangue ferver. Meus olhos ardiam, mas era culpa do vento frio que me cortava. Era só isso.

O desgraçado esperava que eu tivesse encontrado esse bilhete rápido o bastante para ir atrás dele. Rastrear *foi* uma das poucas habilidades verdadeiras que ele nos ensinou, e é óbvio que presumiu que minha memória seria a única pista de que precisávamos. Mas fizera disso um jogo elaborado demais. Por que não deixar a bolsa de couro dentro da tenda conosco? Por que confiar tanto em uma menina de dez anos cuja primeira preocupação deveria ser manter o irmão vivo?

De alguma forma, mesmo com o tempo e a distância entre nós, eu ainda descobria novas maneiras de decepcioná-lo.

E tudo isso por uma mulher sem nome. *Ganhará a simpatia do coração dela?* O que, agora ele tinha virado poeta? *O coração dela...* como se ele...

Todos os meus pensamentos se dissiparam, exceto um.

O coração dela. Não era o coração de qualquer uma... o coração *dela*. Da Deusa.

— Você acabou de descobrir alguma coisa — observou Emrys. — Não minta, está na sua cara.

O vento soprou de repente, jogando o bilhete para o alto. Eu arfei, tentando agarrá-lo, mas já estava voando para o mar, como um pássaro pálido em direção às ondas.

Coloquei a lajota de volta no lugar e pressionei com as duas mãos até que fosse sugada pela lama de novo.

— Isso só eu é que sei — retorqui, colocando a moeda em um bolso seguro da bolsa de trabalho. Passei a alça pelo pescoço e peguei minha mochila. — Já retribui seu favor, então caia fora.

Emrys me agarrou pelo braço enquanto eu me levantava.

— O que aquele bilhete queria dizer?

Puxei o braço para me soltar.

— Você adoraria saber, não é?

Ele deu um passo na minha direção, a expressão assumindo um ar mais severo.

Atrás dele, uma pequena figura espreitava atrás de uma das paredes das ruínas. Ela usava um blazer de veludo preto enorme, coberto de alfinetes, e um lenço de crochê com as cores do arco-íris preso na parte de baixo do rosto. Mas eu a reconheci mesmo assim — a pele negra, as tranças entrelaçadas em dois coques no alto da cabeça, aqueles óculos escuros enormes —, por mais que não conseguisse acreditar.

— *Ei*! — gritei, passando por Emrys.

A garota da loja de tarô fugia enquanto eu corria em sua direção, mas quando cheguei ao local onde a tinha visto, ela já tinha desaparecido. Não havia ninguém em nenhuma das pontes. Era como se ela tivesse pulado no mar ou escorregado por alguma fenda invisível no penhasco. Girei no lugar à procura dela, mas tudo o que encontrei foram algumas pegadas pequenas.

— O que foi isso? — perguntou Emrys.

— Pensei ter visto...

Meus pés pararam de se mexer quando voltei a encarar as pontes.

Mesmo a essa distância, conseguia reconhecê-lo. Era o andar confiante demais e a cabeça com longos cabelos pretos. Septimus conduzia alguns outros homens pela ponte moderna. Com outros esvaziadores, presumi, alguns de nossa própria guilda.

— Sério? — resmunguei, recuando. — Até depois, herdeirinho.

Eu teria que pegar uma das trilhas sinuosas para sair das ruínas e torcer para não esbarrar em nenhum dos outros capangas de Septimus pelo caminho.

Comecei a andar, mas parei de novo quando Septimus acenou para alguém no continente, na direção do vilarejo.

Mais esvaziadores apareceram perto da entrada oficial das ruínas. Uma figura alta e escura lutava para se libertar de dois dos homens mais corpulentos que a seguravam. Um deles acenou de volta para demonstrar que entendera a aparente ordem de Septimus.

Cabell. Senti uma dor no peito. Eu me afastei da ponte, seguindo o caminho que levava à ponte de madeira abaixo. Se conseguisse atravessar sem que ninguém me visse e chegar ao vilarejo...

Ouvi o barulho de alguém vindo atrás de mim.

— Aonde você vai? — quis saber Emrys.

— Ajudar Cabell — respondi, irritada.

— Eles são muitos — protestou. — Você não vai conseguir libertá-lo.

— Então fica olhando.

Ele caminhou mais depressa até me alcançar, mantendo o ritmo ao meu lado.

— O que *você* está fazendo? — perguntei.

— Acha mesmo que vou tirar os olhos de você, que tem todas as respostas? — respondeu ele, balançando a cabeça. — Pode esquecer, Passarinho.

O vilarejo estava acordando com o primeiro de uma frota de ônibus turísticos quando Septimus e os outros saíram da rua principal e se dirigiram a um velho celeiro nos limites da cidade.

Segui logo atrás, fazendo tudo o que podia para ignorar Emrys enquanto nos aproximávamos do frágil edifício e nos agachávamos sob uma de suas janelas rachadas.

O vidro estava embaçado pela poeira, mas, ainda assim, eu conseguia distinguir algumas coisas: engradados de cidra e cerveja com a marca do Excalibur Pub, muitos cones de trânsito e placas de sinalização e o que pareciam ser vários conjuntos de armaduras e a metade traseira de uma fantasia de cavalo. O cheiro terroso do feno e dos animais que antes ocupavam os estábulos permeava as paredes, uma efêmera lembrança de uma memória distante em que Nash, Cabell e eu dormíamos em qualquer buraco que conseguíssemos encontrar.

Eu não conseguia entender o que eles estavam dizendo enquanto Septimus empurrava Cabell para dentro de uma das baias e um esvaziador que não consegui reconhecer amarrava as mãos dele com uma braçadeira.

Revirei os olhos e, um segundo depois, vi Cabell fazer o mesmo. *Até parece* que Nash não nos teria ensinado a quebrar uma braçadeira e abrir a fechadura de algemas, dada sua vasta experiência com ambos.

Por alguns instantes, nenhum dos dois se mexeu ou falou qualquer coisa. Ignorei o murmúrio deliberado que vinha do meu lado.

— E agora? — sussurrou Emrys. — Não vá me dizer que não tem mais nenhuma ideia para este resgate tão ousado.

— Cale a boca ou caia fora — retruquei. — Estou esperando que mais alguns deles saiam antes de entrar.

— Uhum — respondeu. — Bom, se ainda vamos ficar aqui por um tempinho...

Ele se virou de costas para a parede do celeiro e tirou uma pequena faca e um pedaço de madeira do bolso lateral da calça.

O movimento de suas mãos era quase hipnotizante enquanto trabalhava. Logo uma lasca em espiral caiu no chão, depois outra, até que ele esculpiu a casca e arredondou as bordas ásperas da madeira.

Imaginava que ele tivesse um passatempo mais sofisticado do que cortar madeira; algo como caçar raposas, colecionar ovos Fabergé ou passar o verão em um luxuoso iate.

Não que eu tenha passado muito tempo pensando no que Emrys fazia no tempo livre dele.

— Cabell se atrasou para vir encontrar você? — perguntou Emrys. — Ou os outros trouxeram ele?

Olhei feio para ele.

— Que tal você me responder? Aquele ali não é o amiguinho do seu papai?

A faca parou no meio do movimento.

O que Phineas havia dito na biblioteca? *Nunca vamos conseguir tirá-lo das garras do Conselho, e então teremos que nos preocupar com a ira de Endymion...*

— Se ele está procurando o anel em nome do seu pai, por que você está trabalhando para a Madrigal? — pressionei. — Por que não está lá dentro com Septimus e os outros?

— Não é da sua conta — murmurou ele, o olhar fixo no pedaço de madeira em sua mão.

— Você fez com que fosse da minha conta — rebati —, não venha me dizer...

Emrys ergueu a cabeça de repente e, antes que eu pudesse sequer pensar em reagir, agarrou meu pulso e nos afastou da parede.

— *Olha!*

Uma garota surgiu de trás de um prédio na esquina. Suas tranças estavam enroladas em coques na cabeça e ela ainda usava o mesmo casaco de pele de sempre, além, é óbvio, da pochete horrorosa.

Levei a mão ao rosto e resmunguei. Não tinha sido fruto da minha imaginação.

Neve. Da loja de tarô.

— Hum... — começou Emrys. — O que essa garota está fazendo?

Ela correu direto para o celeiro, com a expressão determinada. Parou a poucos metros da lateral do edifício e jogou uma lata de alumínio vazia na parede. Havia algo sombrio no objeto, parecido com...

Ela havia desenhado um sigilo de feitiço na lata.

— Hum — resmungou Emrys.

Neve enfiou a mão em sua pochete e tirou um pedaço longo e fino de madeira. Havia uma lâmina de obsidiana em uma das extremidades da madeira estreita, uma espécie de atame usado para esculpir sigilos. A outra extremidade era revestida de prata para conduzir o fluxo de magia.

Parecia que eu ia botar as tripas pela boca.

— Uma varinha — disse eu, levantando-me.

— Feiticeira — concluiu Emrys, empunhando a faca que estava usando para talhar.

— Me dê isso — protestei, tentando pegar a faca.

Ele a afastou.

— Pra você ter a chance de me apunhalar? Acho que não.

Eu me virei bem a tempo de ver Neve sorrir enquanto apontava a ponta prateada da varinha para a lata.

— Neve! — gritei. — Não!

As palavras se perderam na explosão estrondosa de pressão que irradiou da lata, fazendo com que Emrys e eu voássemos vários metros para trás. Cobri minha cabeça quando o feitiço destruiu a parede do celeiro e lascas pouco menores que palitos de fósforo choveram sobre nós.

Só que não fomos atingidos. Ouvi um grunhido acima de mim e, um instante depois, minha mente registrou o peso e o calor nas minhas costas. Meu rosto queimou quando empurrei Emrys, que me cobria com o corpo dele.

— Sai fora!

Parte do telhado cedeu sem as vigas que o suportavam, caindo com tanta força que o chão tremeu. A feiticeira deu um salto para trás, sua boca formando um pequeno O de surpresa.

Os homens que estavam lá dentro gritaram e berraram enquanto um tremor violento percorria o que restava do edifício, ameaçando derrubá-lo.

Cabell, pensei, tentando me levantar. Meus ouvidos zumbiam enquanto eu cambaleava, no mesmo instante em que Cabell quebrou a braçadeira e usou o ombro para abrir caminho através da frágil parede de madeira atrás dele.

Mas quando dobrei a esquina para interceptá-lo, ele já havia desaparecido, esquivando-se e abrindo caminho em direção ao vilarejo. Tentei seguir o caminho que pensei que ele tomaria, passando por curiosos e turistas que tinham vindo ver o que estava acontecendo, mas quando olhei de volta para o celeiro, foi Septimus quem retribuiu meu olhar.

— Ali! — gritou ele, estendendo o braço.

Se esconda, se esconda, se esconda, entoava minha mente. Cabell encontraria um lugar seguro para ficar até que eles sumissem, e eu precisava fazer o mesmo. Mas tudo o que eu conseguia ver eram casas e lojas. Até que, à frente, um pub lacrado com tábuas, visivelmente passando por algum tipo de reforma, chamou minha atenção como um farol.

Corri para os fundos do estabelecimento só para descobrir que não havia paredes nem lugar algum em que pudesse me esconder.

O jardim estava repleto de materiais de construção, mas ninguém trabalhava nas redondezas. Havia, no entanto, um frágil galpão de jardim. Tirei um grampo do cabelo e tentei abrir a fechadura, mas descobri que já estava aberta.

Eu me joguei lá dentro, com os pulmões ardendo e cãibras nas costas, e fechei a porta ao entrar. Tranquei-a, mas continuei à procura de algo que pudesse travar a maçaneta.

Não havia nada dentro do galpão além de algumas cadeiras quebradas, caixas de armazenamento e Emrys Dye.

Ele se ergueu de trás de uma pilha de caixotes.

— *Não*. Nem pensar. Vai embora.

— Está falando sério? — perguntei.

— Eu estava aqui primeiro! — protestou ele. — Encontre outro esconderijo!

O galpão rangeu, tentando se acomodar em sua estrutura velha e cansada. Nossas botas exalavam o cheiro de sujeira e grama morta.

— Encontre *você* outro esconderijo! — retruquei. — Foi você quem insistiu em me seguir até aqui!

O ar frio e a luz do sol inundaram o galpão quando a porta se abriu. Eu me lancei para frente a fim de passar por quem quer que tivesse nos encontrado. Quando senti mãos agarrando meus braços, puxei-os com força, tentando me libertar.

— Tams! Sou eu... sou eu!

O cheiro do couro da jaqueta de Cabell me envolveu, seguido pelos braços dele. Eu o abracei de volta, minha garganta doendo de tanto alívio.

— Você está bem? — perguntei.

— Estou bem — respondeu ele.

Meu alívio durou pouco. Neve surgiu logo atrás dele, ainda empunhando a varinha.

— *Você!* — gritei.

— Eu! — confirmou ela, toda alegre. — Viu? No fim das contas, vamos dar nosso rolê!

Eu estava vagamente ciente de que Emrys estava por perto, com a mão pairando sobre o machado em sua mochila de viagem. Não fazia ideia da expressão em meu rosto quando Cabell colocou uma mão firme em meu ombro.

— Tamsin, esta é a Feiticeira Neve — anunciou ele. — E você vai querer ouvir o que ela tem a oferecer.

— *Feiticeira* — repeti, deixando o veneno escorrer na palavra. — Bela atuação a sua, fingindo que era um dos Povos Mágicos.

— Vocês se conhecem? — perguntou Emrys, enfim relaxando a postura.

— Sim, conhecidas de longa data — respondeu Neve.

— Longa data vulgo mês passado — alfinetei.

— Mais tempo do que isso — contrapôs Neve, com um sorriso no rosto. — E, a propósito, eu nunca disse que era dos Povos Mágicos. Você pressupôs isso, e sabe o que dizem sobre suposições.

Estreitei os olhos.

— Me conte.

— Fazem você ficar com cara de idiota... — começou Neve.

Cabell ergueu uma das mãos, interrompendo-a com delicadeza.

— O que minha irmã quer saber é, antes de mais nada, como você a encontrou.

— Eu ia chegar nessa parte — protestou Neve, cruzando os braços. — Então, é o seguinte: minha tia *é* um dos Povos Mágicos, e a magia dela permite que encontre coisas perdidas.

Absorta, ela tocou em algo escondido sob a camiseta, na altura do peito. Um colar de algum tipo... um medalhão ou um cristal, talvez.

— Nashbury Lark a procurou há sete anos para ver se ela conseguiria localizar Carnwennan, a adaga do rei Arthur — prosseguiu Neve. — Titia não conseguiu encontrá-la nem usando a bola de cristal nem por meio de visões e ficou muito frustrada, como você deve imaginar.

— Temos bastante familiaridade com a falta de perspectivas em nosso trabalho, sim — respondi. Um sentimento me invadiu, intenso e rápido. A lembrança veio logo a seguir. — A loja em Charleston?

Neve bateu palmas.

— Você se lembra! Era para eu estar na cama, mas fiquei ouvindo lá do alto das escadas.

Escondida atrás da rua King e aberta somente depois da meia-noite, a loja parecia mais um apartamento do que um negócio. Lembrei de como o luar se entrelaçava entre os muitos rolos de mapas amarrados em maços organizados. Montanhas deles, como pilhas de ossos ocos, aguardando sua vez.

Era fácil se lembrar da tia de Neve, Linden Goode, com sua voz calorosa e o avental com cheiro de hortelã e limão, quando ela nos deu as boas-vindas e nos conduziu para dentro. Cabell e eu tínhamos sido colocados em um canto com uma tigela de ensopado para esperar enquanto ela e Nash negociavam. Só conseguimos ver quando ela foi pegando os mapas por puro instinto. Seu cristal de radiestesia de selenita parecia uma estrela em meio à luz das velas da sala escura.

Ela cantarolou baixo com uma voz profunda e o cristal começou a girar e girar, procurando inutilmente pela adaga que Nash tanto queria. No fim, fui eu quem a encontrei ao fazer uma pesquisa à moda antiga e com bons palpites.

— Daquela vez, já tínhamos ido atrás de toda e qualquer pista — disse eu, com a voz fraca.

— Ela não costuma ajudar esvaziadores a encontrar tesouros que só querem vender, mas ele disse que precisava da adaga para um de seus filhos, então ela concordou — explicou Neve. — Nashbury deu o endereço dele como sendo o da biblioteca da guilda, então fiquei de olho lá e você de fato apareceu, permitindo que nossos destinos se encontrassem mais uma vez.

— Então o que era aquela coisa toda na loja de tarô? — perguntei. — Só para zoar com a minha cara?

— Estava tentando te sondar — respondeu Neve, como se fosse a coisa mais óbvia do mundo. — E foi o que eu fiz. E agora estamos aqui, escondidos neste galpão. Você, confusa. Eu, com uma oferta.

— É, quanto a isso — comecei. — Você poderia ao menos guardar a varinha primeiro?

— Ah... sim, é lógico. — Ela olhou para a varinha como se estivesse surpresa por ainda estar com o artefato em mãos, depois abriu o zíper da pochete, conseguindo de alguma maneira colocar a varinha dentro. Só podia ser um feitiço para fazer com que coubesse mais coisas do que deveria.

— Ok, falando sério, qual é a dessa sua bolsa? — perguntei quando não aguentei mais um segundo olhando para os gatos aterrorizantes.

— Não é uma graça? — indagou ela, animada. — Ela veio até com um chapéu que acho que ficaria *muito* bem em você, se quiser pegar emprestado para se disfarçar.

Neve retirou um pacote escuro do fundo da pochete e o sacudiu, revelando um boné de beisebol preto com duas orelhas de gato forradas de verde presas na parte superior, e as palavras ATÉ DE MIAUDRUGADA bordadas entre elas.

— Ela quer pegar emprestado, *com toda a certeza* do mundo — brincou Emrys, contente.

— Sua proposta... — retomou Cabell.

Senti quando ele tirou a mão do meu ombro e agarrou a parte de trás da minha jaqueta, com certeza por medo de que eu me lançasse contra nosso rival sorridente.

— Sim, proposta. Certo — lembrou-se Neve. — É o seguinte... acho que a gente deveria trabalhar juntas. — Ela olhou para Emrys. — Não você. Eu não conheço você.

— Emrys Dye, a seu serviço — apresentou-se, ironicamente.

Ela fungou ao ouvir o nome dele e senti uma onda de afeição pela falta de reação ao ouvir o nome da família dele.

— Posso usar minha magia para ajudar a localizar seu pai... Nash... e você pode usar o anel em qualquer maldição que precise ser quebrada

— acrescentou Neve. — Depois, posso reivindicá-lo para o Conselho de Irmãs.

O nome do corpo governante de feiticeiras sempre fazia os pelos de meus braços se arrepiarem.

— Você sabe para que elas querem o anel? — perguntei.

— Não faço ideia. — Neve deu de ombros. — Só sei que querem e que serei *eu* a levá-lo para elas. Só assim vão me designar um tutor e vou poder progredir no meu treinamento.

— Você não tem um tutor? — perguntei. Fazia sentido já que ela fora criada por um dos Povos Mágicos, não pela mãe ou outra feiticeira. — Então como você consegue fazer feitiços?

— Ah, qual é? — disse ela, visivelmente irritada. — Aprendi sozinha.

Troquei um olhar com Cabell, que só ergueu as sobrancelhas em resposta. Eu nunca tinha ouvido falar de uma feiticeira que não tivesse sido ensinada por outra — com quem, em grande parte dos casos, compartilhava laços de sangue.

— Ah, então elas não aceitam colocar você em nenhuma categoria porque não tem um treinamento formal — concluiu Emrys. — Mas a única forma de receber treinamento formal seria se fosse aceita em uma das categorias. Isso é bizarro.

— Estou começando a gostar de você — comentou Neve. — Você pode ficar. Por enquanto.

— Ótimo — respondeu Emrys —, porque eu também tenho uma oferta para fazer.

— Mal posso esperar para ouvir *o que vai sair* — murmurou Cabell.

— Todos nós queremos a mesma coisa, e todos nós temos uma peça do quebra-cabeça que pode nos ajudar a obter o que queremos — explicou ele. — Neve, é lógico, tem poder. Tamsin sabe para onde Nash foi. E eu acho que sei como ele foi parar lá.

— O quê? — perguntei.

— *O quê?* — repetiu Cabell. — Tams, você sabe pra onde ele foi?

— *Uuuh* — exclamou Neve, alternando o olhar entre nós. — Isso está ficando bom demais.

Olhei para o meu irmão com uma expressão cheia de significado.

— Posso falar com você lá fora por um segundo?

Ele concordou, seguindo-me até a saída e fechando a porta quando saímos. Demos mais alguns passos para nos distanciarmos.

— O que exatamente estamos fazendo? — sussurrei.

— Pragando — foi a resposta dele.

O serviço de Praga foi a primeira e única vez que Nash trabalhou de maneira voluntária com uma feiticeira, muito antes de nos encontrar. A feiticeira era uma aprendiz, nova em seu ofício, e contratara Nash para recuperar um frasco de icor — o sangue divino dos deuses — da tumba de um ancestral dela. Ele acabou por usar a inexperiência da feiticeira contra ela. A tumba tinha uma maldição que ricocheteava, de tal maneira que quem quebrasse a maldição na entrada não poderia entrar sem cair morto. Não tinha icor lá dentro e ele não precisaria ficar preocupado pensando que ela viria atrás dele.

Respirei fundo pelo nariz.

— Isso não vai dar certo. Ela pode parecer inexperiente, mas é esperta demais e sabe bastante de magia, vai acabar descobrindo o plano. E, como você já deve saber, esconder informações só dá certo por um tempo.

Cabell estremeceu com meu tom de voz, passando a mão por seu cabelo preto e desgrenhado. Ele olhou para mim de novo, a expressão escancarando arrependimento.

— O que eu disse em casa...

— Não importa — retruquei.

— Importa, sim — continuou, recostando-se na pedra ao meu lado. — Eu não deveria ter escondido de você as informações sobre o anel e Nash, mas tinha prometido a ele.

— Cab, eu entendo. Da minha parte, peço desculpas por não perceber o quanto você estava sofrendo com tudo isso.

Ele ficou em silêncio por longos minutos, mexendo a mandíbula como se estivesse lutando contra as palavras que queria dizer. Havia uma dureza em sua expressão que eu nunca tinha visto, uma nova armadura para esconder seus sentimentos.

— Eu não deveria ter ido embora — começou ele, com a voz rouca —, nunca deveria ter deixado você sair para fazer isso sozinha. Eu meti os pés pelas mãos nessa história toda. É que... é difícil ter esperança.

— A única coisa que me importa é que você está aqui — respondi. — Ainda que tenha demorado bastante pra chegar.

Ele deu uma risada triste.

— E meu castigo foi ser capturado por alguns dos esvaziadores mais burros da nossa guilda.

Tentei sorrir, mas não consegui. Depois de um momento, Cabell olhou para baixo, abraçando-se. Olhando de perto, estava com uma aparência horrível. A pele pálida deixava as olheiras escuras e profundas ainda mais evidentes. Tinha perdido peso nas semanas anteriores, o que deixava cavidades nas bochechas dele, algo que eu não via desde que éramos crianças.

Engoli em seco, ignorando o nó na garganta. Era isso que sempre fazíamos depois de discutir: manter a conversa leve para ignorar a confusão que se instalava entre nós. Quando só se tem um ao outro, nenhuma briga vale o risco de destruir esse vínculo. O fato de ele ter mudado de ideia e vindo deveria ser o suficiente; um pedido de desculpas por si só.

Mas não era. Algo complicado viera à tona da última vez que estivemos juntos, como se tivéssemos revirado um solo nunca antes tocado para encontrar vermes e ossos escondidos. E após ter visto a verdade, não sabia como voltar atrás. Isso era o que mais me assustava.

— Você está comigo nessa, certo? — perguntei, sentindo que engasgaria com aquele desespero abrasador mais uma vez.

Tinha que ficar tudo bem. Nós tínhamos que ficar bem.

— Até o fim — garantiu ele. — Quero encontrar o anel e quero saber o que aconteceu com Nash, e não quero que você acabe morrendo por pisar em falso sem a Visão Única.

— Sobre isso... — comecei.

Cabell ficou sério no mesmo instante. Ele se inclinou mais para perto, analisando meus olhos até me fazer desviar o olhar.

— Você não fez isso. Me diga que não fez isso!

Era óbvio que ele tinha percebido... eu tinha passado boa parte do ano implorando para que Nash encontrasse o veneno para mim.

— Fiz e não me arrependo nem um pouco, porque deu certo.

Cabell xingou baixinho.

— Onde você conseguiu o veneno de basilisco?

— Onde você acha?

— E aquele papo todo de não aceitar mais favores? — Cabell balançou a cabeça. — Juro por todos os deuses do céu que, se você fizer uma burrice dessas de novo, eu mesmo mato você.

— Anotado — respondi, mudando depressa o rumo da conversa para o assunto mais importante. — Você tem certeza de que devemos trabalhar com uma feiticeira?

— Ela não sabe que o anel precisa ser reivindicado por meio de força letal — ponderou ele, com a voz baixa. — Eu a interroguei enquanto procurávamos por você.

— Ela pode estar mentindo — ressaltei. — Nos enganando.

— Como ela fez com você em Boston? — Ele arqueou uma sobrancelha quando fiz cara feia. — Ah, para com isso. Acontece com todo mundo. Como Nash costumava dizer...

Ele parou de falar e olhou para o chão.

— Erros são como vespas — conclui em voz baixa —: se você deixar, elas continuam picando.

Cabell suspirou com suavidade.

— Olha — disse ele —, pode ser que você esteja certa e que Neve consiga juntar todas as peças sozinha. Mas sei que conseguiremos chegar ao Nash e ao anel primeiro. *Eu sei* que vamos conseguir. Manter ela e Dye por perto é a melhor forma de estar um passo à frente deles.

— Certo — respondi, cedendo. — Vamos fazer que nem em Praga e lidar com consequências depois.

Ele apoiou uma das mãos em minha cabeça, de maneira reconfortante, me puxando para um breve abraço.

— Cara... depois de todo esse tempo... não consigo acreditar que Nash talvez esteja em Avalon. Talvez ele tenha ficado preso lá. Isso explicaria por que ele nunca voltou para casa.

A menção ao nome de Nash me fez lembrar do que mais havíamos encontrado escondido em seu bilhete.

Pegando o braço de Cabell, eu o levei de volta ao galpão e peguei a moeda manchada para mostrar a ele e à Neve.

— Algum de vocês reconhece isso ou sabe o que significa essa gravação?

Cabell passou o polegar por cima das palavras.

— *Eu sou o sonho dos mortos.* — Ele leu. — Nunca vi nada parecido, mas tem magia aí. Parece frio. Reconhece isso, Neve?

Ela balançou a cabeça.

— Não faço ideia.

Emrys estava tão quieto e imóvel, encostado na parede do galpão, que eu tinha quase esquecido de que ele estava lá. Mas então ele falou:

— Não tem por que isso continuar sendo um mistério, pessoal. O bilhete dizia para enterrar a moeda com cinzas e ossos, caso Nash não voltasse.

Cabell piscou algumas vezes.

— E por acaso alguém tem um osso por aí?

Balancei a cabeça.

Neve cantarolou feliz.

— Vocês estão com tanta sorte...

A feiticeira começou a trabalhar, tirando vários pequenos ossos e crânios de sua mochila e colocando-os no chão. Quando terminou, ela balançou as mãos apontando para eles, como se estivesse apresentando seu próprio zoológico de animais mortos.

— Você não tem medo de ficar carregando ossos assim? — perguntei.

— E por que teria? — indagou Neve. — A morte é linda, e as pessoas só têm medo dela porque a enxergam como um fim, e não como o começo que ela significa. Além disso, acho os pequeninos tão bonitinhos. Quer dizer, olha aqui... — Ela escolheu um pequeno crânio de pássaro com um bico irregular e, elevando a voz, disse: — Oláááá, Tamsin. Me escolha para sua moeda supermisteriosa e serei seu companheiro sombrio nessa jornada obscura de descobertas.

Cabell riu. Eu não ri.

Neve colocou o crânio de volta no chão e pegou o osso ao lado dele. Estava em um estojo de vidro com bordas douradas em forma de pé, com cavidades nas unhas, onde era bem provável que antes estivessem as joias.

— Essa pode ser uma opção ainda melhor — sugeriu Neve. — É parte do pé de São Henwg.

— Quem? — perguntei.

— Sim, exatamente — respondeu Neve. — Não é fácil encontrar ossos de pessoas conhecidas. Eu peguei emprestado da minha tia. — Ela suspirou. — Tá, beleza, eu roubei dela.

Havia poucas coisas no mundo que as feiticeiras gostassem mais do que de vingança, mesmo que ela demorasse séculos para ser concretizada. Pelo que eu havia lido, elas tinham um prazer considerável em usar os ossos daqueles cuja crescente religião havia aniquilado as antigas fés pagãs.

— E *aqui* nós temos...

— Vamos usar o osso do santo — protestei, interrompendo-a.

Cavei um buraco discreto no chão de terra com meu machado dobrável e dei uma última olhada na moeda antes de jogá-la lá dentro. Neve abriu uma aba na parte inferior do pé, e um osso amarelado e nojento do comprimento de um dedo caiu ao lado da moeda. Nós quatro nos inclinamos para olhar para ele.

— Hum — resmunguei.

Emrys acendeu um pequeno galho com seu isqueiro e depois o passou para mim. À medida que ele queimava, cinzas e brasas caíam no buraco.

— Você acha que isso é o suficiente? — perguntou Cabell.

— É melhor que seja — respondi, chutando a terra solta de volta para o buraco. Agachei-me, dando tapinhas firmes no lugar só para me certificar.

Esperamos e observamos. E ainda assim, nada aconteceu.

Balancei a cabeça, soltando um ruído aborrecido do fundo da garganta. A raiva fazia minhas entranhas arderem. Típico de Nash, fazer joguinhos ridículos como esse só para parecer misterioso.

— Talvez demore um minuto — sugeriu Neve.

Havia uma suavidade nos olhos dela que odiei no mesmo instante.

— Você pode esperar mil anos e prometo que não vai sair nada dessa terra — respondi, sentando-me ao lado das bolsas e apertando junto ao corpo o casaco que me cobria.

— Valeu a pena tentar — comentou Cabell.

A decepção estava gravada em seu rosto e parecia pesar em seus ombros.

— Então — disse Emrys no silêncio que se seguiu. — Agora que já tiramos essa opção da lista, tudo bem se trabalharmos juntos ou precisamos passar mais dez minutos aqui falando disso?

Revirei os olhos.

— E qual a sua contribuição nisso tudo? Além de ficar todo arrumadinho e fazer poses dramáticas, é óbvio.

— Hilário, Passarinho.

— Esse não é o nome dela — irritou-se Cabell.

— Tamsin acha que sabe para onde Nash foi, com base no bilhete dele — comentou Emrys. — E se meu palpite estiver correto, não é neste mundo.

Pela primeira vez, a empolgação de Neve diminuiu.

— Não é neste mundo? Você acha que ele foi para uma das Terras Distintas?

Cabell se virou para mim com um olhar encorajador.

— Continue, Tams.

— Não até termos algum tipo de garantia de que isso não é um truque do Dye — respondi.

Emrys resmungou.

— Você é tão teimosa. Tudo bem... aqui.

Ele tirou a mochila do ombro e pegou uma garrafa do tamanho da palma da mão, colocando-a no chão entre nós quando eu não a peguei imediatamente.

— Madrigal me deu isso.

— Madrigal? — perguntou Neve, animada. — É verdade que ela transformou o último amante dela em um lustre?

— Não — respondeu Emrys. — Mas obrigado por colocar essa imagem horrível na minha cabeça. Ela achou que talvez tivesse uma chance de o anel estar nas Terras Distintas e me deu isso para convocar a Bruxa da Névoa. Ela é a única criatura fora da Caçada Selvagem capaz de manipular as névoas que separam nosso mundo das Terras. Com isso, podemos contornar os caminhos originais que foram vedados.

Neve franziu a testa.

— Tem certeza de que devemos convocar criaturas primordiais? Elas não pedem sempre alguma coisa em troca de seus serviços?

— Por isso a oferenda — justificou Emrys, apontando para a garrafa. — Para invocá-la.

Eu me curvei para pegá-la, segurando-a contra um dos feixes de luz que se esgueiravam pelas paredes ao nosso redor. Folhas que não reconhecia, vários cristais de quartzo e três presas brilhantes estavam suspensas em um sangue escuro e espesso. O vidro transparente trazia a marca da feiticeira — uma peça de xadrez com uma lua crescente invertida sobre ela.

— Só temos que encontrar um lugar liminar para convocá-la — disse Emrys. — Como uma encruzilhada.

— Que tal uma caverna? — sugeriu Cabell.

— Pode funcionar — respondeu Emrys. — A Caverna de Merlin, entre a terra e o mar.

Eu olhei para ele.

— Se você tem tanta certeza de que ele foi para uma das Terras Distintas, por que precisa da gente?

— Bem, antes de mais nada, me parece útil ter uma feiticeira por perto — argumentou Emrys. — E, além disso, acho que Nash foi para uma das duas Terras Distantes ligadas a Arthur e seus cavaleiros. Não sei qual delas e só tenho uma oferenda para fazer à bruxa.

— Quais são seus palpites? — perguntou Cabell.

— Ou Avalon, onde o anel foi criado — disse Emrys — ou Lyonesse, onde dizem que os tesouros mais sombrios e letais conhecidos pela humanidade estavam escondidos antes de se separar do nosso mundo.

Controlei minha expressão para não revelar nada. Os mortais consideravam que o reino de Lyonesse, contemporâneo de Camelot, foi inundado por uma tempestade monstruosa, caindo no mar e desaparecendo da história.

— O tesouro é apenas um boato — comentou Cabell, balançando a cabeça. — E se for verdade, então a parte sobre o monstro aterrorizante que o protege também é verdade.

— E é por isso que quero, com todas as minhas forças, que Tamsin esteja prestes a nos dizer que temos que ir para Avalon — respondeu Emrys.

A escuridão se instalou tão lentamente que não percebi que os outros estavam sumindo de vista até quase desaparecerem. A pouca luz do sol que conseguia chegar até nós através das rachaduras na madeira velha se foi, deixando apenas o mais puro breu.

— O que, pelo fogo do inferno... — Cabell esbarrou em mim enquanto procurava a porta do galpão.

— Pode abrir — falei para ele — Está bem atrás de você.

A voz de Cabell parecia sufocada.

— *Está* aberta.

Neve ofegou enquanto se movia para frente, tentando seguir o som de nossas vozes.

— O que está acontecendo?

O mundo ao nosso redor estava submerso em uma escuridão impenetrável. À medida que meus olhos se ajustavam, eu conseguia distinguir apenas os contornos dos edifícios ao meu redor.

— É um eclipse? — perguntei.

— Um eclipse não previsto? — zombou Emrys. Mas depois de um tempo, ele acrescentou: — Você não acha que é a moeda, acha?

— Nem pensar — respondi.

Algo tão pequeno não poderia conter tanta magia a ponto de fazer *isso*.

Outras vozes se juntaram às nossas, vindas dos prédios próximos, entoando perguntas e chamando por seus entes queridos.

Mas tão depressa quanto a escuridão havia chegado, sua mancha começou a se dissipar, tornando-se um cinza fúnebre antes que o azul do céu aparecesse.

— O que quer que tenha acontecido não pode ser bom — disse Cabell. — Acho melhor a gente seguir em frente.

— Ajudaria saber para onde ele estava indo — ressaltou Emrys, virando-se para me olhar.

Mordi o lábio, engolindo o resto das minhas dúvidas.

O anel ganhará a simpatia do coração dela.

Com um último olhar para meu irmão, anunciei:

— Avalon. Acho que Nash foi para Avalon.

Uma gargalhada alta invadiu o ar. Meu peito se esvaziou diante do som, mesmo antes de outras vozes se juntarem a ele.

Um a um, os esvaziadores saíram de trás das cercas e dos prédios ao redor, fazendo um círculo em torno de nós. Neve fez menção de pegar a pochete, mas segurei a mão dela, imobilizando-a assim que Septimus surgiu, encostado na estrutura exposta do pub.

— Ouviram isso, rapazes? — disse ele para os outros. — Vamos para a ilha paradisíaca.

O choque que nos tirou o chão durou apenas um instante. Em apenas um segundo, Cabell mergulhou em direção ao galpão onde estavam todas as nossas coisas, sendo surpreendido por um dos homens que o haviam aprisionado.

— Nos encontramos de novo — gracejou o esvaziador. — Achou que tinha escapado do laço, não foi?

Cabell cuspiu no rosto dele. Não vi o soco sendo desferido na lateral da minha cabeça até senti-lo, dividindo meu mundo em dois e me fazendo cair no chão molhado.

— Ei! — Cabell tentou atacar quem quer que tenha me atingido. Fiquei sentada, atordoada por alguns instantes. Neve me envolveu com um dos braços e me ajudou a levantar. Eu não conseguia ver o rosto de Emrys, só sabia que ele estava olhando para mim. Tudo ao meu redor era um borrão.

— O que está fazendo aqui? — Havia uma ponta de choque na voz de Septimus, e algo mais. Se eu não tivesse acabado de sofrer um ferimento na cabeça, eu diria que era medo. — Como… isso é possível?

Quando as manchas escuras sumiram da minha visão, enfim consegui ver o que havia chamado a atenção dele. Ou melhor, quem.

— Eu vim procurar o anel — respondeu Emrys. — Mas graças aos deuses você está aqui. Eles me pegaram vasculhando as ruínas de Tintagel e tenho tentado fugir desde então.

Neve arfou de indignação. Eu poderia ter dado um golpe em Emrys, mas ele me agarrou primeiro, me segurando com firmeza pela nuca para me manter no lugar. Quanto mais eu lutava, mais esvaziadores se reuniam ao nosso redor para ajudá-lo. Eu me forcei a parar antes que alguém pior assumisse o controle.

— Mas seu pai... — começou Septimus, ainda tentando juntar todas as peças.

— Quero fazer uma surpresa para ele — explicou Emrys — e voltar com o anel. Você nunca tentou impressionar seu pai, Yarrow?

— Você precisa ir para casa — afirmou Septimus. — Um dos meus homens vai acompanhá-lo. Seu pai deve estar muito preocupado.

— É aí que você se engana — retrucou Emrys, soltando meu pescoço com um último aperto de advertência antes de sair na nossa frente. Sua voz era leve e seu sorriso vitorioso. — Você precisa que eu diga como chegar a Avalon, e precisamos que eles encontrem Lark para nós.

— Emrys... — disse o outro homem, balançando a cabeça.

— Eu vou com vocês. — O sorriso de Emrys era tenso. — Por favor. É a minha última chance de fazer algo do tipo.

Septimus suspirou.

— Tudo bem. Fique perto de mim, está me ouvindo? Prefiro não ser assassinado pelo seu pai.

— Com certeza — assegurou Emrys.

Última chance de fazer algo do tipo? Por quê? Será que eles estavam prestes a colocá-lo em alguma faculdade chique e cheia de pompa? Talvez ele tenha aceitado o trabalho oferecido por Madrigal para provar que não precisava de um diploma, mas nem isso fazia sentido.

— Como viajaremos para Avalon? — perguntou Septimus.

— Não se atreva — alertei Emrys.

Era isso que ganhávamos por confiar nele... Sabia que não deveria ter feito isso e, mesmo assim, eu o levara até ali. Entregara nas mãos dele a única pista que tínhamos para encontrar Nash.

E ele nem sequer teve a decência de olhar para mim quando disse:

— A Bruxa da Névoa.

Neve sibilou:

— Você vai pagar por isso. Espero que goste do sabor das enguias, porque elas vão sair por cada um dos seus orifícios.

Septimus se virou para ela, como se a estivesse notando pela primeira vez. Neve era mais alta do que eu, mas com o tamanho dele, o homem podia se sobrepor a nós duas, bloqueando o sol como um segundo eclipse.

— E quem é essa?

Cerrei os dentes, meus batimentos acelerando com o medo. Alguns esvaziadores viam as feiticeiras como um meio para um fim cheio de tesouros, acreditando que elas eram como viúvas negras: letais apenas quando provocadas. Mas muitos dos que encontrei odiavam as feiticeiras com uma veemência surpreendente, geralmente pelo fato de um membro da família ou mentor ter sido morto durante um serviço por uma maldição bem lançada.

Se algum desses esvaziadores se enquadrasse na última categoria, Neve talvez tivesse que se defender de suas fantasias mais sombrias de vingança.

Como se respondesse meus pensamentos, Neve se endireitou, jogando os ombros para trás enquanto uma mão se aproximava da pochete.

— Eu...

— Ela é de uma das guildas menores de esvaziadores da Costa Oeste — respondeu Emrys com suavidade, sem olhar para nenhum de nós. — Neve. Ela sabe como rastrear Nash quando chegarmos em Avalon.

Sua mentira me deixou com o pé atrás. A tensão em meu rosto diminuiu quando uma pergunta tomou forma a partir da minha suspeita crescente: *O que você está aprontando, herdeirinho?*

Cabell lutava para se livrar dos esvaziadores que o seguravam, e lutou com ainda mais intensidade quando viu que os homens de Septimus haviam tirado nossas bagagens do galpão e que as adicionara a sua coleção de suprimentos.

— Devemos esperar até que as ruínas do castelo estejam fechadas para as visitas do dia — explicou Emrys, capturando brevemente meu olhar quando se virou para encarar Septimus.

Dessa vez havia uma mensagem em seu olhar. *Confie em mim.*

Balancei a cabeça. *Nunca.*

Emrys Dye estava jogando um jogo perigoso — a única dúvida era com quem.

A Caverna de Merlin era menor do que eu me lembrava; por outro lado, da última vez que estive ali, eu também era menor.

A caverna em si era só um túnel, esculpido por ondas antigas ou por alguma grande fera que se escondia nas rochas escuras das montanhas. Para acessá-la, era preciso seguir um caminho sinuoso que descia das ruínas no alto e entrar por uma discreta praia repleta de rochas.

O mar retraiu seus braços espumosos enquanto caminhávamos pela areia e pelos seixos. O barulho da cachoeira próxima era alto o bastante para abafar o som do meu coração batendo nos ouvidos.

Parei na entrada da caverna, mas Septimus me empurrou para continuar andando. O ar úmido estava pesado com o cheiro de salmoura e decomposição. A condensação deixava tudo mais escorregadio, dificultando a caminhada quando a praia arenosa se transformou em um campo de pedras irregulares. As paredes eram pontiagudas e hostis, cada uma com o próprio aviso de que aquele não era um lugar para mortais.

Vários esvaziadores acenderam suas lanternas, guiando o caminho quando a lua nova falhava em fazê-lo.

Nash costumava dizer que os humanos não passavam de faíscas caindo no fogo do tempo, mas eu não era uma faísca e não havia calor naquele local. Só um sussurro de frio, cujos lábios roçavam minha pele, contando segredos desconhecidos.

— Aqui — indicou Septimus quando chegamos ao ponto médio entre as duas extremidades da caverna. — Vai servir.

Olhei nos olhos de Neve por um breve instante, mas foi o suficiente para entender o que ela queria fazer. Lutar. Fugir. Os idiotas não haviam tirado a pochete dela, talvez pensando que era pequena demais para conter algo útil ou perigoso.

Mesmo com as mãos amarradas, ela ainda conseguiria pegar a varinha.

Balancei a cabeça para ela em negativa. Estávamos em menor número. Teríamos de encontrar uma maneira de escapar quando estivéssemos em Avalon.

Neve não gostava nem um pouco daquilo, era óbvio, mas pareceu aceitar. Ela olhou feio para Septimus quando ele passou.

— É melhor você tomar todo o cuidado do mundo quando entrarmos... Ouvi dizer que as bruxas preferem o gosto de tolos cheios de pompa ao de um idiota comum. Tem alguma coisa nos cérebros, mais pastosos, sei lá.

Ele levantou o braço como se fosse dar um tapa nela. Cabell e eu nos projetamos para tentar bloquear a mão dele, mas foi Emrys quem o impediu.

— Senhor Yarrow — chamou ele, todo simpático enquanto segurava a garrafa com a oferenda. — Devemos continuar.

Septimus fez uma careta.

— Tudo bem.

Cabell tentou se aproximar de mim, mas foi bloqueado por um esvaziador. Emrys foi até a frente do grupo, tirando a rolha pesada da garrafa e colocando-a sobre uma pedra escura.

— *Bruxa da Névoa* — entoou ele, com a voz rouca. — *Senhora das brumas, nascida na terra das sombras antigas. A que não serve a ninguém e de todos toma, dê atenção a essas crianças, responda ao nosso chamado.*

Os esvaziadores ofegaram quando, de uma só vez, suas lanternas se apagaram como chamas sufocadas, mergulhando a caverna em uma sombra sem fim.

Um estrépito de gargalhadas inquietantes surgiu atrás de nós.

Senti minha mente ficar vazia de novo, sem qualquer pensamento, sem qualquer sentimento, sem nada além da familiaridade da presença que se aproximava de nós feito uma tempestade.

— Você... você aceita essa oferenda? — questionou Emrys.

— *Aceito* — sibilou a bruxa, a voz semelhante ao som de serpentes deslizando umas contra as outras. — *O que você deseja?*

Ouviu-se um som parecido com o bater de asas de couro, e senti um vento atrás de mim.

— Nós... — Emrys começou, depois pigarreou. — Buscamos passagem. Para entrar e sair de Avalon.

— *Ahhhhhh...* — A bruxa expirou. — *Então vocês buscam aquilo que lhes é negado. A espada da lenda, o rei adormecido, a torre lendária...*

A voz de Emrys ecoou nas pedras.

— O que você pediria em troca?

— Como assim? — interveio Septimus. — Você deu a oferenda a ela...

A criatura cheirava a decomposição infernal e bile rançosa. Sentia meu estômago se revirar sem parar, as costas ardendo com a consciência da presença dela. Com o canto do olho, vi uma mão pálida e murcha estendendo-se como se quisesse segurar meu rosto.

Meu corpo vibrou de terror quando algo — um dedo, uma garra — desceu pelo meu cabelo e ao longo da minha coluna, desfazendo os emaranhados e nós, como uma mãe penteando o cabelo de uma criança.

— *Por uma viagem de ida para Avalon com seu grupo e uma passagem de volta* — acrescentou a bruxa —, *peço apenas uma mecha desse cabelo.*

A mão dela, suas garras, voltaram a acariciar meu couro cabeludo, levantando alguns fios aqui e ali até eu achar que iria vomitar ou gritar.

— Para que você quer isso? — perguntou Emrys, bruscamente.

— E isso importa? — rosnou Septimus de volta.

— *Não é da sua conta* — respondeu a bruxa. Algo escorreu pela minha bochecha e pelo meu ombro. — *Talvez seja porque é muito bonito... como a luz do sol, há muito distante para mim.*

Meu coração disparou, ameaçando explodir. Não sei como consegui pronunciar as palavras.

— Tudo bem.

Houve um leve movimento quando sua garra se curvou e ela cortou um número incalculável de fios de cabelo da minha nuca. Sua pele parecia um peixe morto junto à minha.

Ela se inclinou para perto do meu ouvido de novo.

— *Para você, ofereço isto: um segredo que poderá compartilhar, se quiser. Eles também se deleitam com o sangue e queimam na luz.*

Inclinei a cabeça, tentando analisar as palavras dela. Fechei os olhos até que a opressão de sua presença desaparecesse.

— *Que criança interessante você é* — murmurou a bruxa, sua voz sumindo em meus ouvidos.

As lanternas e os lampiões se acenderam mais uma vez, e foi só então que percebi que a Bruxa da Névoa havia desaparecido.

Voltei a respirar e curvei o corpo, ainda tremendo.

— Tamsin? — gritou Cabell. — Você está bem?

Eu não conseguia falar. Ainda não.

O ar frio e úmido passava pelo meu rosto e, quando me forcei a abrir os olhos, encontrei um vórtice de névoa rodopiante pairando diante de nós, o meio dele escurecendo até ficar de um preto absoluto.

— O que é isso? Uma Veia? — perguntou um dos esvaziadores.

— Só há uma forma de descobrir — respondeu Septimus.

Ele agarrou a gola da minha jaqueta e me puxou para a frente. A névoa que circundava a abertura começou a girar em um círculo frenético. Linhas pretas se soltavam da escuridão no centro, espalhando-se pelo ar, ainda mais escuros do que as sombras ao meu redor.

Foi a última coisa que vi antes de Septimus me empurrar para dentro das garras geladas do círculo.

Não se parecia em nada com uma Veia.

Avancei pela escuridão sem fim, lutando contra o poderoso vento. Abri a boca para respirar, mas não havia ar para inalar. Até que, tão depressa quanto tinha começado, tudo acabou.

Fui arremessada para fora da passagem, caindo de joelhos no chão empapado. Tive apenas um segundo para rolar para longe antes que Neve e Cabell me seguissem, cambaleando atrás de mim.

Septimus veio logo depois, seguido de um Emrys mais pálido do que o normal, segurando nossas bolsas de trabalho. Os outros homens foram cuspidos atrás dele, desaparecendo nas sombras enquanto uma névoa aveludada se acumulava ao nosso redor.

— Faça com que carreguem as coisas deles — ordenou Septimus para Emrys, e então apontou seu machado para nós. — Se tentar qualquer gracinha, der um passo sequer para longe de onde tem que estar, vou enterrar isso aqui na sua cara.

Emrys manteve os olhos baixos enquanto me entregava minha bolsa. Quando se voltou para Septimus e os outros, Cabell aproveitou a oportunidade para vir para o meu lado.

— Você está bem? — perguntou, com urgência.

— Vamos... — Balancei a cabeça. — Vamos nos concentrar no serviço de Praga.

Ele entendeu o que eu queria dizer. Nosso único objetivo naquele momento era encontrar uma maneira de escapar.

Neve apertou ainda mais o casaco felpudo junto ao corpo.

— P-por que está tão frio?

Atrás de nós, vários esvaziadores, incluindo Emrys, tinham colocado os capacetes com as lanternas ligadas. Os feixes de luz se projetavam na espessa parede de névoa que nos envolvia, apenas para convergir em duas sombras escuras à distância.

Estávamos à beira de um corpo de água — se é que poderia ser chamado de água. Era um lodo deplorável, repleto de pedacinhos de lama preta e alcatrão. Sentia minha pulsação latejando nas têmporas.

— Isso é Avalon? — perguntou Cabell, a voz rouca.

Um músculo se contraiu na mandíbula de Emrys quando ele se aproximou para analisar a água. Ele olhou nos meus olhos e, sem precisar dizer uma palavra sequer, soube que estava pensando a mesma coisa que eu.

Tem alguma coisa errada.

As formas escuras na bruma enfim se tornaram distinguíveis quando duas barcaças planas cortaram a névoa branca e flutuaram em nossa direção. As lanternas penduradas nos ganchos em suas extremidades estavam apagadas e rangiam com o leve balanço das embarcações.

Por um momento, ninguém se atreveu a se mexer. Uma gota de suor gelado escorreu pelas minhas costas.

— Primeiro as damas — ofereceu Septimus, esticando a mão na direção da barcaça mais próxima.

Senti um nó no estômago quando passei por cima do guarda-corpo baixo que circundava a barcaça e pisei nas folhas encharcadas e lamacentas que se acumulavam no convés plano.

Neve me seguiu com a cabeça erguida, tomando cuidado para não escorregar enquanto nos movíamos em direção à extremidade mais distante. Emrys, com o machado em mãos, fez um gesto para que Cabell se encaminhasse para o nosso lado. O alívio que senti por não ter sido separada do meu irmão em barcaças diferentes durou pouco; Emrys parecia decidido a ficar bem atrás de mim, perto o suficiente para que eu sentisse o calor do corpo dele.

Os outros esvaziadores, todos os doze, hesitavam em nos seguir, parecendo repensar se queriam mesmo fazer o serviço.

— Andem logo — gritou Septimus. — Ou não vão receber!

Em nítido contraste com os demais, Septimus parecia revigorado, triunfante, ainda que estivesse salpicado de lama e com seu cabelo desgrenhado se soltando do elástico. Ele chutou a outra barcaça para longe da margem e depois pulou na nossa. A barcaça balançou com o peso dele e não precisou de ajuda para se afastar da estranha praia. Virei uma última vez, tentando freneticamente memorizar a localização do portal e nosso caminho de volta.

Eu não conseguia enxergar correnteza alguma na água estagnada, mas as barcaças avançavam mesmo assim, flutuando inexoravelmente em direção a algum destino desconhecido.

Um estranho retumbar soou ao nosso redor e parecia não ter origem, até que Neve se afastou da beira da barcaça de repente, com um som estrangulado. Inclinei-me para frente, amaldiçoando minha terrível curiosidade.

Em vez de pedaços de musgo ou terra em decomposição, a água estava repleta de corpos de pássaros e barrigas pálidas de peixes podres. Senti a bile subir até a garganta.

Fios de névoa de um amarelo doentio se entrelaçavam na bruma branca e, em segundos, o ar assumiu um tom mais sombrio e amargo. A cor pútrida se aprofundou e se tornou uma névoa fétida que cheirava a inferno salobro.

Neve tossia sem parar; eu mal conseguia vê-la em meio à névoa e às lágrimas que escorriam de meus olhos que ardiam. Vários dos esvaziadores começaram a vomitar.

— Para onde a bruxa nos trouxe? — perguntou Septimus.

Ninguém tinha uma resposta.

Os vapores tóxicos se agitavam no entorno, turvando-se, separando-se o suficiente para nos atormentar com vislumbres das Terras Distintas. Um céu escuro. Fragmentos de rochas gigantes, que se projetavam por baixo da água como dentes. Pedaços desmembrados do que provavelmente havia sido uma estátua colossal de uma mulher.

Uma mão de pedra virada para cima, coletando umidade e sujeira, quase do mesmo tamanho da barcaça. Mas foi a visão da cabeça da mulher, meio submersa na água, que me fez estremecer. Uma cobra incrustada de lama deslizou por uma fenda no olho da estátua, desaparecendo na água rançosa.

Neve levou as mãos ao pescoço, segurando como se alguém tivesse entrado em seu peito e arrancado seus pulmões.

— Deusa — sussurrou ela, e não disse mais nada.

Os feixes de luz dos faróis dos esvaziadores marcaram a névoa, perfurando-a em alguns pontos. Os homens estavam se comunicando uns com os outros usando o tipo de olhares rápidos e astutos e as caretas feias que precediam um motim.

Fui arrancada de meus pensamentos por um toque suave em meu braço. Emrys pressionou algo duro e frio em minha mão — um canivete. Mordi o lábio quando ele inclinou seu corpo comprido por cima de mim e alcançou um poste torto que se projetava para fora da água.

Sua expressão era quase de dor quando o poste se desfez em poeira, parecendo fuligem ao primeiro toque de seus dedos com luvas.

Foi só quando vi as enormes raízes se elevando acima da água, como serpentes, estrangulando-se umas às outras, que me dei conta do que eram.

Árvores.

Nenhum de nós sabia dizer quão perto estávamos da margem, até que a barcaça se chocou contra algo, quase nos jogando na lama.

Dessa vez, Septimus foi o primeiro a descer, com o rosto franzido de desgosto quando suas botas afundaram na lama espessa. A névoa se dissipava com o nosso movimento à medida que seguíamos em frente, caminhando a passos largos.

Deveria haver milhares de árvores ali, que já foram titãs em altura e largura. Seus restos estavam endurecidos e ocos, ou da cor de cinzas. Emrys não conseguia parar de olhar para elas, com a testa franzida.

— O que é isso? — indagou ele em voz baixa. — O que poderia fazer com que apodrecessem desse jeito?

As poucas folhas que restavam estavam murchas. O humo que crescia já apodrecido se espalhava pelo chão da floresta, chegando a atingir vários metros de altura em alguns pontos. Um riacho seco havia se tornado praticamente um local de descanso final para um número indescritível de criaturas mortas.

O grupo se espalhou à medida que avançávamos entre as árvores.

Neve estava logo atrás de mim, com a varinha na mão. Cabell se posicionou ao meu lado, puxando meu machado de onde estava amarrado na mochila.

Eu ficava mais desconfiada a cada passo, não apenas por causa da lama que me agarrava, mas também pelo leve tilintar de meus pertences.

— Deveria haver vilarejos espalhados por essa ilha — sussurrou Neve.

— Algum outro ponto de referência que possamos procurar? — perguntei o mais baixo que pude.

— Há uma torre no centro de Avalon — respondeu Neve. — É onde dizem que reside a ordem das sacerdotisas. As nove irmãs.

Beleza, isso já havia sido mencionado algumas vezes nas Imortalidades. Ainda que, com o passar dos anos e as gerações de feiticeiras que se distanciavam cada vez mais de seu lar ancestral, os detalhes sobre as sacerdotisas tenham se tornado tão imprecisos quanto a maioria dos contos de fadas.

— Estou começando a achar que somos os únicos aqui — murmurou Cabell, caminhando à minha frente. — Ao menos os únicos que ainda respiram.

Meu estômago se revirou com o cheiro fétido da névoa, mas não havia mais nada para vomitar. Não vi Cabell atrás da pálida parede de ar até quase colidir com as costas dele.

Ele estava tremendo.

— Tamsin — murmurou Cabell, seus lábios mal se moviam. — Não se mexa.

Meus olhos se voltaram para a esquerda, seguindo sua linha de visão, até que, por fim, também o vi. Uma sombra que se movia entre as árvores.

Não havia luar para iluminar sua forma, mas minha visão já estava ajustada à escuridão e nem mesmo a distância conseguia disfarçar a fria brutalidade da criatura que rasgava a carcaça do que um dia fora um cavalo.

A criatura tinha o formato semelhante ao de um homem, porém mais esticado e curvado, com as articulações em ângulos inumanos e implacáveis. Os membros sem pelos eram excessivamente longos e finos, como os de uma aranha. Por um momento terrível, não consegui distinguir se eram trapos imundos ou carne desfiada pendurada neles.

Que merda é essa?

Emrys e Neve vieram atrás de nós, os passos leves enquanto se moviam sobre o líquen insalubre e o chão irregular. Estiquei o braço para impedi-los de se mover. Emrys me lançou um olhar questionador, mas eu apenas apontei para a lanterna de cabeça dele.

Eu soube o exato instante em que ele viu a criatura. Seu corpo inteiro enrijeceu. Prendendo a respiração, ele ergueu a mão devagar e apagou a luz.

A criatura ergueu a cabeça, com sangue e músculos fibrosos escorrendo de sua boca. O nojo e o terror inundaram meu corpo, e o instinto que costumava me dizer para correr, lutar ou fazer qualquer outra coisa que não fosse ficar ali desapareceu como um sopro.

O rosto da criatura tinha vincos marcados pela decomposição, deixando um vazio de carne e cor, exceto pelo branco de seus olhos brilhantes e seus dentes manchados de sangue. Dentes que ela havia usado para arrancar a carne, os músculos e as vísceras do cavalo, deixando nada mais que ossos limpos em uma poça de sangue do próprio animal.

A criatura se levantou, deixando cair a perna que tinha na boca. Seus membros se desdobraram como os de um inseto, despertando em mim o medo mais profundo e primitivo. A névoa se espalhou entre nós, mas, quando voltou a se dissipar, a criatura havia desaparecido.

— Para onde ela foi? — sussurrou Cabell, respirando pesado.

— Que porra é essa? — gritou um dos esvaziadores. — O que está fazendo?

Um latido penetrante soou em resposta, não tão terrível quanto os que soaram da escuridão que nos cercava por todos os lados.

Ouvimos um grito de gelar a alma. O feixe de luz da lanterna de cabeça do esvaziador desapareceu. Depois, outra.

E mais outra.

— Voltem para os barcos! — gritou Septimus. — Agora!

Cabell e Neve correram primeiro, os pés chapinhando em poças de água e lodo. Emrys permaneceu imóvel, olhando para o local onde a criatura estava, tão firmemente enraizado no lugar que tive de agarrá-lo pelo braço e puxá-lo com toda a minha força para fazer com que se movesse.

Outra lanterna desapareceu. E mais uma.

A névoa girava ao nosso redor em padrões caóticos enquanto o grupo corria em todas as direções. Trombei em Neve, que tinha se virado ao chegar na beira da água. Ergui a cabeça, seguindo seu olhar aterrorizado.

Uma cabeça, sem cabelo e escorregadia com lodo, surgiu das profundezas pútridas. Seus olhos brilhavam como prata quando captaram a luz de uma lanterna de cabeça.

E então não era uma, mas muitas. A água cintilante borbulhava conforme emergiram das profundezas escuras e flutuavam em nossa direção.

Cabell agarrou meu ombro, puxando-me para seu lado enquanto erguia meu machado.

— O que a gente vai fazer, cacete?

Balancei a cabeça, engasgada com as palavras que não saíam. Não tínhamos como voltar para as barcaças. Não tínhamos como seguir em frente.

Havia apenas o pungente som de carne sendo arrancada de ossos e gritos impotentes enquanto, uma por uma, as luzes desapareciam e a névoa nos devorava por inteiro.

13

Uma mão comprida e gelada agarrou meu tornozelo e eu gritei.

Emrys avançou com um berro, cortando o braço cinza com um golpe de machado. A criatura uivou e gritou, afundando em um buraco no chão.

Soltei a mão que agarrava minha perna com um chute, tremendo. E então estávamos correndo, todos nós, com mais velocidade do que eu achava que meu corpo era capaz, por mais que estivesse com a adrenalina do medo.

A floresta era um borrão ao nosso redor, as árvores ocas tombando conforme as criaturas saltavam de uma para outra, acompanhando nosso ritmo. Com o canto do olho, vi Septimus se esgueirando por entre os talos de grama morta e arbustos. O sangue, tão escuro que quase chegava a ser preto, espirrava pelo ar enquanto ele golpeava as criaturas com o machado. Os dois esvaziadores que o acompanhavam desapareceram, derrubados no chão e rasgados em tiras sangrentas de carne que deram à névoa um tom de rosa repugnante.

— O que são essas coisas? — ofegou Cabell.

— Almas-penadas? — sugeriu Emrys.

Deuses, eu esperava que não. Não era possível matar os mortos-vivos com armas mortais e, assim, eles continuariam a se reerguer, não importava em quantas partes cortássemos.

Minha memória vasculhou todos os milhares de livros que havia consultado, mas nada combinava com a descrição daquelas criaturas; nem gravuras, nem breves passagens em compêndios e bestiários, nada.

Sem saber o que elas eram, não teríamos como matá-las. Feri-los com lâminas só servia para atrasá-los um pouco.

— Precisamos largar as bolsas! — gritou Cabell.

— Não! — As garras das criaturas se prendiam ao couro a cada instante, mas preferia estar morta e enterrada a perder nossos últimos suprimentos.

Peguei o pequeno canivete e cortei o ar indistintamente enquanto as criaturas saltavam das árvores, tentando prender um de nós sob a gaiola de seus corpos.

— Tamsin, abaixe-se! — gritou Emrys.

Enquanto eu me abaixava, ele brandiu o machado acima da minha cabeça, acertando a lateral do crânio amolecido de uma delas. Cabell nos conduziu por entre as árvores doentes, penetrando cada vez mais o coração da ilha.

Demorou um pouco mais para eu perceber que os outros esvaziadores tinham parado de gritar.

Estão todos mortos, provocou minha mente.

Tudo o que restava éramos nós. As criaturas, com fios de saliva escorrendo entre os dentes, viraram-se para nós ao mesmo tempo quando se deram conta desse fato.

Olhei para a feiticeira, e a súplica deve ter ficado estampada em minha expressão.

— Não consigo lançar feitiços enquanto estiver correndo — explicou Neve entre respirações ofegantes. — Preciso esculpir os sigilo...

Uma criatura mergulhou sobre ela, agarrando-a com as duas garras dianteiras, e eu a afastei. Emrys seguiu com seu machado, derrubando o ser e cortando um dos membros.

A outra garra arranhou o braço dele, rasgando as camadas de tecido e penetrando sua carne. Ele cambaleou, xingando, quase deixando o machado cair. Eu me lancei e enfiei minha faca em um dos olhos sem pálpebras da criatura.

— Anda logo! — apressei Emrys, segurando-o pelo braço.

— Minha heroína — conseguiu dizer ele.

— Não tenho tempo para pensar em uma resposta à altura! — ofeguei. — Só...

Como haviam feito antes com Neve, as criaturas voltaram seus rostos famintos para Emrys, para a ferida que sangrava em seu braço.

As palavras da bruxa surgiram em minha mente como um pesadelo. *Eles também se deleitam com o sangue e queimam na luz.*

A bruxa velha, fétida e podre. Ela sabia exatamente o que nos aguardava em Avalon.

Valha-me Deus, pensei. Não importava o quanto fugíssemos ou se conseguíssemos encontrar um lugar para nos esconder. Elas conseguiriam nos encontrar.

— A torre! — gritou Neve para mim.

Ela não precisou terminar o pensamento para que eu entendesse o que ela queria dizer.

— Não vamos conseguir — respondi.

As criaturas nos dominariam muito antes de encontrarmos aquela construção no labirinto desorientador da floresta morta.

Chegamos a uma clareira, repleta das mesmas pedras irregulares que tínhamos visto na água. A grama morta chegava à altura da cintura, estalando sob os pés e prendendo-se em meu casaco de flanela enquanto eu passava por ela.

À minha frente, Cabell tentou nos guiar pelas pedras, mas havia muitas criaturas. Eu caí quando elas se aglomeraram como formigas, rastejando pelas árvores e pelas pedras. Em um piscar de olhos, fui separada do resto do grupo.

Emrys se virou, procurando por alguma coisa — por mim. Quando nossos olhos se encontraram em meio ao caos, a expressão dele era do mais puro pânico.

— *Tamsin!*

Ele tentou correr na minha direção, mas as criaturas, tão parecidas com aranhas, deslizaram para o espaço entre nós.

— Elas odeiam a luz! — gritei para os outros.

Neve pegou uma pedra da lama e começou a trabalhar tentando gravar um sigilo nela. Cabell ficou na frente dela, afastando as criaturas para ganhar mais tempo.

As criaturas rosnaram, voltando-se para a entrada da clareira, onde Septimus e dois dos esvaziadores cambaleavam para longe da floresta, de costas para nós.

Septimus estava encharcado com o sangue preto das criaturas, gritando para elas enquanto desferia golpes de machado contra qualquer membro que o alcançasse. Um dos esvaziadores que estava com ele foi dominado e derrubado no chão. As criaturas se jogaram em cima dele com garras e dentes, rasgando sua garganta, dando aos outros a oportunidade de avançar para dentro da clareira.

Para onde devo ir? O pensamento revirou meu estômago. Golpeei as criaturas que saltavam em minha direção, mas cada golpe parecia apenas renovar a sede de sangue delas.

— Tamsin! — gritou Emrys de novo. Eu me virei, usando a voz dele para me reorientar em direção aos outros. Quando um caminho se abriu naquela direção, aproveitei a chance e corri. Meu hálito se transformava em nuvens rançosas a cada passo que dava. Ossos e articulações estalando, dentes rangendo... Não precisei olhar para saber que as criaturas estavam bem atrás de mim.

Algo agarrou a gola do meu casaco e me puxou para trás. Gritei até que minha garganta ficasse seca. Não dava para escapar do cheiro de morte enquanto eu me debatia, lutando para me libertar. Meu pé escorregou e então eu estava caindo, mas não nas mandíbulas escancaradas dos monstros.

— Para onde você acha que vai, gatinha? — A voz estava bem perto do meu ouvido.

Septimus.

Ele colocou um braço em volta do meu peito e me segurou na frente dele. E, de alguma forma, o fato de ser ele e não um dos monstros a me segurar tornava tudo ainda mais aterrorizante.

Ele me girou para a direita, um último escudo de carne e osso para se salvar. Uma fúria abrasadora tomou conta de mim, e ouvi o fogo dela ecoar nas súplicas de Cabell e Emrys.

— Não! Septimus!

— Solte-a!

Tentei tirar meu casaco para golpeá-lo com minha faca, mas Septimus prendeu a mão com a faca ao lado do meu corpo e usou a outra para agarrar minha nuca. Uma criatura se agitou com entusiasmo quando fui apresentada a ela como seu jantar.

— Não é nada pessoal — argumentou Septimus com desprezo atrás de mim —, mas já passou da hora de você ser útil...

O fedor de sangue era sufocante, mas uma calma repentina se apoderou da minha mente, como no instante em que alguém se rende a uma corrente poderosa e usa sua força para levá-lo em direção a qualquer destino que o aguarde.

Eu não morreria por ele e também não o salvaria.

Minha palma estava escorregadia de suor, o que me forçava a segurar a faca com mais força enquanto ajustava o ângulo da lâmina. Ele afrouxara o aperto o bastante para que eu pudesse fazer o que tinha que fazer.

— *Ronrone, gatinho* — rosnei, depois enfiei a faca na perna dele, logo acima do joelho.

Septimus gritou, o som vindo do fundo de seu peito. Era um grito animalesco. Ele sabia — ele sabia, enquanto caía no chão, incapacitado de correr, enquanto perdia o controle sobre mim, o que aconteceria a seguir.

O machado caiu de sua mão quando um dos monstros se chocou contra ele, as garras rasgando seu peito.

Agarrei a arma encharcada de sangue, minha mente mal registrando que o cabo ainda estava quente do calor dele enquanto eu cortava os monstros ao meu redor. Eu me virei, colidindo com Emrys. Seus olhos ardiam quando ele agarrou meus braços, a expressão aflita.

— Você está bem? — perguntou ele, com a voz embargada. — Tudo bem com você?

A única coisa que consegui dizer em resposta foi:

— *Corra!*

E foi o que fizemos. Uma criatura se empalou em minha lâmina; outra mordeu meu cabelo, como se quisesse me arrastar para perto das árvores, onde mais delas esperavam.

O grito de Neve explodiu na clareira. Eu me virei, com o coração disparado, procurando por ela e Cabell na escuridão. Dei um passo à frente, mas parei quando as nuvens se abriram como cortinas e uma coluna de luz branco-azulado se derramou sobre a feiticeira.

As criaturas, por sua vez, berraram em protesto, se jogando para trás, mas não longe o bastante para que conseguissem se salvar, porque a luz se dividiu, cortando o ar como cacos de vidro. O ar assobiou e eu me abaixei, cobrindo a cabeça enquanto as criaturas eram despedaçadas até as vísceras. O calor da luz as queimava por dentro, criando um anel de fogo ardente.

— *Tamsin!*

Ergui a cabeça e vi Cabell correndo em minha direção, a expressão do mais puro pavor enquanto deslizava para diminuir a distância entre nós.

— Estou bem, estou bem! — avisei.

Ele nos levantou e me arrastou em direção aos outros. O pilar de luz se espraiou para nos alcançar antes de chegarmos a ele, incinerando as criaturas, mas passando por minha pele como uma corrente quente. Senti um puxão em meu âmago, como se ele estivesse me acolhendo em suas profundezas protetoras.

Limpei a lama do rosto e protegi meus olhos.

Neve se postou atrás de um Cabell chocado, com os braços estendidos. A magia brilhava ao redor dela como uma chama selvagem, quase ofuscante em sua intensidade. Suas tranças haviam se soltado do coque enquanto fugíamos, e agora se erguiam acima de seus ombros, subindo com a onda incandescente de poder. A intensidade de sua expressão, seu rosto brilhando de suor, era de tirar o fôlego, assim como a forma como seu poder eletrificava o ar e transformava a clareira no coração de uma estrela.

Neve olhou para nós com o tipo de determinação em seu rosto que fazia quem quer que estivesse olhando para ela ansiar por vê-la em ação. O potencial de seu poder bruto era impressionante. Olhei em volta, tentando encontrar o sigilo que ela havia usado. Havia uma enorme pedra aos pés dela, mas o sigilo do feitiço de proteção estava pela metade. Isso era impossível... o poder precisava ser extraído e canalizado por meio da marca.

— Neve... — comecei.

— Não consigo aguentar por muito mais tempo — avisou ela, a voz crepitando com magia. — É muito...

— Como você está fazendo isso? — perguntei.

Ela balançou a cabeça em negativa, cerrando os punhos.

— Não sei... Achei que nós íamos morrer e isso... isso aconteceu...

A magia se tornou mais brilhante, mais quente. Os monstros bateram em retirada, escondendo-se nas sombras das árvores.

— Suponho que ninguém tenha uma ideia minimamente decente para sobrevivermos a isso — disse Emrys com a voz fraca, uma das mãos pressionada sobre o ferimento em seu braço.

— A esta altura, aceito uma ideia ruim também — comentou Cabell, com uma expressão sombria.

Ele ainda estava ofegante, mas foi só quando vi o cabelo mais grosso e escuro nas costas das mãos dele que entrei em pânico.

— Você está bem? — perguntei a ele.

Pela primeira vez, Cabell não mentiu.

— Preciso de um tempo. Preciso desacelerar meu coração.

Os olhos de Emrys desviaram para onde Cabell estava agachado, com o rosto pressionado em suas mãos imundas, respirando fundo. Balancei discretamente a cabeça em negativa diante de seu olhar questionador.

— Quais são as chances de eles se cansarem de serem obliterados e irem embora? — perguntei.

A barreira tremeluziu. Por um breve momento, eu me perguntei se havia irritado um deus da sorte em alguma vida passada.

— Pessoal — disse Neve, com a voz embargada. — Sinto muito, não sobrou nada...

Eu me aproximei dela, segurando o machado na minha frente. As costas de Emrys estavam pressionadas contra a lateral do meu corpo, enquanto ele se virava para o outro lado, ardendo de calor no ar gelado. Cabell cambaleou até ficar de pé de novo, com as sombras tremeluzindo em seu rosto enquanto lutava para manter o controle sobre a mente e o corpo.

Nós vamos morrer. Aquela calma estranha e profunda voltou, fria e acolhedora. *Nós vamos morrer.*

— Vamos tentar chegar à torre que Neve acha que fica no centro da ilha — sugeri. — Se conseguirmos encontrar algum tipo de abrigo...

Uma luz brilhante atravessou o ar à nossa frente, passando pelas árvores devastadas e atingindo a pele enrugada da criatura mais próxima. Dei um pulo quando ela explodiu feito um fósforo, gritando até eu achar que meus tímpanos estourariam. Eu me virei para procurar a fonte daquela luz, mas não era necessário.

Uma saraivada de flechas flamejantes atravessou a escuridão, passando por cima das nossas cabeças. A magia de Neve era um escudo contra o calor do mundo em chamas ao nosso redor, e eu sabia que, no segundo em que ela a liberasse, nós também seríamos consumidos.

— Isso é... — começou Cabell, girando ao redor.

Os cavalos e seus cavaleiros atacavam com toda a força, fazendo com que os monstros restantes se dispersassem como ratos pelo caminho de volta, buscando o alívio frio da água imunda.

As chamas iluminaram as armaduras prateadas dos cavaleiros enquanto eles circundavam a barreira, com os arcos prontos. Seus cavalos pisoteavam e pateavam o chão, agitados com a energia não gasta. Cinco no total.

— Libere sua magia, feiticeira! — gritou um deles.

Neve se assustou com a veemência das palavras e não fez o que lhe ordenaram. Na verdade, a magia dela ardeu com mais intensidade do que antes.

O mesmo cavaleiro que deu a ordem embainhou sua espada com um ruído de fúria silenciosa. Os outros esperaram, cortando e atirando em qualquer criatura insensata que ousasse se aproximar de nós de novo. Ao perceber que Neve ainda não havia desfeito o escudo, o primeiro cavaleiro levantou a mão e removeu o próprio elmo.

Uma longa trança prateada, que brilhava tanto quanto a espada em sua mão, se soltou. O rosto que nos encarava, montado sobre seu cavalo preto, era pálido, sardento e jovem, e não o homem grisalho e coberto de cicatrizes que eu esperava.

— Eu disse — enfatizou a jovem mulher: — libere sua magia, feiticeira.

Emrys foi o primeiro a se despertar do choque.

— Não quero ser ingrato, mas isso não faria com que fôssemos assados vivos?

— Nosso fogo não fará mal a vocês — disse outra mulher, removendo o elmo. Ela tinha cabelo e olhos escuros, o cabelo crespo balançando em volta da cabeça com a brisa desagradável. Sua pele negra era de um tom escuro, com exceção do local onde uma cicatriz rosada e saliente descia por uma das bochechas, e sua expressão era de uma calma tranquilizadora.

As outras as imitaram. Todas jovens.

Todas mulheres, ao que parecia.

— A menos que queiram morrer aqui com o resto dos viajantes, sugiro que venham conosco agora — continuou ela. — Nós os levaremos para um lugar seguro.

— A feiticeira não — retrucou a de cabelo prateado. — Eles podem devorá-la.

— Cait — advertiu outra.

— Quem é você? — consegui dizer.

— Sou Caitriona das Nove — disse a garota com o estranho cabelo prateado. — Estas são minhas irmãs. Não sei como chegaram aqui, mas posso dizer que este não é um lugar para morrer.

— E onde fica este lugar, exatamente? — perguntou Emrys, com educação.

Uma parte de mim — um canto pequeno e odiado do meu coração — tinha se agarrado a uma fraca centelha de convicção de que Neve poderia ter cometido um erro terrível. Que ela havia, de alguma forma, nos levado para outro reino, um lugar distante daquele em que Nash estava preso com o anel.

Essa mesma centelha foi esmagada sob o calcanhar da garota que nos olhava, a desconfiança evidente em sua expressão. A magia de Neve se esvaiu como um furacão que se transforma em uma chuva suave.

— Não consegue dizer só de olhar? — perguntou ela, sarcástica, colocando o elmo de volta. — Vocês encontraram a abençoada ilha de Avalon.

PARTE II
A DEVASTAÇÃO

Atravessamos a ilha coberta de névoa criando uma tempestade intensa de cascos galopantes e armaduras barulhentas. Ninguém disse uma palavra sequer desde que saímos da clareira nem se dera ao trabalho de nos informar seus nomes. Eu sentia como olhavam para Neve a todo instante, o ódio absoluto que irradiava delas da mesma maneira que nossa respiração se condensava e criava uma névoa no ar.

Todos havíamos aceitado que nossas mãos fossem amarradas de novo como condição para cavalgar com elas; sendo que as opções eram *aceitar* ou sermos deixados para trás e acabar devorados.

Neve foi colocada atrás de Caitriona das Nove. Todas as sacerdotisas cavalgavam com as costas eretas por causa de suas couraças de metal — uma placa peitoral que se estendia pelo torso —, mas em Caitriona a armadura parecia se adaptar ao seu corpo, não o contrário.

Passamos por um caminho intrincado e cheio de neblina. A parte de dentro das minhas coxas estava encharcada pela espuma de suor do cavalo e pelo esforço de apertá-las com força para manter o equilíbrio e não cair.

— Pode se segurar em mim — disse minha cavaleira baixinho. — Prefiro não ter que parar pra te pegar caso caia de cabeça no chão, se não se importar.

Eu ri.

— Por mim, tudo bem.

As amarras em minhas mãos estavam frouxas, o que me permitiu segurar com facilidade a parte de baixo da armadura em torno das costas dela.

— Você tem algum nome ou é só uma das Nove? — perguntei.

Foi a vez dela de rir.

— Betrys. Das Nove.

— Certo, Betrys — respondi, parte da minha frustração diminuindo. — Por falar nisso, obrigada.

— Não precisa agradecer — disse ela, de um jeito calmo e sério. — É nossa responsabilidade proteger a ilha e aqueles que vivem nela.

— Isso... — tentei pensar em uma maneira delicada de dizer — parece complicado. Avalon inteira é assim?

Betrys voltou a ficar em silêncio, pressionando os flancos do cavalo com as pernas para fazê-lo andar mais rápido.

Olhei de relance para o local onde Cabell — como era de se esperar — parecia bastante à vontade cavalgando atrás de outra cavaleira, uma garota pálida com cabelo bem curtinho, de um tom castanho-avermelhado, como a casca de uma árvore. Eles conversavam em voz baixa. Ao perceber que eu o encarava, ele deu um sorriso sombrio demais para ser reconfortante.

As Nove. A ordem de sacerdotisas que conduzia os rituais de Avalon e organizava a adoração da Deusa criadora em que acreditavam.

Ao que tudo indicava, elas haviam passado por uma pequena reformulação de imagem nas últimas centenas de anos, porque eu não me lembrava de ter lido nada sobre correrem pelas partes sombrias da ilha a cavalo para combater monstros. E Nash, um fiel lacaio da hipérbole e amante do exagero, não teria deixado de fora das histórias que contava ao redor da fogueira um detalhe tão essencial.

O nome perfurou meu coração como uma lâmina. *Nash.*

Até aquele instante, estava tão consumida pelo instinto de sobrevivência que não conseguira pensar em mais nada, nem mesmo no que nos levara até aqui.

Olhei para a terra coberta por sombras, imaginando como Nash poderia ter sobrevivido a este lugar. As árvores apodrecidas, o riacho estéril que havia se tornado uma trilha para os cavalos, enxames de insetos arrancando a carne apodrecida dos ossos de um dos monstros, chalés de pedra sem luz dentro... O que *poderia* sobreviver além de necrófagos e criaturas que viviam apenas para saciar a própria fome?

Era impossível fugir da névoa, que pairava sobre a terra como uma manifestação arrepiante de ressentimento — de amor perdido, de beleza perdida, do que quer que esse lugar tenha sido um dia. Ela, com seus dedos pegajosos, traçava padrões gelados em minha pele.

A torre que Neve havia descrito demorou a se revelar, como se precisasse nos observar à distância para decidir se permitiria que nos aproximássemos. À medida que a distância diminuía, meus olhos não conseguiam absorvê-la com rapidez suficiente. Fiquei tonta ao ver o tamanho da torre e das imponentes paredes que a cercavam.

E isso foi antes de me dar conta de que ela havia sido construída no tronco de uma árvore colossal.

Os galhos se estendiam sobre as paredes, protegendo o pátio abaixo do céu escuro e sem estrelas. Era diferente de tudo o que eu já havia visto. A árvore era primordial e muito antiga, a torre era medieval, remetendo ao último contato que esta Terra Distinta teve com nosso mundo mortal.

As Imortalidades sobre as quais eu havia lido foram criadas muito tempo depois de as últimas feiticeiras terem sido exiladas de Avalon. Nenhuma delas tinha visto isto com os próprios olhos.

— Que árvore é essa? — perguntei a Betrys.

— Nós a chamamos de Mãe — respondeu ela. — Foi a primeira forma de vida na ilha. O primeiro presente da Deusa.

O fosso profundo ao redor da estrutura continha apenas alguns metros de água turva, e muito mais ervas daninhas de aspecto doentio, mas ainda era impossível atravessá-lo sem uma ponte. Fiquei aliviada ao ver tochas acesas ao longo da parede e as silhuetas de homens e mulheres bem no alto.

— Abram os portões! — berrou a cavaleira de cabelos prateados. Seu cavalo dançava sobre as pedras do caminho, tão ansioso para entrar quanto todos nós.

A velha ponte levadiça de madeira desceu devagar, rangendo com o próprio peso. A ponta mal havia tocado o chão quando a cavaleira a atravessou. Um portão gradeado de metal se ergueu de dentro das paredes, revelando o pátio sombrio logo adiante.

Betrys e eu ficamos na retaguarda do grupo e, assim que passamos, o portão foi baixado e a ponte se ergueu.

Diversos homens usando couraças, alguns armados com espadas aparentemente rudimentares, outros com arcos simples, vieram correndo até nós.

— Mãe Santíssima — soltou um deles quando a cavaleira de cabelos prateados apeou de seu cavalo. — Eles eram...

— A fonte da luz? — finalizou Betrys. — Sim. Você pode levar os cavalos?

— Mas... — começou outro homem, olhando para nós com um misto de choque e fascinação. — Quem são eles?

Betrys desceu da sela e estendeu a mão para me ajudar. Eu não tinha percebido o quanto ela era alta — ou forte — até que ela praticamente me levantou do cavalo como se eu fosse uma criança ranhenta.

— Faça o que a Caitriona disser — sussurrou ela para mim. — Não discuta sobre o que quer que ela tenha planejado. Vamos resolver isso em breve, mas ela tem um protocolo que prefere seguir.

Ela nos conduziu até a impressionante torre, passando por espaços entre prédios rústicos e estruturas de madeira construídas às pressas e por uma pequena arena de terra, repleta de alvos de arco e flecha, postes com lâminas e bonecos de palha.

Caitriona liderava o caminho, conduzindo Neve pelo ombro, até uma escadaria sinuosa e estreita aninhada no canto direito da muralha. Em vez de nos levar baluarte acima, ela nos guiou para baixo.

E para baixo.

E para baixo.

Eu diminuí a velocidade, mas Betrys me empurrou para que eu continuasse andando. Quando chegamos à porta do calabouço, sentimos o fedor de palha, fezes de rato e mofo, um terrível prenúncio do que encontraríamos lá dentro.

Quando Caitriona entrou e retirou um pesado molho de chaves de um gancho na parede, as velas que revestiam a estreita passarela tremeluziram com um fogo repentino. Elas queimaram a fina camada de névoa que pairava na escuridão e, em seu brilho intenso, consegui distinguir seis celas com barras de ferro.

Caitriona abriu a mais próxima, conduzindo para dentro uma Neve visivelmente exausta. A feiticeira observou como Caitriona segurava firme a varinha dela, parecendo querer dizer algo. Elas haviam tirado nossas armas antes de montarmos nos cavalos, mas ali removeram nossas amarras para então nos separar de nossos pertences. Senti um aperto no fundo do coração quando Betrys puxou minha mochila.

— Vou cortar a alça se for preciso — ameaçou. — Tudo vai ser devolvido, eu juro.

Olhei ameaçadoramente, mas entreguei a bolsa a ela, aproveitando o momento para entrar na mesma cela que Neve. Seria mais fácil tentar fugir se não estivéssemos todos separados.

A porta bateu com força atrás de nós e se fechou com um som que parecia reverberar dentro da minha cabeça. Emrys e Cabell foram forçados a compartilhar uma cela do outro lado da passagem.

Sem qualquer indicação de quando retornariam, Caitriona e as demais saíram, os passos pesados batendo nas escadas antes de desaparecerem de uma só vez.

— É sério isso? — gritei para elas, batendo as mãos nas grades. — Um calabouço? *Sério?*

— Tams — avisou Cabell, parecendo cansado. — Por favor. Gritar não ajudou em Guizé nem em Atenas, e também não vai funcionar aqui.

— Em quantos calabouços vocês dois já estiveram? — perguntou Emrys.

A lembrança daqueles dois trabalhos com Nash foi suficiente para piorar ainda mais meu humor. Bufei mais profundamente e com força pelo nariz, cruzando os braços e apoiando um ombro no metal frio.

Neve se recostou na lateral de nossa cela com um suspiro cansado.

— Você está bem? — perguntei a ela.

— Defina *bem* — respondeu Neve, com um olhar de exasperação.

— Quis saber se você está machucada — expliquei. — Que feitiço foi aquele que você lançou?

— Não sei — respondeu Neve, a voz rouca de cansaço. — Entrei em pânico e acabou acontecendo aquilo.

Cabell e eu trocamos um olhar silencioso de compreensão. Se a maldição dele podia ser desencadeada por estresse ou emoção extremos, fazia sentido que o poder de uma feiticeira funcionasse da mesma forma.

Algo no fundo da cela chamou a atenção de Neve. Ela caminhou com alguma dificuldade naquela direção e se ajoelhou perto de uma raiz toda contorcida que havia quebrado a parede de pedra.

— Não acredito — expirou ela. — Taça escarlate *e* cogumelo-cauda-de-peru? Caramba, Neve, hoje é seu dia de sorte.

— É sério? Cauda-de-peru? — perguntou Emrys, endireitando a postura.

— Relaxa aí, ô, cão farejador — provoquei. — São cogumelos, não tesouros enterrados.

Quando finalmente me aproximei dela, Neve já havia extraído, com todo o cuidado, vários cogumelos pequenos da raiz.

— Algum desses é comestível? — perguntou Cabell. — Porque eu estava mesmo precisando beliscar alguma coisa.

— Como você pode comer depois do que acabamos de ver? — perguntou Emrys, horrorizado.

— A barriga é o maior estimulante que ele tem — respondi.

— Você fala como se o *seu* estimulante não fosse aquele café instantâneo que derrete o esôfago — retrucou Cabell.

— É isso o que *eu* digo! — gritou Emrys. — E não, não são comestíveis. Pelo menos não sem cozinhá-los antes. O cauda-de-peru costuma ser consumido em forma de pó...

— Ninguém liga, Dye — interrompi. — Bom, a não ser pela Neve, acredito.

— Cogumelos *são* incríveis — comentou Neve, quase sem fôlego de tão empolgada, o que era espantoso, levando em conta o quanto ela estava exausta. — Incríveis.

— Porque... você pode usar para envenenar alguém? — arrisquei, sem conseguir seguir o raciocínio.

— Não, é lógico que não. — Neve olhou feio para mim. — Porque eles anunciam a morte.

— É óbvio — rebati, minha voz fraca.

— Neve, alguém já te disse que você é meio gótica? — brincou Cabell.

— Ela quis dizer que eles estão diretamente ligados àquilo que apodrece. Decompõem material orgânico morto e devolvem seus nutrientes ao solo — explicou Emrys, encarando a parede em frente a ele. — Para que outra coisa possa nascer da morte. O fato de estarem ali não é bom sinal para a saúde dessa árvore.

— Que incrível — murmurei.

Neve olhou para mim.

— Não tenha medo dos cogumelos. A decomposição pode ser muito bonita.

— Se você diz.

— A Tamsin costumava adorar cogumelos — provocou Cabell.

Agarrei as barras da cela, olhando para ele.

— Não se atreva.

Cabell sorriu.

— Ela achava que os pequenos seres-verdes do Povo das Fadas usavam os cogumelos como pequenos abrigos e guarda-chuvas.

— Tenho certeza de que usam! — exclamou Neve, com o rosto iluminado. — O cogumelo é o fruto dos fungos, sabe, só que a parte mais importante dele está debaixo da terra, os caminhos construídos pelo micélio que conectam florestas inteiras. As árvores até se utilizam disso para se comunicar umas com as outras. Aposto que a árvore Mãe está conectada às árvores do bosque sagrado de macieiras... quem sabe até com todas as árvores da ilha.

— Está, sim. Cada pedacinho de vida selvagem está ligado àquela árvore — respondeu Emrys. — O que mais explicaria o fato de toda a ilha estar morrendo ao mesmo tempo?

Voltei a olhar para as raízes; sentia o ar frio e úmido um tanto quanto pegajoso ao redor do meu rosto, como se também estivesse me analisando.

Muito tempo se passou antes que eu voltasse a falar — ou, talvez, não tenha sido tanto tempo assim. O tempo parecia não ter forma ou significado sob a luz fraca. Comecei a dar voltas na cela, só para me manter acordada. Ao ver um leve arranhão na parede, limpei a sujeira dele. As letras estranhas que estavam ali se deslocaram e se retorceram, transformando-se em letras que eu reconhecia.

Pisquei, esfregando os olhos.

— É impressão minha ou as palavras na parede decidiram virar nosso idioma?

— A Visão Única é mais do que apenas visão — explicou Cabell da cela do outro lado da passagem. Ele estava deitado de costas, usando a jaqueta de couro como almofada. — Ela traduz os idiomas que você vê ou ouve para aquele que você fala e traduz as palavras que você está falando para o ouvinte.

— Como é que é? — vociferei. — Você está querendo dizer que eu sou a única em toda a guilda que teve que aprender a falar grego antigo e latim?

— Pelo fogo do Inferno, Passarinho, você aprendeu esses idiomas pra valer? — perguntou Emrys, com os olhos arregalados.

Cabell olhou para mim parecendo querer me consolar.

— O que está escrito na parede?

— Espera aí — retruquei, minha irritação aumentando —, podemos voltar à parte em que ninguém se importou em mencionar a questão do idioma?

— Eu não queria que você se sentisse pior do que já se sentia — explicou Cabell. — E, sendo bem sincero, em algum momento achei que você já tinha se dado conta disso.

— Por que isso não foi dito em nenhum livro? — perguntei. — Ou nas Imortalidades?

— Por que todo mundo que tinha a Visão Única já sabia? — sugeriu Cabell. — Você sabe que muitos detalhes da história se perderam assim. Presumo que seja por isso que nenhuma das Imortalidades se referiu à árvore Mãe também.

Olhei feio para ele.

— Mais algum segredo há muito guardado que você queira revelar agora?

— Não, mas ainda me pergunto o que diz a parede — rebateu ele.

Eu me virei para ler em voz alta.

— *Ele é o caminho.* — Havia outra linha riscada na pedra à direita dela. — *Você conhecerá nossa dor.*

— Assustador — comentou Emrys —, mas intrigante.

— Me acorde se as coisas ficarem mais intrigantes — pediu Cabell, com um aceno de mão.

Por fim, acabei por me sentar também, apoiada na parede em frente a Neve, que estava toda encolhida dormindo. Emrys era como o meu reflexo em um espelho do outro lado.

Olhei para a luz fraca da vela enquanto ele colocava a mão dentro da bota e tirava uma faca pequena, depois pegava um pedaço pequeno de madeira do bolso da jaqueta.

— Como você conseguiu a proeza de esconder isso? — perguntei. Fomos submetidos a uma revista bastante minuciosa.

— Você acha mesmo que vou revelar meus segredos para a única adversária que tenho? — perguntou ele com uma piscadela irritante. — Mas se estiver a fim de jogar duas verdades e uma mentira...

— Acho que vou deixar passar — interrompi, revirando os olhos. Ele tinha nos ajudado antes, com seu charme e suas mentiras de sempre, de fato, mas por fim tinha nos ajudado. Ainda assim, isso não significava que eu tinha que me acostumar com ele e suas manias estranhas.

— Você quem sabe. — Ele voltou a talhar a madeira com uma concentração surpreendente.

— O que vai ser isso, afinal? — Eu me ouvi perguntar.

Ele ergueu o olhar e foi só então que notei a palidez de seu rosto e a mancha escura na manga do suéter — ele não havia enfaixado o ferimento.

— Não sei. Ela ainda não se revelou.

Minha calça jeans estava rasgada no joelho, uma fenda certeira feita por uma das garras da criatura. Isso tornou mais fácil rasgar uma tira do tecido. Emrys olhou para mim ao ouvir o som.

— Toma. — Amassei o tecido em uma bola e o joguei no corredor entre nós.

Foi parar logo atrás das grades da cela dele. Emrys ficou olhando para o tecido.

— Sei que não está limpo, mas você tem que fazer um curativo nesse braço — expliquei. — Se sangrar até a morte, não vou arrastar seu cadáver pela escada. Levando em conta o tamanho do seu ego, só sua cabeça deve pesar uns vinte quilos.

Ele passou as mãos pelas grades com cuidado, esticando-as o máximo que pôde até que conseguiu alcançar o tecido com seus dedos.

— Ainda assim, você está me devendo uma.

— Você e seus favores — murmurei. — Até onde sei, estamos quites.

— Eu trouxe a gente até aqui, não? — retrucou. — Tanto com a oferenda quanto convencendo Septimus de que todos vocês tinham que vir.

Revirei os olhos com tanta intensidade que chegaram a doer.

— Pensei que você tivesse enganado os capangas de seu pai por ter o mínimo de decência. E a garrafa veio de Madrigal, então isso não conta.

— Tudo bem. Estamos quites, então. — Ele amarrou o tecido no braço. — Mas obrigado. *Você* está bem?

Meu coração deu uma reviravolta quando vi como ele me olhava sob a luz tremeluzente das velas.

— Estou bem — respondi.

Mas a lembrança estava ali quando fechei os olhos. Aqueles membros como os de aranhas passando pelo meu corpo. O fedor da morte naquele hálito quente. O olhar de puro ódio de Septimus.

— Estou bem.

— Você já disse. — Emrys estendeu a mão por entre as grades de novo, como se precisasse testar a distância entre nós.

O barulho horrível de ossos e cartilagens. O sangue que se espalhou pelo chão quando Septimus foi despedaçado. O grito que fora o último respiro dele.

As criaturas o dilaceraram, mas quem o matou fui eu.

Puxei meus joelhos para mais perto, tentando aquecer meu corpo frio. Era estranho como tinha demorado para me dar conta disso, mas quando enfim aconteceu, a percepção passou a ser como um terceiro prisioneiro na cela, acorrentada à minha consciência.

— Ele mereceu — disse eu com a voz rouca. — Não mereceu?

— Sim — respondeu Emrys, enfático. Ele se virou mais para mim, segurando as barras com a outra mão. — Olhe para mim.

Não sei por que, mas olhei.

— *Sim* — repetiu. — Sempre que você duvidar, sempre que começar a se preocupar que talvez tenha feito a coisa errada, vou dizer isso. E mesmo que estejamos velhos e grisalhos e eu mal consiga me lembrar do meu nome, lembrarei *disso* e ainda direi a mesma coisa.

Respirei devagar, inclinando a cabeça para trás, apoiada nas pedras úmidas. Teria sido tão fácil esticar meu braço entre as grades e ver como nossos dedos estavam próximos. Teria sido tão fácil agradecer a ele.

A forma como me olhava... Suas palavras tinham ferido algo no fundo do meu ser, a tensão se espalhando ao longo de todo o meu corpo até que ele ficasse tão tenso que beirava o insuportável. Como se qualquer palavra, qualquer movimento, pudesse torcê-lo um pouco mais, até que ele se rompesse e eu me soltasse. Eu não sabia o que aconteceria então. Não queria saber.

Então, eu mesma me soltei.

— Um discurso muito comovente, herdeirinho — provoquei. Ele estremeceu ao ouvir o apelido. — Mas eu preferiria que você me contasse por que aceitou esse trabalho e por que está tão preocupado com a possibilidade de o seu querido papai descobrir.

Emrys respirou fundo, sem dizer nada. Deslizou o braço de volta pelas barras de metal, deixando-o cair sobre o colo. Qualquer sentimento de culpa que eu tivesse sentido por dar um basta nele se evaporou com seu silêncio. Ele dizia aquelas palavras — *confie em mim, acredite em mim* —, mas, vindas dele, eram pouco mais do que fumaça e sombras. Um tanto parecido com o teatrinho que ele fizera com Septimus e os outros.

— Eu vou recuperar o anel, Tamsin — anunciou Emrys.

— Não — prometi. — Você não vai.

Cabell se levantou de repente, girando em direção à escada.

— O que foi? — perguntei.

Ele estendeu a mão para que eu ficasse em silêncio.

— ... existem *regras*. Uma ordem para isso. — As palavras ecoaram pelas pedras. Reconheci o agudo nítido da voz de Caitriona, sem mencionar a imponência que atravessava cada palavra como uma flecha de ponta de aço.

— Você fez certo. Ser cauteloso nunca é demais, ainda mais em momentos como este. — Eu me levantei ao ouvir uma voz masculina desconhecida.

— Há uma diferença entre cautela e crueldade — contrapôs outra voz, essa também jovem e feminina, com um pouco de rouquidão. — Por que não veio me buscar para tratar dos ferimentos deles... ou estava mais preocupada em nem se dar ao trabalho de perguntar por que vieram até aqui?

A jovem apareceu um instante depois, descendo apressadamente os degraus restantes, com Caitriona logo atrás. Ela usava um vestido azul simples, com uma amarração na cintura, mas a cor já estava desbotada havia muito tempo, além do tecido esgarçado. Tinha o cabelo naturalmente cacheado como a água ondulante, e, quando ela se moveu em direção à luz da lanterna, vi que era de um tom azul-escuro. Sua pele marrom-clara estava corada de emoção. Ela tinha sobrancelhas grossas e definidas, um nariz que conferia personalidade ao seu rosto e um formato peculiar nos lábios, mas os olhos castanhos, com as pupilas circundadas por um azul luminescente incomum, eram como delicados lagos de emoções.

— Exatamente como pensei — exclamou ela, levando as mãos à cintura. — Lamentáveis, todos vocês.

— *Lamentáveis* parece uma boa forma de resumir tudo — disse Emrys, erguendo-se em seu braço ileso. Incapaz de resistir à tentação de flertar com a recém-chegada... Típico.

Ela soltou um murmúrio de irritação ao ver o curativo improvisado que eu dera para ele.

Os outros chegaram no encalço da garota. Caitriona havia trocado a armadura por uma túnica de linho folgada, bem ajustada na cintura, e calças marrom-escuras enfiadas nas botas de couro. Ela levantou o rosto, observando-nos com o mesmo olhar desconfiado que lançara na floresta.

— Legal da sua parte lembrar que ainda estamos vivos aqui — murmurei. — Quem é o moço de cara feia?

— Como se atreve a falar dele com tanto desrespeito — retrucou Caitriona, com uma das mãos pousada na adaga presa à coxa.

O homem ergueu as duas mãos.

— Calma, Cait. Não tem problema.

Ele tinha estatura mediana, o cabelo grisalho exibindo só vislumbres do loiro de antes. Tinha a barba cheia e bem aparada, e uma formidável cicatriz que marcava a ponte do nariz e descia pela bochecha direita. Uma das mãos estava coberta por uma manopla blindada, e passei um bom tempo olhando minuciosamente até me dar conta de que não havia uma mão dentro dela.

Ele me observou com olhos azuis acinzentados e cara fechada.

Caitriona recuou em direção à escadaria ao ouvir as palavras dele, com um olhar de reprovação. Ela manteve os olhos nele e ficou por perto, como se estivesse esperando outra ordem.

— Sempre delicada, a nossa Cait — brincou a outra jovem.

Ela estendeu a mão para Cait, balançando os dedos com expectativa. Cait lançou-lhe um olhar de profunda irritação antes de retirar de seu cinto e entregar a pesada argola cheia de chaves.

— Eu sou Olwen — acrescentou a garota, destrancando primeiro a cela de Emrys e Cabell. — Este é Sir Bedivere, protetor da torre e de todos nós que sobrevivemos dentro destes muros.

O cavaleiro inclinou a cabeça fazendo uma breve reverência ao ouvir a apresentação.

— Tanto quanto estes ossos velhos podem proteger alguém, pelo menos.

Encontrei o olhar de Cabell assim que saímos das celas. Eu sabia muito bem no que ele estava pensando, porque as muitas histórias de Nash garantiam que um único pensamento surgisse em nossas mentes: *o* Bedivere... dos cavaleiros de Arthur?

Olhei para o homem, tentando avaliá-lo rapidamente. O que eu lembrava das histórias emocionantes de Nash era que Bedivere tinha sido o marechal do Rei Arthur e um de seus companheiros mais próximos, sacrificando uma de suas mãos na batalha para proteger o monarca.

Ele sobreviveu à batalha derradeira de Arthur e foi enviado para devolver a famosa espada Excalibur à Alta Sacerdotisa de Avalon. Ele o fizera com muita relutância — tanta que o rei moribundo teve que castigá-lo para que concluísse a tarefa. Em seguida, ele se retirou para um monastério e se transformou em lenda.

Ou ao menos era o que diziam.

Se aquele fosse de fato o Bedivere original e se houvesse alguma verdade na enorme teia de histórias que se amontoavam ao seu redor, era possível que tivesse acompanhado o corpo de Arthur até Avalon, seu local de descanso. O rei adormecido fora mantido vivo por meio de magia, até o dia em que fosse necessário acordá-lo novamente.

Isso, no entanto, significaria que Bedivere teria centenas de anos — mais de mil, eu me corrigi. Eu sabia que as Terras Distintas haviam sido removidas do reino mortal por meio de um feitiço que as deslocou para fora do fluxo natural do tempo. Eu supunha que elas existiam em um estado de suspensão, quase como quando prendemos a respiração, mas o tempo tinha que deixar suas marcas de alguma forma, mesmo que fosse diferente da nossa; caso contrário, como alguém poderia crescer ou envelhecer?

Apesar de que... as feiticeiras viviam por muito, muito tempo. Vai saber se a mesma magia que prolongava a vida delas não concedia um tipo de imortalidade por aqui?

— E algum de vocês tem nome? — perguntou Olwen.

— Ah... sim, desculpe — disse Cabell, e fez as honras de nos apresentar.

Olwen rodeou Neve, que ainda demonstrava o quanto estava exausta, quase oscilando sobre os pés.

— Você deve ser a feiticeira? Sim, é você. Uau... ouvimos as histórias, mas não é a mesma coisa. Você é do mundo mortal, não é? Seu jeito de se vestir é fascinante. — Ela se virou para Emrys, tocando levemente o tecido jeans amarrado no braço dele. — Que tipo de tecido é esse?

— Olwen — interveio Caitriona, bruscamente. — Se você precisa curá-los, então *cure* depressa para que a gente possa descobrir por que vieram até aqui.

A outra sacerdotisa se recompôs.

— Primeiro preciso levá-los até a enfermaria, é lógico.

— Lógico — repetiu Caitriona, o retrato da exasperação.

— Todas as minhas ferramentas e todos os meus tônicos estão lá — explicou Olwen. Ela fez um gesto dramático para o braço de Emrys. — Você permitiria que este pobre e cansado viajante fosse acometido por uma podridão cutânea? Devo afiar minhas lâminas e me resignar a cortá-la de seu corpo assim que ele apodrecer?

Emrys se assustou e recuou.

— Como é que é?

— Tudo bem — disse Bedivere com bom humor. — Já te entendemos, minha querida. — Ele se virou para nós, inclinando a cabeça para as escadas. — Por aqui.

A enfermaria de Olwen ficava no extenso pátio que circundava a torre, e talvez não fosse coincidência que estivesse localizada bem ao lado do pequeno ringue que eu havia notado antes. A estrutura de pedra estava lá havia muito tempo, a julgar pela inclinação do alicerce e pelos entalhes desgastados que levavam à porta.

O verde terroso se misturava ao cheiro de animais que vinha das velas de sebo espalhadas pela sala. Na extremidade mais distante havia duas camas de lona, mas a maior parte do espaço era ocupada por uma mesa de trabalho cheia de frascos e tigelas com ervas maceradas. Era tanto um boticário quanto um local de cura.

A parede dos fundos era cheia de prateleiras até o teto, repletas de cestas e de recipientes de vidro. O formato floral e a leve iridescência dos recipientes me fizeram pensar se eram obra do Povo das Fadas.

O espaço era pouco maior do que o calabouço, mas, de um jeito curioso, seu tamanho diminuto era reconfortante. Na verdade, não havia espaço para ninguém ou *nada* se esconder.

Foi por isso que fiquei tão surpresa quando quase tropecei em uma pequena figura agachada atrás da mesa de trabalho, remexendo nas cestas das prateleiras inferiores.

— Flea! — gritou Olwen, afastando-a. — Você já comeu todas as minhas frutas secas... Cai fora!

— Tinha mais, eu vi! — protestou a garota. Pelo jeito, ela não devia ter mais do que dez anos, desajeitada e parecida com um pardal.

— Estes são frutos de sabugueiro, cabeça de vento — bradou Olwen, inclinando-se para olhar nos olhos dela. — Se comer um, sua barriga vai virar do avesso e, olha, você não vai gostar do sabor do seu jantar quando ele passar pela sua boca pela segunda vez.

A garota fez uma careta, com o rosto branco e manchado de sujeira e fuligem, e em seguida reclamou:

— Você é uma rabugenta. Não tem que ir para os banhos ou algo do tipo? Tomar um banhozinho?

Olwen estreitou os olhos e os anéis azuis brilhantes ao redor de suas pupilas pareceram se acender em sinal de alerta. Eu olhava dela para a garota, confusa.

— Esta é Fayne, mas nós a chamamos de Flea — explicou Caitriona, estendendo a mão para a garota. Flea se aproximou, mas não antes de olhar para nós com evidente reprovação.

— Quem é eles? — perguntou ela, desconfiada.

— Quem *são* eles? — corrigiu Caitriona, com uma gentileza surpreendente. Ela tirou a mão da menina da boca quando Flea começou a roer as unhas. — É isso que eu também estou me perguntando.

— Mas, primeiro — interrompeu Olwen —, quem parece estar sangrando mais? — Quando ninguém respondeu, Olwen se voltou para Emrys. — Acho que é você. Sente-se na cama e tire a túnica, por favor.

Emrys hesitou, retorcendo as mãos enluvadas.

— Prefiro não fazer isso, se não se importar.

Olwen se afastou, confusa.

— Posso garantir que não tem por que ter vergonha de mim.

— Ah, não, eu me referia à minha sensibilidade — explicou Emrys enquanto se sentava na cama rígida. Ele soltou o curativo, tirou com esforço a jaqueta coberta de lama e puxou a manga rasgada do suéter e da camiseta.

— Perdeu alguma aposta e fez uma tatuagem ridícula ou coisa do tipo? — brincou Cabell, recostando-se na parede. Coberto de sujeira e sangue, Emrys não parecia mais um príncipe.

— Você sabe que adoro uma boa aposta, mas, infelizmente, não. Nem todo mundo é tão estoico ou viril quanto você, Lark — retrucou Emrys.

Ele estava sorrindo, mas havia uma irritação em sua voz que me pegou de surpresa. Queria irritá-lo ainda mais, só para ver o que aconteceria.

— Você pode ao menos tirar as luvas? — insisti.

Neve perdeu o equilíbrio enquanto estava parada no lugar, tombando sobre meu ombro. Eu a segurei antes que fosse parar no chão.

— Neve? Você está bem? — perguntei. Cabell surgiu do outro lado dela, ajudando-me a acomodá-la na única cadeira do cômodo.

— Tô bem — respondeu Neve, a cabeça balançando para a frente e para trás. Ela tentou dissipar nossas preocupações. — Só... só estou cansada.

Olwen veio até nós em um piscar de olhos.

— Está perdendo os sentidos depois de usar aquela magia toda, né? Flea, você pode fazer alguma coisa de útil com essas mãos e acender uma fogueira? Consegue se lembrar da mistura para o tônico quente?

— Uma medida de canela — recitou a garota com mau-humor — e uma medida de língua de sapo...

— O quê? — Assustou-se Neve, de olhos arregalados.

— É brincadeira da garota — afirmou Bedivere.

— Isso foi desnecessário. — Olwen repreendeu Flea. — E você precisa me provar que tem estudado.

Flea suspirou, mas colocou a mão na massa e acendeu a fogueira, posicionando um pequeno caldeirão sobre o fogo. Usou um jarro que estava por perto para enchê-lo com água e voltou a recitar, com uma voz petulante que me fez gostar dela na mesma hora:

— Uma medida de canela, três medidas de maçã... Deixar ferver por quinze minutos.

— Quase não temos mais maçãs — protestou Caitriona. — As bênçãos do bosque sagrado não são para feiticeiras.

— Eu estou bem — retrucou Neve, com a voz fraca. — Só preciso descansar.

— Sem uma boa xícara de tônico, você precisará dormir por quinze dias para recuperar suas forças — explicou Olwen. — Nós vimos sua luz daqui. Foi uma magia das grandes.

Caitriona riu com desdém e parecia prestes a dizer uma grosseria, mas Bedivere pousou uma das mãos em seu ombro, de forma apaziguadora.

— Vamos tentar entender como eles conseguiram chegar à ilha, para começar. Pode ser? — sugeriu ele. — Os caminhos foram selados há muito tempo.

— Eles estão à procura do pai — respondeu Neve, sonolenta.

Eu me virei na direção dela com a mais pura expressão de pavor. Tentava encontrar o que dizer, qualquer mentira para apagar o que a feiticeira tinha acabado de fazer.

— Não, nós... nós estávamos...

Com uma única afirmação, Neve expôs nosso plano e acabou com qualquer possível disfarce.

— Isso é verdade? — perguntou Bedivere. Para minha surpresa, ele e os outros pareciam intrigados.

— Sim — respondi por fim. Ainda que a contragosto, poderia admitir que as melhores mentiras tinham, muitas vezes, um pouco da verdade. — Achamos que ele ficou... desorientado na névoa. Ele pode ter procurado um caminho para cá.

Flea, que estava perto da pequena fogueira, se levantou, com o rosto iluminado por mais do que o brilho das chamas, enquanto olhava para Caitriona.

— Ah! Tem o...

— Quieta — interrompeu Caitriona bruscamente. — Você não tem tarefas para fazer, Flea?

— Já terminei — respondeu a garota.

— O que você ia dizer? — insisti. As palavras de Flea fizeram meu coração pular de esperança, mas ela só me encarou, recuando para ficar na frente de Caitriona.

O crepitar da lenha foi o único som durante muito tempo.

— Não quero incomodar, mas... — disse Emrys com a voz fraca — eu não teria tirado o curativo se soubesse que vocês queriam ter conversas tão profundas.

— Ai, meu Deus, é verdade — exclamou Olwen.

Ela pegou uma tesoura na mesa de trabalho e começou a cortar a manga dele, removendo os fiapos de tecido que estavam grudados na ferida. Emrys sibilou enquanto ela esfregava algo que tinha um cheiro vagamente doce e nada parecido com álcool.

— Vocês devem ter viajado até aqui com uma feiticeira — disse Bedivere —, então todos vocês estão cientes da verdadeira natureza da magia e das Terras Distintas. No entanto, mesmo sem saber o que aconteceu com Avalon, por que ele procuraria a ilha?

— A gente se pergunta a mesma coisa — respondi. — Ele era um dos Povos Mágicos, então conhecia as histórias da ilha.

— Povos Mágicos? — repetiu Olwen. — Esse termo não me é familiar.

— Pessoas nascidas em nosso mundo com algum tipo de magia — elucidou Cabell.

— Entendi — disse ela. — É porque são descendentes de seres diferentes? Por exemplo, minha mãe era uma náiade, uma ninfa das águas. E nossa irmã Mari é uma elfa. Nós nascemos com habilidades que nossas irmãs não têm.

— Ninguém sabe ao certo — expressou Cabell. — É possível.

Eu não tinha me dado conta de que as sacerdotisas de Avalon podiam ser algo diferente de humanas, mas isso pelo menos explicava o cabelo e os olhos incomuns de Olwen.

— Que tipo de magia? — perguntou Flea.

— Bem, por exemplo — proferiu Emrys, olhando para a prateleira de ervas secando acima da cabeça dele —, consigo saber que isso é marroio, que costuma ser usado para aliviar a tosse, certo?

Flea não parecia nem um pouco impressionada, mas Olwen estava encantada.

— Você é muito esperto. Como soube?

— A planta me disse — explicou Emrys, dando de ombros. — Também sei que você a plantou em um solo praticamente estéril, que ela sabia o que era quando brotou das sementes e lutou para romper o solo, só para nunca ver o sol. Que ela sabe o propósito dela e conhece seu rosto, mas que há pouca vida nela agora, após ter sido separada das raízes. Ela se desvanece mais a cada dia, conforme as veias secam, mas não é doloroso.

Olwen estendeu a mão para a prateleira mais próxima, pegando um pequeno pote prateado. Quando o abriu, um aroma doce como mel preencheu o ar. Colocando uma quantidade generosa de pomada amarela nos dedos, ela aplicou uma camada grossa nos ferimentos irregulares de Emrys. O sangramento parou de vez quando a pomada secou e endureceu, deixando um acabamento semelhante ao de uma concha.

— Deve ser magia ou você tomou uma bela pancada na cabeça ao entrar — constatou Olwen em voz baixa. — Falar com plantas... podemos sentir a vida nelas, é óbvio, a alma concedida pela Deusa, mas elas têm pensamentos e sentimentos?

— Com certeza — confirmou Emrys. — Memória também.

— Como eu estava dizendo — interrompi —, nosso, há, pai... — me doía enunciar essa palavra — adorava as histórias da ilha. Ele pode ter encontrado uma maneira de entrar... algum tipo de abertura nos limites entre o nosso mundo e o seu... ou ele pode ter vindo parar aqui por acidente.

— O que mais me preocupa é o fato de a feiticeira ter conseguido abrir caminho — retrucou Caitriona. — As antigas barreiras de proteção ainda funcionam. Que truques você usou? Já não basta que sua espécie tenha envenenado nossa terra com suas maldições?

— Calma aí... — comecei. — Vocês acham que as feiticeiras amaldiçoaram Avalon quando foram exiladas? Há quanto tempo a ilha está assim?

Os lábios de Caitriona se crisparam.

— Foi uma maldição que perdurou por muito tempo. Alterou a terra pouco a pouco, ao longo de séculos, nas sombras até dois anos atrás, quando desabrochou de vez.

— Isso é impossível — negou Neve com firmeza. — As feiticeiras salvaram Avalon. Elas não tinham motivo para destruí-la.

Foi o mesmo que pegar a tesoura de Olwen e apunhalar Caitriona no coração.

O rosto da sacerdotisa ficou de um vermelho-vivo à medida que a raiva a dominava.

— Salvaram Avalon? Sua espécie traiu a Deusa, renunciou à própria fé e agora serve apenas a si mesma!

— As feiticeiras ainda acreditam que a Deusa exista e que ela tenha nos criado, mas achamos que ela não tem mais muito a ver com a gente e que, portanto, temos que decidir nosso destino — conseguiu dizer Neve.

— Então vocês não entendem nada do conforto que é acreditar que uma Mãe amorosa se preocupa e cuida de você — retrucou Caitriona. — Que jeito triste e sombrio de se viver.

— Você não sabe nada da nossa vida — protestou Neve com um fervor surpreendente, levando-se em conta que parecia prestes a desmaiar. — O negócio é o seguinte... sem a *minha* espécie, como você disse de maneira tão grosseira, *sua* espécie teria deixado de existir, porque vocês se recusaram a fazer o que tinha que ser feito. Então, de nada.

Caitriona recuou como uma cobra prestes a atacar.

— Do que vocês estão falando? — perguntei, olhando de uma para outra.

— Também estou confuso — falou Cabell.

— E eu também. — Ouvi a voz de Emrys atrás de nós.

— Pelo amor da Mãe — murmurou Olwen —, a gente precisa mesmo falar disso?

— Temos que falar — insistiu Caitriona, ainda olhando para Neve. — Pode contar sua história manchada de sangue, e conte a verdade.

— Pode apostar que eu vou — rebateu Neve com frieza. — As feiticeiras chamam isso de "a história não contada". A traição foi tão traumática que qualquer lembrança dela foi expressamente proibida de ser registrada, até mesmo nas Imortalidades. Ela não pode ser lida, apenas ouvida. Minha tia me contou.

A história não contada. Eu já tinha visto essa frase milhares de vezes: as feiticeiras a usavam para se referir ao próprio exílio, mas seus escritos nunca tratavam da história em si.

— O que aconteceu? — perguntei. — Qual foi a traição?

— É conhecida como o Rompimento... — começou Neve.

— O Abandono — interrompeu Caitriona. — Nós chamamos de Abandono.

— Tudo bem, tanto faz. O Abandono. O que importa é a história, não o nome. — Neve fungou, seus dedos dobrados na mesa. — E a história começa com os druidas. Com o que eles fizeram.

Eu me inclinei para a frente, escutando com atenção. Os esvaziadores tinham amplo conhecimento de que pelo menos uma ordem de druidas havia sobrevivido à invasão romana nas terras celtas e que eles haviam buscado refúgio em Avalon antes que a Terra Distinta fosse separada da nossa.

Além disso, tínhamos apenas o entendimento mais básico a respeito de suas práticas. Os druidas eram líderes, videntes e contadores de histórias. Embora houvesse algumas mulheres druidas em tempos muito antigos, elas eram raras exceções ao que acabou se tornando uma ordem composta exclusivamente por homens. Várias Imortalidades zombavam de suas vestes, de seus adereços de cabeça e de seus estranhos métodos de vidência a partir das gotas que pingam de colheres. Havia um ditado famoso que as feiticeiras também pareciam adorar: *tão azedo quanto um druida*.

— Logo depois de chegarem a Avalon, os druidas, ressentidos com a perda de status, buscaram uma ambição sombria. Eles procuraram o Lorde Morte, o mestre de Annwn, o reino dos mortos perversos — contou Neve. — Ele deu a magia sombria para que eles pudessem derrotar a Alta Sacerdotisa e governar a ilha. Eles a teriam transformado em um local de adoração para seu deus cruel... e foi o que tentaram fazer.

— Tentaram como? — perguntou Cabell.

— Havia muitas sacerdotisas — explicou Olwen, dando a Neve um momento para descansar. — Avalon é... era... um lugar pacífico; elas não tinham motivos para temer os druidas, com quem trabalhavam. Por conta disso, os druidas conseguiram matar quase todas elas, até mesmo as que estavam em treinamento, enquanto dormiam. Então, eles...

Olwen parou de falar e pigarreou para se recompor.

— Os druidas mataram todas as jovens da ilha como um aviso para aqueles que ameaçassem contestar seu domínio, e fizeram isso usando o poder do Lorde da Morte para que suas almas não pudessem ir para a Deusa.

— Santo fogo do inferno. — Olhei para Cabell, cujo rosto parecia tão pálido quanto o meu.

— As sacerdotisas que sobreviveram, incluindo a Alta Sacerdotisa, se abrigaram nas florestas, mas não conseguiam entrar em consenso sobre qual deveria ser o próximo passo — contou Neve. — Aí que está o problema. Por causa das regras restritivas da fé da Deusa...

— Como você se atreve — retrucou Caitriona.

— Deixa ela terminar de falar — disse Olwen, levantando uma das mãos, de modo apaziguador.

— Como eu estava dizendo — recomeçou Neve —, há... algumas crenças que você deve manter e seguir para continuar nas boas graças da Deusa, incluindo a de que a magia não pode ser usada por razões egoístas nem para se vingar.

— Ah — disse Emrys. — Ah, sim, agora estou entendendo. Sacerdotisas e feiticeiras fazem uso da mesma magia universal e a diferença está na forma como a utilizam.

— Exato — respondeu Caitriona —, usamos nossa magia para curar, para cuidar de nossa ilha e para proteger aqueles que nos rodeiam.

— E é exatamente por isso que nove sacerdotisas, lideradas pela Alta Sacerdotisa Viviane, estavam dispostas a entregar a ilha aos druidas para impedir a matança — ressaltou Neve, incisiva. — Mas sete, lideradas por Morgana, a meia-irmã do Rei Arthur, como vocês devem se lembrar, *com toda a razão* — ela fez uma pausa para enfatizar —, revidaram, mataram os druidas, e as irmãs que viveram para contar a história foram exiladas no mundo mortal por causa disso.

— É por isso que só nove sacerdotisas permanecem a serviço da Deusa — acrescentou Olwen. — Quando uma morre, outra é chamada. Levou uma eternidade para que todas as nove fossem reunidas.

Neve se virou para encarar Caitriona de novo, lutando contra a exaustão que a deixava grogue para dizer, com a voz firme:

— Morgana e as outras amavam Avalon. Elas nunca a teriam amaldiçoado.

— Como *uma* maldição poderia ser tão poderosa a ponto de transformar este lugar em um deserto? — perguntei.

Olhei para Cabell, tentando ler em seu rosto qualquer indício do que realmente pensava. Se fosse uma maldição, ele teria sentido. Ele não se virou para me olhar, mas a forma como se mexeu, a expressão se fechando, foi a confirmação que eu precisava. Ele encostou dois dedos na palma da mão oposta, nosso sinal para *depois a gente fala*.

Caitriona se virou para mim.

— Você duvida da minha honra?

— Ninguém disse isso — observou Bedivere, seu tom ríspido se suavizando. — Não se esqueça de que o código também afirma que todos aqueles que encontramos merecem a verdade, a bondade e a boa fé.

Quando Caitriona voltou a falar, ela estava mais calma.

— Antes de serem expulsas, as feiticeiras plantaram as sementes da magia sombria que chamaram de maldição. Uma maldição de doença e dor, e ela ainda perdura, apodrecendo a ilha.

— Se isso é verdade — ponderei —, então o que são essas criaturas? De onde elas vieram?

— Elas — respondeu Caitriona, com os olhos frios — são nossos mortos.

16

O silêncio parecia se fragmentar com sentimentos não ditos. Neve, que obviamente parecia devastada. Caitriona, ainda vermelha de raiva. O ar de desaprovação de Olwen. O desconforto de Bedivere. O espanto de Flea, com os olhos arregalados ao ver uma feiticeira pela primeira vez.

O caldeirão que fora esquecido no fogo começou a ferver, seu conteúdo assobiando e cuspindo como se estivesse vivo. O barulho fez Olwen se levantar em um pulo, e esse discreto movimento foi o bastante para quebrar o feitiço sufocante que as palavras de Caitriona haviam lançado sobre a sala.

O doce aroma de maçãs e canela se espalhou ao nosso redor enquanto Olwen se ocupava em colocar o líquido quente em uma xícara para Neve.

Neve soprou a bebida fumegante por um momento antes de bebericar. Sua expressão se transformou em um instante, suavizando-se com espanto enquanto ela olhava para a xícara. Ela já parecia menos pálida e mais alerta.

— Seus mortos... — começou Neve. — Isso quer dizer que a maldição os transformou?

— Sim — respondeu Caitriona com firmeza. — Mais uma vez eu pergunto: *como* você evocou a névoa e fez com que ela atendesse às suas vontades? Como atravessou as barreiras que deveriam ter te repelido, feiticeira?

— Meu nome é Neve, não feiticeira — retrucou ela, pressionando uma das mãos contra aquela pequena protuberância escondida sob a camisa —, e responderei apenas à Alta Sacerdotisa de Avalon.

— Que azar o seu, então, porque ela já morreu faz mais de um ano — vociferou Caitriona, um músculo de sua mandíbula se contraindo. — As Nove são oito.

A jovem garota, Flea, ficou escarlate, inspirando fundo. Foi o suficiente para fazer meu estômago se contrair em solidariedade. Eu sabia qual era a sensação de sentir coisas tão intensas e não poder expressar... nunca.

Flea passou por Caitriona e Bedivere, correndo em direção à noite.

Olwen levantou-se de perto do caldeirão e levou as mãos à cintura.

— Pronto, olha só o que você fez.

Caitriona jogou a cabeça para trás, resmungando. Pouco antes de sair para o pátio, ela se virou para trás uma última vez, respirando fundo.

— Não se preocupe, Cait — assegurou Bedivere antes que ela pudesse falar. — Fico aqui com Olwen e vou me certificar de que eles sejam levados para os respectivos aposentos sem confusão.

Caitriona se virou, com as costas eretas, em direção à porta.

— Espere — pediu Neve, com a voz firme e estendendo uma das mãos. — Minha varinha, por favor.

Caitriona a segurou com mais força.

— Devolvo quando tiver certeza de que você é digna de confiança.

— Não preciso de uma varinha para fazer magia — retrucou Neve, sua voz com uma leveza capaz de enganar. — E você pode bater esse cabelo prateado brilhante o quanto quiser, mas não quero nem preciso da sua confiança, muito menos da sua aprovação.

Caitriona saiu em disparada para a escuridão que a aguardava. A porta se fechou com um estrondo atrás dela, sacudindo todas as garrafas nas prateleiras mais próximas.

— Ela é um amor — comentei, me abraçando.

Com as chamas quase não conseguindo permanecer vivas após terem arrefecido, a enfermaria ficou mais fria.

Ao passar pelo fogo, Olwen ergueu a mão, sussurrando algo como um cântico bem baixinho, atiçando as brasas até se acenderem novamente, mesmo com a madeira úmida. Neve absorveu a visão como se estivesse morrendo de sede.

— Você precisa entender — comentou Olwen, voltando sua atenção para colocar um curativo limpo no braço de Emrys — que o único objetivo da Cait é proteger os sobreviventes. Não vou permitir que falem mal dela.

Na verdade, eu não me importava com Caitriona ou com qualquer um deles. Fomos parar ali por um motivo e isso era tudo o que *importava*.

— Você concorda com a história de Caitriona de como surgiu a maldição na terra? — perguntou Emrys, aliviando um pouco a tensão e desviando o foco da conversa de como chegamos ali.

— Acredito que seja uma maldição, sim, embora não tenha tanta certeza de sua origem. — Olwen apoiou a bochecha na palma da mão, pensando. — Avalon já foi um lugar onde não havia doenças de verdade. Não havia fome. Nenhum tipo de sofrimento. Eu li, no entanto, sobre as mazelas do mundo mortal e, agora, não consigo deixar de ver as semelhanças na maneira como as trevas se espalharam.

Algum tipo de doença mágica ou vírus? Era aterrorizante pensar nisso, e eu não tinha visto nenhuma referência em livros ou nas Imortalidades.

— Sua magia funciona com todas as plantas? — perguntou Neve para Emrys. Quando o rapaz assentiu, ela tinha mais perguntas: — O que você sentiu quando estava na floresta? As árvores lhe disseram algo?

— Nada — disse Emrys, estremecendo de leve. — Não disseram nada. Foi horrível.

— Começou há dois anos. — Olwen assentiu, respirando fundo. — A maldição veio primeiro para os outros, para o menor dos seres mágicos, não maiores do que flores, depois para aqueles que cuidavam do bosque sagrado, os animais, até mesmo as árvores e suas dríades. Meus parentes náiades.

Ela olhou para as mãos de novo, recompondo-se antes de continuar.

— Todas as criaturas que não buscaram o abrigo da torre morreram... ou seja, quase todas. A magia sombria os adoeceu e matou, mas tinha um efeito diferente em nossos mortos. Ela fazia com que eles... ressuscitassem. Transformados e com a mente corrompida. Agora eles se preocupam apenas com a fome que sentem.

— Minha Deusa — sussurrou Neve.

— Nós os chamamos de Filhos da Noite, porque caçam sempre quando está escuro — explicou Olwen. — Estão vivos, mas não sinto mais nada da Deusa neles. Parece que não suportam qualquer luz, e só o fogo pode detê-los. E, para a sorte deles, nosso céu foi tomado pela sombra. Temos apenas algumas horas de luz solar todas as manhãs antes que a escuridão retorne.

— Isso deve deixar quase impossível cultivar qualquer coisa — observou Emrys.

— Temos feitiços para emular o sol, mas quando a escuridão se espalhou, perdemos nossos bosques e campos para a peste — respondeu Olwen. — Como você pode imaginar, Avalon agora entende um pouco o que é a fome.

— Conseguimos nos virar por causa das Nove — acrescentou Bedivere com delicadeza. — Nosso estoque de alimentos ainda vai aguentar mais alguns meses.

Olwen deu um sorriso discreto ao ouvir o elogio dele.

— E vocês não fazem ideia do que causou isso? — pressionou Cabell.

— Caitriona tem uma teoria, como vocês já ouviram algumas vezes — respondeu Olwen. — Algumas das minhas irmãs concordam, enquanto outras acham que a terra adoeceu porque a Deusa nos abandonou após o derramamento de sangue.

— E quanto aos druidas? — indaguei. — Você disse que eles adoravam o Lorde Morte e usavam a magia que ele concedeu... que eles massacravam *crianças*. Por que não estão no topo da lista de suspeitos?

— Pode ser que eles sejam a fonte das nossas aflições — respondeu Olwen. — Mas crescemos acreditando que a escolha das feiticeiras foi a pior entre as duas traições, porque veio daquelas que nossas anciãs mais amavam e em quem mais confiavam.

— Isso é ridículo — bufei.

— Talvez, mas a dor tem muitas faces... raiva, desconfiança, medo — prosseguiu Olwen com calma. — Quando minhas irmãs e eu fomos chamadas pela Deusa, tivemos que deixar nossa família e nosso lar para trás e vir até a torre para recebermos treinamento. A Alta Sacerdotisa Viviane se tornou nossa segunda mãe. Ensinou tudo o que sabia a respeito da Deusa, da magia e dos rituais. Mas sua dor por conta do Abandono também fazia parte dessa herança, o que é difícil de ignorar quando a sensação é de que ela também foi rejeitada.

— Calma aí — observou Cabell. — Viviane? Houve mais de uma Alta Sacerdotisa com esse nome?

— Só uma — confirmou Olwen com um sorriso triste. — E para responder ao que suspeito ser sua próxima pergunta, sim, ela tinha centenas de anos de idade quando morreu. Talvez tivesse quase mil, se contabilizarmos o tempo de vida dela seguindo o ritmo mais acelerado do seu mundo.

— Mesmo levando em conta as diferentes linhas do tempo — disse, feliz por ao menos isso ter sido confirmado —, nem mesmo as feiticeiras vivem tanto tempo assim. Como ela conseguiu?

— A magia do voto que ela fez à Deusa... aquele que todas nós fazemos como sacerdotisas... a manteve viva até que nove sacerdotisas novas, enfim, nasceram — continuou Olwen. — O Abandono foi uma cicatriz no coração de Viviane, e ela nunca perdoou aqueles que o causaram. Algumas das minhas irmãs herdaram suas crenças, ainda que com menos intensidade.

— E você? — perguntou Neve.

— Entendo por que as feiticeiras fizeram o que fizeram, apesar de não conseguir fazer vista grossa — ponderou Olwen. — Sei que Sir Bedivere sente o mesmo.

— De fato. — O velho cavaleiro encostou no batente da porta, parecendo contemplativo. — A ganância dos druidas era tão grande que acredito que eles fariam todo mal a Avalon se não pudessem governá-la.

— Existe alguma prova disso? — questionou Cabell. — A magia da morte não seria diferente do poder que extraímos?

— Eu não sei dizer — respondeu Olwen. — Só temos mais uma pista do que pode ter causado a doença.

Olwen se dirigiu às prateleiras, percorrendo com os dedos as lombadas e os pergaminhos de couro até encontrar um pequeno volume, com as páginas grossas presas por uma linha de barbante. A Visão Única sangrou e transformou os símbolos da primeira folha em palavras que eu compreendi: *Sabedoria da Mãe*.

— Aqui está... — Ela pigarreou, direcionando sua lupa para baixo, em frente a um dos olhos. — *Três magias a serem temidas: maldições nascidas da ira dos deuses, venenos que transformam o solo em cinzas e aquela que torna o coração perverso e transforma ossos em prata.*

Olwen pousou o exemplar.

— Não há registro de tal enfermidade... *a maldição de prata*... em nenhum outro lugar. Tenho certeza de que o curandeiro da torre teria anotado isso em seus escritos, depois de examinar algumas das feiticeiras e druidas mortos na luta. E, ainda assim...

Olwen voltou para sua mesa de trabalho, pegando o que parecia ser um fórceps longo de um conjunto de ferramentas enroladas em couro. Depois, passando a mão por alguns dos frascos e cestas cobertos, ela pegou o que parecia ser um pote pesado da prateleira e o colocou sobre a superfície da mesa.

Com um movimento do pulso, Olwen afastou o tecido e eu me vi olhando para uma cabeça humana enrugada.

— Noooossa! — Neve arfou, fascinada.

— Ah! — Eu me engasguei.

Olwen removeu a tampa do frasco, liberando um odor fétido no ar. Era o cheiro da morte, que se tornou ainda mais pútrido devido à gosma verde na qual a cabeça estava submersa.

Usando o fórceps, ela retirou a cabeça e a colocou sobre a mesa, sem se importar com os olhares de repulsa ao redor da sala. Até mesmo Bedivere, o cavaleiro experiente em batalhas, fez uma careta.

— Se aproximem, por favor — pediu ela.

Quando apenas Neve se aproximou, Olwen ergueu o olhar, confusa.

— Nem todos possuem seu fascínio por essas coisas, querida — lembrou Bedivere. — Talvez, na próxima, seja melhor avisar antes.

O velho cavaleiro falava de maneira terna, como um pai, gentil com seus conselhos e calmo em meio a uma tempestade de emoções. Tanto Caitriona quanto Olwen o adoravam como a uma figura paterna — dava para perceber pela forma como olhavam para ele e respondiam ao que ele dizia.

— Vou trabalhar depressa para ninguém ficar enjoado — anunciou Olwen.

Usando uma ferramenta de metal diferente, ela ergueu uma saliência amarelada de pele da parte de trás do crânio. Por baixo das rugas da camada de carne havia o brilho da prata pura, como se o crânio inteiro tivesse sido mergulhado em uma cuba derretida.

— Pelo fogo do inferno — soltou Cabell com espanto, abaixando-se para olhar melhor. — Isso acontece com todos eles?

— Todos eles e todos os seus ossos — afirmou Olwen. Ela olhou para Neve, que estava olhando para o crânio com evidente fascínio. — Neve, talvez você possa me ajudar com essa pesquisa. Tenho que admitir que não sei muito de maldições e não temos relatos desse tipo.

— É claro — concordou Neve, com os olhos arregalados. — Tenho certeza de que podemos dar um jeito.

Ergui as sobrancelhas. Era uma maneira bastante otimista de ver as coisas.

— É estranho, não é? — perguntou Olwen para Neve. — Como nascemos da mesma ilha e da mesma Deusa, mas agora usamos nossa magia de jeitos tão diferentes. Mas estou feliz por ter conhecido você, Neve, e ainda que elas estejam assustadas agora, sei que minhas irmãs vão acabar ficando gratas também.

— Posso pensar em pelo menos uma que não concordaria — retrucou Neve.

— Ela só precisa de tempo — prometeu Olwen. — Se tem uma coisa de que tenho certeza é de que a Deusa trouxe vocês até nós. Todos vocês.

Enquanto Olwen falava, observei a reação de Bedivere. O velho cavaleiro já lidara com a morte e as trevas muitas vezes, e sua expressão pétrea revelava seus pensamentos. Ele percebia, assim como eu, como tudo aquilo era inútil.

— E fico feliz por isso — acrescentou Olwen —, porque, durante muitos dias, parecia que a Deusa havia afastado o coração dela de nós. Mas olha só vocês aqui. O caminho se abriu para vocês.

Ouvimos uma batida fraca na porta e Betrys entrou, abraçando um pacote junto ao peito.

— Você perdeu o jantar de novo.

— Bem, eu estava bastante ocupada — rebateu Olwen, na defensiva.

— E quando é que você não está? — retrucou Betrys em uma repreensão gentil.

Betrys colocou a trouxa sobre a mesa e abriu o tecido para revelar um pequeno pedaço de pão e o que parecia ser um ensopado cinza frio. Fiquei com água na boca.

— Obrigada, irmã — agradeceu Olwen.

— Não preciso de agradecimentos — disse Betrys. — Preciso saber que você está se cuidando. Você vai para as piscinas hoje à noite, não vai? Qualquer um de nós terá prazer em acompanhá-la.

— Sim, sim — respondeu Olwen sem dar muita atenção.

Betrys olhou por cima do ombro na nossa direção.

— Tenho ordens de levá-los às fontes para se lavarem. Receberão uma muda de roupa que os outros acharão menos alarmantes, e serão levados a aposentos privados para descansar.

— E quanto às nossas coisas? — perguntei.

— Seus pertences serão devolvidos lá — confirmou Betrys. — No entanto, ficamos em dúvida em relação a isto...

Ela enfiou a mão em uma bolsa ao seu lado e tirou um pacote familiar de seda roxa. Cabell tossiu e me olhou como se quisesse dizer *Faça alguma coisa*.

Emrys se levantou da cama e se aproximou, intrigado. Observei as sobrancelhas dele se erguendo devagar enquanto Betrys desembrulhava Ignatius e o segurava à luz da vela. Seu olho remelento permaneceu misericordiosamente fechado.

Que saco. Eu havia esquecido completamente de Ignatius. Como Septimus não o roubou? Como ele não se perdeu em meio a todo o caos dos últimos dois dias?

Levei as mãos atrás das costas e precisei de todas as minhas forças para não reagir em meio ao silêncio que se seguiu. Ao longo dos anos, aprendi que se defender rápido demais só fazia com que você parecesse mais culpado.

— Ah... eu também tenho uma! — revelou Olwen, encantada. Ela voltou às prateleiras, levantou o tecido de um dos frascos cobertos e exibiu orgulhosa uma mão de aparência horrível, suspensa na mesma gosma verde.

Olwen sorriu. Betrys estremeceu.

— Você faz isso de propósito, né? — perguntou Betrys com a voz fraca.

— Jamais — disse Olwen inocentemente. Ela voltou a cobrir o pote.

Aquele momento fugaz me deu tempo suficiente para elaborar uma estratégia: me fazer de vítima, não de suspeita.

— Vocês não tinham o direito de mexer nas nossas coisas — protestei.

— Não tínhamos? — perguntou Betrys. — Estranhos aparecem nas nossas terras e *não temos o direito* de garantir que eles não estejam trazendo armas ou mais magia sombria?

Bedivere ficou atrás dela, demonstrando apoio em silêncio. Ele pegou a Mão da Glória, tomando o cuidado de tocar apenas em seu suporte de metal. Seu lábio superior se curvou em desgosto.

— Qual é a magia ligada a esta... coisa? Posso sentir sua presença, mas ela não se revela.

A mão permaneceu rígida, e o olho, fechado. Era um verdadeiro reflexo de como nossa situação era cruel, e meu coração se aqueceu um pouco com a lealdade de Ignatius.

— Isso é... — Neve respirou fundo, atrevendo-se a se aproximar um pouco mais.

— Eu sempre quis saber como você conseguia... — começou Emrys.

— Encontrar essa... há... tocha esculpida de forma única? — finalizei. — Muito realista, não é?

— Muito — concordou Betrys, estreitando os olhos. — E a magia?

— Para intensificar o próprio brilho — respondi.

— Minha irmã adora coisas estranhas e assustadoras — comentou Cabell carinhosamente.

— Adoro — acrescentei, sem perder o ritmo. — Tudo que é macabro, todas as coisas proibidas e horríveis... desde que não estejam possuídas por espíritos furiosos.

Emrys bufou, se divertindo.

— Por que você acha que eu passo tanto tempo com esse miserável repugnante? — perguntei, apontando o polegar na direção dele.

— Rá — soltou ele. — E eu que achava que era por causa da minha personalidade repulsiva.

Se eu estivesse no lugar de Betrys, teria me obrigado a acender os pavios e provar minha história ridícula da tocha. Mas ela acreditou no que eu disse e me devolveu a mão.

— Flea tem um interesse parecido — advertiu ela — e o hábito de colecionar coisas estranhas, então, eu ficaria de olho nisso, se fosse você.

Senti o olho de Ignatius revirar sob a pálpebra enquanto eu o envolvia de novo e tentei mudar de assunto.

— Você disse algo sobre tomar banho?

— Sim — respondeu Betrys. — Eu disse. Podem me acompanhar?

— Na verdade... — objetou Emrys. — Estou exausto. Será que podem me mostrar onde iremos dormir?

— Eu o acompanharei — disse Bedivere a ele.

— Espere, se você não se importar — interrompeu Olwen, segurando Emrys pelo braço. — Isto é, se não estiver *muito* cansado, poderia dar uma olhada no meu jardim e verificar se tem alguma coisa que não estou ouvindo das ervas, sobre o que elas precisam para crescer bem?

Olhei para onde os dedos dela ainda envolviam a curva do cotovelo dele, os olhos estreitos. É sério? Isso não podia esperar até de manhã?

Algo se apertou em meu peito quando ele assentiu. Eu me forcei a olhar para o chão. Ele nunca resistiu à oportunidade de fazer charme antes, então isso não devia me surpreender.

Só que chegamos juntos ali — nós quatro. Parecia importante ficarmos juntos até termos uma noção melhor do que estava acontecendo.

No entanto, Cabell estava com uma das mãos em meu ombro, me guiando porta afora antes que eu pudesse dizer qualquer coisa. A porta se fechou atrás de nós com a risada suave de Emrys, apagando o brilho fraco e ainda assim reconfortante que havia nos protegido brevemente do frio e da escuridão desta Terra Distinta.

E se tivéssemos ousado nos esquecer deles, mesmo que por um momento, os inquietos Filhos da Noite não haviam se esquecido de nós. Eles gritavam do outro lado dos antigos muros de pedra, perturbando a paz do pátio, aproveitando sua noite sem estrelas.

17

Betrys nos conduziu pelo pátio, em direção a uma porta na muralha da fortaleza. Um homem trajando uma armadura se inclinou sobre o baluarte no alto, curioso. Atrás dele, as labaredas de uma lareira externa subiam ao céu, pouco servindo para iluminá-lo.

Quando Neve arfou bruscamente, me virei, mas precisei olhar mais uma vez para me certificar. Uma figura enorme, com quase três metros de altura, contornava devagar a face de pedra da torre, indo em direção à árvore que servia de base e coluna vertebral da torre.

Seu corpo era como um esboço de um ser humano, construído a partir de galhos e raízes retorcidos, com cavidades perto das articulações. Eles gemiam e rangiam quando a criatura andava. No topo de sua cabeça havia uma coroa pontuda de galhos e folhas. À medida que se movia, as cicatrizes de seu corpo exalavam uma névoa que brilhava esverdeada na noite.

Quando se virou para nos observar, a névoa iluminou as órbitas de seus olhos, mas seu rosto parecia não ter boca nem expressão.

— Puta merda. — Cabell arfou.

— Esse é o Deri — explicou Betrys, quando percebeu que tínhamos parado de segui-la. — O hamadríade ligado à árvore Mãe. Todas as árvores de Avalon já tiveram o próprio hamadríade cuidador, e havia outras dríades não ligadas para ajudá-las, mas... bem, vocês viram o que aconteceu com a terra.

Concordei atordoada, absorvendo as palavras dela. O hamadríade se abaixou, raspando a sujeira escura da casca da árvore com movimentos lentos e cuidadosos.

— Vamos lá, então. — Betrys apontou com a cabeça para a porta adiante e nós a seguimos. Além dela, havia outra escada em espiral e, mais uma vez, descemos.

Depois de um tempo, a escada se alargou. Um barulho distante de água ecoou nas paredes de pedra e o ar ganhou um sabor quase mineral, não muito diferente do cheiro de terra logo antes da chuva. Quanto mais descíamos, mais brilhante parecia se tornar. Logo os rostos ao meu redor, minha pele, meu cabelo, minhas roupas — tudo estava tomado por uma estranha luz cerúlea.

Fizemos uma última curva na escada, e as fontes surgiram logo abaixo. Eu diminuí a velocidade. Cabell tentou me empurrar para a frente, mas eu não conseguia me mover ainda.

A caverna era enorme, com o teto em arco decorado com esculturas de mulheres jovens — a Deusa e as sacerdotisas, presumi. A estrutura era sustentada pelos ombros de três estátuas enormes. Uma era de uma mulher jovem usando uma coroa de flores e um vestido esvoaçante. A segunda, uma mulher de aparência calma e maternal, trajando um avental, com uma cesta e um tear esculpidos ao redor de seus pés. A terceira era uma figura mais velha, curvada e com um manto que envolvia seu corpo e representava as estrelas e as fases da lua. Eram os três aspectos da Deusa: donzela, mãe e anciã.

Aos seus pés, um rio de água brilhante corria pelo centro da câmara, escorrendo de uma fenda em uma enorme raiz da árvore Mãe, como se fosse seiva. Afluentes estreitos ramificavam-se a partir dele, enchendo piscinas redondas menores. Névoa ou vapor subia da superfície de cada uma delas, promessa de um alívio necessário para meus músculos tensos e doloridos.

Dentro de mim, a amargura e a admiração brigavam. Quantos lugares de tirar o fôlego, quantas paisagens maravilhosas eu havia perdido antes de ter a Visão Única? Nada em minha imaginação poderia se comparar ao que eu tinha visto aqui, tanto em termos de beleza quanto de monstruosidade. Para a Tamsin de uma semana atrás, isso não pareceria ser nada.

Trouxas de vestes arrumadas, com roupas de baixo de aparência surpreendentemente modernas, foram colocadas ao lado de três banheiras individuais. Eu peguei o que estava no topo, uma toalha fina para me secar, revelando uma túnica simples e calças marrom-escuras por baixo.

— Isso é incrível — elogiou Cabell, virando-se para olhar ao redor. — O que faz a água brilhar assim?

Uma luz de outro mundo brilhava nas profundezas de cada piscina, criando um ambiente relaxante no que, sem isso, poderia ter sido um espaço assustador e cavernoso. Coloquei Ignatius embrulhado no degrau inferior, bem longe das piscinas.

— Dizem que a água são as lágrimas da Deusa — explicou Betrys. — Jorrando de seu coração, que habita o centro da árvore Mãe.

Eu me encolhi.

— Acho que eu gostava mais antes de você falar em fluidos corporais.

Para minha surpresa, Betrys riu.

— É restaurador... Cura de uma maneira diferente do que Olwen pode fazer.

Neve respirou fundo, como se estivesse saboreando o aroma da chuva, seus olhos arregalados brilharam de admiração.

— Está na hora da minha ronda — anunciou Betrys. — Espero que não se importem de esperar até que eu volte para levar vocês aos seus quartos.

— Sendo bem sincero — disse Cabell —, acho que você vai ter que arrastar a gente pra fora da água.

Ela se virou de costas para nós.

— Levarei suas roupas para serem lavadas, se puderem deixá-las ali ao lado das banheiras.

Nós nos despimos, um tanto sem jeito, tomando cuidado para não olharmos um para o outro. Cobrindo-me com os braços, o rosto ardendo por me sentir tão exposta, entrei na água e, timidamente, estiquei um pé.

Estremeci de prazer com o calor. Quanto mais eu olhava para a névoa que se acumulava em sua superfície, mais intolerável era a sensação do ar frio ao redor. Eu entrei mais na piscina e mergulhei, meus dedos dos pés encontrando imediatamente o fundo liso.

A água tinha um peso que eu não esperava, como se estivesse cheia de sal. Uma saliência havia sido escavada na piscina, na altura perfeita para que eu me sentasse com a cabeça e os ombros acima da superfície.

Dias de sujeira e sangue se desprenderam da minha pele. Meu corpo relaxou por completo e minha mente fez o mesmo com rapidez. Inspirei fundo e mergulhei a cabeça, esfregando o couro cabeludo e o rosto com as mãos.

Voltei à superfície com um suspiro, afastando o cabelo do rosto. Cabell suspirou ao se acomodar completamente em sua piscina. Ele se virou para mim, apoiando os braços na borda rochosa.

— Isso é melhor do que os banhos romanos na Argélia, não é?

— E nem tivemos que arrombar a porta para usar. Tá aí uma novidade pra nós dois.

Eu não tinha percebido que Betrys ainda estava ali até que ela disse duas palavras, baixinho:

— Esses símbolos...

Segui seu olhar até os braços e ombros tatuados de Cabell.

— Por que você cobriria seu corpo com símbolos de maldição? — perguntou Neve, levantando-se para olhar por cima da banheira. Ela havia amarrado as tranças com cuidado para cima, para longe da água.

Para mostrar todas as maldições que ele quebrou, pensei. *Para parecer descolado e misterioso para as garotas que não fazem ideia do que elas significam.*

— Para me lembrar de que as maldições só são sombrias por causa da maneira como são usadas — respondeu Cabell.

Betrys parecia ter algo mais a dizer, mas se limitou a nos dar as costas, subindo depressa os degraus enquanto carregava nossas coisas.

— Você tem que parar de fazer isso — sussurrei para Neve, apoiando-me na minha banheira.

— Fazer o quê?

— Contar tudo para eles antes que a gente consiga descobrir como vão reagir. Essa sua mania de fazer antes de pensar já está perdendo a graça. Precisamos deles do nosso lado se quisermos encontrar Nash.

— Você não confia em ninguém mesmo, né? — protestou Neve, balançando a cabeça.

— Eu confio no fato de que as pessoas sempre atacam quando estão com medo — retruquei. — E que elas farão qualquer coisa quando o desespero for grande o bastante.

Neve voltou a se afundar na água com um suspiro de gratidão. A culpa, minha emoção menos favorita, me atormentou.

— Você está bem? — perguntei a ela. — Você viveu alguns momentos bem difíceis.

Isso era um belo de um eufemismo. A verdade é que eu já tinha visto muito do mundo e esperava o pior dele, mas, ainda assim, fiquei chocada com o tom maldoso dirigido a ela.

— Sim — confirmou ela com sua determinação de sempre. — Mas ficarei melhor quando tiver minha varinha de volta e encontrarmos Nash e o anel.

Assenti.

O fato é que passamos tanto tempo temendo as feiticeiras e todas as formas que elas têm de nos ferir que não necessariamente paramos para pensar em como o mundo as fere. A maneira como são punidas por esse mesmo poder.

Eu a trouxe até aqui, para um lugar onde as feiticeiras eram desprezadas, onde ela estava em menor número e tão perdida sobre o que estava acontecendo quanto Cabell e eu. Um lugar cheio de monstros.

Eu me afundei, deixando a água cobrir meus lábios rachados. A ardência diminuiu em um piscar de olhos, mas o arrependimento permaneceu.

— *Avalon é um lugar de beleza* — disse Neve com a voz suave. Ela olhava diretamente para a névoa que se acumulava à sua frente e recitava de cabeça. — *A mais bonita de todas as Terras Distintas, pois nasceu do coração da Deusa, tão querida quanto uma criança. Os bosques estão repletos de segredos antigos e abundantes em maçãs douradas...*

— E não do fedor nocivo da morte iminente? — A piada era irritante, até mesmo para mim.

— Depois de tudo o que li — prosseguiu Neve, de costas para nós —, era essa a imagem que tive em mente por anos. Era tão sagrada para mim quanto as histórias que minha tia me contava sobre minha mãe. Ambas eram distantes e belas.

Encostei a cabeça na borda da piscina, mechas de cabelo escorrendo pelo rosto, grudando-se em minha bochecha como uma mão carinhosa.

— Algum de vocês tem a sensação de que isso seja uma maldição de verdade?

Antes da Visão Única, eu conseguia sentir a magia da mesma maneira que se sente uma mudança na pressão do ar. Ela não tinha forma e estava sempre mudando. Às vezes, com as maldições mais antigas, você podia até sentir a fúria ou o rancor irradiando dos símbolos. Obter a segunda visão amadureceu esses sentidos, tornando-os mais robustos, e ainda estava se expandindo de maneiras que eu não conseguia compreender completamente.

— Tenho — respondeu Cabell —, mas depois não tenho mais. Não sei muito bem como explicar.

Neve enfim se virou para nos encarar, erguendo-se. Eu fiz o mesmo, observando o rosto de cada um deles sob a luz cerúlea.

— Tenho a mesma sensação, fria e cruel, mas de alguma forma mais concentrada. — Neve gemeu. — Isso não faz sentido nenhum.

— Eu concordo — falou Cabell. — Acho que foram os druidas e seja lá qual for a magia que eles ganharam do Lorde Morte. Não se parece com a magia que extraímos da fonte universal.

Foi bom poder voltar à nossa rotina de discutir teorias sem parar. Ele sempre foi o melhor jogador em nossa parceria de trabalho, mas eu fiz questão de reter o máximo de conhecimento possível.

— Não sei muito sobre o Lorde Morte — observou Neve, com as sobrancelhas franzidas.

— Há muitas lendas a respeito dele — contei. — A história que Nash nos contou foi a seguinte: ele era um poderoso encantador na época do Rei Arthur e, em determinado momento, chegou a fazer parte da comitiva de viagem de Arthur e seus cavaleiros. Mas ele quebrou um juramento e ficou responsável por Annwn como punição, tanto como rei quanto como carcereiro para as almas sombrias demais para renascer.

— Qual foi o juramento? — quis saber Neve.

— Nash nunca disse, então não tenho certeza se ele sabia — afirmou Cabell. — Eu também nunca li esse relato em lugar algum, então pode ser que ele tenha inventado. A maioria das pessoas conhece o Lorde Morte como o líder da Caçada Selvagem, que transita entre mundos a fim de coletar almas perversas para Annwn. Seu poder permite que ele e sua comitiva atravessem as brumas que separam as Terras Distintas.

— Assustador — comentou Neve, um pouco empolgada demais. — Agora estou ainda mais convencida de que as feiticeiras é que estavam certas. O Lorde Morte e os druidas teriam feito coisas terríveis se conseguissem controlar Avalon.

— Bem, se estivermos certos, eles conseguiram fazer coisas terríveis mesmo assim — comentei. — Por exemplo, quase fomos devorados pelos mortos-vivos.

Nós três caímos em um silêncio pesado à menção de nossa travessia. Quando fechei os olhos, a violência sombria da noite me pegou de surpresa, seus dedos ossudos envolvendo meu pescoço.

E o rosto de Septimus.

Como se sentisse meus pensamentos, Cabell esticou o braço até mim e colocou uma mão pesada e tranquilizadora em minha cabeça.

— Vamos ficar bem. Vamos encontrar Nash e o anel e uma passagem segura de volta para o portal.

Eu sabia como era difícil para ele dizer isso... estar disposto a deixar para trás o homem que ele idolatrava havia anos. O mínimo que eu podia fazer era forçar um sorriso.

— Beleza.

Eu me virei, mantendo-me de costas para eles, respirando o ar úmido. Meu cabelo molhado grudou no meu rosto, mas não o afastei.

— Sinto que poderia dormir aqui — exclamou Neve, fechando os olhos. — Tudo o que preciso é de uma caneca quente de chá de camomila, um travesseiro hipoalergênico e um bom livro.

— Só isso? — indaguei, me divertindo com a afirmação.

— Não tenho livros, mas tenho *histórias* — propôs Cabell, sua expressão se iluminando. Suas bochechas estavam coradas de novo e a pele já não estava mais tão pálida como um fantasma. Até mesmo as olheiras haviam desaparecido.

Talvez Betrys estivesse certa, e as piscinas curassem mais do que apenas o corpo. Elas também tocavam o espírito. A alma.

— Não — implorei. — Nada de histórias.

— Fale por você — rebateu Neve com entusiasmo. — Me conte uma das suas favoritas.

— Vou fazer melhor ainda — anunciou Cabell, jogando água na minha direção —: vou contar uma das favoritas da Tamsin.

Eu sabia exatamente de qual ele estava falando.

— Essa não é minha favorita.

Ele franziu a testa.

— É, sim. Você costumava implorar para que o Nash contasse e...

— Tá, tudo bem — murmurei. — Então, conta logo.

Cabell se endireitou, passando as mãos sobre a superfície da água.

Ele pigarreou.

— Em eras passadas, em um reino perdido no tempo, um rei chamado Arthur governava tanto os homens quanto o Povo das Fadas, mas esta história se passa antes disso, quando ele era apenas um garoto.

Algo em mim se contraiu. A cadência, o ritmo de suas palavras — era tão parecido com Nash.

— Ele fora levado escondido para fora do Castelo de Tintagel logo após seu nascimento por ninguém menos que o sábio druida Merlin, que já tinha conhecimento de que a vida de Arthur estaria em perigo, já que vários lordes disputavam o direito de governar, incluindo o pai de Arthur, Uther Pendragon. Arthur foi levado para uma família nobre e criado como se fosse um deles. Certo dia, uma pedra grande apareceu na terra, com uma espada poderosa cravada nela. A pedra trazia uma estranha mensagem: AQUELE QUE CONSEGUIR TIRAR A ESPADA DESTA PEDRA É O VERDADEIRO REI DA GRÃ-BRETANHA.

— Quem colocou a pedra lá? — perguntou Neve. — Merlin?

— Sim — retrucou Cabell, impaciente com a interrupção. — Então, um torneio foi criado e todos os grandes senhores e seus filhos se inscreveram, incluindo o irmão adotivo de Arthur, o cavaleiro Sir Kay. Percebendo que não tinha sua espada, Kay enviou seu escudeiro, Arthur, para encontrar uma para ele. E Arthur, vendo que a opção mais próxima era a espada incrustada naquela curiosa pedra, foi até ela. Ele agarrou seu punho frio e a soltou dali com facilidade, para o choque de todos ao seu redor. E foi assim que a verdadeira identidade de Arthur e seu destino foram revelados.

Voltei a afundar na água, deixando o calor aliviar o ardor indesejável em meus olhos. Era uma história ridícula, com um final ainda mais fantasioso.

— Alguma parte disso é verdade? — perguntou Neve.

Cabell deu de ombros.

— Tem de ser?

Luzes índigo brilhantes surgiram nas piscinas ao nosso redor, enviando respingos de água entre elas. A energia e os movimentos erráticos indicavam algo de pura travessura. De repente, as luzes se agruparam em um dos espaços para banho, erguendo a água na forma de um pássaro. Ele voou sobre nossas cabeças, pingando como chuva, apenas para se transformar em um gato. Então, ele bateu com sua cauda translúcida na bochecha de Neve, fazendo-a rir.

— Fadas — reconheceu Cabell, observando-as.

Suas luzes me fizeram lembrar de uma pergunta que eu tinha sido forçada a deixar de lado por causa de outras mais urgentes.

— Neve, por que Olwen murmurou o feitiço para o fogo em vez de desenhar sigilos?

As feiticeiras tinham um modo cuidadosamente específico e preciso de invocar a magia; elas extraíam poder da fonte universal, sim, mas sua coleção de sigilos instruía a magia a realizar uma tarefa.

— Não sei — respondeu Neve. — Há muitos jeitos de usar a magia... basta olhar para os Povos Mágicos. Eles também não usam sigilos. Talvez o trabalho com feitiços seja mais... instintivo para as sacerdotisas.

— Talvez tenha sido por isso que você conseguiu lançar aquele feitiço incrível, Neve — apontou Cabell.

— Vou perguntar a Olwen — concluiu Neve. — Acho que podemos aprender muito uma com a outra.

Assenti, deixando que o gotejamento silencioso da água e os respingos das fadas aliviassem a tensão entre nós.

Meu olhar foi parar na estátua mais próxima — a donzela. Sua expressão parecia perspicaz enquanto seus olhos de pedra nos observavam, e isso me fez pensar no que Caitriona dissera antes sobre a segurança de saber que um ser maior existia para cuidar de cada um em sua jornada.

No entanto, eu não conseguia imaginar que deus permanecia nessa terra tocada pela morte.

Meia hora depois, a voz de Betrys surgiu no topo da escadaria.

— Já terminaram?

Eu me levantei da água, me enrolei na toalha e fui me vestir atrás dos pés da estátua da donzela. A água pingava dos meus cabelos molhados sobre meus ombros, fazendo com que o frio fosse ainda mais intenso, e isso antes de eu calçar minhas botas encharcadas de lama.

Eu não tinha me dado conta de que Neve tinha me seguido para se vestir até ouvi-la arfar de espanto.

Levei alguns instantes para entender o que a havia assustado. Peguei minha túnica, mas ela agarrou meu braço, virando-me ainda mais na direção dela.

Tentei abraçar a mim mesma me enrolando como uma folha, o sangue subindo para meu rosto. Pela primeira vez desde o ocorrido, tinha conseguido me esquecer da mancha azul-escura na pele sobre meu coração. Ela tinha o formato de uma estrela horrível e sinistra.

— Tamsin... — sussurrou Neve, com os olhos arregalados enquanto se afastava. — Isso é uma marca da morte.

Vesti a túnica pela cabeça, meus batimentos acelerados com o estranho pânico que sentia.

— Não é, não.

— Você foi tocada por um espírito — soltou ela. — Como você sobreviveu?

— *Não* é — insisti, agarrando minha jaqueta e jogando-a sobre os ombros. Um campo de neve branquíssimo surgiu em minha mente, a mão incorpórea estendida em minha direção, a dor como uma faca no coração...

— De que tipo era? Uma *assombração*? Um espectro? — pressionou Neve, me seguindo enquanto eu ia em direção às escadas, onde Cabell e Betrys esperavam.

Eu me virei para ela, o rosto doendo e o corpo completamente tenso.

— *Não é uma marca da morte.* Isso é história pra boi dormir.

Neve ergueu as mãos.

— Tudo bem. Não é uma marca da morte. Pela Grande Mãe, relaxa aí, tá bem? Eu não quis dizer nada com isso. Marcas da morte não são motivo de vergonha. A maioria das pessoas nem sequer sobrevive ao toque.

Subimos as escadas em meio a um silêncio dolorosamente constrangedor. Cabell me lançou um olhar questionador. Eu o ignorei, deixando a exaustão tomar conta de meus pensamentos. Deixei que ela esvaziasse minha cabeça de qualquer coisa que não fosse imaginar o pedacinho de chão em que eu poderia me deitar por algumas horas.

Betrys encarou cada um de nós com seu jeito quieto, a cicatriz em sua bochecha direita, de alguma maneira, ainda mais proeminente conforme sua testa se franzia. Em vez de nos levar para um dos prédios externos ou para dentro das muralhas de novo, ela nos conduziu para a própria torre.

Na penumbra, era difícil distinguir os detalhes do primeiro andar; parecia ser um grande salão, no qual inúmeras mesas foram organizadas em duas longas fileiras.

O corredor entre elas levava a mais uma estátua ornamentada, esta da própria Deusa, com rosto e postura sisudos, de cor branca como neve. Pequenas tigelas com tesouros nunca vistos, ramalhetes de trigo secos e flores moribundas estavam dispostas ao seu redor em oferenda. Uma vela cintilava em uma cavidade esculpida no centro de seu peito, transformando as rachaduras naturais em sua superfície de pedra em veias brilhantes.

As paredes foram pintadas como se o artista tivesse desejado trazer a floresta para dentro. O modo como as velas tremulavam e se espalhavam pelas mesas e paredes fazia parecer que as árvores e a vegetação rasteira florida estavam vivas. Era como ter um vislumbre do passado da ilha.

Neve parou ao meu lado e eu segui seu olhar deslumbrado até os lustres e as guirlandas de folhas verdes e flores secas penduradas.

Meu coração bateu com tanta força que senti uma dor nas costelas. Por que eles empilhavam oferendas embaixo da imagem da Deusa e decoravam o salão com carinho, se aquilo não era nada além de um lembrete do que eles haviam perdido e nunca mais recuperariam?

— Por aqui — instruiu Betrys com gentileza.

Na extremidade esquerda havia uma grande e sinuosa escadaria de pedra, com suas paredes esculpidas no tronco da árvore. À medida que subíamos, senti um ruído abafado em meus ouvidos e não sabia dizer se vinha do meu coração ou de algum lugar dentro da árvore.

Os andares superiores eram uma mistura de tirar o fôlego entre árvore e pedra, perfeitamente emaranhados como fumaça e vapor. No segundo andar, parei, olhando para uma enorme câmara aberta. Dezenas de pessoas, espalhadas, dormiam sobre cobertores e esteiras de palha. Observei rapidamente, procurando o rosto feio de Nash, mas não tive sorte.

Betrys nos levou ao terceiro andar, passando por um corredor repleto de portas de aspecto sombrio. Ela abriu a mais próxima, apontando para Neve e para mim.

— Espero que não se importem em dividir...

Dentro havia uma bela cama de dossel que parecia grande o suficiente para que uma família inteira pudesse se acomodar. Uma tapeçaria simples de cervos e pássaros estava pendurada em uma parede, e a lareira já estava acesa.

— As pessoas que estão dormindo lá embaixo... — retorquiu Neve, hesitante. — Como podemos aceitar tudo isto se eles estão dormindo no chão?

Fale por você, pensei. Eu poderia aceitar o conforto sem problema algum.

— Eles escolhem dormir juntos por conforto e proteção — tranquilizou-a Betrys. — Esses aposentos costumam ser usados pelas sacerdotisas de Avalon, mas minhas irmãs e eu preferimos dormir com os outros, caso surja a necessidade de defender a torre durante a noite.

Bem... Levei as mãos à cintura, inclinando a cabeça para trás. Era irritante o fato de eu também estar me sentindo culpada.

— Muitos dos nossos anciãos estão descansando nos outros aposentos, por isso peço que façam o mínimo de barulho possível — acrescentou Betrys, olhando para mim em particular. — E não fiquem perambulando pelos corredores.

— Vamos nos encontrar com os outros avalonianos? — perguntei. Se estivesse ali, Nash teria que estar entre eles.

Betrys se limitou a abrir a porta para Cabell e sair sem dizer uma palavra.

— Vamos — chamou Neve, dando um leve puxão em meu braço. — De todo modo, vai ser melhor procurar Nash depois de algumas horas de sono.

Suspirei, lançando um olhar incerto para Cabell.

Ele assentiu, abrindo um sorriso esperançoso ainda em seu rosto.

— É melhor estar desperto, né?

— Beleza — respondi.

Neve pegou a vela na discreta mesa de cabeceira e foi com ela até a tapeçaria para examinar melhor, antes de se voltar para o guarda-roupa. Uma raposa e uma lebre pintadas estavam presas em uma perseguição circular em suas portas. Ao abri-la, ela encontrou nossas bolsas guardadas ali dentro, e dois casacos longos feitos de uma colcha de retalhos de tecidos diferentes.

— Varinha? — perguntei, já sabendo a resposta pela expressão dela.

Ela se sentou em um lado da cama, enquanto eu me sentava no outro, de costas para ela. O quarto não tinha qualquer tipo de janela ou abertura na parede, o que permitia que o calor do fogo não se dissipasse. Levei um momento para perceber que não estava sentindo cheiro de fumaça; em vez disso, quatro pedras com espirais esculpidas haviam sido colocadas juntas na lareira, as chamas tremulando levemente para o alto.

— Pedras de salamandra — reconheceu Neve, em voz baixa. — Eu já tinha lido a respeito. Nunca pensei que as veria de fato.

— A novidade é um tema contínuo nesta desventura para todos nós — observei, me afastando do brilho do fogo. Passei as mãos pelas paredes, mantendo-me nos cantos da sala para garantir que não houvesse entradas ocultas ou feitiços. Por mais impressionantes que fossem as grandes pedras, seu brilho alegre não abafava o constante uivo das criaturas na floresta devastada do lado de fora.

— Como vamos conseguir dormir? — perguntou Neve.

Afastei uma mecha de cabelo do rosto. Por mais cansada que estivesse no caminho até ali, naquele instante eu estava bem desperta. Nem minha mente nem meu corpo pareciam dispostos a se acalmar, então fui buscar minha bolsa no guarda-roupa.

— Acho que tenho algumas pílulas ou um tônico — comentei, remexendo na bolsa. — Vamos só ter certeza de que eles não pegaram nada...

Xinguei.

— O quê? — perguntou Neve, se virando.

— Eu deixei Ignatius nas fontes — respondi, abaixando a cabeça.

— Quem é Ignatius?

— A Mão da Glória — expliquei.

— Eu *sabia* que era isso! — disse ela, sua expressão corada de empolgação. — Onde você encontrou? Foi uma feiticeira que fez pra você? É verdade que ele serve para abrir portas trancadas?

— Isso e muito mais — comentei. Resignada, acrescentei: — Preciso voltar para buscar.

Burra, burra, burra. De todas as coisas idiotas que eu tinha feito nos últimos dias, essa era a pior de todas. Ignatius tinha se comportado bem até agora, mas, se uma das sacerdotisas ou um dos avalonianos o encontrassem e ele decidisse abrir o olho e dar uma espiada...

Eu não queria nem saber o que eles achariam de algo tão sinistro quanto uma Mão da Glória.

— Quer que eu vá com você? — perguntou Neve. — É uma longa caminhada no escuro.

Hesitei, surpresa com a dificuldade que tive em recusar.

— Sei me virar sozinha.

— Ao menos leve isto. — Neve ofereceu a vela e o castiçal de ferro.

— Tem muita luz no caminho — protestei.

— Por favor — insistiu ela com mais intensidade. — *Eu* me sentiria melhor assim.

— Está bem. — Suspirei pelo nariz. — Mas só para encerrar esta conversa.

— Aham — murmurou Neve em cumplicidade. Cumplicidade com o quê eu não saberia dizer, mas não gostei, muito menos do sorriso que surgiu em seu rosto. Logo depois de pegar o discman, ela colocou os fones que tirou da pochete.

— Vai dormir — disse eu.

— Vejo você quando voltar — respondeu ela, ainda com o mesmo tom.

Ela se encostou no travesseiro fino e na cabeceira da cama, esticando as pernas por cima do cobertor. Sua música me seguiu até o corredor.

Eu ainda estava revivendo o momento enquanto descia pela torre, passando sorrateiramente pelo corredor de dorminhocos que sonhavam com o que quer que fosse neste reino de pesadelos.

Protegendo a chama da vela com uma das mãos, atravessei o pátio depressa, olhando para cima para me certificar de que ninguém estava observando da passarela ao longo dos muros altos de proteção. Quando desci as escadas para as fontes, já estava sem fôlego.

Eu me forcei a contornar a última curva da escada, com o peito queimando e as pernas como sacos de areia. Respirava com dificuldade quando peguei Ignatius, ainda enrolado na seda roxa. Virei-me de volta para a escada como um prisioneiro enfrentando a forca.

— Que saco — murmurei, e fui me sentar no enorme pé da estátua da donzela. Olhando para ela de baixo para cima, acrescentei: — Desculpe, garota.

Eu soube que era um erro no momento em que me apoiei em seu tornozelo de pedra fria. Meu corpo ficou pesado quando o pouco fôlego que restava escapou de mim.

Eu poderia ter ficado ali, esparramada, com apenas uma vela e uma mão senciente demoníaca como companhia, se não tivesse ouvido passos ecoando apressados nos degraus de pedra.

Deslizei pela lateral do degrau, apagando a vela ao aterrissar de uma forma nada elegante. Só podia ser Olwen, mas, no caso de não ser...

Meus batimentos reverberavam nos ouvidos enquanto eu esperava, arriscando uma rápida olhada ao redor da estátua. E voltaram a reverberar quando vi quem era.

Emrys estava na borda de uma das piscinas, olhando para as profundezas iluminadas. Seu rosto estava tão desprovido de emoção que era como se seu espírito tivesse sido arrancado do corpo. Ver isso me fez sentir uma pontada inesperada.

E então ele tirou as luvas. Uma, duas, deixadas sobre a pedra.

Inclinei-me para a frente, tentando enxergar, mas, entre as dezenas de metros que nos separavam e aquela incessante luz cerúlea, nada parecia estranho.

Não até ele pegar a bainha do suéter e da camiseta. Os músculos de suas costas se contraíram quando ele as puxou para cima.

O candelabro de ferro escorregou de meus dedos e caiu no chão. Emrys se virou para trás, com os olhos arregalados de surpresa ou medo ou algo pior, mas era tarde demais. Eu já tinha visto.

— O que fez isso? — perguntei com a voz rouca.

Eu *não tinha* imaginado o restante da cicatriz em seu rosto na casa dos Rook. Ela continuava ao longo de seu pescoço, atravessando o esterno. Aquela única cicatriz imperfeita se dividia em dezenas de outras, com suas ramificações duras, vermelhas e raivosas. Meus olhos mal conseguiam olhar para todas elas à medida que se estendiam sobre os músculos tensos do peito, dos braços, das costas e do V pronunciado na parte inferior do abdome.

Ele parecia uma estatueta de vidro que fora derrubada da prateleira. Quebrada e recolocada às pressas no lugar.

O rosto de Emrys estava rígido enquanto pegava o suéter e o vestia pela cabeça, como se isso pudesse apagar o que eu tinha visto. Fiquei ali parada, incapaz de me mover.

— Está me seguindo agora? — perguntou com raiva, pegando as luvas e voltando para subir os degraus.

— O que fez isso com você? — sussurrei. As pesadas camadas de roupas, a recusa em tirar as luvas... nenhum glamour teria escondido isso de alguém com a Visão Única, então ele não se incomodou.

— Deixa para lá, Tamsin — respondeu ele, sua voz fria.

De algum modo, eu havia diminuído a distância entre nós. De algum modo, eu estava segurando a mão dele, virando-a para ver onde as cicatrizes continuavam sobre os tendões e músculos de seu antebraço.

— Que merda está acontecendo? Estas coisas... — Não, não podiam ter sido os Filhos da Noite. Eu teria visto acontecer. — Madrigal fez isso com você?

Ele soltou a mão, mas não tinha se virado rápido o suficiente para esconder a vergonha agonizante que se espalhou por seu rosto.

— Emrys! — Ele parou em um degrau alguns passos acima de mim, mas não se virou. — O que aconteceu?

Ele cerrou os punhos.

— E por acaso você se importa?

Não sei dizer qual de nós dois ficou mais surpreso quando eu gritei:

— Sim!

Ficamos ali nos encarando, respirando com dificuldade. A caminhada tinha me cansado, mas não era nada comparado ao peso que brotou em meu peito ao ver como seu rosto estava pálido.

— O que aconteceu? — sussurrei.

Sua garganta se contraiu com força enquanto ele engolia em seco.

— Eu cometi um erro. Pronto... Feliz? No fim das contas, sou tão idiota quanto você sempre achou que eu fosse.

— Isso aconteceu em um trabalho? — perguntei. — Não foi a Madrigal?

— Não teve nada a ver com ela — respondeu ele. — E tem menos ainda a ver com você.

Ele me deixou parada na base da escada, seus passos criando um eco estrondoso em meu crânio. Não foi a exaustão que me manteve ali, olhando para o lugar onde ele esteve, mas o choque que ainda me prendia ali.

Havia um grande número de maldições que poderiam despedaçar um mortal, arrancar a pele de seus músculos e ossos. Todas extremamente dolorosas.

Não era possível sobreviver a nenhuma delas.

Uma nova pergunta parecia surgir a cada degrau que eu subia. Há quanto tempo ele tinha essas cicatrizes?

Eu meio que esperava vê-lo no pátio e de novo na entrada da torre, mas a única pessoa que me esperava ali era uma Caitriona impassível.

Congelei.

— Olha, eu só esqueci... — comecei, pela primeira vez sem ter que pensar em uma desculpa.

— Falei com minhas irmãs — disse ela, me interrompendo. Mesmo sob a luz da tocha que segurava, seu rosto era inescrutável. — E ficou combinado que levarei vocês para ver seu pai amanhã.

Fiquei olhando para ela, o coração batendo descontroladamente.

— É sério?

Ele está vivo. As palavras pareciam voar em meu peito. De alguma maneira, quase impossível, Nash, como o mais tenaz dos ratos, havia sobrevivido a feiticeiras, credores e a uma selva de monstros que rosnavam.

— De fato — confirmou Caitriona, virando-se bruscamente para voltar à torre. — Descanse enquanto pode. Partiremos ao amanhecer.

— *Isto* pode ser considerado amanhecer?

A expressão no rosto de Cabell era desanimadora conforme se apoiava na cerca que delimitava o espaço de treinamento do pátio.

— É óbvio que sim. Passou da escuridão total para um cinza deprimente.

— Fico feliz que você ainda consiga achar um pouco de graça nisso — resmunguei.

Ele se afastou, fingindo medo.

— Ah, não. Não vá me dizer que você tomou o último pacote de café em Tintagel?

A simples menção ao café instantâneo foi o suficiente para acabar com meu humor. Eu estava com uma dor de cabeça absurda por ter passado tanto tempo sem meu elixir da vida.

— Ainda bem que você tem o melhor irmão do mundo — complementou ele, pegando uma pequena garrafa térmica em sua mochila.

Arregalei os olhos conforme pegava das mãos dele e tirava a tampa de rosca.

O cheiro de café amargo subiu como um leve vapor, saudando-me tal qual um velho amigo. Voltei a olhar para ele.

— Acho que vou chorar — disse, abraçando o recipiente.

— Fiz amizade com a cozinheira elfa, Dilwyn, e consegui um pouco de água quente — explicou Cabell. — Ao que parece, nem mesmo o Povo das Fadas consegue resistir a um dos meus sorrisos encantadores.

— Tem certeza de que ela não deu a água só para fazer você ir embora? — perguntei, tomando um gole da lama tão doce.

— De nada — respondeu ele.

Em um arroubo excepcionalmente sentimental, acrescentei:

— Você é o melhor irmão, sabia?

— Deixa disso, só estou tentando libertar minha irmã de qualquer demônio que a possua antes do café — respondeu ele. — E, de qualquer forma, não é como se você tivesse muita escolha em relação ao irmão que tem.

— O destino fez o certo por nós — respondi. — Ao menos nisso.

Cabell murmurou, pensativo:

— Destino ou Nash?

— Você conseguiu dormir? — perguntei, mudando de assunto. — Acho que consegui dormir uma hora, no máximo.

— Sortuda — retrucou ele. — Eu dormi uns dez minutos, graças à suave canção de ninar com melodia de gritos.

Eu estava acostumada a dormir em lugares estranhos e pegava no sono assim que minha cabeça tocava uma superfície macia, fossem minhas mãos, fosse um travesseiro ou uma camisa enrolada. Porém, na noite anterior, todas as vezes que fechava os olhos, minha memória me traía. Ela oscilava entre os monstros na floresta, a vida sendo drenada do rosto de Septimus, as cicatrizes de Emrys e as palavras de Caitriona. *Levarei vocês para ver seu pai.*

Eu me abracei, mantendo um pouco de calor sob meu casaco de flanela. Respirei fundo o ar fétido, que parecia ainda mais podre por conta do cheiro pungente de excremento e suor animal que vinha dos estábulos a poucos passos à nossa esquerda.

A uma curta distância, Deri havia escalado a árvore Mãe, preenchendo com palha e musgo o que pareciam ser abscessos. O hamadríade estava acompanhado por dezenas de pequenas figuras verdes, que limpavam a podridão do corpo da árvore e retiravam pedaços secos de casca para comer. Os duendes não eram maiores que minha mão e tinham corpos como galhos e cabeças como botões de rosa verde-claro. Suas asas eram translúcidas e brilhantes, quase como as de uma libélula.

Atrás de nós, Betrys e uma das outras Nove, Arianwen, estavam praticando exercícios de espada sob o olhar atento de Bedivere. O som das armas de madeira com as quais treinavam cortava o silêncio da manhã, acompanhado de um grunhido ou de um triunfante "*Rá!*".

— É isso — disse Bedivere —, incline-se... Isso, Ari, é assim mesmo.

Arianwen havia cortado o cabelo castanho rente ao couro cabeludo, o que só destacava a beleza de seu rosto. Ela se movia com uma fluidez que eu invejava, sua silhueta que não se deixava conter pela armadura de couro conforme balançava o braço para cima e para baixo, arqueando a lâmina devagar e mais depressa logo depois, mais e mais rápido, o ruído das madeiras se chocando.

Betrys rebateu todos os golpes com facilidade e destreza. Não parecia ser uma luta justa; Betrys tinha uns cinco centímetros a mais de vantagem sobre a outra garota, o que significava que ela tinha um alcance maior com a espada, e Arianwen tinha que se mover mais depressa e golpear com mais força para diminuir essa vantagem.

Por outro lado, eu supunha que as lutas de verdade só eram justas por acaso.

— Ela disse *mesmo* ao amanhecer, né? — perguntou Cabell, olhando para o céu. Ele não parava no lugar, tão impaciente quanto eu para seguirmos logo.

— Disse sim — resmunguei.

— E *fim* — concluiu Bedivere atrás de nós.

As duas garotas recuaram, colocando de volta suas espadas de madeira em um suporte próximo. Betrys usou a manga da túnica para limpar o suor da testa e, em seguida, passou o braço em volta do ombro da outra sacerdotisa, apertando-o.

— Eu disse que você ia pegar o jeito logo.

Arianwen sorriu, inclinando-se para ela. Era difícil dizer se seu rosto estava queimado de sol ou apenas corado por causa do treinamento.

— Você vai para a cozinha?

— A cozinheira está aguardando para ficar deslumbrada com os feitos da minha faca — confirmou Betrys. — E você?

— Mari precisa de ajuda para lavar roupa — afirmou Arianwen. — Vocês dois estão esperando por Cait?

Com meu cérebro completamente enebriado, levei um momento para perceber que ela estava falando conosco.

— Sim — respondi, um pouco mais ríspida do que pretendia. — A não ser que nosso conceito de *amanhecer* seja diferente, ela já deveria estar aqui há algum tempo.

Arianwen ergueu as sobrancelhas.

— Ela não costuma se atrasar... Você não acha que ela vai precisar de um acompanhante, vai?

— Eu vou me juntar a eles — anunciou Bedivere com um sorriso discreto e cúmplice.

— Sim — acrescentou Arianwen —, mas você tem *certeza* absoluta...?

— É só lavar roupa, Ari, não é a forca — brincou Betrys, balançando a cabeça.

— É fácil falar... Não é você quem vai ficar cheirando a lixívia a noite toda — protestou Arianwen.

— Sim, mas você pode usar os lavatórios — respondeu Betrys, guiando-a para longe. — Eu sei o quanto você gosta de tirar a sujeira da roupa de cama.

Arianwen fungou, sua voz se arrastando com seus passos.

— É *de fato* revigorante.

— Vou ver se consigo encontrar Caitriona — disse Bedivere, coçando a barba de pontas brancas. — Tenho certeza de que ela está apenas fazendo a ronda matinal.

— Espero que ela tenha caído em um poço, para nunca mais precisar ouvir falar dela — murmurei.

— Vamos ficar bem aqui — prometeu Cabell, me dando uma cotovelada forte nas costelas.

Recostei-me na cerca, irritada demais para dar uma resposta. Olhei ao redor, meus olhos se movendo a esmo sobre as pedras e os borrões de pessoas que passavam.

Enquanto o manto da noite servia para dar um ar de mistério sagrado para a torre, a fraca e deprimente luz revelava essa mentira.

Naquele momento, as estruturas exibiam sua aparência malcuidada tão nitidamente como se fossem corpos famintos. Seções de pedras foram arrancadas, revelando trabalhos de remendo desesperados, e algumas paredes foram tombando tanto que tiveram de ser escoradas. O mofo, a ferrugem e a fuligem se espalharam por todas as superfícies, dando a impressão de que tudo estava afundando lentamente em um abismo pantanoso.

Os estandartes com o símbolo da Deusa, um nó formando três corações no centro de um carvalho, pendiam indiferentes no ar parado.

Pior ainda, partes da árvore Mãe haviam ganhado um tom de cinza estranho, e cogumelos cresciam em alguns pontos. Não precisei que Neve me dissesse que aqueles fungos provavelmente estavam comendo a decomposição dentro dela. Até mesmo Deri parecia mais fraco: as partes de madeira de seu corpo estavam quebradiças. Não me passou despercebido que vários avalonianos ou estavam analisando a podridão da árvore ou trabalhando para ajudar Deri a tentar extirpá-la do tronco.

Suspirei, olhando de novo para o pátio. Neve ainda cumprimentava, toda alegre, os cavalos que haviam sido amarrados do lado de fora dos estábulos, localizados do outro lado do ringue de treinamento, atrás da torre, perto da enfermaria. De acordo com Cabell, um dos prédios de pedra na frente da torre era a cozinha, um espaço apertado e extremamente quente, comandado pela cozinheira Dilwyn. Ela era uma elfa, não maior do que uma criança, mas compensava seu tamanho diminuto com uma personalidade sistemática.

Presumi que a lavagem de roupas só poderia ser feita nas fontes, a menos que eles quisessem que suas roupas e lençóis voltassem com mais manchas de sangue e menos limpas.

Enquanto esperávamos, tivemos a primeira oportunidade real de ver e ser vistos pelos sobreviventes de Avalon. A maioria deles nos acompanhava de canto de olho enquanto ocupavam seus lugares na muralha ou carregavam água das fontes. Alguns nos observavam com evidente curiosidade; outros, com total desconfiança. Alguns até nos encaravam com terror, largando seus baldes e ferramentas para se refugiarem na torre.

O pior, porém, eram os rostos que não expressavam nada, como se o horror do que haviam enfrentado os tivesse esvaziado da própria alma. Eles passavam de uma tarefa para outra sem levantar os olhos, como espíritos inquietos aprisionados em uma vida sem sentido, se movimentando por pura memória muscular.

Mas essas pessoas... elas sabiam que estavam presas. Elas se renderam completamente.

Cabell seguiu meu olhar, sua voz um pouco mais alta que um sussurro.

— Como isto pode ser Avalon?

— As histórias são sempre mais bonitas do que a verdade — respondi.

— É por isso que Nash não conseguia viver no mundo real.

No entanto, talvez ele tivesse ficado preso neste mundo. A maneira como Caitriona falara na noite anterior — *levarei vocês para ver seu pai* — deu a entender que ele não estava aqui, dentro dos muros da fortaleza, mas uma parte de mim ainda esperava ver o rosto dele em meio à multidão nesta manhã. Eu queria saborear sua reação de choque, sua incredulidade.

Eu tinha ouvido Betrys e Bedivere conversando sobre algum tipo de posto de vigilância na floresta enquanto se preparavam para a sessão com Arianwen, e esse parecia ser o nosso provável destino.

Cabell suspirou.

— É tão estranho pensar que ele está vivo depois de todo esse tempo e que vamos vê-lo. Nem sei bem o que dizer.

— Não vou dizer uma palavra. — A esperança que eu sentia tinha um toque de amargura, como a mordida em uma fruta azeda. — Vou dar um soco na traqueia dele.

Ele riu.

— Ah, para. Você acha mesmo que ele ficaria aqui por vontade própria se tivesse como voltar? O tempo funciona de um jeito diferente neste lugar. Pode ser que ele acredite que só se passaram alguns meses.

Considerando o quanto havíamos mudado nos últimos sete anos, era estranho pensar que Nash poderia estar exatamente como estava quando desapareceu. Até mesmo sua velha jaqueta — a que Cabell usava agora — trazia as marcas de nossas viagens e dos trabalhos ao longo dos anos, remodelando-se para se adequar ao corpo de seu novo dono.

A maioria dos avalonianos usava alguma versão das vestes que Neve, Cabell e eu havíamos recebido, uma túnica rústica e calças que ficavam mais justas na perna. Algumas mulheres optaram por usar um tecido simples para cobrir a cabeça; outras, quase desafiando o mundo apodrecido ao seu redor, adornavam a testa com finos fios de prata com pedras coloridas.

Os vestidos que antes eram ricos em cores, como joias, pareciam mais humildes devido aos rasgos reparados às pressas e também às manchas. Outros haviam sido cortados ao meio e transformados em casacos ou jaquetas curtas e coletes usados por todos. Nenhuma das armaduras, de aço ou de couro, parecia servir àquele que a usava, ou então havia sido obviamente martelada em um formato diferente.

— *Feiticeira* — sussurrou alguém. Quando me virei, já era impossível dizer qual dos homens que passavam havia dito isso.

Por sorte, Neve estava longe demais para ouvir, mas eu sabia que, pelo jeito nervoso que mudou o peso do corpo de um apoio para o outro, ela sentia cada um daqueles olhares sobre si.

Aled, o responsável pelo estábulo, correspondia quase exatamente às descrições que eu havia lido sobre o elfo: cabelos escuros e sedosos, pele verde-clara, corpo atarracado e afinidade com animais. Neve o olhava de canto de olho enquanto ele se apoiava em um banquinho e mostrava a ela como selar os cavalos. De vez em quando, ele deslocava seu peso entre a perna esquerda e o pedaço de madeira que compunha a parte inferior da direita.

— Por que essa cara tão amarrada?

Flea apareceu atrás de nós, passando seu pequeno corpo pela cerca para se sentar em cima dela. Ela havia prendido o cabelo platinado desgrenhado em um pesado gorro de tricô e seu rosto estava ainda mais sujo do que na noite anterior.

— De onde você surgiu? — perguntei, de maneira descontraída.

— Minha mãe disse que a própria Deusa me mandou em uma cesta pelo velho rio — disse Flea, dando de ombros. — Que nem todo bebê. A não ser vocês. Parece que a mãe de vocês era uma cabra.

— Você é uma criança horrível — zombei.

Ela se afastou da cerca e fez a perfeita imitação de uma reverência.

— Muito agradecida.

Caitriona e Bedivere contornaram a lateral da torre, ambos vestidos com uma armadura leve, tendo abandonado as couraças e os elmos de articulações rígidas.

Senti uma leve pressão na bolsa pendurada em meu quadril. Abaixei a mão e segurei Flea pelo pulso enquanto ela tentava se retirar sorrateiramente, segurando alguma coisa.

— Eu te maldiçoo! — rosnou Flea, lutando para se livrar do meu aperto. Virei a mão dela, revelando um pequeno cristal de selenita. Cabell assobiou.

— Nada mal — comentei. — Muito inteligente da sua parte esperar que eu estivesse distraída, mas da próxima vez não escolha algo tão óbvio. — Para demonstrar o que dizia, levantei a fina pulseira de prata trançada que havia tirado do outro pulso dela. — Procure a oportunidade perfeita para conseguir uma recompensa de verdade.

Seus olhos se arregalaram quando ela agarrou a pulseira.

— Isso é meu, ladra!

— O que é isso? — disse Caitriona, a voz rouca. — Está roubando de uma criança?

Olhei para a garota enquanto a soltava.

— Pode ficar com esse cristal.

— Tem certeza de que deveria ter dito isso pra ela? — murmurou Cabell enquanto os outros se aproximavam.

— Só estou fazendo minha parte para criar a próxima geração de garotas de honestidade questionável — respondi, depois acrescentei, mais alto: — Só estou mostrando um pequeno truque à jovem Flea.

A garota fez uma careta e um gesto que seria considerado grosseiro independentemente do século e do mundo.

— O que está fazendo aqui, Flea? — Caitriona olhou feio para ela.

— Rhona te procurou a manhã toda. Não pode continuar fugindo de suas aulas.

Quando Caitriona veio em nossa direção, Emrys apareceu de repente atrás dela. Ele se afastou vários passos, com as mãos nos bolsos. Embora tivesse tirado a calça e o suéter imundos, ele ainda conseguira esconder todo o corpo sob calças compridas, uma túnica longa e um colete escarlate que abotoara até o pescoço.

— Vou levar Flea para a biblioteca — informou Olwen, correndo atrás deles. — Quer se juntar a nós, Neve? Posso mostrar nossa coleção.

Eu não sabia dizer quem parecia mais chocada com a sugestão, Neve ou Caitriona.

— Mas a biblioteca... — protestou a garota de cabelos prateados.

— ... é um recurso inestimável para todos — finalizou Olwen, pegando Flea pela mão, que resmungava. — Vamos?

Neve olhou entre ela e nós, incerta.

— Eu tinha planejado ir com eles...

— Fique — disse eu a ela. — De verdade, não tem problema.

Eu não gostava da ideia de nos separarmos, mas confiava — a contragosto — em Olwen para cuidar dela. E, bem, questionar Nash sobre o Anel da Dispersão seria uma coisa mais simples sem a presença de Neve.

Neve assentiu, e um pouco da tensão ao redor de seus olhos diminuiu.

— Vamos embora antes que a luz se apague. — Bedivere olhou para Emrys. — Você vem?

— Vou, sim — confirmou Emrys, parecendo o de sempre, mesmo enquanto se recusava a olhar para mim. — Está um dia lindo para um passeio, não acha?

— Acho que apenas quatro dos cavalos estejam fortes o bastante para a viagem. — A pele verde de Aled ficou pálida. — Eu não tinha me dado conta de que...

— Tenho certeza de que Tamsin não se importará se eu for com ela — interrompeu Emrys, vindo para meu lado.

— O que está fazendo? — sussurrei.

— Indo com você para ver seu pai, é óbvio — respondeu ele, sem nem desviar o olhar para mim.

Revirei os olhos. É óbvio que ele nunca nos deixaria ir sem ele, não quando o Anel da Dispersão poderia estar em jogo. Eu ainda não havia contado a Cabell o que tinha visto nas fontes sagradas, mas a pequena manobra de Emrys me fez querer fazer isso ali mesmo.

Aled se encostou na cerca com uma careta, tirando o peso de sua perna direita.

— Você está bem, Aled? — quis saber Caitriona.

— Bem, bem — disse ele, massageando o local onde seu joelho se apoiava a madeira.

O membro esculpido se agarrava a sua pele por meio de uma série de raízes trançadas que se moviam, vivas, para acomodar sua mão massageadora. Emrys olhava com admiração.

— É só a umidade me dando problemas de novo — acrescentou Aled.

— Ela cria um incômodo quando roça a pele, não?

Bedivere levou alguns instantes para perceber que a pergunta tinha sido dirigida a ele, que segurou a manopla com a mão.

— Ah... sim. Sempre em dias como este.

O rosto de Bedivere se contraiu com o que poderia ter sido uma pontada de irritação — que apareceu e desapareceu. Ele se voltou para Caitriona.

— Vamos?

— Sim, com certeza. — Ela lançou um olhar rápido e avaliador em nossa direção. — Algum de vocês já treinou com uma espada?

Emrys levantou a mão. Cabell e eu nos viramos para encará-lo.

— Abaixe a mão, cara — brincou Cabell, cruzando os braços. — Vi você quase cair brincando com o esfregão do Bibliotecário não tem nem duas semanas.

— Bem, isso não é culpa dele — respondi. — Deve ter sido a primeira vez que ele viu um.

— Faço aulas de esgrima desde os sete anos — anunciou Emrys, ignorando nós dois. — Mas a lâmina é mais fina.

Revirei os olhos. É óbvio que ele fazia aulas de esgrima.

— Vão ser um peso e um equilíbrio diferentes dos que você está acostumado — advertiu Bedivere.

— Eu me viro — concluiu Emrys.

O velho cavaleiro foi buscar uma espada longa na prateleira, passando-a para Emrys pela bainha. Caitriona a colocou sobre o ombro dele, de modo que ficasse apoiada em suas costas. De alguma forma, eu havia esquecido de que ele era canhoto até que ele estendeu a mão para trás para testar a distância até o punho da espada.

— Tenho alguma experiência em esfaquear e golpear coisas — afirmou Cabell, que recebeu uma clava.

Peguei uma adaga pequena e tirei minha jaqueta para que Caitriona pudesse colocar uma cota de malha fina sobre minha túnica. Os outros fizeram o mesmo.

Olhei para o meu cavalo branco e sua sela impressionante, tentando acalmar meu coração antes que ele começasse a galopar.

Emrys se inclinou para perto do meu ouvido.

— Precisa de um empurrãozinho?

Eu sabia que ele estava me provocando. Tudo o que eu precisava dizer era que cavalgaria com meu irmão; na verdade, Cabell estava olhando para mim, como se estivesse esperando por isso, a sobrancelha se arqueando cada vez mais conforme eu permanecia de boca fechada.

Eu não ia deixar Emrys encontrar o anel, nem ia deixá-lo vencer essa pequena batalha.

Com um ruído de desgosto, subi na sela usando um estribo. Emrys subiu atrás de mim com uma facilidade irritante. Coloquei meus cotovelos para trás enquanto pegava as rédeas, tentando criar algum espaço entre nós.

Eu me arrependi dessa decisão no mesmo instante. Era impossível escapar dele. A pressão de seu peito definido em minhas costas, a forma como suas coxas se encostavam nas minhas. O hálito suave que roçava em meu cabelo e, apesar do calor que emanava dele e do animal embaixo de nós, um arrepio percorreu minha espinha, provocando faíscas em todos os lugares onde seu corpo largo se encaixava no meu.

— Quer apostar quanto tempo vai demorar pra eu cair das costas dessa belezinha? — sussurrou ele.

— Não, porque eu mesma vou empurrar você — respondi.

Seu peito se moveu em minhas costas quando ele riu. Uma mão hesitante surgiu na minha cintura, uma pergunta silenciosa.

— Tudo bem — eu me ouvi dizer —, mas não venha com gracinha.

Os músculos da minha barriga se agitaram e se contraíram sob as camadas de tecido e a fria malha quando seus longos dedos se espalharam.

Olhei para baixo, observando a borda elevada da cicatriz que ia do pulso até as costas da mão dele.

Emrys se inclinou para frente até que eu pudesse sentir seu coração batendo nas minhas costas. De alguma maneira, batia mais rápido do que o meu. O cheiro dele me envolveu, afastando o mundo decadente ao nosso redor por um único instante. Cheiro de pinho e do sopro do mar encheu meus pulmões.

— Nem sonharia com isso — murmurou ele perto do meu ouvido.

Cavalgamos em silêncio, seguindo Caitriona por uma trilha muito usada por entre os troncos das árvores cobertos de bolhas.

O tapete de decomposição — folhas escuras, carcaças de animais, musgo murcho — amortecia o barulho dos cascos dos cavalos. Fiquei de olho nas árvores e rochas irregulares. Os Filhos conseguiriam se esconder em muitos lugares, dobrando seus corpos em forma de aranha em fendas ou recuando para a escuridão impenetrável das cavernas criadas pela subida e descida do terreno acidentado.

Olhei para cima, tentando ver o céu por entre os galhos retorcidos das árvores mortas. Eu quase conseguia imaginar como Avalon poderia se assemelhar a Tintagel se tivesse a força e o brilho da natureza.

O corpo de Emrys estava rígido atrás do meu, seus dedos inconscientemente se curvando na minha barriga enquanto ele observava a região selvagem devastada.

Menos de uma hora se passara desde o momento em que deixamos a torre até entrarmos, por fim, em um trecho diferente da floresta. Ali as árvores cresciam em linhas ordenadas, e a névoa se pendurava em seus galhos sem vegetação. A doce podridão das frutas aguçou meus sentidos.

— O bosque sagrado? — adivinhei.

Senti, em vez de ver, Emrys assentir.

— Deve ser.

Um lampejo de luz chamou minha atenção, e virei o cavalo em direção a ele. Uma fogueira ardia a uma curta distância, no topo de uma torre de vigia estreita que se projetava do chão como um dedo torto. No ar escurecido, suas chamas se tornaram o único farol para indicar o caminho.

Meu coração bateu mais forte quando Caitriona desacelerou e apeou do cavalo, olhando atentamente ao redor antes de amarrá-lo a um poste. Um a um, fizemos o mesmo.

Caitriona levantou o pesado trinco da porta da torre. Eu entrei, Cabell veio logo atrás.

A poeira girava ao nosso redor, tão espessa quanto a névoa além dos muros de pedra. A luz fraca entrava por uma pequena abertura na parede, iluminando assustadoramente a cena congelada lá dentro.

Um saco de dormir esfarrapado. Uma lanterna apagada. Uma embalagem de doce amassada.

Os ossos abandonados de um homem afundando na terra que o prendia.

20

A imagem dos outros ficou embaçada na minha visão periférica, transformando-os em sombras. O ar que eu segurava ardia em meus pulmões. Eu não conseguia soltá-lo. Não ousava me mover e perturbar a poeira que pairava ao nosso redor. Para desfazer o estranho sonho que me prendia em sua armadilha.

— Nós o chamamos de Forasteiro — contou Caitriona atrás de nós. — Porque ele nunca teve um nome ou um rosto para nós. Não o enterramos, na esperança de que os parentes viessem.

Algo pesado bateu no chão. A forma escura de Cabell se moveu devagar, bem devagar, para se ajoelhar ao lado dos restos mortais.

Olhe, disse eu a mim mesma, lutando contra o desejo de me afastar. *Você tem que olhar.*

— ...Você acha graça numa piada cruel dessas? — protestava Emrys. Sua voz rouca ressoava na quietude da torre de vigia. — Não podia ter avisado a eles? Vai ver nem é ele... Como você tem certeza de que não é alguém nascido em Avalon?

Bedivere se curvou, sua armadura rangendo enquanto ele pegava o invólucro de prata do chão. Um chocolate Baby Ruth.

O favorito de Nash.

— Ele já tinha sucumbido à morte quando acendemos o farol desta torre de vigia no ano passado — apontou Caitriona. — Se tivesse chegado depois, teria conseguido usar o abrigo para o que foi projetado... um lugar seguro para se esconder dos Filhos da Noite.

A voz dela foi ficando distante à medida que eu via a mão de Cabell alcançar os restos mortais.

Os ossos estavam amarronzados sob os restos de tecido, que insetos ou os Filhos devem ter ingerido. As fitas de uma camisa outrora branca se agarravam às costelas expostas, balançando com a corrente de ar. A calça parecia moderna, mas era difícil dizer depois de tanto tempo.

Cabell começou por ali, apalpando o que restava dos bolsos. Em seguida, virou as botas. Até mesmo o seu toque hábil e delicado fez com que o couro se rompesse e se esfarelasse.

— Vai ver nem é ele — repetiu Emrys.

Apesar de não estar no saco de dormir, jazia em uma pose pacífica, como se tivesse tirado as botas e se deitado para dormir quando a morte levou o espírito de seu corpo. As duas mãos estavam visíveis. Sem anéis. Nenhum tipo de joia.

— O que você está fazendo? — perguntou Caitriona, enquanto tentava parar Cabell quando ele se ajoelhou ao lado da cabeça. — Já vasculhamos as roupas dele e não encontramos nada...

Ele se livrou da mão dela, levantando gentilmente a parte de trás do crânio do chão. Ali, protegido entre o osso e a terra fria, estava o colarinho bem preservado da camisa. Ele virou o delicado tecido na minha direção.

Dentro, costuradas pela mão de uma garotinha, havia cinco letras em linha amarela.

N. LARK.

— Eu sabia — disse ele, respirando fundo. — Eu sabia que se ele estivesse vivo e tivesse o anel, ele o teria usado para ajudar Avalon...

— O anel? — perguntou Caitriona, com a voz afiada.

Cabell soltou o tecido e o crânio, caindo de vez onde ele estava apenas agachado. Apoiou os braços nos joelhos e abaixou a cabeça. Seus ombros tremiam enquanto ele chorava, as lágrimas escorrendo silenciosamente para as tatuagens pretas em seus antebraços, em direção ao chão.

Ao vê-lo, tão exposto quanto uma cicatriz recém-aberta, aquela delicada corda que, a duras penas, impedia que minha mente se despedaçasse, enfim se rompeu.

A raiva e a dor explodiram dentro de mim, insuportáveis com suas lâminas quentes e afiadas. A visão daqueles restos mortais ficou embaçada. Uma pressão intensa ameaçava abrir meu crânio e revelar as lembranças e os sentimentos que eu havia lutado tanto para manter adormecidos.

Eu o odiava. *Eu o odiava.*

Antes de me dar conta do que fazia, estava pegando a maça, levantando seu peso absurdo sobre minha cabeça enquanto cambaleava em direção ao esqueleto.

Caitriona tentou me deter, mas foi um par de braços diferente que me segurou pela cintura, afastando-me dos ossos.

— Não faça isso. — A voz de Emrys estava calma, mesmo quando eu tentava me soltar, mesmo quando o grito saía da minha garganta. — Eu sei, Tamsin, mas você não pode...

Não pode. As duas palavras tremeram em minha mente. *Não pode.*

A maça caiu de meus dedos entorpecidos enquanto eu afundava no peito dele. Emrys me segurou, mantendo-me ereta enquanto a raiva me queimava e deixava meu corpo vazio.

Eu queria destruir o que restava de Nash; destruí-lo como ele havia tentado nos destruir.

Uma vez que você tenha escutado o estalido de um osso se reconfigurando e tomando nova forma, ele se incorpora à sua mente como uma raiz implacável. Foi então que o ouvi, acompanhado de uma inspiração aguda. Cabell se dobrou ao lado do esqueleto, com as costas arqueadas em um ângulo nada natural.

A dor, a onda de luto que o invadira com tanta violência, era demais para suportar.

— Você está bem, rapaz? — perguntou Bedivere ao lado dele.

— Não — ofeguei. — Cabell, está tudo bem... respire fundo...

Os ossos se deslocaram sob a grossa camada da jaqueta de couro de Cabell, deslizando como serpentes sob uma cobertura de folhas. Eles se projetavam à medida que se quebravam e se recombinavam de modos diferentes e monstruosos. Suas vértebras se arquearam uma a uma enquanto seu corpo se enrolava como um pergaminho antigo.

— Mas que merda...? — soltou Emrys.

Caitriona levou uma das mãos para trás, segurando o punho de sua espada e dando um passo instintivo, posicionando-se em frente a Emrys e a mim. Ela focou seu olhar na forma contorcida de Cabell. Pronta para matar.

— Cab, me ouça! — Eu me projetei para frente, mas Emrys me puxou de volta. — Ouça minhas palavras, concentre-se nelas... Em eras passadas, em um reino perdido no tempo...

A frase familiar morreu em meus lábios quando Cabell ficou rígido. Ele puxou as mechas soltas de seu cabelo preto e eu tive certeza de que ele arrancaria tufos ensanguentados. Bedivere não tinha me ouvido ou não se importava. Seu aperto no ombro de Cabell ficou mais forte quando ele se ajoelhou ao lado dele. Bedivere ergueu a mão, impedindo que Caitriona avançasse.

— Rapaz — começou ele com a voz suave. — Cabell, certo? Olhe para mim. Olhe nos meus olhos.

Eu me contorci e tentei me soltar, mas os braços de Emrys eram como uma corrente de aço na minha cintura. Seu coração estava batendo na mesma velocidade que o meu. Ele prendeu a respiração quando Cabell levantou a cabeça.

Apesar de estar de costas para nós, a forma alongada de seu crânio e o surgimento de orelhas caninas eram agora óbvios. Virei a cabeça e fechei os olhos para não ver a cena.

Agora não, pensei, desesperada. *Eles vão achar que ele é um dos Filhos... vão matá-lo...*

— É isso — disse Bedivere, sua voz rouca, baixa e suave. — Olhe para mim e só para mim. Você é o mestre ou o servo?

Cabell o alcançou com as mãos em forma de garras — não para atacar, mas para agarrar o braço do homem como se fosse a única coisa que o impedisse de ser levado pelo rio escuro que corria dentro dele.

— Você é o mestre ou o servo? — perguntou Bedivere de novo.

— M-mestre — conseguiu dizer Cabell. Seu corpo começou a mudar de novo, rachando e se contorcendo horrivelmente ao retomar a sua forma humana.

— Como? — Expirei.

O aperto de Emrys afrouxou quando ele se inclinou para perto do meu ouvido.

— Persuasor?

— Me diga seu nome — pediu Bedivere.

Havia um comando explícito em seu tom, que reverberou ao nosso redor como um eco suave. Enquanto ele falava, vi um leve brilho no ar, no local em que sua mão repousava no ombro encurvado de meu irmão.

Emrys estava certo. Bedivere tinha uma magia que aparentemente funcionava de forma semelhante a um Povo Mágico Persuasor. Era capaz de acalmar e se comunicar com as feras.

— Me diga seu nome — ordenou Bedivere mais uma vez.

— Cabell. — A voz do meu irmão era límpida, sua forma era humana.

Emrys me soltou e eu corri em direção a Cabell, caindo de joelhos ao lado dele. Ele se jogou em meus braços, agarrado a mim como se precisasse se lembrar do que era real. Ele olhou para Bedivere com espanto. Segurei-o pelo braço, ajudando-o a se levantar.

— É uma maldição, então? — perguntou o homem mais velho.

Cabell assentiu.

— Desde que eu nasci.

Alguém sibilou atrás de nós, embora eu não pudesse ter certeza se era Emrys ou Caitriona.

A pergunta permaneceria sem resposta. Do lado de fora da torre, nossos cavalos começaram a relinchar, pisando e chutando a terra. Caitriona foi em direção à porta, olhando para fora, com a mão já no punho da espada.

— Estamos ficando sem luz — observou ela. — Já passou da hora de irmos embora.

— É isso? — perguntou Emrys.

— Nossos dias são curtos — respondeu a garota —, mas garanto que minha paciência para esse tipo de atraso sem sentido é ainda menor.

— Não podemos deixar o corpo dele assim — interveio Cabell. — Precisamos enterrá-lo...

— Não, não precisamos — retruquei. — Deixe ele aí. Não vamos morrer por causa dele.

Os cavalos estavam tão assustados que nem mesmo nossa presença os acalmava. A velocidade com que a luz diminuía, recuando sobre o céu como uma correnteza, fez meu sangue gelar.

Montei na sela, permitindo que Emrys se acomodasse atrás de mim. Não desviei o olhar de Cabell enquanto ele cambaleava para fora da torre de vigia.

Os pelos ainda estavam caindo de seus braços quando ele montou em seu cavalo cinza-amarelado. Quando Bedivere acenou para ele, Cabell respondeu com um aceno rápido.

— Não vou perguntar se você está bem — disse Emrys calmamente.

— Que bom.

— Eu também nem sonharia em dizer que sinto muito por Nash — acrescentou ele.

— Fico feliz — retruquei, puxando as rédeas. — Porque eu sei que você não faria isso de coração... Só se importa com fato de ele não estar com o anel.

O volume da minha voz estava um pouco acima de um sussurro, mas, de alguma forma, Caitriona nos ouviu.

— Sim, *o anel* — repetiu ela, dando a volta em seu cavalo ao redor do nosso. — Estou ansiosa para ouvir sua explicação quando estivermos de volta à torre.

Cerrei a mandíbula, mantendo os olhos fixos no musgo morto que pendia dos galhos acima da trilha.

— E desta vez — ameaçou Caitriona, estalando a língua para fazer o cavalo andar — quem sabe você tenha a bondade de nos contar o verdadeiro motivo de ter vindo para Avalon.

Voltamos para a torre em um ritmo pesado. Quando o portão fechou atrás de nós, eu estava sem fôlego e cheia de hematomas.

— Venham comigo — disse Caitriona. Uma ordem, não um pedido.

Formamos uma fila atrás dela e a seguimos em direção à torre. Passamos pelo depósito e pelos dormitórios. Ela só parou quando chegamos ao terceiro andar de quartos. Olhando para trás por cima do ombro, encontrou o olhar de Bedivere e assentiu.

— Por aqui, rapaz — indicou Bedivere, guiando Cabell pelas escadas e pelo corredor escuro. Cabell não disse nada, com seu rosto abaixado e encoberto pelo seu cabelo preto. Meus batimentos dispararam, dissipando a névoa em meus pensamentos.

— Espere — gritei, passando rapidamente por Emrys e descendo as escadas. — Não o leve...

Bedivere estendeu a mão, parando-me antes que eu pudesse segui-los. O olhar que ele me lançou era quase insuportável de tão gentil.

— Não se preocupe. Vou cuidar dele.

Um sentimento de pânico atravessou meu corpo. Eles não podiam nos separar. Qualquer coisa podia acontecer com ele.

— Venha comigo, Tamsin — ordenou Caitriona.

Emrys segurou meu braço com gentileza, me puxando de volta para as escadas.

— Vai ficar tudo bem, moça — falou Bedivere. — Apenas desta vez, permita que outra pessoa cuide dele.

Não. Isso não estava certo. Era meu dever proteger Cabell. Sempre foi assim, desde que consigo me lembrar.

— Agora, Tamsin — ordenou Caitriona.

— Eu vou ficar bem — sussurrou Cabell. — Está tudo bem, Tams.

— Por favor, não o machuque — implorei. Cabell parou do lado de fora da porta, com a mão apoiada no trinco, e não se virou. — Ele não consegue controlar isso.

— Por que eu o machucaria? — perguntou Bedivere, com os olhos azuis acinzentados suaves. — Ele é um bom rapaz.

— Vamos — insistiu Emrys, seus dedos apertando levemente meu cotovelo. — Ele vai ficar bem.

Cabell abriu a porta do quarto que dividia com Emrys e desapareceu lá dentro. Por fim, cedi, soltei-me do aperto de Emrys e subi o último lance de degraus.

Caitriona nos levou ao andar mais alto do castelo. O cheiro de pergaminho velho, tinta e couro nos saudou ao alcançarmos o último degrau, como se dissesse *Vocês estão aqui, vocês me encontraram, enfim estão a salvo.*

A biblioteca.

O espaço era inundado por uma luz suave e acolhedora de velas. Cada chama era amplificada de maneira eficaz por um globo de vidro ao redor, iluminando as mesas que se espalhavam pelo centro da sala. Tapeçarias ornamentadas estavam penduradas em todas as paredes.

O mais impressionante de tudo, no entanto, eram as fileiras de estantes de livros, esculpidas para se assemelhar a um bosque. Os galhos dessas árvores eram feitos de prata, e as folhas, de espelhos, para transportar a luz e espalhá-la uniformemente ao nosso redor.

Neve estava sentada em uma das mesas ao lado da lareira, com um enorme livro aberto diante de si. Olwen percorria as prateleiras atrás dela, parecendo procurar algo. Ambas olharam para nós quando entramos bruscamente.

— O que aconteceu? — Neve se levantou da cadeira, com a mão no peito. Odiei o olhar suave e piedoso em seu rosto, mas odiei ainda mais meu coração traidor pelo aperto que senti ao me dar conta disso.

Olwen puxou uma cadeira para mim e uma para Emrys. Ele foi se sentar voluntariamente, deixando o corpo cair pesadamente na cadeira, as pernas esticadas à frente do corpo. Ainda tinha adrenalina demais correndo sob minha pele para que eu pudesse me sentar.

Andei de um lado para o outro perto das estantes, olhando de vez em quando para as lombadas douradas e seus títulos — *Remédios para todas as doenças, Bestas de outros reinos, Lorde Morte* — antes de tocar as bordas delicadas dos pergaminhos empilhados.

Quando me virei para a próxima fileira, uma elfa, a irmã de que Olwen havia nos falado, apareceu na minha frente, assustada como um cervo.

Como Aled e Dilwyn, ela era magra, com a pele esverdeada, como uma fruta que ainda não está madura, e o cabelo longo e escuro estava coberto por uma espessa faixa branca. Em comparação às outras, ela parecia… frágil não é bem a palavra. Também não era por causa de seu tamanho. Na verdade, ao olhar para ela, eu tinha a estranha sensação de que ela estava presente de corpo, mas não de alma.

A elfa se voltou para Caitriona.

— Você os levou para ver o Forasteiro? Era o homem que eles estavam procurando?

— Era, sim, Mari — respondeu Caitriona.

— Nos enganou e nos fez pensar que ele ainda estava vivo, só para nos mostrar um cadáver. Talvez essa seja a melhor forma de descrever — retrucou Emrys friamente.

Neve olhou para Caitriona, indignada.

— Como você pôde fazer uma coisa dessas?

— Não viemos falar sobre como eu os enganei — retrucou Caitriona —, mas sobre como vocês nos enganaram.

— Cait — repreendeu Olwen.

A outra garota suspirou, abaixando a cabeça.

— Peço desculpas por ter enganado vocês, mas não posso nem vou me desculpar por fazer o que for preciso para proteger esta ilha.

— Ótimo — retruquei. — Porque não vou me desculpar por fazer o que *eu* preciso fazer para ajudar meu irmão.

Ela olhou para mim, imperiosa e inflexível. Mas vislumbrei algo em sua expressão, um sinal de que me entendia, ao mesmo tempo de que nunca se renderia.

— Por que você não avisou que ele estava morto? — perguntou Olwen, horrorizada. — Não sabia que você era desonesta.

— Eu não fui *desonesta*! — protestou Caitriona, cuspindo as palavras. Ela cruzou os braços e virou o rosto para o outro lado. — Eu estava sendo cuidadosa. Não acreditava que a história deles fosse verdadeira. Precisava ver a reação deles ao encontrar o Forasteiro.

— Bem, meus parabéns, você provou estar errada — condenou Emrys. — E só para que você saiba, reter informações se enquadra no quesito desonestidade.

O rosto sardento de Caitriona ficou corado. Ela abriu a boca, mas logo a fechou. Quando enfim decidiu falar, já havia recuperado a compostura.

— De todo modo, *vocês* deixaram várias partes essenciais da história de fora.

— Explique, por favor — disse Olwen, olhando para os dois.

Era estranho ouvir a história contada por Caitriona, com todo o distanciamento de alguém que não havia sido forçada a fechar um livro velho e inacabado.

— Seu irmão foi amaldiçoado a se transformar em um cão de caça? — perguntou Olwen, com as sobrancelhas erguidas. — É verdade?

— Sim. — Meu estômago se revirou, odiando o fato de ter que compartilhar isso com quase estranhos. Não parecia certo falar sobre o assunto quando Cabell não estava por perto. — Ele costumava ser capaz de reprimir a transformação, mas tem acontecido com cada vez mais frequência. Qualquer emoção mais intensa desencadeia o processo.

Emrys fez um pequeno ruído no fundo da garganta.

— Há quanto tempo ele está assim?

— Na verdade, acho que a melhor pergunta é como Cabell foi amaldiçoado — rebateu Olwen, apoiando a bochecha na palma da mão enquanto ponderava. — Ele nasceu com essa maldição ou ela foi lançada?

— Não sabemos — respondi, depois hesitei. — Nosso guardião o encontrou ainda menino. Ele estava vagando sozinho em um pântano do nosso mundo mortal, sem se lembrar de nada além do próprio nome. Tentamos... de tudo... de *tudo* para acabar com o controle da maldição. Tônicos, os curandeiros dos Povos Mágicos, até mesmo feiticeiras. Sem saber quem lançou a maldição ou o motivo, não conseguimos descobrir como quebrá-la.

Neve olhou para as mãos, perdida em seus pensamentos. Ninguém parecia saber o que dizer, mas melhor o silêncio do que clichês cheios de esperança que não serviam para nada além de desperdiçar fôlego.

— Lamento a perda do seu guardião — disse Mari. — Que a memória dele permaneça, mesmo que a Deusa conceda uma nova vida à sua alma.

— Por favor, peça à sua Deusa para não se incomodar — respondi com amargura. — Há jeitos melhores para ela usar o tempo dela.

As sobrancelhas de Caitriona e Olwen se ergueram de repente. Mari só inclinou a cabeça, estudando-me de uma maneira enervante.

— Se me permite — disse Olwen —, o que me confunde é que, apesar disso, você viajou para Avalon para procurá-lo...?

— Eles não estavam procurando por ele — afirmou Caitriona com ironia, cruzando os braços. — Estavam atrás de um tipo de anel que acreditavam que ele tinha. Um anel que quebra maldições.

— Ah! — exclamou Mari, os olhos se aguçando com um foco repentino e surpreendente. — O Anel da Dispersão?

Olwen passou a mão em seu cabelo azul.

— Que a Deusa a abençoe por ter lido todos os livros desta torre, Mari. Esse é aquele feito pela Alta Sacerdotisa Viviane?

— Sim, para Sir Lancelot, que foi criado por ela aqui antes de se juntar a Arthur em sua corte — explicou Mari. — Depois que li sobre o anel nos escritos dela, falei com Sir Bedivere. Ele testemunhou seu poder em mais de uma ocasião.

Eu me recostei na poltrona ao lado de Neve, sem saber como me sentir naquele momento que minha teoria sobre Bedivere estava confirmada.

— Então você procura, para Cabell — concluiu Caitriona —, esse anel que pode ter estado em poder do seu pai.

— Por que não nos contou isso desde o início? — indagou Olwen. — Ninguém a culparia por querer ajudar seu irmão. Teríamos ficado felizes em oferecer toda a assistência possível.

— Por causa da natureza do anel — ressaltou Mari com sua voz sonhadora e distante. — E o que é necessário para usá-lo.

Valha-me Deus, pensei.

— Isso não é... — comecei, sentindo o pânico fazer com que as palavras ficassem engasgadas em minha garganta. Eu me agarrei à menor das possibilidades para tentar mudar de assunto. — Eu não tinha certeza se podia confiar em vocês. Como contaria algo tão importante depois de vocês nos jogarem nos calabouços? E, a propósito, se este é um lugar tão pacífico e bonito, por que vocês têm um calabouço?

— Na verdade, era lá que costumávamos trancar o vinho e o hidromel — explicou Olwen, tão solícita. — Alguns dos pequenos feéricos desenvolveram um gosto por isso e, por volta de Beltane...

Ela parou quando Caitriona pousou uma das mãos em seu braço.

— O que é necessário para usar o anel? — perguntou Neve.

— Não é... é... — Eu me virei para ela, com o maxilar travado, mas já era tarde demais.

— O anel foi criado para Sir Lancelot por uma sacerdotisa que era excepcionalmente habilidosa na arte da prata... abençoando joias e outros objetos com o poder da Deusa — explicou Mari. — Dando um propósito para eles. Mas, em vez de destruir as maldições e os encantamentos lançados naquele que o usava, o anel começou a absorvê-los. Ele descobriu o gosto do sangue e gostou.

Meus batimentos aceleraram.

— Isso não é... — Tentei interromper.

— Deixe ela terminar — retrucou Caitriona. — Mais uma palavra e você vai voltar para o "depósito". Vá em frente, Mari.

E foi o que Mari fez, e o pouco controle que eu ainda tinha da situação por fim se esvaiu.

— O Anel da Dispersão só obedecerá ao mestre que provar seu valor ao matar o mestre anterior. Ele só pode ser reivindicado por meio da morte.

22

Senti o olhar de Neve em mim como um ferro em brasa, me marcando com uma acusação silenciosa.

Você não deve nada a ela, sussurrou uma voz em minha mente. *Se ela não pesquisou sobre o Anel antes de sair em busca dele, é problema dela.*

Isso pouco adiantou para conter a bile que queimava na minha garganta.

— Se esse anel pode quebrar maldições e achamos que há uma chance de ter sido devolvido a Avalon, por que não estamos procurando por ele? — perguntou Olwen. — Não é por uma bênção como essa que temos orado?

— E arriscar sabe-se lá quantas vidas procurando fora dos muros da torre? — Caitriona balançou a cabeça e olhou para mim. — Nesse momento, seu pai está morto e o anel está perdido. O que pretende fazer agora?

— A mesma coisa que todos vocês deveriam fazer — respondi. — Ir embora deste lugar podre dos infernos e voltar ao reino mortal.

O mais surpreendente não foi a maneira como Caitriona recuou diante da sugestão, mas como Olwen e Mari desviaram o olhar para as folhas espelhadas das prateleiras, como se tivessem sido atingidas pela culpa ao ouvir, de repente, os próprios pensamentos ecoando de volta para elas.

— A ilha é nosso lar — protestou Caitriona. — Era o orgulho de nossos ancestrais e a dádiva da nossa Deusa. Você pode até não ter fé na grande tapeçaria do destino, mas nós temos. Sei que deve haver uma maneira de restaurar a terra e os Filhos ao que eram antes, e continuarei lutando todos os dias para encontrá-la.

— Lutar como? — respondi. — Dois anos já se passaram e vocês não estão nem perto de acabar com tudo isso. Vocês já perderam. A única dúvida que resta é quantas vidas ainda estão dispostas a sacrificar.

Caitriona ficou vermelha com a raiva que mal conseguia reprimir. Nenhuma das outras irmãs disse uma palavra. Ver minha suspeita anterior validada foi o pior tipo de vitória — vazia e amarga em seu âmago.

— O que quer que tenha acontecido aqui foi fatal — acrescentei. — Você tem o poder de abrir o caminho de volta para o reino mortal, não tem? Avalon está morta e as pessoas daqui serão as próximas. Quanto tempo até que a magia comece a transformar os vivos? Vão passar seus últimos dias lavando o sangue do chão até que não haja mais ninguém para fazer o mesmo por vocês?

Mari se levantou da cadeira, trêmula e pálida. Ela saiu correndo da biblioteca com um soluço reprimido, os pés pisando com força nos degraus.

— Tamsin... — interveio Emrys. — Será que não é a hora de fazer uma pausa mais do que merecida nesse seu fatalismo de partir o coração?

Ignorei os olhares furiosos dos outros. Eu não precisava de uma lição de moral vinda de pessoas que se recusavam a engolir uma pequena dose de verdade.

Caitriona fez sinal de que iria atrás de Mari, mas Olwen se levantou e ergueu a mão para impedi-la.

— Vou ver como ela está depois que terminarmos aqui.

— Olha — falei, mas não consegui pedir desculpas. — Sem o anel, a única coisa que posso fazer agora é tentar encontrar a próxima relíquia, feitiço ou feiticeira que possa ajudar Cabell.

— E você não acha que a resposta *poderia* estar aqui? — perguntou Neve, erguendo o braço para indicar o que nos cercava.

— Você ainda não disse como vieram parar aqui — protestou Caitriona.

— Então, como pretende voltar?

Falei antes que Neve pudesse dizer a verdade.

— Neve abriu o caminho. Tenho certeza de que ela pode fazer isso de novo.

— Isso só se eu concordar em ir com você — retrucou Neve com o tipo de ressentimento merecido que só me fez gostar mais ainda dela.

— Então, uma das sacerdotisas pode nos mandar de volta e seguiremos felizes em nosso caminho — respondi.

— Não — interrompeu Caitriona. — Contrariando suas mentiras, é impossível para uma feiticeira abrir o caminho após o Abandono, e nenhuma sacerdotisa levará vocês. Não há luz do dia o suficiente para prosseguir com essa jornada, e não arriscarei a vida de nenhuma de minhas irmãs pela de vocês de novo.

Uma onda ardente de fúria e indignação surgiu em mim.

— Tem de haver outra maneira...

Um sino tocou furiosamente, o clangor frenético era um som desesperado. Meus batimentos aceleraram ao ouvi-lo.

— O que é agora? — perguntei.

A armadura de Caitriona fez barulho quando ela passou correndo por mim em direção à parede dos fundos e puxou uma tapeçaria para o lado, revelando uma fileira de janelas em arco.

Nós nos reunimos atrás dela, vasculhando a escuridão além das paredes da torre. Caitriona agarrou-se ao peitoril em ruínas, sua respiração irregular.

Lá embaixo, o fosso seco era um inferno de fogo. As chamas lançavam uma luz sinistra sobre as centenas, ou talvez milhares, de Filhos da Noite que haviam se reunido em seus limites.

Alguns se lançavam nas chamas, testando se conseguiriam passar. Um deles se atirou de uma árvore próxima, com as mãos em forma de garras cravando o muro da fortaleza, mas acabou derrapando e sendo devorado pelo calor cintilante. Um segundo conseguiu chegar mais longe, mas foi abatido por um arqueiro antes que pudesse escalar a parede de fogo.

Houve um barulho de passos na escada. Betrys irrompeu pela porta um segundo depois, com a pele de tom marrom brilhando de suor.

— O que aconteceu? — perguntou Caitriona, indo na direção dela.

— Eles estão... — Betrys respirou fundo. — Eles vieram todos juntos. Nos cercaram por todos os lados. Acendi o fosso... mas eles não estão recuando como faziam antes. Como eles conseguiram passar pelas barreiras de proteção da floresta?

Um vislumbre de medo cruzou o rosto de Caitriona antes que ela o escondesse por trás de sua máscara controlada de sempre.

— A magia delas enfim falhou. É uma questão de tempo até que a magia das muralhas da torre também falhe. Você fez bem em acender o fogo do fosso.

— O que quer dizer com a magia delas *falhou?* — perguntei. — Como isso é possível?

— A magia sombria é alterável — explicou Caitriona. — A presença dos Filhos enfraquece o trabalho de feitiço mais antigo e mais forte da ilha.

Olhei para Emrys.

— Devemos acender os fogos secundários nas paredes superiores? — perguntou Betrys.

Caitriona balançou a cabeça, pegando a irmã pelo braço.

— Acorde os outros guardas da torre. Precisamos vasculhar os níveis inferiores e as fontes para garantir que ninguém entrou... — Suas vozes desapareceram quando passaram pela porta.

A imagem dos Filhos, tão vorazes, permaneceu em minha mente por muito tempo depois que Caitriona e Betrys partiram.

— Quanta palha e madeira vocês têm para manter a fogueira acesa?

— Está queimando com magia — explicou Olwen. Ela pretendia nos tranquilizar com essas palavras, mas o tremor de seus lábios presente em seu sorriso não transmitia muita confiança. — As Nove se revezarão para alimentá-lo até o amanhecer, quando os Filhos se retirarem.

— E se os Filhos não se retirarem mais? — perguntei.

Olwen não se atreveu a responder, mas eu já sabia.

Ficaríamos presos ali com eles.

E quando a última magia protetora se extinguisse e as garras encontrassem as pedras frias, morreríamos com elas.

Sem combinarmos e sem que eu sequer tenha dito algo, os outros me seguiram até o quarto que Emrys e Cabell dividiam. A pesada porta de carvalho já estava entreaberta, como se meu irmão estivesse nos esperando ou, quem sabe, estivesse se perguntando a respeito dos sinos que ainda tocavam.

Ele estava sentado na cama, com os joelhos dobrados junto ao peito e os braços em volta deles. Seu cabelo preto na altura dos ombros estava caído para frente enquanto ele encarava a parede na outra extremidade. Cabell não olhou para nós quando entramos e Emrys fechou a porta.

— Você contou pra eles? — perguntou Cabell abruptamente.

— Eu tive que contar — respondi.

Ele levantou um ombro.

— Você podia pelo menos ter esperado que eu estivesse presente.

— Eu sei. — E porque era tudo o que eu realmente podia dizer: — Me desculpa.

Ele assentiu e se levantou para sentar-se à mesa em frente à lareira. O fogo das pedras de salamandra tremulava com a mudança na corrente de ar. Pelo canto do olho, vi que Neve e Emrys deram um passo inconsciente para trás quando ele se aproximou.

No mesmo instante, o abismo cada vez maior de dormência dentro de mim se encheu de uma raiva ardente.

— Eu não mordo — protestou Cabell, e meu coração se partiu um pouco mais quando ele forçou o tom de voz para soar mais leve, como se estivesse brincando. Seus dentes brancos brilharam à luz do fogo. — Pelo menos não na forma humana.

— Que azar essa maldição, Lark — falou Emrys, voltando a soar tão arrogante como sempre. — Isso deve explicar por que seu velho estava atrás do anel, para começo de conversa.

Ele se sentou à mesa em frente a Cabell... Uma mesa redonda não muito diferente da de Arthur, onde todos tínhamos o mesmo status e a mesma capacidade de nos olharmos com desconfiança. Minha boca se torceu em uma risada sem humor.

— O que aconteceu lá fora? — perguntou Cabell, virando-se para me olhar.

— Os Filhos cercaram a torre — expliquei. — As Nove estão contendo todos eles com fogo.

Cabell franziu a testa.

— Isso vai bastar?

— Olwen me disse que o fogo é a única maneira de matá-los de verdade — disse Neve, esfregando o dedo em um nó na madeira. — As criaturas temem o fogo e odeiam a luz.

— O maior problema é que eles estão bloqueando nosso caminho de volta para o portal — expliquei. — Precisamos encontrar outra forma de voltar ao mundo mortal, caso contrário, vamos virar banquete de mortos-vivos.

— Você iria embora, de verdade? — perguntou Neve, parecendo incrédula. — Não quer ficar e tentar ajudar?

— E o que eu deveria fazer aqui? — perguntei.

O olhar dela se tornou mais duro.

— Não posso acreditar que você seja insensível assim.

Meus nervos ficaram à flor da pele.

— Será que é porque você mal me conhece?

— Podemos fazer *alguma coisa*. — Neve tentou de novo. — Este não pode ser o fim de Avalon.

Eu sabia que ela não estava com raiva de mim só porque eu via a situação de uma maneira realista. Ao menos parte dessa raiva era resultado do fato de eu ter escondido dela a verdade a respeito do anel — escondido de alguém que nitidamente se orgulhava de ser autodidata e de saber das coisas. E não tinha problema nisso. Era gostoso brigar. Para liberar um pouco daquela pressão dolorosa que estava se acumulando em mim desde que entramos na torre de vigia.

— Eu vim para cá atrás do Anel da Dispersão, e agora os rastros não só se apagaram, eles morreram de vez — falei, sem me preocupar em suavizar o tom. — Não vou arriscar minha vida ou a de Cabell vasculhando as florestas em busca de uma relíquia que talvez nem esteja mais aqui. Prefiro voltar ao nosso mundo e encontrar outra solução, e sugiro que você faça o mesmo.

— Há mais coisas em jogo além do anel agora — protestou Neve. Seu rosto era o próprio retrato da compaixão de um espírito nobre que vinha fazendo com que pessoas heroicas fossem mortas há milhares de anos. Se havia um momento para ela ser egoísta, para confiar nas probabilidades impossíveis, era agora.

— *Você* por acaso se esqueceu por que queria o anel em primeiro lugar? — perguntei. — O que te faz achar que o Conselho de Irmãs vai te aceitar por salvar o mesmo lugar de onde foram banidas?

Neve olhou para baixo, sua expressão se contraindo. Era óbvio que estivera pensando a mesma coisa.

— Não é... não é só isso.

— Você quer ter acesso aos textos das sacerdotisas para aprender mais da magia? — sugeri. — Incluindo aquele feitiço de luz que você lançou?

— Aquele que salvou sua vida? — A expressão ameaçadora que surgiu em seu rosto me fez recostar na cadeira. O fogo pareceu rugir de repente em minhas costas, ecoando o calor das palavras dela.

— A Tamsin está certa... — comentou Emrys.

Olhei para ele com as sobrancelhas erguidas.

— Sim, ao menos uma vez tenho que concordar com você, Passarinho...

— Pare de chamá-la assim — interrompeu Cabell.

Emrys continuou, ignorando-o.

— Ainda temos o portal esperando por nós. Se viajarmos à luz do dia, talvez a gente consiga sobreviver por tempo suficiente para usar a única viagem de volta que a bruxa prometeu.

— Sim, temos que torcer para que um dos Filhos não o encontre e tente entrar em nosso mundo antes — retruquei.

Os três olharam para mim com diferentes graus de horror.

— Você pode, por favor, dizer ao gremlin do caos que vive na sua cabeça para ficar quieto? — perguntou Cabell, sofrendo.

— Tudo o que quero dizer é que o tempo é essencial — contornei.

— Você tem razão — concordou Neve, empurrando a cadeira para trás. — É por isso que não vou mais ficar aqui sentada, entrando em uma espiral de pânico cada vez mais profunda, e vou voltar para a biblioteca a fim de procurar soluções.

Balancei a cabeça, dando uma olhada rápida para Cabell, mas sua expressão perturbada só havia se aprofundado.

Ao chegar à porta, Neve parou e não se deu ao trabalho de se virar ao dizer:

— Sinto muito pelo Nash.

E então ela se foi.

Emrys esticou os braços para cima e estralou o pescoço.

— Com isso em mente, vou buscar comida e dar uma olhada por aí para ver o que consigo encontrar.

Depois que ele saiu, Cabell se levantou e voltou a se sentar na ponta da cama. Eu me sentei ao lado dele, sentindo o silêncio entre nós como uma terceira presença no quarto. De uma só vez, a raiva e o ressentimento me invadiram. Cerrei os punhos no colo enquanto encostava a cabeça no ombro de Cabell. Ele encostou a cabeça na minha.

— Ele se foi de vez, hein? — começou Cabell depois de um tempo.

Quando fechei os olhos, vi Cabell ali... o menino de sete anos atrás, pequeno e frágil, encharcado até os ossos com a chuva gelada depois de procurar Nash em Tintagel. Dizendo o que eu já sabia.

Ele foi embora.

Quando nos tornamos só *nós*.

— Já faz sete anos que ele foi embora — respondi. — Só que agora temos certeza de que ele nunca mais vai voltar.

— Você sempre pensou assim — apontou Cabell.

— Não quer dizer que eu queria que fosse assim. — Eu me ouvi admitir.

Ele se endireitou, esticando o pescoço para olhar para mim.

— Talvez a gente consiga encontrar outro diário dele. E nele estarão as respostas para o que se passava pela cabeça dele ao vir até aqui com o anel. Ou os nomes dos seus pais biológicos.

Contraí o queixo e fiquei irritada com a forma como meus olhos arderam com o calor.

— Isso não importa. Nós somos tudo o que precisamos, né?

Cabell suspirou, e demorou um pouco até que ele conseguisse dizer:

— Se isso acontecer de novo... se eu me transformar...

— Não vai acontecer — respondi, me endireitando. Segurei o antebraço dele, forçando-o a olhar para mim. — Não vai acontecer.

— Se acontecer — continuou ele, olhando para as mãos —, não me deixe machucar ninguém, especialmente você. Eu não conseguiria viver com isso. Faça o que for preciso para me impedir.

— Isso não vai acontecer — eu disse.

— Tamsin — insistiu ele com firmeza. Olhei em seus olhos escuros, odiando a maneira assombrosa como as sombras pintavam seu rosto. — Faça o que for preciso.

Encostei minha cabeça em seu ombro de novo, acolhendo o silêncio novamente ao espaço.

— Não vai acontecer — repeti, porque nunca fiz promessas ao meu irmão que eu sabia que não cumpriria.

A noite interminável se estendeu até o que Olwen chamava de horas de descanso, quando a maioria dos avalonianos sobreviventes tentava dormir, por mais impossível que fosse.

Dei algumas mordidas em uma fatia de pão e comi um pouco do ensopado de cevada que Dilwyn me ofereceu, e fui para a cama cedo, aliviada por descobrir que Neve não estava lá.

Eu apaguei a lareira, deixando o quarto frio; meus pensamentos fluíam melhor na escuridão, quando os únicos concorrentes eram o medo e as lembranças. Eu me deitei de lado, olhando para a escuridão até que meus olhos se ajustassem o suficiente para contar cada pedra da parede, e meus ouvidos não percebessem mais os gritos dos Filhos que se reuniam ao longo da beirada do fosso em chamas.

Presa. A palavra estava em minha língua como folhas amargas de dente-de-leão. Todos os planos que eu concebia — voar, cavar, lutar — desmoronavam sob o peso da própria implausibilidade.

Eu me virei para o outro lado, sentindo toda a dor em minhas costas e pernas.

Você iria embora, de verdade?

Eu iria, e em um piscar de olhos, se isso significasse nossa salvação. Até mesmo a de Emrys. Este não era o nosso mundo. Não tínhamos nenhuma responsabilidade com ele, nem com ninguém nele.

Suspirei fundo e apoiei o rosto nas mãos. Sabia que deveria ser grata pelo ar em meus pulmões e pelo fato de termos chegado até ali. Mas tudo se dissolveu em uma raiva latente sob minha pele.

Para com isso, Tamsy, não é tão ruim assim.

Na quietude do momento, centenas de perguntas surgiram como um enxame venenoso em minha mente. Mas a verdade esmagadora estava além dessas paredes, perdida entre os ossos dele.

Seus restos mortais eram a última resposta que provavelmente teríamos. Nash estava morto. Ele morreu junto de tudo o que merecíamos saber e que agora nunca descobriríamos. Nash estava morto e havia levado nosso passado com ele para um lugar fora do nosso alcance — para o deserto escuro da morte.

Eu não conseguia nem mesmo ficar com raiva dele por isso, não quando estava tão furiosa comigo mesma. *Eu* nos levara até ali. Ao perseguir seu fantasma, eu havia decretado a morte de todos nós.

De alguma forma que me parecia impossível, devo ter adormecido. A próxima coisa de que me dei conta foi o barulho da porta deslizando sobre a pedra e a cama afundando com o peso de Neve.

— Você não ia me contar como o anel deveria ser reivindicado, ia? — sussurrou Neve na escuridão.

— Não.

— Porque você pensou que eu era uma tonta e que, quando eu descobrisse, seria tarde demais.

— Eu nunca pensei que você fosse tonta — sussurrei. — Mas eu sinto muito.

Não expliquei o restante. Que agora era diferente entre nós. Que eu nunca imaginei que as coisas ficariam deste jeito. Nada disso importava naquele momento, e tudo o que eu queria era o silêncio. A fria vastidão de nada que costumava existir entre nós.

O único lugar seguro que existia para se esconder.

23

Naquela noite, sonhei com a mulher na neve pela primeira vez em anos.

O sonho foi tão nítido quanto o próprio dia em que aconteceu. Cabell e Nash haviam me deixado no barco que pegamos emprestado para que pudessem procurar a adaga de Arthur em um covil próximo. Eu tinha ouvido a voz dela, como a ânsia nela de alguma maneira se harmonizava com a minha. Como se eu estivesse procurando por ela e ela por mim.

Ela esperava por mim em um campo aberto, a neve que caía dava forma ao seu corpo translúcido enquanto pairava sobre o chão. Ela estendeu a mão para mim e eu fui até ela, desesperada por aquele toque. Por ser desejada.

A Dama Branca era linda, mas seu rosto ganhou um toque de dor quando me viu.

Algo havia se agitado em mim quando me aproximei dela. Um pensamento. Uma história, contada por Nash meses antes, de mulheres que morreram pelas próprias mãos antes que pudessem revelar a localização de um tesouro. Como elas deveriam cuidar dele até matarem outra pessoa para tomar seu lugar.

Mas o pensamento se dissipou, e então havia apenas ela. Sua mão, estendendo-se para tocar meu peito, logo acima do coração.

E a dor. Uma dor mais aguda e cruel do que qualquer outra que eu já havia experienciado. Como se ela tivesse empunhado uma faca e a tivesse cravado ali, repetidas vezes. Tentei recuar, mas meu corpo estava fraco demais. Eu não conseguia nem gritar. Seu rosto, tão sereno, ficou monstruoso deleitando-se de prazer com meu sofrimento.

Mas o vento chamou, gelado e imperioso, cortando o campo. A neve se tornou frenética com as palavras que o vento cantava.

Ela não. Esta criança, não.

E a luz trêmula do espírito obedeceu, desaparecendo como o último raio de sol na noite.

O sonho mudou.

Eu estava de volta ao caminho que levava ao imponente portão da torre, seguindo um cavalo branco sem cavaleiro. Enquanto caminhava, a névoa espessa que nos cercava se dissipou e o mundo mudou. Verde brilhante com vida imparável — pássaros, peixes no fosso reluzente, pequenas fadas reunidas ao longo das paredes. Os galhos da árvore Mãe estavam repletos de folhas e gavinhas de névoa adorável.

Os cascos do cavalo ecoavam na pedra. Nos degraus da torre, o animal se virou, como se quisesse ter certeza de que eu ainda estava o seguindo.

Vi meu rosto refletido em seu olho preto. Um chifre de marfim em espiral se erguia em sua cabeça. Uma efervescência se moveu sob minha pele quando ele abaixou a cabeça na base dos degraus da torre, encostando o chifre no chão. E ali, uma única rosa branca surgiu da terra escura, por entre as pedras. As pétalas se abriram, trêmulas.

Eu acordei, ofegante. Pressionei as mãos em meu rosto úmido, mas o cheiro fantasmagórico das pétalas permaneceu em minha pele. Levantei da cama, saboreando a sensação das pedras geladas sob meus pés. Aquilo era a realidade. Era a verdade.

Limpei minhas mãos na camisa, no cobertor, em qualquer coisa para livrá-las daquele cheiro. Só parei quando vi que a outra metade da cama estava vazia, mas já feita e arrumada.

Neve já tinha saído para viver o dia. Eu não a culpava.

A dor estrondosa em meu crânio fez com que o quarto ficasse em sombras. Uma luz cinza penetrava através da janela atrás de mim, suavizada.

Luz do dia.

Não me dei ao trabalho de calçar os sapatos nem de tentar desamassar as roupas com que havia dormido. Saí correndo do quarto, subindo as escadas em direção à biblioteca. Eu tinha certeza de que encontraria

Neve sentada junto a uma mesa, enterrada atrás de uma pilha de livros, mas a sala estava vazia.

Parei no batente da porta. Com todas as tapeçarias colocadas de lado, a luz certeira atravessava o vidro da janela feito lâmina. As mesas e os tapetes pareciam desgastados e sombrios.

Quase tive medo de olhar quando me aproximei do vidro frio. As pessoas se movimentavam no pátio abaixo e flanqueavam as paredes da fortaleza. Meu coração batia mais forte. O fogo do fosso estava apagado, mas as criaturas haviam se aglomerado sob as árvores, sofrendo com a luz fraca, construindo montes horríveis e se escondendo atrás das pedras em busca de abrigo.

Alguém arfou atrás de mim. Eu me virei, levantando as mãos de maneira defensiva. Olwen olhou para mim, segurando um pequeno caldeirão, três castiçais e uma coroa de verduras secas junto ao peito. Seus cachos azuis-escuros pareciam flutuar sobre os ombros.

— Você me assustou — disse ela com uma risada trêmula. — Não esperava encontrar ninguém além da Flea aqui em cima.

Dei uma olhada nos objetos que ela colocou em uma das mesas.

— Aulas?

Olwen fez uma careta.

— Se eu conseguir fazer com que ela saia de onde se esconde.

O cheiro de lavanda e lixívia me invadiu quando ela atravessou a sala em minha direção.

— Os Filhos não recuaram — informou Olwen. De perto, sua exaustão era evidente: a pele sob seus olhos estava arroxeada e encovada, e ela parecia não conseguir manter o equilíbrio com o esforço que fazia para permanecer de pé.

— Como isso é possível? — perguntei. — Eles já fizeram isso antes?

Olwen balançou a cabeça.

— Não fazemos ideia do que isso quer dizer, mas suspeito que não seja nada bom.

Olhei torto para ela.

— Você acha?

De repente, pensar que ela passaria horas dando uma aula para Flea em vez de se preparar para o próximo ataque dos Filhos me pareceu ridículo.

Apontei para a mesa.

— Qual é o sentido de ensinar qualquer coisa para ela quando não se pode nem mesmo garantir o dia de amanhã?

A expressão de Olwen se fechou.

— Sabe, Tamsin — começou ela —, nossa Alta Sacerdotisa, que a Deusa restaure a alma dela, costumava dizer que se você espera fracassar, você está convidando o fracasso de braços abertos, porque não consegue suportar a dor da esperança ou a possibilidade do sucesso. Mas me diga, o fato de estar certo faz com que doa menos quando acontece?

— Não — respondi, com a dor latejando mais forte em minha cabeça cada vez que respirava —, mas ao menos você está preparado.

No curto período em que estive fora do quarto, outra pessoa já havia entrado e saído. Minhas roupas velhas — apenas um suéter e uma camisa, já que minhas calças viraram um amontoado de fios — tinham sido lavadas, como prometido, e estavam cuidadosamente dobradas sobre a mesa em frente à lareira.

Havia algo mais em cima delas. Observei com os olhos arregalados, tentando aliviar as dores em meu pescoço. Eu me aproximei do objeto.

Era um pequeno pássaro de madeira. Uma estatueta finamente esculpida, pouco maior que meu polegar, mas precisa em seus detalhes. A crista de penas na cabeça...

Era uma cotovia. A palavra em inglês para esse pássaro é exatamente *lark*.

Seus olhos de madeira me encaravam transparecendo um tipo estranho de inteligência, o bico parecia estar meio aberto, como se estivesse respirando antes de voar. Eu sentia seu calor bem na palma da minha mão, com as bordas se cravando em meus dedos quando os fechei ao redor dela, levando o punho para descansar contra a testa.

Eu precisava encontrar Cabell e, em seguida, reunir os outros para continuar nossa conversa — para convencer Neve a abandonar a ideia ridícula de que essa terra poderia ser salva. Encontrar um mapa da ilha e descobrir onde o portal da bruxa havia nos deixado. Elaborar um plano para escapar dos Filhos e, em seguida, um plano alternativo para quando o primeiro plano inevitavelmente falhasse. Ver que comida e suprimentos extras eu poderia encontrar para guardar em nossas malas e esperar que ninguém mais notasse sua ausência.

No entanto, nem Cabell nem Emrys estavam no quarto, nem no salão principal da torre — havia apenas homens e mulheres diante de teares, tecendo tecidos simples ou fazendo cobertores.

O barulho e o tinido de metal contra metal finalmente me levaram para o pátio, onde o ar ainda cheirava à fumaça.

Primeiro vi o cabelo escuro de Cabell, depois o couro escuro de sua jaqueta. Ele estava sozinho, os antebraços apoiados na cerca do ringue de treinamento. Ele observava atentamente enquanto Bedivere instruía um grupo de homens e mulheres em uma série de exercícios com suas espadas de madeira.

O velho cavaleiro fez uma demonstração com sua espada de aço, balançando a lâmina com uma só mão, com precisão e confiança. Ele ainda usava a luva de metal sobre a mão perdida e usava o pulso para segurar o punho da espada.

Olhei para os novatos inseguros quando cheguei ao lado de Cabell; todos pareciam perplexos com o que Bedivere estava explicando. Eles se atrapalhavam com suas armas de treino como se tivessem passado a vida carregando harpas e flautas, e não espadas.

Logo atrás deles, Caitriona e algumas das outras faziam seus treinamentos. Observei, atônita, enquanto Arianwen acertava com perfeição o centro do alvo com quatro flechas.

Atrás dela, Betrys deu uma cambalhota, rolando pelo chão e atirando uma rápida sucessão de facas em seus alvos, manequins costurados na forma de humanos. Eles já estavam em um estado triste, com feno saindo das coberturas de pano, mas ela conseguiu decapitar um e estripar outro. A palha caía como chuva conforme os bonecos desmoronavam.

Caitriona manuseava uma espada longa e reluzente, o rosto corado pingando de suor enquanto movia a pesada lâmina em uma sequência de oito suaves golpes repetidos, ajustando apenas a altura e a velocidade do ataque. Seus pés eram leves e ágeis, deixando padrões em espiral nas pedras empoeiradas.

— Você não tem outra garrafa térmica de café escondida em algum lugar, não? — Era tanto uma súplica quanto uma pergunta.

Cabell me olhou como se pedisse desculpas.

— Você não trouxe nenhum pacote?

— Os meus estragaram com a chuva e a lama — lamentei.

— Talvez eles tenham chá? — sugeriu ele.

Olhei para ele, enojada demais para sequer dar uma resposta.

— Aconteceu alguma coisa de interessante hoje de manhã? — perguntei para ele.

— Vi Neve ajudando na cozinha mais cedo. Depois conheci Lowri, uma das Nove. Ela tem cabelos loiros acobreados e é ainda mais alta que a Caitriona.

Assenti. Eu a tinha visto na torre. Tinha ombros e braços incrivelmente musculosos.

— Lowri trabalha na forja com Angharad, o gnomo — comentou Cabell, como se tivesse lido meus pensamentos. A seguir, acrescentou, sarcástico: — Ninguém se aproximou de mim. Não consigo nem imaginar o motivo.

— Deve ser porque, pelo cheiro, parece que você dormiu com um burro molhado — brinquei.

Ele não riu.

— Eles vão se aproximar. — Minha garganta doía enquanto eu falava. — Eles vão ver quem você é de verdade.

— Ah, é? — perguntou ele, mexendo nos anéis de prata em seu dedo médio da mão direita. — E quem eu sou?

— Uma pessoa maravilhosa que teve muito azar — respondi com um olhar que era como um desafio, para que não ousasse discutir. — E que pode até cheirar a burro, mas tem um coração de ouro.

Ele deu um sorriso discreto.

— Obrigado, Tams.

— Agora — acrescentei, mantendo minha voz baixa —, precisamos de um plano.

Cabell deu as costas para o treinamento, batendo o salto de sua bota no chão.

— O que a gente precisa de verdade é daquilo que sempre precisamos no começo de um trabalho: informações. Sobre a torre em si e se há uma chance remota de fazer viagens mais longas fora dos muros.

Eu preferia quando éramos apenas nós dois trabalhando sozinhos, mas ele estava certo. Nesse caso, era impossível.

— É isso que você está fazendo aqui fora? — perguntei.

— Eu ia tentar conversar com Bedivere sobre ontem — contou ele, cruzando os braços —, sobre como ele conseguiu me tirar da beira do abismo.

Assenti, ignorando meu estômago que revirou à menção do que havia acontecido.

— É uma boa ideia. Na verdade, não faria mal nenhum ficar perto de Bedivere. Ele pode saber de outras maneiras de sair daqui.

— E quanto a você? Precisa de alguma dica útil para fazer novos amigos?

— Ha-ha. — Revirei os olhos.

— *Cabell!*

Nós dois nos viramos para a área de treinamento. Bedivere estava fazendo sinal para ele com uma das espadas de madeira.

— Tenho uma espada para você, meu rapaz.

— Ah... não — disse Cabell, balançando a cabeça. Ele deu um passo para trás. — De verdade. Estou só assistindo.

Dei uma cotovelada na lateral do corpo dele e gritei em resposta:

— Ele passou a manhã toda esperando você convidar.

O cavaleiro deixou seus pupilos e veio até nós, parte do sorriso escondido pelos tufos da barba.

Ele usava uma placa de couro no peito e cheirava ao óleo que havia usado para amaciá-la, com um pouco de suor de cavalo misturado.

— Vamos lá, rapaz. Está faltando uma pessoa para os treinos em duplas, e desconfio que isso pode ajudar a desanuviar sua cabeça cheia de preocupações.

Bedivere jogou a espada de treino para ele. Cabell a pegou com facilidade. Ficou olhando para ela enquanto o velho cavaleiro voltava para o grupo, gritando:

— Assumam suas posições!

— Informação — lembrei a Cabell. — Foi ideia sua.

Com um grunhido, Cabell tirou a jaqueta e a deixou pendurada na balaustrada ao meu lado. Ele puxou as mangas da túnica para cobrir as tatuagens e prendeu no pulso com laços.

— Acaba com eles, meu herói — brinquei, dando um tapinha nas costas dele. — Faça os Lark ficarem orgulhosos.

— Vou jogar seu café instantâneo todinho na privada quando voltarmos pra casa — disse ele entredentes e com um sorriso forçado.

Apesar de toda a confiança e facilidade que meu irmão tinha para navegar em nosso mundo, era estranho vê-lo se juntar timidamente aos outros, como uma criança nervosa tentando fazer amigos no parquinho.

— Bom rapaz! — Ouvi Bedivere aplaudir. — Pessoal, este é meu amigo Cabell.

Senti uma leve pressão no bolso da jaqueta. Verifiquei bem a tempo de agarrar a mão pequenina antes que ela pudesse escapar.

— Melhorou — anunciei, me virando. Flea fez beicinho quando ela entregou o pássaro esculpido. — Costuma ser melhor tentar com objetos planos ou lisos até você ficar mais rápida.

A garota fingiu ignorar meu conselho enquanto se encostava na cerca.

— Aquele ali é seu irmão? Aquele que parece um pomposado que bebeu hidromel demais?

— Só *eu* posso chamá-lo de pomposado — retruquei, adivinhando o significado da palavra, uma combinação de pomposo com afetado. — Além disso, ele não é tão ruim assim...

Nossos olhares se voltaram para o grupo. Cabell não tinha tanta prática quanto os outros. E a incerteza fazia com que ele sempre ficasse para trás, um passo atrasado para poder seguir o exemplo deles.

— Se você diz — retrucou Flea, puxando o gorro de tricô sobre as orelhas.

Com o rosto sujo, cabelos ondulados quase brancos de tão loiros e mal-educada assim, eu tinha que admitir que sentia uma certa afinidade com Flea.

— Você não deveria estar lá com elas? — perguntei, apontando para as outras sacerdotisas com a cabeça.

— Cait diz que ainda sou nova demais — respondeu Flea, mal-humorada, e depois, com outra imitação impressionante da sacerdotisa mais velha, acrescentou: — *Você tem que aprender com os olhos antes das mãos*, ela diz.

— Ah, isso é uma bela de uma... — parei de falar — porcaria. A melhor forma de aprender é colocando a mão na massa.

Flea assentiu vigorosamente.

— É o que eu sempre digo!

— Você já falou com Bedivere sobre isso? — perguntei, sentindo que ali havia uma oportunidade. — Qual é a história dele, afinal?

— Sir Beddy? — Flea olhou para trás por cima do ombro, analisando-o. — Ele é de boa quando não está repetindo a mesma ladainha de servir àquele cadáver velho com cara de bunda em batalhas *gloriosas* e topetudas.

Minha risada saiu estrangulada.

— Essa história é verdadeira? — Percebendo que ela talvez não conhecesse as versões dos contos do mundo mortal, expliquei: — Sobre o Rei Arthur ter sido trazido para cá quando estava morrendo e mantido suspenso em um sono encantado?

Tudo para que um dia ele pudesse retornar, quando a Inglaterra precisasse.

Ela assentiu, mordendo as unhas já bem roídas.

— Tem uma tumba elegante na floresta e tudo mais. Mas não sei se ele vai voltar. Para mim, ele parece bem podre. Estou surpresa que não tenha se transformado com o resto dos mortos, mas tem alguma magia que o protege e mantém ele vivo o bastante, diz a Olwen.

— Como Bedivere ainda está vivo?

— Algum feitiço — respondeu Flea, acenando com a mão. — Vai continuar vivo enquanto o rei precisar dele, sabe.

Eu sabia.

— Bedivere sempre viveu aqui na torre?

Ela passou a manga da camisa no nariz.

— Não. Ele morou sozinho em uma casinha perto da tumba por alguns séculos e só veio para cá há dois anos.

Pela primeira vez, Flea parecia a criança que era. Seu lábio inferior tremia enquanto seus dedos se esticavam para agarrar a grade da cerca.

— Quando os Filhos apareceram pela primeira vez — continuei.

Flea fungou.

— Quando os Filhos surgiram, famintos, vieram buscar as pessoas nos pomares e nos vilarejos que costumavam existir. E... na escola.

Havia uma escola no passado. O pensamento se insinuou em mim, entrelaçando-se com o horror das palavras como um fio de gelo. Eu não tinha pensado direito nisso antes de ela falar.

Flea era a única criança que restava na torre.

Poderia haver um berçário escondido em um dos muitos prédios da torre, mas eu não tinha visto nenhum bebê nem escutado choro algum. Também não havia crianças andando por aí. Pelo menos não durante todo o tempo em que estávamos ali.

Torci muito para que eu estivesse errada, porque pensar nisso era quase insuportável. Meu coração podia ser de pedra, mas ele ainda batia.

Fazia sentido para mim que ninguém tivesse ousado conceber outra criança neste mundo. Não como se encontrava.

— E... você não estava na escola naquele dia? — perguntei com cuidado.

Ela balançou a cabeça em negativa.

— Eu não queria ir. Era chato e os outros eram melhores em tudo. Então vim para a torre para ver todo mundo se preparar para o festival da colheita. E então...

Flea se afastou, esfregando o nariz que escorria.

— E então não houve colheita. Minha mãe e meu pai estavam lá no bosque sagrado e não sobrou nada deles. E isso é tudo.

O peso de suas palavras pressionou meu corpo até que eu não conseguisse mais me mover. Por pior que minha infância tenha sido, não fora... *assim*. Os fiapos de uma vida à qual Flea só podia se agarrar enquanto os últimos vestígios de seu mundo desmoronavam ao seu redor.

— Isso não é *tudo* — respondi com gentileza. — Sinto muito por seus pais e amigos. Deve ser difícil sentir falta deles.

Flea franziu a testa.

— Tudo bem. Tenho minhas irmãs. Não estou sozinha agora. Nenhum de nós está.

— Fico feliz em saber — retruquei, olhando para trás, onde Arianwen encaixava outra flecha em seu arco. — E as famílias delas?

— Se foram — confirmou Flea. — Uma por uma. A escuridão era tão densa que poderia estrangular você, mas Cait nos ajudou a atravessá-la. Os outros estão sempre brincando dizendo que, com um cabelo daquele tom tão peculiar, parece até que ela foi moldada na forja, mas eu sei que ela já teve uma mãe e um pai também.

Assenti.

— A tia e o tio da Mari estão aqui. O velho Aled e Dilwyn — contou Flea. — O resto de nós, porém, temos uns aos outros para cuidar, e de vez em quando isso dói, quando está tão tudo quieto que você acaba parando pra pensar.

Assenti, mexendo a mandíbula, tentando pensar no que dizer. Eu estava com muito medo de que minhas palavras saíssem tão amargas e bruscas como sempre saíam.

— E você tem seu irmão, mesmo que ele se transforme em uma fera? — perguntou ela, olhando para mim com uma expressão surpreendentemente solene. — Sinto muito pelo seu pai.

Não fazia sentido que *aquilo*, dentre tantas coisas que haviam acontecido, provocasse uma ardência indesejada nos meus olhos. Eu precisava mudar de assunto.

— Quando você foi chamada para ser sacerdotisa? — perguntei.

Flea fungou.

— Pouco antes de a nossa Alta Sacerdotisa ser atacada, alguns dias depois do pomar e das escolas. Foi bem ali...

Ela apontou para a área ao lado da cozinha.

— Os Filhos entraram na fortaleza? — perguntei, horrorizada.

Flea assentiu.

— Ela era velha que nem pedra e teve uma morte rápida e sangrenta protegendo Mari e os outros, porque só alguns guardas sabiam lutar... afinal, Avalon era pacífica e tudo mais. Mari tomou um susto enorme e nunca mais se recuperou... ou, pelo menos, é o que diz Olwen, mas ela sabe dessas coisas.

Eu queria dizer algo reconfortante, mas nunca fui boa com esse tipo de coisa. Todas as palavras que eu pensava pareciam erradas.

Você não deve nada a eles, aquela mesma voz sussurrou em minha mente, *nem mesmo bondade.*

— Foi por isso que Caitriona e as outras aprenderam a lutar? — perguntei. E porque Bedivere as ajudou, quando veio buscar refúgio na torre. — Elas não treinavam assim antes?

— Ah, não. Todas elas se exibiam em vestidos, abençoando o terreno para a Deusa, organizando festivais, entoando canções idiotas e fazendo aquelas malditas coroas de flores. Mas não é tão estranho assim, eu acho. Tinha a Dama do Lago, é óbvio.

— Eu achava que a Dama do Lago era só outro nome para a Deusa — respondi. — Era outra pessoa?

— Era o título dado a todas as sacerdotisas escolhidas ao longo dos tempos para defender a ilha com espada e magia — contou Flea, em um tom sonhador —, quando ela ainda fazia parte do seu mundo e havia necessidade disso. Excalibur era a espada que cada Dama do Lago usava, até que a entregaram a Arthur para ser o protetor de Avalon enquanto ele governasse. Foi por isso que ele teve que devolver a espada quando foi encantado.

— Sério? — Eu conseguia entender como havia interpretado mal o título de Dama do Lago nos textos que havia lido, mas essa versão das origens da Excalibur era totalmente nova para mim.

— Não teve mais nenhuma Dama do Lago desde que a ilha se tornou o próprio reino. A última ficou no mundo mortal com seu amor, que era um ferreiro, segundo a Mari. Um monte de bobagens, se você quer saber.

— Flea franziu o nariz. — Cait diz que temos que mostrar aos outros que ainda há esperança, e por isso lutamos. É por isso que eles deveriam me ensinar a manusear uma espada, mas dizem que sou pequena demais e acham que sou estúpida. Rhona e Seren concordam.

Eu não conhecia Rhona e Seren, mas já tinha visto as duas sacerdotisas andando de braços dados nos intervalos entre as tarefas. Rhona tinha cabelos escuros como as asas de um corvo, e Seren tinha cabelos como a luz do sol.

— Na verdade, suas irmãs parecem achar que você é inteligente demais para o seu bem — falei para ela.

Flea sorriu ao ouvir isso.

— Eu só preciso desenvolver minha magia, só isso. Então serei muito inteligente.

— Você recebeu o chamado, mas ainda não pode usar magia? — perguntei.

A sobrancelha de Flea se arqueou em sinal de compreensão.

— Esqueci que você não sabe nada.

— Me explique como se eu fosse uma criança de cinco anos — respondi, de maneira divertida.

— Bem... Eu estava dormindo com os outros na torre e foi como sentir um brilho quente na minha mente. Ele sussurrou uma canção que só eu podia ouvir e me disse para cantar, e foi o que fiz. O calor me acolheu como um banho quente, fazendo com que eu me sentisse bem e feliz, e fez com que meus pés me levassem até o salão, até a imagem da Deusa. E Cait e as outras ouviram a música e vieram também. Quando uma sacerdotisa morre, outra é chamada, entende?

Eu entendo. Avalon já foi um lugar onde não havia doença e sofrimento. Mas, embora a magia pudesse prolongar uma vida por centenas de anos, ela não podia vencer a morte. Todo mundo acabaria por morrer em algum momento.

Flea coçou o nariz enquanto pensava.

— Mas eu não. Fui chamada cedo demais e tudo está errado desde então. Olwen acha que sou muito jovem, que isso vai acontecer quando eu tiver treze anos, como as outras. Tudo o que sei é que o grande poço de magia não quer se abrir para mim, e não temos tantos anos para esperar.

— Então, com a antiga Alta Sacerdotisa morta — comentei —, quem será a nova?

— Cait — respondeu Flea. — As outras desejaram que fosse assim, porque ela é a Cait.

Flea se virou para olhar para trás, para onde Cabell e Bedivere estavam praticando juntos, trocando ataques com as espadas de treino repetidas vezes em diferentes posições. Cabell estava quase sorrindo. Além deles, Caitriona e Betrys duelavam, demonstrando algo para Arianwen.

Betrys deu um passo para trás, mas Caitriona, brilhando de suor e vigor, estendeu a mão e disse:

— Vou tentar de novo.

— Não — disse Betrys —, não tem por que...

— Vou fazer de novo — insistiu Caitriona, assumindo a postura. Seus braços se esforçavam para levantar a espada. — E vou fazer melhor.

— Tudo o que você vai fazer é cair de bunda no chão — disse Betrys com seu jeito prático de sempre. — Descanse, Cait.

A conversa interrompeu o que Bedivere estava dizendo aos alunos. O velho cavaleiro olhou para o lado e avaliou a situação com uma rapidez impressionante.

— Caitriona — gritou ele, chamando a atenção dela. — Você pode me ajudar? Preciso de sua habilidade.

Ela hesitou, respirando com dificuldade. Ele estendeu a mão e a sacerdotisa finalmente assentiu, respirando fundo.

Cait devolveu sua espada longa ao suporte e foi se juntar a ele. Cabell e os outros a seguiam atentamente, enquanto Bedivere se afastava com um olhar de orgulho evidente.

— Em uma batalha, seja contra um inimigo ou contra cem, é imperativo que vocês se lembrem disso — alertou Caitriona a eles atrás de nós, sua voz reverberando como um sino. — Se deixarem a arma cair, vocês vão morrer. Façam de tudo para mantê-la em suas mãos, mesmo que isso signifique lutar contra o próprio medo em primeiro lugar. Agora, preparem suas armas.

Cabell, a alguns metros de distância dela, assentiu e olhou para a arma de treino que empunhava.

— Tenho uma pergunta pra você.

Flea fez uma pausa, e a expressão em seu rosto me deixou ansiosa para saber o que ela estava pensando. Não fiquei desapontada.

— Você acha que Arthur ainda terá a mesma aparência que tem agora quando voltar à vida? Todo pálido e murcho como uma uva-passa? Porque, sendo bem sincera, ele não cheira bem.

— Espero que não — respondi com uma risada. — Já vai ser difícil vender um rei morto-vivo para o mundo sem ele parecer pútrido. Você o viu, de verdade?

Ela deu de ombros.

— Antes de os Filhos se levantarem. Foi um desafio. Mamãe não ficou muito feliz. Foi uma longa caminhada.

Antes que eu pudesse responder, um sorriso malicioso se espalhou pelo rosto dela.

Flea segurava uma moeda de um centavo — uma moeda moderna que, aparentemente, tinha pegado carona no bolso da minha jaqueta para chegar à Terra Distinta. Fiquei boquiaberta, mas estava rindo e ela também.

— Não tenho mais nada pra ensinar a você — comentei.

— Eu quero saber o que você está ensinando pra ela? — indagou Neve.

Nós duas nos viramos para encontrar a feiticeira nos observando, com as sobrancelhas erguidas e os braços cruzados. Ela usava um vestido simples com um avental que estava salpicado com o que poderia ser comida ou sujeira. Era quase impossível ter certeza sob a luz opaca.

— Ah, sabe como é — respondi. — Apenas minhas reflexões sobre a natureza humana e a grandeza do mundo.

— O que andei ouvindo é que você gosta de fazer com que as crianças tenham pesadelos — retrucou Neve, com as mãos na cintura.

— Alguns dizem "ter pesadelos" — alfinetei. — Outros dizem "moldar o caráter".

— Sim, você é uma verdadeira arquiteta quando se trata disso — provocou Neve.

Eu fiz uma careta.

— Sarcasmo é a *minha* praia. Você tem acesso à magia antiga, e eu tenho a ironia na ponta da língua.

Flea olhava de uma para a outra, os pensamentos refletidos nos olhos.

— O que tá pegando entre vocês duas?

Olhei nos olhos de Neve enquanto respondia:

— Neve não sabia a verdade sobre um assunto e agora está brava comigo.

— Tamsin — expressou ela, retribuindo o olhar — ainda não sabe como pedir desculpas e precisa aprender a confiar e a se abrir com os outros.

— E Flea — disse a menina — acha que vocês duas são malucas.

— *Flea!*

A menina se endireitou ao ouvir a voz aguda de Olwen quando a outra sacerdotisa deu a volta na torre. Ela teria fugido, se eu não tivesse agarrado a parte de trás de sua túnica e a segurado, contorcendo-se, no lugar.

— Traidora! — rosnou ela, ainda tentando se libertar.

— *Você* não deveria ter pegado minha moeda — respondi.

— Você está uma hora atrasada para a aula — anunciou Olwen, de braços cruzados.

— Eu não preciso de aulas — retrucou Flea. — Não das suas, ao menos.

— Ah, é? — disse Olwen. — Você não precisa aprender a invocar sua magia ou a realizar nossos ritos?

Flea fez beicinho.

— Eu gostaria de aprender como você faz essas coisas — respondeu Neve. — Tenho certeza de que é diferente da maneira como aprendi.

A sacerdotisa sorriu.

— Com certeza, Neve. Você é sempre bem-vinda.

— Estou tão atrasada em meus estudos — começou Neve — que seria útil ter uma segunda sacerdotisa com o mesmo conhecimento para me ajudar...

— Ah — disse Olwen, sem deixar de notar como Flea ergueu a cabeça ao ouvir as palavras de Neve. — Minhas irmãs estão todas ocupadas com suas tarefas ou treinando, então não sei onde podemos encontrar essa ajuda...

Flea fez um ruído no fundo da garganta.

— Bem, então serei a ajuda.

— É mesmo? — perguntou Neve. — Você faria isso por mim?

A garota olhou para ela.

— Não precisa fazer esse alarde todo. É só porque você é tão coitada.

— Flea! — advertiu Olwen. — Peça desculpas para a Neve.

— Não tem problema. — O olhar de Neve deslizou para mim. — Ao menos ela é sincera.

A garota levantou o ombro.

— A gente vai ou não vai?

Eu as observei até que desapareceram dentro da torre, adiando minha próxima tarefa o máximo que pude. O pequeno pássaro esculpido em meu bolso parecia ficar mais pesado à medida que as lições continuavam atrás de mim.

Encontrei Emrys no jardim murado ao lado da enfermaria. Ele estava de joelhos, trabalhando em algo no solo escuro. Seus cabelos estavam desgrenhados e havia uma mancha de terra em sua bochecha. Quando ele se inclinou para a frente, a gola da túnica se abriu, revelando um pouco do músculo, mas também as linhas retorcidas das cicatrizes. Absorto, ele afastou alguns dos duendes que se aglomeravam em torno de sua cabeça.

Sorri discretamente enquanto me encostava no muro de pedra, tentando ver melhor o que o deixava tão absorto.

Farejador de terra, dedinhos verdes, beija-folhas. Havia tantos nomes desdenhosos entre os escavadores para o Talento de Emrys. Acreditava-se que os herbaceiros não tinham muito valor em nosso tipo de trabalho, e a maioria era considerada excêntrica e andava pelas estufas arrulhando flores. A maneira como Emrys usava seu poder era muito mais ponderada... quase meditativa.

Emrys começou a replantar as mudas irreconhecíveis e murchas ao seu redor. De vez em quando, ele parava, segurando as finas raízes brancas na palma da mão, assentindo para si mesmo ou para elas, eu não tinha certeza. Em seguida, ele adicionava algo ao solo ou mergulhava as plantas em um pequeno balde de água, antes de devolvê-las à terra.

— Ah, você deve ser a Tamsin — disse uma voz de trás de mim. Era Seren. Seu cabelo louro-dourado estava trançado, mas os fios soltos se agarravam ao suor em seu rosto. Os olhos castanho-escuros se fixaram em mim enquanto ela apoiava a cesta de roupas de cama no quadril. E continuou: — Estava me perguntando quando nos encontraríamos.

Emrys se assustou, suas orelhas ficaram de um tom rosa brilhante quando ele ergueu os olhos e viu que eu o observava.

— Eu sou como uma mosca chata — respondi para ela —, é só esperar que eu acabo aparecendo.

Seren fez uma pausa, processando essas palavras.

Mesmo sob a luz opaca do dia, enquanto deveriam estar descansando, os Filhos nunca paravam de chilrear e gritar. Abracei meu corpo, tentando afastar o frio.

— Posso perguntar uma coisa? — comecei.

— Com certeza — respondeu Seren.

— Se todos vocês têm magia e ao menos algumas armas — comecei —, por que não tentam matar os Filhos da Noite com fogo enquanto eles estão expostos assim? Ou pelo menos tentam fazer o feitiço que Neve fez naquela primeira noite?

— Ainda não identificamos o feitiço que ela usou, e quanto aos Filhos... — Seren mexeu na cesta de novo, a boca franzida. — Eles já foram nossos amigos e familiares. Em algum lugar dentro deles ainda são e, se pudermos destruir a escuridão que assola a ilha, ainda há alguma esperança de que possam retornar até nós.

— Você acredita mesmo nisso? — perguntei a ela. — Você viu como a magia, ou o que quer que seja, os corrompeu de vez. No que exatamente eles se transformariam?

A expressão de Seren se endureceu e eu sabia que não receberia uma resposta.

— Como você perdeu o café da manhã, eu quis me certificar de que saiba que tem pão na cozinha. — E, com isso, ela foi embora.

— Vejo que você está mais determinada do que nunca a fazer amigos — comentou Emrys, levantando-se. Ele limpou as mãos em um pano e depois o jogou de volta sobre o ombro, enquanto caminhava até mim, do outro lado da parede.

Levantei o pássaro esculpido, deixando transparecer minha irritação.

— Você recebeu meu recado — comentou ele, sorrindo.

— Você acha engraçado?

— Ah, não era para ser engraçado — justificou-se ele. — Essa árvore foi um pássaro muitas vidas atrás, então eu a libertei.

Fiquei olhando para ele, tentando descobrir se estava falando sério. No fim das contas, eu não queria que ele pensasse que eu me importava o suficiente para fazer mais perguntas.

Emrys apoiou a cintura no muro e cruzou os braços. Seu olho cinza estava pálido como o céu, enquanto o olho verde se assemelhava às manchas nas folhas ainda presas nas mangas da própria camisa. Ele não parecia mais sentir a necessidade de esconder suas cicatrizes. Por um momento, tudo em que consegui me concentrar foi no cheiro de hortelã que ele exalava. Devia ser isso que ele estava replantando.

— Escuta — começou ele, com a voz baixa —, descobri uma coisa ontem à noite.

— O quê?

— Eu não consegui dormir depois... bem, depois de toda aquela coisa com Nash e Cabell, e decidi dar uma olhada por aí. Acho que você está certa e que pode haver outra maneira de sair da torre. Pelo menos uma que não nos coloque no caminho dos Filhos.

Acho que você está certa. As palavras mais bonitas em qualquer idioma e exatamente as que eu estava desesperada por ouvir.

— Tá bem — respondi devagar. — O que você descobriu?

Emrys balançou a cabeça em negativa.

— É melhor você ver com os próprios olhos. Me encontre no grande salão depois que os outros tiverem ido dormir. Ah, e traga seu amigo enrugado também. Podemos precisar dele... *é* uma Mão da Glória mesmo, né? Você por acaso não tem como passatempo fazer esculturas decorativas de cera com partes desmembradas do corpo humano?

— Não, não tenho — confirmei. — Aliás, o que você está fazendo?

— Isso? — Ele olhou por cima do ombro para o jardim. — Que tal fazermos uma aposta? Se você adivinhar...

— Se você me fizer adivinhar, eu vou embora — rebati.

— Bom, assim não tem graça.

— É, porque eu sou bem assim mesmo, a Tamsin cheia-de-graça Lark.

— Por que não Tamsin-graçadinha-Lark? — perguntou ele. — Eu poderia dar um pouco de diversão à sua vida...

— Continue falando e você acabará enterrado na mesma terra que acabou de revirar — avisei.

Ele riu.

— Tudo bem, tudo bem. O solo aqui é tão carente de nutrientes quanto as pessoas. Estou colocando cascas de ovos e cinzas... para fornecer um pouco de potássio e aumentar o pH do solo. Vamos ver se dá certo.

Ergui uma sobrancelha.

— Emrys Dye... você é um belo de um nerd, não é?

— Enganei você, não foi? — brincou ele, com o sorriso convencido um pouco prejudicado pelas manchas de sujeira espalhadas em seu rosto.

— Então, lá na biblioteca da guilda, você não estava se gabando de sair com três garotas ao mesmo tempo — indaguei — ou de como você consegue mandar um papo e entrar em qualquer bar de Boston, ou de como você bateu três dos carros de valor inestimável do seu pai em corridas de rua? Foi tudo alucinação minha?

— Não vejo como todas essas coisas juntas sejam uma contradição. Um homem pode ter muitas camadas, não? — Seu sorriso só aumentou e, quando ele se aproximou, eu não recuei. Por algum motivo selvagem, estúpido ou teimoso, eu não queria. — Não sabia que você estava de olho em mim.

Coloquei uma mão no peito dele e o afastei, torcendo desesperadamente para não estar corada.

— De que adianta todo esse trabalho de jardinagem? É um esforço em vão.

Ele inclinou a cabeça, observando o arranjo bem planejado das plantas.

— É mesmo?

Suspirei alto, deixando o ar sair pelo nariz, cerrando os punhos ao lado do corpo.

— Por que é tão difícil para eles aceitarem a verdade do que estão enfrentando?

— Você não está dizendo nada que já não saibam, Tamsin. Eles só estão tentando não serem esmagados por essa verdade.

— Mas o que eles estão fazendo em relação a isso? — perguntei. — O que eles estão *fazendo*, de verdade, para reverter tudo isso?

— Talvez seja por isso que estamos aqui — ponderou ele. — Talvez Neve esteja certa e seja nosso trabalho descobrir isso para eles.

— Com toda certeza *não* é por isso que estamos aqui — retruquei — e você sabe disso. Como vai explicar para a Madrigal?

— Ainda estou considerando a questão, mas tenho certeza de que há outra bugiganga ou arma rara que ela vai querer. — Ele passou a mão pelo cabelo. — Se eu tiver sorte.

— A Madrigal chegou a dizer por que ela queria isso?

Não sei por que fiz essa pergunta; ele não tinha sido honesto em relação a nada até agora.

Emrys franziu a testa, tentando, distraidamente, girar o anel de selo com o brasão familiar, que já não estava mais em seu dedo.

— Não. Neve também não faz ideia?

Eu o observei por mais um momento, tentando perceber qualquer indício de mentira.

— Neve teve contato limitado com as Irmãs.

— Faz sentido. — E foi tudo o que ele disse. Era como observar uma raposa se retirando devagar para sua toca. Seu rosto estava cuidadosamente vazio. Mais uma camada de pedra foi acrescentada àquele muro dentro de mim.

— Por que você aceitou o trabalho de Madrigal? — perguntei mais uma vez. — E por que não pode contar ao seu pai?

— Não tem história nenhuma por trás, Tamsin — respondeu ele. — Ao menos, não do jeito que você está pensando.

— Ah, é? — respondi. — E o que você sabe sobre o que eu penso?

O olhar que ele me lançou obscureceu o mundo ao nosso redor.

— Eu conheço você.

Sustentei o olhar dele com o meu por um longo instante e, como tudo entre nós, tornou-se uma luta — uma recusa em ser aquele que desviaria primeiro.

Um grito assustado quebrou qualquer sentimento que me mantinha enraizada no mesmo lugar. Várias pessoas passaram correndo pelo jardim e contornaram a torre.

Emrys e eu trocamos um olhar e, em seguida, ele estava pulando o muro e nós os seguíamos para o que nos aguardava à frente.

Uma pequena multidão havia se reunido na base dos degraus que levavam à torre. As pessoas estavam murmurando, não com preocupação ou temor, mas com entusiasmo. À medida que atravessávamos o grupo até a frente, observei aqueles rostos atônitos e reverentes com um alarme crescente. Alguns se ajoelharam, abaixando a cabeça. Até Emrys parou de repente ao meu lado, seu rosto se transformando em admiração.

— Está cantando — sussurrou.

Voltei-me para os degraus e a vi.

Uma única rosa branca, erguendo-se por entre uma fenda no degrau de pedra, a flor linda e delicada, tão cheia, entrelaçada com gavinhas de névoa branca.

Aquela noite parecia um sonho atravessado por veneno de basilisco: sombrio e ilusório. Minha mente oscilava entre momentos nítidos de consciência e as sombras de meus pensamentos. O grande salão era um borrão de movimento e luz de velas ao meu redor, mas eu não conseguia parar de olhar para ela.

A rosa.

As sacerdotisas a haviam colocado nas palmas das mãos pálidas e viradas para cima da estátua da Deusa. A flor branca permaneceu ali durante todo o jantar.

— Tá, vai, qual é o seu problema? — A voz de Neve interrompeu meus pensamentos. — Você parece ainda mais irritada do que o normal. Tipo um sapo irritado.

Cabell riu, mas diante do meu olhar, foi inteligente o bastante para guardar o que pensava para ele mesmo.

— Um sapo irritado? — repeti, comparando mentalmente minhas feições com as do animalzinho verrugoso que havia aparecido para pegar o medalhão da Feiticeira Grinda. Era estranho pensar que isso tinha sido há menos de uma semana. A lembrança parecia tão distante que poderia muito bem ter ocorrido em uma vida passada.

— Acredite em mim, você não vai querer conhecer um — comentou Neve, tomando outro gole de seu vinho. — Eles são *muito* mal-educados.

Seus olhos escuros estavam vidrados. Na verdade, ela parecia incrivelmente relaxada, apesar dos olhares desconfiados que ainda estavam fixos nela por toda a sala. Quando ela levou a taça aos lábios de novo, coloquei uma das mãos sobre o utensílio e a levei de volta à mesa.

— Você não pode ser feliz só desta vez? — perguntou ela, segurando meu braço de um jeito dramático. — Não vai morrer por causa disso. Olwen diz que nenhuma rosa desabrochou em Avalon desde que os Filhos apareceram. Eles acham que isso pode ser um sinal de que a ilha está se curando.

Quase contei a ela naquele momento, mas o que eu teria dito? *Eu sonhei que isso aconteceria?*

— Até Sir Bedivere parece achar que é um sinal — continuou Cabell.

— Não começa você também. — Olhei de relance para Emrys, mas ele estava olhando para a rosa, contemplando-a. — Ela ainda está cantando?

— Cantando? — Os olhos de Neve se iluminaram. — Qual era a música? Você reconheceu o que ela estava dizendo?

Ele coçou a barba por fazer em sua mandíbula bem definida. Meu olhar se desviou para sua boca enquanto ele falava.

— Era mais um zumbido, mas... está sumindo agora que a cortaram.

Emrys se virou para mim, as sobrancelhas se erguendo quando percebeu que eu o encarava. Seus olhos brilharam ao compreender a situação, o que julguei perigoso no mesmo instante.

Fiquei vermelha, agradecida pelas sombras do salão, enquanto virava as últimas gotas da pequena dose de vinho. Os avalonianos ao meu redor conversavam animados, e a sensação de tranquilidade era palpável, mas quase hesitante, quando começaram a comer o caldo aguado de cevada e carne seca.

Todos receberam uma pequena rodada de pão que me lembrou um biscoito amanteigado tipo soul cake; o que estava à minha frente vinha com uma pitada de canela e noz-moscada, e ainda uma estrela cortada em seu topo. Era a melhor coisa que eu havia comido em dias; e, a julgar pelos pratos vazios ao meu redor, o sentimento era unânime. Dilwyn, nossa cozinheira elfa, sorria de felicidade com os elogios que estava recebendo.

Uma harpista sentou-se com seu instrumento ao lado da imagem da Deusa e começou a tocar. Depois de um momento, os outros avalonianos também cantaram, com suas vozes fluindo naturalmente em uma corrente de emoção.

> *Nascida da primavera, sempre a se renovar*
> *Nascida do brilho das estrelas, eterna e real*
> *Nascida das brumas, das montanhas, do orvalhar*
> *Bela ilha do coração dela, para você cantarei*
> *Quando o botão se abriu para florescer*
> *Quando a lua marcava a hora com seu transpor*
> *Enquanto o Lorde Morte cavalga em seu frio poder*
> *Então, a torre a Deusa foi erguer...*

— *Existe* uma lua aqui? — sussurrei para Neve enquanto a música continuava. — Ou um sol, por falar nisso?

— Eu li em um dos livros da biblioteca que o céu aqui é um espelho do nosso — respondeu Neve. — Refletindo os céus acima do solo que costumava ocupar no mundo mortal. Embora eu ache que eles não tenham visto nenhum corpo celeste desde que os Filhos apareceram.

— Não viram — endossou Emrys. — Dá para sentir na vegetação e no solo. Qualquer luz solar que eles estejam recebendo é fornecida por magia, e é uma imitação fraca.

— Ah! — Neve quase derrubou nossas duas taças quando se virou para ele, com o rosto iluminado pela empolgação. — Você falou mais com os outros da ideia de transformar parte do pátio em um jardim? Posso ajudar a encontrar cogumelos ao redor da torre...

Quando ouvi a palavra *cogumelos*, voltei a me virar para a estátua.

As Nove estavam se reunindo em torno da imagem da Deusa. Elas cantavam em voz baixa, fazendo oferendas de ervas e enchendo o cálice enfeitado com joias que ficava perto dos pés da Deusa com água cristalina das fontes sagradas. Todos estavam concentrados em suas tarefas, exceto Caitriona, que nos observava.

Não a todos nós.

A Neve.

Ao perceber que eu a olhava, Caitriona deu meia-volta, o corpo se preparando para um ataque.

— Você parece mesmo chateada — comentou Cabell calmamente do meu outro lado. — Está tudo bem?

Olhei feio para ele.

— Quando foi a última vez que tudo esteve bem?

Dificilmente eu deixava de contar algo para ele, mas isso — o que quer que *isso* fosse — parecia ser mais problemático do que deveria ser.

— Só cansada. — Depois de olhar em volta para ter certeza de que ninguém estava nos observando, baixei o tom de voz para acrescentar: — Emrys acha que encontrou algo importante e quer que nos encontremos hoje à noite.

Neve estava se balançando de um jeito sonhador em seu assento, ao som da balada, mas isso chamou sua atenção.

— Eu disse a Olwen que a encontraria na biblioteca para fazer mais pesquisas. Fico com medo de que ela desconfie se eu desmarcar.

— E eu disse a Bedivere que andaria pela muralha com ele na vigília de hoje à noite — acrescentou Cabell, com uma expressão de quem pedia desculpas. — Você consegue cuidar disso?

Se eu dissesse não, sabia que ele viria comigo. Eu também sabia que precisávamos de todas as informações que pudéssemos obter de Bedivere.

— Sim. É lógico que sim.

— Vamos nos encontrar pela manhã. — Cabell olhou para Emrys como um corvo olha para uma minhoca. — Comporte-se.

Emrys o ignorou, inclinando-se para, contornando Neve, e sussurrou para mim:

— Parece que esta noite seremos só nós dois.

Levantei minha taça, só para lembrar de que já estava vazia.

— Ótimo.

Depois do jantar repleto de luz e música, o grande e escuro salão parecia melancólico. As longas mesas estavam vazias, e apenas a vela no centro do ídolo da Deusa ainda estava acesa. A rosa branca, com suas pétalas sedosas, chamava a atenção para si no centro de suas palmas.

Aproximei-me dela devagar, minha mão alcançando as pétalas dolorosamente perfeitas. A chama da vela tremeluziu, fazendo com que a estátua brilhasse como se estivesse viva.

— É uma *rosa branca de Iorque*.

Emrys surgiu das sombras perto da entrada do salão. Dei um pulo, batendo na mesa de oferendas com força suficiente para me molhar com a tigela de água da nascente.

— Você tem o hábito de ficar espreitando todo mundo ou é algo especial reservado apenas pra mim? — sibilei.

— Só pra você, Passarinho — respondeu ele, colocando a bolsa de trabalho sobre o ombro. — Preciso dizer que não achava que você era do tipo que gostava de flores, mas passou a noite toda olhando para essa rosa como se ela estivesse prestes a entrar em combustão.

Deixei a afirmação dele de lado e perguntei:

— Onde está essa coisa que você tem que me mostrar?

Ele afastou o cabelo dos olhos com um sorriso dissimulado. Sem dizer mais nada, olhou para trás por cima do ombro, procurando por qualquer movimento nos degraus ou no pátio. Satisfeito, passou por mim e foi em direção à estátua.

— Aonde você... — comecei, enquanto o seguia.

Havia um pequeno espaço entre o altar e a parede do fundo, o suficiente para que ele pudesse se agachar. Pressionando com as duas mãos um dos painéis de madeira da plataforma da estátua, ele o deslizou para a direita, revelando degraus ocultos que levavam à escuridão.

— Valha-me Deus — sussurrei, agachando-me para enfiar a cabeça pela abertura. Era impossível ver o que estava lá embaixo. Atrás de mim, Emrys colocou sua lanterna de cabeça e a acendeu.

— Sabia que você ia gostar — afirmou com um sorriso contagiante.

— Sou conhecida por apreciar uma passagem secreta de vez em quando — brinquei. — Desde que não haja maldições tentando me decapitar pelo caminho.

— Juro pela santa alma da minha avó que seu lindo pescoço está seguro — retorquiu ele. — Pode ir na frente...

— Pescoços não são bonitos — respondi após uma pausa muito longa. — Como você encontrou isso?

— Eu vi alguém entrar — explicou ele. — E, como era de se esperar, tive que seguir a misteriosa figura encapuzada para ver o que ela estava tramando.

— Uma figura encapuzada? Que clichê — provoquei. — Você não viu o rosto?

— Estava coberto pelo capuz — contou ele, arrastando-se atrás de mim. O cheiro das plantas e do pinho ainda emanava dele. — Como eu disse, era uma figura misteriosa, e não sou muito fã de mistérios.

Irônico, pensei, *já que você é um.*

A porta se fechou atrás dele, prendendo-nos nas sombras. Peguei minha lanterna, batendo nela até que as pilhas se encaixassem e o feixe parasse de piscar. Os primeiros degraus eram bem estreitos, mas, quanto mais descíamos, mais espaço para respirar ganhávamos. O ar exalava uma mistura de odor do tempo e algo parecido com palha úmida, mas a fonte não se revelou até o último degrau.

Raízes pesadas se espalhavam pelo chão, agarrando-se à pedra como dedos tensos. O corredor estava envolvido por elas; se enroscavam e se entrelaçavam umas nas outras, algumas tão grossas quanto meu braço, outras não mais largas que um fio de lã.

Olhei para Emrys, com os olhos arregalados.

— Eu sei — disse ele. — E nem era isso que eu queria mostrar.

— Estamos tão abaixo do solo assim para conseguir ver as raízes da árvore Mãe? — perguntei, pisando com cuidado nas raízes.

— Acho que essas são raízes secundárias — respondeu Emrys. — Elas parecem mais jovens para mim... provavelmente são atraídas pela umidade daqui de baixo.

— Você acha? — Estreitei os olhos para ele. — Elas não deveriam revelar os segredos das eras pra você ou coisa do tipo?

— Quem me dera — murmurou ele, estendendo a mão para me segurar quando escorreguei em uma raiz. — Não consigo entender a língua que elas falam.

Olhei para ele no escuro.

— Como isso é possível, com a Visão Única?

— Porque, como a rosa, é mais um zumbido...

Ele cantarolou uma melodia na tentativa de imitá-la, a profundidade das notas estranhamente atraente e, de alguma forma, familiar.

— Anda — instigou ele —, a caminhada é longa.

Seguimos a trilha de raízes até que elas se afinaram. Recuei vários passos, apontando minha lanterna para um ponto na parede onde as raízes eram tão grossas que formavam uma massa sólida. Dei mais um passo para trás e me ajoelhei para ver o local de um ângulo diferente.

— Este é outro corredor — anunciei para Emrys, apontando a lanterna para um ponto onde apenas uma parte da junção dos caminhos estava visível. — As raízes parecem estar vindo de lá.

Aproximei a mão de uma das raízes, deixando meus dedos correrem ao longo de sua pele áspera. Ela latejou, deslizando para frente.

Dei um pulo para trás, trombando com o peito quente de Emrys. Ele estendeu a mão por trás de mim, tocando a parede de raízes. Elas se enroscaram nas pontas de seus dedos e em seu pulso. Ele inclinou a cabeça, como se estivesse ouvindo algo. Lampejos de luz cerúlea se entrelaçaram nas raízes.

Os olhos de Emrys perderam o foco e seu sorriso desapareceu. Uma única raiz deslizou por sua manga, enrolando-se em sua pele.

Quando Emrys não se afastou, eu o fiz por ele, puxando-o de volta pelo cotovelo.

— O que você está fazendo?

Ele sacudiu a cabeça.

— Desculpe, eu só... não podemos ir por este caminho. Não deveríamos.

— Ótimo — respondi —, porque também não quero seguir por esse caminho. — Todo tipo de vida selvagem que tenha sobrevivido à escuridão da ilha só deve ter conseguido fazê-lo após absorver sua maldade.

Emrys estava com uma expressão estranha, como se não tivesse se juntado totalmente a mim no presente.

— Sério, você tá bem? — perguntei a ele.

— Sim, tô bem. — Estalando a língua, ele acenou com a cabeça em direção ao caminho principal. — Por aqui.

À medida que as raízes se afinavam e nossas botas batiam no chão de pedra, um pouco da tensão se esvaiu de mim. Mas de vez em quando eu olhava para trás, apontando minha lanterna. Só para ter certeza — certeza absoluta — de que o som que eu estava ouvindo era o ruído de nossos passos e não o ruído de raízes que deslizavam suavemente e nos seguiam como um servo obediente.

Ou como o mais paciente dos caçadores.

Estávamos percorrendo o caminho sinuoso do túnel havia tanto tempo que me assustei quando a câmara surgiu de repente.

Emrys entreabriu as pesadas portas de carvalho, usando a lanterna de cabeça para espiar o interior antes de abri-las para mim. Passei o feixe da minha lanterna pelo espaço cavernoso. Era vasto, mas cheio de móveis, tapetes e pilhas de baús que haviam sido deixados ali e esquecidos, fosse ou não essa a intenção.

— Você me trouxe para... um depósito no porão? — perguntei.

— Foi aqui que a figura encapuzada veio ontem à noite — revelou Emrys. — Consegui me esconder atrás de uma das portas enquanto a pessoa estava lá dentro, mas não conseguia ver o que estava fazendo e não queria correr o risco de entrar sozinho, caso ficasse trancado.

— Morrer sozinho aqui embaixo, onde ninguém poderia ouvir seus gritos, *seria* realmente bem desagradável — observei. — A pessoa estava procurando alguma coisa?

— Não, essa é a parte estranha. Não parecia que a figura estava remexendo, e não estava segurando nada quando saiu. Tudo o que ouvi foi o som de pedras se deslocando.

— Estava construindo alguma coisa? — perguntei, tocando o topo empoeirado do baú mais próximo. Havia estrelas prateadas incrustadas na tampa de madeira, mas, fora isso, estava em ruínas. O ar úmido estava tomado pelo cheiro de podridão.

— Ou estava tirando algo do caminho — sugeriu Emrys, coçando o queixo. — Acho que pode haver outra passagem ou porta escondida aqui.

Eu me virei.

— Uma porta de entrada para a floresta?

Nesse instante entendi por que ele havia pedido que eu levasse Ignatius.

Colocando a lanterna entre os dentes para liberar as mãos, peguei o embrulho roxo na bolsa. A escuridão se misturou aos meus pensamentos como tinta na água.

Segurando a Mão da Glória em uma das mãos e a lanterna na outra, perguntei:

— Estamos mesmo fora dos muros da torre?

— Essa é a pergunta. Parece que deveríamos estar, não?

— Vamos torcer para que não.

— E por que torceríamos?

— Por que alguém precisaria de um acesso secreto à floresta quando ela está tomada por Filhos? — indaguei. — Não tem nada lá fora para capturar, nem plantações, nem água fresca, nem animais pelos quais arriscar a vida, ainda mais quando está tudo escuro.

— Você nunca falha, Passarinho — comentou Emrys, balançando a cabeça. — Sempre encontra uma maneira de tornar as coisas ainda mais aterrorizantes.

Eu o ignorei.

— Acho que todos concordamos que o que está acontecendo aqui é algum tipo de maldição, mas por que ela só se manifestou há dois anos?

— Ela pode ter sido lançada para começar em um aniversário de alguma coisa — apontou Emrys. — Ou pode ser que alguém a tenha ativado sem querer.

— Sem querer? — zombei. — O que é mais provável: isso ou essa maldição ser um trabalho interno?

— Você acha que alguém nesta torre lançou a maldição? — Emrys se virou totalmente para mim, sem qualquer traço de humor em sua expressão.

— Não me diga que isso nem passou pela sua cabeça — retruquei.

— Eu estaria mentindo se dissesse que não passou — confessou Emrys. — Mas o que está faltando é o *porquê*... Por que concordavam com os druidas? Ou por que louvam o Lorde Morte em segredo? Não temos provas disso, não é mesmo?

— Tem uma coisa — falei, surpresa com a facilidade com que rebati as teorias dele — em que não reparei na primeira noite...

— Isso tende a acontecer quando você está correndo para salvar sua vida — disse Emrys, em um tom magnânimo.

— ... mas as criaturas — continuei bruscamente — parecem trabalhar juntas para caçar. E pare pra pensar em como elas se coordenaram ao redor do fosso. Não acho que eles tenham qualquer percepção ou consciência suficientes para agir como uma matilha, sabe?

— Então você acha que estão sendo controlados por alguém — concluiu. Coloquei Ignatius no chão e peguei meu isqueiro.

— Prenda a respiração nos primeiros segundos — avisei ao Emrys. — A menos que queira encher seus pulmões com o cheiro de cabelo queimado.

Ele fez o que eu sugeri, seu rosto era uma mistura de alarme e curiosidade quando Ignatius estalou os nós dos dedos rígidos e a pele sobre seu olho se abriu. Ele deu uma olhada desanimada ao redor antes de se estreitar e se fixar em mim.

— A esta altura, só estou viva para irritar você — provoquei. — Vamos lá, é hora de ganhar seu próximo banho de banha.

A Mão da Glória lançou uma auréola de luz ao nosso redor. Pegando-o pela alça, eu me perguntei como podia me dar por satisfeita antes, com o vislumbre do mundo oculto da magia que ele me dava.

— Estamos procurando passagens para abrir, Ignatius — expliquei.

— Você... *deu um nome* a essa coisa? — Emrys ficou um passo atrás de mim, observando a Mão da Glória por cima do meu ombro. — Ela entende você de verdade?

— Tanto quanto qualquer um. — Levei Ignatius até a parede mais próxima, deixando a luz incidir sobre as pedras e caminhando lentamente ao longo dela.

— Sempre me perguntei como você conseguia trabalhar sem a Visão Única — comentou Emrys. — Acho que presumi que Cabell era muito cuidadoso ao dizer onde você deveria pisar. É óbvio que agora você tem, mesmo que isso tenha significado quase se matar de um jeito imprudente para conseguir.

Eu *de fato* a tenho. Era estranho que a luz de Ignatius não revelasse nada além do que eu já estava vendo. A melancolia que permeava nossa situação estava obviamente me afetando, porque senti os primeiros sinais de nostalgia quando Ignatius revirou os olhos para mim.

— Mas mudou a cor dos seus olhos — acrescentou Emrys, ainda olhando para a parede.

Eu fiz uma careta. É verdade que fazia tempo que eu não via um espelho, mas...

— Não, não mudou.

— Eles costumavam ser de um azul mais escuro. Como safira — respondeu ele, ainda passando as mãos sobre as pedras.

Eu diminuí a velocidade, mordendo o lábio inferior enquanto tentava pensar em uma resposta — e falhava. Ele olhou para trás e nossos olhares se cruzaram sob a luz suave e quente.

— Essa coisa é um pouco nervosinha, não é? — perguntou Emrys, afastando-se rapidamente. — Parece que ele quer me estrangular.

Sibilei enquanto Ignatius pingava cera quente em minha mão.

— Você não faz nem ideia.

Passamos pelas paredes duas vezes, mas se havia uma porta, ou ela não estava trancada, tornando Ignatius inútil, ou a figura encapuzada havia sido extremamente cuidadosa ao disfarçá-la. Por fim, o chamado dos tesouros se tornou tentador demais para que dois esvaziadores pudessem resistir e voltamos nossa atenção para os objetos que aguardavam na sala.

— Não consigo superar o fato de você estar usando uma Mão da Glória esse tempo todo — insistiu Emrys enquanto abria a tampa de um baú. — Elas são extremamente raras. As feiticeiras as consideram tão abomináveis que nem fabricam mais... E, acredite, meu pai já pediu. Diversas vezes.

— Nash me deu quando eu era pequena — contei, algo dentro de mim se encolhendo com a lembrança... com o fato de eu estar falando sobre isso, ainda mais com Emrys. — E antes que você pergunte, não sei de quem ele roubou.

Emrys colocou os cobertores em decomposição que havia retirado de volta no baú. Ele franziu a testa.

— Por que você sempre faz isso?

— Isso o quê?

— Você sempre parece presumir o pior e espera que todos os outros façam o mesmo. Mas tudo o que está fazendo é brigar com fantasmas que nenhum de nós consegue enxergar.

— Não consigo nem imaginar por que eu faria isso — provoquei, as palavras tropeçando para sair da minha boca antes que eu pudesse detê-las. — Não é possível que seja o resultado de anos de experiência que me provaram repetidamente que a realidade era essa.

— É isso mesmo — retrucou ele — ou é apenas mais uma desculpa para afastar as pessoas?

A escuridão acariciava seu rosto enquanto ele me observava. Um sussurro em minha mente finalmente identificou o calor incômodo que nadava sob minha pele.

Vergonha.

— Você não sabe de absolutamente nada — acusei, odiando a forma como o calor estava aumentando em mim de novo, a ardência incontrolável na parte de trás dos meus olhos — nem sobre mim nem sobre a minha vida.

Se controle, ordenei a mim mesma. *Fique calma.*

Ele deu uma risada fraca, quase triste, enquanto abria uma caixa de prata manchada, sem nada dentro.

— Às vezes eu gostaria que isso fosse verdade, Passarinho.

Ele sabe qual é a cor dos seus olhos, sussurrou a mesma voz.

— Sei que sua vida não tem sido fácil — continuou ele —, ainda mais depois que Nash desapareceu, mas ao menos...

— Por favor, não me diga que você está prestes a apontar o lado bom do abandono e da negligência infantil — protestei —, porque posso assegurar que isso não existe.

Nash estava morto. Eu não queria falar disso. Falar dele. Não queria falar nada. Mas era como se eu fosse um fio desenrolando e cada volta me fazia girar mais e mais rápido.

— Eu nunca diria isso — respondeu Emrys, passando para outro baú de metal. Em seu interior, havia livros encharcados e ilegíveis por causa dos estragos causados pela água. — Mas pelo menos você pode fazer o que quiser. Você pode ser quem quiser. Você acha que minha vida é tão fácil, mas não faz nem ideia. Você...

Ele foi parando de falar.

— Pobre menino rico — ironizei. — É tão difícil ter tudo de bandeja, né?

A sensação de soltar essas palavras foi boa, de liberar o calor purulento, a raiva e o ressentimento que queimavam como a mais terrível bile.

— Ao menos você não precisa se preocupar com o *legado*. — Ele cuspiu a palavra como se tivesse um gosto amargo em sua boca. — Não há regras, nem limites, nem expectativas que você nunca poderia cumprir. E com certeza não...

— Não o quê? — perguntei. — Não pare agora. Você estava prestes a me dizer o quanto é muito mais difícil viver dentro das paredes da sua mansão.

— Viu? É disso que estou falando! — protestou ele. — Você é a única pessoa que eu conheço que percebe ou se preocupa com dinheiro.

Por alguns instantes, fiquei tão chocada que mal conseguia falar.

— O simples fato de você não *precisar* se preocupar é um privilégio que não é concedido ao resto de nós.

Eu monitorava cada centavo que entrava e saía. Todas as noites, enquanto tentava me forçar a dormir, era tomada pelos pensamentos de como conseguir mais dinheiro e do que aconteceria se não conseguisse.

— Você tem *tudo* — berrei, ouvindo a rouquidão em minha voz. Ele não tinha um guardião morto ou um irmão amaldiçoado. Ele tinha estabilidade, uma mãe que o adorava como um príncipe, casas espalhadas pelo mundo, amigos, carros, roupas novas, as melhores ferramentas e suprimentos de esvaziadores.

Eu não ia sentir pena dele só porque a troca era fazer jus ao seu sobrenome ou ter toda a vida planejada desde o dia em que nasceu.

Isso se chama segurança. Ele tinha um futuro.

E um passado, pensei, fechando os olhos. Alguns de nós não tinham nem isso. Eu mataria para saber qualquer coisa a respeito dos meus pais. Nem que fosse apenas seus nomes.

— Escuta — disse Emrys depois de um tempo, erguendo o olhar de onde folheava um tomo encharcado. — Se a gente buscar no dicionário a definição de difícil, vai mostrar o começo da nossa relação e, sendo sincero, não tem nada que possamos fazer. Quando muito, podemos ao menos concordar em ser profissionais? O anel se foi, Avalon é um inferno e estamos cercados por estranhos. Podemos dar uma trégua?

— Tudo bem — respondi. Eu podia admitir que nossa melhor chance de sobrevivência e de voltar ao nosso mundo era trabalhando juntos. Eu podia até admitir que parte do que Emrys disse era verdade. Dia após dia, eu tinha o poder de decidir o que queria fazer, e não tinha ninguém além de Cabell para dar alguma satisfação.

Trabalhamos em silêncio, com o cuidado de colocar tudo de volta no lugar em que encontramos. Havia vasos que pareciam ter vindo de outras terras antigas, um elmo coroado de estrelas e um escudo com o formato de um dragão. Peguei o capacete manchado, estudando as estranhas constelações gravadas nele.

— E se a gente levasse isto — disse ele baixinho — e deixasse do lado de fora da forja? Eles não têm minas aqui e não têm minério bruto suficiente para continuar fabricando novas armas e armaduras.

— E como você sabe *disso*?

— Eu perguntei — respondeu ele, dando de ombros. — Eles derretem o metal que têm em mãos e reaproveitam.

— Você e Neve estão se sentindo bem em casa, né? — provoquei.

— Se com isso você quer dizer que *temos dúvidas e fazemos perguntas,* então sim, estou me sentindo em casa. — Emrys soprou a poeira de algo em sua palma. — Eu recomendaria tentar, mas, aviso, isso pode levar as pessoas a acreditarem que você se importa.

Coloquei o capacete de volta no chão.

— É. Não ia querer que isso acontecesse.

— Isto é... — Emrys segurou o pequeno pedaço de metal acobreado em direção à luz de Ignatius. Seus olhos se voltaram para um grande armário, onde vários cajados de madeira, com as pontas enroladas em diferentes nós e espirais, estavam apoiados. — Acho que é uma colher de druida... Será possível?

Ele me entregou e, em seguida, atravessou o labirinto de estátuas e baús quebrados para pegar um dos cajados.

— Parece parte de uma colher — comentei. — Nash tinha desenhos delas em um de seus diários. Costumam ser duas metades...

A concha da colher era como uma folha, com uma aba curta e plana na extremidade para segurar. Quatro quadrantes haviam sido gravados no metal escovado. A outra metade, uma imagem espelhada dessa, tinha um pequeno orifício para soprar sangue, pó de osso ou o que quer que fosse usado para as profecias. As mensagens divinas dependiam de onde esses pedaços caíam nos quadrantes; não muito diferente de ler folhas de chá.

— Ei, o que é *isso*? — Ouvi Emrys dizer.

Eu havia notado o objeto imponente envolto em uma tapeçaria caída quando entramos; o tamanho dele, mesmo ao lado do grande armário inclinado para a esquerda, tornava impossível não notá-lo. Emrys segurou o tecido esfarrapado e desbotado, e ele caiu com um puxão forte.

Dei um passo para trás e desviei meu olhar para a pedra pálida.

O corpo da estátua era maciço, com ombros largos e musculosos. Uma coroa com chifres verdadeiros, musgo e folhas de azevinho estava de alguma maneira preservada em sua cabeça, irradiando uma malevolência fervilhante que me fez não querer tocá-la. Pior ainda: o rosto da estátua havia sido esmagado, e o que restara era monstruoso. Um manto, esculpido para se assemelhar a peles de animais, cobria seus ombros e passava por seu peito, onde havia uma cavidade. Um castiçal como o da estátua da Deusa, percebi.

Meus olhos, todavia, continuaram retornando para seu rosto arruinado, onde todas as respostas a perguntas não feitas haviam sido esmagadas na obscuridade. Esse tipo de estrago era causado em um ato de raiva.

— Tamsin? — chamou Emrys. — O que aconteceu?

— Quem é esse? — perguntei. — Parece...

A voz de Nash ecoou em minha memória, seu rosto iluminado pela fogueira. *Ele cavalga em um corcel de fogo enquanto a Caçada Selvagem vasculha as Terras Distintas, procurando os mortos errantes, mas ele não ama nenhum mundo tanto quanto o nosso...*

Eu não consegui terminar, mas Emrys já havia descoberto por conta própria.

— Lorde Morte. Acho que era para ser um par com a estátua da Deusa no grande salão. Ou, mais provável ainda, para substituí-la.

Eu me forcei a me aproximar, tentando imaginar os dois lado a lado. Um dos braços da estátua estava estendido, com a palma para cima, como se quisesse segurar o da Deusa por baixo.

— Lorde Morte. Raramente mencionado nas Imortalidades, muito menos nas lendas, como se seu nome fosse uma maldição. — Emrys o circulou, murmurando. — Às vezes chamado de Rei Azevinho, a...

— ... manifestação da escuridão e do inverno na Roda do Ano — concluí a frase. — Forçado a lutar contra o Rei Carvalho da luz e do verão, em uma disputa pela mão da donzela que ambos desejavam. Para cada ano, por toda a eternidade, um ciclo das estações.

— Exibida — soltou Emrys, rindo. — Mesmo assim, deve ter sido uma grande dama.

— Essa lenda é só uma metáfora para a mudança das estações — justifiquei, balançando a cabeça. — Nada disso explica por que eles não destruíram a estátua depois do Abandono.

— Deve ser por superstição — considerou ele. — Você se arriscaria a destruir um totem de uma divindade poderosa? Eles podem não adorá-lo, mas ainda acreditam que ele existe.

Eu me abaixei sob a mão da estátua, notando algo gravado em seu dorso. Parecia um fragmento de algum tipo de sigilo. Ou uma lua crescente? Não... Inclinei a cabeça. Parecia parte de um desenho de um nó.

— Você reconhece essa marca? — perguntei, imaginando por que minha memória estava falhando.

Emrys se abaixou sob ela.

— Talvez. Mas poderia ser apenas uma rachadura?

Balancei a cabeça.

— Não... tem alguma coisa...

O que havia de errado comigo? Não podia ser apenas o estresse ou a exaustão dos últimos dias. Era como se cada vez que eu esticasse a mão, a memória que teria preenchido o resto do símbolo se transformasse em névoa.

— Não acredito que estou prestes a dizer isso — comentou Emrys —, mas esse tipo de coisa faz você sentir certa solidariedade com as feiticeiras. Eram elas que estavam dispostas a lutar por aquilo em que acreditavam... mesmo contra um filho dos antigos deuses que governavam os condenados.

Um calafrio subiu pelas minhas costas. Eu me sacudi, tentando afastar a sensação.

— Elas devem ter ficado com medo de que a adoração ao Lorde Morte fizesse com que suas almas fossem para Annwn. A Deusa é quem inicia o ciclo de vida, morte e renascimento.

— Tá bem — disse Emrys, esfregando a nuca. — Annwn. A Terra Distinta que nenhum mortal vivo pode alcançar, e nem ousaria tentar, exceto alguns poucos corajosos... Eu aposto uma rodada de verdade ou consequência que você não sabe dizer quem.

— Arthur e alguns de seus cavaleiros — respondi em um tom entediado — para resgatar um prisioneiro ou para roubar o caldeirão do governante de Annwn, conforme descrito no Livro de Taliesin.

E descrito também por Nash, que amava todas as versões da lenda que descrevia o grande Rei Arthur viajando para a terra dos mortos e vivendo para retornar à própria terra.

— Uau — disse Emrys depois de um instante. — Armei essa armadilha pra mim mesmo. Cabell sempre disse que sua memória era perfeita... Você ia me deixar fazer essas apostas ridículas pra sempre, não ia?

Ergui um ombro.

— Só queria ver o quanto eu conseguiria arrancar de você.

Ele balançou a cabeça.

— Você rompeu a tradição, Passarinho.

— Podemos só... — comecei, ainda olhando para o rosto esmagado da estátua. — Vamos cobrir. Não quero mais olhar para ele.

— Não que você vá conseguir esquecer — comentou Emrys, quase se desculpando. Jogamos a tapeçaria de volta sobre ele e, tão certo como se Emrys tivesse me amaldiçoado, a imagem ficou gravada em minha mente como um negativo de foto.

— Eu escolho verdade — falei, brincando com as bordas gastas do tecido, desenrolando uma fileira de fios carmesim.

— O quê?

— Você disse que posso escolher verdade ou consequência — expliquei. — Eu escolho a verdade.

Emrys se endireitou ao meu lado.

— Agora?

— Agora. Por que você aceitou este trabalho?

Ele balançou a cabeça.

— Foi você quem quis fazer a aposta — lembrei a ele.

Depois de um momento, ele soltou um pequeno ruído de frustração.

— Porque... não sei — disse ele, passando a mão pelo cabelo. — Porque durante toda a minha vida nunca fiz nada por mim mesmo sem ajuda. Nunca trabalhei sem meu pai. Nunca realizei nada que estivesse à altura do legado do grande Endymion Dye ou dos retratos dos ancestrais alinhados nas paredes.

— Você *quer* realizar algo assim? — perguntei. — Ou você sente que precisa fazer isso?

Ele franziu as sobrancelhas. Fiquei imaginando se alguém já havia se dado ao trabalho de fazer essa pergunta antes.

— Até onde sei — continuei —, um legado é apenas uma ferramenta que os pais usam para controlar os filhos.

— Você não entenderia — retrucou Emrys, encostando-se no armário.

— Não, eu não entenderia — concordei. — Eu supero a existência de Nash pelo simples fato de não beber o tempo todo até entrar em coma.

Percebi a amargura em minhas palavras e senti o gosto da bile de novo. Vivi sete anos sem esse homem. Aceitei que ele nunca mais voltaria. E agora que ele tinha partido e morrido... ele tinha revirado tudo de novo, e aqui estava eu, cedendo-lhe o controle. Deixando que ele reabrisse aquela parte vulnerável de mim que eu havia fechado.

Eu o odiava. Odiava Nash além das palavras e dos mundos. Era melhor ele estar morto e Cabell e eu estarmos sozinhos.

Você, sozinha, veio um sussurro sombrio em minha mente. *Cabell também vai acabar abandonando você.*

Cerrei os punhos ao lado do corpo enquanto respirava fundo.

— Como isso aconteceu? — questionou Emrys. — Você contou aos outros como ele encontrou seu irmão, mas como você acabou sob os cuidados dele?

— *Cuidados* não é a palavra que eu usaria nesse caso — retruquei, forçando-me a olhar outra pilha de baús, procurando algum símbolo familiar em suas gravuras. A sensação de estar girando estava de volta, cada vez mais rápido, trazendo à tona todas as lembranças que eu havia guardado. Cada uma delas me feria.

— Isso não foi uma resposta — alfinetou Emrys.

A humilhação ainda doía, depois de todos esses anos. Eu não me importava se isso fazia de mim uma hipócrita. Só de pensar em contar para ele, sentia vontade de vomitar.

— Você não precisa me contar — disse Emrys suavemente. — De verdade.

— Que generoso de sua parte.

— Não, eu só... — Ele balançou a cabeça. — Desculpa.

Inspirei o ar frio, passando a mão pelo escudo danificado à minha frente. De repente, o giro parou e o fio se soltou do carretel. Não havia mais nada me prendendo à sensação de controle.

Não havia nada além da necessidade de ser conhecida, de ser vista.

— Minha família me abandonou em Boston, e Nash me acolheu — eu me ouvi dizer. — Então, digamos que eu sei o que é crescer *sem* um legado, e também não recomendo.

As palavras pareciam escorregar e puxar meus pulmões pela garganta. Deixei que ele preenchesse as lacunas da história da maneira que quisesse. Era o que todo mundo fazia, de qualquer modo.

— Tem uma coisa que sempre me perguntei — disse ele, sentando-se em um dos baús. — O que aconteceu com você nos anos entre a partida de Nash e sua entrada na guilda? Para onde você foi?

Eu sabia que aquele período de seis anos, desde que Cabell e eu tínhamos dez anos até quando pudemos reivindicar oficialmente a filiação de Nash, aos dezesseis, sempre fora fonte de especulação dentro da guilda. Não falávamos a respeito disso não só porque eles não mereciam uma resposta, mas pelo que aconteceria se eles descobrissem.

— Se eu contar — falei —, você não vai poder dizer pra ninguém. Principalmente para o seu pai.

Emrys murmurou baixinho:

— Agora estou ainda mais intrigado.

— Estou falando sério — alertei. — Se você repetir o que estou prestes a dizer, vou pra cima de você com mais força do que qualquer maldição.

— Só está aumentando a curiosidade — brincou Emrys.

Balancei a cabeça, respirando fundo.

— O sótão da biblioteca.

— O... — Ele, de fato, me olhou duas vezes. — O sótão da biblioteca da guilda?

Coloquei o escudo de volta com cuidado.

— O Bibliotecário quebrou as regras e nos deixou entrar, apesar de não sermos membros.

— Eu não sabia que o Bibliotecário *conseguia* quebrar regras — comentou Emrys, surpreso.

— Ele nos escondeu no sótão, junto de algumas das relíquias menores que não estavam expostas, e nos deixava descer durante a noite para comer e brincar com os gatos — contei. — Ele nos trazia Imortalidades e guias para ler, além de comida e água, até que tivéssemos idade suficiente para conseguirmos buscar sozinhos... apesar de eu ainda não saber de onde ele tirava aquela comida.

— Dos armários dos outros. Nicodemus Lot e Astri Cullen brigaram durante quatro anos porque cada um tinha certeza de que o outro estava roubando seus estoques de comida — comentou Emrys. — Pensei que fossem os gatos sendo traiçoeiros, mas... parece que não.

Ele baixou as sobrancelhas, como se estivesse tentando imaginar Cabell e eu no espaço apertado.

— Por que você não procurou um dos membros da guilda?

Curvei meu lábio superior em desgosto.

— O que faz você pensar que a gente não procurou?

Essa era a pura verdade. O Bibliotecário não tinha coração ou mente humana, mas até ele sabia como proteger e cuidar de duas crianças vulneráveis.

— De todo modo — prossegui —, ficou tudo bem quando aprendemos a falar grego antigo, porque conseguíamos nos comunicar com ele. Bom, *eu* aprendi. Cabell tinha a Visão Única.

— Ainda bem que você tinha o Cabell — disse ele depois de um tempo. — Você tem sorte.

Sempre me surpreendi com o fato de Endymion e Cerys Dye terem tido apenas um filho, mas quando tudo o que você precisava era de um filho para dar continuidade ao nome da família, não havia razão para mais, eu acho.

— Sim — concordei. — Eu não teria sobrevivido sem o Cabell.

Mas isso não era exatamente verdade. Eu não teria tido um motivo para sobreviver sem ele. E se a maldição o roubasse de mim, ela também levaria aquele pedaço do meu coração.

— Sinto muito — disse Emrys. — Pelo que aconteceu. Tudo o que eu disse de Nash, você e seu irmão ao longo dos anos...

— Tá tudo bem — falei, dando fim ao sofrimento da conversa. — Não é como se fosse sua culpa.

Um som veio do corredor do lado de fora — um ruído, um chocalho, quase como...

As raízes estão se movendo, pensei.

O som rápido de passos ecoou até nós, passando pela fresta que havíamos deixado aberta entre as portas da câmara. Soprei Ignatius com um único fôlego, afastando a fumaça e enfiando-o em minha bolsa para abafá-la. O cheiro da fumaça nos denunciaria...

Emrys agarrou meu braço e me puxou em direção ao armário. As prateleiras internas haviam sido removidas ou caído há muito tempo, deixando espaço suficiente para duas pessoas ficarem de pé depois que ele fechou as portas.

Desliguei minha lanterna e apaguei a lanterna de cabeça dele assim que as pesadas portas de carvalho da câmara se abriram.

Sentia meu coração bater nos ouvidos e prendi a respiração. Minhas pernas estavam entrelaçadas com as longas pernas de Emrys, e meu corpo se encaixou ao lado dele. O tecido de sua túnica era macio contra minha bochecha e, por alguns instantes, tudo o que ouvi foi o ritmo galopante de seu coração, mais rápido que o meu.

Eu não tinha percebido que ele estava com o braço em volta do meu ombro até que ele se moveu quando se inclinou para frente, tentando ver através do espaço entre as portas. Eu nem tinha percebido que havia colocado *meu* braço em volta dele para me equilibrar. Meus dedos encostavam em sua cintura, e o calor de sua pele irradiava pelo linho fino, enviando um raio de calor que atravessava meu âmago.

O recém-chegado entrou, levantando a vela em seu suporte de ferro. Emrys estava certo: a capa escura com capuz era tão grande que encobria completamente o rosto e a forma da pessoa, tornando impossível ver quem era. Ela caminhou até os pertences abandonados, o armário, e respirou fundo.

Ficamos paralisados, meus dedos se cravaram no músculo firme da cintura de Emrys, que parecia ter parado de respirar.

Mas a figura apenas se virou para a parede à nossa frente. Uma mão pálida alcançou umas três pedras brancas que eu mal havia notado antes, empurrando cada uma duas vezes. As pedras ao redor delas pareceram ganhar vida, recuando como ratos correndo para criar uma abertura na parede. Ao se moverem, elas exalaram uma nuvem de névoa para dentro da câmara.

A figura passou pela abertura e, na escuridão do armário, os olhos de Emrys encontraram os meus.

— *Tamsin.*

O breu, tão convidativo, sussurrava meu nome. Ele emergia e descia junto da minha respiração lenta. Permaneci naquele ritmo lento e viscoso de exaustão até que senti a faixa de calor nas minhas costas dar um leve aperto. Abri os olhos.

O rosto pálido de Emrys pairava na fresta entre as portas e, de alguma forma, o fato de ele não estar olhando para mim, de fingir que eu não havia cochilado em cima dele, tornava tudo ainda mais humilhante.

— Oficialmente tomamos um chá de cadeira de quem quer que seja — murmurou ele.

Não havia nenhuma indicação de quanto tempo havia se passado, a não ser pelo som das pedras se movendo de novo. A figura encapuzada surgiu momentos depois e se dirigiu à entrada. Acabou de fazer o que quer que estivesse fazendo além da parede.

As grandes portas de carvalho se fecharam sob o protesto das dobradiças. A escuridão inabalável se projetou na câmara. Fiz uma contagem regressiva até duzentos em minha mente, esperando para ver se os passos voltariam.

Mas mesmo quando ficou evidente que não voltariam, nenhum de nós se mexeu.

Fechei os olhos de novo, tentando pensar em qualquer outra coisa que não fosse minha bochecha pressionada no peito dele, a batida de seu coração como o único som em meus ouvidos, os dedos dele brincando distraidamente na lateral do meu corpo, buscando e dando conforto.

Naquele lugar escuro e quente, nós nos tornamos sombras. Respirando em uníssono, com os corpos entrelaçados até que cada ponto de contato parecesse uma explosão de faíscas em minha pele; não havia nada além dessa sensação. Nenhuma magia, nenhum monstro, nenhum mundo.

O cedro trazia frescor ao ar, mas seu cheiro vinha entrelaçado com o dele. Ele apertou minha cintura e, de alguma maneira que parecia impossível, eu me aproximei mais. Não conseguia me lembrar da última vez que fui abraçada desse jeito. Quando quis ser abraçada.

Se ele virar o rosto... O pensamento passou como um sussurro, causando tanto calor quanto uma dose de uísque, enrolando-se no fundo da minha barriga.

Não.

Eu me afastei tão depressa que as luzes dançaram diante dos meus olhos. Abri a porta do armário e quase caí, meus passos oscilavam após ficar tanto tempo agachada. O frio úmido da câmara surgia ao meu redor, como se estivesse ansioso para que eu voltasse para suas garras sombrias. Estremeci e voltei a ligar a lanterna.

Após alguns instantes, Emrys também surgiu, mantendo-se de costas para mim enquanto fechava as portas do armário.

— Vamos... — Pigarreei. — Vamos ver se a gente consegue abrir.

Ele assentiu, o pomo de adão subindo e descendo.

Parei em frente às pedras brancas e olhei rápido para ele; então, abri minha mochila, fazendo um balanço dos suprimentos que me restavam, repassando mentalmente minha lista. Nada de cristais, tônicos ou corda. Também não havia machado, mas encontrei minhas luvas de trabalho de escama de dragão e as coloquei.

— Você acha que o que quer que esteja lá está amaldiçoado? — perguntou ele, surpreso.

— Acho que não sabemos o que vamos encontrar — respondi — ou quem criou a passagem, e não custa nada tomar cuidado. O que você trouxe? Algum cristal?

Emrys abriu a bolsa dele — com um monograma em ouro com suas iniciais, é lógico. Ele tirou um pequeno saco de ametista, quartzo, labradorita e turmalina, além de um machado dobrável que abriu com um movimento do pulso. Ele o passou para mim e depois retirou uma bolsa de veludo preto.

A longa corrente de prata caiu em sua palma primeiro, seguida por uma ponta de cristal preto. Só que, quando ele pegou a corrente e deixou a ponta suspensa no ar, o preto dentro dela se moveu, girando como água para revelar a mais minúscula das flores brancas dentro.

Era um pêndulo de cristal, normalmente usado para responder a perguntas ou detectar vibrações de energia causadas por magia ou pela presença de espíritos maliciosos. Eu nunca havia conseguido fazer um funcionar e, com Cabell, eu não precisava de um.

O cristal não se moveu.

— Sem maldições — disse Emrys, puxando a pedra até o nível dos olhos. O líquido preto em seu interior se agitou, criando um redemoinho ao redor da flor. — Mas muita magia, como era de se esperar.

— Que tipo de cristal é esse? — perguntei enquanto ele segurava a corrente mais perto da parede. Vendo o sorriso que crescia em seu rosto, acrescentei: — Se você me disser para adivinhar vai levar um soco.

O mistério no sorriso dele era a coisa mais irritante do mundo.

— Herança de família.

Resmunguei, irritada, e ergui a mão para acender a lanterna de cabeça dele.

— Quer fazer as honras? — perguntou ele.

Passei a lanterna para ele e virei na direção das pedras, fechando os olhos e me lembrando do padrão de toque que a figura encapuzada havia usado. As pedras pareciam gelo na ponta dos meus dedos e eu podia jurar que tremiam a cada toque.

As pedras ao redor recuaram, batendo e raspando umas nas outras, assim se arrastando para fora do nosso caminho. Peguei minha lanterna de volta, respirei fundo, inalando a névoa, e atravessei a abertura.

Direto em uma escada. A parede se fechou atrás de Emrys. Eu virei e me certifiquei de que também era possível ver as pedras brancas desse lado. Agora só havia um caminho a seguir — para cima.

— Onde estamos? — sussurrei. — Ainda é a torre aqui?

O feixe da lanterna de cabeça de Emrys se moveu subindo as escadas.

— Vamos descobrir.

Então, nós subimos. Eu contava os patamares entre cada um dos lances íngremes e curtos de escada. Um, dois, três, quatro, cinco, seis, sete, oito... nove.

— Não pode ser a torre — comentei, lembrando-me da imagem da torre do pátio. — Ela tem cinco andares, e a biblioteca fica no topo.

— Nós descemos três andares — ressaltou Emrys. — Talvez a escada principal só vá até o quinto andar porque é só isso que os outros avalonianos podem ver?

— Ou ninguém vivo se lembra de que há outro andar, ou como se chega lá — acrescentei, cansada da subida. — A não ser nosso amigo do capuz.

O último lance de escadas era mais curto do que os outros, o que corroborava nossa teoria de que havia um andar menor e escondido acima da biblioteca. A trilha vertiginosa e sinuosa levou exatamente ao que eu esperava: uma porta trancada. Ferro preto, com um puxador dentro da boca de metal do que parecia ser um crânio humano gritando.

A porta estava trancada, mas não havia fechadura, o que tornava impossível arrombá-la. Mas os feitiços de travamento nunca foram um empecilho para meu perspicaz companheiro antes.

Ignatius, ainda visivelmente mal-humorado por causa da maneira grosseira que eu o tratei antes, demorou uma eternidade para abrir o olho quando seu pavio estava queimando.

— Desculpa incomodar a uma hora dessas, porém se não estiver muito ocupado... — falei para a mão malcriada, apontando para a fechadura.

Quando a luz de Ignatius incidiu sobre ela, apareceram teias nebulosas e douradas de magia, como se o brilho tivesse removido uma camada de sombra para revelar os ossos estruturais do feitiço de travamento. Foi só quando Emrys estendeu a mão para acariciar um deles levemente com os dedos, a expressão de espanto em seu rosto, que percebi que se tratava de algo incomum.

O ferrolho interno deslizou e a pesada porta se abriu.

— Você tem uma relação bem complicada com essa coisa aí, né? — provocou Emrys.

Eu o empurrei, forçando-o a entrar na sala primeiro. Quando se abaixou para passar pela porta, ele parou, bloqueando-a.

— O que foi? — perguntei, ficando na ponta dos pés para ver além de suas costas. Todos os músculos dele pareciam ter tensionado ao mesmo tempo. — O que foi?

Uma estranha vibração passou pela minha mão esquerda e desceu pelo meu braço. Era Ignatius. A mão estava trêmula; o olho pálido e transparente bem aberto.

Finalmente, Emrys saiu do caminho.

As paredes de ambos os lados estavam forradas de prateleiras de madeira, cada uma carregada de pequenos objetos, brancos como porcelana queimada. Quando entrei, porém, deixando a luz de Ignatius preencher o pequeno espaço, a inquietação me agarrou com sua mão fria e úmida. As formas — as esculturas — eram grotescas. Angustiantes em suas formas.

E feitas de ossos humanos.

— Santos deuses — expirei, arriscando um passo para perto da prateleira mais próxima. Os dedos de Emrys desceram por minhas costas, como se, por instinto, tentasse me agarrar pelo ombro e me afastar.

— Você já viu algo assim antes? — indagou ele.

— Não — respondi. — Nem em livros, nem em cofres, nem em tumbas, nem em nenhum outro lugar.

— Isso é... — Emrys, pela primeira vez, parecia realmente sem palavras. Um arrepio perceptível o percorreu enquanto ele esfregava os braços. — De quem são esses ossos? Que tipo de mente doentia os profanaria dessa maneira?

— Parece uma coleção, não é? — comentei.

— É possível que quem quer que tenha criado isso tenha matado tantas pessoas assim? — indagou Emrys com a voz fraca.

Eu balancei a cabeça.

— Mesmo antes da maldição, não tinham tantos seres vivendo na região para que alguém não notasse caso pessoas morressem ou desaparecessem. Acho que alguém andou revirando túmulos.

Coloquei Ignatius no chão e aproximei minha lanterna da primeira escultura da fileira. A parte superior da boca, logo atrás dos dentes, fora cortada com todo o cuidado para se encaixar em um osso pélvico. Ambos estavam gravados com marcas minúsculas, quase ilegíveis.

— São sigilos de maldição? — perguntou Emrys, inclinando-se sobre meu ombro. O calor de seu corpo acariciava minhas costas, sua respiração brincava com os cabelos soltos perto da minha bochecha.

— Não — respondi. — As formas são mais arredondadas, mais entrelaçadas. Eu nunca tinha visto algumas dessas antes. Você acha que são remanescentes da época dos druidas?

— As feiticeiras criaram a própria linguagem para controlar a magia — disse Emrys. — Faz sentido que existam outras. Ou as marcas são apenas decorativas.

A escultura ao lado era uma caixa torácica equilibrada em dois fêmures, e o que a mantinha no lugar eram duas fendas cortadas com precisão nos ossos, que permitiam que eles se encaixassem perfeitamente. Uma mão pendia do centro das costelas, os ossos dos dedos unidos por juntas de prata. Tudo coberto com sigilos.

A bile subiu pela minha garganta quando me virei, avaliando todas as esculturas. Eram vis e horripilantes; mal conseguia olhar para elas sem sentir a onda fria de algum medo profundo e inato que havia sido criado e alimentado ao longo de milhares de gerações da minha linhagem familiar.

Eu me inclinei para pegar Ignatius do chão e então congelei. A luz de suas pequenas chamas tinha se espalhado pela escultura mais próxima na fileira inferior de prateleiras, lançando, em padrões iluminados no chão de pedra, as formas dos sigilos esculpidos. Quando me ajoelhei, os símbolos se deslocaram e começaram a girar.

— Tamsin — veio a voz aguda de Emrys. Olhei para a frente e me dei conta de que não conseguia vê-lo. Ele tinha ido para o outro lado da escada que subia do centro da sala. Quando fui naquela direção, passei por uma armadura em mau estado e um armário de vidro cheio de frascos e ervas pretas já murchas.

A escada estreita — pouco maior do que uma daquelas escadas portáteis — levava ao ar livre e, perto de sua base, havia um grande caldeirão. A primeira luz cinzenta do amanhecer de Avalon brilhava sobre ele, iluminando os pés com garras prateadas e fazendo com que suas laterais gravadas brilhassem como lâminas polidas.

Emrys estava olhando para o caldeirão, o rosto tão pálido que era quase doentio. Eu parei ao lado dele, preparando-me para qualquer coisa terrível que estivesse esperando lá dentro.

Em vez disso, me vi olhando para uma piscina reluzente de prata derretida.

Ela se agitava com um vento indescritível, com redemoinhos. O cheiro metálico emanava do caldeirão, mas quando coloquei a mão sobre ele, não estava quente. Era de um frio intenso.

Enquanto eu olhava para suas profundezas, flashes de memória surgiram sem serem convidados e se fragmentaram ainda mais. O rosto pálido da Dama Branca no campo nevado, me convidando para me juntar a ela na morte. Um lampejo de escuridão, pedra e o aço de uma lâmina pequena. O unicórnio, parado embaixo de uma árvore morta, caindo quando uma flecha perfurou seu peito.

Dei um passo para trás, forçando-me a desviar o olhar. Emrys estava com uma aparência horrível, pior do que eu jamais havia visto, completamente sem cor e mórbido.

— Você está bem? — perguntei. — Emrys?

Ele levou alguns instantes para erguer o rosto, os olhos cheios de um terror puro e angustiante. Parecia não saber onde estava, afastando-se do caldeirão até que suas costas encostassem na parede.

— Emrys? — perguntei com mais urgência. — O que está acontecendo? O que você viu?

Ele ergueu a mão, a garganta apertada enquanto se curvava para a frente.

— Está tudo bem... só... só preciso de um segundo.

Ele estava longe de estar bem. Espiei dentro do caldeirão de novo, minha mente explodindo com milhares de pensamentos. Procurei, em meio àquela tempestade, por uma lembrança de qualquer passagem de um livro ou história que tivesse mencionado um caldeirão em Avalon.

— O que é isso? — sussurrei.

A prata líquida se agitava enquanto eu me inclinava sobre ela. Uma sensação inominável percorreu meu corpo, do couro cabeludo aos pés, um instinto primitivo de que havia algo além daquela superfície espelhada. De que alguém estava observando do outro lado.

Antes que eu pudesse pensar duas vezes, antes que pudesse dizer a mim mesma que era uma ideia estúpida, mergulhei a ponta do castiçal de Ignatius na superfície.

Nada aconteceu por vários segundos. Então algo puxou com força.

Algo o puxava para baixo, sugando o castiçal mesmo quando eu tentava soltá-lo. Pequenas formas surgiram no líquido, subindo da superfície como...

Como dedos estendidos.

O olho da Mão da Glória se projetou, os pavios ardentes guinchando como se estivessem aterrorizados, esguichando sem parar nas pontas dos dedos. Em um instante, Emrys estava lá, ajudando-me a arrancar meu braço e Ignatius.

— O que você está fazendo? — questionou Emrys, engasgando.

Uma forte rajada de vento desceu os degraus, passando por nós e soltando Ignatius de vez. Eu segurava a ponta do castiçal entre nós. Estava revestida de prata maciça.

— Os ossos dos Filhos... — sussurrou Emrys.

Eram iguais.

Eu me abaixei, circundando o caldeirão, passando os dedos pela bacia até encontrar uma discreta elevação na borda. Parecia até que tinha sido arranhada, gasta até que se tornasse quase impossível distinguir o que era.

Quase.

Eu já tinha visto isso antes.

Peguei o diário de Nash na bolsa. Pela primeira vez em minha vida, eu queria estar errada. Minhas mãos tremiam um pouco enquanto eu folheava as páginas. Encontrei a página de símbolos que Nash havia esboçado e classificado e a coloquei ao lado da marca.

Era um padrão de nó em espiral com uma espada rudimentar que atravessava as voltas retorcidas. Não é de se admirar que eu tenha me sentido perturbada ao reconhecer a marca na mão da estátua — era uma parte desse mesmo desenho.

— Me diga que isso não é o que acho que é — pediu Emrys, a voz pouco mais que um sussurro.

— É o emblema do rei de Annwn — expliquei.

Ele parecia enjoado. Olhei ao redor da sala — para as esculturas horríveis, para os símbolos de maldição — e senti o frio que percorria minha pele deixar meu corpo dormente.

Nenhum de nós parecia querer dizer o nome em voz alta agora. *Lorde Morte.*

O som familiar de pedras raspando ecoou lá de baixo. Com um último olhar compartilhado de horror, Emrys e eu nos viramos, procurando algum lugar para nos escondermos. Não havia espaço atrás da armadura ou no armário. As prateleiras eram expostas demais e pressionadas contra a parede. A única saída era subir.

Eu liderei o caminho, desligando a lanterna e colocando Ignatius de volta em minha bolsa. O andar superior era fechado por um telhado e quatro paredes com grandes janelas com vista para o pátio. Estávamos no topo da torre, o que eu pensava ser só parte da decoração.

A fechadura da porta se abriu com um ruído. Eu me deitei de barriga para baixo em um dos lados da escada, afastando-me o bastante da ponta para evitar ser vista de baixo. Emrys fez o mesmo do outro lado da abertura.

Não suba, pensei, *não suba as escadas...*

Ao leve ruído de passos, seguiu-se o sussurro de um tecido arrastando sobre a pedra. E, ao que tudo indicava, eu ainda não tinha me cansado de ser burra, porque me aproximei da abertura no chão, tentando ver quem havia entrado.

Era a mesma figura encapuzada de antes. O céu claro revelava o tom azul profundo do tecido que se estendia atrás dela conforme se aproximava do caldeirão. Mais de perto agora, eu podia ver outros detalhes também.

Erguendo um discreto punhal curvo, a figura pressionou sua ponta cruel contra a palma da mão e, com um sibilo de dor, cortou. O sangue escorreu da mão pálida para a poça de prata que o aguardava.

Na floresta, o uivo dos Filhos da Noite se transformou em gritos. Eles chegaram aos meus ouvidos, perfurando cada pensamento, até que eu ficasse desesperada para cobri-los com as mãos.

Eles estão sendo controlados. O pensamento martelava em minha mente. E se podiam ser compelidos, qual era a garantia de que não haviam nascido da câmara escura abaixo de nós?

A figura encapuzada permaneceu ao lado do caldeirão, ouvindo. Visivelmente satisfeita, ela se dirigiu para a porta. Ao passar pela armadura, o movimento foi suficiente para deslocar a parte inferior do capuz, revelando um indício de uma trança.

Levei um momento para entender por que foi tão difícil ver o reflexo da trança na superfície da couraça. Era da mesma cor que o metal turvo.

Prata.

Prata fria e mortal.

Cientes de que outro amanhecer nada atraente estava por vir e que logo haveria pessoas trabalhando no grande salão, Emrys e eu esperamos apenas alguns minutos antes de nos levantarmos e descermos, sem fazer barulho, para a galeria da morte. Meu coração batia forte enquanto seguíamos o caminho que passava pela câmara de armazenamento e entrava no túnel.

As costas da mão de Emrys roçavam a minha a cada instante conforme corríamos pelo corredor e passávamos pelas raízes. Eu não conseguia me afastar, assim como não conseguia expressar em palavras o que havíamos visto.

Saímos pela porta escondida no momento em que a primeira das mulheres chegou ao grande salão com seus teares. Ela ergueu as sobrancelhas, intrigada ao nos ver ali sozinhos, mas eu não me importei e tampouco quis explicar. Não importava. Nada disso importava, a não ser o fato de que precisávamos voltar para o nosso mundo.

Nossos olhos se cruzaram uma última vez nos degraus que levavam ao pátio e firmamos uma promessa tácita. Os Filhos haviam se aquietado com a chegada da luz do dia, mas o relativo silêncio parecia consumir tudo, já que não havia nem o canto dos pássaros para nos confortar. Aquilo causava um tipo diferente de dor, um desejo pelas coisas mais simples que eu não havia valorizado antes.

— Ah... estava indo atrás de você! — A voz alegre de Olwen era um choque depois do inferno tenebroso do qual havíamos escapado. Ela parecia ter surgido do nada, o vestido cinza e o avental branco se misturando à manhã sem cor. O cabelo azul-escuro descia ondulado emoldurando o rosto, como se ela estivesse flutuando na água. — Vamos levantar as pedras para ver se a terra embaixo delas consegue suportar as plantações — acrescentou ela. — Isto é... se você estiver bem para fazer isso.

Emrys hesitou, mas um sorriso discreto surgiu em seu rosto.

— É lógico que sim.

— Tem certeza? — Os olhos escuros de Olwen se estreitaram enquanto o analisavam. — Você parece um pouco abatido.

— Não dormi muito bem — mentiu ele.

Ou não dormiu nem um pouco, pensei.

— Os Filhos estavam inquietos ontem à noite e aconteceu alguma coisa com eles hoje de manhã — concordou Olwen, balançando a cabeça.

— Eles... fizeram alguma coisa? — perguntei.

— Receio que não tenham se mexido — explicou ela. — Cait sugeriu que tentássemos dispersá-los com fogo e flechas se eles ainda não tiverem ido embora ao anoitecer.

— E isso não é uma opção agora porque...? — perguntei.

O rosto de Olwen se endureceu.

— Porque não temos mais tantas flechas assim.

Só consegui responder com um "ah" patético.

— Estou pronto para atacar, figurativa e literalmente — interveio Emrys com suavidade. — Você tem uma pá extra para mim?

— Com certeza — respondeu Olwen, levando-o embora. — Pedi aos outros que juntassem as cinzas que pudessem ter...

A voz dela se arrastou quando eles foram se juntar ao grupo crescente de homens e mulheres reunidos perto da forja. Emrys olhou para trás uma última vez para murmurar: *Mais tarde?*

Assenti.

Cabell e Neve, lembrei a mim mesma, voltando para a torre e para os muitos degraus que me separavam dos quartos. Eles precisavam saber o que havíamos encontrado — e talvez Neve soubesse para o que aquelas esculturas eram usadas.

O barulho de metal batendo chamou minha atenção para o lado de fora. Aproveitei para ir em direção à área de treinamento. Esperava ver outro grupo de novatos ansiosos, ou pelo menos algumas das Nove, mas Cabell e Bedivere eram os únicos que estavam lá. Meu irmão executava uma série de movimentos de bloqueio e desvio, dessa vez com uma espada larga, e não com uma das armas de treinamento sem corte.

Fiquei olhando, quase sem acreditar no que via. Cabell sempre pareceu ter mais vigor à noite e, mais de uma vez, chegou em casa depois de uma noite de folia pelas ruas de Boston ou de uma reunião da guilda quando eu estava me levantando. Acordar cedo para ele significava se levantar ao meio-dia.

No entanto, ele já estava aqui havia tempo suficiente para suar bastante. Seu rosto estava corado de verdade e a emoção que vi em seus olhos era verdadeira quando sorriu em resposta a algo que Bedivere disse.

O homem mais velho disse um encorajador "Sim... bom, *bom!* Muito bem, rapaz!" e bateu em suas costas quando Cabell parou para recuperar o fôlego. O desejo de aprovação no rosto do meu irmão, o jeito como ele sorria, tudo era quase doloroso de se ver.

Eu me senti estranhamente desmotivada ao observá-los, como se estivesse à deriva na névoa, insubstancial e desbotada. Quando ergueu a espada de novo, Cabell olhou em minha direção e parou. Seu rosto ficou tenso de preocupação.

Pressionei dois dedos contra minha palma virada para cima. *Mais tarde.* Em seguida, formei um pequeno quadrado com minhas mãos. *Biblioteca.*

Ele assentiu, voltando-se para Bedivere para retomar o treino. O velho cavaleiro levantou a mão para me cumprimentar, e eu retribuí o gesto, esforçando-me para esboçar um sorriso.

Eu poderia tentar confrontar Caitriona, ou pelo menos seguir seus passos, mas isso só faria com que os outros se voltassem totalmente contra mim.

Não, a melhor coisa que eu poderia fazer agora era continuar a reunir informações e trazer Cabell e Neve para ver a sala com os próprios olhos. Isso poderia finalmente ser suficiente para convencê-los a encontrar outra forma de sair de Avalon.

A oportunidade veio na forma de um suave suspiro de surpresa atrás de mim nos degraus. O rosto verde-folha de Mari surgiu ao redor do monte de lençóis dobrados em seus braços.

— Peço desculpas, não vi você aí.

— Não sei como você conseguiria ver qualquer coisa — respondi. — Posso ajudar?

O rosto de Mari se contraiu de uma maneira que me fez pensar se ela estava repetindo em sua mente as duras palavras que eu dissera no outro dia.

— Fui muito grossa com você na biblioteca — acrescentei, pensando depressa. — Gostaria muito de me desculpar pelo que fiz...

Depois de um momento, sua expressão relaxou e ela assentiu, mas ainda não olhou nos meus olhos enquanto me permitia pegar metade dos lençóis de sua pilha. Eles ainda estavam frios do varal em que estiveram presos no alto da parede sul.

Mari não gostava de jogar conversa fora. Em poucos minutos, ficou óbvio que a tática que costumo usar, em que deixo a outra pessoa falar sem parar para preencher o silêncio, não funcionaria; Mari parecia gostar do pouco de paz que isso proporcionava. Eu teria que envolvê-la na conversa até onde ela permitisse.

— Então... — comecei, procurando em minha mente algo para dizer enquanto corria atrás dela. Para alguém tão pequeno, ela se movia na velocidade de um gato. — O que você sabe sobre unicórnios?

O sonho pairava no fundo da minha mente, implorando por um pouco de atenção, mas era um pouco constrangedor que essa pergunta inútil fosse a melhor que eu conseguisse fazer naquela hora. Essa era a razão pela qual eu não gostava de conversa fiada.

Mari ergueu as sobrancelhas.

— Você já se deparou com algum?

— Não — respondi, me atrapalhando de uma maneira que me irritou. Eu conseguia me sair melhor do que isso. — Só achei que... na biblioteca, você parecia entender tanto sobre lendas. Eu só queria saber se eles existem de verdade. Ou são algo inventado a partir de... bem, você sabe, sonhos.

— Um sonho com um unicórnio é um presságio maravilhoso de boa sorte. — Mari começou a se afastar, mas acabou voltando, incapaz de resistir a falar mais um pouco. — Eles já existiram antes. Uma das criações mais queridas da Deusa, tão gentis quanto ferozes.

— Antes? — repeti. — O que aconteceu com eles?

— Ninguém sabe ao certo, só que, no final, eles pararam de aparecer para as sacerdotisas e não estavam mais lá para ajudar a curar os doentes — contou Mari, começando a descer o corredor de novo. — Os dragões tiveram o mesmo destino.

Levei alguns instantes para assimilar.

— Calma aí... dragões? — repeti, correndo atrás dela.

Depois de despir as camas no corredor e deixar os lençóis limpos, levamos as roupas sujas para as fontes sagradas. Elas eram lavadas em piscinas diferentes, mais ao fundo da caverna. E ali vi minha primeira oportunidade real de obter respostas.

— Tem outras salas ou túneis escondidos embaixo da torre, como este? — perguntei à Mari enquanto subíamos os degraus de volta para o pátio.

— Com certeza — disse ela, com uma voz etérea e melódica —, tantos quanto o corpo tem veias. Alguns entraram em colapso com o tempo e outros foram simplesmente esquecidos, esperando para serem reencontrados.

— Não há registro deles em lugar algum? — perguntei, seguindo-a pelo pátio. Ela era tão pequena... não passava de um brotinho para o resto de nós. Não era de se admirar que os outros avalonianos mal parecessem notá-la quando passava por eles, mantendo a cabeça baixa.

— Ah, eu adoraria — respondeu Mari. — Esse conhecimento morreu com a Alta Sacerdotisa Viviane. Ela era... — Então fez uma pausa, organizando seus pensamentos. — Ela era a Alta Sacerdotisa quando as feiticeiras se rebelaram contra os druidas e me ensinou quase tudo o que sei sobre magia, rituais e a história de Avalon.

— Flea diz que Caitriona é sua nova Alta Sacerdotisa — comentei. — Ela conseguiu aprender com a última antes que ela morresse?

— Sim, mas não por muito tempo. — Mari passou por uma curiosa transformação. Ela ficou mais ereta, com os ombros para trás, enquanto nos conduzia pelas escadas. Até sua voz ficou mais límpida. — Cait foi a primeira chamada de nossas Nove, mas nós a escolhemos porque ela é a melhor de nós.

— Ninguém é perfeito — consegui dizer.

— Cait é — retrucou Mari, sustentando um olhar desafiador. — Ela é a alma mais corajosa que conheço, e a mais gentil.

— Ela não tem sido gentil com a Neve — ressaltei.

— Isso é só porque... porque ela conhece muito bem as histórias antigas — protestou Mari, colocando uma mecha de cabelo branco atrás da orelha. — Não é fácil esquecer, muito menos perdoar a traição das irmãs.

— Você acha que a Alta Sacerdotisa já ensinou alguma coisa para ela sobre a magia do Lorde Morte? — perguntei.

Mari me encarou, seus olhos arregalados eram o retrato da perplexidade.

— E o que levou você a perguntar isso?

Meu estômago se contorcia com as dores de tudo o que eu deveria dizer. Parecia errado não contar a ela, sabendo o que estava em jogo para todas as sacerdotisas. Eu só queria plantar essa sugestão na mente dela, deixá-la apodrecer o suficiente para que ela encontrasse suas próprias respostas, mas, de repente, isso me pareceu cruel demais.

As Nove eram de uma lealdade atroz à Caitriona e umas às outras, talvez inquebrantáveis depois do que enfrentaram juntas. Pela primeira vez, olhando para Mari, comecei a duvidar de meus olhos.

Por que Caitriona iria querer fazer tudo isso, sabendo que ameaçava suas irmãs e que havia matado centenas, se não milhares, de avalonianos?

Ela poderia estar servindo a outro, pensei, *e isso seria tudo desígnio dele...*

Mas isso só trouxe mais perguntas com as quais minha mente estava exausta demais para lidar. Em vez disso, perguntei:

— E o que vamos fazer agora?

— Acho que, se eu contar, você não vai querer ajudar — respondeu Mari com um sorriso.

Eu já estava bastante familiarizada com as latrinas, que eram, basicamente, banheiros medievais que se projetavam da parte de trás da torre. Não passavam de um buraco em um banco de madeira que dava para o fosso fedorento e inerte lá embaixo e, para minha verdadeira alegria, pude ver cada um deles enquanto esvaziávamos os vasos de louça e despejávamos a água de lavagem usada neles.

Mari tinha o dom de sempre ficar por perto: nas escadas, nas paredes dos cômodos, no pátio. A cada momento, ficava mais evidente para mim que ela era o motor invisível no coração da torre, atribuindo silenciosamente as tarefas do dia a todos os outros e assumindo ela mesma o trabalho mais ingrato e invisível. Fazia parte da natureza gentil dos elfos cuidar dos animais, e parecia que isso também se estendia à raça humana.

Horas mais tarde, Mari passou para sua última tarefa do dia: contar os estoques de alimentos e outros suprimentos e distribuir a cota diária para aqueles designados a prepararem a refeição da noite, incluindo, para minha surpresa, Olwen, que tinha vindo ela própria buscar.

A despensa ficava em um cômodo escondido nos fundos do salão de dormir, onde muitas pessoas ainda se aglomeravam, cumprimentando Olwen enquanto enrolavam as almofadas das camas e dobravam os cobertores para guardá-los em uma das extremidades do cômodo.

O sorriso da sacerdotisa ficou ainda maior ao me ver. O vestido simples que ela usava era de um rosa desbotado, e abraçava suas curvas; as mangas de sino drapeadas estavam enroladas e presas com alfinetes, para evitar que interferissem em seu trabalho.

— Estou só olhando a paisagem — comentei gentilmente.

Olwen passou uma pequena cesta para Mari, que a levantou com um olhar de evidente prazer. O gatinho cinza desgrenhado que estava dentro dela a examinou com o mesmo interesse, observando seu rosto com olhos azuis extraordinariamente vívidos.

— Achei que você precisava de um novo caçador de ratos na despensa ou de um amiguinho para acompanhá-la durante o seu dia — disse Olwen, sorrindo. — Não sei dizer o que aconteceu com a mãe e os irmãos dele. Ele estava vagando pela cozinha e tomou um pouco do leite de cabra.

— Ah, como você é gentil — agradeceu Mari, tirando o gatinho da cesta. — Ele tem um nome?

— Zangado? — sugeri. Mas a visão de seu rostinho adorável me fez sentir uma saudade quase indescritível dos felinos diabólicos da biblioteca da guilda.

— Um nome um tanto incomum — retrucou Mari, visivelmente relaxada enquanto acariciava o gatinho sob o queixo. A criatura aceitou com alegria a atenção, emitindo um ronronar suave. — Acho que... sim, você se parece mais com um Griflet para mim. Obrigado, Olwen!

— Não se esqueçam de comer alguma coisa antes desta noite — avisou Olwen. — Vocês duas. Vou caçar vocês e enfiar pedaços de queijo goela abaixo se for preciso.

— Só para avisar, fique à vontade para fazer isso sempre que quiser — brinquei.

A despensa era iluminada por meio de três janelas de vidro, que permitiam ver com clareza o desastre lá dentro. Eu me virei. E virei de novo.

O cômodo era tão grande quanto os quartos, e cheirava a frutas secas, mas só havia comida em uma parede de prateleiras. Meu estômago se revirou ao ver aquilo.

— Onde vocês guardam o resto? — perguntei.

Mari colocou seu gatinho no chão para que ele pudesse explorar. Olwen fechou depressa a porta atrás de nós, pressionando um dedo nos lábios.

— Eles não sabem? — perguntei, as palavras jorrando de mim. Eu me virei para examinar as prateleiras de novo. — Isso é comida para semanas, não para meses.

— Agora você entende a importância do que vamos plantar no pátio — respondeu Olwen, olhando para Mari enquanto ela mexia em um pote quase vazio de frutas secas. Ao vê-las, lembrei do pão doce quase dormido que haviam nos dado na noite anterior.

O medo se apoderou de mim como uma sombra. Não havia chance de isso durar até que eles tivessem vegetais para serem colhidos. A menos que...

— Você pode usar sua magia para fazer a plantação crescer mais rápido? — perguntei.

— Sim — confirmou Olwen. — Mas estamos relutantes em fazer isso, com a magia da ilha parecendo tão... imprevisível.

Fiz as contas em minha cabeça, calculando quanto mais ou menos duzentas pessoas precisariam por dia.

— Você acha que as plantações estariam prontas para serem colhidas em quinze dias?

Por que você está fazendo isso?, sussurrou minha mente. *Isso não é problema seu.*

Mas será que não era mesmo? Eu não queria que nenhum de nós morresse de fome antes de abrirmos um caminho de volta ao nosso mundo.

— Talvez — respondeu Olwen. — Por quê?

— Vocês estão com sorte — afirmei, pegando a primeira cesta de grãos. — Porque se tem uma coisa que eu manjo bem é como fazer um pouco de comida durar mais tempo.

E, se fosse preciso, mentir e mentir até que toda a esperança que eles tinham se esvaísse.

28

Como era de se esperar, Neve havia retornado à biblioteca em algum momento do dia. Quando consegui arrastar meus ossos cansados escada acima para falar com ela, a pilha de livros ao seu lado estava tão alta que quase não consegui vê-la à mesa.

Ela estava com os fones de ouvido, e sua música sintetizada e sentimental parecia estar vagando pelas fileiras de prateleiras, como se estivesse curiosa para saber quais livros encontraria ali.

Desabei na cadeira em frente à sua mesa de trabalho. Com um suspiro, Neve pausou o CD e tirou os fones de ouvido.

— Sinto que preciso me preparar sempre que faço esta pergunta pra você — disse ela —, mas está tudo bem?

— Pode se animar — brinquei. — É ainda pior do que o que você está imaginando.

— Estou imaginando que você descobriu que a árvore Mãe vai morrer em poucos dias, privando o mundo de sua última parcela de magia e nos reduzindo a um banquete para os Filhos e sejam quais forem os vermes que moram embaixo do solo — respondeu Neve.

— Caramba — consegui dizer —, uau. Eu... não sei dizer se é pior do que isso.

— Você vai me contar — perguntou Neve — ou vou ter que adivinhar? Porque as piscinas sagradas secando são o próximo item da lista.

A história saiu tão depressa que, no fim, eu estava com dificuldade para recuperar o fôlego. Durante todo esse tempo, Neve me encarava, a testa franzida.

— O que você acha? — perguntei.

— Acho que você *acredita* ter visto alguém com cabelos prateados — disse Neve. — E você supõe que seja a Caitriona, assim como supõe que tenha algo a ver com os druidas e o Lorde Morte.

— Você perdeu a parte das estátuas feitas literalmente de ossos humanos? — perguntei. — E a marca do rei de Annwn?

— Essas "estátuas" podem servir para qualquer coisa, inclusive para homenagear os mortos. — Neve pegou um livro da enorme pilha da mesa. — E o caldeirão pode ter sido um presente.

— Você não *sentiu* aquele quarto — retruquei. — Tem algo de errado nele. Algo sinistro. E o caldeirão...

— O negócio é o seguinte... existem vários caldeirões lendários, como eu suspeito que você saiba — comentou Neve. — Nem todos eles servem a propósitos sombrios. Tem caldeirão que pode produzir comida sem fim, por exemplo. Na verdade, eu me pergunto onde ele estará... Você acha que ele poderia produzir, por exemplo, balinhas azedas? Ou macarrão com queijo? Eu dava um dedo do pé para comer macarrão com queijo agora mesmo. Mas não o dedão.

— Tem que ser ela — insisti. — A altura, a forma como se movia... é ela.

— Por que você quer tanto que seja a Caitriona? — perguntou Neve.

— Por que você tem tanta certeza de que não é ela? — respondi. — Não entendo por que você a defende depois do jeito horrível como ela te tratou.

— Por que não? — perguntou Neve, distraída, enquanto voltava a atenção para o livro. — Eu ainda defendo você para os outros.

Ela se deu conta do que dissera um segundo depois e voltou a erguer o olhar.

— Não se atreva a tentar amenizar ou retirar o que disse — falei. — Eu mereço isso. E, só para constar, me *desculpe* por não ter contado a verdade. Mas sabendo como o anel é perseguido, você pode me culpar?

— Não culpo você por querer proteger seu guardião e muito menos por tentar ajudar seu irmão — disse ela, deixando o livro se fechar —, mas não gosto que me façam sentir como uma idiota, o que nós duas sabemos que é o fato mais distante da realidade.

— Eu entendo — respondi.

— E o que, de alguma maneira, torna tudo pior é que, mesmo depois de me conhecer, você ainda achava que eu era capaz de matar Nash para conseguir o que queria — acrescentou Neve. — Então, qual é a sua? O que eu sou... uma fracote sem noção que você pode usar ou a feiticeira cruel e implacável?

Minhas mãos se fecharam sob a mesa.

— Nenhuma das duas. Eu sei que posso ser...

— Difícil? Geniosa? Teimosa? — sugeriu ela.

— Todas essas coisas — concordei.

— E você se orgulha disso — concluiu Neve, balançando a cabeça. — Por quê? Sei que você acha que confio demais nas pessoas, tenho coração mole ou seja lá o que for, mas quem disse que afastar todo mundo que tenta se aproximar é um ato de coragem?

— Acho que é um erro tentar ajudar *todo mundo*. Você tem que se colocar em primeiro lugar porque ninguém mais vai fazer isso por você — protestei. — E, apesar de não ter nada de errado em ser tão gentil quanto você é, todo mundo tem que criar uma casca-grossa em algum momento, senão, o mundo vai continuar encontrando formas de ferir você.

— Tamsin, você não é casca-grossa, você tem uma *armadura* — proferiu Neve. — E, ainda que a armadura sirva para impedir alguns golpes, ela também significa que ninguém nunca vai conseguir ver quem você é por baixo dela.

— Isso não é verdade — neguei, sentindo meu coração bater mais forte.

— Depois de um tempo, as pessoas param de tentar, não é? — complementou ela. — Acham que você é indiferente a eles. Se cansam da sua visão negativa. E como você se sente com isso? Se sente segura? Ou sente que não resta nada pra você?

Eu queria me levantar da mesa, sair da sala, mas era como se aquelas palavras tivessem me petrificado. Parecia que não tinha ar o bastante para respirar. O suor frio escorria no meu peito e nas costas.

— Sei que você vai achar difícil de acreditar, mas eu entendo — amenizou Neve. — Demonstrar que você se importa com algo ou alguém faz você ficar vulnerável, porque assim o mundo tem uma ferramenta para te ferir. Mas chega um momento em que você tem que decidir se o sentimento de vazio é melhor do que correr o risco de ser ferida.

Ela esticou o braço por cima da mesa na minha direção, com a palma para cima. Depois de tudo o que eu fiz, ainda estava estendendo a mão. Hesitei, mas fiz o mesmo, segurando seu antebraço enquanto ela segurava o meu.

Neve sorriu. Os pontos verdes em seus olhos cor de avelã brilhavam à luz da vela.

— Você é uma pessoa inteligente, leal e atenciosa.

Seu aperto em mim se intensificou de uma maneira brincalhona, e seu sorriso floresceu enquanto eu tentava não me mexer.

— É isso aí. Você vai viver esse momento de modo sério e honesto e vai aguentar tudo, apesar de estar morrendo um pouco por dentro, né?

Eu estremeci.

— Uhum.

— Que bom — provocou ela e, com um último aperto, soltou minha mão. — Como penitência, você vai ter que aguentar mais desses momentos de ternura comigo e aceitar que é minha amiga.

— Tenha piedade — implorei. — Não posso só roubar outra coisa para você levar para o Conselho de Irmãs e ficarmos quites? Talvez uma das estátuas de ossos assustadoras sirva para impressionar...

— Tamsin! — Ela jogou sua pena em mim. — De jeito nenhum.

— Por quê? — perguntei. — Eu nunca fui pega. Bom, a não ser uma única vez, e foi só porque um papagaio me dedurou.

— Olha — disse ela. — Eu sei que você está preocupada...

A voz de Neve foi diminuindo e ela parecia não saber o que diria em seguida.

— Você quer que eu conte do papagaio, né? — perguntei.

— Sim — disse ela com timidez. — Não consigo evitar. Pode ir me contando.

— Ele se chamava Raio e morava em uma loja de antiguidades em Praga — contei. — E era um belo de um traidor.

Neve fechou os olhos, suspirando toda feliz.

— Raio, o papagaio. É perfeito.

— A oferta ainda está de pé — comuniquei, cruzando os braços enquanto me recostava na cadeira.

— A resposta ainda é não — confirmou Neve. — Mas agradeço por oferecer seus serviços como esvaziadora... — Ela se conteve tarde demais. — Quer dizer, não que eu ache que os esvaziadores sejam ladrões, na verdade, é só que... você sabe...

— Esvaziadores são ladrões — assegurei. — Só assumimos um nome diferente para nos sentirmos um pouco melhor.

Neve balançou a cabeça, voltando sua atenção para o livro que estava aberto à sua frente.

— Posso perguntar uma coisa? — comecei.

— Não se for sobre deixar Avalon antes de encontrarmos um jeito de ajudar — respondeu ela toda alegre, virando a página.

— Por que você quer tanto ser aceita pelo Conselho de Irmãs? — perguntei. — Entendo que você queira continuar a estudar e, acredite em mim, respeito essa ambição, mas você foi tão bem-sucedida em ser autodidata e agora tem As Nove ajudando você. Pelo que sei sobre o Conselho, tenho medo de que elas tentem acabar com sua criatividade e bondade. Sei que você não tem medo de seguir seu próprio caminho, então por que a aprovação delas é importante?

— Não é tão simples assim — respondeu Neve, seus dedos apertavam o livro de modo mais forte e quase imperceptível. — Nesse mundo... no nosso mundo... eu não vou ser ninguém.

— Você nunca vai ser uma zé-ninguém — falei com firmeza. — Você não precisa das regras draconianas e dos feitiços ultrapassados delas.

— Não, não é isso que quero dizer — explicou Neve. — Eu não vou ser ninguém de verdade.

Recostei-me em minha cadeira, deixando as palavras se assentarem em minha mente, tentando entendê-las. Em vez de elaborar, Neve enfiou a mão no corpete de seu vestido, levantando a corrente acima da cabeça, revelando o que ela tinha conseguido manter escondido todos esses dias.

Um pingente.

Ela o colocou entre nós, olhando para ele como se fosse uma áspide. Uma simples peça de prata que tinha uma pedra branca oval no centro. Não, não era branca, mas opalescente, com um arco-íris de cores escondido nas profundezas de sua superfície lisa.

— A pedra é chamada de Olho da Deusa — revelou Neve, com a voz fraca.

Minha memória me ajudou a completar as lacunas.

— Uma pedra muito rara capaz de potencializar a magia.

Tive que lutar contra a vontade de pegá-la da mesa e estudá-la mais de perto.

— Era da minha mãe — prosseguiu Neve. — Encontrei quando estava limpando o sótão com minha tia... e eu sabia, eu *soube* pela expressão dela que não era para eu ter encontrado, assim como eu não deveria saber o que eu era.

Fui tomada pelo choque.

— Ela escondeu o fato de você ser uma feiticeira?

— Não exatamente. Fui deixada na porta da casa dela ainda bebê, aquela velha história. — Neve balançou a cabeça. Ela sorria, mas o sorriso era contaminado pela mágoa evidente em seus olhos. — Titia dizia que não fazia ideia de quem havia me deixado, ou mesmo de quem era minha mãe. Ela sabia que eu tinha magia, mas não tinha certeza se eu manifestaria todos os meus poderes. Eu poderia muito bem ter sido um dos Povos Mágicos, como ela.

— Mas então você fez treze anos — acrescentei com suavidade.

Ela concordou.

— É difícil explicar o que acontece... Você acorda um dia e, de repente, sente como se tivesse sido eletrificada. Se essa magia não for controlada ou direcionada para o trabalho com feitiços, ela pode explodir dentro de você. Incêndios. Vidros estourados. Amaldiçoar alguém que você odeia com o vírus da varíola.

— Você falou essa última de um jeito *tão* casual. — Dei uma risada nervosa. Neve não riu.

— Minha tia basicamente pensou... não sei o que ela pensou — continuou Neve. — Que, se eu ignorasse, o poder desapareceria? Mas mesmo depois de colocar o pingente de volta no lugar, ele me chamava. Parecia que deveria ser meu. Eu juro que podia ouvi-lo sussurrando para mim através das paredes.

Eu não disse nada, esperando que ela continuasse quando estivesse pronta.

— Eu não queria incomodar titia de forma alguma e resisti por um ano, dizendo a mim mesma que não precisava nem queria. Mas um dia, quando minha tia foi trabalhar, não consegui mais mentir para mim mesma. Voltei ao sótão para pegá-lo. E não foi só o pingente que achei. Também encontrei alguns dos livros antigos da minha mãe e sua varinha.

Ela não precisou dizer isso para que eu soubesse. Era a varinha que Caitriona havia pegado na noite em que chegamos aqui.

— E percebi que minha tia havia mentido para mim — disse Neve, sua voz ficando mais baixa. — Ela não só sabia quem era minha mãe, como elas eram amigas. Encontrei cartas que ela havia enviado, inclusive uma explicando que meu pai havia morrido, mas ela não as havia assinado com um nome, apenas com a letra *C*. Foi a última da pilha que me fez ter certeza de que tinham vindo dela.

Ergui as sobrancelhas.

— O que estava escrito?

— *Ela se chama Neve. Não deixe que a levem embora.* Ela poderia estar falando de qualquer um... A família do meu pai, sejam eles quem forem, as Irmãs, o serviço social do Estado da Carolina do Sul... Tudo o que eu sabia era que minha tia tinha escondido tudo isso de mim, e era meu — disse Neve. — Então, quando ela saía para trabalhar, eu também trabalhava. Eu folheava os livros da minha mãe, tentando aprender mais sobre ela, experimentando os feitiços que ela conhecia. O pingente tornou tudo muito mais fácil.

— Você acha que ele pode ter desempenhado um papel no feitiço de proteção que você lançou quando chegamos aqui?

— Olwen acha que ele ajudou a amplificar — explicou Neve. — Mas também... já li inúmeras vezes que a magia é algo que precisa ser rigidamente controlada e direcionada com cuidado para um feitiço. A magia é tão indomável e infinita que a prática de memorizar um conjunto estabelecido de sigilos sempre me pareceu restritiva. Isso nunca fez sentido para mim, até que Olwen me explicou que o jeito que as sacerdotisas chamam a magia *é* muito mais intuitivo e muda de pessoa para pessoa.

Franzi a testa.

— Muda como?

— Você invoca a magia da maneira que achar melhor ou natural. A magia responde à sua vontade e como você a imagina — explicou Neve. — Mas os feitiços nem sempre saem do jeito que você imaginou. Acho que é por isso que as feiticeiras desenvolveram uma linguagem própria... Para que tudo fosse mais específico. E previsível.

— Faz sentido — respondi. Pessoalmente, eu preferiria a certeza do método das feiticeiras, lógico.

— Olwen cantarola baixinho para chamar, outras usam canções — complementou Neve. — Mari reza diretamente para a Deusa, e Lowri, a irmã que trabalha na forja... ela sinaliza com as mãos.

— Você gritou — comentei, lembrando-me.

— Sim, exatamente — disse Neve. — Eu sabia de que tipo de feitiço a gente precisava e o grito saiu... não pensei em nada, foi puro instinto. Eu criei o feitiço.

— Isso é... — Eu quase não tinha uma palavra para isso. — Isso faz com que tudo seja ainda mais impressionante. Mas se você sabe que tem outras formas de praticar a magia, uma forma em que você parece ser tão boa, por que precisa do Conselho de Irmãs?

Todo o corpo de Neve pareceu se erguer quando ela suspirou.

— É ridículo, eu sei que é. Eu não deveria desejar a aceitação delas, mas desejo.

Ela fechou os olhos, como se precisasse ver a lembrança se repetir.

— Algumas semanas atrás, minha tia chegou do trabalho mais cedo e nós brigamos. Brigamos como nunca tínhamos brigado antes... nunca — contou Neve. — Eu a amo mais do que qualquer outra pessoa no mundo e disse coisas *horríveis* a ela... que ela estava tentando me conter, que queria que eu fosse tão fraca quanto ela... Ela alegou que todas as mentiras e meias-verdades tinham sido para me proteger, mas não disse do quê. Ela me implorou para não ir ao Conselho de Irmãs. Para deixar tudo isso pra lá.

— Mas você não conseguia.

Neve balançou a cabeça e abriu os olhos.

— Saí naquele dia para fazer o teste de admissão na escola de feitiçaria delas. Eu te contei a verdade antes. Elas nem me deixaram tentar... mal me deixaram falar. Mas o que não contei é que isso não aconteceu só porque eu precisava aprender mais.

— O que você quer dizer com isso? — perguntei.

Uma raiva silenciosa cintilou em sua expressão; era o tipo de fogo que transformava ferro em aço.

— Foi porque ninguém conhecia minha linhagem. Eu não tinha a documentação da minha família materna. Eu não sabia nem dizer o nome da minha mãe. Ainda consigo vê-las naquela mesa, rindo...

Minha mandíbula estava tão apertada que eu não conseguia falar. Senti na pele, como se estivesse ao lado dela. A humilhação. O desespero de estar tão sozinha em sua história, sem saber como juntar as peças do passado. A necessidade de aprovação.

Havia tanta coisa na vida de Neve que eu jamais entenderia, mas isso... *isso* eu entendia.

— Elas podem apodrecer no abismo infernal — afirmei sem vacilar. — Você não precisa delas... Você é boa demais para elas, em todos os sentidos.

— Mas eu preciso delas — retrucou Neve. — Não é só pela aceitação, nem mesmo por querer dominar melhor meu poder. Acho que... Algo que minha tia disse antes de eu partir me faz pensar que o Conselho de Irmãs pode ter a Imortalidade da minha mãe arquivada.

E as respostas sobre quem eu sou estão lá dentro.

Ela não precisava dizer isso. Eu havia perdido meu passado, mas ela ainda tinha uma chance. Neve ainda podia encontrar as respostas para as perguntas que a dilaceravam e estava disposta a fazer qualquer coisa, inclusive se aventurar em uma Terra Distinta, para obtê-las.

Eu também entendia isso.

— Talvez seja ridículo — disse Neve, suspirando. — Eu nem sei o nome dela. Como eu poderia começar a procurar?

— Bem, agora você tem uma amiga que é bastante habilidosa em encontrar coisas — ressaltei. — E posso até dar o desconto para amigos e familiares.

Neve bufou, mas a tristeza em seus olhos só aumentou enquanto ela murmurava:

— Roda da Fortuna invertida, Cinco de Paus, Três de Espadas.

Levei um momento para entender que ela estava falando da última leitura de tarô que fizera no Tarô dos Mestres. Apesar de tudo que Neve falava sobre não desistir, parte dela havia internalizado a realidade dura que vira nas cartas.

Sua pergunta ecoou em mim. *Vou encontrar o que estou procurando?*

Eu entendi então; entendi, de fato, por que ela queria tanto acreditar que as coisas dariam certo. Não era porque ela não tinha incerteza ou dúvidas, ou por ser ingênua; era porque ela era forte o suficiente para manter suas crenças e esperanças, mesmo diante da perda ou da rejeição.

— E aquele papo de *isso é o que as cartas acham?* — perguntei. — Não vamos nos esquecer de que não tenho nenhuma habilidade mágica. Você teria recebido exatamente a mesma resposta se tivesse perguntado se ganharia um pônei de aniversário.

Isso, ao menos, arrancou uma risada dela.

— Eu adoro pôneis.

— Quem poderia imaginar... — brinquei. — Mas, olha, eu tenho alguns contatos de feiticeiras com quem trabalhei no passado. Não posso prometer que alguma delas estará disposta a ajudar, mas bastaria uma para procurar no arquivo a Imortalidade de sua mãe.

— Você acha mesmo que elas fariam isso? — perguntou Neve. Ela se inclinou para frente, com uma expressão de falso choque no rosto. — Tamsin... você está sendo esperançosa?

Fingi que estava tremendo.

— Você vai ter que vir comigo. É menos provável que uma delas me mate por minha insolência se você estiver lá também.

— Tenho certeza de que isso pode ser arranjado — disse ela, tentando esconder o sorriso. — Isso se conseguirmos voltar vivas para o portal.

— Acredito que sim. — Estudei a pilha de livros na frente dela por um momento e puxei um para mim. *A jornada do curandeiro.*

— O que você está fazendo? — perguntou Neve.

— Quem sabe pode ajudar se mais alguém analisar o problema — disse eu.

— Já li essa pilha.

— Então vou buscar mais. Ou ficar sentada aqui admirando você por ser tão inteligente e estudiosa.

Neve riu e passou outro livro pela mesa.

— Este é um relato sobre as criaturas metamorfas das Terras Distintas.

Senti um aperto no peito.

— Você tem pesquisado sobre a maldição de Cabell?

— Sim, e Olwen também.

Abri a capa do volume encadernado em couro, saboreando o cheiro de pergaminho antigo.

— Mas não encontrou nada de útil?

— Ainda não. — Neve folheou o livro à sua frente. — Mas pensei que talvez ele seja outro tipo de ser e sua forma humana seja a maldição.

Fiquei olhando para ela, uma pressão contínua e sonora se expandindo em meu crânio. Diante do meu silêncio, Neve ergueu os olhos da página que lia.

— Você já explorou essa possibilidade?

— Não — confessei baixinho.

— Bem, acho que esse é o lado bom de ter mais alguém analisando a situação — concluiu Neve. Devo ter parecido cética, porque ela acrescentou depressa: — É só uma teoria. Não tenho prova alguma de qualquer das hipóteses.

Eu ainda estava balançando a cabeça enquanto agarrava as bordas do livro.

— Seria mesmo tão ruim assim? — perguntou Neve. — Ao menos ele teria um pouco de paz.

— Ele vai ter paz quando a maldição for quebrada — insisti.

Os olhos de Neve se suavizaram quando se encontraram com os meus de novo.

— Não sei nem como começar a descrever a sensação de saber que você foi feito para ser algo diferente do que é... Isso o atormenta todos os dias, mesmo que você se recuse a reconhecer, até que haja um vazio em você que nada além da verdade poderá preencher.

— Ele é humano — retruquei. Ele tinha um coração humano e uma mente humana.

E se não tivesse, isso significaria que ele pertencia a outro lugar, a um mundo diferente, e uma parte dele poderia sempre desejar ir para lá, mesmo que nunca soubesse o motivo.

29

Minutos viraram horas. Cada página que eu virava me fazia mergulhar mais e mais no manuscrito que estava examinando; eu estava tão absorta em minha leitura que foi preciso alguém pigarrear para chamar minha atenção. Quando ergui o olhar, encontrei Emrys parado à porta da biblioteca, com uma expressão atordoada. Cabell pairava atrás dele, visivelmente confuso.

— O que aconteceu? — perguntei.

Neve saiu do transe da leitura que fazia, piscando os olhos.

— Foi o solo?

— Ah, o solo debaixo das pedras estava ótimo e as sementes estão prestes a brotar, graças a uma pequena infusão de magia de Deri — respondeu Emrys, mudando seu peso de um pé para o outro. — Mas acho que encontrei uma coisa. Outra coisa.

Seus olhos estavam excessivamente brilhantes, quase febris, um duro contraste com as olheiras escuras.

— *Outra coisa* implica que já estou desatualizado — reclamou Cabell. — Alguém quer me deixar a par de tudo? Tentei vir antes, mas o Sir Bedivere precisava de ajuda.

— E por falar em Sir Bedivere... — retomei. A expressão de Cabell se transformou em puro horror quando contei, rápido e baixinho, o que Emrys e eu havíamos encontrado na noite anterior.

— Então, qual é a conexão de Bedivere com tudo isso? — perguntou Neve.

Mas Cabell, é lógico, havia entendido. Ele se lembrava das histórias que Nash havia contado a respeito das viagens de Arthur a Annwn tão bem quanto eu.

— Dizia-se que Sir Bedivere era um dos cavaleiros que acompanharam o Rei Arthur a Annwn. Mas eu pensei que o caldeirão que eles recuperaram estava relacionado com comida?

— Viu só? — exclamou Neve.

— Você poderia tentar encontrar informações sobre isso? — perguntei. — Só… sondar o terreno.

— *Sondar o terreno* de um cavaleiro imortal da Távola Redonda — comentou Cabell, esfregando as mãos no rosto. — Óbvio. Por que não?

Emrys estava quase vibrando de impaciência enquanto eu atualizava Cabell, e era evidente que ele havia chegado ao seu limite.

— Podemos ir andando, por favor? É muito importante que você veja isso.

— Você conseguiu dormir um pouco que seja desde que chegamos aqui? — perguntou Neve, inclinando a cabeça enquanto o observava. — Talvez seja melhor você tirar um cochilo primeiro. Tenho uma poção que pode deixar você inconsciente em poucos segundos. Tem gosto de pelo de morcego, mas, sabe como é, feitiços noturnos de criaturas noturnas e essas coisas.

Emrys lançou um olhar de súplica em minha direção e uma parte de mim, que eu não queria reconhecer, amoleceu. Eu estava evitando a todo custo pensar no nosso interlúdio no guarda-roupa, mas a lembrança voltou de repente.

— Tudo bem. — Suspirei, fechando o livro. — O que quer que seja, não pode ser pior do que ontem à noite.

O vazio da torre deixava nítido que era ainda mais tarde do que eu pensava. As portas do salão de dormir estavam parcialmente fechadas, mas eu conseguia ver bem o bastante para enxergar Olwen, Flea e Arianwen amontoadas ali perto.

Emrys nos levou até a entrada da torre, esperando que Betrys e os outros vigias virassem as costas antes de atravessarmos o pátio. Fiz um balanço do que haviam feito durante o dia; metade das pedras havia desaparecido, revelando uma camada escura de terra que fora semeada com todo o cuidado em pequenas fileiras.

Cabell olhou para os guardas no alto uma última vez.

— A barra tá limpa.

Emrys fez sinal para que o seguíssemos até o depósito de armas.

O pequeno prédio era surpreendentemente bem iluminado e, se eu tivesse que adivinhar, diria que um dia já havia sido um portão de entrada. O cheiro que pairava no ar era de gordura animal e óleo de linhaça, usados para polir ferramentas e lâminas.

Ao meu lado, Cabell torceu o nariz.

— E agora, Dye?

Uma armadura completa e maltratada, vermelho-sangue com ferrugem, vigiava silenciosamente a sala. Emrys posicionou a mim e a Neve bem na frente dela. Ele nos observou, esperando por algo e, um momento depois, eu senti. Uma corrente de ar frio exalou do piso abaixo de nós. Neve deu um pulo quando a corrente de ar agitou sua saia.

— O que é isso? — perguntou ela.

— Essa também foi a minha dúvida — disse Emrys. — Alguém quer ap...

— Ninguém quer fazer uma aposta — cortei. — Nem jogar jogo nenhum. Estamos cansados.

— Tá bem, tá bem — respondeu ele. Emrys levantou a viseira da armadura enferrujada e enfiou a mão no vazio atrás dela. Puxou alguma coisa com força e o chão tremeu embaixo de nós.

Cabell ofereceu uma mão firme para Neve e para mim quando o piso abaixo de nós desceu.

— O que, pelo fogo do inferno...? — disse ele em voz alta. Todo o meu corpo ficou tenso quando a plataforma afundou na escuridão de um túnel, tão antigo e rudemente talhado quanto o túnel sob o grande salão.

— Nossa, uau — exclamou Neve, tentando enxergar o fim do longo túnel até as sombras à frente.

Quando saímos, o piso voltou a se elevar sozinho.

— Devemos nos preocupar? — perguntei baixinho.

— Há outra alavanca aqui embaixo para fazer a plataforma baixar — assegurou Emrys. — Gastei uma hora preciosa da minha vida para encontrá-la.

Quando a plataforma deslizou para o lugar, bloqueando qualquer vestígio de luz vinda de cima, percebi o que havia esquecido, na pressa.

— Minha mochila — exclamei, batendo a mão na testa.

— Não tenham medo, senhoras e senhores — tranquilizou Emrys, puxando sua lanterna de cabeça e clicando na lâmpada para acendê-la. — Podem deixar comigo.

Ao meu lado, Neve fechou os olhos e arfou, dando um suspiro leve parecido com aquele que se dá antes de um beijo. Seus lábios estavam se movendo, mas demorou um pouco mais para que eu ouvisse a música: as palavras que não tinham tradução, o zumbido que parecia ter nascido da câmara mais profunda de seu coração. Ele se harmonizava com os ecos nas pedras ao nosso redor, até que a voz de Neve se tornou uma coisa de puro poder, e o poder se tornou sua voz.

A melodia era de outro mundo e cheia de promessas, como uma revelação. Fios de luz azul-claro se juntaram na ponta de seus dedos. Ela levou as mãos à boca e soprou sobre elas, espalhando as luzes trêmulas como sementes de dente-de-leão ao longo do túnel. O brilho delas me fez sentir como se estivesse flutuando em uma das piscinas da caverna.

— Incrível — falei. E ela não precisou de sigilo algum, muito menos de sua varinha, para fazer aquilo. Ela fez o que parecia ser natural, e o resultado foi surpreendente. Neve sorriu, traçando um dedo ao redor de uma das luzes.

Com o máximo de dignidade que conseguiu reunir, Emrys levantou a mão e desligou a lanterna de cabeça.

— Bem, isso também serve.

— Para onde nós vamos? — perguntei. — Imagino que você não tenha nos trazido aqui só para mostrar esse paradigma de um túnel de caverna frio e gotejante.

— Na verdade, é mais um caminho antigo para o sombrio amanhecer — respondeu Emrys, começando a descer o tal caminho antigo. — Mas, de fato, é frio e gotejante.

A passagem úmida era curta, mas cheirava à decadência da ilha de uma forma que o outro túnel não cheirava. O ar era denso e úmido, e a cada passo, sentíamos um odor asqueroso. Eu me esforcei para ouvir além dos nossos passos e da água que escorria das paredes.

No final do rastro de luzes de Neve, pude ver uma espécie de gruta. Eu estava tão concentrada nela que não vi a antecâmara que se abria para ela.

O medo percorreu minha espinha, frio e trêmulo, quando virei para a direita. Ali, uma porta com grades de ferro bloqueava a entrada em uma cripta; através do metal enferrujado, eu podia apenas distinguir a forma de três caixões de pedra simples. Era uma fenda sem luz, sem qualquer cor ou adorno além dos nomes gravados em suas tampas.

No que estava mais próximo de mim, estava escrito MORGANA.

— Podemos presumir que essa é a Morgana que conhecemos como Morgana le Fay? — perguntou Emrys.

— Sim — confirmou Neve, com a voz abafada. — Olwen me contou sobre isso. Enquanto as feiticeiras sobreviventes foram exiladas, a Alta Sacerdotisa Viviane não sabia o que fazer com os corpos das sacerdotisas que morreram para se vingar dos druidas. Ela decidiu não enterrá-los, para evitar que renascessem, mas não suportou queimá-los.

Assenti, sentindo algo pesado se instalar na base da minha garganta. No fim das contas, a Alta Sacerdotisa ainda amava as irmãs, apesar da traição delas. Ela não as havia deixado apodrecer no chão, como eu fiz com os restos mortais de Nash.

— Alguém esteve aqui embaixo para visitá-las — observou Cabell. Ele passou a mão pelas grades, apontando para o buquê de rosas secas colocado na cabeceira do caixão de Morgana.

Neve apertou os olhos, tentando ver por si mesma.

— Isso é impossível. Olwen disse que nem sabia ao certo onde ficava a cripta.

— Pode ser que *ela* não saiba — retruquei —, mas alguém ainda se lembra.

— Concordo que tudo isso seja muito perturbador e misterioso — disse Emrys. — Mas, acredite ou não, não era isso que eu queria mostrar. Venham comigo.

Depois da antecâmara, o fedor aumentou a tal ponto que eu mal conseguia respirar sem ficar enjoada. Estávamos em uma ampla plataforma de pedra, com vista para uma parte do fosso da torre. Ele percorria toda a extensão da gruta, a lama turva sendo filtrada pelas grades.

— Foi por *isso* — disse Emrys — que eu trouxe vocês até aqui.

Olhei para trás, por cima do ombro, e parei. Neve se aproximou mais do meu lado, sua respiração ficando irregular. A plataforma se estendeu ao nosso redor, preenchendo o espaço cavernoso. Ali, em cada lado da entrada pela qual havíamos chegado havia gaiolas.

Quatro delas, feitas de ferro com um formato rudimentar. Duas pareciam ter sido rasgadas por dentro, com as barras retorcidas como se fossem feitas de barbante, não de metal. Uma pilha de ossos de prata aguardava na terceira.

E o chão ao redor do quarto estava pintado com sangue escuro e seco.

Esse mesmo sangue provavelmente havia sido usado para pintar os símbolos no chão perto dos pés de Neve. Havia algo de desesperado, ou frenético, na maneira como eles foram pintados.

Cabell também notou as marcas e afastou Neve delas com gentileza. Suas narinas se dilataram enquanto ele observava a cena.

— Então — disse Emrys, encostando-se em uma das gaiolas. — Alguém quer arriscar uma teoria?

— Talvez eles tenham mantido alguns dos Filhos aqui embaixo quando começaram a se transformar, para ver se a magia nefasta era reversível? — sugeriu Cabell.

— Eu também pensei nisso, mas veja — ponderou Emrys, entrando na cela com os ossos. Com uma careta, ele pegou um deles, um fêmur bastante humano, não totalmente revestido de prata, mas manchado com ela, como se a transformação tivesse sido interrompida de algum jeito. — Seria possível que alguém estivesse fazendo experimentos para transformar as pessoas em Filhos, que levasse tempo para aperfeiçoar a maldição usada?

— Não — negou Neve com firmeza. Algo na maneira como ela se recusou a olhar para nós mexeu comigo. — Não há ninguém aqui capaz de fazer esse tipo de feitiço... para transformar alguém naquelas criaturas, seria necessário uma alma verdadeiramente sombria.

Havia poucas áreas de magia que o Conselho de Irmãs restringia, entre elas a ressurreição e outras magias relacionadas à morte. A ameaça de criar, sem querer — ou querendo — fantasmas violentos era muito real.

— Isso é verdade quando pensamos na magia que você usa — comentei —, mas e a magia do Lorde Morte?

Neve não disse nada e, de repente, uma nova suspeita floresceu em mim.

— Você reconhece esses sigilos no chão, não é? — perguntei.

— Neve, se você sabe de alguma coisa... — começou Cabell.

Finalmente, Neve se voltou para nós.

— Eu vi em um livro em que não deveria ter mexido, na enfermaria de Olwen... não tinha título, e ela o escondeu atrás de alguns de seus frascos, e eu não queria trair a confiança dela, de verdade, mas...

— Você está falando com três esvaziadores — disse Emrys. — Este é um espaço livre de julgamentos para quem é bisbilhoteiro.

Neve parecia prestes a vomitar.

— É uma marca de druida. Como as feiticeiras, eles usavam uma linguagem escrita para controlar a magia que o Lorde Morte fornecia. Ela serve para separar a alma do corpo.

Meu corpo inteiro recuou.

— Você tem certeza? — perguntei. — Cem por cento de certeza?

— Sem sombra de dúvida — respondeu ela.

Minha cabeça latejava, sentindo o sangue correndo em minhas veias.

— Então estamos certos — concluiu Emrys. — Alguém em Avalon ainda está usando magia da morte. O que quer que tenha sido feito na ilha foi feito intencionalmente. A única pergunta é: por quê? Por que eles simpatizam com os druidas ou por que servem ao Lorde Morte?

Meu coração acelerou até que meu corpo ficou estranhamente vazio. Uma náusea avassaladora me invadiu, e tive que me apoiar em Cabell para não me curvar.

— Você está bem? — perguntou ele, agarrando meu braço.

Eu o afastei, mas ele não me soltou.

— E você acha que a Caitriona está por trás disso? — indagou Neve, balançando a cabeça. — Você está juntando todas essas supostas pistas, mas qual seria o motivo dela? Por que ela destruiria Avalon?

— Talvez o Lorde Morte tenha prometido algo em troca — sugeriu Emrys — para ela terminar o que os druidas começaram.

— Caitriona não está por trás disso — refutou Neve. — Não tem como.

— Posso ver que você odeia essa teoria — disse Emrys — e, acredite, eu também odeio, mas acho que não podemos descartar a ideia de que Caitriona esteja controlando os Filhos, ou pelo menos trabalhando com quem quer que esteja.

— Como sabemos que eles estão sendo controlados? — perguntou Cabell, coçando a barba por fazer.

— Eles ainda estão lá fora, sem fazer nada — disse Emrys. — Não estão caçando, não estão cavando, não estão explorando, estão apenas esperando. Esperando por uma ordem.

— Não tem como — disse Neve, mas suas palavras ficaram confusas em meus ouvidos, depois se diluíram quando Emrys respondeu, e senti minha consciência se esvair...

Meu corpo parecia estar em um caixão gelado, sem nem mesmo um pedacinho de espaço para se mover. A caverna ao nosso redor se revelou, coberta de névoa, mas um chifre a perfurou. Os olhos pretos e brilhantes do unicórnio olharam para mim do outro lado da lama do fosso. Por um momento, ficamos apenas olhando um para o outro, e não ousei respirar por medo de quebrar o feitiço.

Mas, mesmo assim, ele se desfez.

O unicórnio se ergueu e a visão mudou por trás das minhas pálpebras, cada detalhe mais horrível que o anterior. O unicórnio desapareceu de volta na névoa e, em seu lugar, apareceram escalpos cinzentos e sem pelos, depois membros longos e finos. Garras que se cravavam na pedra molhada.

Tamsin? Pensei ter ouvido meu nome de algum lugar próximo.

Filhos saindo de debaixo da lama espessa do fosso, arrastando-se para a plataforma, galopando com seus membros estranhos e finos pelo túnel, em direção à entrada oculta...

Arfei, abrindo os olhos de repente.

— Tamsin? — Cabell me segurava pelos dois ombros, com um aperto de ferro enquanto me sacudia.

— O que está acontecendo? — perguntou Emrys.

A bile estava muito grossa em minha garganta para falar. Balancei a cabeça, agachando-me.

— Vamos — disse Neve enquanto ela e Emrys me ajudavam a ficar de pé de novo, me dando apoio dos dois lados. — Vamos voltar para cima e tomar um pouco de ar fresco. Eu posso chamar a Olwen...

Balancei a cabeça com força, mas quando meus olhos se fecharam, vi a mesma cena se repetir. O hálito rançoso dos Filhos soprando em meu rosto...

Eu me forcei a abrir os olhos e encontrar o rosto de Emrys pairando por perto.

— Parece que você está prestes a vomitar — disse ele. — Neve tem razão, é melhor irmos embora.

— Quando é que você vai perceber que eu sempre... — Neve se afastou, passando um dos meus braços pelo seu pescoço. Ela olhou ao nosso redor, procurando nas sombras. — Está ouvindo isso?

Atrás de nós, onde o fosso lamacento encontrava a pedra, a água fria começou a gorgolejar. A se mexer.

A névoa se ergueu, passando por nós com uma força impressionante. E, de suas profundezas, quatro sombras surgiram, escalando a borda da plataforma.

Tudo ao meu redor ficou nebuloso. Tão surreal quanto o pesadelo vívido que tivera momentos antes.

Não. Isso era... isso era...

— Corram — disse Emrys, sem fôlego. — *Corram.*

Chegamos a um metro e meio de distância antes que o primeiro dos Filhos gritasse, correndo atrás de nós. Três metros até Cabell perceber que eu não conseguia acompanhar e parar para me jogar sobre seu ombro.

Meu corpo doía ao ser sacudido, mas minha atenção estava fixa no que estava atrás de nós. Os Filhos romperam as fileiras quando passamos pela antecâmara de volta ao túnel. Eles abriram caminho pelas paredes, rastejando ao longo delas. Em vez de serem repelidos, suas mandíbulas se prenderam às luzes de Neve, devorando-as uma após a outra. Isso jogou o túnel atrás de nós na escuridão total e fez com que eles parecessem estar surfando na onda de uma sombra não natural.

O túnel chegou ao ponto onde a plataforma deveria descer do depósito de armas. Cabell parou e, à minha esquerda, vi Emrys mergulhar em uma alavanca de ferro na parede. A plataforma roncou quando começou a se abaixar.

— Agora, Neve! — gritou Cabell.

Seu grito perfurou o caminho um instante antes das luzes do feitiço; elas rugiram pela pedra, rasgando os Filhos até que não restasse nada além de cinzas.

Assim que o chão ficou baixo o suficiente, Cabell me deixou cair sobre ele e se voltou para os outros. A feiticeira se balançava, com o rosto pálido pela exaustão do feitiço. Emrys a segurou pelo braço, e ele e Cabell a içaram até a plataforma que subia devagar, os dois subindo a seguir.

— Obrigado, obrigado, obrigado — disse Cabell a Neve.

— Como... — ela ofegou entre respirações pesadas — eles... conseguiram entrar?

— Deve haver algum tipo de brecha nas paredes ao redor do fosso — disse Emrys, passando a mão pelo cabelo e apertando-o com força. — Temos que contar aos outros. *Agora.*

Mas quando a plataforma terminou sua subida e se nivelou com o piso do depósito, os gritos dos Filhos não pararam. Apenas se amplificaram em um rugido, envolvendo-nos como uma tempestade.

Levantei e corri para a janela próxima. Betrys podia ser vista através do vidro ondulado, com uma espada nas mãos e de costas para o prédio. Ela correu para o pátio com um grito de guerra feroz.

— Santos deuses da noite. — Cabell correu para a porta, abrindo-a antes que eu pudesse impedi-lo.

Minha mente finalmente compreendeu o que eu estava vendo.

As estantes ao nosso redor haviam sido esvaziadas e o pátio estava em chamas.

Labaredas ardiam nas paredes da fortaleza e entre as construções, dividindo o espaço aberto e prendendo Filhos em gaiolas de fogo. Alguns se lançavam para a frente, destemidos, tentando chegar até onde Caitriona, Arianwen e Rhona estavam defendendo a entrada principal da torre, cortando e retalhando qualquer Filho que tentasse entrar.

Emrys ajudou Neve, que tropeçava, a avançar. Olhei para ela, desesperada.

— Eu preciso... — Ela ergueu a mão, visivelmente angustiada. — Preciso de alguns minutos antes de poder lançar o feitiço de novo.

— Fique na sala de armas — ordenei, lançando um olhar para Emrys. Ele assentiu, sua expressão feroz e decidida. — Vamos ganhar tempo para você.

Corremos para o caos furioso da luta, procurando uma tocha ou arma para nos defendermos.

— Flea! — O grito de Caitriona chamou minha atenção para elas de novo. A garota saiu correndo da torre. Arrastando uma espada quase tão alta quanto ela, correu para se juntar à briga nas muralhas.

O horror me atingiu no peito quando Caitriona se separou dos outros, perseguindo-a. Os outros avalonianos se espalhavam entre a enfermaria, a cozinha e os estábulos, lutando desesperadamente com flechas incendiárias e cajados.

Uma única palavra ressoou em minha mente enquanto eu procurava na fumaça, no fogo e na escuridão. *Cabell.*

Eu o vi de novo perto de Bedivere, que bloqueava a entrada dos estábulos, defendendo os cavalos e as cabras das criaturas vorazes que caíam como aranhas do telhado.

Os mortos, Filhos e humanos, estavam por toda parte. A carnificina total me fez parar de repente. Uma flecha flamejante chamuscou o ar à minha direita, perfurando o crânio de uma criatura que eu não tinha visto se aproximar.

O cabelo dourado e brilhante de Seren estava salpicado de sangue escuro quando ela apontou outra flecha e gritou para nós.

— Vão para a torre!

— Tamsin! — Eu me virei no momento em que Emrys jogou seu machado para mim. Ele se ajoelhou para pegar a espada de um homem morto.

— Vocês conseguem me dar alguns minutos? — Neve ofegou, sem conseguir respirar direito. — Posso tentar descobrir o que fiz antes, mas preciso de tempo!

Sem dizer uma palavra, Emrys e eu nos posicionamos ao redor dela. Meus olhos ardiam com a fumaça e a parede de calor que irradiava dos focos de fogo, mas o fedor de sangue e de carne queimada era pior. Com um grito, golpeei a escuridão ao meu redor com o machado, acertando a pedra, acertando a carne dos monstros, golpeando, golpeando, golpeando até sentir que meu corpo também estava queimando.

Um rosnado aterrorizante surgiu à minha direita. Eu me virei, a lâmina do meu machado cortando a escuridão, mas não me deparei com o rosto cinza dos mortos-vivos.

Era a boca escancarada de um enorme cachorro preto que rosnava.

Soltei a arma bem a tempo, por pouco não atingindo sua cabeça. Os dentes do cão eram como adagas brancas quando ele mergulhou em meu tornozelo, prendendo suas mandíbulas em minha bota. Eu não conseguia respirar quando minhas costas atingiram o chão. Tentei me contorcer, arranhar as pedras, mas ele me arrastou para a frente, para longe dos outros predadores que ameaçavam sua presa.

— Tamsin!

Emrys correu, mas eu estendi minha outra mão para impedi-lo.

O cão me puxou para uma brecha na linha de fogo ao redor das plantações recentes. Os Filhos estavam lá rasgando o solo, poluindo-o com seu sangue sujo.

— Não, Cabell, por favor! — gritei. — Por favor!

Emrys deu um salto para a frente, tentando agarrar as mandíbulas do cão e tirá-lo de cima de mim. Quando isso não funcionou, ele pegou uma pedra solta e a jogou em um dos olhos vermelhos do cão.

O cão choramingou, soltando-me enquanto recuava. Emrys passou os braços em volta do meu peito e me levantou. Arfei ao tentar pisar, minha visão escureceu de dor.

O cão uivou ao avistar uma nova presa vulnerável. Neve, com os olhos fechados. Concentrada. Indefesa.

A voz calma de Cabell inundou minha mente, abafando as vozes desesperadas ao meu redor. *Não me deixe machucar ninguém.*

— Não! — gritei. Eu mergulhei, mas o cão de caça era rápido demais, forte demais... Ele saltou sobre o fogo, sobre os corpos, sem desviar o olhar da feiticeira.

Outra pessoa chegou ali primeiro.

Caitriona saltou da parede, aterrissando agachada diante de Neve. Sua armadura brilhava dourada no fogo da batalha. Ela ergueu a espada, seu rosto estava rígido de determinação.

Eu não conseguiria viver com isso.
— Cait! — gritou Flea da parede.
— Segure-a, Seren! — berrou Caitriona de volta.
Faça o que for preciso para me impedir.
Seren gritou algo para nós, mas não consegui ouvir uma palavra sequer por causa do sangue que rugia em meus ouvidos.
O que for preciso.
— Não o mate — implorei. — Não o mate!
Caitriona não deu sinal de ter me ouvido. Seu olhar era afiado e avaliador. Quando o cão de caça saltou, ela respirou fundo.
E deixou a espada cair de sua mão.
A fera se chocou contra ela com todo seu peso, derrubando-a nas pedras ao lado de Neve. Sua armadura fez barulho ao rolar, mas não foi tão terrível quanto o uivo vitorioso do cão e o grito agonizante de Caitriona.
O cão de caça havia cravado os dentes em sua manopla de aço. Emrys e eu tentamos segurar sua estrutura trêmula, para puxar o cão para longe dela, mas ele estava se debatendo, latindo, impossível de ser contido. O calor irradiava de seu pelo enquanto seus batimentos aceleravam com a intenção de matar.
Caitriona bateu com o punho na lateral do pescoço da criatura, que uivou de raiva. As garras da pata que estava prendendo seu peito ao chão ficaram expostas, perfurando o metal.
O que for preciso.
Com a mão livre, Caitriona tentou puxar a adaga que estava em sua bota. Emrys cortou a pata que a prendia, mas o cão estava perdido em sua sede de sangue. Ele soltou o peito dela e assisti, horrorizada, enquanto ele mordia da base do pescoço, perfurando a armadura e rasgando a pele e os músculos.
Caitriona gritou.
Uma flecha atingiu as costas do cão, mas nem mesmo a dor afrouxou suas mandíbulas, que a sacudiam como se fosse uma boneca. O sangue manchou o rosto de Caitriona enquanto ela tentava bater em seu focinho, em seus olhos.

O que for preciso.

Um braço forte me empurrou para fora do caminho e, em seguida, Bedivere estava lá, segurando a fera que se debatia no lugar e levantando-a do corpo prostrado de Caitriona.

O momento se desfez ao meu redor.

Seren e Flea correram em nossa direção.

Emrys pressionou sua jaqueta contra o ombro da sacerdotisa para estancar o fluxo de sangue, gritando por Olwen.

Bedivere gritou:

— Domine, domine...

O cão de caça começou a se transformar em algo parecido com um humano.

E a luz do feitiço de Neve inundou o pátio, incinerando os Filhos, destruindo tudo.

A escuridão voltou como uma mão sufocante. Os movimentos ficaram embaçados ao meu redor.

Flea soluçava enquanto pressionava o rosto contra o peito de Caitriona, sua respiração embaçando a armadura onde ainda não estava molhada de sangue. Ela gritou e esperneou quando Lowri, inexpressiva, a afastou. Lowri abraçou a garota com força, permitindo que Rhona, Seren e Emrys levantassem o corpo mole de Caitriona.

Olwen já direcionava os feridos para o grande salão. Ela gritou quando viu o grupo chegando, descendo correndo os degraus para encontrá-los. Outros gritaram em descrença ou começaram a chorar ao ver Caitriona.

— Comecem a vasculhar a torre e os caminhos subterrâneos — gritou Betrys para os homens e mulheres que observavam aterrorizados do muro. — Vou buscar Ari e encontro vocês nas fontes.

A magia que havia alimentado o fogo no pátio foi liberada com um assobio. Através da fumaça, vi Betrys e Arianwen retirarem suas espadas do corpo contorcido de um dos Filhos, Arianwen chorando ao tocar gentilmente um de seus membros grotescos.

Um gemido baixo de terror surgiu atrás de mim. Cabell estava pálido no escuro, lutando para ficar de pé enquanto suas pernas tremiam. Sua respiração ficou irregular à medida que o choque se instalava e, em meio à tempestade de morte que nos cercava, seus olhos encontraram Neve.

A feiticeira deu vários passos para trás, com o rosto abatido.

— Não — gemeu ele de novo. Cabell rasgou o próprio rosto e puxou o cabelo, os dedos com garras cortando vergões vermelhos furiosos na pele, até que se tornou impossível dizer se o sangue em suas mãos era o de Caitriona ou o dele. Suas roupas estavam em farrapos por causa da transformação.

— Está tudo bem agora, rapaz — acalmou-o Bedivere, sua voz baixa e suave. — Já está feito.

— Cab...

Ele ergueu a cabeça, tanta acusação em seu olhar, tanto pavor, que fiquei sem ar.

O que for preciso.

A mão de Bedivere pousou no ombro de Cabell, mas o toque provocou algo. Ele se afastou e correu por entre as nuvens de fumaça que oscilavam.

Eu o segui, passando pelos destroços da batalha, ofegando para respirar fundo o suficiente a fim de encher meus pulmões. Os vivos se moviam ao meu redor como sonâmbulos, andando com dificuldade em direção à torre. À frente, Cabell desapareceu nos estábulos. Eu o segui.

Os animais lá dentro estavam em estado de choque. Os cavalos davam coices em suas baias, incapazes de ver que a ameaça havia passado. As cabras, aterrorizadas, corriam em círculos vertiginosos, balindo com o mesmo desespero animal que eu havia sentido no pátio. O som da respiração irregular de Cabell me levou a um estábulo vazio nos fundos.

Ele deslizou pela parede e se agachou.

— Não... não... não... — A palavra soava histérica, como uma oração agonizante. Eu me aproximei lentamente por trás. Até que senti o cheiro de sangue.

Ele estava cravando as unhas freneticamente no corte que Emrys havia feito, rasgando a pele enquanto o sangue escuro escorria por seu braço.

— Pare... *Cabell*! — Eu me ajoelhei na frente dele, tentando puxar o braço ferido para longe. Ele lutou comigo com tanta força que caí no chão. — Pare!

— Eu tenho que ver... Eu tenho que ver... — Ele entoou as palavras, com os dentes rangendo. Ainda havia sangue em sua boca e em seu queixo.

Eu me aproximei dele, agarrando seu pulso ensanguentado de novo, tentando enfiar meu corpo entre seus braços para bloquear seus dedos com garras.

— O que você precisa ver? O que foi?

Quando virei seu rosto para o meu, seus olhos estavam vazios. As ondas de remorso e dor que assolavam seu corpo se acalmaram e, de repente, ele ficou imóvel. Seus olhos se apagaram, e eu sabia, sabia sem que ele dissesse, que tinha visto a última luz que havia nele se apagar.

— Ver se é prateado — sussurrou ele com a voz rouca. — Se eu sou um deles.

Meu coração disparou. Envolvi seu ombro com um braço e fiz pressão com a mão no ferimento aberto, tentando manter a pele a salvo. *Mantê-lo a salvo.*

— Não, você não é — falei. — Eu juro, eu juro que você não é.

— Eu a matei. — Não era uma pergunta.

— Não, você... — Eu queria protestar, mas a verdade é que eu não sabia.

Eu não sabia o que aconteceria em seguida, ou o que eles poderiam tentar fazer com ele, e isso era o que mais me assustava. Eu não tinha uma arma para protegê-lo nem treinamento para isso. Eu não poderia nem mesmo tirá-lo da torre sem colocá-lo em um perigo pior.

Se os avalonianos acreditavam que a escuridão estava corrompendo lentamente toda a magia da ilha, será que eles considerariam Cabell tão contaminado quanto os Filhos?

Quem pode dizer que ele não está?, veio a voz sombria no fundo da minha mente. *Ele está perdendo o controle cada vez mais...*

— Seu tornozelo — gritou ele, vendo o sangue, a marca da mordida. — Eu machuquei você de novo... eu...

Eu o abracei com mais força, tentando mantê-lo ali, comigo. Mas isso não importava. Nada disso importava.

— Você prometeu — lembrou ele, agoniado. — Você *prometeu*.

— Nós vamos dar um jeito nisso — sussurrei, abraçando-o enquanto ele tremia. — Nós vamos dar um jeito nisso, eu juro que vamos.

— Moça.

Ergui a cabeça e vi que Bedivere nos observava. A batalha havia pintado seu rosto com cortes e hematomas, mas sua expressão era suave. Ele inclinou a cabeça para o outro lado dos estábulos. Resisti, examinando o rosto de Cabell uma última vez em busca de qualquer sinal de emoção em meio ao vazio sombrio de seus olhos. Rasgando a parte de baixo da minha túnica, usei a tira de tecido para amarrar o ferimento em seu braço da melhor maneira possível.

Ele não reagiu, nem mesmo recuou, enquanto eu dava um nó apertado no local em que o músculo estava se soltando.

— Já volto — prometi.

Quando o velho cavaleiro se dirigiu para a entrada do estábulo, ele passou a mão em cada um dos animais, acalmando-os até que ficassem quietos. Os cavalos nos observaram com olhos escuros.

Bedivere olhou para o pátio, onde Betrys estava ajudando um homem com uma perna cortada, que voltava com dificuldade para a torre.

Agarrei seu braço, chamando sua atenção de volta para mim. Não me importei com minha aparência ou com o desespero em minha voz.

— Ele não tinha a intenção de fazer isso. Ele nunca quis machucar nem ela nem qualquer outra pessoa...

Ele cobriu minha mão com a dele. A pele estava muito calejada e surpreendentemente fria ao toque.

— Não tem por que tentar me convencer, garota. Vi com meus olhos como ele tentou resistir à transformação. — Em um instante, entendi por que As Nove olhavam para Bedivere com tanta adoração e confiança. Sua calma inabalável era um lastro para a tempestade que me assolava. Ele não tentou esconder o problema nem ofereceu falsas garantias. Sua longa vida, e tudo o que ela lhe mostrou, o transformou em uma rara fonte de confiança em Avalon.

— Não sei o que fazer — lamentei, com a garganta apertada.

— Eu vejo sua dor — respondeu ele, calmo. — Cuidou dele durante todos esses anos. Ele me contou como você o protegeu e como se empenhou para encontrar as respostas para as aflições dele.

— Ele é meu irmão — advoguei —, é minha responsabilidade.

— Sim — concordou Bedivere, balançando a cabeça. — Mas tenho trabalhado com ele nos últimos dias e vejo potencial nele. Acredito que, com mais tempo, posso ajudá-lo a encontrar alguma forma de controlar a magia até que chegue o dia abençoado em que a maldição seja quebrada.

Eu sabia que não devia ter esperanças, mas era muito difícil não me apegar à ideia do que ele estava oferecendo. *Mais tempo.*

— Como?

— O medo e a dor são os responsáveis por desencadear a transformação dele — comentou Bedivere —, e ambos podem ser dominados. Vou ensinar a ele tudo que sei a respeito disso.

Hesitei, olhando para onde Cabell estava.

— Você está sozinha nisso há muito tempo — continuou Bedivere. — Se eu puder aliviar parte desse peso, nem que seja por um breve período, por favor, permita-me essa honra. Eu me preocupo com o rapaz e acredito que isso é o que ele mesmo deseja.

Talvez fosse isso que estivesse me incomodando. O fato de Bedivere ter sido o único a realmente ajudar Cabell, e não eu. Não depois de anos de tentativas e buscas. Eu havia falhado com ele, mas talvez Bedivere não falhasse.

— E se ele se transformar de novo? — perguntei. A adrenalina havia se dissipado e a exaustão me golpeava por todos os lados. — E se os outros quiserem matá-lo pelo que ele fez?

— Juro a você, garota, pela minha vida e pela vida do meu lorde soberano, que não permitirei que ninguém o machuque — garantiu Bedivere, ajoelhando-se enquanto jurava. — Acredito que poderei suprimir a maior parte das transformações com o pouco de magia que possuo. Isso aliviará os temores que outros possam ter.

E aliviaria. Os outros, até mesmo Caitriona, o ouviriam. Eles o respeitavam. Nunca machucariam Cabell enquanto o cavaleiro estivesse lá, defendendo sua humanidade. Se eu não conseguisse nos tirar desse inferno, eu poderia pelo menos dar a ele a melhor chance de sobreviver. Eu tinha que fazer *isso*.

— A escolha é dele — me forcei a responder.

Bedivere inclinou a cabeça, passando a mão no peito ao se levantar.

— Vou falar com ele, então. — Quando comecei a segui-lo, ele estendeu a mão, parando-me com um olhar de desculpas. — Acho que é melhor falar com ele a sós.

Meu estômago se contraiu, mas assenti. Nada parecia mais errado do que isso — confiar a outra pessoa o cuidado do único que realmente importava para mim.

— O ferimento dele...

— Vou cuidar disso — prometeu Bedivere. — Os outros precisarão de você para limpar o pátio e cuidar dos corpos.

Saí dos estábulos atordoada, sentindo como se meu corpo pudesse se curvar e desabar antes de chegar à torre. A fumaça cinza se entrelaçou com a névoa, tornando-a tão prateada quanto os ossos das criaturas mortas ao meu redor. Ela se diluiu, revelando Emrys parado a uma curta distância, com o rosto suave e preocupado. Esperando por mim.

Fui em sua direção, precisando sentir algo — qualquer coisa — que não fosse a dor aguda em meu peito e o frio que se acumulava em minha pele.

No entanto, quando ele levantou as mãos como se fosse me alcançar, parei. Eu me forcei a parar.

As cinzas caíam ao nosso redor, prendendo-se nas ondas de seu cabelo. A desesperança transparecia em sua expressão, escurecendo até mesmo seus olhos brilhantes. O suor e o sangue moldavam sua túnica aos músculos de seu peito; eu sabia, pela aparência de alguns dos cortes mais profundos, que a noite havia aumentado sua coleção de cicatrizes.

Emrys deu de ombros, com a garganta se movendo ao engolir com força. Um sentimento perigoso surgiu em mim, aterrorizante em sua nitidez. Eu queria confortá-lo tanto quanto queria ser confortada por ele. A ideia de estar tão exposta e na frente dele piorou a náusea persistente. Eu era Tamsin Lark e ele era Emrys Dye, e o que quer que aquele momento pudesse ter sido, havia passado.

— O Cabell está bem? — perguntou ele com cuidado.

— Você sabe onde está a Caitriona? — respondi.

Ele suspirou e assentiu.

Eles haviam reunido os mortos ao lado da forja. Os corpos estavam tão mutilados que alguns nem sequer podiam ser reconhecidos como humanos.

Eram doze no total — menos do que eu imaginava. Lowri, Betrys e Arianwen trabalharam em silêncio com alguns homens para colocá-los no chão e lavá-los em um último ato de ternura. Alguns já haviam sido cobertos com mortalhas de linho branco.

— Eles têm que queimar os corpos — comentou Emrys em voz baixa, puxando-me em direção ao grande salão. — Para que eles não se transformem.

— Eles deveriam ser devolvidos à terra para que possam renascer. Isso é o que dizem as Imortalidades — rebati.

— Eu sei — respondeu ele com suavidade. — Eu sei.

O número de feridos chegava a dezenas. A maioria estava de pé e caminhando, cuidando dos feridos mais graves, que estavam deitados nas longas mesas. Neve se movimentava entre eles, carregando água e bandagens. Mari levava uma cesta de ervas e ferramentas para Olwen, permanecendo ao lado da curandeira enquanto ela se debruçava sobre um homem que havia perdido a parte de baixo da perna.

Flea estava sentada à cabeceira de Caitriona, como se estivesse de guarda. Ela ainda estava chorando, teimando em enxugar as lágrimas com a manga da camisa. Ela acariciou o cabelo coberto de sangue e a bochecha enfaixada de Caitriona. Foi só quando os olhos de Caitriona se abriram que tive certeza de que ela ainda estava viva.

A ternura do momento transformou meus pulmões em pedra. Parecia impossível que Caitriona fosse a pessoa que trouxera a escuridão para a ilha, mas eu não conseguia me livrar da dúvida angustiante de que seus planos haviam sido prejudicados pela transformação de Cabell.

Mas ela não o matou, pensei, *quando poderia tê-lo feito.*

Isso significava alguma coisa, não?

Rhona e Seren haviam se posicionado em ambos os lados da mesa. Rhona segurou uma das mãos de Caitriona, acariciando-a.

— Você vai parecer um pouco mais assustadora agora — dizia Seren a ela. — As cicatrizes só vão realçar seu brilho magnífico.

— Vai ficar incrível — concordou Rhona.

— Como os heróis de antigamente — continuou Seren.

— E a maior das companheiras de Sir Bedivere — concluiu Rhona.

— Será que eu vou... perder... o braço? — indagou Caitriona.

— Olwen acha que não — disse Rhona, depois fez uma pausa.

— Me conte... tudo... — pediu Caitriona.

A sacerdotisa de cabelos cor de rosa suspirou.

— Ela não tem certeza se você vai recuperar toda a mobilidade depois que ele se curar. O tempo dirá, como acontece com todas as coisas.

Caitriona sibilou, com a respiração úmida, considerando a informação. Foi Flea que olhou para cima quando nos aproximamos.

— Cai fora! — vociferou Flea para mim. — Você não pertence a esse lugar e nunca pertenceu!

Os olhares da sala recaíram sobre mim, a pressão se acumulando como uma nuvem carregada vindo de todos os lados. Emrys se aproximou de mim e Neve veio se juntar a nós, passando as mãos pelo avental ensanguentado que usava. Rastros de lágrimas secaram na fuligem e na poeira de suas bochechas.

— Flea, chega! — repreendeu Seren.

— Eu... — Eu não sabia o que dizer. Me movi para ficar ao lado de Caitriona, mas Rhona instintivamente se moveu, como se quisesse me bloquear.

O cabelo de Caitriona se esparramava sobre a mesa embaixo dela, soltando-se da trança apertada de sempre. Todo o lado direito de seu rosto estava coberto por algum tipo de tintura e bandagens ensanguentadas que se estendiam por seu pescoço e por seu ombro machucado. Eles haviam tirado sua armadura destruída para cobrir as marcas superficiais de garras em seu torso. Seus olhos acompanharam meus movimentos.

— Sinto muito — falei para ela, o tormento brotando em meu peito até ficar quase dolorido demais para falar. — Sinto muito mesmo.

— Seu irmão está... bem...? — perguntou Caitriona.

— Não faça isso — pedi. — Seja terrível comigo, por favor. É a única coisa que posso suportar agora.

— Não... — disse ela com esforço. — Não é... culpa... dele.

Seu olhar se voltou para Flea. A garota soltou um grunhido, com o lábio inferior tremendo enquanto limpava o sangue e a sujeira do cabelo prateado de Caitriona com um pano molhado.

Neve se aproximou para se ajoelhar ao lado delas. Parte da rigidez do corpo de Caitriona diminuiu quando ela olhou para Neve. A mão pálida e sardenta que repousava em seu abdome se encurvou.

— Obrigada por salvar minha vida — disse Neve a ela. — Você foi muito corajosa.

O que era visível da pele pálida de Caitriona ficou corada. Todos nós fingimos não ver.

Caitriona apertou a mão de Rhona para chamar sua atenção.

— A varinha... — disse ela, as palavras falhando enquanto sua mente voltava à inconsciência. — Pegue... para ela.

— Sério? — perguntou Neve, olhando entre as duas. — Tem certeza? O que mudou?

Os olhos de Caitriona se fecharam enquanto ela dizia com esforço uma única palavra.

— *Tudo.*

Não sei por que não contei a ninguém sobre o que tinha acontecido no túnel.

Tive muitas chances de fazer isso ao longo do restante da noite e no início da manhã cinzenta.

Quando ajudei Mari a limpar o sangue das mesas e do chão do salão principal.

Quando passei por Emrys, Deri e os outros tentando replantar a parte do jardim que havia sido devastada por garras durante a luta.

Quando me sentei ao lado de um Cabell quase catatônico e tentei fazer com que ele comesse.

Durante os ritos funerários para os mortos, observando seus corpos se transformarem em cinzas e suas almas se libertarem com as faíscas que subiam.

Parte de mim insistia que aquilo não passava de uma alucinação causada pela exaustão e pelo estresse; a outra temia que fosse algo pior. Mas até que eu conseguisse explicar tudo para mim mesma, não poderia explicar para ninguém.

Na manhã seguinte, me vi do lado de fora do quarto que Emrys e Cabell dividiam, deixando o pequeno pássaro esculpido equilibrado no trinco da porta. Horas mais tarde, depois que o ritmo da torre havia desacelerado sob a influência do sono, desci para o grande salão. Emrys já estava lá, empoleirado em uma das longas mesas. Por um momento, fiquei apenas observando suas mãos fortes trabalharem enquanto ele esculpia.

Emrys viu que eu o encarava e tentou conter um sorriso. Torci para que a escuridão tivesse disfarçado meu rubor.

— Recebi sua mensagem — disse ele, guardando a faca e o pequeno pedaço de madeira. — O que está acontecendo?

Depois de correr atrás de Mari e ajudá-la em suas tarefas, eu tinha ido à biblioteca para auxiliar Neve na pesquisa de maldições. Eu deveria ter gostado do fato de poder ler textos que ninguém no reino mortal tinha ouvido falar, mas, em vez disso, passei a me ressentir da inutilidade deles.

— Temos que sair daqui — implorei a ele. — Temos que encontrar uma maneira de sair da torre e voltar para o portal.

— Eu sei — disse ele, esfregando o rosto. Parecia assombrado pela exaustão.

— Mal temos dez dias de comida — disse a ele. — E os Filhos podem atacar de novo a qualquer momento!

— Eu sei. Tamsin, eu sei.

Eu me sentei ao lado dele, olhando para a estátua da Deusa com uma amargura crescente. Não era apenas a situação que estava fora de controle; eu também estava. Minhas emoções estavam novamente em turbilhão e era cada vez mais difícil controlá-las.

Emrys passou a mão em seus cabelos castanhos, que estavam mais selvagens do que eu jamais havia visto, despenteados e enrolados nas pontas.

Eu gostei.

Levantando a mão, arranquei uma pequena folha verde dos fios grossos, segurando-a contra a luz de sua lanterna de cabeça.

— Sálvia — reconheceu ele, reflexivo. — Para resfriados e tosses, mas também é saborosa em salmoura.

Eu ri, contra minha vontade.

Ele inclinou a cabeça, com o canto dos lábios se mexendo.

— Estou começando a conquistar você, Passarinho?

— Como uma de suas amadas ervas daninhas.

Mas eu não me afastei e ele também não, e ambos parecíamos querer fazer qualquer coisa para não encarar o fato. A escuridão serena da sala, tão protegida do mundo exterior, fez com que fosse muito fácil esquecer por que tínhamos vindo.

— E se tentássemos pegar a pessoa encapuzada? — perguntei, a voz baixa. — Quem quer que seja. Acho que essa é a única maneira de alguém acreditar em nós e de descobrirmos de uma vez por todas se ela de fato controla os Filhos.

Ele sorriu.

— Você me conhece. Não resisto a um bom jogo, mesmo que seja uma rodada de esconde-esconde.

Então foi isso que fizemos, vasculhando a torre e seus muros externos até que nossos corpos se cansaram e cedemos a algumas horas de sono. Na manhã seguinte, acordei e encontrei o passarinho na minha porta mais uma vez, e o coloquei na porta de Emrys no dia seguinte, com a mesma mensagem sendo passada entre nós, a esperança que ele carregava tão delicada quanto uma pena. *Hoje à noite? Hoje à noite.*

Havia um conforto inesperado em nossas buscas. Às vezes, sussurrávamos sobre coisas que tínhamos visto durante nosso dia: ele me atualizava do andamento das plantas e eu contava algo interessante que tinha lido enquanto pesquisava com Neve na biblioteca. Até conversamos sobre trabalhos anteriores como esvaziadores.

Na maioria das vezes, porém, o que compartilhávamos era um silêncio fácil, do tipo que não precisava ser preenchido com uma conversa fiada ou qualquer outra coisa que não fosse a consciência de que não estávamos sozinhos.

O ritmo de nossos dias me lembrava de quando eu era pequena e estava aprendendo a nadar. À medida que a luz cinzenta se desvanecia a cada tarde, respirávamos fundo pela última vez antes de mergulharmos na escuridão e no que quer que ela trouxesse junto. Nos arrastávamos pelo desconhecido agitado das horas de descanso até que, finalmente, a luz do dia chegava e era hora de voltar à superfície.

Em nossa terceira noite de busca, cheguei ao grande salão mais cedo do que pretendia e Emrys não estava lá.

Havia apenas algumas aparas de madeira marcando o chão sob seu lugar habitual à mesa. O rastro fraco levava à porta oculta, deixada descuidadamente aberta por uma fresta.

Ele já foi sem me esperar.

Pensar nisso me fez sentir vazia por dentro. Eu também não sabia por que estava surpresa. Emrys poderia ter pedido uma trégua, mas isso não era uma parceria. Nunca foi e nunca seria. Estava evidente que ele havia encontrado algo que não tinha intenção de compartilhar comigo.

Meus pensamentos giravam em uma espiral inútil enquanto eu entrava e fechava a porta atrás de mim.

Não tinha levado minha lanterna, mas já tinha decorado o caminho pelos degraus e raízes bem o suficiente para andar por eles. Meus olhos se ajustaram lentamente à escuridão, mas não havia necessidade. À frente, o feixe solitário da lanterna de cabeça de Emrys virou a esquina.

Eu o segui, meus passos eram rápidos e leves ao fazer cada curva. Uma ou duas vezes, fiquei tentada a chamá-lo, para que soubesse que ele não tinha conseguido me enganar, mas me contive.

Mais do que tudo, eu queria saber o que ele estava fazendo aqui sozinho. O que não queria que eu visse.

Em vez de continuar pelo corredor até o depósito, Emrys se virou para o corredor lotado de raízes. Virou-se e estendeu uma mão trêmula em direção a elas. E, dessa vez, em vez de agarrá-lo, as raízes recuaram, convidando-o a entrar em suas profundezas.

Ele passou por elas. As raízes se entrelaçaram atrás dele.

Um ruído estrangulado escapou da minha garganta quando corri, contorcendo meu corpo para passar por elas. A casca áspera deslizava sobre a minha pele, apertando-a por todos os lados. Os galhos se entrelaçaram ao meu redor, bloqueando o caminho. Emrys ficava cada vez menor conforme a parede viva se fechava entre nós e, por um momento aterrorizante, achei que seria esmagada viva pelas raízes.

— Emrys! — gritei.

Uma raiz deslizou ao redor do meu pescoço e me apertou — apenas para se soltar em seguida. As raízes estalaram quando se torceram e se afastaram, revelando um Emrys chocado. Eu disparei para frente, colidindo com ele. Ele me segurou, arfando surpreso.

— O que você está fazendo aqui? — perguntou ele.

— O que eu estou fazendo aqui? — resmunguei, empurrando-o de volta. — O que *você* está fazendo aqui? Achei que íamos...

Não consegui pronunciar as palavras, mas elas estavam lá em minha garganta, doendo. *Achei que íamos fazer isso juntos.*

Ele balançou a cabeça e, pela primeira vez, percebi que parecia atordoado, como na primeira noite em que me trouxe para a passagem.

— É que eu... eu ouvi alguma coisa.

— Você sempre ouve alguma coisa, não? — perguntei. — A árvore Mãe deve estar falando com você a cada segundo de cada dia.

— Não — disse ele, segurando meu braço de novo. Me firmando no lugar. — Não, eu ouvi uma voz. A voz de um homem.

Apertei os lábios com força e inclinei a cabeça para o lado, estudando de novo as olheiras profundas dele.

— Você dormiu desde que chegamos aqui?

Emrys não disse nada, me guiando para a frente. Ele estendeu a mão e as raízes que haviam se entrelaçado à nossa frente caíram aos nossos pés e se afastaram, sacudindo as pedras.

O feixe de luz de sua lanterna de cabeça se apagou. O piso e as paredes estavam marcados com fogo e faltavam algumas pedras, como se uma luta intensa tivesse provocado o surgimento de bolhas. À frente, o corredor terminava de maneira abrupta em uma massa protuberante de madeira bruta.

— Isso é... — comecei a dizer.

— Parte da árvore Mãe? — concluiu Emrys, dando um passo à frente. — Acho que sim.

Trocamos um rápido olhar e fomos em direção a ela. Nas sombras, as bordas elevadas da casca em seu centro começaram a tomar forma. Duas mãos, pressionando para fora, como se estivessem desesperadas para escapar. Um tronco retorcido; o que poderia ter sido uma cabeça.

— Já vi coisas bem assustadoras na vida — comentei —, mas isso parece ter saído de um pesadelo.

Emrys deu mais um passo à frente.

E o ser abriu os olhos.

Lascas de casca de árvore caíram no chão enquanto ele — a criatura, o monstro, o que quer que *aquilo* fosse — tentava se virar para nós, abrir a boca.

Agarrei o braço de Emrys, puxando-o para trás. Ele não se mexeu. Parecia não estar respirando.

Os lábios da criatura se abriram com um estalo horrível, e besouros brilhantes se espalharam pela seiva cheia de fibras. Eu me aproximei de Emrys, observando com horror os insetos se espalharem ao nosso redor.

— Quem... vem... aqui? — grunhiu a criatura. — *Quem... busca o conhecimento... das eras...?*

Nenhum de nós respondeu.

— *Aquele que busca o que deve... permanecer... esquecido...* — continuou. — *E aquele cujo coração... ele roubou...*

Senti meu rosto corar e ficar quente, dando um passo para longe de Emrys.

— Ninguém tem tempo para essa palhaçada de enigma.

— Quem é você? — exigiu Emrys.

— *Eu sou um dos três... três que dormem... mas não sonham...* — continuou a criatura, com seus olhos terrivelmente humanos fixos em mim. — *Aquele que morre, mas ainda pode viver... aquele que vive, mas anseia por morrer... e aquele que foi deixado para trás, à espera...*

— Aquele que foi deixado para trás? — repeti. — Está falando de uma feiticeira? Ou de um druida?

— *Quando os caminhos se transformarem em gelo... quando o mundo tremer e chorar sangue... quando o sol for devorado pela escuridão* — resmungou ele, fechando os olhos de novo —, *os mundos cantarão a chegada, as correntes da morte serão quebradas... um novo poder nascerá no sangue...*

Na luz fraca, Emrys ficou rígido.

— O que, pelo fogo do inferno, isso quer dizer?

— Quando o sol for devorado pela escuridão... — A lembrança surgiu depressa, um lampejo de súbita compreensão. — Como o que aconteceu em Tintagel?

E os relatos de estradas congelando na Grã-Bretanha antes mesmo de eu sair de casa.

— O que você quer dizer com as correntes da morte serão quebradas? — perguntei.

— *Ela fez isso...* — a criatura sibilou. — *Ela pensou... que dominaria a morte... mas acabou se tornando sua serva.*

— Quem? — perguntei.

— *É o destino....* — falou, um pouco mais alto que um sussurro —, *mas o que é o destino senão uma barganha indesejada... com o tempo...?*

A criatura ficou imóvel. Silenciosa.

Emrys voou em direção a ela, tentando acordá-la com o toque.

— Quem é você? *O que* é você?

As raízes se espalharam pelo chão, rangendo e estalando em protesto. Eu me virei, apenas para encontrar uma figura sombria lá. Ela aproximou a vela do rosto.

Bedivere.

— Se vamos responder a perguntas — disse ele —, talvez vocês dois possam me dizer o que estão fazendo aqui embaixo.

Meu coração levou alguns instantes para voltar ao seu ritmo normal, mas, mesmo assim, não consegui inventar uma boa mentira.

— Ouvimos uma voz e a seguimos — confessou Emrys com suavidade.

Que bom. Isso foi bom. E tecnicamente é a verdade.

O cavaleiro cruzou os braços.

— Suponho que não tenha nada a ver com suas excursões noturnas pela torre enquanto todos dormem. Não me insulte com mentiras... Seu irmão me disse que era isso que estavam fazendo.

Seu irmão me disse. As palavras soaram como uma facada entre as costelas. Cerrei os punhos ao lado do corpo. Cabell não teria motivos para contar. Para trair nossa confiança.

— Está procurando uma saída da torre, como ele disse? — perguntou Bedivere. Talvez fossem as sombras do túnel, mas sua expressão era feia, como se sentisse asco de nós. Da nossa covardia.

Eu ainda não conseguia acreditar.

Cabell contou a ele. Eu não tinha me dado conta de que eles estavam tão próximos assim.

— Olá? — uma voz chamou no túnel. — Quem está aí?

— É Bedivere, lady Olwen — respondeu Bedivere.

A sacerdotisa apareceu logo em seguida, atravessando com cuidado o labirinto de raízes. Seu olhar se intercalava entre nossos rostos, avaliando rapidamente a situação, como sempre.

— Vi que a porta estava aberta... O que está acontecendo?

— Encontrei nossos convidados se escondendo onde não deveriam e estava prestes a ouvir a explicação deles — contou Bedivere.

Olwen suspirou fundo.

— Vou cuidar disso, então. Obrigada, Sir Bedivere.

— Minha querida... — tentou protestar ele.

Ela ergueu a mão.

— Está tudo bem. Eles não têm a intenção de nos prejudicar e tenho certeza de que os outros estão sentindo sua falta na vigília.

O velho cavaleiro hesitou, mas acabou assentindo e voltando pelo caminho que Olwen tinha acabado de percorrer. A sacerdotisa esperou que o som de seus passos desaparecesse antes de falar.

— Agora — disse ela, levando as mãos à cintura. — Em nome da Grande Mãe, o que pensam que estão fazendo?

Acabamos contando tudo.

Eu não tinha a intenção de contar, e acho que Emrys também não. Mas quanto mais tempo Olwen nos olhava como se tivesse sido traída, mais desesperados ficávamos para encontrar o detalhe certo que faria aquela expressão sumir.

— Então, devo acreditar — disse ela — que vocês dois suspeitaram que alguém, provavelmente a Caitriona, criou os Filhos da Noite, e nenhum de vocês pensou em contar para alguém?

— Contamos para a Neve e para o Cabell — justifiquei com a voz fraca.

Olwen balançou a cabeça e tirou uma tocha da parede atrás dela.

— Venham comigo, seus tontos.

Ela nos conduziu pelo caminho do túnel. As raízes que cobriam o chão recuaram diante do som de desaprovação que ela fazia com a língua, se afastando como cachorrinhos repreendidos.

— *Aquele* — disse ela, apontando para o emaranhado de raízes — com quem estavam falando é Merlin.

— Merlin? — repeti, perguntando-me por que estava tão chocada.

— Mas eu pensei... Ele não era um druida? Por que ele não foi morto com os outros durante o Abandono?

— Ah, de fato tentaram — retrucou Olwen, acelerando o passo. — Ele já foi o mais poderoso daquele grupo, sempre com as profecias mais urgentes e a sabedoria, generosamente compartilhadas. Ele duelou com Morgana e, antes que ela pudesse matá-lo, ele uniu o próprio corpo à árvore Mãe para garantir sua sobrevivência, sabendo que ela nunca machucaria a árvore.

— Ele parecia... — Emrys procurou a palavra certa.

— A magia se tornou um tanto selvagem nos anos em que ele se uniu à árvore — pontuou Olwen. — E a maior parte do que ele fala agora são palavras sem sentido algum. Não deixe que isso perturbe vocês.

— Mas ele disse que havia três como ele — insisti. — Três que dormem. Acho que ele estava se referindo a si mesmo, e depois há o Rei Arthur suspenso entre a vida e a morte, mas quem é o terceiro?

— Nós saberíamos se houvesse outro dorminhoco encantado na ilha — disse Olwen. — Como eu disse, a parte pensante dele desapareceu há séculos. Ele transforma sonhos inquietos em absurdos. *As correntes da morte* são um tema recorrente, e a história muda toda vez.

Respirei fundo e olhei para Emrys. Ele parecia satisfeito com a explicação de Olwen, mas eu não estava.

— Ele falou sobre uma *mulher* que tentava dominar a morte, mas que, em vez disso, se tornava sua serva — falei. — Não poderia ser essa a pessoa por trás da maldição em Avalon? Por que você tem tanta certeza de que não é a Caitriona?

— Ah, seus bobinhos — retorquiu Olwen, balançando a cabeça. — Venham comigo... — Em vez de nos levar de volta ao grande salão, Olwen nos levou pelo caminho familiar até a sala de objetos abandonados. Ela murmurou algo para si mesma, balançando a cabeça, enquanto abria as portas maciças.

Quando chegamos à porta oculta para a sala dos ossos, ela se virou, olhando para nós dois com firmeza.

— Saibam que eu jamais mostraria isso para vocês por qualquer outro motivo que não fosse provar a inocência da minha irmã — acrescentou ela. — E se eu ouvir um pio de vocês sobre isso, será chá de cicuta para vocês dois.

Quando ela se virou para pressionar as pedras brancas, Emrys se inclinou para mim.

— A cicuta é...

— ... uma planta venenosa — terminei. — Sim. Captei a mensagem.

As pedras recuaram, permitindo que subíssemos as escadas. Seguimos em silêncio até que, ao chegarmos aos últimos degraus, ouvimos.

Uma canção.

Entoada por uma voz rouca e desesperada — uma voz que implorava tanto quanto cantava. Os pelos dos meus braços se eriçaram com as palavras arrasadas, o soluço que transformou a linguagem da Deusa de uma oração em um lamento.

Ao meu lado, o pomo de adão de Emrys subia e descia enquanto ele se esforçava para engolir. A crueza da emoção de Caitriona era insuportável. Olwen estava no degrau abaixo de nós, bloqueando qualquer instinto que eu tivesse de me afastar.

Ouça isso, diziam seus olhos. *Testemunhem isso.*

Depois de mais alguns instantes, ela cedeu. Nós a seguimos pelos degraus e entramos na câmara.

— Caitriona vem todas as noites em que pode, exercendo seu papel de Alta Sacerdotisa, para fazer a Oração ao Luar, que agradece à Deusa por suas bênçãos e pede proteção para o dia seguinte — revelou Olwen.

— Vocês encontraram o santuário interno da torre. Segredo para todos, exceto para as Nove... e agora, ao que parece, para vocês dois e Neve.

— Continuará sendo um segredo — prometeu Emrys.

— Eu sei que Cait pode parecer tão inflexível quanto sua lâmina e, quando fala com você, ela mira no coração, em vez de usar palavras bonitas para suavizar o golpe — disse Olwen. — Mas peço que entenda de onde vem isso. Ela sente o peso da responsabilidade pelo nosso modo de vida, e tudo está caindo aos pedaços, não importa o quanto ela lute para salvá-lo. Ela se culpa por cada morte, acredita que é um fracasso individual dela.

A culpa deixou um gosto amargo em minha boca. Eu me perguntava se era a mesma coisa todas as noites que ela vinha aqui; se este era o único lugar onde ela permitia que sua dor se manifestasse. Eu achava que eles estavam em negação diante do que estava acontecendo com eles, que era um sinal de fraqueza, mas a força que deve ter sido necessária para passar cada dia sem desmoronar era quase impensável.

— E as esculturas? — perguntou Emrys. — E o caldeirão e as gaiolas?

As pedras se abriram atrás de nós e Caitriona surgiu, levantando o capuz com a mão esquerda sem ferimentos. Ela parou bruscamente ao nos ver, e todo o seu ser pareceu ficar tenso, como se estivesse se preparando para uma luta.

— Temos alguns ratos curiosos percorrendo os caminhos subterrâneos — disse Olwen a ela.

— Eram vocês naquela noite, não? — perguntou Caitriona, com a voz rouca. — Eu sabia que tinha sentido o cheiro de fumaça. Alguns segredos não foram feitos para vocês. Não tinham o direito de vir até aqui!

— Tínhamos todo o direito quando presumimos, corretamente, devo dizer, que você estava escondendo coisas de nós — retruquei.

— Você questiona nossa honra? — perguntou Caitriona.

— Ninguém duvida de sua honra, ou de sua honestidade, mas eles viram tudo — refutou Olwen. — Tudo mesmo. E até você deve reconhecer o quão sombrio isso pode parecer para os não iniciados.

Caitriona suspirou ofegante, visivelmente resignada.

— Ainda está na enfermaria?

— Sim — respondeu Olwen —, ainda preciso terminar.

— *Terminar o quê?* — perguntou Emrys, olhando de uma para a outra.

Caitriona começou a se dirigir para as grandes portas de carvalho.

— Venha comigo e eu explicarei.

Por acaso, não éramos os únicos que queriam falar com Olwen. Neve já estava lá, andando pelo pequeno espaço da enfermaria. Um grande tomo,

Rituais do Reino, estava ao lado de uma pequena prateleira de garrafas e frascos na mesa de trabalho de Olwen. Velas tremeluziam ao redor dele, acompanhando as mudanças no ar que circulava.

Ao ouvir o ruído da porta se abrindo, Neve se aproximou.

— Olwen, por que você não...? Espera, o que está acontecendo?

— Uma boa noite para você também, Neve — disse Olwen secamente.

— Que sorte que você já está aqui.

Neve olhou de Emrys para mim, mas sua surpresa estava reservada para Caitriona, que fechou a porta com firmeza atrás de si.

— Saia, Flea — pediu Caitriona.

Neve deu um pulo quando a garota se arrastou para fora das prateleiras inferiores.

— Há quanto tempo você está aí? — perguntou Neve, apertando o peito.

— Tempo suficiente para ouvir você resmungar e se encher de coragem que nem um galo — retrucou Flea. Ela olhou para a sacerdotisa mais velha. — Não tem como você ter me visto, Cait!

— Não, na verdade, eu não vi — respondeu Caitriona. — Mas Betrys reclamou comigo que uma de suas pedras de oração desapareceu, o que coincidiu com o momento em que você sumiu da aula.

A garota mordeu o lábio inferior e cruzou os braços.

— Não fui eu.

— Precisamos fazer isso todas as noites, Flea? — perguntou Caitriona, a exaustão transparecendo em sua voz.

— Só porque você me obriga — rebateu Flea.

— Esvazie seus bolsos e prove que está falando a verdade — ordenou Caitriona.

A garota apenas abaixou a cabeça, de mau humor.

— Eu vou devolver.

— Obrigada — disse Caitriona. — Por favor, faça isso agora e peça desculpas a ela. Esse não é o jeito certo de tratar ninguém, muito menos sua irmã.

— Mas... — protestou a garota.

— Agora, Flea — exigiu Caitriona, abrindo a porta para ela.

Flea deu uma última olhada para mim, com um sorriso presunçoso, mas fez o que lhe foi pedido. Caitriona fechou a porta atrás de si, seus ombros caíram quando ela se encostou na porta.

— Eu sei o que estou fazendo aqui — disse Neve, olhando para cada um de nós. — Mas o que vocês vieram fazer aqui?

— Estamos prestes a receber uma explicação — falei, sentando-me na beira da mesa de trabalho.

— Então finalmente vocês foram pegos bisbilhotando? — disse Neve.

— Essa seria a versão negativa dos eventos desta noite, sim — disse Emrys.

— Por onde você gostaria que eu começasse? — perguntou Olwen.

— Talvez com as esculturas de ossos, como você as chamou?

— Por mim, tudo bem — respondi.

Olwen se agachou, levantando a cortina de tecido desgastado que cobria suas prateleiras inferiores. Ela pegou uma cesta e a colocou sobre a mesa ao meu lado. Dentro dela, embrulhada em camadas de linho, estava uma das esculturas.

Um crânio invertido formava a base dessa escultura, com uma série de ossos longos e finos colocados ao seu redor como as pétalas de uma grande e terrível flor. Neve arfou ao vê-la, e era impossível dizer se o que ela sentiu foi surpresa ou prazer. Ela se inclinou para frente, estudando as gravuras.

— Se me permite? — perguntou Caitriona, em voz baixa.

Neve deu um passo para trás, permitindo que Caitriona levantasse o ícone e o colocasse em um pedestal de madeira coberto de gotas de cera. Olwen lhe entregou uma pequena vela, que Caitriona colocou cuidadosamente dentro da escultura. O pavio se acendeu quando ela passou a mão sobre ele.

Ela passou os dedos ao longo da borda do pedestal e um rastro de névoa apareceu, envolvendo-o, girando seu topo. A chama dentro do osso tremeluzia sem parar, lançando sombras esvoaçantes e símbolos brilhantes nas paredes.

— Nossas memórias residem em nossa mente, sim, mas também em nosso sangue e em nossos ossos — contou Olwen. — Após a morte de um druida ancião, um vaso como esse era feito com seus ossos, para que suas memórias pudessem ser preservadas e consultadas nas eras seguintes. Depois de ser moldado e esculpido, ele é colocado dentro do caldeirão que você viu, para que possa ser imbuído de mais memória e magia. Esse é o vaso da nossa Alta Sacerdotisa Viviane.

— Ele foi feito pelo último descendente dos druidas a aprender o ofício — acrescentou Caitriona. — E, pela misericórdia da Grande Mãe, ele nos ensinou a usá-lo poucos dias antes de ser morto.

Eu me virei, tentando captar os símbolos que se espalhavam em nosso entorno.

— Os símbolos... são diferentes dos sigilos usados pelas feiticeiras. O que eles significam?

— Infelizmente, não tenho a menor ideia. É a linguagem da magia usada pelos druidas — explicou Olwen. — Eles a trouxeram junto do caldeirão quando vieram para cá e deixaram o mundo mortal.

— Os ossos nas esculturas pertencem aos druidas, então? — perguntei.

— Sim — confirmou Caitriona. — Nós os guardamos porque preservam lembranças importantes tanto da ilha quanto do seu mundo.

— Mas o vaso de Viviane é o único pertencente a uma sacerdotisa — concluiu Emrys.

— Sim — concordou Olwen, com uma expressão suave enquanto olhava para ele. — Não é tão elaborado quanto os outros vasos, porque temi que preservar mais de seus ossos pudesse ser suficiente para transformar isso, seus restos mortais, em um dos Filhos.

Neve se inclinou sobre o vaso, sua sombra se intrometendo nas luzes tremeluzentes.

— Como funciona um vaso?

Olwen respondeu com outra pergunta.

— O que você gostaria de perguntar a Viviane sobre a vida dela?

— Não sei... Como ela se tornou Alta Sacerdotisa? — indagou Neve.

— Fechem os olhos — instruiu Olwen —, todos vocês.

Quando o fizemos, um zumbido profundo emergiu dela, transformando-se em uma linguagem que eu nunca tinha ouvido antes. Era um tom baixo e gutural que parecia emergir das profundezas da terra antiga, e não da garganta de uma garota.

Eu me arrepiei quando uma imagem se desenhou em minha mente.

Uma jovem garota, tão bela quanto a luz do luar, acordou em sua cama como se estivesse em transe, cantando uma canção própria. A imagem dela tremeluzia com um brilho leitoso quando passou pelos pais adormecidos e foi em direção à porta que a esperava. Do lado de fora, uma floresta cor de esmeralda a aguardava, com as árvores se curvando para ela...

Abri os olhos, arfando. Emrys e Neve permaneceram na memória por mais um instante antes de se juntarem a mim no momento presente.

— Nós nos referimos ao fato de testemunhar uma memória como *eco* — explicou Olwen. — E, embora muitos de nossos ritos sejam registrados por escrito, às vezes consultamos o passado por meio da memória.

— Acredito que você já tenha pedido ao vaso que mostrasse as memórias de uma possível maldição na terra, certo? — questionou Neve.

— Examinei todas as memórias dela na época do Abandono — respondeu Olwen. — Também pesquisei suas lembranças de Morgana, sem sucesso. Foi ela quem liderou o levante contra os druidas e achei que ela poderia ter compartilhado algo sobre a magia dos druidas com Viviane.

— Qualquer coisa que Morgana pudesse saber morreu com ela — Caitriona bufou. — Ela realmente virou as costas para a Deusa e suas irmãs.

— Ela é uma heroína por ter impedido que os druidas tomassem conta de Avalon — rebateu Neve —, e deve ser lembrada por isso.

— Por favor — interrompeu Olwen, erguendo as mãos entre elas. — Me deixem terminar.

Caitriona e Neve olharam para lados opostos da enfermaria, em movimentos espelhados.

— Depois de quase destruir Merlin, Morgana foi morta por outro druida na batalha final — contou Olwen. — Ela morreu nos braços de Viviane. Nossa Alta Sacerdotisa nunca se recuperou de verdade daquele dia terrível... Saibam que ela e Morgana eram amantes.

Concordei. A magia sombria tinha nascido de horrores menores.

— Nosso problema agora — complementou Olwen — é que faltam muitos anos de lembranças no vaso, incluindo a batalha entre as feiticeiras e os druidas. A última lembrança que temos antes dele é uma discussão que ela teve com Morgana.

Olwen parou o pedestal giratório com a mão e apagou a vela que estava dentro. Depois de removê-la e colocá-la de lado, ela virou com cuidado o vaso de cabeça para baixo. Havia um buraco irregular na parte inferior do crânio que havia sido parcialmente tapado pela cera da vela.

— Quando isso aconteceu? — perguntou Neve.

— É impossível dizer de fato — disse Olwen. — Só sei que está assim desde nossas primeiras tentativas de fazer eco com ele.

— Assim como seria impossível dizer se ele foi danificado por acidente pela pessoa que o criou, que agora está morta, ou de propósito por alguém que não queria que essas memórias fossem revisitadas — acrescentei.

Os outros olharam para mim com diferentes graus de alarme.

— Por favor, não me digam que sou a única a ter pensado nisso — protestei. — Merlin mencionou uma *mulher* que tentou dominar a morte, o que parece ser uma maneira enigmática de dizer que alguém tentou aprender a magia da morte dos druidas. Caitriona pode não ser a pessoa que está controlando os Filhos...

Todo o ser da sacerdotisa pareceu se encher de indignação.

— Você achou que *eu* estava controlando os Filhos?

— Pensamos, sim — confirmei.

— Desculpe — acrescentou Emrys.

— Eu não pensei — contrapôs Neve.

Os olhos de Caitriona se voltaram para ela e depois se afastaram com a mesma rapidez. Ela balançou a cabeça, forçando-se a respirar fundo.

— Mais uma vez, devo dizer que Merlin é pouco mais do que uma língua descontrolada — disse Olwen. — Ele pode estar se referindo a Morgana, pois ela acabou morrendo em sua tentativa de derrotar os druidas.

— A última lembrança do vaso daquela época sombria é a da Alta Sacerdotisa Viviane dizendo a Morgana que não há magia mais forte do que a da morte — disse Caitriona, voltando-se para Neve. — Embora você possa achá-la uma covarde, Viviane realmente acreditava, do fundo de seu coração, que confrontar os druidas seria uma batalha perdida.

— Então, como eles prevaleceram? — perguntou Emrys, dando a volta para olhar o vaso de perto de novo. — Como as futuras feiticeiras derrotaram os druidas de um jeito tão definitivo?

— Não podemos dizer com certeza — disse Olwen. — Quando foi preciso, as feiticeiras dominaram o maior número do inimigo com facilidade, como se os druidas não pudessem usar sua magia de morte com rapidez suficiente para repeli-las. Ou foi isso, ou só a força do ódio dessas mulheres.

— Uma força realmente poderosa — comentou Emrys. Diante do meu olhar, ele acrescentou: — O quê? Estou falando sério.

— Tenho outra pergunta — disse Neve. — Como você ouviu, Tamsin e Emrys acreditam que os Filhos estão sendo controlados por alguém ainda vivo em Avalon. Não pode ser que tenha sido Merlin quem criou os Filhos... né?

— Não — disse Caitriona. — O controle da árvore Mãe é poderoso demais para ser vencido por um homem fraco.

— Mas nós vimos um símbolo druida... — protestei.

— Se estiver se referindo às gaiolas no caminho subterrâneo, garanto que há uma explicação para isso também — interveio Olwen. — Uma muito menos sinistra do que você parece acreditar.

— Vamos ouvir — retruquei.

— Os primeiros Filhos foram capturados e mantidos fora da vista dos outros para evitar um medo desnecessário — explicou Caitriona. — A Alta Sacerdotisa Viviane tentou, com todo o conhecimento que possuía, transformá-los nas pessoas que haviam sido.

Emrys cruzou os braços.

— Por que ela tentaria separar suas almas de seus corpos?

— Quando Viviane entendeu que nossa magia era incapaz de trazer de volta suas formas originais — respondeu Caitriona, sua postura se tornando defensiva —, ela invocou o que sabia da magia de morte dos druidas para liberar suas almas de suas prisões monstruosas e devolvê-las à Deusa.

Pode ser que ela tenha dito isso, pensei, *mas não quer dizer que seja a verdade.*

— E você tem certeza de que o pedaço do crânio que falta não está enterrado com o resto dela? — perguntou Neve.

— Não — disse Caitriona. — Quando ela estava... quando ela... — Ela se obrigou a respirar fundo e olhar para nós. — Quando Viviane foi morta, fomos obrigados a queimar seu corpo para que ela não se tornasse um dos Filhos.

O luto no rosto de Olwen era impressionante; a dor da morte da Alta Sacerdotisa por si cortou o coração como uma lâmina serrilhada, ainda agravada pela necessidade de queimar seu corpo, em vez de enterrá-lo no solo para encontrar sua Deusa e começar uma nova vida.

Aos olhos das Nove, todo o ser da Alta Sacerdotisa Viviane havia sido destruído, e a ilha jamais conheceria sua alma de novo.

— Sei que Olwen explicou que o sangue pode conter memória — falei para Caitriona — e o que vi você fazendo na sala dos ossos faz sentido agora, mas se ninguém pode fazer um vaso, por que você está cortando a mão e sangrando em um pote enorme e assustador todas as noites?

Ela parecia menos segura de si do que o normal quando respondeu.

— Acredito que outro fabricante de vasos virá, nascido com o conhecimento sagrado sussurrado em sua mente. O caldeirão vai manter meu conhecimento até o dia em que meu vaso possa ser preparado, e o que enfrentamos não será esquecido.

— Mas aí está o que eu ainda não entendo. — Passei a língua por meus lábios rachados enquanto pensava. — Você tinha tanta certeza de que as feiticeiras estavam por trás da maldição. Nunca parou para pensar que os druidas poderiam ser os culpados enquanto pingava seu sangue em uma cuba de prata que girava com a mesma cor que os ossos dos Filhos?

Caitriona se irritou com isso.

— Não há prata no caldeirão.

— Você se esqueceu que Emrys e eu o vimos com nossos olhos? — perguntei a ela.

Olwen franziu o cenho.

— Não, Tamsin, Cait está certa. O conteúdo do caldeirão, se é que existe algum, não é visível aos olhos. Até mesmo nosso sangue desaparece em sua escuridão.

O alarme soou em minha mente, percorrendo cada centímetro da minha coluna.

A mesa de trabalho sob mim rangeu enquanto eu me mexia, olhando para Emrys.

— Não estava vazio — confirmou ele, movendo-se para ficar ao meu lado. Suas palavras e sua proximidade me tranquilizaram de uma maneira que eu não esperava. — O líquido era prateado, como se uma quantidade considerável dele tivesse sido derretida.

Caitriona e Olwen se entreolharam. Algo silencioso se passou entre elas.

— Vocês dois deviam estar exaustos — disse Neve — e já estavam chateados e confusos por causa dos vasos....

— Nós *não* tivemos uma alucinação coletiva — falei para ela. — Eu sei o que vi... E na verdade, tenho provas.

Abri as travas da minha bolsa de trabalho e peguei Ignatius dentro de seu invólucro de seda. Desenrolei as tiras ao redor do cabo e o coloquei para fora a fim de que eles vissem.

Mas o ferro estava tão preto como sempre esteve.

— Eu não... — As palavras se dissiparam com minha certeza. — Não entendo... Mergulhei isso no caldeirão. Ele saiu prateado. — Olhei para os outros, sentindo-me estranhamente desesperada para que acreditassem em mim. — Era *prata*.

Emrys segurou meu pulso, atraindo meus olhos para os dele. A crença neles me deu algo em que me ancorar.

— Eu sei o que vimos.

— Fique à vontade para se juntar a mim amanhã para que eu possa te convencer do contrário — disse Caitriona.

— Então eu também vou — falou Neve. — Nem Tamsin nem Emrys mentiriam sobre algo tão importante quanto isso.

Caitriona inclinou a cabeça.

— Como quiser.

— Nós viemos para cá por causa disso — comentei, voltando-me para Neve. — E você, por que estava esperando por Olwen?

— Eu tinha uma pergunta a fazer — disse Neve, pegando o livro que havia deixado sobre a mesa. — Por que você não tentou fazer um ritual de purificação da ilha?

Os lábios de Caitriona se entreabriram, mas ela foi interrompida por um ruído do lado de fora da porta da enfermaria. Olwen colocou o vaso depressa em sua cesta e, quando ele estava escondido, Caitriona abriu a porta.

Bedivere estava parado a uma pequena distância, coçando a barba grisalha.

Pela primeira vez desde que o conheci, ele parecia indeciso.

— Sir Bedivere — disse Caitriona —, qual é o problema?

— Ah, desculpe, eu me deixei ser tomado pela preocupação — respondeu ele. — Só queria saber se os intrusos precisavam ser escoltados de volta aos seus quartos para pôr fim às perambulações da noite.

Caitriona deu um leve sorriso.

— Você é muito gentil, mas temos a situação sob controle.

— Entre — Olwen o incentivou. — Essa conversa também o afeta, e precisamos de sua sabedoria.

Meu aperto na mesa ficou mais firme, só um pouquinho, quando o velho cavaleiro entrou. Emrys se aproximou de mim, com a mão quente e suave passando pelo meu ombro e descendo pela minha coluna.

— Neve estava perguntando por que ainda não tentamos fazer um ritual de purificação da ilha — comentou Olwen.

O cavaleiro deu uma volta lenta pela sala enquanto ela falava, parando abruptamente quando ela mencionou o ritual. Eu não conseguia ver seu rosto, mas podia sentir seus olhos fixados nas minhas costas.

— Sim — falou Caitriona, olhando para Olwen. — E que coincidência extraordinária o fato de o livro que descreve o ritual ter voltado para a biblioteca, onde qualquer um poderia tê-lo encontrado.

— De fato — disse Olwen serenamente. — Os trabalhos da Deusa são realmente notáveis.

— E os esquemas de Olwen — murmurou Caitriona.

— O que o ritual faz? — perguntou Emrys.

Neve abriu o livro pesado em uma página marcada com uma fita.

— *Quando o poder das trevas mancha a terra e a esperança se retira da sombra...* parece um lugar que todos nós conhecemos, não é?

— É um quadro familiar, sim — falei.

— *A ilha deve ser restaurada por meio da invocação da donzela, jovem e florescente, despertando aquele poder maior que sempre adormece nas brumas.* — Neve leu. — *Somente a renovação dEla expulsará tudo o que está amaldiçoado e doente no solo e naqueles que caminham sobre ele, pois não há poder maior do que o renascimento.*

Meus batimentos pareciam palpitar.

— Isso está dizendo o que eu acho que está dizendo? — perguntei baixinho.

— Sim. — Neve encontrou meu olhar, a determinação brilhando em seus olhos. — Esse ritual não apenas curaria a terra... ele quebraria todas as maldições nela.

34

Todas as maldições.

Não apenas a que recaiu sobre a terra e os Filhos da Noite.

Todas as maldições.

Até mesmo a de Cabell.

Neve deve ter visto em meu rosto o que eu estava pensando, pois assentiu, alimentando minha esperança. Bedivere deu a volta na mesa de trabalho para nos encarar, com uma expressão inescrutável.

— Parece estar dizendo que a ilha precisa ser purificada por meio de um tipo de renascimento — contou Neve. — *Esse ritual convoca a Deusa de volta à ilha para restaurá-la em um novo ciclo de vida.*

Ela e Emrys se confundiam na minha visão periférica enquanto eu olhava de Olwen para Caitriona. Um desespero ardente surgiu em mim de novo, e eu não lutei contra ele. Eu não me importava mais.

— Por que vocês não fizeram isso, então?

Olwen estava estranhamente silenciosa, com o rosto voltado para a janela da enfermaria.

— Neve não falou o que é necessário para o ritual — disse Caitriona.

A atenção da sala se voltou para a feiticeira. Neve olhou para Caitriona antes de ler em voz alta.

— *Dê as mãos às suas Irmãs e sejam uma só, de coração e de poder, de novo. Aguarde as bênçãos plenas da lua para trazer as três dádivas dEla, e se una a Ela de novo pelo sangue e pela névoa.*

Ela ergueu o olhar ao terminar, com uma expressão pensativa, as sobrancelhas baixas.

— O que essa pessoa tinha contra escrever instruções de maneira objetiva? — perguntou Emrys.

— Viviane transcrevia as mensagens da Deusa que chegavam até ela em sonhos — explicou Olwen.

— Mas, quando você analisa por partes, tudo parece possível — disse Neve, voltando-se para Caitriona. — O encantamento está aqui no livro, e você deve saber o que ela quer dizer com as "três dádivas". Qual é o problema aqui?

— Não temos todo o poder — disse Caitriona. — Precisamos de nove irmãs para dar início à cerimônia.

O rosto de Neve ficou cinza quando ela entendeu o que eu não entendi.

— E, embora Flea tenha sido chamada pela Deusa, ela ainda não tem magia. É por isso que sua Alta Sacerdotisa viveu tanto tempo, não é? Por que a magia de seu voto não permitiu que ela passasse para a próxima vida?

— Não teremos todo o poder até lá, sejam dias ou anos — disse Caitriona. — Flea sente muito, mas não é culpa dela. Além disso, falta uma das três dádivas.

Neve inclinou a cabeça em uma indagação silenciosa.

— A varinha e o cálice estão conosco, mas o atame, nossa faca ritual, foi perdida há muitos anos e, por mais que a procurássemos, não conseguimos encontrá-la.

Bedivere respirou fundo, mas não disse nada. Ele brincava com um par de tesouras penduradas em um gancho na parede. Meu olhar se fixou nele. Se fosse qualquer outra pessoa que não o cortês cavaleiro, eu teria chamado o lampejo de emoção que cruzou seu rosto de culpa.

— Não é possível forjar um novo atame? — perguntou Neve.

Caitriona e Olwen ficaram horrorizadas com a ideia.

— Por que não tentar ver o que acontece? — perguntou Emrys. — O que vocês têm a perder nesse momento?

— Por favor — adicionei, a pontada da esperança, a vontade de saber mais, quase roubando as palavras de mim.

— Isso não vai funcionar — disse Caitriona. — Não fomos bem-sucedidas em nenhum outro ritual desde que nossos números foram reduzidos... nem em abençoar a terra, nem em limpar os céus, nem em libertar as almas presas nos Filhos. Somos oito, não nove. Até que Flea receba seu poder, não estaremos completas.

Neve soltou um pequeno ruído de frustração, balançando a cabeça.

— Bem, vocês poderiam esperar anos até que isso aconteça, ou, poderiam, sabe, engolir o orgulho e pedir ajuda à feiticeira que está bem na sua frente — disse Neve.

Eu me ouvi arfar, mas não fui a única. Caitriona sentou-se pesadamente na beira da mesa, seu rosto se contraiu com a emoção não dita.

— Antes de restarem apenas nove sacerdotisas em Avalon, havia muitas — continuou Neve. — Eu sou descendente de uma delas.

Bedivere levantou a cabeça de novo, voltando-se para as sacerdotisas. Olwen mordeu o lábio, como se quisesse se forçar a ficar em silêncio enquanto olhava para Caitriona. As palavras que ela disse na noite de nossa chegada voltaram à minha mente: *Se tem uma coisa que tenho certeza é de que a Deusa trouxe vocês até nós. Todos vocês.*

A longa trança prateada de Caitriona brilhou à luz da fogueira quando ela se virou para a irmã.

— Você e os outros lutaram comigo a cada passo do caminho, e... — ela respirou fundo — não é fácil enfrentar todas vocês sozinha e sentir o quanto sou difícil, ser ressentida... ser *odiada* por isso. Eu só sei o que nossa Alta Sacerdotisa me ensinou, e ela... Se eu não puder fazer o que ela me pediu, então eu falhei com ela.

— Não, minha querida. — Olwen se ajoelhou em frente à Caitriona e segurou suas mãos. — Nunca pense assim. Você é nossa irmã. Mesmo quando não restar nada deste mundo, nosso amor por você ainda permanecerá, porque não há poder capaz de destruí-lo.

— Eu desapontei todos vocês — lamentou Caitriona, desolada.

— Nunca — jurou Bedivere, pressionando a mão no peito. — Nada poderia estar mais longe da verdade.

— É como disse a Alta Sacerdotisa — respondeu Olwen — : *Somente raízes profundas sobrevivem a ventos fortes*, e você nos manteve firmes nesses últimos anos. Só queríamos que você visse a situação pela nossa perspectiva, que talvez seja hora de nos abrirmos, e à ilha, para uma nova estação, com novos caminhos. A Deusa nos encontrará lá.

— Só existe um modo como tudo foi escrito — rebateu Caitriona. — E os rituais exigem que as sacerdotisas sejam puras de coração e intenção, porque estamos pedindo à Deusa que use sua magia mais poderosa a nosso favor. Não duvido do poder de Neve, mas a Alta Sacerdotisa disse que a magia praticada pelas feiticeiras envenena suas almas.

— Como você ousa...? — comecei.

Neve colocou a mão em meu ombro, me forçando a parar de falar. A mágoa havia desaparecido de seu rosto, deixando apenas uma profunda determinação.

— A Deusa será a juíza — respondeu Neve —, não uma Alta Sacerdotisa que nunca nem me viu. Nem mesmo Caitriona das Nove.

— Cait — começou de novo Olwen. — Sei da batalha que se passa em seu coração e que você só deseja respeitar nossos ancestrais e honrar a Deusa. Mas se não fizermos o que precisamos para sobreviver, os velhos costumes não apenas deixarão de existir, mas desaparecerão da memória para sempre. Se Neve estiver disposta, não há mal algum em tentar.

— O mal é falhar — disse Caitriona. — Porque, aí sim, não teremos mais esperança.

— Não, lady Cait — retrucou Bedivere. — Saberemos que lutamos com toda a nossa força, e não há nada além de honra nisso.

Por um longo tempo, eles ouviram o crepitar do fogo na lareira e o uivo das criaturas na floresta morta.

Emrys estava perdido em seus pensamentos. Finalmente, ele se sentou ao meu lado à mesa, colocando uma das mãos perto do meu quadril. O peso de seu ombro pressionado contra o meu era como um porto seguro contra as palavras de Caitriona. Inconscientemente, seu dedo mindinho começou a acariciar minha coxa, o toque leve como uma pluma deixando a pele sob o tecido quente. Algo em mim mudou quando percebi que não era a única que desejava o conforto do toque.

A necessidade de me sentir ancorada a algo — a alguém.

— Tudo bem — cedeu Caitriona por fim, inclinando a cabeça. — Vamos tentar e ver se a Deusa reconhecerá Neve como sua. E se isso não der em nada, que sejamos perdoados.

Olwen sorriu, compartilhando um olhar de alívio com Neve.

Caitriona se esforçou para se levantar da mesa, aceitando o braço oferecido por Olwen.

— Vou falar com Lowri e as outras, então. Vamos procurar algo adequado para forjar o novo atame.

— Você precisa explicar isso a Flea primeiro. — Eu me ouvi dizer.

Elas se voltaram para mim, surpresas.

Engoli em seco.

— Ela vai ficar magoada se sentir que não é necessária.

Se ela se sentir inútil.

Caitriona se deteve na porta, me encarando por um longo instante, o que poderia ser entendido como um sinal de aprovação.

— Sim. Vou falar com ela.

Olwen levou o resto de nós para fora com ela.

— Até lá, nada de ficar à espreita. Descansem. Todos vocês. Pela manhã, o caminho, o novo caminho, estará livre.

Segui os outros enquanto caminhávamos em direção à torre, tentando entender tudo o que havia aprendido. Bedivere passou o braço em volta do ombro de Caitriona, dizendo algo que não consegui entender sobre descanso. À frente, Deri ainda estava trabalhando no cuidado e na poda da árvore Mãe. Emrys parou para falar com ele, apontando para algo que eu não conseguia ver.

— Reunião sem mim?

Assustei-me com a voz de Cabell atravessando a escuridão. Eu me virei, procurando por ele entre as sombras, apenas para encontrá-lo encostado na cerca frágil da área de treinamento.

— Aí está você — falei. — Tentei te encontrar mais cedo. Onde você estava?

Ele cruzou os braços quando me aproximei e havia uma dureza em sua expressão que torci para ser a noite pregando peças em meus olhos.

— Você acha que as pessoas querem mesmo me ver perambulando por aí depois do que aconteceu?

Eu sabia que sua pergunta não era dirigida a mim, mas ainda assim vacilei. As palavras que ele proferiu nos estábulos foram como uma adaga em meu peito.

Você prometeu.

— Eles sabem que a culpa não é sua — respondi. — Foi a maldição.

— Sim — disse ele, olhando para baixo. — Tenho certeza.

Pulei a cerca para o lado dele, virando-me para encarar a torre.

— Você estava com Bedivere? Perguntou a ele se as histórias sobre Arthur ter ido para Annwn eram verdadeiras?

— Ah, ainda estamos trabalhando juntos nisso? — perguntou ele. — Se importa em me contar primeiro sobre o que foi sua reunião da meia-noite?

— Sim — respondi, me lembrando do choque que tive antes. — Depois que você me contar por que me denunciou a Bedivere por ir até os caminhos subterrâneos.

— Eu me sentia mal por continuar mentindo enquanto ele me ajudava — disse Cabell bruscamente. — E respondendo às perguntas que *você* queria que fossem respondidas. Talvez se você tivesse pensado em me contar o que estava acontecendo, eu teria dado um aviso.

Suspirei.

Ele tinha razão em estar chateado. Eu deveria ter tentado encontrá-lo, para ter certeza de que ele estava ciente de que todas as peças dessa história estavam finalmente se encaixando. Eu também teria ficado magoada.

— Me desculpe. A noite correu rápido demais e eu não estava pensando direito. Sua irmã também pode ser uma idiota às vezes, sabia?

— É de família, é óbvio. — Um pouco da rigidez em sua postura diminuiu. — Mas o que aconteceu?

Ele olhou para as botas enquanto eu contava a história, apenas balançando a cabeça de vez em quando, como se ele mesmo suspeitasse de algumas coisas. Fiquei pensando nisso, mas me preocupei mais com sua total falta de reação ao ouvir sobre o ritual.

— O que você acha? — perguntei a ele. — Se Neve conseguir ajudar a fazer isso, pode ser a resposta para tudo. Poderia consertar você de uma vez por todas... poderia consertar tudo.

— Me consertar. — Seus lábios se comprimiram em uma linha pálida. — Beleza.

Abri a boca para explicar o que eu queria dizer, mas recuei quando vi a forma como seus ombros se curvaram. Eu era mesmo uma idiota. Após perder o rastro do anel e passar por outra transformação, era cedo demais para tentar levantar o ânimo dele. Havia um número limitado de vezes em que se podia ter esperanças.

— Você acha mesmo que uma *feiticeira* poderia realizar o ritual? — perguntou ele. — A magia delas é tão traiçoeira quanto elas mesmas.

Por um momento, fiquei sem palavras.

— É da Neve que estamos falando. Neve, que adora estampas de gatinhos, cogumelos e ler, e que criou um feitiço de pura luz. Por que você diria isso?

Cabell respirou forte pelo nariz.

— Você tem razão. Neve é diferente. Eu só fico pensando... As feiticeiras são responsáveis por tudo isso. Nada disso teria acontecido se elas não tivessem matado os druidas.

Incluindo, minha mente concluiu, *a morte de Nash*.

Mordi meu lábio até sentir o gosto de sangue.

— Cab... você quer voltar para casa? Podemos deixar tudo para trás. Eu faria isso em um piscar de olhos por você.

Ele não respondeu. O couro da velha jaqueta de Nash rangeu quando seus braços se apertaram sobre o peito e seus punhos se fecharam no material.

— Você se lembra — disse ele depois de alguns minutos — daquela noite na Floresta Negra, quando Nash fez uma peça de teatro de sombras contando a história da batalha final do Rei Arthur?

Eu ri contra minha vontade.

— Meu Deus, ele tinha os efeitos sonoros mais horríveis para a batalha. Sua voz de Arthur moribundo também era muito triste.

Cabell murmurou em concordância.

Era um relato raro da Batalha de Camlann; Nash nunca gostou de finais, especialmente quando seus heróis morriam. Depois que Arthur partiu para lutar no continente, seu sobrinho Mordred usurpou o trono, forçando seu retorno à Grã-Bretanha. A batalha feriu Arthur mortalmente e matou quase todos os cavaleiros restantes. Apenas Bedivere foi deixado para acompanhar o rei moribundo até Avalon.

Esfreguei meus braços, tentando evitar um calafrio. Ao menos os Filhos estavam mais calmos, agora que a breve luz do dia estava chegando.

— O que o fez pensar nisso? — perguntei.

— Estar perto de Bedivere, eu acho. Imaginando o quanto da história é verdadeira e quanta força foi necessária para Bedivere ficar aqui todos esses anos. — Cabell engoliu. — Você acha que Nash se arrependeu da escolha de procurar o anel?

— Nash nunca se arrependeu de nada na vida — disse a ele.

— Isso não é verdade — disse Cabell. — Ele sempre se arrependeu de ter deixado você naquela manhã. Quando a Dama Branca chamou por você. Eu nunca o vi tão assustado.

A marca em meu coração doía, queimando com um frio próprio, como se quisesse responder.

— Tenho pensado muito em Nash — admiti. — Não que eu queira, mas sinto a presença dele.

— Ah, é?

— Sobretudo das histórias que ele contava pra gente — comentei. — É estranho, né? É quase como se todas elas tivessem ganhado vida agora que estamos aqui.

Cabell pensou a respeito. Então, percebendo meu calafrio, tirou a jaqueta de Nash e a colocou sobre meus ombros.

— Obrigada — agradeci —, mas tem certeza de que não precisa dela?

— Eu gosto do frio — confessou ele. — Me ajuda a espairecer.

Puxei a jaqueta com mais força, desejando ter colocado meu casaco de flanela antes de encontrar Emrys.

— Você acha que Olwen pode estar certa e que deveríamos ter vindo para cá? — perguntou Cabell em voz baixa. — Que Nash nos contou todas essas histórias por algum motivo?

— Acho que ele nos contou em parte para explicar as relíquias que estávamos procurando — falei —, mas principalmente para se divertir.

Cabell olhou para os anéis de prata em suas mãos.

— Quer dizer... talvez? — continuei. — Talvez haja mais em tudo isso. Como todas as histórias que têm diversas versões, podemos escolher em qual queremos acreditar.

— E em qual versão de nós mesmos queremos acreditar — continuou ele.

— Sim, acho que sim — respondi. — Em que você quer acreditar sobre si mesmo, Cab?

Ele não respondeu.

— Às vezes, eu invejo sua memória — concluiu, então. — Porque é um lugar onde nada morre.

— Sua história ainda não terminou, Cab — prometi a ele.

— Talvez — respondeu ele. — Mas aconteça o que acontecer, pelo menos você pode me encontrar lá.

A dança das chamas era tão aterrorizante quanto hipnótica.

Nos tempos de vacas magras entre um emprego remunerado e outro, Nash nos fazia acampar sob as estrelas. Muito depois do horário em que eu deveria estar dormindo, eu ficava acordada e observava a fogueira se agitar e farfalhar. Eu tentava contar as faíscas que subiam na escuridão e desapareciam como estrelas ao amanhecer. E quando as chamas finalmente se reduziam a cinzas fumegantes, eu dormia.

Esta noite, quando voltei para o quarto, Neve estava dormindo profundamente, esparramada no colchão. Por fim, desisti de tentar imitá-la e levantei da cama. Andei de um lado para o outro, como se dessa maneira conseguisse afastar os pensamentos.

Quando isso também não funcionou, acomodei-me no assento em frente à lareira e voltei ao meu ritual, juntando as pedras de salamandra para criar uma pequena fogueira. Cruzei as pernas, apoiei o cotovelo no joelho e o queixo na palma da mão. As chamas se ergueram das pedras frias, com um brilho dourado.

Deixei os pensamentos fluírem sem tentar captá-los. Velhas lembranças de abóbadas e florestas primordiais. Cabell e eu na biblioteca. Minha faca cortando Septimus momentos antes de ele ser despedaçado. Os Filhos surgindo das brumas. Os frascos reluzentes na enfermaria de Olwen. O cão de caça correndo em direção a Caitriona. A rosa branca. Os ossos amarelados de Nash...

Foi essa última imagem que permaneceu por muito tempo depois que as outras se acomodaram. Aquela imagem de uma morte tranquila e anônima depois de uma vida tão caótica e infame.

Pela primeira vez desde que ele havia desaparecido, pensar em Nash não me dava raiva. Só trouxe uma dor em meu âmago. Arrependimento.

Deixe os mortos morrerem, Tamsy, ele me disse uma vez. *São só as lembranças que nos afligem, e quando se vão, eles a liberam.*

As lembranças de Nash vinham em canções, em histórias em frente à lareira, no tilintar de cervejas, mas estavam silenciosas neste momento, e permaneceriam assim para sempre. Ao contrário das feiticeiras e sacerdotisas, que se esforçavam para cristalizar suas memórias, que se recusavam a deixar que suas vidas fossem esquecidas, ele teria gostado da libertação. Ele sempre foi egoísta assim.

Deixe os mortos morrerem.

E qualquer lembrança de meus pais junto dele.

Minhas pálpebras ficaram pesadas. Não lutei contra a atração insistente da exaustão.

O ar se transformou em água escura ao meu redor enquanto minha mente se afundava cada vez mais na inconsciência. Fluxos de bolhas corriam em direção à luz que se retirava na superfície até que, finalmente, cheguei a um leito macio de terra.

Conchas prateadas surgiram à medida que a terra se dissolvia embaixo de mim, peroladas e sinistras.

Não eram conchas. Eram ossos.

Tentei gritar, mas a água encheu minha boca e meus pulmões. Eu me afastei, mas eles estavam por toda parte, tremendo e fazendo barulho enquanto começavam a se montar. Suas partes se encaixavam em formas monstruosas que se arrastavam para a frente, agarrando-se às minhas pernas.

Meus dedos encontraram gelo sob o lodo e eu o agarrei, arrancando-o.

Uma espada. Em minha mão, a lâmina brilhava com fogo azul, o fogo que ardia no coração das estrelas. Ela agitava a água até se tornar uma barreira de luz contra o mundo sombrio.

Acordei, meus pulmões ardendo enquanto eu respirava pesado.

Pressionei minha cabeça e fechei os olhos, tentando parar o giro vertiginoso do quarto antes que eu vomitasse.

Uma batida suave soou na porta. Ergui a cabeça, me preparando, sem saber se ainda estava nas garras do sono.

Neve deu um suspiro suave sem acordar atrás de mim. Olhei em volta, observando a visão familiar do cômodo com mais calma. Real. Isso era real.

Houve outra batida, tão fraca quanto a primeira.

Eu me forcei a ficar em pé em minhas pernas bambas, e fui abrir a porta.

Bedivere estava de pé na escuridão, segurando uma lanterna. Ele havia se vestido com uma armadura completa — ainda mais do que usava quando estava de guarda — e tinha uma espada ao seu lado.

— O que está acontecendo? — sussurrei, saindo para o corredor e fechando a porta atrás de mim. — É o Cabell?

Ele indicou as escadas com a cabeça e eu o segui, surpresa com o silêncio com que ele se movia, apesar do metal que cobria seu corpo.

— Sinto muito por tê-la acordado — disse ele, com a voz baixa. — Eu não a procuraria a não ser em caso de grande necessidade. Preciso pedir que faça algo por mim.

— Não gosto do tom de "grande necessidade" — sussurrei.

Ele soltou um suspiro suave que poderia ter sido uma risada em qualquer outra circunstância.

— Eu queria acreditar que o ritual poderia salvar a ilha.

— O que quer dizer com isso? — perguntei, o coração batendo forte. — Como você sabe que não pode?

— A Alta Sacerdotisa Viviane — disse ele —, ela veio me visitar quando eu morava longe da torre, cuidando do meu rei. Naquela época, ela me falou sobre a necessidade de os rituais serem realizados como estão escritos. Eles são comandos da Deusa e devem ser seguidos, caso contrário, estão fadados ao fracasso.

Minhas mãos ficaram dormentes com o frio. De pavor.

— Então... o quê? Você está dizendo que é inútil tentar?

— Não — respondeu ele —, elas devem tentar, mas com o verdadeiro atame.

— Mas ele foi perdido... — Minha voz se arrastou quando vi seu olhar de culpa. — Você sabe onde ele está?

O velho cavaleiro fechou os olhos.

— Para minha grande vergonha, fui eu quem o levou. Eu não sabia de sua importância, apenas que a Alta Sacerdotisa o carregava sempre com ela, e eu julgava que pertencia a ela e que lhe era de tanta estima que deveria ser enterrado com ela.

Finalmente compreendi.

— Caitriona disse que o corpo dela foi queimado.

— Algumas partes, sim. — A expressão de Bedivere se tornou torturante. — Eu menti para elas e coloquei minha própria honra de lado ao fazer isso. Não podia suportar a ideia de que sua alma gentil não renasceria. Tirei seus ossos do fogo enquanto os outros dormiam e os enterrei no local onde todas as Sumas Sacerdotisas são levadas de volta à Deusa.

O atame não está perdido. As palavras acenderam uma chama em meu peito. *O ritual vai funcionar.*

— Você vai buscá-lo — perguntei —, não vai?

Bedivere assentiu com a cabeça.

— Tenho que ir. Se eu contar às sacerdotisas, elas mesmas tentarão ir, e devo ser eu a corrigir esse erro. Por isso, venho até você com um pedido. Se eu não voltar, diga aos outros o que aconteceu comigo. Lembre Cabell de sua força.

Minha mente se acelerou. Isso não podia acontecer. Bedivere era necessário aqui, de tantas formas, para tantas pessoas. Sua habilidade de luta, sua mentoria, seu trabalho com Cabell. Meu irmão já estava caminhando à beira de um precipício e, se a única pessoa que poderia ajudá-lo a se recuperar não o fizesse, ele nunca se recuperaria.

Ele nunca se recuperaria.

E eu nunca me perdoaria.

Uma certeza tranquila tomou conta de mim. Todos tinham uma função aqui. As sacerdotisas e Neve precisavam realizar o ritual. Emrys precisava ajudá-los a cultivar os alimentos que conseguissem. Bedivere era um lutador experiente que poderia mantê-los vivos. Cabell precisava ter a chance de aprender a controlar sua maldição. Os avalonianos precisavam manter a torre segura e a si mesmos vivos.

Ninguém era dispensável o suficiente para correr esse risco.

Ninguém, exceto eu. Uma das poucas pessoas aqui que tinha experiência em abrir e vasculhar tumbas.

A Deusa trouxe vocês até nós. Todos vocês.

Eu não acreditava em destino — parecia uma desculpa para colocar a culpa de nossos próprios problemas em algo maior do que nós mesmos. Mas eu não podia negar como os outros haviam se encaixado aqui, servindo a um propósito maior, tão certo como se tivessem sido conduzidos a ele pelas mãos.

Isso... *isso* era uma tarefa para mim.

— Você me prestará esse serviço? — perguntou Bedivere.

— Não — respondi —, porque vou no seu lugar.

Seu choque era perceptível.

— Não posso permitir que você vá. Tem de ser eu. Não há outra opção.

Eu não deixaria de usar a culpa que ele sentia contra ele.

— Como você se sentiria se houvesse outro ataque enquanto você estivesse fora e não aqui para ajudar? Cadê a honra nisso?

Ele ainda balançava a cabeça.

— Você deve saber uma maneira de sair da torre sem ter que passar pelos Filhos — falei. — E deve achar que conseguirá chegar ao local do sepulcro antes do anoitecer. Isso significa que eu posso fazer também.

E mais rápido, já que eu não estaria viajando com uma armadura completa ou com uma carga tão pesada de bagagem emocional. Mas esse era o problema da honra: ela o envenenava contra a razão.

Mesmo assim, Bedivere se manteve firme:

— Não posso...

— Se eles acordarem e descobrirem que você desapareceu, vão enviar pessoas para procurá-lo — retruquei. — Ninguém perceberá a minha ausência.

Ele cerrou em punho a mão que ainda restava ao lado do corpo, fechando os olhos.

Os cavaleiros de Camelot seguiam um rígido código de cavalheirismo; Bedivere nunca colocaria seu fardo sobre outro sem motivo. Isso acontecia repetidas vezes nas histórias que Nash nos contava sobre a vida na corte de Arthur. Sobre missões e desafios aceitos.

— Eu *imploro* — sussurrei, com a garganta ardendo pelo esforço que fiz para não chorar. — Por favor, me deixe aceitar esse desafio em seu nome. Por favor, não deixe o Cabell. Eu consigo fazer isso. Eu consigo.

— Não duvido... — começou ele.

Eu tinha uma última carta para jogar.

— Você tem que permanecer vivo para proteger seu rei até que o mundo mortal precise dele de novo.

As palavras o atingiram como um soco gelado. Ele cambaleou para trás.

— Você fez um voto a ele — acrescentei. Outro golpe. — Assim como você fez um voto de ajudar a proteger a torre. — Outro. — Por favor, Sir Bedivere, deixe que eu vá.

No silêncio, meu coração trovejou com um único refrão. *Ele não vai deixar. Não vai. Não vai.*

Mas então ele abaixou a cabeça e, em uma onda de propósito, de gratidão, se libertou.

— Não posso suportar isso, mas devo, e que eu seja amaldiçoado por isso — disse Bedivere, com os olhos pálidos fixos em mim. — Se você realmente deseja ir até lá, prepare-se. A primeira luz está quase chegando e não há tempo a perder.

Ao que parece, o sabichão do Emrys não havia notado uma passagem escondida.

Enquanto eu me vestia sem fazer barulho e juntava os suprimentos que havia colocado em minha mochila, Bedivere foi ao arsenal para encontrar uma couraça de couro trançado e uma adaga que ele considerava que eu seria capaz de usar sem cortar meu polegar fora.

Evitando Deri, que repousava na base da árvore Mãe, e depois os olhos dos que vigiavam os muros, encontrei Bedivere na cozinha. O dia estava começando a clarear e os Filhos a se acalmar, o que era um fato que Bedivere também não havia ignorado.

— Precisamos nos apressar — incitou ele, segurando a porta aberta para mim. — Dilwyn é uma elfa, e é de sua natureza correr ao amanhecer para ser a primeira a trabalhar. — Eu mal tinha entrado quando ele me jogou um bom pedaço de pão e seu cantil de água potável.

Livre de sua pesada armadura, o velho cavaleiro se moveu com surpreendente agilidade até um armário na parede dos fundos, segurando sua lanterna em um dos painéis. Ao toque da luz da vela, as marcas invisíveis se iluminaram. Bedivere fez um gesto como se fosse traçá-las com a luva de metal que cobria sua mão perdida, apenas para se corrigir e usar a outra.

— *A noite se aproxima* — disse ele.

O armário se afastou da parede com suas palavras, raspando nas pedras desgastadas. O buraco escondido embaixo dele era largo o suficiente para que pudéssemos subir a escada, um de cada vez.

Eu fui a primeira, descendo com cuidado a escada íngreme. Bedivere me seguiu depois de garantir que o armário fosse colocado de volta no lugar.

Com o benefício de sua lanterna, o caminho subterrâneo se revelou em toda a sua beleza refinada. Ao contrário dos outros túneis, este era uma maravilha arquitetônica de tetos abobadados e colunas de pedra, as paredes pintadas retratavam animais selvagens e criaturas familiares e desconhecidas.

— Que lugar é esse? — perguntei, seguindo-o. Algumas fadas dormiam nas alcovas no topo de cada pilar, com seu brilho aumentando e diminuindo a cada inspiração e expiração.

— Esse já foi o caminho das fadas, usado pelo Povo das Fadas, tímido diante de humanos, mas ansioso para negociar com a torre — explicou Bedivere. — Ele leva até o bosque sagrado.

Senti uma pontada de vitória por ter provado que estava certa. Havia pelo menos uma maneira de sair da torre e passar por baixo dos Filhos aglomerados ao redor do fosso.

— Por que esse caminho não estava selado? — perguntei.

— Ele é guardado por proteções que nasceram de magia antiga e ainda não falharam. — Bedivere se virou, erguendo sua lanterna. — O mais importante é que essa é a última esperança de Avalon. Se a torre cair em ruínas, esse é o caminho que tomaremos para as barcaças e para o mundo mortal.

Ele rasgou as grossas teias de aranha à frente, balbuciando algo em sinal de desânimo quando elas se agarraram a ele como uma segunda pele de filigrana.

— Você sente falta disso? — perguntei. Bedivere olhou para trás de novo. — Do mundo mortal — expliquei.

Ele ficou em silêncio por um longo tempo; seus passos arrastados eram o único som entre nós.

— Mal consigo me lembrar dele o bastante para sentir falta.

— E quanto ao Rei Arthur? — perguntei, sem conseguir me conter. — Como ele era?

O cavaleiro fez um ruído rouco no fundo da garganta.

— Um homem tão justo quanto possível, mas vaidoso. Sempre buscando ter mais do que era seu por direito, apesar de tudo o que recebia.

Pisquei algumas vezes.

Bedivere diminuiu a velocidade.

— Ele era um rei que tinha bom humor e habilidade, merecedor de ser lembrado após a morte.

Não era exatamente o tipo de elogio que eu esperava de alguém que havia concordado em cuidar de um homem por mil anos, mas talvez alguns séculos de isolamento e monotonia pudessem azedar até o leite mais doce.

— Você está há milhares de anos observando o cara dormir... Tem o direito de reclamar um pouco — falei. Então, percebendo uma oportunidade, acrescentei: — Bem que você poderia me dar algumas instruções para encontrar o que sobrou de Camelot...

— Precisamos ficar quietos agora — disse ele com um leve nervosismo. — Não estamos tão abaixo do solo para que as criaturas não nos ouçam.

Pela primeira vez, fiz o que me foi pedido.

Caminhamos pelo que pareceu ser uma pequena eternidade. Em vez de uma luz crescente, ao fim do túnel surgiu outra escada.

Dessa vez, o cavaleiro foi o primeiro a subir, destrancando uma pesada corrente de ferro que barrava a porta oculta.

— Espere aqui um momento — pediu ele, levantando a escotilha e saindo. Sentia minha pulsação latejar dentro do crânio enquanto eu enfim constatava meu medo.

Um momento depois, ele se inclinou sobre a abertura e fez sinal para que eu o seguisse. Subi depressa, tentando evitar que o conteúdo da minha mochila sacudisse, e emergi em uma pequena fissura entre várias rochas altas. A névoa pairava em uma cortina sombria sobre a extensão de árvores apodrecidas que ficava logo após a entrada.

— Vou perguntar mais uma vez... você tem certeza disso? — indagou Bedivere, a voz abafada.

Engoli em seco e assenti. A névoa não era perturbada por nenhum movimento. O caminho estava livre. Por enquanto.

— Para onde estou indo? — perguntei a ele.

— Boa garota — disse ele, colocando brevemente a mão em meu ombro. — Atravesse o bosque a partir de onde estamos e você encontrará uma trilha de veados entre dois carvalhos. Siga esse caminho por uns cinco quilômetros, até chegar ao rio, e depois siga para o leste até encontrar o lago. O monte funerário está no centro dele, com sua entrada escondida no lado norte. Eu marquei a sepultura com uma pedra clara.

Assenti. O frio no ar me agarrou, apertando meu peito até que fosse difícil respirar fundo e com firmeza.

— Caminhe rápido como uma flecha — instruiu ele. — Não pare por motivo algum, nem mesmo para descansar. Trancarei o caminho e retornarei em três horas. Você terá pouco tempo para concluir sua tarefa antes que a escuridão retorne.

Não que eu tivesse uma maneira de saber quanto tempo havia se passado. Teria que ficar de olho no céu e seguir meu instinto.

Abracei minha mochila e o cantil de água junto ao corpo.

— Vejo você mais tarde, então.

Saí correndo por entre as pedras pontiagudas, respirando cada vez mais fundo a podridão doentia e doce das maçãs que murchavam no chão da floresta.

Gotas de gelo se agarravam aos galhos desfolhados como colares de diamantes esquecidos. No alto, o céu cinza parecia estar mais baixo do que o normal, como se quisesse saudar a névoa fantasmagórica. Tive a sensação sufocante de que estava sendo oprimida. Um zumbido enchia o ar, quase como o das cigarras no verão.

Entre dois carvalhos não dizia muito quando as árvores eram idênticas à morte pútrida. Todos os troncos do bosque estavam retorcidos em espirais angustiadas, como se tivessem tentado se soltar do chão.

Por fim, foi o tamanho dos carvalhos que os denunciou. Os dois gigantes estavam curvados um em direção ao outro. Os pesados galhos mais baixos pendiam sobre o chão, sustentando seus corpos imponentes, enquanto os galhos superiores se entrelaçavam sobre o caminho. A imagem deles, como amantes caindo juntos na morte, me prendeu no lugar por um momento a mais do que deveria.

Voltei a mim, passei por um espaço entre seus corpos entrelaçados e continuei.

Nos anos anteriores à maldição, os cervos haviam feito um sulco tão profundo na terra que ainda era possível ver o caminho por baixo das folhas em decomposição e do mofo preto. Sem ele, eu teria me perdido em poucos instantes. As árvores, sem qualquer tipo de vida, tinham todas a mesma aparência macilenta à medida que entravam e saíam da névoa.

Meu coração batia forte e eu estremecia a cada vez que algo — ossos quebradiços ou galhos — estalava sob meus pés. Olhei para os lados, procurando ver se havia atraído alguma atenção indesejada, mas era impossível ver mais do que alguns metros à minha frente. Cada sombra na névoa se tornava uma ameaça em potencial, o ranger das árvores era um sinal de que algo estava me observando do alto. Meu corpo parecia eletrificado com a consciência quando comecei a me mover novamente.

A névoa se agitava ao meu redor, atraindo-me cada vez mais para dentro da ilha, passando pelas feridas abertas e purulentas que antes eram lagos reluzentes, ao redor das casas que se tornaram ocas, pelos campos de plantações que haviam morrido na videira.

O zumbido ficou mais alto. O rio. Eu já deveria ter chegado ao rio…

Em um momento, meu pé estava batendo na palha fedorenta, no outro, o chão havia desaparecido e eu estava caindo para frente.

Meu corpo reagiu mais rápido do que minha mente. Eu me endireitei, inclinando meu peso para trás e caindo sobre o cóccix e o tornozelo do pé que estava atrás. A dor subiu pela minha perna esquerda e, de algum modo, contive o xingamento antes que escapasse dos meus lábios.

Ao menos meus instintos e meu timing ainda não haviam falhado. Eu tinha, de fato, chegado ao rio.

A margem surgia de maneira abrupta no leito lamacento. Redes, espinhas de peixe e folhas se amontoavam no lugar da água. Aqui e ali, outros detritos emergiam da folhagem. Escudos. Pedaços de tecido. Uma boneca de madeira.

Afastei-me da beira, girando meu tornozelo algumas vezes para testar. Fiz uma careta; ele estava torcido. Agradeci a todos os deuses pela sorte de não tê-lo quebrado, mas isso não ajudaria em minha velocidade, que já era reduzida.

Eu tinha dado apenas alguns passos quando vi, de esguelha, algo se mover. Rastejando.

Com um medo profundo, virei de volta para o leito do rio.

Folhas secas deslizavam em minha direção, correndo como baratas assustadas, enquanto, embaixo delas, algo se movia. Mais folhas caíram enquanto a coisa rolava, avançando. Mordi a língua com força para não fazer barulho quando uma cabeça cinzenta e sem pelos surgiu debaixo da palha e soltou um suspiro trêmulo. Outra se moveu ao lado dela. Então outra.

Pelo fogo do inferno, pensei.

Dois fatos se cristalizaram em minha mente enquanto eu me afastava devagar. O primeiro é que os Filhos da Noite faziam aquele zumbido enquanto dormiam, uma imitação horrível de um ronronar. O segundo é que eles haviam transformado a extensão do rio em um ninho. Haviam se escondido para evitar a luz.

Que eu estava perdendo a cada segundo que desperdiçava ali.

Pressionei o punho junto à boca, prendendo a respiração, e usei a outra mão para segurar a mochila contra o corpo.

Devagar, tão devagar que chegava a ser agonizante, fui caminhando com dificuldade ao longo do rio, que passava por um bosque de árvores jovens, às quais foi negada a chance de prosperar. Meu coração retumbava em todas as partes do corpo e meus joelhos ameaçavam se transformar em água. Não sabia dizer se estava prestes a vomitar ou a me mijar de medo, ou ambos.

Você está bem, disse eu a mim mesma várias vezes. *Você está bem. É pelo Cabell.*

A névoa parecia ter pena de mim, rareando o suficiente para que eu pudesse ver o caminho à frente. Finalmente, avistei o topo arredondado do monte funerário e voltei a sentir meu corpo.

Ao contrário do rio, o pequeno lago, com não mais de um quilômetro e meio de diâmetro, havia retido parte de sua água. Em suas bordas, ele estava coberto de lodo e musgo, o que lhe dava uma aparência de pântano.

O monte funerário — o túmulo — era enorme, ocupando toda a pequena ilha no centro da água turva. Após o interminável caminho cinzento, o choque da grama verde-claro cobrindo a elevação do monte me deixou sem fôlego. Devia haver algum tipo de magia protetora antiga nela. Apesar de parecer impossível, ele continuava ali.

Caminhei ao longo da margem do lago até que a névoa revelou um pequeno barco a remo preso à margem. Ao retirá-lo da lama que o prendia, levei-o para uma água mais límpida e empurrei-o para baixo, testando se havia algum vazamento.

— Afundar seria o menor dos problemas — murmurei, entrando no barco e pegando os remos. Tanto eles quanto o longo pescoço do barco foram esculpidos para se parecerem com dragões.

Empurrando-me para longe da margem, remei o mais silenciosamente que pude, com as mãos tremendo até que mal conseguia segurar os remos. Minha respiração soava brusca em meus ouvidos. Suor brotou em minhas costas e meu peito.

O silêncio do lago era pior do que o ronronar dos Filhos. Ele continha todo o potencial terrível do desconhecido.

O barco se chocou contra a ilha e soltou um rangido terrível quando desembarquei.

— Esta é a parte que você sabe fazer — sussurrei para mim mesma. — Esta é a parte mais fácil.

Enfiei a mão em minha mochila, procurando os cristais no fundo dela. Dependendo das proteções, eu talvez precisasse de ajuda mágica para entrar.

Ao contornar o túmulo até o lado norte, a grama ficou amarela e depois marrom. Ainda assim, havia uma beleza simples e primitiva no monte, tão diferente da pedra fria das tumbas sob a torre. Fiquei imaginando, então, deslizando meus dedos ao longo da lateral da estrutura, se Viviane teria preferido ser enterrada com Morgana. Pelo menos assim elas não seriam separadas na morte como foram em vida.

As flores que outrora floresceram ao redor da porta de pedra estavam espalhadas como tecido enrugado. Empurrei as folhas quebradiças da parede para o lado, revelando uma marca de mão enlameada.

Os pelos do meu corpo se eriçaram feito agulhas contra minha pele. Eu me agachei e fechei os olhos por um momento, fazendo uma oração aos deuses da sorte.

Liguei minha lanterna e a direcionei para o túmulo.

Não havia nenhuma pedra clara.

A terra estava rachada e revirada da frente para trás, com ossos e cadáveres em decomposição expostos ao ar úmido.

Atrás de mim, a água gorgolejava. O lodo na superfície borbulhava, levando consigo ervas daninhas escuras, longas e fibrosas.

Mas então surgiram olhos, brancos e sem pálpebras, sobre a água.

Um rosto.

Um corpo.

Eu caí de costas na entrada do túmulo enquanto o ser se erguia para flutuar sobre o lago, uma criatura grosseira de ossos prateados, lama e carne apodrecida. Nada parecida com os Filhos.

Uma renascida. Tinha que ser. Um espírito perturbado que lutava para recuperar um corpo por qualquer meio disponível.

Ela levantou a mão em minha direção, tão parecida com a Dama Branca na neve, todos aqueles anos antes, que engasguei ao vê-la. A névoa se acumulou aos seus pés. Pedaços de musgo preto escorriam de seu braço, mas um brilho metálico na extremidade do braço chamou minha atenção. Havia um anel no dedo apontado para mim, com sua grande pedra lisa e marrom acinzentada.

O Anel da Dispersão.

Um feitiço estranho e frio tomou conta do meu corpo e da minha mente. Tudo se desvaneceu na escuridão além dele. Minha mão se ergueu sozinha, esforçando-se para pegá-lo.

O metal cortou o ar entre nós, rasgando a pele do meu braço de um jeito abrasador. Soltei um grito estrangulado, deixando cair a lanterna para agarrar o ferimento lancinante. A renascida gritou em vitória, levantando os braços para o céu, como se estivesse orando.

Uma das mãos tinha o anel, mas a outra não era mão, de fato. Era uma faca imaculada fundida com seu pulso — o atame.

O terror e a adrenalina aumentaram quando a criatura veio em minha direção, flutuando. A lama escorria de seu rosto inexpressivo, revelando pontos de osso prateado. O sangue quente escorreu por entre meus dedos até o chão, enquanto eu cambaleava. O pensamento veio de repente, como se outra pessoa o tivesse sussurrado.

Eu tenho uma lâmina. Eu tenho uma arma.

Tive de usar as duas mãos para levantar minha adaga, e os cantos da minha visão escureceram com o esforço. Mas não tão escuro que eu não pudesse ver o que estava sob a carne ferida do meu próprio antebraço.

Osso, brilhando em prata sob a luz fraca.

Eu gritei e a criatura atacou, arrancando a adaga da minha mão e me arrastando para a água turva.

PARTE III

LÂMINA E OSSO

37

As profundezas frias eram como adagas perfurando meu corpo.

Arfei, enchendo meus pulmões de água gelada até engasgar. O aperto da criatura se tornou mais forte, estrangulador, enquanto afundávamos. Bolhas brancas e sangue escuro surgiam ao nosso redor, aos montes. Na superfície, a luz cinza diminuiu até desaparecer completamente atrás do corpo da criatura.

Isso já aconteceu antes, uma voz sussurrou em minha mente. *Acorde, Tamsin.*

Bati no lodo do fundo do lago, com algo afiado cravado em minhas costas. Empurrei a criatura, virando a cabeça. Ossos brancos na lama, formando um halo ao meu redor.

Isso já aconteceu antes.

A lama desprendeu-se de seu rosto, revelando um crânio tão prateado quanto o osso do meu braço. Sua mandíbula se abriu como a de uma cobra. Dentes irregulares e quebrados brilhavam na escuridão.

Isso já aconteceu antes.

A rosa branca. Os monstros na névoa. A espada flamejante.

O sonho.

O poder acumulado sussurrava na escuridão. *Acorde.*

Apalpei o chão até meus dedos tocarem o aço gelado. Através da nuvem de sangue escuro, através da névoa preta que tomava conta da minha visão, agarrei o punho da arma e meneei.

A lâmina da espada ganhou vida, suas chamas azuis aqueceram a água com fúria. A criatura gritou quando cortei a frente de seu corpo. Lama e pele rançosa se separavam do corpo, mas ela não tinha sangue para sangrar.

Precisando de ar, chutei o fundo do lago, nadando com movimentos desesperados em direção à superfície. O atame cortou minha bota até o tornozelo.

A lâmina... eu precisava daquela lâmina. Por Cabell. Por todos.

Eu me esforcei para aguentar a dor, superando o peso do meu corpo, e golpeei com a espada de novo. No último instante, a criatura se afastou e a espada em chamas passou apenas pela água.

Eu me lancei para frente, tentando uma última vez pegar o atame, mas a criatura recuou em direção ao fundo do lago, choramingando de raiva, com seus cabelos rebeldes balançando atrás dela como cobras d'água.

Eu nadei. A luz cinza surgiu de novo na superfície, me atraindo em sua direção. Com um chute forte, eu emergi, tossindo enquanto vomitava a água imunda.

Mas quando cheguei lá, meu corpo não tinha mais nada para dar. O sangue escorria do meu braço, drenando a pouca força que ainda me restava. A água cobriu minha boca, meus olhos, e comecei a deslizar para baixo. Não senti mais a empunhadura de aço da lâmina em meus dedos dormentes.

Seu fogo diminuiu.

No frio domínio da morte, um murmúrio de consciência implorava: *Não solte.*

O pântano espesso se agitava atrás de mim, levantando uma torrente de argila. Um braço dolorosamente quente agarrou minha barriga e me puxou para *cima.*

O ar frio me fez ofegar até engasgar, sem conseguir tirar a água dos pulmões. Joguei a cabeça para trás, tentando batê-la contra o monstro. Minha mão se agarrou ao cabo da espada por reflexo e o fogo azul voltou, fervendo a lama preta na superfície da água. Não percebi que o sangue estava rugindo em minhas orelhas até que ouvi uma voz abafada bem ao lado do meu ouvido.

— *Tamsin! Tamsin, pare!*

Virei a cabeça e meu estômago revirou quando as manchas escuras desapareceram da minha vista.

Emrys.

— Aqui não... — engasguei, tossindo. Você não pode estar aqui.

Seu rosto estava pálido de medo.

— Aguente firme!

Ele me agarrou com mais força enquanto nadava, não até a ilha, mas até a margem mais distante. Os músculos de seu corpo trabalhavam com força, seu coração estava sempre acelerado. O calor dele era quase suficiente para expulsar o gelo que havia se cristalizado em meus ossos.

A alça da minha mochila se enroscou no meu pescoço enquanto ele nos arrastava para a margem lamacenta. Senti uma dor lancinante no braço quando o ar pungente entrou em contato com o músculo ferido. O osso prateado tinha um brilho sinistro sob a luz fraca, uma verdade que eu não podia evitar.

Ele vai ver, pensei, desesperada, tentando colocá-lo embaixo de mim. Era tarde demais. Ele xingou sem parar quando viu o sangue que escorria, rios de sangue na lama. Freneticamente, ele agarrou o ferimento com uma das mãos e com a outra tirou o cabelo encharcado do meu rosto.

— Tamsin? — gritou ele. — Está me ouvindo? *Tamsin!*

Ele me abraçou junto ao peito, esfregando e batendo nas minhas costas até que eu vomitasse o resto da água.

— O que é isso? — perguntou ele, tentando tirar meus dedos do punho da espada. O calor do objeto gemia e estalava enquanto transformava a lama da margem em argila dura.

Mas eu só vi o que se erguia da floresta sombria atrás dele.

Os Filhos se arrastavam por cima das pedras e por entre as árvores, permanecendo nas sombras profundas da floresta, longe do alcance da tão odiada luz. O musgo morto e o líquen caíam como uma chuva silenciosa no chão da floresta enquanto eles escalavam os galhos com uma graça assustadora. Outros se empoleiravam em raízes nodosas que se fincavam ao solo. Eles se agitavam com entusiasmo, bufando e farejando.

Não, pensei. Não pode ser... Olwen havia dito que...

Olwen só dissera que eles não eram tão ativos durante o dia. Que odiavam a luz. Não dissera que todos dormiam. Não dissera que eles não tentariam nos atacar.

Emrys se virou devagar, bem devagar, na direção daquele fedor vil da morte. A respiração ofegante dos Filhos se misturava à névoa, e a névoa à respiração deles.

Ele me colocou com delicadeza de volta ao chão com um olhar de cortar o coração e se levantou.

A espada passou da minha mão para a de Emrys e eu gemi quando as chamas se transformaram em fumaça sibilante. Ele olhou para ela, perplexo, enquanto se levantava para enfrentar os Filhos sozinho.

Um deles se arrastava mais à frente dos outros, salivando enquanto rosnava. Um de seus membros longos e ossudos se estendeu através da névoa, escorregadio com o suor azedo e coberto de escamas.

Ele inclinou sua cabeça cinza e sem pelos em um ângulo nem um pouco natural. Seus olhos arregalados não tinham pálpebras, e a pele fina e pálida ao redor estava enrugada. Mas, para além das feições exageradas e encovadas, havia algo perturbadoramente familiar na forma como seus lábios se curvavam em um sorriso presunçoso.

Eu conhecia aquele rosto. Aqueles olhos com seu brilho lupino.

Era Septimus.

Ou o que restara de Septimus.

Arranhei a grama morta e as taboas. Tentei me afastar, ficar de pé.

Emrys brandiu a espada em grandes arcos para conter os Filhos, mas, sem a ameaça do fogo, eles não se intimidaram, saltando uns sobre os outros com os ossos rachando e rosnando para serem os primeiros a se aproximarem dele.

Um grito ecoou pelo lago. O monstro — a renascida — levantou-se da água e foi até a margem. Lama, galhos e grama morta flutuaram até seus braços estendidos e a metade exposta de sua caixa torácica.

Uma névoa sombria se acumulou ao redor de seus pés enquanto a criatura voltava à sua forma completa.

A pressão aumentou em meus ouvidos. Em meu peito. Mais Filhos apareceram na escuridão do mato cheio de espinhos.

— Que merda é essa? — arfou Emrys. — Isso é... aquilo é a Alta Sacerdotisa?

Ela virou a cabeça ao ouvir as palavras e, quando gritou, o som rasgou o ar. Levei as mãos aos ouvidos. Emrys cambaleou até ficar de joelhos.

A renascida chamou de novo, escalando a colina coberta de pedregulhos da margem oposta, desaparecendo na floresta em uma velocidade que arrancava a casca das árvores escurecidas e escarpadas. Os Filhos ao nosso redor recuaram, aprofundando-se na escuridão da floresta. Eles latiam e rosnavam enquanto circundavam a galope o amplo lago. Perseguindo-a.

Ou convocados por ela.

Convocados por ela.

É ela quem os controla. As palavras reverberaram por minha mente, tentando criar raízes. *A Alta Sacerdotisa Viviane os controla.*

Emrys largou a espada e se agachou.

— Não sei que merda acabou de acontecer, mas a luz está indo embora. Você consegue...?

Ele agarrou meu ombro, a voz sumindo sob o lento tamborilar do meu coração. Meu corpo inteiro latejava a cada batida.

Ele vai ver. Coloquei meu braço ferido embaixo de mim, escondendo-o. *Vai saber.*

A escuridão tomou conta de minha visão, e não havia como lutar contra ela. Enquanto meu corpo se libertava em uma exaustão entorpecente, um último pensamento pairou como um fantasma para me seguir na escuridão.

Ele vai saber que sou um deles.

Algo nos reflexos luminosos na água tornava impossível dizer se eu estava acordada ou sonhando. Ela fluía e se batia contra as paredes de musgo e pedra. Fui capturada por alguns instantes, como fumaça em uma garrafa.

Teria sido fácil, tão fácil, me deixar levar pela abençoada inexistência. Não sentir como meu braço latejava e meu crânio parecia prestes a se abrir como um molusco.

Em vez disso, forcei meus olhos a se concentrarem no borrão de cetim no meu entorno. Lambi a sujeira entre meus dentes, com a língua seca e pesada. Um vento uivava como se procurasse por seus irmãos perdidos.

Minha mente, a de uma sobrevivente, avaliou tudo que estava ao meu redor. O chão sujo, o cobertor de lã embaixo de mim, o arco áspero de um teto baixo. Uma sombra no vão da porta, acendendo uma fogueira em um monte de galhos.

O cheiro de verduras doces e terrosas, tão estranhas nesse cenário infernal.

Minha memória demorou a voltar, como se soubesse que não era bem-vinda. Lágrimas arderam nos cantos dos meus olhos quando meu olhar se voltou para o meu braço.

Um unguento espesso e cintilante, salpicado de manchas de pétalas secas e ervas, escorria ao redor das longas folhas usadas para enfaixar o ferimento.

Emrys se afastou do fogo, deixando a fumaça sair pela porta aberta. Ao ver que eu me mexia, ele veio se sentar ao meu lado.

— Como está se sentindo? — Sua voz estava rouca. Uma toalha fria encostou em minha bochecha, limpando gentilmente algo. Meu estômago se revirou ao ver seu rosto preocupado.

Não é preocupação, veio uma voz sombria em minha mente. *É pena.*

— Outro favor... que te devo... — grunhi.

— Passarinho, você não sabe que parei de contabilizar? — sussurrou ele. — Nunca foi por causa disso.

Ele se inclinou sobre mim, seus belos olhos ainda me avaliando enquanto levava a toalha à minha testa.

— Então... por quê?

— Eu queria que você... Acho que eu só queria que você... — Ele engoliu com dificuldade. — Que você mudasse de ideia a meu respeito. Não por causa de alguma coisa que eu tenha feito, mas porque você enfim... você me via. Me *conhecia.*

Meu coração parecia subir conforme eu respirava.

Emrys colocou a mão na testa.

— Desculpa. Isso não faz sentido nenhum.

Olhei em volta de novo, desesperada por qualquer coisa que não fosse a visão de seu rosto bonito.

— Onde...?

— Em um dos postos avançados de vigilância, não muito longe do lago — explicou ele. — O fogo ainda está queimando no alto e eu coloquei outro na porta. Tive que usar suas proteções e as minhas para cercar o lugar. Espero que não tenha problema. Mas não sei se será suficiente para deter os Filhos quando a luz desaparecer de vez.

Um calafrio percorreu meu corpo.

— O quê? — sussurrei. — Você não quer apostar?

Seus olhos de cores diferentes me olhavam com suavidade. Eu me perguntava se ele estava com tanto medo quanto eu.

— Não nisso.

Cai fora, eu queria dizer. *Volte para a torre.*

Mas a parte mais fraca de mim, a pior parte, não conseguia. Eu odiava isso — *odiava.* Ele merecia estar seguro. Ficar vivo. E, no entanto, o sentimento sempre existiu, um cabo de guerra. O medo de chegar perto se contrapondo ao medo de ficar sozinha.

— Você não deveria... ter vindo — falei, deixando meus olhos se fecharem. — Por que...

— Eu não conseguia dormir, então decidi ir até as fontes. Eu vi você e Bedivere entrarem na cozinha, mas só Bedivere saiu — contou Emrys. — Fiquei preocupado que algo tivesse acontecido, então o confrontei e o obriguei a me dizer aonde você estava indo. Talvez eu tenha dado um soco nele.

Olhei para ele sem acreditar.

Emrys ergueu os nós dos dedos machucados.

— Também posso ter torcido minha mão e ferido o que restava do meu orgulho. E por mais que eu nem sonhe em dar um sermão em você...

— Que bom.

— Mas para uma pessoa *tão* inteligente, sair sozinha para fazer isso foi uma grande burrice — protestou ele. — Sério. Fiquei magoado, Passarinho. Pensei que fizéssemos todas as nossas buscas clandestinas juntos.

Emrys disse isso de maneira leve, como de costume, mas havia uma tensão real em seus olhos. Ele estava com raiva, talvez mais do que isso.

— Não. Lamento — consegui dizer.

— Eu sei, pessoinha absurda. — Emrys estava desvanecendo, dividindo-se em dois como as asas de uma borboleta ao se abrir. — Você quer um pouco de água?

— Eu posso... — *Beber sozinha.*

Eu não precisava de ajuda. Eu não precisava...

Ele pegou o cantil nas minhas coisas, oscilando um pouco ao meu lado. Tentei levantar minha mão, mas era como se meu sangue tivesse se transformado em chumbo. Depois de um momento, ele passou um braço firme por baixo de mim e me apoiou lentamente, levando a água aos meus lábios.

Cuspi o primeiro gole, precisando enxaguar o gosto ruim da minha boca, depois, cansada demais para me sentir constrangida, bebi com avidez. O cheiro dele, de folhas verdes e pele quente, me envolveu.

Emrys havia retirado nossas jaquetas e as pendurado perto do fogo para secar. Quando ele me colocou de volta em seu cobertor, aquele que tinha o seu cheiro, o frio me dominou de novo.

Um som estranho, que eu não escutava havia semanas, entrou pela porta. Virei para ele, sem acreditar em meus olhos, enquanto as primeiras gotas de chuva caíam. Depois de alguns instantes, a chuva começou a cair com mais força, sacudindo as folhas mortas dos galhos próximos e batendo nas paredes da torre de vigia.

E, pela primeira vez, eu mal conseguia ouvir os Filhos.

O fogo que ardia no topo da torre assobiava violentamente, mas se manteria enquanto as pedras de salamandra se tocassem. Nossas proteções ofereceriam outra camada de proteção contra os Filhos. Por um momento, quase pude acreditar que estávamos, de fato, seguros.

— Tente descansar — murmurou Emrys, colocando uma mecha solta de cabelo atrás da minha orelha. Ele pareceu perceber o que havia feito um momento depois e ficou corado.

Mas eu tinha gostado do toque. O que ele dizia sem falar. O que ele poderia ter se tornado.

Seu cabelo estava mais avermelhado na luz que se extinguia, e as sombras o faziam parecer mais velho — como se tivesse cem anos, não dezessete.

— Você perdeu muito sangue. Tive que usar meu treinamento extremamente limitado em primeiros socorros e suturar o corte em seu braço.

A paz tranquila do momento se estilhaçou em milhares de fragmentos irregulares.

Ele viu.

A voz de Olwen cantou com a chuva. *Três magias a serem temidas...*

— Emrys — sussurrei com a urgência que consegui reunir. As sombras já estavam voltando para mim. — Quando eu morrer, queime meu corpo. Eu sou um deles.

Ele segurou minha mão com força, encostando seu rosto no meu de novo. Tentei me concentrar nele. Em seus olhos, um cinzento como uma nuvem de tempestade; o outro verde como a terra.

— Não, você não é.

Três magias a serem temidas: maldições nascidas da ira dos deuses, venenos que transformam o solo em cinzas e aquela que torna o coração perverso e transforma ossos em prata.

— Coração perverso — falei, meus pensamentos se fragmentando, minha língua ficando preguiçosa. — *A maldição de prata.*

— Não há nada de perverso em você — argumentou ele com veemência. — Nada.

— Eu matei Septimus. — Talvez isso tivesse deixado uma marca em minha alma. Uma marca em meus ossos.

— Os Filhos o mataram — contrapôs Emrys.

Minhas pálpebras se fecharam de novo e tentei me agarrar às suas palavras, acreditar nelas.

Mas ali, na escuridão, eu só via os ossos de Nash voltando para a terra. Dispostos exatamente como eu estava, em uma torre idêntica. Perdido e sem nome.

Sozinho.

A visão dele se desvaneceu como o crepúsculo na noite.

— Não vá embora — implorei. — Por favor, não vá embora...

— Você é o passarinho — sussurrou Emrys —, é você quem voa para longe.

Mentiroso, pensei. Emrys Dye era um mentiroso, suas palavras eram tão escorregadias quanto a barriga de uma cobra. Ele iria embora se isso o beneficiasse. Se ele soubesse o que eu tinha visto.

Ele iria embora como todo mundo.

Não conte a ele, pensei. *Ele irá embora e é muito perigoso. Ela o matará...*

Mas se o esperto Emrys quisesse, ele encontraria uma maneira. Ele encontraria, e eu queria saber.

Eu precisava saber.

Porque você me via.

— Ela tem o Anel da Dispersão — sussurrei, desaparecendo na escuridão cintilante. — A Alta Sacerdotisa... ela...

Porque você me via...

Quando abri meus olhos de novo, eu o vi.

Emrys estava sentado ao meu lado, com um braço em volta dos joelhos, seu rosto perfeito e suave enquanto me observava por entre os cílios baixos. Seus dedos ainda estavam entrelaçados aos meus, e eles se apertaram, como se dissessem *descanse*. Como se prometesse, *Ainda estamos aqui, nós dois.*

Fechei os olhos.

A luz do dia havia desaparecido, mas ele não.

A chuva se transformou em neve.

Acordei a tempo de ver a transformação silenciosa e que parecia um sonho. A cortina de chuva diminuiu, e em seu lugar surgiram flocos brancos, caindo no ar noturno como uma chuva de estrelas. Emrys estava encostado na porta, observando, com os braços cheios de cicatrizes cruzados.

Cicatrizes.

Ele havia tirado o pesado suéter de lã e usava apenas uma camiseta simples. Uma camiseta, como a minha, que já tinha visto dias melhores. Os músculos de seus braços e de suas costas estavam retesados sob o tecido, como se ele estivesse se preparando para algo que surgisse das árvores.

Perto de seus pés, a pequena fogueira lutava para continuar acesa. A pilha de lenha morta que ele havia juntado já havia se reduzido aos seus últimos galhos. O frio se infiltrava na torre de vigia como um hóspede não convidado e, como os gritos dos Filhos famintos que nos cercavam, nunca mais nos livraríamos dele.

Eu tremia, meus dentes batiam sem parar. Recuperando o último resquício de consciência que parecia querer se esvair de novo, tentei puxar as pernas mais para perto. Um peso inesperado, mas reconfortante, se deslocou sobre mim. Nossas jaquetas e o suéter dele estavam bem apertados em volta do meu corpo.

Emrys estendeu a mão para pegar um pouco da neve, seu sorriso fraco desaparecendo com algum pensamento desconhecido.

Algo em mim derreteu ao observá-lo — não tinha nome, mas era novo, estranho e vertiginoso à medida que a sensação se espalhava. Meu braço latejava dolorosamente quando eu o movia, parecendo agulhas enquanto eu tentava dobrar meus dedos, lembrando-me da sensação da minha pequena mão na dele.

Eu deveria ter ficado horrorizada com a ideia de ele ter que cuidar de mim de novo, quando eu sempre me esforcei tanto para cuidar de mim mesma.

No entanto, todos esses pensamentos se transformaram em cinzas ao vento quando Emrys olhou para a lenha restante e depois para a floresta... pesando o risco... o custo de tentar.

O pânico se agitou em meu peito.

— Não faça isso — falei baixinho.

A expressão de Emrys mudou para aquela leveza fácil que parecia levá-lo pela vida em uma nuvem dourada. Sua postura relaxou quando ele se ajoelhou ao meu lado, ajustando os casacos.

— Estou emocionado por você achar que sou corajoso o suficiente para ir lá fora agora — zombou ele, com a voz rouca.

— *Co-corajoso* não era bem a palavra que eu tinha em mente — provoquei, tremendo muito por causa do frio.

Ele levou a mão ao peito.

— Ah, sua mira é mortal e certeira. — Havia uma qualidade luminosa e nebulosa nele, como uma criatura que tivesse saído de um sonho. O cabelo rebelde e aqueles olhos vívidos só aumentavam o efeito. Meus pensamentos estavam quentes e corados com algo que eu não queria examinar muito de perto.

— E-eu estou com febre ou algo assim? — perguntei. Essa era a única explicação para o fato de eu ter me inclinado ao toque de sua palma quando ele a pressionou gentilmente em minha testa. Porque me senti tão bem quando ele passou as mãos pelo meu cabelo solto, tirando-o da pele pegajosa do meu rosto.

— Não, eu causo esse efeito nas pessoas — disse ele dando uma piscadela. — Bem, em todo mundo menos você.

— G-graças a N-Nash, eu tenho imunidade ao charme — consegui dizer.

Com cuidado para evitar que eu me machucasse, ele esfregou meus braços por baixo das camadas de tecido, tentando gerar um pouco de calor. Seu sorriso se esvaiu de novo e, como a idiota patética e boba que sou, eu o quis de volta no mesmo instante.

— Você está com um pouco de febre — explicou ele. — Mas as ervas estão agindo. Acha que consegue comer alguma coisa? Tenho um pouco de pão que não deu um mergulhinho com a gente.

Balancei a cabeça. Meu estômago estava tão apertado quanto um nó.

— C-como você não está con-congelando? — perguntei.

— Se você perguntasse à minha querida mãe, ela diria que é porque eu nasci com um fogo suave no coração — disse ele com um olhar tenso. — Mas acho que tem algo errado comigo.

O calor de suas mãos parecia estar irradiando através das jaquetas. Minha mandíbula travou com a força dos calafrios que assolaram meu corpo.

Emrys assumiu uma expressão preocupada.

— Tão ruim assim? — sussurrou ele.

Assenti. Parecia que meus pulmões tinham congelado e a prata que cobria meus ossos se recusava a se soltar do frio.

Emrys fechou os olhos, virando o rosto para o teto da torre de vigia, onde uma escada sinuosa levava ao telhado plano.

— Vou fazer uma sugestão que não tem intenção alguma além da minha preocupação com o seu bem-estar, e bastante ciente de que é menos provável, neste momento, que você seja capaz de me dar um soco, por isso...

Olhei para ele, exasperada.

— Sim, eu mereço esse olhar, mas... Posso aquecer você? — As palavras saíram apressadas quando ele olhou de volta para o teto, com a garganta subindo e descendo rapidamente. — Quer dizer, pelo seu bem-estar. Sem nenhum outro motivo. Eu já disse isso, não? Só estou tentando falar que só é estranho se nós tornamos o momento estranho, e ele não precisa ser estranho. Nem um pouco.

A ideia foi suficiente para fazer o sangue voltar a esquentar meu rosto.

Não será nada diferente de quando você e Cabell eram crianças, eu disse a mim mesma. Nos dias em que tínhamos de dormir ao relento, no frio, nós nos amontoávamos sob os cobertores para nos mantermos vivos. E não havia nada entre mim e Emrys que fizesse com que fosse mais do que isso. Não havia. E eu estava com tanto frio.

Para evitar que ele percebesse como o rubor se espalhava do meu pescoço até as orelhas — e para que ele parasse de falar —, virei-me para o meu lado não ferido, de costas para ele. Abrindo espaço sob as cobertas improvisadas. Não era justo que elas ficassem apenas para mim, de qualquer maneira.

Sua hesitação fez meu coração patético palpitar. Fiquei olhando para as pedras escuras à minha frente, meu corpo tenso com a respiração presa. A luz da fogueira se dissipou como o sol no horizonte.

Houve um suave farfalhar de tecido. Enquanto eu respirava, como se fosse a última respiração antes de um mergulho profundo, as jaquetas se levantaram e ele deslizou por trás de mim, encaixando seu corpo ao meu.

O calor me envolveu como um dia de verão, espalhando-se lentamente por todos os meus sentidos, transformando meu corpo de pedra em pele de novo. Ele se aproximou ainda mais, até que minha cabeça estava embaixo de seu queixo, e eu suspirei, trêmula, quando um de seus braços absurdamente quentes envolveu minha cintura.

— Está bom? — perguntou ele, quase num sussurro.

Assenti, fechando os olhos ao sentir seu coração batendo nas minhas costas. Sua respiração agitou meus cabelos, causando um arrepio na minha espinha. Fiquei vermelha quando o calor se acumulou em minha barriga de novo.

— Ainda está com frio? — A voz de Emrys ressoou em seu peito.

Ele me abraçou mais forte e eu ajeitei o braço dele em cima de mim. Cada pensamento, cada nervo do meu corpo, se concentrou no ponto em que minha pele nua tocou a dele. Pernas longas se entrelaçavam às minhas como se pertencessem a ele. Fiquei imaginando, enquanto sua mão se abria sobre minha barriga, se ele poderia sentir o calor que parecia derreter e se acumular em meu âmago.

Inspirei profundamente, incapaz de ouvir qualquer coisa além do som de nossos corações disparando um contra o outro, para um fim desconhecido. Eu me senti quase embriagada com isso, como sua respiração mudou quando tracei uma veia nas costas de sua mão até o pulso. Eu nunca tive nenhum outro poder além desse.

Seria imprudente fazer isso de novo. Seria um absurdo absoluto deixar meu dedo passar por entre a leve camada de cabelo, traçando-o como um mapa para algum lugar desconhecido. Minha mão parou quando a pele macia ficou áspera. Com cicatrizes.

Emrys virou o rosto para encostar em meu cabelo.

— Eu menti para você antes.

Um sussurro. Um segredo.

Abri os olhos.

— As cicatrizes não foram por causa de trabalho. — Eu mal conseguia ouvi-lo por causa das batidas de seu coração. Ele respirou as palavras como se estivesse raspando-as de sua alma. — Foi meu pai.

Demorei alguns instantes para entender o que ele havia dito. Tomando cuidado para manter meu braço ferido junto ao corpo, rolei e me afastei de seu peito para olhar para seu rosto.

— Quê? — sussurrei.

Os músculos de seu pescoço se esticaram quando ele inclinou a cabeça para trás, fechando os olhos. A cicatriz que havia ali fez com que eu prendesse a respiração de novo.

— As coisas em que ele acredita... Ele sempre foi obcecado por ideias estranhas, eu acho, mas no último ano... ficou muito pior. Isso foi... isso foi um castigo quando me recusei a fazer o que ele queria que eu fizesse.

Minha mente foi rápida demais para preencher as lacunas do que havia acontecido com ele. Não me atrevi a fazer nenhuma das perguntas que passavam pela minha mente. Não sabia o que dizer. O que eu *poderia* dizer?

Nash havia me alertado sobre Endymion Dye anos atrás e, como na maioria de suas histórias, eu supus que era exagero. O homem sempre foi rígido e severo, mas nunca, nem nos meus piores pensamentos, eu poderia imaginá-lo causando ferimentos tão cruéis e duradouros em alguém que era da sua carne e do seu sangue.

Sem dizer nada, me aproximei de Emrys mais uma vez; envolvi meu braço em sua cintura e pressionei meu rosto no ponto quente entre seu ombro e pescoço. Minha mão percorreu suas costas, e cada cicatriz áspera me levou às lágrimas, imaginando.

Emrys estremeceu e me abraçou mais forte.

— Esse é o verdadeiro motivo de eu ter aceitado esse trabalho. Não tenho nada que seja meu. Ele controla tudo e todo mundo em minha vida. Eu precisava de dinheiro para encontrar uma maneira de tirar minha mãe e a mim mesmo do seu alcance. Fora da vida dele.

Tirando o charme envolvente, aquele belo polimento de riqueza que ele usava com tanto orgulho quanto seu anel de sinete, o que restava era um garoto real cuja vida tinha sido pouco melhor do que um segredo cruel. Um garoto que estava sozinho dentro daquela gaiola dourada de dor, sangue e terror silencioso.

Inspirei o cheiro dele, meu nariz e meus lábios percorrendo sua pele, tentando dar o conforto que minhas palavras pareciam desajeitadas demais para transmitir. Seus dedos desenharam círculos lânguidos em minhas costas, deixando rastros quentes.

— Eu queria que você soubesse — sussurrou ele —, queria contar antes, para que você entendesse, mas estava com vergonha...

— Não — disse com veemência —, você não tem do que se envergonhar.

— Tenho, sim — retrucou ele com firmeza. — Porque eu fui covarde demais para ir embora antes que as coisas piorassem. Tive medo de abandonar tudo com que cresci e o que eu deveria ser. E tinha outros medos, inclusive o de nunca mais ver você... e eu não estava pronto para isso.

Minha mão parou em suas costas, mas meu coração disparou.

— Não quero deixar você desconfortável. Sei como se sente. — Ele engoliu em seco. — Não tem nada que você precise fazer ou dizer, e não estou contando tudo isso porque quero que sinta pena de mim... Deuses, essa é a última coisa que eu quero, ainda mais porque sei que você já passou por coisas muito piores. Mas se estamos neste inferno gelado e tudo está de cabeça para baixo e nada é certo, posso pelo menos ser corajoso o suficiente para contar a verdade. Posso dizer que, para mim, você sempre foi como a primavera. Como uma possibilidade. Admiro e respeito muito você, e quero ficar perto de você o máximo que puder. Enquanto você me permitir ficar.

O choque ao ouvir suas palavras explodiu como estrelas em minha pele, de algum modo tão inevitável quanto inesperado. Meus lábios formaram seu nome junto à sua clavícula. *Emrys*.

— Então... — continuou ele com uma risada trêmula. — Pronto. Agora eu já disse. — E talvez, por ele, eu pudesse ser corajosa o suficiente para dizê-lo também.

Minha garganta trabalhava para engolir o nó que havia se formado e, quando falei, minha voz estava inesperadamente rouca, de um jeito que eu nunca tinha ouvido antes.

— Eu também menti pra você.

Por onde começar? Por onde começar quando eu não tinha nenhum começo? Sua mão subiu pelas minhas costas até o local no meu pescoço que acumulava toda a tensão. Anos de contenção.

— Não é bem uma mentira, mas também não é a verdade — sussurrei, fechando os olhos. — Você me perguntou como acabei sendo criada pelo Nash, e... — Cabell era a única outra pessoa que conhecia essa história humilhante. — Foi um mal-entendido.

— O que isso quer dizer? — murmurou.

— Ele... ele estava jogando cartas e pensou que o *Tamsin* que estava sendo apostado era um barco — consegui dizer. — Imagine o horror e a surpresa dele quando descobriu que se tratava de uma garotinha sem utilidade alguma para ele. Outra boca para alimentar.

— O quê? — Emrys respirou fundo. — Seus pais...

— Eles me deram — terminei roucamente. Puxei meu braço machucado para mais perto de mim, quase saboreando a nova pontada de dor. — Não se importavam quem era Nash ou o que ele faria comigo. Talvez eles soubessem o que eu era... o que estava sob minha pele. Talvez Nash tenha descoberto e por isso foi embora.

— Não — disse Emrys com fervor —, de jeito nenhum. Não há nada de errado com você. Nós nem sabemos o que isso significa.

— Não sabemos? — sussurrei. — Cabell estava certo sobre o motivo pelo qual eu queria procurar Nash. Ele sempre esteve certo. Eu só não queria acreditar nisso.

— Como assim?

A rachadura no meu coração, que eu havia lutado tanto para evitar que se rompesse, finalmente rompeu, e tudo o que restou foi a vergonha e a dor fluindo em uma maré avassaladora. Pela primeira vez em anos, comecei a chorar.

— Eu queria quebrar a maldição dele. Se eu perder Cabell, estarei sozinha de verdade... mas eu queria uma prova de que Nash não queria nos deixar. Queria saber que ele não havia me descartado também. Mesmo depois de anos sabendo que eu não era desejada, eu não queria que isso fosse verdade.

Os músculos do braço dele se flexionaram contra minhas costas, sua mão se entrelaçou em meu cabelo para virar minha cabeça para cima. Quando abri os olhos, a última luz da fogueira desapareceu, e só havia nós dois entrelaçados na escuridão quente.

— Você é — afirmou Emrys, quase em juramento. — Você é desejada. Caramba, eu quero você mais do que tudo.

Um novo calor se acumulou em meu âmago com suas palavras, mas todo o meu corpo se preparou para que ele voltasse atrás. Para acabar com tudo isso com uma piada. No entanto, Emrys se recusou a retirar as palavras que havia colocado entre nós, e elas pairavam ali, cheias de promessa e antecipação e com uma vulnerabilidade dolorosa.

Emrys havia se tornado um amigo para mim nas últimas semanas, até mesmo um parceiro nas longas horas na noite. E agora...

O que era isso?

Eu o vi me observar, sua outra mão se erguendo entre nós para gentilmente limpar as lágrimas do meu rosto. Para acariciar minha bochecha. Seu rosto estava tão sério, bonito e sombrio e, de alguma maneira, por um momento, era só meu.

Quando tudo isso acabasse, ele desapareceria e isso seria apenas uma lembrança. A aparência e a sensação dele ficariam gravadas em minha mente enquanto eu vivesse. Virei a cabeça para pressionar meus lábios contra sua palma áspera para que eu me lembrasse disso também.

Emrys arfou. Seus olhos ardiam com um desejo que ecoou em meu corpo.

— Tenho que ir atrás da Alta Sacerdotisa — sussurrei. — Tenho que, de algum jeito, pegar o atame e o anel dela.

Ele se inclinou para baixo, de modo que nossos rostos ficaram perfeitamente alinhados, nossas respirações eram uma só.

— Mas — continuei — acho que você deveria me beijar primeiro.

Seus lábios roçaram suavemente os meus.

— Faz alguma ideia do quanto eu quero isso?

Encerrei o último sussurro de distância, capturando sua boca com a minha.

Por um momento, me senti como se estivesse de volta a Tintagel, no lugar onde a borda de terra acidentada encontrava o mar frio e cruel. A água batendo, se chocando contra a terra antiga, tentando fazê-la ceder. O poder vasto e arrebatador dessa colisão, dessas duas metades, cada uma tentando resistir tanto quanto consumir a outra.

Era a sensação do primeiro vislumbre da Visão Única, o invisível escondido dentro do conhecido. Os feixes de luz rompendo o espesso dossel de uma floresta. Um sonho e o despertar.

A rigidez de seu corpo se tornou macia e flexível junto ao meu, e não havia mais pensamentos a não ser a sensação dele, de sua pele, de seus lábios e de seus cabelos grossos enquanto eu o beijava e ele me beijava.

As mãos se tocavam e procuravam. Lábios lânguidos e suaves. Desesperados e fazendo promessas.

Sozinhos e juntos, até que o sono enfim nos dominou.

40

Na manhã seguinte, fui a primeira a acordar e me deparar com a luz cinzenta que entrava pela porta. Meu corpo doía, mas minha cabeça estava desanuviada, o que me surpreendeu. Eu me sentia descansada, em uma agradável onda de calor.

Ainda estava aconchegada no calor de Emrys, nossas pernas entrelaçadas. Precisei de toda a força de vontade que tinha para me afastar do lento sobe e desce de seu peito, da fonte de calor, e me sentar.

O ar estava gelado e cortante em meu nariz, e o frio se intensificou ainda mais quando me afastei de Emrys. Através da porta, um fino manto de neve acinzentada começou a se infiltrar em nosso santuário, enterrando as evidências de nosso fogo.

A percepção, ainda mais gélida, se instalou. A neve provavelmente também havia enterrado o rastro da renascida.

Apoiei uma das mãos no chão de terra batida e me inclinei na direção de Emrys, dando uma última olhada nele. Meu coração ficou dolorosamente sensível ao ver como parecia tão jovem quando estava dormindo. Toquei minha boca, relembrando... só para fazer uma careta ao constatar o quanto eu era cafona em meus pensamentos.

Peguei o cantil com água e dei um gole, usando um pouco para lavar o rosto e as mãos antes de pegar um pedaço do pão que Emrys havia oferecido na noite passada. Estava estragado, mas eu estava faminta.

Quando enfim criei coragem, passei um dedo de leve pela bochecha de Emrys. Estava áspera com a barba por fazer, tão diferente da noite anterior.

Minhas bochechas esquentaram. Ele soltou um gemido, enterrando o rosto no cobertor e esticando o braço, como se estivesse me procurando.

Coloquei a outra metade do pão em sua mão virada para cima, e ele riu.

— Está bem, está bem — disse, esfregando o rosto com a outra mão enquanto se sentava. Ele ficou vermelho, ajeitando os cobertores em seu colo. — Deixa só eu me... recompor.

Ele se afastou de mim, tomando um longo gole de água. No silêncio, uma autoconsciência que eu odiava começou a me dominar. Peguei minhas botas, que Emrys deve ter tirado, grata por descobrir que estavam quase secas e que o ferimento no meu tornozelo só doía um pouco quando eu as amarrava.

— Oi — chamou Emrys com a voz suave.

— Oi para você também.

Quando olhei para trás, ele segurou meu rosto e se inclinou para a frente, beijando meus lábios. Fiquei ali, relaxando um pouco, sentindo a nova textura de sua barba por fazer. Quando ele se afastou, com um sorriso em seu rosto bonito e idiota, percebi por que ele ainda não havia se movido, por que estava segurando a jaqueta no colo, e comecei a rir.

— Ah — resmungou ele, meio gemendo, meio rindo. — Eu sou homem e você causa esse efeito em mim.

— Anda — incitei, balançando a cabeça. — A gente tem que ir.

— Deixa eu dar uma olhada no seu braço primeiro — retrucou ele —, e depois a gente pode voar, Passarinho.

Seu toque era hábil ao remover as folhas secas do meu braço e a reaplicar a pomada, mas agora havia um novo grau de intimidade entre nós. Seus dedos acariciavam e suavizavam enquanto ele examinava a linha de pontos que costurara em minha pele. A ferida em si parecia irritada, mas só ardia quando eu encostava nela.

Com muita leveza, ele passou os dedos pelo meu ombro e pela minha clavícula, depois puxou o decote da minha camisa para baixo para revelar a ponta da horrível marca da morte acima do meu coração. Ele franziu as sobrancelhas quando viu e eu me forcei a ficar quieta, a não recuar e me afastar enquanto ele traçava a forma da estrela.

— O que aconteceu? — indagou ele, sussurrando.

Eu não podia. Isso não.

Coloquei meu braço ferido entre nós. Emrys voltou sua atenção para ele no mesmo instante.

— Como você consegue fazer com que as folhas da bandagem fiquem tão verdes? — perguntei, estudando a maneira como seus cílios escuros se curvavam. — Como você sabe disso?

— Já que você fugiu do assunto, também vou fugir agora. — Ele me deu um sorriso malicioso, roubando um último beijo rápido.

Com cuidado, ele nos levantou do chão duro. O mundo girou, apenas por um momento, mas ele nos manteve firmes e me fez colocar o suéter dele.

— Você precisa dele — protestei.

— Você precisa mais — retrucou ele, e me ajudou com o casaco. Arrumamos nossos poucos pertences, mas paramos na porta antes de remover as proteções. O vento gelado cortou minhas bochechas enquanto eu olhava para a floresta desolada.

— Como você quer fazer? — perguntou ele.

O calor subiu pelo meu pescoço de novo, percorrendo meu rosto.

— A gente pode... pode manter só entre nós por enquanto, para vermos no que vai dar? As pessoas complicam as coisas e eu...

Eu parei, percebendo como o sorriso dele se alargou.

— Eu estava falando da Alta Sacerdotisa — explicou ele, inclinando-se para mais perto. — Mas é bom saber que, ao que parece, eu também causo um efeito em você.

Agora foi minha vez de resmungar. Eu o afastei, o constrangimento acendendo um pavio em mim.

— Temos que ver se encontramos algum rastro — comentei. — Ela parecia estar indo para o norte, mas sabe-se lá onde está agora. — Quando me lembrei da estranha graça com que a criatura, a renascida, havia flutuado sobre a água e a terra, um novo pensamento me ocorreu. — Talvez seja mais fácil encontrar o rastro dos Filhos. Ela os chamou para ir com ela, não?

— Foi o que pareceu — respondeu Emrys. — Você acha que ela é a criadora deles? Ela parecia entender da magia da morte dos druidas.

Tudo o que era necessário para criar uma renascida foi um assunto inacabado e a presença de magia no corpo. Ao contrário das criaturas, sua forma podia mudar e se recuperar. Matá-la seria difícil.

Mas não impossível.

— Talvez. — Mas eu me lembrei de novo do que Neve dissera. *Ainda não percebi qual é a motivação dela.* — Merlin disse que tinham dois outros como ele na ilha... ela não poderia ser a terceira, a que estava... esperando, poderia?

— Ele também disse que *ela*, seja lá quem for, tentou dominar a morte, mas acabou se tornando uma serva — lembrou Emrys. — Isso pode significar que ela se excedeu e causou a maldição por engano.

— Ou — retruquei — ela acabou querendo servir ao Lorde Morte e entregar a ilha a ele.

A expressão de Emrys parecia ser de dor.

— Então, decidimos acreditar no druida instável e tagarela preso à árvore?

— Sim. Não. Eu não sei. — Segurando a alça da minha mochila, dei um passo para fora da torre de vigia, deixando minhas botas rangerem na neve. A visão da paisagem manchada de decomposição fez a lembrança dos ossos de Nash voltar à minha mente. — Acho que a pergunta mais importante é: como a Alta Sacerdotisa, a renascida, conseguiu o Anel da Dispersão. Foi ela quem matou Nash?

— Infelizmente, não sei se vamos conseguir descobrir isso — exprimiu Emrys. — Mas... talvez Nash o tenha trazido para ela? Ou ela o encontrou depois de se tornar uma renascida, atraída pela magia. Deu para perceber que ela tinha vários segredos... toma, não se esqueça disso.

— Ele me estendeu a espada do lago. — O truquezinho dela só parece funcionar com você.

Tive dificuldade de respirar enquanto olhava para ela. O punho era incrustado com um marfim que nem mesmo a lama da água do lago poderia manchar. E a forma como sua lâmina havia se incendiado...

— Leve você — pedi, desfazendo nossas proteções.

Emrys sabia como manejar uma lâmina. O certo era que ele a carregasse. Que ele a usasse. Aquela coisa aparecera em meu sonho, e eu não queria olhar para ela se não fosse necessário. Não queria pensar no significado de nada daquilo.

Fomos cada um por um lado da torre de vigia, juntando as tábuas de argila esculpidas com os sigilos em pilhas organizadas. Quando nos encontramos no meio, na parte de trás da torre, ele pegou as duas pilhas e as guardou na mochila. Não foi a primeira vez que desejei que elas tivessem o poder de proteger corpos e também lugares.

— Ei, Tamsin — chamou ele, entrelaçando seus dedos nos meus. — Também não me importo em manter as coisas só entre a gente por enquanto. — Assenti e, juntos, seguimos para o norte.

A neve empoçada ajudava tanto quanto atrapalhava, silenciando nossos passos, mas, ao mesmo tempo, fazendo com que ficassem mais lentos. A ilha não poderia ter mais do que alguns quilômetros de comprimento e largura, mas nunca pareceu tão grande enquanto avançávamos.

De uma maneira que parecia impossível, a floresta tinha assumido uma aparência mais sinistra. Meio enterradas na neve, era impossível distinguir as árvores caídas de criaturas que se escondiam embaixo delas. Pingentes de gelo, pretos com fuligem de musgo e decomposição, pendiam do emaranhado esquelético de galhos como presas farpadas.

De vez em quando, a neve caía em blocos, assustando-nos quando se enroscava em nosso cabelo ou escorregava por baixo da gola de nossas jaquetas. Meus dedos das mãos e dos pés estavam rígidos de frio depois de apenas uma hora de caminhada, e eu estava tão concentrada no chão logo à minha frente que quase não vi as pegadas na beira do leito estéril do rio que margeava nosso caminho ao norte.

Eram rastros que faziam parecer como se alguém tivesse atravessado o campo aberto do outro lado da água e desaparecido não entre as árvores, mas em um labirinto de cercas-vivas cobertas de neve.

Rastros que não eram nada parecidos com os dos Filhos, que arranhavam o chão com as mãos e os pés. Uma linha fina riscava a neve, limpa demais para qualquer ser terrestre. Isso me lembrou o modo como a renascida flutuou logo acima do solo, como se o calor ou a força de sua magia tivesse marcado o chão por onde ela passava.

Segurei o braço de Emrys e apontei. Ele estreitou os olhos, seguindo minha linha de visão. Seus lábios se entreabriram, mas tudo o que ele poderia ter dito foi interrompido por uma gota fumegante de saliva ensanguentada que pingou em sua bochecha.

Emrys recuou, inspirando fundo, limpando a bochecha. Olhei para cima.

Os Filhos se agarravam aos galhos mais altos das velhas árvores, sombreadas e cobertas por uma espessa camada de neve. Uma cortina de neve caiu ao nosso redor quando um deles se sacudiu, bufando ao se acomodar de novo, apoiando-se com mais força no tronco. Ele baixou a perna e chutou a criatura que estava empoleirada no galho logo abaixo.

Um fluxo de adrenalina me atravessou quando a segunda criatura rosnou e deu um golpe irritado na primeira. Apertei a mão de Emrys com mais força. Nós dois ficamos rígidos, sem ousar respirar.

O vento açoitava as árvores. À medida que ele se dissipava, o som de ronronados estridentes o substituía. Ao nosso redor, os montes de neve se deslocavam.

Emrys deu um passo para trás, refazendo cuidadosamente seus passos. Eu fiz o mesmo, tentando fazer o mínimo de barulho possível na neve que estalava.

Quando ele olhou para mim de novo, havia uma óbvia pergunta em sua expressão. *Vamos correr?*

Balancei a cabeça. *Ainda não.*

Olhei para o rio, minha mente girando com as possibilidades. As folhas e os detritos foram escondidos pela neve, mas eu tinha certeza de que mais Filhos dormiam lá embaixo. Conforme nos afastávamos em silêncio das árvores e seguindo a margem do rio, inclinei-me para a frente, olhando para trás e para frente ao longo do rio — e vi nossa oportunidade. Cerca de oitocentos metros à frente, uma ponte estreita de pedra ligava a floresta ao nosso lado ao campo e à estranha cerca arredondada além dele.

Nos olhamos de novo.

Pronto?, murmurei sem emitir som.

Ele assentiu.

Os Filhos nas árvores cuspiam e assobiavam uns para os outros, espancando os que estavam por perto até que se tornassem um emaranhado de pele cinza e garras. Os Filhos que caíam no chão voltavam a se juntar à briga no mesmo instante, guinchando com alegria enquanto a luta se espalhava e ficava cada vez mais selvagem.

Membros rasgados e sangue espirravam no manto branco da neve. O ritmo dos meus batimentos era uma canção horrível em minhas veias. Emrys e eu nos mantivemos abaixados e contornamos a margem enquanto corríamos para além da crescente multidão de Filhos. Não ousei olhar para eles, nem sequer respirar, até que o barulho se dissipou e minha mão tocou a geada que cobria as pedras da ponte.

Em seguida, corremos, mais rápido do que antes, lutando contra a neve acumulada que batia na altura dos joelhos até que senti as pernas e tornozelos latejarem de tanto enfrentar as rochas invisíveis lá embaixo. Seguimos o rastro de pegadas frescas até o ponto em que nos aproximamos do muro de contenção. Quando estava ao nosso alcance, corremos para trás dele, mantendo-nos de costas para as folhas marrons e os galhos retorcidos. Apurei a audição, tentando captar qualquer indicação de que havíamos sido farejados e seguidos.

Não fomos.

Respirei fundo, os pulmões ardendo. Emrys levou a mão ao peito e riu, trêmulo. Agarrava a espada com tanta força que os nós dos dedos estavam pálidos.

Tão pálidos quanto o enorme osso embranquecido pelo sol no qual ele se apoiava.

Ao ver minha expressão, ele olhou para trás, mas acabou tropeçando.

— Pelo fogo do inferno, o que é isso?

— Não sei, mas ao menos está morto. — Então, porque isso tinha um significado diferente nesta Terra Distinta, acrescentei: — Morto *pra valer.*

Os ossos nos rodeavam, cada um deles arqueado sobre a cerca para se encontrar em uma junta nodosa quase como se fossem...

A coluna vertebral e as costelas de um enorme esqueleto.

— Devemos...? — perguntou ele, usando a espada para apontar para os rastros.

A cerca-viva dava em um local labiríntico, mas não precisamos andar muito para encontrar o centro e o que ela escondia.

Eu estava certa: uma criatura gigantesca havia se enrolado e morrido ali, seu corpo dando vida à sebe. Atrás de nós, os ossos delicados das asas dobradas ainda resistiam, sustentados pela grotesca estrutura. O crânio, quase tão grande quanto o chalé de pedra ao lado, estava repleto de fileiras de dentes serrilhados.

Dragão, pensei, sem força. Mari não estava me provocando.

Emrys e eu viramos o último canto agachados. Um chalé com telhado de palha coberto de neve, algo que parecia saído de um conto de fadas.

A trilha de degraus levava a uma porta fechada com firmeza. Com a única janela coberta por um tecido, era impossível saber quem estava lá dentro, se é que havia alguém.

Olhei para Emrys e dei de ombros. Ele também deu de ombros, mas deslizou a espada pela neve até mim com um olhar significativo.

Hesitei, fazendo sinal para que tentássemos nos aproximar do chalé pela lateral, mas ele só apontou para a espada e sacou seu machado dobrável da mochila.

Cerrei os dedos ao redor do punho, e chamas azuis ganharam vida ao longo da lâmina. Emrys olhou para ela com admiração, balançando a cabeça.

Antes que qualquer um de nós perdesse a coragem, corremos para a porta. Emrys se preparou para chutá-la e eu assumi a melhor posição de luta que pude — mas não tivemos a chance de atacar. A porta se abriu e uma faca foi parar na pele do meu pescoço.

Não era faca... era uma varinha.

41

Neve e eu gritamos e deixamos nossas armas caírem. As chamas da espada se apagaram ao cair na neve e a varinha rolou para os pés de Emrys enquanto nos abraçávamos.

— O que você está fazendo aqui? — exigi saber, a voz embargada pelo choque.

Caitriona pairava com uma espada um passo atrás dela, e Olwen torcia um emaranhado nebuloso de magia entre as mãos apenas um passo atrás.

Ambas relaxaram ao nos ver, mas não muito. Neve deu um passo para trás, ainda me segurando pelos braços e me olhando com descrença.

— Viemos procurar você. Vocês dois.

— Por quê? — perguntei, alarmada. — O que aconteceu?

Olwen levou a mão ao rosto em sinal de descrença ou diversão.

— Vou fazer um chá, pode ser? — murmurou ela.

— O que aconteceu é que vocês deixaram a proteção da torre, sua tonta — retrucou Caitriona com a voz ainda mais rouca do que o normal. — Podem ir entrando, vocês dois. *Agora.*

Levei um momento para entender.

— Vocês vieram nos procurar.

— Sim! — confirmou Neve, exasperada. — O que você mais você achou que faríamos quando vocês não voltassem antes do anoitecer?

Nada. A palavra ecoou em minha mente. Fiquei olhando para ela enquanto Neve balançava a cabeça. Não valia a pena trocarem a vida delas pela minha. Nem Emrys nem elas deveriam ter me seguido. Tentei dizer isso a eles, mas algo estava acontecendo em meu peito, em minha garganta e, de repente, a vontade de chorar se tornou avassaladora.

Emrys se curvou para pegar a espada e depois gentilmente colocou uma das mãos em meu ombro, guiando-me para dentro para que a porta pudesse ser fechada e trancada com firmeza atrás de nós.

O interior do chalé era surpreendentemente aconchegante, com uma cama no canto mais distante, uma mesa de jantar em frente à lareira e duas poltronas felpudas perto de uma estante abarrotada com o que pareciam ser algum tipo de livros de registros.

— Que lugar é esse? — perguntou Emrys, se jogando em uma das poltronas.

— Esta casa pertence ao guardião dos pomares — explicou Caitriona, embainhando a espada. Ela se corrigiu com suavidade. — *Pertencia*.

— E por falar em esconder a parte importante — murmurei —, aquilo é mesmo um dragão?

— Era Caron, a última da espécie — explicou Olwen. — Era uma querida amiga de um dos guardiões dos pomares de muitos anos atrás.

Neve me fez sentar na outra poltrona colocando as mãos nos meus ombros para me empurrar de um jeito nada gentil. Fiz uma careta diante de seu olhar de avaliação e ela retribuiu com outra duas vezes mais assustadora.

Não era para você ter vindo, pensei desesperada. *Nenhuma de vocês deveria ter deixado a torre.* O objetivo da minha missão era manter todo mundo em segurança e, neste momento, estavam correndo riscos muito maiores por minha causa. Era a última coisa que eu queria.

A expressão de Neve ficou séria, como se ela pudesse ver os pensamentos que passavam por minha mente.

— Você achou mesmo que a gente não viria?

Olhei para baixo.

— Vocês não deveriam ter se colocado em perigo.

— Que pena — retrucou Neve —, essa decisão não é sua. Lamento informar que, apesar de você se esforçar bastante para que não aconteça, as pessoas se preocupam com você, inclusive eu.

Virando-se de volta para onde Olwen estava usando magia para aquecer uma pequena panela de água, Neve disse:

— Deixa que eu cuido disso, Olwen. É melhor você dar uma olhadinha nesses dois.

— Comece pela Tamsin — disse Emrys —, e não vale me julgar, Olwen. Fiz o que pude.

Tirei a jaqueta e levantei o braço para que a curandeira o avaliasse. Ela lavou as mãos e veio em minha direção. Seus olhos se estreitaram quando ela se ajoelhou e viu os pontos e a pomada. Ela cheirou o produto.

— Equinácea e milefólio? — perguntou com um tom de aprovação.

— E um toque de óleo de orégano — confirmou Emrys.

— Você precisa melhorar a costura — comentou Olwen depois de inspecionar meu braço e meu tornozelo. Ela deu um tapinha suave na minha mão. — Vou limpar isso direitinho e aplicar algo que ajude a curar. O que fez esse ferimento tão profundo? Foi um dos Filhos?

— Não… exatamente — respondi com a voz fraca.

Atrás dela, Caitriona parou de andar, permitindo que Neve passasse com uma xícara fumegante de algo que tinha um cheiro divino. Maçãs secas e ervas rodopiavam em sua superfície.

— Bedivere nos contou do atame, mas a tempestade começou quando chegamos ao lago e perdemos o rastro de vocês — comentou Caitriona.

— Conseguiram encontrar?

A faixa em seu rosto tornava difícil ler sua expressão, mas o fio de esperança em sua voz foi suficiente para fazer meus pulmões se apertarem. Eu não havia pensado nessa parte — de ter que contar a eles o que havia acontecido com sua amada Alta Sacerdotisa e como ela havia amaldiçoado todos eles.

Quando tomei o primeiro gole do tônico, pude sentir o que Neve sentiu naquela primeira noite. Um brilho quente e dourado pareceu me atravessar, aliviando instantaneamente a dor que sentia por todo o corpo, além do aperto na barriga. Esse efeito restaurador deve ter sido causado pelas famosas maçãs de Avalon, que curam e nutrem ao mesmo tempo. Isso me deu a última dose de coragem que eu precisava.

— Eu encontrei — confessei. Olwen ergueu o olhar de onde estava enfaixando meu tornozelo, arfando surpresa. Seu alívio era tão terrível quanto a esperança de Caitriona. — Mas vocês não vão gostar *nem um pouco* de saber onde ele está.

Quando terminei, Olwen estava chorando e Caitriona havia se jogado em uma das cadeiras da mesa, apoiando a cabeça nas mãos. Eu praticamente podia sentir sua mente trabalhando, analisando a história que eu havia contado, ponderando se podia confiar nela.

— Como isso pode ser verdade? — perguntou Olwen, enxugando a umidade das bochechas com a mão. — Uma renascida, de tão poucos ossos... Quem poderia ter lançado tal maldição nela?

— Só ela mesma. — Essa foi a resposta sombria de Caitriona. Ela se recostou na cadeira, com a tristeza marcada em suas feições.

— Não — disse Olwen. — Não pode ser.

— Quem mais, então? — perguntou Caitriona, desolada. — Nossa Alta Sacerdotisa era a única em toda Avalon que sabemos com certeza que invocou a magia da morte. Eu neguei a possibilidade por anos, mas sabendo disso...

— Poderia ter sido um erro? — perguntou Neve com suavidade. — Ela poderia ter entendido mal um dos feitiços druídicos.

— Ou ela não era mais uma serva da Deusa — contrapôs Caitriona, seu corpo comprido se enroscando na cadeira — e aceitou a magia maior da morte.

— Não — implorou Olwen. — Não. Eu poderia acreditar em muitas coisas, mas não nisso.

— Olwen — disse Caitriona. — Você se lembra de como ela falava o quanto queria trazer Morgana de volta à vida, de ter só mais um dia com ela. Talvez ela tenha buscado a magia para ressuscitá-la e isso tenha sido a causa da nossa ruína.

A outra sacerdotisa balançou a cabeça.

— *Não*. Ela não perturbaria o equilíbrio dessa forma.

— A Alta Sacerdotisa explicou para você como os renascidos surgem? — perguntei.

Olwen jogou seus cachos cheios e escuros atrás do ombro.

— Muito pouco, embora eu tenha coletado partes das memórias.

— Tudo o que precisa para uma renascida surgir é a presença de uma forte magia remanescente no corpo e o desejo de continuar — expliquei. — Por vezes, as renascidas não são nem mesmo maliciosas. Só estão determinadas a realizar alguma tarefa e não permitem que ninguém as impeça.

Emrys assentiu.

— Se não foi intencional, o desejo dela de continuar pode ser fruto do desejo de proteger Avalon.

— Ou — retruquei — ela era de fato uma serva do Lorde Morte e sabia que se tornar uma renascida a tornaria quase imbatível.

Olwen levou as mãos ao rosto, se esforçando para afastar a ideia. Atrás dela, Neve abaixou a cabeça, exasperada.

— Sua mente é extremamente desagradável — disse Caitriona.

— Olha — tentei de novo —, eu também não sou fã dessa ideia, mas parecia que ela estava controlando os Filhos no lago. Acho que temos que aceitar a possibilidade de que ela permitiu a transformação para que pudesse continuar seu trabalho em segredo ou se tornar quase invencível.

— Mãe Santíssima — disse Olwen, levando a mão ao peito.

— E se foi o Anel da Dispersão? — enunciou Emrys de repente. — Fiquei me perguntando o dia todo como ela conseguiu isso. E se Mari estiver certa e o anel tiver uma influência corruptora? Poderia tê-la levado a fazer tudo isso?

Olwen balançou a cabeça.

— O único anel que ela usava era um de pedra da lua... mas... talvez ela o mantivesse escondido? Não vou negar que ela tinha segredos ou que gostava de colecionar os segredos dos outros.

— Ou ele não desempenhou papel algum nessa história — cortou Neve — e a renascida o encontrou por acaso na floresta.

Minhas teorias ainda eram frágeis demais para que eu pudesse expressar e, no fim das contas, de nada adiantavam. O atame e o anel estavam por perto, e era só uma questão de descobrir como encontrar a vingadora e tirá-los dela.

O que, como meus ferimentos bem demonstravam, era mais fácil na teoria do que na prática.

— Um renascido é um parasita. Precisa se alimentar de magia para manter a forma física — expliquei. — Tem algum lugar ao norte que ainda seja protegido por uma magia antiga e forte? Existe uma tal de alta magia, né? Um feitiço que você pede à Deusa mais poderosa para lançar em seu nome por meio de um ritual?

Olwen e Caitriona trocaram olhares.

— Sim — respondeu Caitriona com cuidado. — Por quê?

— Porque é esse tipo de magia que ela quer e é bem provável que esteja indo para lá — elucidei.

— Então, para destruir um renascido, primeiro você precisa cortar essa fonte de magia? — continuou Neve, o fascínio e o choque estampavam sua expressão preocupada.

— Isso mesmo. É preciso remover esse antigo trabalho mágico. — Eu me virei para as duas sacerdotisas. — Esse lugar fica longe daqui?

Caitriona se levantou de sua cadeira.

— Isso não é da sua conta, você vai voltar para a torre com os outros.

— O quê? — exclamei. — Não!

Caitriona voltou a vestir as várias peças de sua armadura de aço e couro, recusando-se obstinadamente a olhar para nós quatro. Neve sentou-se no braço de minha poltrona com um suspiro, olhando preocupada para mim.

— Você não vai sair daqui sem a gente — avisou Olwen.

— Quem vai me impedir? — perguntou Caitriona com uma arrogância que ela merecia ostentar.

— Ninguém, sua idiota tão encantadora e fascinante — retrucou Olwen. — Eu também sei onde fica e posso levar todos eles até lá.

A trança de Caitriona se agitou como um chicote quando ela se virou para Olwen, com um brilho nos olhos. Olwen nem sequer recuou.

— Não sou tão delicada assim, Cait — assegurou Olwen com suavidade — e ela também era minha Alta Sacerdotisa. Você não tem que enfrentar isso sozinha.

— O erro foi meu — lastimou-se Caitriona, ríspida. — Eu deveria ter...

— Impedido Sir Bedivere de fazer algo que ele manteve em segredo até ontem? — observou Neve. — Como? Se conseguir explicar, deixaremos você ir sozinha.

Caitriona cerrou o punho com mais força na manopla, a mandíbula se contraindo.

— Todos aqui estão cientes dos riscos — comentei — e, estando todos juntos, podemos descobrir como deter a renascida e recuperar o atame e o anel.

— Você ainda quer o Anel da Dispersão? — perguntou Olwen, surpresa. — Mesmo sabendo tudo o que você sabe a respeito dele?

— Se o ritual de renovação não correr como esperado, ele pode ser a última esperança para o meu irmão — respondi.

As narinas de Caitriona se dilataram conforme ela respirava com dificuldade.

— Então venham, se acham que devem. Mas só depois que Olwen terminar de trabalhar e se recuperar com água.

— Não preciso, eu juro — respondeu Olwen. — Não estou me sentindo fraca nem cansada e não estou a fim de esperar a neve derreter na banheira.

— Você vai — insistiu Caitriona, uma ordem gentil. — Não vou permitir que você nem qualquer outra pessoa se machuque.

Ela voltou a colocar a armadura, estremecendo ao mexer o ombro machucado.

Levou o braço à boca com uma dor visível, tentando usar os dentes para apertar a manopla.

— Aqui — ofereceu Neve, vindo em sua direção. — Deixa eu ajudar você.

De repente, Caitriona parecia uma raposa pega no flagra.

— Não precisa, falando sério, eu posso...

Ela parou de falar quando Neve, com toda a delicadeza, virou seu pulso para cima e começou a amarrar os cadarços de couro como se já tivesse feito isso milhares de vezes antes.

Com a cabeça inclinada enquanto trabalhava, Neve estava concentrada demais para perceber como a outra garota havia se acalmado, a dureza em sua expressão se esvanecendo. Por um momento, parecia que ela nem sequer estava respirando — como se Neve fosse uma pena que pudesse se afastar mesmo com a menor agitação do ar.

Olwen cutucou os pontos em meu braço, chamando bruscamente minha atenção de volta para onde ela estava ajoelhada na minha frente.

— *Ai!*

— Minha nossa! — exclamou ela com um olhar incisivo. — Mil desculpas por minhas mãos pesadas.

Ergui as sobrancelhas. Ela ergueu as dela em resposta.

Emrys se inclinou sobre meu ombro, observando enquanto ela passava óleo na ferida — orégano, pelo cheiro pungente — e depois uma pomada cerosa que aqueceu entre os dedos antes de massageá-la com gentileza na minha pele.

— Essa é uma ferida profunda — começou Olwen, com um leve tremor na voz. — Deve ter doído muito quando ela... quando a renascida cortou você. — Ela respirou fundo e olhou para cima. — Viviane nunca teria feito isso se ela fosse... se ainda fosse ela mesma. Sinto muito mesmo.

— Eu sei, e não tem por que se desculpar. — Eu chamei a atenção de Emrys. Ele me deu um sorriso discreto e tranquilizador, e eu sabia que não podia continuar escondendo a outra informação importante que havia descoberto no túmulo.

— Tem mais uma coisa que vocês precisam saber. Sobre mim.

As outras ouviram com diferentes graus de horror enquanto eu falava. Uma ou duas vezes, Olwen parecia prestes a explodir com algum pensamento ou pergunta, mas conseguiu se segurar... Até não conseguir mais.

— Seus ossos eram prateados? Não foi uma visão? — perguntou ela, olhando para os pontos.

Fiquei tensa.

— Tão brilhantes quanto uma moeda polida. Completamente tomados por prata, eu acho.

Emrys me segurou pelo ombro, mas Neve o interrompeu antes que ele pudesse falar.

— Isso não quer dizer o que você obviamente acha que quer dizer — assegurou ela, a voz severa, vindo em nossa direção. — Então, pare de sentir pena de você mesma por causa disso.

Abri a boca, indignada.

— Sim, você está, e é compreensível, mas isso não torna todos os seus piores pensamentos verdadeiros — continuou Neve. — E eu que pensava que encontrar uma espada de fogo mística faria você feliz.

Suspirei.

— Bom... tem mais uma coisa que preciso contar.

Olwen assentiu enquanto eu explicava sobre os sonhos, absorvendo a informação com a convicção que eu esperava que demonstrasse. Caitriona estava mais afastada, com uma expressão estranha em seu rosto que eu não conseguia compreender.

— Por que você não mencionou isso antes? — perguntou Emrys, preocupado.

— Não sei, eu não sabia o que significava ou se significava algo. — Olhei para Olwen. — Você não acha que isso está relacionado à prata, acha?

— Acho que tem uma explicação muito mais simples — respondeu Olwen, trocando outro olhar deliberado com Caitriona. — A Deusa usa a névoa para falar conosco de diferentes maneiras. Canções, sonhos e até visões. Talvez ela, em toda a sua grandiosa sabedoria, precise que você a escute e esteja falando com você da única maneira que sabe que você a ouvirá.

— Me mandando visões de unicórnios? — perguntei, angustiada. — Ela precisa dar uma melhorada nas habilidades de comunicação.

— Talvez seja só a forma que ela escolheu para aparecer para você — sugeriu Olwen.

— Tenho que admitir que parte de mim temia que eu estivesse transformando esses sonhos em realidade — comentei com a voz rouca.

Olwen olhou para a porta, onde Emrys havia apoiado a espada que tirei do lago.

— Um pensamento fascinante... Os objetos podem nascer da névoa em casos raros, mas acredito que essa espada exista há muito mais tempo do que você está em Avalon.

— Você a reconhece? — perguntou Neve.

— Ela me faz lembrar de uma história que Mari nos contou uma vez, embora eu não consiga me lembrar dos detalhes agora — respondeu Olwen.

— Você precisa perguntar para ela quando voltar para a torre — comentou Caitriona —, ela vai ficar encantada com esse tesouro.

— Tenho minhas suspeitas a respeito da prata, se você quiser ouvir — destacou Olwen, pegando uma bandagem enrolada em sua bolsa.

Emrys ainda estava com a mão em meu ombro, quente e reconfortante. Tive que enfiar minha mão embaixo da perna para não pegar a mão dele.

— Sou toda ouvidos.

— *Bem* — disse ela, os olhos brilhando com uma empolgação que teria apreciado mais em outras circunstâncias. — Acredito que os ossos se tornam prateados quando você se depara com uma grande quantidade de magia da morte. Você tem certeza de que nunca encontrou uma maldição ou feitiço... talvez em um objeto que tenha tocado?

O fantasma da mulher no campo nevado surgiu por minha mente. O fogo gelado de seu toque quando tentou me arrastar para a morte com ela. A marca em meu coração ardeu com a lembrança.

Neve tocou meu ombro, adivinhando meus pensamentos. Pela expressão no rosto de Emrys, ele também havia percebido.

Inspirei profundamente, balançando a cabeça.

— Deve ser isso.

Olwen amarrou o curativo.

— Fica confortável assim?

Assenti.

— Obrigada. Mas agora vem a parte mais difícil: vocês estão mesmo dispostas a fazer o que for preciso para destruir a renascida, sabendo que ela tem um pedacinho da sua Alta Sacerdotisa?

— Não temos outra alternativa a não ser destruir a fonte da magia sombria — respondeu Caitriona, com objetividade. — Precisamos recuperar o atame para fazer o ritual de purificação.

Olwen assentiu.

— Se o ritual puder restaurar a terra e devolver os Filhos ao seu estado original, ao menos toda essa dor terá um resultado positivo.

— É, deve ser fácil destruir a magia da qual a renascida está se alimentando, não deve? — perguntei.

Caitriona e Olwen trocaram um olhar longo e horrorizado.

— Não deve? — repeti.

— Não teria como... prender a renascida e colocá-la em outro lugar antes de matá-la? — perguntou Caitriona, com um tom de súplica.

— Essa é a sua maneira de nos dizer que não pode remover a alta magia ligada à nova fonte dela? — perguntei.

— Tanto Cait quanto eu conseguimos fazer isso — respondeu Olwen —, só uma sacerdotisa de Avalon pode atravessar as barreiras que a protegem.

— Então, de novo, qual o problema? — perguntou Emrys.

— O local em questão — murmurou Olwen — é a tumba do Rei Arthur.

Todo o ar do chalé pareceu se esvair.

Caitriona começou a andar de um lado para o outro de novo, segurando o braço direito machucado junto ao peito para estabilizar o ombro. Estava com o rosto franzido de tanto pensar enquanto tentava desesperadamente desatar o nó que Olwen acabara de nos apresentar.

— É obrigação das Nove proteger o rei adormecido — argumentou Caitriona, mais para si mesma do que para nós. — Herdada de nossas irmãs de eras passadas. Se removermos a magia de proteção em torno da tumba, Arthur morrerá de uma vez por todas.

Emrys xingou baixinho.

Eu era a única que estava disposta a fazer a pergunta óbvia.

— Isso importa?

— O que você quer dizer com isso? — perguntou Olwen.

— Faz diferença se ele morrer de vez? — perguntei. — Ele foi mantido vivo para ajudar o mundo mortal quando este mais precisasse, e o cara não conseguiu nem se dar ao trabalho de acordar e ajudar Avalon. Talvez a gente não queira a ajuda dele.

Caitriona estava de costas para nós, o corpo rígido por causa da batalha que sem dúvida se desenrolava dentro dela.

— Você não entende. Não tem como entender.

Olwen olhou para nós, seus olhos suplicantes.

— É um dos poucos deveres que conseguimos cumprir desde que a ilha caiu nas sombras. Fizemos um voto.

Caitriona tinha um pouco de razão. Eu podia não entender por que era importante manter Arthur vivo diante de tudo o que estávamos enfrentando, mas reconhecia que ele significava algo para elas, assim como havia significado para Nash e para todos aqueles que desejavam que as lendas fossem verdadeiras. O papel que as Nove desempenhavam em protegê-lo era uma das poucas coisas puras que não tinham sido corrompidas pela putrefação que se espalhava por este lugar devastado.

— Tudo bem — respondi, olhando para Emrys e Neve para ter certeza de que nós três estávamos de acordo. — Então, tentaremos levar a renascida para longe da tumba. Se não conseguirmos, teremos que remover a magia da qual ela está se alimentando, mesmo que isso signifique deixar Arthur ir embora. Vocês podem concordar com isso, ao menos?

— Cait? — Olwen olhou para ela, esperando.

Quando Caitriona nos encarou de novo estava tão pálida quanto a neve lá fora.

— A luz vai acabar em breve — lembrei a ela.

— Então... — disse Caitriona. — É melhor corrermos para o norte e seguirmos com o plano.

— Tem certeza? — perguntou Olwen.

— O passado não pode ter mais valor do que o futuro — respondeu Caitriona, com a voz embargada. — Nem pode um único homem ser mais importante do que toda a ilha.

Olwen relaxou visivelmente enquanto se levantava do chão.

— Vou pegar nossas coisas.

Caitriona assentiu, pegando a espada em cima da mesa. Ela não disse mais nada, mas eu sabia quanto lhe custava destruir um pedaço de algo que havia jurado proteger e servir.

E se ela podia escapar das garras de tudo em que sempre acreditou, talvez houvesse esperança para mim também.

A caminhada para o norte foi uma batalha morro acima em meio à neve gelada que que fazia os ossos se arrepiarem durante a maior parte da hora. A quantidade de árvores mortas que usávamos para nos proteger diminuía conforme subíamos até que só restaram rochas escarpadas para julgar nosso lento progresso.

Minhas botas estavam encharcadas, os dedos dos pés e das mãos e o rosto dormentes, quando chegamos ao que parecia ser o cume. Caitriona diminuiu a velocidade, se deitando de barriga para baixo para rastejar durante o resto do caminho. Nós nos arrastamos ao lado dela, formando uma linha ao longo da extremidade repleta de pedras.

O outro lado da colina descia alguns metros antes de se nivelar em uma terra plana. Com um sobressalto, percebi que estávamos no ponto mais ao norte da ilha e que não havia... nada além dele. Ali, o limite desta Terra Distinta acabava de repente, com uma queda abrupta para o vazio escuro e repleto de névoa.

Entre a escuridão e nós havia uma bela estrutura de pedra cinza que, aos meus olhos, parecia uma catedral a céu aberto.

— É brincadeira isso? — sussurrei. — Toda Alta Sacerdotisa é enterrada no mesmo pedaço de terra e esse cara ganha um maldito templo inteiro?

Neve me calou com uma forte cotovelada.

— Está vendo alguma coisa? — perguntou Olwen, a voz pouco mais que um sussurro.

No mesmo instante, Emrys enfiou a mão na mala e tirou um binóculo.

— Nas rochas — indicou Caitriona em um suspiro.

Desviei meu olhar para o lado oeste da tumba, onde lanças de pedras escuras se projetavam do solo e formavam uma barreira natural para o penhasco. Um chalé humilde ficava entre elas, com o telhado de palha cobrindo seu único cômodo — deve ter pertencido a Bedivere antes de ele se abrigar na torre.

Mas não foi isso que Caitriona viu.

Eles estavam espalhados pelo chão, agrupados nas sombras de pedras e árvores. A coloração dos Filhos tornava quase impossível distingui-los entre as pedras e a grama morta, até que eles acordaram ao som de um chamado estridente. Eu o reconheci no mesmo instante.

A renascida.

Os Filhos voltaram seus rostos para a tumba em antecipação, latindo e uivando, com saliva espumosa escorrendo da boca. Eles tremeram e sibilaram enquanto se arrastavam para o que restava da luz do dia.

Essa era toda a prova de que eu precisava de que a renascida os controlava; se seguissem o próprio instinto, teriam continuado nas sombras. Apenas a mestre deles poderia obrigá-los a fazer o que mais odiavam.

— Tanto o plano A quanto o plano B ficaram mil vezes mais complicados — sussurrou Emrys.

Ele me passou o binóculos. Contei cerca de doze Filhos, todos sujos de lama e cobertos de folhas. Segui a linha de visão deles no terreno irregular, sobre o círculo de grama verde que cercava a tumba, marcando nitidamente o limite da magia protetora. Um a um, eles se aproximaram daquela linha viva, andando ao longo de sua extensão, até que, finalmente, ela apareceu.

A renascida emergiu não das rochas, mas da tumba, seu corpo formado por sujeira e folhas mortas. A inspiração aguda de Olwen desapareceu sob os uivos ansiosos dos Filhos quando viram o que ela estava arrastando pelo tornozelo.

— Aquilo é…? — sussurrou Emrys.

Neve levou as mãos à boca para abafar seu horror.

E não havia nada que pudéssemos fazer a não ser assistir enquanto a renascida jogava o corpo adormecido de Arthur Pendragon para os Filhos, como se ele fosse um mero pedaço de carne meio apodrecida.

43

Antes que qualquer um de nós pudesse se mover ou falar em meio ao horror reprimido, os Filhos já haviam devorado tudo, menos os ossos, espalhando os últimos restos de Arthur Pendragon na neve em faixas ensanguentadas de carne.

Emrys me segurou pelo pulso, tentando chamar minha atenção para alguma coisa, mas eu nunca saberia para o quê. O tempo se enrolava como se estivesse em um fuso, cada vez mais apertado, até que finalmente o fio se rompeu e ele se desenrolou em um giro frenético.

— Acho que vamos seguir com o plano B — soltei. Não havia sentido em tentar atrair a renascida para longe agora. A magia protetora tinha que ser removida.

Caitriona se levantou com um grito de pura raiva, com dificuldade para desembainhar a espada com o ombro ferido. O ruído dolorido que saiu dela transformou os redemoinhos de névoa no chão em correntes de fogo. Ela desceu a colina, com a espada em punho, nos deixando para trás, com o restante de nosso plano.

Nós só tivemos um instante para decidir o que fazer.

— *Mãe Santíssima* — gemeu Olwen, levantando-se da neve e correndo para a direita para fazer um amplo círculo ao redor da tumba.

Neve se virou para Emrys e para mim, com a voz baixa e urgente.

— Por favor, tomem cuidado. Não sei se consigo invocar a luz mais de uma vez...

— Nós teremos — prometeu Emrys. — Boa sorte.

Concordei, sentindo como se um punho invisível se fechasse em meu pescoço enquanto Neve se levantava, a imagem da graça e do poder, e seguia Olwen. Estava com a longa varinha a postos, pronta para proteger a sacerdotisa de todas as formas possíveis. Mas nenhum dos dois conseguiria se não desviássemos a atenção da renascida e de seus Filhos.

Emrys apertou meu pulso uma última vez e pegou a espada para seguir Caitriona colina abaixo. Cerrei a mão ao redor do cabo frio do pequeno machado de Emrys.

— Anda — disse a mim mesma, me levantando —, *vai!*

O terror fez com que eu me sentisse estranhamente leve enquanto corria, meio que deslizando pela encosta gelada da colina. A cena se espalhava como uma pintura de pesadelo de um dos antigos mestres. A vivacidade do fogo, o sangue, o cabelo prateado de Caitriona, a jaqueta de Emrys quando ele ergueu a espada — cada cor ficava mais intensa em contraste com a tela em branco da neve.

A renascida estava no limite da magia protetora, o rosto, uma casca apática feita de terra e pele, observava os Filhos com olhos brilhantes. Eles formavam uma linha dispersa entre ela e nós, agindo de acordo com apenas um instinto: o de proteger a mãe.

As criaturas na frente se lançaram nas chamas mágicas de Caitriona, gritando quando foram reduzidas a pedaços de carvão fumegante.

A Alta Sacerdotisa rosnou como uma nuvem de trovão e outros Filhos surgiram com sede de sangue, usando os corpos queimados para se protegerem das chamas. Eles se lançaram em direção ao local onde Caitriona estava sozinha. Ela deslizou o pé para trás em uma posição defensiva enquanto tentava erguer a espada, o rosto franzido em agonia. Sua armadura brilhava no turbilhão de fogo que ela havia desencadeado.

Emrys se posicionou à direita dela e eu tomei meu lugar ao lado dele, a adrenalina e o pânico correndo em meu sangue. As criaturas galopavam com as mãos e os pés enquanto nos rodeavam, os membros emaranhados e as presas em forma de gancho, vibrando de excitação.

— Fiquem perto! — gritou Emrys, virando-se de costas para mim. Qualquer outra coisa que ele tenha dito desapareceu em um coro de latidos e gritos quando os Filhos saltaram, lançando-se sobre nós com os dentes arreganhados.

Fiquei enjoada ao sentir o hálito rançoso deles, mas me mantive firme. Meneava o machado sem parar, golpeando qualquer coisa que tentasse me cortar ou agarrar. Meu peito ardia e demorei alguns instantes até me dar conta de que estava gritando, o som vindo de algum lugar primitivo dentro de mim.

Enquanto abria caminho com a força da experiência, sua lâmina cortando crânios amolecidos, pernas e garras, Caitriona nos chamou:

— *Venham comigo!*

Tentamos segui-la, mas os Filhos se espalharam entre nós e a atacaram por trás. Garras perfuraram a parte traseira de sua armadura de metal.

— Cait! — gritei.

A garota deu dois passos cambaleantes para frente e depois mergulhou. Quando rolou sobre a barreira protetora da magia com um grito da mais pura dor, os Filhos que se agarravam a ela foram jogados para trás com a enorme pulsação de luz e magia. Eles gritaram e caíram imóveis no chão.

— Tamsin... *troque comigo!* — gritou Emrys e eu me virei. Naquela fração de segundo, ele já havia jogado a espada para mim, e eu não tive escolha a não ser pegá-la e jogar o machado em sua direção. Ele o pegou pelo cabo e o ergueu, mas a espada pesada caiu no chão e eu tive que arrancá-la das garras de um dos Filhos com minhas mãos.

Ele atacou com a garra, cortando meu braço já ferido. A dor me atravessou quando a criatura mordeu minha nuca. Eu me engasguei com a dor e o pânico, caindo de joelhos.

— *Tamsin!* — gritou Emrys.

Agarrei o punho da espada. O fogo se acendeu ao longo da lâmina com um sopro furioso. Girando para trás com um grito, eu a enfiei na cabeça da criatura, e só então ela me soltou.

O sangue quente escorria pelo meu corpo enquanto Emrys tentava se virar para mim, mas eu olhava para a frente, onde Caitriona estava enfrentando a Alta Sacerdotisa.

A renascida se lançou para frente, com o punhal apontado para o pescoço de Caitriona. Desviando-o com sua espada, Caitriona girou, golpeando o peito da criatura. O movimento abriu o ferimento que estava cicatrizando e inundou a frente da armadura com sangue. Pedaços de grama, madeira e lama caíram da renascida, apenas para se erguerem de novo quando ela criou forma novamente.

— Cait! — berrei, ofegante, enquanto por fim nos aproximávamos dos limites da magia protetora. Ela tinha que fazer com que a renascida atravessasse a barreira, ou não conseguiríamos ajudá-la.

Os olhos escuros de Caitriona se arregalaram, o suor escorria de seu rosto. Ela se virou, olhando para além de nós, mas seus gritos se perderam na confusão de guinchos monstruosos. Segui o olhar dela e vi os outros Filhos que surgiam no topo da colina.

Ela estendeu a mão esquerda, o outro braço mole ao lado do corpo, esforçando-se para segurar a espada. Seus lábios formaram as palavras de uma canção que eu não conseguia ouvir. A névoa se ergueu sobre a colina, espessa e agitada, mas, antes que pudesse se incendiar, a renascida atacou de novo, agarrando-a pelo pescoço e jogando-a no chão.

Caitriona enganchou as pernas ao redor da renascida e torceu, fazendo com que a criatura voasse em direção à borda da barreira, a cabeça e os braços atravessando-a. Eu me lancei em direção a ela com minha lâmina, balançando-a para baixo, mas a criatura era muito rápida, e a espada flamejante sibilou ao cortar apenas uma das mãos da renascida.

Finquei meu pé com força na mão dela para mantê-la no lugar. Fui tomada pela frustração quando me dei conta de que aquela era a mão com o anel, não com o atame.

O grito da renascida foi como uma adaga enfiada em meu cérebro. Gritei junto, todos nós gritamos, e até os Filhos se encolheram. A renascida se ergueu em sua altura total e aterrorizante e se voltou para mim com olhos ardentes.

Uma voz como a da meia-noite atravessou minha mente, abafando o grito agudo.

Eu conheço você.

Ofeguei, caindo de joelhos. A espada caiu da minha mão.

Vi você nascer em meus sonhos.

— P-pare... — consegui implorar, engasgada. Apertei a cabeça com força, tentando fazer com que as palavras saíssem. — *Pare com isso!*

Ele não sabe o que você é...

O ar entre nós se iluminou, cintilando, e depois se desvaneceu.

Ouvi a voz de Olwen como se tivesse atravessado mundos.

— Agora, Neve!

— Espere... — tentei dizer. — O que isso quer dizer?

A onda de luz intensa já havia sido lançada.

Sentindo que a magia havia desaparecido, os Filhos correram em direção a Caitriona enquanto ela tentava se levantar. A magia de Neve os jogou para trás, incinerando-os.

A renascida estava diante de nós, de costas para o poder pulsante, deixando-o queimar seus contornos. Um lampejo de humanidade apareceu em seu rosto.

— *Caitriona.* — A voz que emergiu dela era tão doce quanto o primeiro dia da primavera, e dolorosamente terna. — *Minha Cait.*

A renascida a alcançou com o atame, seu corpo rachando e rasgando quando a luz a atravessou. A jovem sacerdotisa cambaleou para frente, as lágrimas escorrendo pelo rosto enquanto estendia a mão.

— Por quê? — implorou ela. — Por que você fez isso?

Em seu momento final, a renascida sussurrou:

— *O poder... eu não podia parar... o que já havia começado...*

Seu corpo se desintegrou, desfazendo-se em ossos e terra. Quando a luz de Neve se dissipou e o ar esfriou, o atame caiu no chão, brilhando com calor e poder.

Caitriona gritou no silêncio repentino, o soluço preso em sua garganta quando caiu no chão.

Meu corpo parecia oco enquanto eu me ajoelhava devagar ao lado dela. Hesitante, coloquei meu braço em volta de seu ombro.

Em vez de se afastar, Caitriona se enroscou em mim, soluçando em meu ombro. Minha garganta estava dolorosamente irritada, mas eu não sabia o que diria se conseguisse falar.

Neve e Olwen correram em nossa direção e abraçaram nosso pequeno grupo, vivo, inteiro e trêmulo. Eu me agarrei a elas, deixando o vento insistente esfriar o suor da minha pele e o sangue em minhas veias. Mas havia um calor em mim como o do sol, que crescia e crescia até eu achar que explodiria com ele.

Afastei-me delas, olhando por cima do ombro para buscar o olhar de Emrys.

Mas havia apenas cinzas e névoa rodopiando no ar.

Me soltei das outras, o medo batendo em meu peito como um tambor.

— Emrys? Emrys!

Não houve resposta.

Corri em direção à colina, procurando os restos dos Filhos que não haviam se transformado em pó.

— *Emrys!*

Se algo tivesse acontecido enquanto eu não estava olhando...

Ouvi as outras chamando por ele, suas vozes ecoando no silêncio, aumentando o tom e o medo.

Neve veio para o meu lado, balançando a cabeça.

— Não entendo... O feitiço não o teria prejudicado. Será que um dos Filhos o levou embora?

A sugestão foi como um golpe na minha barriga. Eu me curvei, tentando não vomitar.

— Calma — disse Neve, agarrando meu braço e fazendo com que eu me levantasse de novo. — Olha ali.

Atrás dela, o rosto de Olwen estava pálido. Meu coração foi parar na garganta quando ela e Caitriona vieram na nossa direção.

Um rastro de pegadas subia a colina, para longe da tumba e de nós — indo, eu sabia, em direção ao portal de volta ao nosso mundo.

Eu sabia.

O Anel da Dispersão havia desaparecido, assim como Emrys Dye.

E o calor do sol que eu sentira, aquele que ardia tão forte, voltou a afundar na escuridão.

A luz já diminuía quando começamos o caminho de volta para a torre. Caitriona havia sugerido esperar que a escuridão se dissipasse em uma das torres de vigia, mas isso foi antes de encontrarmos os primeiros dos Filhos entre as árvores.

Estavam tombados onde haviam caído dos galhos. Os corpos estavam inteiros, mas imóveis, como se a centelha de vida tivesse sido arrancada deles.

E talvez tivesse sido.

Minhas companheiras pararam, se jogando atrás de um tronco oco quebrado, mas eu continuei andando.

— Tamsin, espere... — Neve tentou me agarrar, mas eu me soltei.

Eu não estava com medo. Não estava curiosa.

Não conseguia sentir absolutamente nada.

Eu me movia como se estivesse no fundo do lago, cada passo que eu dava exigia mais força do que o anterior. Cada passo dado era uma batalha para manter alguma estabilidade.

Caitriona havia feito uma bainha para a espada a fim de que eu pudesse carregá-la nas costas, em vez de empunhar a arma pesada como uma tocha. Juntas, Neve e as sacerdotisas, com o comando que exercem sob as brumas, conseguiram criar luz suficiente para guiar o caminho.

Caminhei até o monstro mais próximo e o encarei. Desprovida de vida e do instinto aterrorizante que a havia compelido, a criatura era quase digna de pena. Sua língua saía da boca e os membros pendiam quando usei meu pé para virá-la.

Ela me encarava com as órbitas vazias. Os besouros necrófagos já tinham se encarregado dos olhos dela.

Olwen se abaixou ao lado da criatura, com a testa franzida ao tocar a pele cinza e murcha do peito da criatura.

Ela olhou para Caitriona e balançou a cabeça.

— A Alta Sacerdotisa... a renascida... dava vida a eles, então — concluiu Caitriona, parecendo exausta. As bandagens em seu rosto estavam encharcadas de suor e sujeira. — E a maldição, ou o poder que os sustentava, terminou com ela.

Neve respirou fundo ao tocar uma das criaturas com um único dedo.

— O que a incomoda? — perguntou Olwen.

— As maldições *podem* sobreviver a quem quer que as tenha lançado — explicou Neve. — Mas não acho que seja esse o caso aqui. É como se tivéssemos separado a cabeça do resto do corpo.

— Ainda há alguma chance de que o ritual possa restaurá-los? — indagou Caitriona.

— Acredito que o melhor pelo que podemos esperar... — Olwen engoliu em seco. — O melhor que podemos esperar é que o ritual libere qualquer parte de suas almas que ainda possa estar presa dentro desses corpos.

Meu lábio superior se curvou ao ver a devastação em seus rostos. Se foram tão tolas para acreditar que o ritual restauraria tudo como era antes, mereciam a dor que isso lhes causava.

— Nunca houve esperança para eles — falei com acidez enquanto seguia em frente pela floresta devastada, pisando sobre os corpos na neve remexida. O ar saía cortante e gelado do meu peito —, vocês só não conseguiam aceitar.

Com meus olhos fixos nos cadáveres, quase esbarrei em Neve quando ela entrou na minha frente. Seu rosto estava tenso de preocupação. Quando me movi para contorná-la, ela me acompanhou, fazendo o mesmo movimento.

— Sai da frente — exigi com frieza.

Ela não o fez.

— *Sai da frente* — falei de novo, uma pressão subindo em meus ouvidos.

Neve deu um passo à frente e, antes que eu pudesse me afastar, agarrou meus ombros. Tentei me desvencilhar, mas ela era de uma força surpreendente, me prendendo no lugar. Me forçando a ficar parada. A sentir... tudo aquilo.

Eu nunca havia me sentido tão exposta como naquele momento, despojada de uma vida inteira de mentiras e de um papel que desempenhava com cuidado. A verdade humilhante estava exposta para todos verem. Escondido sob todas aquelas camadas de cinismo e frieza não estava a minha força. Era o meu medo. A garotinha que eu havia tentado deixar para trás.

Eu me aconcheguei no abraço de Neve, o rosto enterrado em seu ombro.

— Sinto muito — disse ela com suavidade, envolvendo-me com os braços. — Por favor, não fuja de nós.

Cada parte de mim parecia prestes a quebrar. Por um momento, senti o cheiro de pinho e percebi que ainda estava usando o suéter dele. Eu recuei, arrancando a peça de roupa e jogando-a sobre uma das criaturas. O frio era melhor do que tê-lo tocando minha pele.

— Sou tão burra! — exclamei com a voz rouca. — Permiti que isso acontecesse de novo.

Sozinha.

Descartada por algo mais importante. E *era* mais importante... salvar a mãe dele, fugir do pai, tudo isso havia superado qualquer confiança que tivesse surgido entre nós.

Isso se ele estivesse mesmo dizendo a verdade, aquela voz familiar sussurrou na minha mente. *Emrys Dye, tão esperto, sempre rápido para se esconder e mentir.*

Pensar nisso foi o bastante para acabar comigo. Eu tinha contado minha verdade para ele. Tinha contado coisas que nem mesmo Cabell sabia.

— Ele é o único que deveria sentir vergonha — soltou Caitriona, a raiva fervilhando em cada palavra. — Ele enganou a todas nós.

Olwen acariciou meu braço, seus dedos deslizando na ferida que ela havia enfaixado às pressas.

— Não precisa afastar ele do seu coração, mas não deixe que o amor em você se endureça por causa dele. Ele não valia a pena.

— O que você quer dizer com isso? — perguntei.

— Eu deveria ter dito algo sobre isso antes, mas não queria magoá-lo. — Seu sorriso tinha um quê de tristeza. — Reconheço essa espada que você carrega e conheço a história dela. Mari me contou anos atrás.

— Então... — indaguei: — Qual é?

— Acredito que essa lâmina se chame Dyrnwyn, ou Punho Branco. Ela foi forjada em Avalon e já foi carregada por um rei, Rhydderch Hael — explicou Olwen. — Dizem que a lâmina ardia em chamas quando era empunhada por alguém digno e de linhagem distinta.

Eu a encarei.

— Tem certeza? — perguntou Caitriona.

— Obrigada pelo voto de confiança — respondi secamente, mas um discreto sorriso se formou quando ela percebeu a implicação do que dissera.

— Não, não foi *isso* que eu quis dizer — protestou ela —, é óbvio que você é digna.

— Não sou, de verdade — retruquei —, e não me senti ofendida. Vamos testar a teoria?

Segurei a espada na direção delas para que pegassem o punho, mas as três deram um passo para trás.

— Sério? — perguntei.

— Não quero que um pedaço de metal me julgue — defendeu-se Neve, erguendo as mãos.

— Estou satisfeita com meu próprio senso de valor — falou Olwen.

Caitriona encarou o objeto por mais tempo do que as outras, mas, no final, ainda se afastou.

— Tamsin, tem certeza de que não quer ir atrás dele? Com a trilha na neve, vai ser fácil seguir seus passos.

Neve segurou minha mão, observando-me, esperando que eu escolhesse.

Eu poderia seguir Emrys. Provavelmente conseguiria até pegar o Anel da Dispersão de volta antes que ele o entregasse a Madrigal. O portal talvez ainda estivesse aberto.

Mas precisava pensar no ritual. Havia Cabell, Neve e Bedivere, e as sacerdotisas que haviam se tornado amigas por mais que eu tentasse afastá-las. Precisava pensar nos sobreviventes na torre que, contra todas as probabilidades, ainda resistiam. Precisava pensar em Avalon, no lugar de vida e de beleza que ela poderia voltar a ser.

— Não. Ele já se foi — respondi.

— Como ele planeja retornar ao seu mundo — perguntou Olwen — sem nenhuma de nós lá para abrir o caminho para ele?

Neve e eu trocamos um olhar.

— Quanto a isso... — comecei.

Os olhos de Olwen se arregalaram de admiração com a história da Bruxa da Névoa, a oferenda e suas instruções de que o portal só poderia ser usado uma vez para entrar em Avalon e outra para voltar ao mundo mortal.

— Acredito que seremos capazes de abrir o caminho original de volta ao mundo mortal para você, mesmo que o ritual não dê certo — comentou Olwen.

— Vai dar certo — retruquei. *Precisa* dar certo.

— Está com raiva de nós por termos escondido isso de você? — perguntou Neve, dando uma olhada para Caitriona.

Seu cabelo prateado brilhava com a neve que caía das árvores.

— Não, porque mesmo agora, com o caminho para casa aberto, vocês escolheram ficar. Com a gente.

Neve sorriu.

Caitriona pigarreou, virando-se de costas para nós.

— Temos que seguir em frente. Não quero que os outros fiquem ainda mais preocupados do que já devem estar.

Comecei a andar de cabeça erguida, deixando que o caos em meu peito se abrandasse e uma nova calma se apoderasse de mim. Neve sorriu para mim quando olhei para ela, e não havia nada em seu olhar caloroso que se assemelhasse a pena ou receio. A quietude da ilha me deu a dádiva da lucidez repentina. A compreensão de que a dor que passara tanto tempo temendo era exatamente o que me dizia que eu havia sobrevivido à perda.

Seguimos o ritmo uma da outra enquanto as sombras ao nosso redor se aprofundavam para dar as boas-vindas à longa noite.

Paramos uma vez para descansar, permitindo que Olwen verificasse se havia sinais de infecção nos curativos, mas foi apenas por alguns instantes.

Com o atame em mãos, estavam ansiosas para fazer o ritual de purificação e eu estava cada vez mais ansiosa para voltar para Cabell. Depois do que aconteceu com Bedivere... eu não conseguia imaginar como ele estava se sentindo.

Enfim avistamos a torre, as pedras mais altas iluminadas pelas fogueiras que ainda ardiam no fosso. A expressão de Caitriona se suavizaram ao vê-la, e ela apertou o passo.

Mas quando saímos do último trecho da floresta, me peguei andando mais devagar.

— O que foi? — perguntou Neve.

— Cadê eles? — perguntei, olhando em volta. Antes de sairmos, os Filhos haviam formado um círculo ao redor do perímetro da torre, que já deveríamos ter atravessado.

— A renascida deve tê-los chamado até ela — sugeriu Neve quando finalmente alcançamos Caitriona no caminho. Ela estava na linha das árvores, observando a torre ao longe, as pedras antigas brilhando iluminadas pelas chamas. Longas faixas vermelhas desciam pela parede mais próxima, refletindo a luz como seda. A névoa permanecia sobre o caminho de um quilômetro de extensão que levava ao fosso. A ponte levadiça, para minha surpresa, já havia sido baixada.

A árvore Mãe parecia mais escura a essa distância. Seus galhos superiores estavam cobertos de branco, mascarando o pouco verde que restava.

Os passos de Olwen esmagavam a neve atrás de mim, mas quando ela chegou ao meu lado, paralisou no meio do caminho. Respirava com dificuldade, as lufadas brancas se misturando à névoa. Pela primeira vez, percebi que não estava sentindo apenas o cheiro da fumaça do fogo. Algo amargo a realçava — tecido queimado, talvez.

E algo pior.

— Parece que eles começaram a comemorar sem a gente — comentou Neve, semicerrando os olhos. — Mas me pergunto por que penduraram essas faixas vermelhas...

E então eu entendi.

Caitriona deu um grito rouco, descendo a colina em disparada até a ponte levadiça abaixada. Olwen seguia logo atrás dela, tropeçando na neve e nas pedras pelo caminho.

Eu não conseguia me mover. A escuridão se enrolava ao meu redor, pressionando meus ombros com mãos geladas, prendendo-me no lugar.

— Não são faixas, Neve — consegui dizer —, isso é sangue.

45

O silêncio dos mortos tinha um poder próprio, enorme e terrível. Como uma vidraça escura, ele engolia tudo, e nada, nem mesmo a luz, ressurgia.

O pátio havia se transformado em um campo de batalha, a arena para um último e desesperado combate. Um lugar em que apenas moscas e ventos malignos se atreviam a entrar agora.

A metade inferior da árvore Mãe estava carbonizada, as folhas que restavam tinham sido pisoteadas e se misturavam à neve ensanguentada. Deri estava em uma pilha de gravetos ao lado da árvore, ainda agarrado ao tronco maciço. Os corpos dos duendes rodeavam a árvore como uma auréola de morte.

Cada parte do meu corpo se retesou, desesperada para virar e fugir. Eu me forcei a ficar ali, em frente àquela chacina. Eu me forcei a ver.

A ver tudo.

Betrys estava caída pouco antes do portão, a primeira linha de defesa entre os monstros e os inocentes que estavam lá dentro. Empunhava a espada com força, mesmo na morte. Arianwen jazia perto dela, seu corpo cobrindo o de Lowri. Seren e Rhona estavam deitadas nos degraus brancos da torre, com as mãos estendidas uma para a outra em meio à carnificina ao redor. Rios de sangue fluíam das pedras e secavam em riachos cor de ferrugem.

O fedor da morte, da decomposição, era a única coisa que parecia real. Olwen estava se movendo, tropeçando entre os corpos, gritando e soluçando enquanto procurava desesperadamente por vida neles.

Caitriona correu para a torre, escalando os restos de tudo o que ela conhecia e amava. As portas do grande salão, que já haviam sido poderosas, tinham sido estilhaçadas e arrancadas das dobradiças. E quando seus gritos angustiados ecoaram pelo pátio, eu soube que ninguém lá dentro havia sobrevivido.

Neve disse algo atrás de mim, com a voz rouca e falhando, mas eu era egoísta. Eu só conseguia pensar em uma coisa. Em um nome.

Cabell.

Meu irmão... Ele... Não podia ser.

Nada daquilo podia ter acontecido. Não era real.

Saí correndo, vasculhando os corpos, virando-os para revelar a agonia de suas mortes, rostos devastados, rasgados e devorados. Eu sabia que estava gritando quando se tornou impossível respirar, chamando o nome dele, implorando a quaisquer deuses que pudessem realmente existir.

Era impossível fugir dos mortos, os ecos de seu terror absoluto naqueles momentos finais pairavam ao nosso redor na névoa. Os animais foram abatidos no estábulo. Homens e mulheres jaziam pendurados nas paredes, os corpos divididos e a pele dilacerada. Aled e Dilwyn estavam no jardim de Olwen. Angharad e inúmeros outros estavam no pátio, onde alguns brotos haviam emergido da terra para serem batizados em sangue.

Onde estava Cabell? *Onde?*

Corri para os calabouços, para as fontes, para o caminho sob o depósito de armas até que, por fim, vi que a porta da cozinha havia sido arrancada, e a lembrança da voz de Bedivere atravessou o pânico abrasador em minha mente: *A última esperança de Avalon.*

Passei por cima dos corpos de Filhos e de avalonianos para entrar. O armário havia sido separado da parede, bloqueado pelo corpo de um homem, e eu o escancarei, deslizando pela escada manchada de sangue.

E depois de tudo o que eu tinha visto, o que estava lá embaixo, no caminho das fadas, foi o que fez a bile queimar minha garganta.

O sangue quase cobria minhas botas, preto e espesso na escuridão. Tirei a lanterna da mochila, minhas mãos tremendo tanto que quase a derrubei enquanto examinava os corpos ao meu redor. O que havia sobrado deles.

Qualquer um que tivesse ousado descer até ali fora encurralado. A porta que levava ao bosque estava fechada. Trancada. E sem esperança de escapar, eles foram estraçalhados.

O feixe de luz da minha lanterna iluminava o massacre, e prendi a respiração para não ter que sentir o forte odor da morte. Pedaços da armadura familiar de Bedivere estavam espalhados entre os corpos. O frio serpenteava ao meu redor enquanto a luz atravessou um pedaço de couro marrom desgastado.

Vi minha mão se estender para o chão encharcado de sangue, meus dedos mergulhando na poça escura e macabra para pegá-lo. O pedaço de couro era do tamanho da palma da minha mão, ainda reconhecível como uma gola de jaqueta. Eu me peguei virando-o e observando o bordado feito com todo o cuidado por uma criança, antes amarelo, agora carmesim, e as letras LAR. Debaixo dele, como um sigilo de maldição oculto, havia um pedaço de pele pálida tatuada.

Tombei o corpo para a frente e vomitei tudo o que tinha na barriga. Arfava e vomitava até que perdi toda a sensibilidade nas mãos e deixei cair o pano e a lanterna.

A escuridão me engoliu e eu não sabia para onde me virar, não sabia qual era a saída. Uma dor como nunca havia sentido antes me dividiu em duas, e tudo o que consegui fazer foi me segurar na parede atrás de mim para tentar não me afogar no que restava dos mortos.

De Cabell.

Eu chorei, o som ecoando nas paredes de pedra, meu corpo inteiro pesando. Tudo... tudo para *isso*. Para que a pessoa que eu mais amava no mundo tivesse vivido esse sofrimento — essa dor e esse medo na escuridão, o momento em que se dera conta de que não conseguiria escapar, de ser reduzido a nada mais do que a memória e isso... *isso*...

Eu não conseguia encontrar a saída e não tinha para onde ir. Então, fiquei ali, as lágrimas escorrendo, esperando e rezando para morrer de tanta dor até que Neve finalmente me encontrou e me levou para fora.

46

Fiquei ali, sozinha, encostada na parede externa, encarando a floresta escura. O tempo brincava com minha mente e, ali, em um lugar da noite quase sem fim, ele parecia importar ainda menos. Parte de mim esperava que, se eu ficasse ali, deixando o vento frio fazer o que quisesse comigo, também me transformaria em pedra. Eu não teria que desfazer a fogueira de pensamentos em minha mente nem aliviar a palpitação em meu peito.

Meus olhos lacrimejavam por causa do frio, mas as lágrimas não vinham. O poço dentro de mim havia se esvaziado de uma forma quase assustadora. Quando se encheu de novo, foi com um veneno familiar. Um veneno do qual eu merecia cada gota ardente.

Isso é culpa sua.

Você o trouxe aqui porque achava que sabia o que fazer.

Foi tudo em vão.

Você teve o que merecia.

E ele morreu odiando você.

Meu irmão... sensível, brilhante, talentoso e encantador. O melhor não apenas dos Lark, mas de qualquer lugar. Avalon não lhe trouxe nada além de dor e morte. Eu nunca deveria ter pedido a ele que viesse comigo.

Nunca deveria ter ido atrás de Nash.

O peso da perda me atingiu de novo, me deixando sem fôlego. Cabell estava tão perto do fim de seu pesadelo. Tão perto de se libertar da escuridão que havia tentado sufocar todos os últimos vestígios de esperança que ele tinha. Para devorá-lo.

Eu não conseguia fechar os olhos sem imaginar isso. Como a morte havia chegado de maneira tão rápida e selvagem para todos eles, poucas horas depois da salvação da ilha.

Uma fúria sombria se apoderou de mim, trazendo o gosto de bile à minha boca de novo. Não havia nenhuma Deusa ou qualquer outro deus. Não havia destino. Só existiam as incertezas cruéis da vida.

A névoa da ilha vagava por entre as árvores, estendendo seus dedos longos e perscrutadores em direção à torre. A última magia das Nove havia se esvaído, e o fogo não ardia mais dentro do fosso. Fiquei olhando para baixo, os olhos percorrendo os ossos, a madeira carbonizada, as espadas e os escudos que haviam caído e se distorcido com o calor.

O que eu deveria fazer? Não havia quase nada do meu irmão para enterrar. O caminho para a barcaça, para o mundo humano, estava livre e não havia nada que impedisse a mim ou a qualquer outra pessoa de partir, mas o que restava para mim lá? Uma vida pequena, repleta de lembranças dolorosas de ter sido abandonada e de ter me sentido inútil. Um emprego que herdei, uma guilda que nunca me quis, nenhum amigo em quem me apoiar, nenhum lugar para onde ir, a não ser para uma casa que deveria ser compartilhada, cheia de coisas de que meu irmão nunca mais precisaria.

No fim, o que restou?

O choro silencioso preencheu a escuridão e uma luz fraca surgiu abaixo. Com os músculos rígidos, eu me afastei da parede e olhei para o pátio.

Olwen estava colocando os corpos lado a lado, arrumando com carinho até os que estavam com uma forma mais grotesca. Ela tentou limpar seus rostos, braços e pernas, mas quando chegou perto de Betrys começou a tremer. Ela pressionou o rosto em seu avental ensanguentado para abafar seus gritos.

Isso.

A palavra reverberou em mim, de um jeito tão límpido como se alguém a tivesse sussurrado em meu ouvido.

Isso. Era o que me restava.

Elas.

Segui meu caminho ao longo da parede, parando para tomar em meus braços o corpo de um homem caído sobre seu arco quebrado. Eu o levei para baixo das escadas, com dificuldade devido ao seu peso, e o coloquei ao lado dos outros. Olwen ergueu o olhar, mas eu já estava subindo as escadas de novo, onde mais mortos esperavam.

Trabalhamos em silêncio, e descobri que o movimento e a concentração acalmavam meus pensamentos. Em algum momento, Neve se juntou a nós, lavando e preparando os mortos enquanto Olwen e eu os levávamos até ela. Neve, que antes era tão interessada na morte, havia perdido o último vestígio de luz em seu olhar quando a dura realidade a dominou.

Então Caitriona chegou, carregando o corpo frágil de Mari para fora da torre. Ela deitou Mari ao lado das irmãs, o rosto rígido por conta da emoção mal reprimida.

Ela trouxe Flea por último, mas quando chegou perto de nós, parou. Ela segurou a garota com mais força e seu rosto ficou tenso sob as bandagens.

— Cait — disse Olwen baixinho, levantando os braços.

— Não — disse a outra garota com rispidez, segurando Flea.

— Ela já se foi, meu bem — lamentou Olwen. — Não há nada a ser feito agora.

— *Não.* — Caitriona fechou os olhos, suplicando.

Neve se levantou e foi até Caitriona, colocando uma das mãos gentilmente em suas costas e guiando-a para frente. Limpei o suor e a sujeira do meu rosto com a manga da jaqueta, mal conseguindo olhar enquanto a menina era colocada com os outros.

Flea parecia estar quase em paz e, de alguma maneira, isso piorou as coisas, porque eu sabia que seus últimos momentos não tinham sido assim.

Eu me agachei ao lado dela, tocando sua mão, observando-a como fiz com os outros. Eu não queria me esquecer de nenhuma parte dela. A estrutura pequena de seus ossos. As finas veias azuis em suas pálpebras. Os fios loiros platinados presos em seu gorro de tricô.

Peguei sua mão esquerda e a limpei com um pano novo. Olwen pegou sua mão direita, colocando nela um pequeno maço de ervas e flores secas, como havia feito com todas as outras. Caitriona se afastou, com lágrimas escorrendo pelo rosto. Neve ficou ao seu lado, olhando para mim com um ar de desamparo enquanto colocava a mão no cotovelo de Caitriona.

Com toda a delicadeza, coloquei a mão de Flea sobre sua barriga, mas, quando recuei, meus dedos pairaram em algo enfiado no cós de sua calça. Franzindo a testa, levantei o tecido rígido com o sangue.

— O que é isso? — perguntou Neve, inclinando-se por cima do meu ombro.

As outras se aglomeraram ao meu redor enquanto eu segurava a pedra plana do tamanho da palma da mão em direção à névoa brilhante mais próxima.

Não. Não era pedra, era um osso. E as gravuras...

Olwen se levantou e desapareceu em sua oficina, reaparecendo alguns instantes depois com uma cesta contendo o vaso da Alta Sacerdotisa Viviane. Ela virou a escultura de cabeça para baixo e eu coloquei o fragmento de osso no buraco, ajustando o ângulo até que ele se encaixasse perfeitamente no lugar.

— Onde ela encontrou isso? — Caitriona respirou fundo.

— Ou de quem ela roubou? — perguntei, as palavras soando ásperas.

— Verificávamos as coisas dela todas as noites para procurar itens desaparecidos — revelou Olwen, colocando as mãos sobre as mãozinhas de Flea. — Ela deve ter encontrado isso enquanto estávamos fora.

— O vaso pode ser consertado? — perguntei. — Se alguém o quebrou intencionalmente, quero saber quais memórias estavam tentando esconder.

Olwen balançou a cabeça.

— Não há ninguém vivo que possa consertá-lo e juntá-lo de novo com magia.

Um pensamento perpassou minha mente, quieto e cheio de expectativa.

— Não neste mundo. Mas e se houvesse alguém no mundo mortal?

O Cortador de Ossos vinha fabricando chaves para maçanetas de esqueleto há séculos e podia obter qualquer coisa, até mesmo veneno de basilisco. Se não conseguisse consertar o vaso, talvez conhecesse alguém que conseguiria.

Coloquei o fragmento de osso na cesta e o cobri com o pano. Ele nos acompanharia em nossa jornada.

Caitriona acariciou a bochecha fria de Flea.

— O que vamos fazer? — perguntou Neve após alguns instantes. — Enterrar todos?

Caitriona balançou a cabeça.

— Não podemos. Temos que queimar, como fizemos com os outros.

— Mas a maldição... — começou Olwen.

— Não sabemos se a maldição ainda está na terra — explicou Caitriona. — É melhor que suas almas se libertem para a morte para sempre do que arriscar que se transformem nas mesmas criaturas que os mataram.

— Tamsin e eu podemos ajudar — disse Neve.

— Não — retrucou Caitriona. — Honrar os mortos é um dos deveres mais sagrados de uma sacerdotisa de Avalon. Deve ser nosso último ato como tal.

— Você ainda é uma sacerdotisa de Avalon — comuniquei a ela.

— Sou a sacerdotisa de nada — retrucou Caitriona, levantando-se. — Isso é tudo o que sempre serei.

Colocamos os corpos no campo dentro do pátio, onde as plantações poderiam ter crescido, se houvesse tempo. Caitriona cantou diante do fogo, as palavras saindo ásperas de sua garganta. No entanto, quando Olwen pegou sua mão e começou a cantarolar uma melodia baixa, Caitriona se afastou.

Faíscas surgiram entre os corpos, tornando-se pequenas chamas ao serem alimentadas pelos destroços que usamos como lenha.

— Não vou rezar para uma deusa que permitiu que uma coisa dessas acontecesse — argumentou Caitriona.

Olwen parecia querer abraçá-la, mas, por fim, abaixou a cabeça e cantou a oração sozinha.

— *Para você, Mãe, enviamos aqueles que amamos...*

A canção desvaneceu sob o sopro do fogo que se espalhava, se alastrando cada vez mais nos pedaços de mobília quebrada, no feno, pelos corpos, envolvendo-os, por um único instante, em pura luz.

Nós quatro ficamos juntas, observando enquanto a fumaça se tornava prateada na escuridão e se fundia à névoa que se aproximava. Pelo canto do olho, vi Caitriona dar um passo à frente, como se fosse subir na pira.

— Se fosse para morrermos — gritou ela —, se fosse para morrermos, devíamos morrer juntos. Essa dor... não consigo suportar a ideia de nunca mais vê-los de novo.

O ar brilhava com o calor. Do outro lado do mar de chamas e fumaça, uma criatura pálida estava de pé, nos observando. Seu chifre brilhava conforme ela abaixava a cabeça. Limpei a cinza e a sujeira dos olhos, sem acreditar no que via, e então olhei de novo, mas tudo o que vi foi o fogo.

Olwen entrelaçou o braço ao de Caitriona, para confortá-la ou para mantê-la ali, não saberia dizer. Neve olhou para mim, demonstrando que estava com seu coração despedaçado para todos verem.

Elas.

Eu não tinha sido capaz de salvar Cabell ou qualquer um dos outros. Mas eu poderia ajudá-las. Cuidar delas.

— Me escolham.

As palavras soavam grosseiras, nascidas de uma parte lá no fundo do meu ser que eu me esforçara para afastar. Da criança que foi abandonada. Da menina tantas vezes deixada para trás.

— Me escolham — repeti, as palavras arranhadas pelo desespero, enquanto as outras se viravam para mim. — Me escolham, porque eu escolho vocês.

— Tamsin... — sussurrou Neve.

— Não posso ser o que eles representavam para vocês, eu sei disso. E nunca fui uma boa pessoa — confessei, sentindo uma onda de calor me atravessar. — Mas estou me esforçando e sei que, o que quer que aconteça, vou conseguir suportar... vou conseguir sobreviver... se nós quatro estivermos juntas. Então, por favor, me escolham, só...

Dei um passo para trás, levando as mãos ao rosto, mas alguém estava lá para afastá-las... Caitriona. Suas mãos eram ásperas e calejadas quando ela segurou as minhas.

— Escolhi você assim que soube que tinha ido atrás do atame — declarou ela. — O fato de você ter se arriscado por todos nós foi um ato de coragem e esperança. Por toda a minha vida, enquanto eu existir, serei sua amiga. A promessa que aqui fazemos, que ninguém possa quebrá-la.

Olwen e Neve estavam posicionadas uma de cada lado nosso, e os braços de Olwen eram macios e quentes quando ela nos abraçou. Neve colocou as mãos em cima das nossas, já unidas. Algo em mim se acalmou, aliviando o aperto em meu peito. Meus pulmões, meu coração e meu corpo inteiro pareciam ter sido tomados com alguma emoção maior, como se essa promessa tivesse sido selada com magia.

— Se estivermos juntas, vamos sobreviver — afirmou Olwen com a voz embargada. — Mas precisamos decidir o que fazer.

— Vocês vão voltar para o mundo humano com a gente? — perguntou Neve, olhando entre elas. — Poderiam abrir o caminho. Nós atravessaremos com vocês.

Fiquei surpresa quando Caitriona respondeu apenas:

— Sim. Acho que... acho que agora não temos outra escolha.

— E quanto ao ritual? — perguntei.

— O que tem ele? — indagou Olwen.

Eu sabia que minha expressão devia demonstrar o choque que sentia, porque vi a confusão no rosto delas.

— Depois de tudo que passamos, não vale a pena tentar?

— Não temos todas as Nove. Nunca mais teremos — lamentou-se Caitriona.

Apertei suas mãos com mais força, não deixando que ela recuasse.

— É *simples*. Não sei se as instruções dizem o que vocês acham que dizem. Em nenhum lugar diz que é preciso *ter* um número específico de sacerdotisas para realizar a cerimônia.

— *Dê as mãos às suas Irmãs e sejam uma só, de coração e de poder, de novo* — recitou Neve, então ficou pensativa. — Vocês devem saber melhor do que nós, mas entendo o que Tamsin quis dizer. Pode ser que aqueles que vão realizar o ritual só precisem estar unidos no mesmo propósito.

— *Sejam uma só, de coração e de poder, de novo* — recitei. — Isso me parece puro floreio poético.

Caitriona ainda balançava a cabeça, o rosto atormentado.

— Ao menos serviria para restaurar a terra — ponderou Olwen — e purificar a névoa.

— A Deusa já nos deixou — retrucou Caitriona —, ela foi embora de Avalon.

— Não acredito que isso seja verdade — protestou Olwen. — Por que outro motivo Neve estaria aqui? E Tamsin? Elas foram trazidas até nós por um motivo, e tenho que acreditar que esse é o motivo.

Caitriona estava em um debate interno, dava para perceber, mas parecia ceder à ideia, eu conseguia sentir.

— Por favor... — implorou Olwen. — Eles não podem ter morrido em vão.

E, finalmente, sob a luz brilhante da pira, Caitriona se virou para a torre e nos conduziu ao grande salão em uma procissão silenciosa.

47

Enquanto Olwen e Caitriona preparavam o altar no grande salão, purificando-o com incenso e óleos, Neve e eu subimos as escadas para vestir roupas limpas e recolher nossos pertences. O céu estava começando a clarear com a primeira luz, e tudo o que eu conseguia pensar era que ele tinha a mesma cor da fumaça que ainda subia da pira. O cheiro dos corpos queimando fazia meu estômago se revirar, mas eu não tinha mais nada para vomitar.

Neve fechou a porta uma última vez e observou enquanto eu me movia em direção ao quarto que Cabell e Emrys haviam compartilhado.

Parei, sentindo as palavras brotarem em mim... a história que finalmente queria ser contada.

— Você estava certa — falei para ela. — Eu tenho uma marca da morte.

— Tamsin... — disse ela com suavidade.

— Nash e Cabell me abandonaram em nosso acampamento. Tinham ido procurar a adaga de Arthur no covil de outra feiticeira e eu não tinha como ajudar. — Engoli o nó preso em minha garganta — E então eu a ouvi... Ouvi uma voz no vento. Achei que ela estava me chamando. Era uma Dama Branca.

Uma mulher que havia sido assassinada pelo amante e deixada ali para guardar o tesouro dele até que ela matasse outra mulher para tomar seu lugar.

— Eu era uma criança burra, zangada demais e magoada demais por eles terem me abandonado — sussurrei. — Apesar de eu saber que não era verdade, apesar das tantas histórias de fantasmas que Nash tinha nos contado, eu só conseguia pensar *ela me quer*. Sei que isso vai parecer absurdo, mas... parte de mim chegou até a se perguntar se ela era minha mãe que finalmente tinha vindo me buscar.

Ficamos sozinhas no campo aberto e coberto de neve e, mesmo quando ela estendeu a mão para tocar a pele sobre meu coração, para congelá-lo, eu me perguntei se o olhar dela era de amor.

Neve me abraçou por trás, pressionando a lateral de seu rosto no meu ombro. Em vez de me afastar, eu me inclinei para ela.

Quando ela me soltou, esperou que eu olhasse para trás antes de dizer em voz baixa:

— Vou até a biblioteca rapidinho, dar uma última olhada por lá.

Assenti.

— Encontro você lá em um minuto.

Esperei até que os passos dela desaparecessem na escada antes de encarar a porta de novo e abri-la.

O quarto ao lado tinha a mesma arquitetura do nosso. O ar estava ainda mais gelado no cômodo vazio. Para além da mochila de Cabell na ponta da cama, não havia sinais de que alguém tivesse dormido ali.

O ressentimento me invadiu de novo. Emrys não tinha como saber que encontraríamos o anel, mas o fato de não ter deixado nenhum vestígio dele no quarto... Isso me fazia pensar.

Não me importo, pensei, pegando a mochila de Cabell e abraçando-a contra o peito. *Não me importo*.

Enfiei a mão no bolso da jaqueta e segurei com força o pedaço de madeira lisa. Apertei mais forte conforme a emoção me dominava, até que as pontas afiadas rasgassem minha pele.

Então, respirando fundo, coloquei o pequeno pássaro esculpido em cima do travesseiro e fui embora.

Quando encontrei Neve, ela não estava vagando entre as prateleiras de carvalho da biblioteca, mas no fundo do cômodo, contemplando as tapeçarias que cobriam as janelas. Em uma delas, um homem envolto em galhos levantava a espada para enfrentar o cavaleiro da outra, envolto em azevinho.

Neve olhou para trás quando me aproximei dela.

Toquei a figura tecida que surgia com folhas de carvalho.

— Você já ouviu essa história? O Rei Azevinho e o Rei Carvalho?

— Não — disse ela. — Mas posso adivinhar... eles representam a virada das estações?

— Basicamente — confirmei. — São personificações do inverno e do verão, ou a metade escura e a metade clara da Roda do Ano. Eles duelam entre si sem parar, com seu poder aumentando e diminuindo conforme a estação vai e vem. Algumas versões dizem que o Rei Azevinho é o Lorde Morte e que eles estão duelando por uma mulher que ambos amam, ou pela própria Deusa.

Era surpreendente ver essa história representada ali, mas, dado o tamanho da biblioteca e a variedade de manuscritos que ela guardava, imaginei que os avalonianos colecionassem histórias de todo o mundo.

— A gente deveria descer? — perguntou Neve, com dificuldade para pegar a pochete. Embora o feitiço a tivesse aumentado por dentro, não ajudou muito a aliviar o peso da carga.

— Sim — respondi e, tomada por um forte impulso, toquei seu braço. — Obrigada por ser minha amiga, mesmo quando eu não merecia.

— Você não deixou a tarefa nada fácil — brincou ela —, mas tudo que realmente vale a pena é difícil.

Passos ecoaram até nós vindos da escada. Eu me virei em direção a ela, esperando ver Olwen ou Caitriona lá, mas ninguém apareceu.

Franzi a testa, indo até a escada, mas não havia ninguém. Neve e eu trocamos um olhar e continuamos a descer os degraus e à procura no corredor escuro do andar inferior. Algo se movia ali, sem dúvida.

— Ah — sussurrei, agachando-me. — Venha cá, seu malandrinho.

Um gatinho cinza trêmulo, com o pelo coberto de sangue, saiu das sombras e quase pulou em meus braços estendidos. Suas garras agarraram a frente da minha jaqueta enquanto ele tentava se enrolar no meu pescoço.

— É o gato da Mari — expliquei a Neve. A cauda dele passou pelo meu rosto e me fez lembrar de casa.

Neve estendeu a mão, acariciando a cabeça macia do gatinho.

— Onde você estava escondido, pequeno Griflet?

E o que você viu?, eu me perguntava.

— Você gostaria de viver em uma biblioteca? — perguntei ao gatinho enquanto Neve e eu descíamos para o grande salão. — Com muitos outros amigos fofos e sacanas?

Olwen nos encontrou na escada.

— Estava indo atrás de vocês.

Afastei meu cabelo para que ela pudesse ver o gatinho. A expressão de Olwen se tornou uma aquarela de emoções, nenhuma forte o suficiente para ser mantida por mais de um segundo.

— Ah, Mãe Santíssima!

Com cuidado, ela tirou as garras do gatinho do meu casaco e o colocou na dobra do braço. Ele ronronou, contente.

— Você está pronta? — perguntou Neve.

— Sim. — Olwen coçou entre as orelhas desgrenhadas de Griflet. — O ritual tem que ser realizado ao amanhecer, então não temos tempo a perder. — O grande salão ainda cheirava a sangue e ainda era possível ver as manchas escuras no chão, mesmo depois de tentarmos limpá-lo. A estátua da Deusa pairava sobre o altar, seu corpo de pedra branca manchado de sangue. No centro de seu peito, uma vela ainda queimava.

Caitriona estava de costas para nós, olhando para os itens diante de si: o atame, a varinha, o cálice, uma tigela com o que parecia ser terra e uma jarra com água da nascente. Ao ouvir Griflet miando baixinho, ela se virou, os olhos arregalados.

— Como isso? — perguntou ela.

— Tamsin e Neve o encontraram escondido no andar de cima — explicou Olwen.

Ela o ergueu e encostou seu rosto macio em sua bochecha, depois o colocou na cesta com o vaso de Viviane. Griflet se aninhou no cobertor macio que cobria o fundo do artefato.

Neve e eu colocamos nossas mochilas ao lado do cesto e aceitamos as finas coroas de folhas verdes e madeira retorcida que Olwen colocou sobre nossas cabeças.

— Eu não tenho magia — comentei quando entendi.

— Confie em mim. — Foi tudo o que Olwen disse.

Caitriona fez sinal para que nos reuníssemos ao redor do altar. Quando me afastei um passo, Olwen me empurrou gentilmente para o lugar entre ela e Caitriona. Congelei, sentindo meus batimentos em minhas veias enquanto olhava para o topo preto e brilhante do altar. As manchas de ouro e prata na pedra polida pareciam estrelas em um céu noturno.

A lâmina do atame brilhava. O cálice era de prata, simples em sua forma, mas com bordas incrustradas de safiras e esmeraldas brilhantes. Mas foi a varinha que chamou minha atenção. Mais comprida do que meu braço, mais comprida até do que a própria varinha de Neve, parecia um galho reto com uma ponta de prata.

Olwen usava vestes cerimoniais, mas Caitriona não. Ela se abaixou para pegar o enorme tomo que havia colocado aos seus pés.

Respirei fundo enquanto ela folheava as páginas, revelando vislumbres de cores e iluminuras gloriosas. Neve se remexeu, pigarreando no silêncio. Pelo canto do olho, eu a vi decidir: ela colocou a varinha perto de nossas mochilas, liberando as mãos para que a magia fluísse naturalmente.

— *Salve Mãe de Todos, o coração do mundo...* — A voz de Caitriona vacilou, mas voltou a ficar firme conforme ela entoava o cântico. As palavras eram graves e marcadas por uma boa pitada de raiva. — *Terra de seu corpo.*

— *Terra de seu corpo* — repetiu Olwen, passando a língua pelos lábios rachados enquanto Caitriona colocava um punhado de terra no cálice.

— *Água de seu sangue.*

Olwen repetiu de novo, despejando água no cálice.

— *Sopro de sua filha.*

Olwen se inclinou para frente e soprou no cálice.

Uma névoa estranha subiu e passou por cima dos degraus, como se tivesse sido invocada pelos cânticos. Ela se espalhou pelo grande salão como raízes no solo escuro, preenchendo o caminho até nós.

Caitriona usou a vela da estátua para acender outra.

— *Fogo de sua alma.*

— *Fogo de sua alma* — repetiu Olwen. E então, juntas, elas disseram:
— *Nós invocamos seu poder.*

Caitriona fechou o livro e pegou o atame, entoando cânticos enquanto cortava a palma da mão e derramava o sangue no cálice.

— *Que aquilo que morre encontre sua luz e renasça.*

Olwen pegou a adaga do ritual em seguida, fazendo um corte rápido e limpo na palma da mão, antes de acrescentar seu sangue ao cálice. Aos nossos pés, uma névoa se formou.

— *Que aquilo que morre encontre sua luz e renasça.*

Neve foi a próxima, repetindo as palavras.

— *Que aquilo que morre encontre sua luz e renasça.*

E então foi a minha vez. Senti os olhos delas em mim quando levei a ponta fina da lâmina à minha mão. Meu braço doía com a lembrança, e uma imagem da Alta Sacerdotisa surgiu por trás das minhas pálpebras até que eu me forcei a abri-las. Respirando fundo mais uma vez, cortei minha pele. A lâmina era afiada o bastante para que ardesse só por um breve instante.

— *Que aquilo que morre encontre sua luz e renasça.*

Acrescentei meu sangue ao cálice. O toque úmido da névoa subia pelas minhas pernas, chegando na minha cintura. Senti um formigamento no meio do peito que se espalhou, faiscando como as bombinhas que Nash costumava comprar para mim e para Cabell no início do ano novo.

— *Liberte seu coração das trevas, assim como nos libertou. Nós a invocamos, Mãe, para renascer.* — Caitriona parou de falar e pegou a varinha, fechando os olhos. Quando ela ergueu o instrumento, a névoa seguiu como uma teia de aranha presa em sua ponta prateada, brilhando com a luz da vela da estátua. Ela a segurou ali, silenciosa e imóvel.

Até que seu braço começou a tremer.

Até que Olwen fechou os olhos, arrasada.

Eu não sabia o que deveria ter acontecido, mas era dolorosamente óbvio que nada havia acontecido. O ritual não havia funcionado.

Caitriona deixou a varinha no altar e parecia que sua maior vontade era de batê-la na pedra até quebrá-la em pedacinhos.

— Eu disse — falou ela com escárnio. — A Deusa não nos emprestará o poder dela. O coração da Deusa se afastou de Avalon, se é que ela tinha coração.

Caitriona se afastou de nós, indo em direção às mochilas que havíamos juntado para a viagem, e ficou parada, com um olhar de expectativa no rosto que só escondia um pouco o fato de estar prestes a chorar. Fui em sua direção, o sangue pingando de minha palma no altar e no chão.

— Espere.

A voz de Neve me atraiu, fazendo-me voltar. Ela olhava para o cálice, paralisada pelo que via em seu interior.

O líquido escuro girava dentro do cálice. Fios de névoa se erguiam de seu centro, crescendo à medida que se enrolavam no ar, entrelaçando-se entre nós. Caitriona se aproximou lentamente do altar, nitidamente incerta, mesmo quando o líquido se ergueu do cálice, espalhando-se com uma fúria repentina para manchar a névoa.

— O que está acontecendo? — gritei.

A névoa se transformou em um furacão de pressão e vento, espiralando mais rápido até puxar nossos cabelos e roupas. Segurei a mão de Neve por instinto. Ela agarrou a mão de Olwen, e Olwen a de Caitriona, até que, finalmente, Caitriona pegou minha mão livre e formamos um círculo interligado ao redor do altar.

O chão tremeu, sacudindo os candelabros e as mesas. Eu me agarrava a elas, lutando contra a força do ar violento. A massa de névoa escura se ergueu sobre nós, espalhando-se pelo grande salão, arrancando faixas das paredes e derrubando cadeiras.

Havia uma voz no vento do lado de fora da torre, desesperada para entrar. Fechei os olhos, tentando me concentrar nela, tentando entender o que estava dizendo.

Uma canção. A voz era suave, bonita e baixa, como a canção de ninar de uma mãe. Ela crescia em força e beleza, discrepante com o turbilhão ao nosso redor. Era a voz da luz solar quente, da água refrescante de uma piscina límpida, do orvalho nas pétalas e do sopro das árvores. Estava fora de mim e dentro de mim, incentivando-me a cantar.

Cante.

As outras deram voz à canção fantasma, com dificuldade no começo por não saberem as palavras certas, tentando captar a perfeição da melodia. Era inebriante, irresistível, mesmo que eu tivesse tido forças para lutar contra ela. As palavras desconhecidas, palavras sem tradução, apenas um sentimento que tinha gosto de mel em minha língua.

O vento e a névoa aumentaram com nossa música, e o mundo tremeu com ela. Em toda a minha vida, eu nunca havia sentido um poder assim: magia, a mais pura e verdadeira magia. Ela percorreu meu corpo como um raio, eletrificando todos os sentidos até que eu me tornasse ela.

Essa era a sensação de pegar na palma da mão de um deus. Invocar sua magia e liberá-la no mundo, renascer junto dela.

O ritual estava funcionando. Eu gritava a música agora, desesperada para que ela se elevasse acima do som dos ventos fortes e da pressão tempestuosa que se acumulava ao nosso redor. Lágrimas escorriam pelo meu rosto e fui dominada pela magnitude de tudo o que sentia. A alegria, a dor, a libertação.

Eu me forcei a abrir os olhos, tentando capturar tudo, permitindo que as imagens vivessem em minha mente até que não conseguisse mais respirar. Fios reluzentes de branco rasgavam o véu selvagem da escuridão que se expandia. O poder nos ergueu pelos calcanhares até que eu tivesse que me equilibrar na ponta dos pés e, por fim, pairasse acima do chão.

Por entre o ar agitado, rostos surgiram, brilhantes e iridescentes.

Suas feições se tornavam mais nítidas à medida que eu observava, tentando não ceder à vontade de proteger meus olhos da névoa. Lowri. Arianwen. Rhona. Seren. Mari. Betrys.

Flea.

Meu coração parecia prestes a explodir diante dos espectros. Apertei as mãos de Neve e Caitriona, tentando fazê-las olhar, minha garganta doendo. Mas os olhos fantasmagóricos estavam fixos em mim; os lábios deles se moviam, mas nenhum som emergia mais alto do que a música em meus ouvidos e do vento que ameaçava nos levar embora. Eles cantavam conosco. Unindo seu poder ao nosso.

Não. Tão rapidamente quanto veio, a euforia se evaporou. Seus rostos não eram de amor; eram de terror. Todas elas estavam gritando. Gritando a mesma palavra.

Eu me forcei a parar de cantar, segurando Caitriona e Neve com força, mas já era tarde demais.

Com um trovão estrondoso, a ilha entrou em erupção.

O ar foi preenchido por uma estranha luz.

Prateada e fugaz, seus raios rompiam a cobertura de poeira e névoa, caindo sobre mim como dedos frios. Olhei para a sujeira e o sangue acumulados em minha jaqueta, sem entender. O zumbido em meus ouvidos era dolorosamente agudo enquanto eu tentava me sentar, sem conseguir.

Meu braço estava preso sob uma pilha de pedras esmagadas. Com um grunhido de dor, consegui soltá-lo, deslocando um grande bloco. O pedaço de mármore branco rolou para baixo, parando ao meu lado.

Virei a cabeça para encontrar um rosto branco e pálido olhando para mim. Sua expressão serena contrastava com os respingos de sangue que escorriam dela. Uma pequena vela queimava no chão ali perto, com a chama bruxuleando até que, finalmente, uma brisa suave a apagou.

Enquanto o vento juntava e afastava a névoa e a poeira, percebi de onde vinha a luz.

Da lua.

Ela estava cheia e linda lá no alto, coroada por estrelas que brilhavam como joias lapidadas no veludo preto do céu noturno. Fiquei olhando para ela, minha mente tão machucada quanto meu corpo, até que me lembrei.

O ritual.

Eu estava no grande salão, mas não havia teto ou galhos de árvores pendurados no alto. Apenas o céu. A árvore Mãe e os andares superiores da torre haviam desaparecido, como se tivessem sido arrancados por mãos grandes e terríveis.

Fui tomada pelo horror, sentindo gosto de bile e sangue. Ignorei a dor nas costas e no pescoço enquanto tentava me virar, procurando por Neve, Olwen e Caitriona.

— Olá? — gritei. O ar macilento cobria minha boca e garganta, tornando quase impossível falar. — Tem alguém aí?

O mundo girava enquanto eu me ajoelhava ao lado da estátua quebrada da Deusa.

As paredes do grande salão pareciam uma boca com os dentes quebrados, fazendo barulho conforme partes das pedras se desintegravam sobre as montanhas de detritos. Algumas das longas mesas ainda estava de pé, mas a outra metade estava dobrada sob o enorme arco de pedra que havia se estilhaçado do teto. Rastejei sobre as pedras e os detritos, a respiração ofegante, tentando chamar as outras.

Elas tinham caído onde estavam, ordenadas como pétalas. Parte do teto se chocara contra o altar, mas a pedra conseguiu sustentá-la, protegendo minhas amigas para que não fossem esmagadas pelos escombros.

Ainda desorientada, me agachei e cambaleei para frente, alcançando Olwen primeiro. Eu a virei de costas, encostando o ouvido em seu peito para ouvir seus batimentos. Ela resmungou e se mexeu com rigidez. Sua pele e seu cabelo azul estavam cobertos por uma espessa camada de poeira e fuligem.

— Tam... sin? — sussurrou ela.

— Você está bem — falei, com um nó na garganta. — Não se mexa. Vou dar uma olhada na Neve e na Cait, está bem?

Neve estava desmaiada, mas Caitriona já estava começando a se levantar. Uma nuvem de poeira caiu de seu cabelo quando ela sacudiu a cabeça. Ela piscou repetidas vezes enquanto tentava focar o olhar em mim. Levou uma das mãos trêmulas ao lábio rachado e começou a dizer algo, mas uma voz diferente chegou até nós primeiro.

— ... disse que ela não se machucaria!

Fui em direção ao local de onde ela ecoou, perto do que havia sido a entrada do salão. Meu coração batia forte contra minhas costelas já doloridas.

Não podia ser.

Outra voz, mais baixa, respondeu.

— Eu disse que ela não ia morrer e não morreu mesmo.

Os contornos surgiram em meio à névoa, os rostos encobertos pela sombra. Eu me levantei com as pernas trêmulas e atravessei com esforço o labirinto de pedras esmagadas.

Manchas pretas surgiram em meu campo de visão por me mover rápido demais, mas eu segui em frente, desesperada para comprovar que não era um sonho. Que eu não estava morta.

A névoa se dissipou e eu gritei. A confusão se misturou à mais pura e ardente alegria ao ver Cabell na minha frente.

Vivo.

Ele vestia roupas que eu nunca tinha visto e, com exceção de um curativo no antebraço, parecia limpo e inteiro. Seus cabelos escuros estavam bem presos na nuca. Arregalou os olhos ao me ver.

— Como isso é possível? — Cambaleei em direção a ele.

Mas Cabell deu um passo para trás, a expressão se endurecendo. Parei na frente dele e a euforia que eu havia sentido se transformou em desconforto.

A segunda figura surgiu ao lado dele, observando-me com um olhar insensível. Ele havia raspado a barba e — meus lábios se entreabriram em descrença — suas duas mãos de carne e osso estavam à mostra quando ele cruzou os braços.

Mas, de alguma forma, era Bedivere.

Os dois ainda estavam vivos.

Eu me virei para meu irmão, me sentindo nauseada.

— O que está acontecendo?

Ele só olhou para Bedivere, à espera.

— Você. — Minha mente não conseguia entender o que estava acontecendo. — Você tinha morrido. Foi o ritual? Ele trouxe você de volta?

Um músculo se contraiu na mandíbula de Cabell, que ainda não me encarava.

— Olhe para mim! — gritei. — Pensei que você estivesse *morto*. Por que você simularia? Por que você fingiria? A não ser que...

Sentia meu estômago se revirar com tanta violência que quase precisei curvar o corpo.

— Você teve algo a ver com o ataque? — As palavras saíram um pouco mais altas que um sussurro, suplicantes. Eu sabia que ele tinha me ouvido pela forma como ele se encolheu. — Como você está vivo? *Como?*

Bedivere parecia entediado com meu choque. O vento puxou seu sobretudo, sibilando enquanto soprava entre nós.

— Sir Bedivere... — comecei.

— Eu não sou Bedivere — interrompeu o homem, sua voz como o mais brutal dos ventos de inverno. — Ele teve a honra de ser o primeiro a morrer em minhas mãos. Assumi o corpo do rei, como tinha que ser.

— Você é... — Engasguei. — Você é... Arthur?

Ele abriu um sorriso cheio de dentes.

— Não exatamente. Eu precisava de um corpo e a pele dele me caiu bem.

A resposta ecoou em mim. Tinha gosto de fumaça na língua.

Dei um passo para trás.

Ele deu um passo à frente, e eu me odiei por ter recuado de novo. O gelo parecia irradiar dele, transformando o ar ao meu redor em agulhas congelantes. A coroa de chifres, a mesma que eu tinha visto na estátua abaixo da torre, materializou-se da névoa e das sombras para repousar em sua cabeça — como se sempre tivesse estado lá, secreta e invisível.

— Diga meu nome — disse ele, sua voz suave e fria como uma lâmina.

A voz de Merlin ecoou em mim. *Eu sou um dos três... Aquele que morre, mas ainda pode viver... aquele que vive, mas anseia por morrer... e aquele que foi deixado para trás, à espera...*

Rei Arthur. Merlin. E...

Aquele que foi deixado para trás, à espera.

Foi Cabell quem respondeu.

— Lorde Morte.

Ele deu um sorriso aberto.

— E como eu vim parar aqui, se os caminhos entre os mundos foram selados?

A resposta se formou em minha mente.

— Os druidas.

— Não — refutou ele. — Vamos jogar um jogo, criança? Vou contar uma parte da história para cada pergunta que você responder corretamente e, se cometer mais um erro sequer, não vai saber o restante. Quer tentar de novo?

Meu coração batia com tanta força que chegava a doer.

— As sacerdotisas. — Eu me ouvi dizer. — Morgana e as outras trouxeram você até Avalon.

— É isso mesmo — confirmou ele, cheio de condescendência na voz. — No mundo mortal, eu compartilhei com os druidas como invocar a magia de Annwn, o grande poder da morte. Achei que as mulheres, enfim, estavam preparadas para renunciar àquela Deusa patética e buscar o mesmo conhecimento. Achei que elas desejavam me servir.

— Elas nunca fariam isso — retruquei ferozmente.

O Lorde Morte inclinou a cabeça em um tom de diversão sombria.

— Não mesmo. Elas me ofereceram uma troca: se eu retirasse o acesso dos druidas à magia de Annwn, elas me dariam a única coisa que eu realmente desejava. Algo que ninguém mais poderia dar.

Então, foi assim que Morgana e as outras conseguiram matar os druidas. Não usaram a magia da morte, mas fizeram com que o Lorde Morte deserdasse os druidas.

— Você se voltou contra seus discípulos leais? — Aquilo ia além dos caprichos inconstantes dos deuses. — O que você poderia querer tanto assim?

— Quem faz as perguntas sou eu, não é? — Os olhos do Lorde Morte se fixaram em mim, e não havia nenhuma centelha de vida neles. — Quando chegou a hora de cobrar pela promessa que fizeram, aquelas cobras traiçoeiras tentaram me destruir. Me diga uma coisa, criança, o que acontece quando você queima o corpo temporário de um deus e fragmenta a essência dele? Ele morre?

— Não. — O medo se agitou em mim conforme eu compreendia. — Você esteve aqui o tempo todo. Nunca deixou a ilha.

Uma semente mortal, esperando para florescer.

— Precisei de séculos para reconstruir minha alma em frangalhos. *Séculos* de uma terrível fraqueza, incapaz de existir como algo além de um espectro observando das sombras da floresta. — As palavras do Lorde Morte eram marcadas por uma raiva mal reprimida enquanto ele tocava a coroa. — Com o tempo, recuperei minha força e tive minha magia de volta. Remodelei a ilha a meu gosto e criei meus Filhos para caçar aqueles que me traíram. Você pode imaginar como fiquei contrariado ao descobrir que todos que me traíram estavam mortos ou tinham fugido para outro mundo...

O pulsar em minhas veias era um caos vibrante. Olhei para Cabell, tentando respirar fundo, mas não conseguia. Era insuportável ver a paixão em seus olhos.

— Nós *fomos* trazidos aqui por um motivo, Tamsin — anunciou Cabell com fervor, como se estivesse me implorando para acreditar nele. — O ritual só daria certo se fosse feito com uma feiticeira. Irmãs unidas de novo com um propósito. A Alta Sacerdotisa Viviane sabia disso, mas achava que o ritual jamais poderia ser realizado.

Algo dentro de mim me fez hesitar antes de perguntar:

— Por que não?

— As Nove estavam erradas — explicou Cabell. — Elas estavam *muito* erradas. Nunca houve um feitiço de proteção que impedisse as feiticeiras de entrar em Avalon.

— Do que você está falando? — perguntei, tentando encostar nele de novo. — Isso não faz sentido nenhum.

— As feiticeiras barraram a entrada de Avalon cujo acesso era no nosso mundo, e não o contrário — elucidou Cabell. — Não queriam que o Lorde Morte fosse atrás delas. Ele *tinha* que fazer isso com a ilha. Ele não poderia chamar a Caçada Selvagem para Avalon e passar pelos mundos dessa forma... Há proteções aqui contra isso. Ele havia previsto que uma feiticeira viria um dia e sabia que o ritual era a única maneira de contornar os feitiços das feiticeiras. E agora ele vai poder puni-las.

— Pobre criança — falou o Lorde Morte para mim, estalando a língua em falsa simpatia. — Apesar de ser tão esperta, você ainda não entendeu. Não consegue ver como veio para me ajudar.

— Eu não vim — retruquei. — Eu...

Mas eu sabia. Eu *sabia*.

— Sim — disse o Lorde Morte, o próprio retrato do desdém arrogante. — O atame. A Alta Sacerdotisa suspeitava de mim e do que eu havia planejado. Ela escondeu o atame em um lugar onde eu não podia entrar, para que nenhum ritual fosse realizado.

A forma como o atame se tornou uma extensão dela, como se, mesmo na morte, Viviane soubesse que precisava mantê-lo por perto para protegê-lo. Era essa a vontade, o desejo que manifestara a renascida.

— Eu não podia atravessar o feitiço de proteção do túmulo, nem podia enviar uma das Nove sem levantar suspeitas. Eu estava de mãos atadas, até que o jovem Cabell teve a excelente ideia de enviar você — explicou o Lorde Morte. — Tive o prazer de pagar o favor dele com outro... Garantindo que você sobreviveria para ver o ritual ser realizado e que eu ofereceria a você a mesma chance que ofereci a ele, de se juntar a mim.

Eu me virei de novo para meu irmão, sentindo como se estivesse de volta ao lago. Como se estivesse me afogando em água gelada. A escuridão se fechou sobre mim, roubando o último vestígio de luz.

— Cabell... Olhe para mim. *Olhe*.

Ele não olhou.

— Todas aquelas pessoas morreram... você ficou parado e deixou isso acontecer? — perguntei, com a voz embargada. — Por favor... Não sei o que ele disse pra você, mas...

— Ele me mostrou o que eu sou — retrucou Cabell. — Depois de todos esses anos, agora eu sei quem sou. Ele pode ajudar você a descobrir seu caminho, Tamsin. Tudo o que você precisa fazer é vir com a gente.

Com a alma ferida, fiquei olhando para a mão estendida dele. Por todos aqueles que haviam morrido. Pelo papel que ele havia me forçado a desempenhar nisso.

— Não.

A expressão de Cabell ficou sombria conforme ele retraía a mão. Seus olhos pretos me perfuraram até os ossos.

— Durante anos, eu disse a mim mesmo que havia algo de errado comigo. Que eu era um problema que precisava ser consertado. Você sabe como eu me sentia quando você e Nash me tratavam dessa forma? Vocês me fizeram sentir como se fosse um monstro. Sempre me segurando, com receio de permitirem que eu tivesse total controle sobre meu poder. Eu me sentia como se também tivesse que ter medo de mim mesmo.

— Isso não é verdade — protestei.

— Nunca foi uma maldição — revelou ele, com a voz embargada. — Sempre foi uma dádiva, que deve ser usada. Meu lorde me ajudou a entender isso. Ele também pode ajudar você. Por favor, venha com a gente.

Examinei o rosto do antigo rei, seus olhos, mas não havia mais nada de humano neles. O Lorde Morte havia roubado isso de Arthur.

— O que você fez com ele? — perguntei.

O lábio superior de Cabell se curvou, sua expressão passou de dor para raiva com a rejeição.

— Eu não fiz nada com o seu irmão — refutou o Lorde Morte — a não ser revelá-lo a si mesmo.

Uma adaga, carregada em um grito de fúria, passou voando por minha cabeça — não em direção a Cabell, mas ao homem que dizia ser Bedivere.

O Lorde Morte se inclinou para a esquerda, permitindo que ela atingisse a parede danificada atrás dele. Ele estalou a língua para expressar sua pena, observando como Neve e Olwen quase não conseguiam conter Caitriona.

— Como você pôde? — gritava uma Caitriona enfurecida. — Por que deixou que eles morressem? Nós íamos fazer o ritual... Então, por quê? *Por quê?*

— Quando a jovem Fayne... Flea, como vocês a chamavam. — Ele pronunciou o nome dela com tanto nojo que todo o meu ser se incendiou de fúria. — Quando ela descobriu o fragmento do vaso que eu havia roubado, corri o risco de que todos os outros descobrissem o que eu havia planejado antes do momento escolhido.

— Eles não precisavam morrer! — Caitriona soluçou, o rosto tomado pela raiva e pela dor. — Você não precisava matá-los!

— Criança, não fiz como provocação direta — explicou o Lorde Morte, seu tom paternal causando um arrepio em minha nuca. — Esta ilha foi só uma porta de entrada para receber o que Lady Morgana e as outras irmãs me prometeram. Nem todos podem se juntar a mim no mundo mortal, não quando são tão valiosos para mim mortos. Mas eu escolhi você para se juntar a mim. Minha favorita dentre todas, a cavaleira perfeita e inabalável, um coração tão feroz e leal.

Cabell estremeceu ao ouvir aquelas palavras, seu olhar se fixando no homem, de um jeito carente.

— Me diga, Caitriona — continuou o Lorde Morte com sua voz aveludada —, esse coração ainda bate por mim? Ou devo coletar sua alma também?

Ele acariciou o bolso do sobretudo, onde um pequeno caroço estava escondido. Em resposta, um brilho prateado irradiou dele. Olwen arfou baixinho quando percebeu o que era aquilo. O Lorde Morte carregava as almas de todos os seus entes queridos com ele.

Caitriona se jogou para frente com outro grito que foi sufocado quando o homem ergueu a mão. Neve me lançou um olhar aterrorizado, sem saber o que fazer. Sacudi a cabeça com força. Não sabíamos do que ele era capaz.

— Uma pena — disse o Lorde Morte. — Havia um lugar para você como minha servente e não gosto de ver que o trabalho que fiz foi em vão.

— Vou matar você — jurou Caitriona.

— Tenho certeza de que tentará — disse ele com uma inclinação zombeteira da cabeça.

Um som familiar, como o de ratos correndo, encheu o ar. Os Filhos, vivos de novo, escalavam a parede atrás dele. Eles ficaram ali, empoleirados, nos observando. À espera.

— Adeus, donzelas de Avalon — zombou o Lorde Morte, seu longo sobretudo esvoaçando atrás de si. — Vocês fizeram sua escolha e eu esperei uma eternidade pela minha vingança contra aqueles que me enjaularam.

Quando ele se virou, meu irmão também o fez, seguindo-o como o cão de caça leal no qual havia se tornado. Meu coração se partiu ao ver aquilo. Só podia ser um feitiço. Eu poderia salvá-lo disso também.

— Por favor — implorei. — Não faça isso. Não deixe que ele o afaste de nós. De mim.

Tantos anos atrás, nosso guardião, um contador de histórias, entrara em uma tempestade e desaparecera, tornando-se ele mesmo uma história. Só restamos nós dois. Nós dois, sozinhos no mundo, a não ser pela companhia um do outro.

As amarras de nosso passado compartilhado se esticaram quando Cabell olhou para mim por cima do ombro, meu coração cada vez mais apertado. Tudo o que tínhamos visto, feito e vivido juntos se estendia entre nós, e tudo o que ele precisava fazer era se segurar. Tudo o que ele tinha que fazer era dar um passo em minha direção e eu lutaria com tudo o que tinha em mim para afastá-lo do monstro ao seu lado.

Não faça isso.
Não faça isso.
Não faça isso.

— Cabell! — exclamei. — Eu amo você. Por favor.

Dessa vez, ele não se virou. O vento trouxe suas palavras até mim.

— Não morra.

E a corda se rompeu.

Eu não o vi se afastar. Minhas pernas pareceram desaparecer debaixo de mim, e eu me agachei, tremendo. As mãos de Neve agarraram meus ombros enquanto Caitriona passava por nós, tentando alcançá-los antes que desaparecessem na escuridão eterna da noite.

Os Filhos saltaram, barrando o caminho com presas estalando e rostos apodrecidos. Sofrendo com seu ombro ferido, Caitriona brandiu uma espada curva e partiu o crânio de um deles com um grito feroz.

Os outros fugiram atrás de seu mestre, escalando as paredes em ruínas da torre.

Demorou um pouco mais para que eu percebesse que o grito deles havia dado lugar a um tipo muito diferente de lamento. Um que não tinha lugar em Avalon.

Sirenes de emergência.

Corri, subindo em uma das partes quebradas da parede do pátio. Minhas unhas estavam quebradas, mãos e joelhos esfolados, mas eu não sentia nada. Eu estava apenas vagamente consciente de que as outras subiam atrás de mim.

Juntas, olhamos para a curva de uma colina íngreme coberta por árvores mortas e neblina. Os Filhos se erguiam da floresta e se reuniam, despertos de novo, em um bando atrás de Arthur — o Lorde Morte — e Cabell, enquanto seguiam em direção à cidade distante que se afogava na lama preta. Um rio jorrou da terra abaixo de nós, tornando-se carmesim ao se misturar com sujeira e sangue.

— Mãe Santíssima — sussurrou Olwen.

Como que em resposta, as nuvens se abriram, derramando o luar sobre o mundo abaixo. Os bosques em ruínas, as torres de vigia e as casas que outrora abrigavam o povo de Avalon perfuravam a terra como grampos na grama. As estruturas de Avalon esmagavam ou enterravam parcialmente as ruas e os edifícios modernos que estavam em seu caminho.

Com os destroços, precisei de mais alguns instantes para reconhecer onde estávamos. Eu já havia estado ali inúmeras vezes com Nash e... e com Cabell.

Estávamos em Glastonbury Tor, que, segundo rumores, era a localização de Avalon em nosso mundo antes de se separar em um mundo próprio. A colina e sua torre solitária haviam se erguido sobre a terra como uma sentinela bondosa por séculos, vigiando os prados ao redor e a cidade vizinha à Glastonbury.

Agora, ela servia como o ponto de observação perfeito para testemunhar a devastação completa abaixo dela.

O brilho do fogo emanava do que restava da cidade, com a fumaça subindo para cobrir as estrelas. Ambulâncias e carros de polícia, com suas luzes azuis e vermelhas piscando, reuniram-se ao longo de uma estrada ao norte. Com a inundação, era o mais próximo que podiam chegar da cidade. O zumbido das hélices dos helicópteros parecia se aproximar de todas as direções ao mesmo tempo.

— Temos que ir embora — falei para as outras. — Neve, você pode abrir uma Veia? Não importa para onde. Precisamos pegar nossas coisas e partir... agora mesmo.

— O que aconteceu? — perguntou Caitriona. — Que lugar é esse?

Neve parecia estar doente de choque enquanto abraçava sua varinha contra o peito. Um corte em sua maçã do rosto jorrava sangue, que se misturava com suas lágrimas.

— O ritual não restaurou a ilha ao purificá-la — expliquei, as palavras doendo em minha alma. — Ele restaurou Avalon para o mundo humano.

Eu as levei para o único lugar que podia: para casa.

Na verdade, eu não tinha pensado em como me sentiria ao voltar para o apartamento. Nem sequer havia pensado em quanto tempo havia se passado desde a última vez em que estivera lá, até que vi as decorações de Natal que enfeitavam alegremente nossa rua tranquila e senti a fria promessa da neve que se aproximava.

Tivemos apenas um instante para pegar nossas coisas — incluindo Griflet, que havia cochilado durante a colisão de mundos — antes que os holofotes varressem o pátio da torre, em chamas. Não havia tempo para pensar.

Agora havia tempo demais.

Olwen e Caitriona viram pela primeira vez nosso mundo, o horror estampado em seus rostos. Os carros, a arquitetura, as pessoas se aglomerando e olhando para o nosso terrível estado. Tudo aquilo era demais, muito barulhento, muito brilhante depois do mundo cinzento e duro de Avalon, até mesmo para mim.

— Tem certeza disso? — sussurrou Neve enquanto eu arrombava a fechadura da janela da nossa pequena cozinha. As ervas no vaso de plantas me deram um olá murcho... muito mais caloroso do que o olhar chocado de uma de nossas vizinhas que nos espiava da calçada próxima. Manchada de sangue e suja, acenei e dei a ela o meu melhor sorriso envergonhado.

— Perdi minha chave! — expliquei quando a fechadura da janela finalmente se soltou.

Eu me ergui e me espremi pela abertura apertada, passando por cima do balcão e da pia da cozinha. Uma vez lá dentro, congelei; o cheiro familiar de limão e ervas secas me fez chorar.

Os utensílios de cozinha e os móveis pareciam estranhos — nítidos demais, perfeitos demais. Uma leve camada de poeira cobria a mesa de jantar e as bancadas, mas o espaço estava limpo e arrumado. Não havia lama escura para esfregar das pedras, nem roupa de cama para lavar. Não havia histórias para ouvir ou segredos escondidos nas sombras. Também não havia monstros.

Olhei de novo e de novo, tentando aceitar as cores estranhamente brilhantes dos livros na estante, o padrão em ziguezague do nosso tapete.

Embora estivesse abarrotado de coisas que eu mesma havia escolhido, o espaço parecia quase... dolorosamente vazio.

Nunca fora um lar. Era apenas o sonho de um lar.

Ao descer do balcão, derrubei algumas das cartas e alguns vasos de plantas no chão de linóleo, mas não me preocupei em pegar nada. Em vez disso, olhei para toda a extensão do que havia sido nossa casa. O lugar que havíamos construído em um mundo que fizera de tudo para se livrar de nós.

Uma dor aguda atravessou meu peito. Isso não estava certo, não de verdade. Esse era o lugar que *eu* queria que fosse nosso, na cidade em que eu escolhi nos manter por minhas razões egoístas. Eu havia convencido Cabell de que precisávamos ficar em Boston, assim como o convenci de que tínhamos que encontrar uma maneira de quebrar sua maldição, em vez de ajudá-lo a aprender a conviver com ela.

Eu me sentia como se também tivesse que ter medo de mim mesmo.

Destranquei a porta da frente e mal registrei a entrada das minhas amigas, que olhavam em volta com cautela. Caitriona e Olwen se sentaram nas duas cadeiras da pequena mesa da cozinha — duas, porque era tudo de que precisávamos. Ambas olhavam fixamente para a frente, como se estivessem esperando instruções. Servi água para elas, mas ninguém bebeu.

Neve se sentou no sofá, mudando de lugar para que eu pudesse me sentar ao lado dela. Encostamos nossas cabeças uma na outra enquanto observávamos Griflet explorar o espaço.

O som da televisão do vizinho penetrava pela fina parede que conectava nossas casas.

— *... os relatos estão começando a surgir em Glastonbury, onde, durante a noite, as autoridades afirmam que um grande evento sísmico desenterrou ruínas até então desconhecidas de um antigo assentamento e de uma floresta. Estamos recebendo uma imagem ao vivo agora...*

— Valha-me Deus — falei, engasgada. — Eles vão conseguir ver tudo o que está na torre? Os livros? Os duendes?

— Qualquer coisa que ainda tenha magia ficará oculta para aqueles que não têm a Visão Única — explicou Olwen. — Qualquer coisa feita à mão ficará visível.

Ela segurava a cesta que continha o vaso de Viviane em seu colo, a adrenalina ainda correndo e fazendo-a balançar as pernas. O vaso havia se quebrado com a explosão de magia do ritual, mas ela o trouxera mesmo assim.

— Sinto muito — disse Neve, agoniada. Algo se rompeu dentro dela e as palavras saíram junto das lágrimas que derramava. — Se eu não tivesse pressionado você a fazer o ritual, isso... isso nunca teria acontecido. Eu sinto muito. Sinto muito, muito mesmo...

— Não — eu a interrompi. — Nada disso é culpa sua. Fui eu quem foi buscar o atame.

— Fui eu quem lutou pelo ritual — adicionou Olwen, com o rosto abatido. — Eu nunca questionei a identidade de Bedivere, nem notei que ele ainda tinha a mão que dizia ter perdido... Que tipo de curandeira eu sou?

— Por que teríamos questionado isso? — perguntou Caitriona. — A única que tinha visto Arthur vivo e o verdadeiro Bedivere era a Alta Sacerdotisa, e o Lorde Morte se certificou de matá-la antes de vir para a torre. — Ela se levantou e começou a andar, olhando para cada uma de nós. — Escutem só. Não vamos entrar nesse jogo. Não vamos carregar o peso da culpa pelo que esse monstro fez. Temos que consertar tudo que ele arruinou.

Eu franzi a testa.

— O que você quer dizer com isso?

— Nós liberamos o Lorde Morte para este mundo, assim como os Filhos — disse ela. — O que quer que ele tenha planejado para as feiticeiras, para todo este reino, temos que impedir. E trazer Cabell de volta.

Fechei os olhos, suspirando, trêmula.

— Não sei se vamos conseguir.

O irmão que eu conhecia não teria ficado parado e deixado os últimos sobreviventes de Avalon serem massacrados.

— Pode ser que ele esteja sob o domínio do Lorde Morte — comentou Neve, enxugando os olhos na manga rasgada —, assim como os Filhos estão.

Eu queria acreditar nisso, mas... a expressão no rosto dele. *Você fez eu me sentir como se fosse um monstro.*

— O corpo na tumba do Rei Arthur — disse Neve em voz baixa — devia ser do verdadeiro Bedivere.

— Acho que você está certa — respondi. — E a história completa deve estar gravada na peça que faltava daquele vaso... aquela que Flea encontrou.

Caitriona passou a mão pelos cabelos emaranhados.

— Mas não temos como reproduzi-la... não com o vaso em pedaços.

O Cortador de Ossos adorava um desafio, mas eu não sabia o que ele poderia fazer com esse.

— Vamos começar encontrando a pessoa que acredito ser capaz de consertá-lo e depois vamos avisar ao Conselho de Irmãs.

— Tenho certeza de que elas já sabem — retrucou Neve. — A magia que explodiu já serviria de aviso, mas mesmo as feiticeiras têm acesso às notícias da TV por assinatura.

— Nós estamos todas de acordo? — perguntei, com uma sensação estranha e trêmula no peito ao ouvir essa palavra. *Nós*. Com a ideia de enfrentarmos isso juntas.

— E até lá? — perguntou Caitriona, voltando ao seu lugar à mesa.

Olwen se inclinou para a frente, apoiando a cabeça nos braços cruzados.

— Vamos descansar — respondi.

No silêncio exausto que se seguiu, a voz do âncora do noticiário atravessou a parede de novo.

— *Vamos agora para Downing Street para uma declaração ao vivo dos eventos em Glastonbury hoje pela manhã...*

Neve enfiou a mão na pochete e tirou o velho e surrado CD player que estava lá dentro. Virando um dos fones de ouvido na minha direção, ela encostou o outro no ouvido e aumentou o volume da música onírica até que a voz do repórter sumisse e restassem apenas as delicadas ondas cósmicas do som, as gotas de orvalho peroladas sobre as quais a mulher cantava.

E, por um momento, até a memória me deixou em paz e recuou.

Depois de carregar o celular, procurei dinheiro em meu quarto e fui até o escritório onde ficavam nossas mesas.

Diminuí a velocidade ao me aproximar delas, com os olhos arregalados ao ver as gavetas de acrílico que Cabell usava para organizar seus cristais. Com a Visão Única, conseguia ver o que não tinha visto antes — vários pulsavam com magia absorvida, como chamas presas dentro da pedra.

Depois disso, não quis mais olhar. Não para os cristais. Nem para o removedor de manchas no tapete que cobria meu sangue seco — a última evidência da luta com meu irmão à qual eu mal tinha sobrevivido.

Vasculhando a gaveta da minha escrivaninha, encontrei moedas suficientes para pedir uma pizza. Enquanto esperava meu celular ligar, ouvi Caitriona xingando e o chuveiro pulverizando água do outro lado da parede.

Neve e Olwen já tinham tomado banho e vestido algumas roupas minhas e de Cabell. Enquanto conversavam tranquilas no sofá, voltei à cozinha para limpar a bagunça que havia deixado.

Peguei a vassoura e a pá de lixo, varri os cacos de cerâmica, a terra, os restos murchos de Florence e o que parecia ser um rastro de formigas mortas. Quase três meses de correspondência estavam empilhados junto à porta, para além da pilha que eu havia derrubado na noite anterior quando entrei, junto da minha bolsa e do meu baralho de tarô.

Griflet brincava com os cadarços de minhas botas enquanto eu pegava tudo. Fiz menção de levantar, mas vi uma carta do baralho que havia deixado passar. Estava parcialmente escondida sob a geladeira. Prendi a respiração quando a virei.

A carta da Lua.

Aquela sensação estava de volta, agitando-se na minha barriga, deixando minha cabeça leve como o ar. Passei o polegar sobre a imagem — a lua, as torres, as colinas azuis. O lobo e o cão de caça.

Quando toquei a carta, uma imagem diferente percorreu minha mente, pulsando com a escuridão. Uma lua diferente, uma mera lasca de algo, foi engolida pela escuridão crescente de uma noite sem estrelas. Abaixo dela, uma matilha de cães pretos rasgava um campo de névoa, uivando para a figura sombria que esperava à frente.

Diga meu nome.

A resposta foi o sussurro da voz de uma mulher desconhecida, uma canção que se desvaneceu no silêncio.

Lorde Morte.

— Tamsin?

Eu me assustei ao ouvir meu nome, quebrando o devaneio horrorizado.

— Tamsin? — chamou Neve de novo, surgindo na entrada. — Acho que tem alguém na porta...

Alguém bateu de novo.

— Ah... deve ser a comida — respondi, sacudindo-me para sair do meu torpor.

— Que rápido.

Eu me levantei e passei as mãos nas calças jeans já sujas, imaginando se Neve poderia ouvir como meu coração ainda batia forte quando passei por ela.

Tirando o dinheiro do bolso, destranquei a porta.

— Me desculpe por isso...

As notas escorregaram da minha mão, caindo no chão.

O homem que estava ali vestia um terno amarrotado. Ele remexia com ansiedade a aba do chapéu em suas mãos, mas eu não conseguia parar de olhar para o rosto dele.

— O que... — sussurrei, sem conseguir recuperar o fôlego. — O que você está...?

Ele parecia mais jovem do que eu me lembrava. As rugas em sua testa haviam se suavizado e suas muitas cicatrizes haviam desaparecido. A pele tinha um brilho saudável, em vez da vermelhidão oriunda do excesso de sol ou da palidez de alguém que se trancou em um quarto escuro com uma garrafa de rum. E seus olhos, de um azul prateado, brilhavam com humor e emoção.

Neve e Olwen se posicionaram atrás de mim de forma protetora enquanto olhavam para o estranho.

Não era um estranho... era Nash. Vivo.

Nash.

— Tamsy — disse ele, sua voz rouca de emoção. — Meus deuses, você cresceu.

Se meu choque tivesse sido menos palpável, se eu pudesse me mover um centímetro sequer, teria batido a porta na cara dele.

— O que está fazendo aqui? — perguntei com a voz fraca. — Você morreu.

— Sim, quanto a isso... Posso entrar? — perguntou ele, dando uma olhada cautelosa de um lado para o outro na rua. — Preciso falar com você. É importante.

— A hora de falar comigo foi há sete anos. Antes de você nos abandonar.

Ele fechou os olhos enquanto respirava fundo.

— Eu estava tentando encontrar o Anel da Dispersão.

— Eu sei — interrompi, minha mão apertando a porta. — Para quebrar a maldição de Cabell.

Quando seus olhos pálidos se abriram de novo, o brilho havia desaparecido.

Eles estavam mais sérios do que eu jamais havia visto quando Nash disse:

— Não, Tamsin, para quebrar a sua.

Dramatis Personae

A MALDIÇÃO DE PRATA

ESVAZIADORES

Cabell Lark: Irmão de Tamsin, está sofrendo com uma maldição que o transforma em um cão de caça monstruoso. Ele é um extrator, um tipo extremamente raro de Povo Mágico com a capacidade de quebrar ou desviar a maioria dos encantamentos usando apenas sua mente.
Emrys Dye: O último descendente da dinastia Dye, cujos ancestrais fundaram a guilda norte-americana. De uma riqueza inimaginável, um charme irritante e membro do Povo Mágico herbaceiro, ele é o principal rival de Tamsin na guilda e gosta de provocá-la e de flertar com ela.
Endymion Dye: O pai frio e autoritário de Emrys, e governa a família e a guilda com mão de ferro.
Hector Leer: Um amigo de Septimus e Endymion.
Nashbury Lark: Guardião de Tamsin e Cabell. Uma figura notória entre os esvaziadores e as feiticeiras, conhecido por seu jeito desonesto e por contar histórias elaboradas. Ele desapareceu de Tintagel há sete anos e acredita-se que esteja morto.
Phineas Primm: Um esvaziador velho e cheio de cicatrizes que foi encarregado por Septimus Yarrow de vigiar Tamsin.
Septimus Yarrow: Um esvaziador infame, mais conhecido por ter recuperado a clava de Héracles; está ligado a Endymion Dye por razões desconhecidas.

Tamsin Lark: Lançada no mundo dos esvaziadores quando criança, ela não possui nenhuma habilidade mágica inata, mas tem uma memória fotográfica e um senso comercial apurado. Não quer papo com a maior parte da guilda depois que eles viraram as costas para ela e Cabell quando eram crianças.
Woodrow: Um esvaziador encontrado envolto em gelo no cofre da Feiticeira Edda.

FEITICEIRAS

Ardith: Uma feiticeira comum que foi lentamente envenenada por sua irmã, que desejava sua coleção de venenos Sua Imortalidade pode ser encontrada na biblioteca da guilda.
Callwen: Uma feiticeira antiga que criou uma das Imortalidades mais antigas, recuperada por Endymion Dye.
Edda: Uma feiticeira anciã cujo cofre gelado foi aberto pelos Lark para recuperar a adaga de Arthur.
Grinda: Uma feiticeira solitária que contrata Tamsin e Cabell para recuperar um medalhão.
Hesperia: Uma feiticeira que recebeu o posto de mãe, que teve muitas aventuras sombrias e teve ainda mais amantes. Sua Imortalidade é popular entre os membros da guilda.
Madrigal: Uma misteriosa feiticeira conhecida por seus jantares mortais. Contrata Emrys e Tamsin para encontrar o Anel da Dispersão.
Morgana: Líder das sacerdotisas que se rebelaram contra os druidas e foram posteriormente exiladas por isso. Meia-irmã do Rei Arthur, além de amante de Viviane.
Myfanwy: Uma feiticeira pouco conhecida da categoria de donzela, cuja Imortalidade desvenda o mistério que levou as cotovias a Tintagel.
Neve Goode: Uma alegre e atenciosa feiticeira autodidata que busca o Anel da Dispersão e une forças com Tamsin e os outros.

AS NOVE DE AVALON

Arianwen: Membro da guarda, responsável por preparar os elementos necessários para os rituais. Detesta o serviço de lavanderia.

Betrys: Uma figura tranquila e sem preocupações entre suas irmãs, ela é equilibrada e uma lutadora habilidosa, mas é rápida em se certificar de que as irmãs estejam se cuidando.

Caitriona: Escolhida para ser a nova Alta Sacerdotisa por suas irmãs, é a líder de fato de Avalon, tanto espiritualmente quanto em sua defesa.

Flea (Fayne): A mais jovem das Nove, que ainda não desenvolveu sua magia. Ela tem mão leve e seu comportamento não é o mais exemplar de todos.

Lowri: Hábil ferreira de armas e itens menores, como joias, é a mais velha das Nove e, na maioria das vezes, fica sozinha na forja. Também faz parte da guarda.

Mari: Uma elfa tímida que cuida da torre e é grande conhecedora das lendas e da história de Avalon.

Olwen: A curandeira de Avalon, meio-náiade, que acredita que Tamsin e os outros têm um papel maior na salvação de Avalon.

Rhona: Faz parte da guarda e frequentemente lidera as canções do ritual; ela se encarregou de animar os outros criando histórias e rimas.

Seren: Frequentemente inseparável de Rhona, ela faz parte da guarda e é uma arqueira habilidosa.

Viviane: Alta Sacerdotisa e a última sacerdotisa viva da era arturiana, que viveu por séculos enquanto esperava que as próximas Nove fossem escolhidas. Figura materna e tutora das sacerdotisas, ela foi morta nos primeiros dias de escuridão em Avalon.

AVALONIANOS

Aled: Tio de Mari e guardião dos estábulos. Um dos poucos elfos sobreviventes de Avalon.

Angharad: Uma gnomo durona que trabalha na forja com Lowri.

Bedivere: O último Cavaleiro da Távola Redonda vivo, ele devolveu Excalibur à Dama do Lago e protege o corpo de Arthur.
Deri: O último hamadríade que está ligado à árvore Mãe e cuida dela.
Dilwyn: Tia de Mari. Uma elfa que cuida da cozinha e faz comida para os sobreviventes.
Merlin: Outrora um druida e mentor do jovem Rei Arthur, ele se prendeu à árvore Mãe para sobreviver a um duelo com Morgana e agora balbucia profecias sem sentido para os poucos que o escutam.
Rei Arthur: O antigo e talvez futuro rei da Grã-Bretanha. Seu corpo jaz em Avalon, protegido e mantido por magia até o dia em que será necessário novamente. De acordo com Flea, ele está apodrecendo.

OUTROS

Abóbora: Uma gata malandra de biblioteca, mas, fora isso, um serzinho muito inteligente e doce.
Benzinho: O funcionário da feiticeira Madrigal, que atua como mordomo e executor.
Bibliotecário: Um autômato que costumava guardar o cofre da feiticeira que a biblioteca da guilda agora ocupa. Cuida da biblioteca e protege seus muitos tesouros. Tem paixão por coisas macias e fofas e por passar aspirador de pó.
Bruxa da Névoa (ou Gwrach-y-Rhibyn): Uma divindade primordial que ocupa espaços limiares e tem a capacidade de transitar entre as fronteiras dos mundos sem problemas.
Cortador de Ossos: Uma figura enigmática que atua como comprador de chaves de esqueleto para abrir as Veias, bem como de outras esquisitices, como o veneno de basilisco.
Franklin: O cliente de tarô apaixonado de Tamsin, que, na verdade, precisava de uma boa terapia.
Griflet: Um gatinho dado a Mari.
Ignatius: A Mão da Glória que Tamsin carrega para acessar a Visão Única, também capaz de abrir qualquer porta trancada.

Linden Goode: Tia adotiva de Neve, que é uma Povo Mágico Descobridor. Ela esconde a verdadeira ascendência de Neve para proteger sua amada sobrinha.

TIPOS CONHECIDOS DE POVOS MÁGICOS

Curandeiro: especializado em artes de cura.
Descobridor: capaz de localizar coisas com precisão.
Explora-mentes: capaz de habitar criaturas ou outras pessoas e ver através de seus olhos sem que elas saibam.
Extrator: quebra maldições e outros encantamentos.
Fermentador: cria tônicos com habilidades potentes.
Herbaceiro: capaz de se comunicar e influenciar o crescimento de plantas.
Orador das sombras: capaz de se comunicar com os mortos.
Persuasor: capaz de acalmar e controlar animais.
Vidente: tem visões do futuro.

Agradecimentos

Após essa história ter passado anos fervilhando no fundo da minha mente, permitindo que eu a temperasse lentamente com a peculiar história da família, o folclore sombrio e pequenas ideias estranhas que surgiram feito cogumelos, estou muito grata por enfim ter colocado esse livro no papel e no mundo.

Antes de mais nada, gostaria de agradecer aos leitores que me acompanharam nessa jornada editorial ao longo dos anos, aventurando-se cheios de coragem em um novo mundo após o outro. Se este é o primeiro livro meu que você está lendo, olá! Não tenho palavras para agradecer pelo fato de, ao se deparar com *tantos* livros incríveis, você tenha escolhido este para ler.

Nada mais justo do que começar agradecendo à Melanie Nolan, que se arriscou comigo e com essa história e me recebeu de volta na Random House Children's Books. Esse foi um retorno incrível para mim, e eu realmente não consigo acreditar na minha sorte de estar no catálogo da Knopf Books for Young Readers.

Katherine Harrison, sua orientação editorial transformou por completo este livro. Eu me surpreendi tanto com a profundidade quanto com a consideração de seu feedback, e eu sabia desde o início que meus personagens e eu estávamos nas melhores mãos possíveis. Também estou em dívida com Gianna Lakenauth pelo apoio tão inestimável durante todo o processo de publicação, bem como pelo tempo e pela energia que ela dedicou à leitura de vários rascunhos, oferecendo ideias tão importantes e certeiras. Agradeço muito às minhas editoras do Reino Unido, Rachel

Boden e Harriet Wilson, que fizeram anotações fabulosas e ajudaram a levar este livro ao mundo.

Há tantas pessoas incríveis na RHCB a quem agradecer. Espero que você separe um momentinho para acessar a página de créditos completa e me ajude a reconhecer todos pela paixão e dedicação que dedicaram à *A maldição de prata*! Essa página de créditos foi inspirada em uma criada por Kristin Cashore, e estou animada para acrescentá-la aos meus livros daqui para frente. Também gostaria de agradecer a Barbara Marcus, Judith Haut, John Adamo, Dominique Cimina, Adrienne Waintraub, Elizabeth Ward, Kelly McGauley, Becky Green, Joe English e Emily Bruce pelo entusiasmo e pela liderança incomparável. Vocês são, de fato, a equipe dos sonhos de uma autora!

Da mesma maneira, gostaria de agradecer à Jasmine Walls pela disposição em se aprofundar nesse mundo e nos personagens e oferecer notas de autenticidade.

Tenho muita sorte de ter amigas em minha vida como Anna Jarzab, Valia Lind, Susan Dennard e Isabel Ibañez, que tiveram a gentileza de não apenas ler essa história em vários estágios de sua criação, mas também de me ajudar quando eu estava deprimida e insegura. Marissa Grossman, seu feedback me ajudou a trazer essa história de volta ao que ela precisava ser antes de eu seguir o caminho errado. *Merci!* Muito, muito obrigada a Leigh Bardugo, Jennifer Lynn Barnes, J. Elle, Stephanie Garber e Elizabeth Lim por terem lido e dito palavras tão gentis sobre o livro. Maravilhosas, todas vocês!

Preciso muito agradecer à minha incrível agente, Merrilee Heifetz, por ter sido um apoio inabalável para mim ao longo dos anos e por ser sempre a voz da razão supernecessária. Rebecca Eskildsen, eu realmente não sei como você consegue fazer isso. Obrigada por estar sempre a par de tudo e por me ajudar, filha do caos que sou, a manter a cabeça no lugar. Alessandra Birch, obrigada por ter feito tudo o que estava ao seu alcance, mesmo quando parte do planejamento acabou sendo prejudicado pelo meu globo ocular. Cecilia de la Campa, nunca é demais dizer que você é uma superestrela.

Obrigada à minha incomparável agente cinematográfica, Dana Spector, da CAA, por trabalhar com tanto afinco para encontrar os melhores lugares em Hollywood para as minhas histórias. É uma verdadeira alegria trabalhar com você!

Por último, mas não menos importante, gostaria de agradecer à minha família e aos meus amigos por todo o amor e apoio que continuam a me dar, especialmente quando eu estava passando pelos altos e baixos reais de várias cirurgias nos olhos e a cada recuperação. O momento mais perfeito do ano foi o nascimento do meu adorável sobrinho, também conhecido como o outro LD, Little Dan. Bem-vindo ao mundo! Todos nós o amamos mais do que as palavras conseguem expressar.

Em tom de brincadeira, eu disse que deveria dedicar a sequência ao meu globo ocular direito, que não falhou comigo durante todo o ano de 2022, mas... na verdade não é uma piada. Obrigada também, globo ocular direito, por me permitir continuar trabalhando neste livro e na sequência, o que me manteve sã. Este livro, no entanto, é dedicado à minha irmã, Stephanie, que é hilária, corajosa e muito generosa. Foi uma alegria escrever um livro tão centrado na irmandade e poder refletir sobre como nosso relacionamento se fortaleceu ao longo dos anos. Obrigada por sempre se esforçar para cuidar de mim. Um brinde a muitas outras aventuras de irmãs no nosso futuro!

Este livro foi composto na tipografia Adobe Garamond Pro,
em corpo 12/15,8 e impresso em papel off-white
no Sistema Cameron da Divisão Gráfica
da Distribuidora Record.